RETIRED

RETIRED.

Ingrid Betancourt

# Même le silence a une fin

Gallimard

*À tous mes frères encore retenus en otages*
*À mes compagnons de captivité*
*À tous ceux qui se sont battus pour notre liberté*

*À Mélanie et Lorenzo*

*À ma mère*

# 1

## *La fuite de la cage*

Décembre 2002. J'avais pris la décision de m'évader[1]. C'était ma quatrième tentative, mais, depuis la dernière, les conditions de détention étaient devenues encore plus terribles. On nous avait installées dans une cage construite avec des planches de bois et des lames de zinc en guise de toit. L'été arrivait, nous n'avions pas eu d'orage la nuit depuis plus d'un mois. Or, un orage nous était indispensable. J'avais repéré une planche à moitié pourrie dans un angle de notre cagibi. En la poussant fortement avec le pied, je réussis à la fendre suffisamment pour créer une ouverture. Je fis cela un après-midi après le déjeuner, alors que le garde somnolait debout en équilibre sur son fusil. Le bruit le fit sursauter. Il s'approcha, nerveux, et fit le tour de la cage, lentement, comme un fauve. Je le suivais à travers les fentes qui séparaient les planches, retenant mon souffle. Il ne pouvait pas me voir. Il s'arrêta à deux reprises, collant même l'œil à un trou, et nos regards se croisèrent un instant. Il bondit en arrière, effarouché. Puis, pour

---

1. Le lecteur trouvera en fin de volume (p. 819) une carte de la zone de campements et de détention en Colombie.

reprendre contenance, il se planta bien à l'entrée de la cage ; il prenait sa revanche, il ne me quittait plus des yeux.

Évitant son regard, je faisais des calculs. Pouvait-on passer par cette ouverture ? En principe, si le crâne passait, le corps devrait suivre. Je pensais à mes jeux d'enfants, je me voyais me faufilant entre les barreaux d'une des grilles du parc Monceau. C'était la tête qui bloquait toujours tout. Mais je n'en étais plus aussi sûre. Pour un corps d'enfant, l'affaire marchait, mais pour un adulte, les proportions étaient-elles les mêmes ? J'étais d'autant plus inquiète que même si nous étions bien maigres, Clara et moi, j'avais tout de même remarqué depuis quelques semaines un phénomène de gonflement des corps, probablement une rétention de liquides due à notre immobilité forcée. C'était très visible chez ma compagne. J'avais plus de mal à juger sur moi-même car nous ne disposions pas de miroir.

Je lui en avais parlé, ce qui l'avait profondément agacée. Nous avions fait deux tentatives d'évasion auparavant et c'était devenu un sujet de crispation entre nous. Nous nous parlions peu. Elle était irritable et moi j'étais en proie à mon obsession. Je ne pensais qu'à la liberté, à trouver le moyen de nous échapper des mains des FARC.

Je faisais donc des calculs à longueur de journée. Et je préparais en détail le matériel pour notre expédition. J'accordais beaucoup d'importance à des choses stupides. Je pensais, par exemple, qu'il était impensable de partir sans ma veste. J'oubliais que cette veste n'était pas imperméable et qu'une fois mouillée elle pouvait peser des tonnes. Je me disais aussi que nous devrions emporter la moustiquaire. « Il faudra aussi faire très attention à la question des bottes. La nuit on les laisse toujours au même endroit, à l'entrée du cagibi. Nous pourrions commencer à les mettre à l'intérieur pour qu'ils s'habituent à ne plus les voir lorsqu'on dort… Il faudra aussi nous procurer une machette. Pour nous défendre des bêtes sauvages, et nous ouvrir un passage dans la végétation. Ce sera très difficile. Ils sont sur leurs gardes. Ils n'ont pas oublié que nous avons réussi à leur en subtiliser une lorsqu'ils étaient en train de bâtir l'ancien campement. Prendre les ciseaux, on nous les prête de temps en temps. Je dois aussi penser aux provisions. Il faut en stocker sans qu'ils s'en rendent compte. Et le tout doit être bien emballé dans du plastique parce qu'il faudra nager. Il faut être le plus léger possible. Et j'emmènerai mes trésors : hors de question de laisser les photos des enfants et les clefs de mon appartement. »

Je passais ainsi mes journées à cogiter, repensant vingt fois au parcours à suivre une fois sorties du cagibi. J'évaluais toutes sortes de paramètres : où devait se trouver la rivière, combien de jours il nous faudrait pour obtenir de l'aide. J'imaginais avec horreur l'attaque d'un anaconda dans l'eau, ou celle d'un énorme caïman comme ceux dont j'avais vu les yeux rouges et brillants sous la torche d'un garde lorsque nous descendions le fleuve. Je me voyais aux prises avec un tigre[1], car les gardes m'en avaient fait une description féroce. Je pensais à tout ce qui pouvait me faire peur, pour me préparer psychologiquement. J'avais décidé que cette fois-ci rien ne m'arrêterait.

Je ne pensais qu'à cela. Je ne dormais plus, car j'avais compris que, dans la quiétude du soir, mon cerveau fonctionnait mieux. J'observais et prenais

1. Tigre : appellation courante du jaguar en Colombie.

note de tout : l'heure des changements des gardes, comment ils se plaçaient, lequel veillait, lequel s'endormait, lequel faisait un rapport au suivant sur le nombre de fois où nous nous étions levées pour uriner...

Et puis, j'essayais aussi de maintenir le contact avec ma compagne pour la préparer à l'effort que demanderait l'évasion, aux précautions à prendre, aux bruits à éviter. Elle m'écoutait exaspérée, en silence, et ne me répondait que pour exprimer un refus ou un désaccord. Certains détails étaient importants. Il fallait prévoir un leurre que nous placerions sur nos couchettes pour donner l'impression d'un corps recroquevillé à la place du nôtre.

Je n'avais pas le droit de m'éloigner de la cage, sauf pour aller aux *chontos*[1] faire mes besoins. C'était alors l'occasion de jeter un coup d'œil dans le trou aux ordures avec l'espoir d'y découvrir des éléments précieux. Je revins un soir avec un vieux sac à provisions qui avait baigné dans les restes de nourriture en décomposition et des morceaux de carton ; l'idéal pour fabriquer notre leurre. Ma démarche énervait le garde. Ne sachant pas s'il fallait m'interdire de récupérer ce qui avait été bazardé, il me somma de me presser en appuyant son invective d'un mouvement du canon de son arme. Quant à Clara, dégoûtée par mon précieux butin, elle ne comprenait pas à quoi il pourrait nous servir.

Je mesurais combien nous nous étions éloignées. Obligées d'être collées l'une à l'autre, réduites à un régime de sœurs siamoises sans avoir rien en commun, nous vivions dans des mondes opposés : elle cherchait à s'adapter, je ne pensais qu'à m'enfuir.

---

1. *Chontos* : mot utilisé par les FARC pour désigner les toilettes de fortune, creusées dans le sol, à l'usage des prisonniers.

Après une journée particulièrement chaude, le vent se leva. La jungle devint silencieuse pour quelques instants. Plus un seul piaillement d'oiseau ni un bruissement d'aile. Nous tournions tous la tête, vers le vent, pour humer le temps : l'orage approchait à grande vitesse.

Le campement entrait dans une activité fébrile. Chacun s'attelait à sa tâche. Les uns révisaient les nœuds de leurs tentes, les autres partaient en courant ramasser le linge qui séchait sous un carré de soleil, certains plus prévoyants partaient aux *chontos* au cas où l'orage se prolongerait au-delà de leurs urgences.

Je regardais cette agitation, le ventre noué par l'angoisse, priant Dieu de me donner la force d'aller jusqu'au bout. « Ce soir, je serai libre. » Je me répétais cette phrase sans cesse, pour ne pas penser à la peur qui me tendait les muscles et les vidait de leur sang, pendant que je faisais difficilement les gestes mille fois prévus dans mes insomnies : attendre qu'il fasse nuit pour construire mon leurre, plier le grand plastique noir et le glisser à l'intérieur de ma botte, déplier le petit plastique gris qui me servirait de poncho imperméable, vérifier que ma compagne soit prête. Attendre que l'orage éclate.

J'avais appris de mes tentatives précédentes que le meilleur moment pour leur fausser compagnie était l'heure entre chien et loup. Elle arrivait dans la jungle exactement à 18 h 15, et durant quelques minutes, alors que l'œil commençait à s'adapter à l'obscurité, et avant que le soir ne tombe complètement, nous étions tous aveugles.

J'avais prié pour que l'orage éclate pile à cette heure-là. Si nous sortions du campement juste avant que la nuit ne prenne possession de la forêt, les gardes se succéderaient sans rien remarquer de particulier et l'alerte ne serait donnée que le lendemain à l'aube. Cela nous laissait le temps nécessaire pour prendre de la distance et nous cacher pendant la journée. Les équipes lancées à notre recherche iraient beaucoup plus vite que nous, parce qu'elles étaient bien plus entraînées et qu'elles bénéficieraient de la lumière du jour. Mais si nous réussissions à sortir sans laisser de traces, plus nous nous éloignerions, plus le périmètre de leur recherche s'étendrait. Et bientôt la surface qu'ils auraient à fouiller demanderait un nombre d'hommes supérieur à celui dont ils disposaient dans le campement. Je pensais que l'on pourrait se déplacer la nuit, car eux ne nous chercheraient pas dans le noir : leurs torches électriques nous permettraient de les repérer et de nous cacher avant qu'ils ne puissent nous localiser. Au bout de trois jours, en marchant toute la nuit, nous serions à une vingtaine de kilomètres du campement, et il leur serait impossible de nous retrouver. Il faudrait alors se mettre à marcher de jour, près du fleuve, sans le longer tout à fait, car c'est par là qu'ils poursuivraient le plus probablement leur recherche, pour arriver finalement quelque part où nous serions habilitées à demander de l'aide. C'était faisable, oui, j'y croyais. Mais il fallait partir tôt pour avoir le plus de temps de marche possible pendant cette première nuit et pour augmenter au maximum notre éloignement du campement.

Or, ce soir-là, l'heure propice était passée et l'orage n'avait toujours pas éclaté. Le vent soufflait sans s'arrêter, mais le tonnerre grondait au loin, et une certaine tranquillité était revenue au campement. Le garde s'était enroulé dans un grand plastique noir qui lui donnait un air de guerrier antique, bravant les éléments la cape au vent. Et chacun se préparait pour l'arrivée de l'orage avec la sérénité du vieux matelot qui pense avoir arrimé sa charge.

Les minutes s'égrenaient avec une lenteur infinie. Une radio au loin nous faisait parvenir les échos d'une musique joyeuse. Le vent continuait de souffler mais le tonnerre s'était tu. De temps à autre, un éclair traversait la muraille végétale et ma rétine imprimait dans mon cerveau l'image du campement en négatif. Il faisait frais, presque froid. Je sentais l'électricité traverser l'espace et hérisser ma peau. Peu à peu, mes yeux se gonflaient à force de scruter l'obscurité, mes paupières devenaient pesantes. « Il ne va pas pleuvoir ce soir. » J'avais la tête lourde. Clara s'était enroulée dans son coin, gagnée par l'assoupissement, et je me sentais moi-même aspirée dans un sommeil profond.

Une bruine qui traversait les planches me réveilla. Sa fraîcheur sur ma peau me fit frissonner. Le bruit des premières gouttes de pluie sur le zinc acheva de me sortir de ma torpeur. Je touchai le bras de Clara : il fallait partir. La pluie devenait à chaque instant plus dense, plus épaisse, plus serrée. Mais la nuit était toujours trop claire. La lune n'était pas de notre côté. Je regardai entre les planches au-dehors, on y voyait comme en plein jour.

Il faudrait courir de la cage tout droit devant, en espérant que, des tentes voisines, personne n'aurait l'idée de regarder à cet instant précis vers notre prison. Je réfléchissais. Je n'avais pas de montre, c'était sur celle de ma compagne que je comptais. Elle n'aimait pas que je lui demande l'heure. J'hésitai à lui poser la question, puis me lançai.

— Il est 9 heures, me répondit-elle, comprenant que

ce n'était pas le moment de créer des tensions superflues.

Le campement dormait déjà, ce qui était une bonne chose, mais la nuit devenait de plus en plus courte pour nous.

Le garde luttait pour se protéger des trombes d'eau qui déferlaient sur lui, le vacarme de la pluie sur le zinc couvrait mes coups de pied sur les planches pourries. Au troisième coup, la planche vola en morceaux. Cependant l'ouverture ainsi pratiquée n'était pas bien grande.

Je passai mon petit sac à dos au travers et le déposai dehors. J'en revins les mains trempées. Je savais qu'il nous faudrait passer des journées entières mouillées jusqu'aux os et l'idée m'en était devenue absolument répulsive. Je m'irritais contre moi-même à la pensée qu'une quelconque notion de confort puisse s'interposer dans ma lutte pour la liberté. Il me semblait ridicule de perdre autant de temps à me convaincre que je ne tomberais pas malade, que ma peau ne partirait pas en lambeaux au bout de trois jours d'intempéries. Je me disais que j'avais eu la vie trop facile, et que j'étais conditionnée par une éducation où la peur du changement se camouflait sous des prescriptions de prudence. J'observais ces jeunes gens qui me retenaient prisonnière et ne pouvais m'empêcher de les admirer. Ils n'avaient pas chaud, ils n'avaient pas froid, rien ne les piquait, ils déployaient une habileté remarquable dans toutes les activités demandant de la force et de la souplesse, et se déplaçaient dans la jungle en marchant trois fois plus vite que moi. La peur que je devais surmonter était faite de toutes sortes de préjugés. La première tentative d'évasion avait échoué parce que j'avais eu peur de mourir de soif, m'interdisant de boire l'eau marron des flaques qui jonchaient le sol. Cela faisait maintenant des mois que je m'exerçais à boire l'eau boueuse du fleuve, pour me prouver que je survivrais aux parasites qui devaient déjà avoir colonisé mon ventre.

Je soupçonnais d'ailleurs le commandant du Front qui m'avait capturée, « El Mocho » Cesar, d'avoir donné aux guérilleros la consigne de « bouillir l'eau pour les prisonnières » devant moi, afin que je reste mentalement dépendante de cette mesure d'asepsie, que j'aie peur de quitter le campement et de m'aventurer dans la jungle.

Pour alimenter notre peur de la forêt, ils nous avaient conduites au bord du fleuve afin d'assister à la mise à mort d'un immense serpent qu'ils avaient capturé alors qu'il s'apprêtait à attaquer une guérillera à l'heure du bain. L'animal était un véritable monstre. Je l'ai mesuré avec mes pieds. Il faisait huit mètres de long et cinquante-cinq centimètres de diamètre — il faisait mon tour de taille. Il fallut trois hommes pour le sortir de l'eau. Ils l'appelaient un *guio*, alors que pour moi c'était un anaconda. Je n'avais rien pu faire pour le déloger de mes cauchemars pendant des mois.

Je voyais cette jeunesse à l'aise dans la jungle et je me sentais maladroite, handicapée et usée. Je commençais à percevoir que c'était l'idée de moi-même qui était en crise. Dans un monde où je n'inspirais ni respect ni admiration, sans la tendresse et l'amour des miens, je me sentais vieillir sans acquittement ou, mieux, condamnée à détester ce que j'étais devenue, si dépendante, si bête, si inutile pour résoudre les petits problèmes quotidiens.

J'observai, pendant quelques instants de plus, l'étroite ouverture et, au-delà, le mur de pluie qui nous attendait. Clara était accroupie à côté de moi. Je me retournai vers la porte de la cage. Le garde avait disparu sous l'orage. Tout était figé, sauf l'eau qui déferlait sans compassion. Ma compagne se tourna vers moi. Nos regards se croisèrent. Nos mains s'étaient retrouvées, nous étions accrochées l'une à l'autre, jusqu'à la douleur.

Il fallait y aller. Je me dégageai, lissai mes vêtements et m'allongeai à côté du trou. Je passai ma tête entre les planches avec une facilité encourageante, puis les épaules. Je me tortillai pour faire avancer le corps. Je me sentis coincée et gigotai nerveusement pour faire sortir un de mes bras. Une fois celui-ci dehors, je poussai. Avec la force de ma main libre, en enfonçant mes ongles dans le sol, je réussis à dégager la totalité de mon torse. Je rampai vers l'avant dans une contorsion douloureuse des hanches pour que le reste du corps glisse de biais par l'échancrure. Je sentis alors que la fin de mon effort était proche et me surpris à frétiller des pieds, avec l'impression désespérante de ne pas pouvoir me dégager. Je sortis enfin, et sautai sur mes jambes. Je me poussai deux pas de côté, pour que ma compagne puisse sortir à son tour.

Mais il n'y avait aucun mouvement du côté du trou. Que faisait Clara ? Pourquoi n'était-elle pas déjà dehors ? Je me mis à quatre pattes pour regarder l'intérieur. Rien, sauf le noir utérin du trou qui m'intimidait. Je me risquai à chuchoter son nom. Pas de réponse. Je glissai une main à l'intérieur et cherchai à tâtons un contact. Une grande nausée me serrait la gorge. Je restai accroupie, scrutant chaque millimètre de mon champ de vision, prête à voir les gardes se jeter sur moi. J'essayai de calculer le temps qui s'était écoulé depuis ma sortie. Cinq minutes ? Dix ? J'étais incapable d'en juger. Je réfléchissais à toute vitesse, indécise, épiant le moindre bruit, guettant la moindre lumière. Une dernière fois, accroupie devant l'ouverture, j'appelai Clara, pressentant qu'il n'y aurait pas de réponse.

Je me redressai. En face de moi, la jungle épaisse et cette pluie torrentielle venue exaucer toutes mes prières des jours précédents. J'étais dehors, il n'y avait pas de marche arrière possible. Il fallait faire vite. Je m'assurai que l'élastique qui tenait mes cheveux était bien en place. Je ne voulais pas que la guérilla puisse trouver le moindre indice du chemin que j'allais prendre. Lentement je comptai : un... deux... À trois je partis, droit devant, vers la forêt.

Je courais, courais, prise d'une panique incontrôlable, évitant les arbres par réflexe, incapable de voir ou d'entendre ou de penser, droit devant jusqu'à l'épuisement.

Enfin, je m'arrêtai pour jeter un coup d'œil en arrière. Je pouvais encore voir la lisière de la forêt, comme une clarté phosphorescente entre les arbres. Lorsque mon cerveau se remit en marche, je réalisai que je revenais mécaniquement sur mes pas, incapable de me résigner à partir sans elle. Je recomposai une à une dans ma tête toutes nos conversations, repassant les consignes convenues entre nous. Une en particulier me revenait en mémoire et je m'y accrochais avec espoir : si l'on se perdait à la sortie, on se retrouverait aux *chontos*. Nous l'avions évoqué une fois, rapidement, sans nous y attarder.

Heureusement mon sens de l'orientation semblait bien fonctionner. Je pouvais me perdre dans une grande ville quadrillée, mais dans la jungle je retrouvais mon nord. J'étais ressortie pile au niveau des *chontos*. Bien sûr, l'endroit était vide. Je regardai dégoûtée le foisonnement des bestioles au-dessus des trous remplis d'excréments, mes mains sales, mes ongles noirs de boue, et cette pluie qui n'arrêtait pas. Je ne savais plus quoi faire, prête à sombrer dans le désespoir.

J'entendis des voix et revins rapidement me réfugier dans l'épaisseur de la jungle. Je tentai d'apercevoir ce qui se passait du côté du campement et en fis le tour pour me rapprocher de la cage, me plaçant sous couvert, juste à l'endroit où j'étais sortie. L'orage avait fait place à une petite pluie persistante qui laissait voyager les sons. La voix forte du commandant parvint jusqu'à moi. Impossible de comprendre ce qu'il disait, mais le ton menaçant y était. Une lampe de poche éclaira l'intérieur de la cage, puis le faisceau de lumière jaillit violemment à travers le trou des planches et se promena dans la clairière de gauche à droite passant à quelques centimètres de ma cachette. Je fis un pas en arrière, transpirant abondamment, avec une forte envie de vomir, le cœur en cavale. C'est alors que j'entendis la voix de Clara. La chaleur qui m'étouffait fit place sans transition à un froid mortel. Je me mis à trembler de tout mon corps. Je ne comprenais pas ce qui avait pu se passer : pourquoi avait-elle été capturée ? D'autres lumières apparurent, des ordres fusaient, un groupe d'hommes muni de torches électriques se dispersa : certains inspectaient le pourtour de la cage, les angles, le toit. Ils s'attardèrent près du trou, puis éclairèrent la lisière de la jungle. Je les vis parler entre eux.

La pluie cessa complètement et l'obscurité tomba comme une chape de plomb. Je devinais la silhouette de ma compagne à l'intérieur de la cage, à une trentaine de mètres de ma cachette. Elle venait d'allumer une bougie, prérogative très rare : en tant que prisonnières nous n'avions pas le droit d'avoir de la lumière. Elle parlait avec quelqu'un, mais ce n'était pas le commandant. Les voix étaient posées, comme retenues.

Seule, trempée et tremblante, je contemplais ce monde qui ne m'était plus accessible. Il était si tentant de s'avouer vaincue pour revenir au sec et au chaud. Je contemplai cet espace de lumière, en me disant qu'il ne fallait pas m'apitoyer sur mon sort, je me répétais : « Il faut partir, il faut partir, il faut partir ! »

Je me décollai de la lumière dans la douleur et je m'enfonçai dans l'obscurité. Il s'était remis à pleuvoir. Je portai les mains en avant pour éviter les obstacles. Je n'avais pas réussi à me procurer de machette, mais j'avais une lampe de poche. Le risque qu'il y avait à s'en servir était aussi grand que la peur que je ressentais en ne l'utilisant pas. J'avançais lentement dans cet espace menaçant, me disant que je l'allumerais lorsque je n'en pourrais vraiment plus. Mes mains heurtaient des surfaces humides, rugueuses et visqueuses, et je m'attendais à tout instant à ressentir la brûlure d'un venin foudroyant.

L'orage se déchaîna à nouveau. J'entendais le grondement de la pluie battant contre les couches de végétation qui me protégeraient encore pendant quelques minutes. Je m'attendais à tout instant que mon fragile toit de feuilles finisse par céder et s'ouvre sous le poids de l'eau. La perspective du déluge qui ne tarderait pas à me submerger m'accablait. Je ne savais plus si ce qui coulait sur mes joues était des gouttes d'eau ou des larmes, et je m'exaspérais à devoir traîner ce reliquat d'enfant pleurnichard.

Je m'étais déjà considérablement éloignée. Un

éclair déchira la forêt, atterrissant à quelques mètres de moi. Le temps d'un clignement, l'espace environnant me fut dévoilé dans toute son horreur. Entourée d'arbres gigantesques, j'étais à deux pas de tomber dans un ravin. Je m'arrêtai net, totalement aveuglée. Je m'accroupis pour reprendre mon souffle entre les racines de l'arbre qui se tenait devant moi. J'étais sur le point de sortir enfin la lampe de poche, lorsque je remarquai au loin des jets de lumière qui surgissaient par intermittence et se dirigeaient vers moi. J'entendais leurs voix. Ils devaient être tout près, l'un d'eux criait qu'il m'avait aperçue. Je me camouflai entre les racines du vieil arbre en suppliant le Seigneur de me rendre invisible.

Je suivais la direction de leurs pas au balancement des faisceaux lumineux. L'un d'eux braqua sa lampe sur moi et m'éblouit. Je fermai les yeux, immobile, m'attendant à des hurlements de victoire avant qu'ils ne me sautent dessus. Mais les rayons de lumière m'abandonnèrent, se baladèrent plus loin, revinrent un instant, puis s'éloignèrent pour de bon, me lâchant dans le silence et dans l'obscurité.

Je me levai sans trop y croire, encore tremblante, et m'appuyai contre l'arbre centenaire pour reprendre mes esprits. Je restai ainsi de longues minutes. Un nouvel éclair illumina la forêt d'un coup. De mémoire, je me frayai un chemin là où je croyais avoir aperçu un passage entre deux arbres, attendant qu'un prochain éclair vienne me sortir à nouveau des ténèbres. Les gardes n'étaient plus là.

Déjà ma relation avec ce monde de la nuit changeait. J'avançais plus facilement, mes mains étaient plus rapides à réagir et mon corps apprenait à anticiper les accidents de terrain. La sensation d'horreur commençait à se diluer. Ce n'était plus un milieu

totalement hostile que j'avais autour de moi. Je percevais ces arbres, ces palmes, ces fougères, cette broussaille envahissante, comme un possible refuge. Du
coup, le désarroi que me causait mon état, le fait
d'être trempée, de saigner des mains et des doigts,
d'être couverte de boue, sans savoir où aller, tout
cela perdait de son importance. Je pouvais survivre.
Il fallait marcher, rester dans le mouvement, m'éloigner. À l'aube, ils reprendraient leur poursuite. Mais
dans l'énergie de l'action, je me répétais « je suis
libre » et ma voix me tenait compagnie.

Imperceptiblement, la jungle devint plus familière, passant du plat monde noir des aveugles aux
reliefs en monochrome. Les formes se firent plus
distinctes et finalement les couleurs reprirent possession de l'univers : c'était l'aube. Il fallait trouver
une bonne cachette.

Je pressai le pas, imaginant leurs réflexes et cherchant à deviner leurs pensées. Je voulais trouver
un affaissement de terrain qui me permettrait de
m'enrouler dans mon grand plastique noir et de me
couvrir de feuilles. La forêt passa du gris-bleu au vert
en quelques minutes. Il devait déjà être 5 heures
du matin, je savais qu'ils pouvaient être sur moi à
n'importe quel moment. Pourtant la forêt paraissait
si close ! Pas un bruit, pas un mouvement, le temps
semblait suspendu.

J'avais du mal à me remettre en état d'alerte, trompée par cette quiétude rassurante qu'apportait la
lueur du jour. Je continuais à avancer, néanmoins
avec précaution. Soudain, sans prévenir, une grande
clarté troua l'espace de part en part. Intriguée, je me
retournai. Derrière moi, la forêt gardait toujours son
opacité. Je compris alors ce que ce phénomène

annonçait. À quelques pas, les arbres s'écartaient déjà pour laisser la place au ciel et à l'eau.

La rivière était là. Je la voyais avancer par saccades, emmenant furieusement dans son lit des arbres entiers qui semblaient appeler à l'aide. Cette eau bouillonnante m'intimida. Il fallait pourtant se jeter dedans et se laisser porter. Le salut était à ce prix.

Je restai immobile. L'absence de danger imminent me fournissait de bonnes raisons de ne pas plonger. La lâcheté prenait forme. Ces troncs d'arbres qui tournaient sur l'eau, et disparaissaient pour rebondir plus loin, avec leurs branches étendues vers le ciel, c'était moi. Je me voyais engloutie dans cette boue liquide. Ma couardise inventait des prétextes pour différer l'action. Avec ma compagne, je n'aurais probablement pas hésité ; j'aurais vu dans ces troncs emportés par le courant de parfaites bouées de sauvetage. Mais, j'étais envahie par une peur faite d'une série de petites peurs minables. Peur d'être à nouveau trempée alors que j'avais réussi à me réchauffer déjà avec la marche. Peur de perdre mon sac à dos avec les maigres provisions qu'il contenait. Peur d'être emportée par les flots. Peur d'être seule. Peur d'avoir peur. Peur de mourir, bêtement.

Alors, dans cette réflexion qui me dénudait honteusement devant moi-même, je compris que j'étais encore un être médiocre et quelconque. Que je n'avais pas encore assez souffert pour avoir dans le ventre la rage de lutter à mort pour ma liberté. J'étais encore un chien qui, malgré les coups, attendait la gamelle. Je regardai autour de moi nerveusement, cherchant un trou où me cacher. Les gardes allaient à leur tour atteindre le fleuve, et ils chercheraient ici plus qu'ailleurs. Revenir en arrière, dans l'épaisseur de la jungle ? Ils étaient à mes trousses et je risquais de me retrouver nez à nez avec eux.

Il y avait près du fleuve des mangroves et de vieux troncs pourrissants, vestiges d'anciens orages. Un en particulier était d'un accès difficile, mais présentait un renfoncement profond sur tout un flanc. Les racines des palétuviers formaient un barrage autour de lui et cachaient au mieux, me semblait-il, la vue sur l'endroit. À quatre pattes, puis en rampant et en me tortillant, je réussis à gagner mon creux. Je dépliai soigneusement le grand plastique coincé à l'intérieur de ma botte depuis ma sortie. Mes chaussettes étaient remplies d'eau, mon plastique aussi. Je le secouai mécaniquement, et fus effrayée par le bruit. J'arrêtai tout, retenant mon souffle pour discerner le moindre mouvement. La forêt se réveillait, le bourdonnement des bestioles prenait de l'ampleur. Rassurée, je repris ma tâche pour bien me cacher dans la cavité du tronc, enroulée dans mon plastique.

Alors je la vis. Yiseth.

Elle me tournait le dos. Elle était arrivée au trot, sans fusil mais le revolver au poing. Elle portait un débardeur en tissu de camouflage auquel sa féminité donnait un air inoffensif. Elle se retourna au ralenti et ses yeux trouvèrent les miens instantanément. Elle les ferma une seconde comme pour remercier le ciel et s'approcha précautionneusement.

Elle me tendit la main avec un sourire triste, comme pour m'aider à sortir de ma cachette. Je n'avais plus le choix. Je m'exécutai. C'est elle qui replia soigneusement mon plastique et me l'étira pour que je le remette à l'intérieur de ma botte. Elle hocha la tête puis, satisfaite, s'adressa à moi comme à une enfant. Ses mots étaient étranges. Elle n'avait pas le discours emprunté des gardes toujours soucieux de ne pas être pris en défaut par un camarade. En regardant vers le fleuve comme si elle se parlait tout haut, tandis que son discours se chargeait de regrets, elle finit par m'avouer qu'elle aussi avait pensé s'enfuir à plusieurs reprises. Je lui parlai alors de mes enfants, de mon besoin urgent d'être avec eux, de revenir à la maison. Elle me raconta qu'elle avait laissé son petit bébé chez sa mère alors qu'il n'avait que quelques mois. Elle se mordait les lèvres et ses yeux noirs se remplirent de larmes. « Partez avec moi », lui proposai-je. Elle me prit les mains et son regard redevint froid. « Ils nous trouveraient et nous tueraient. » Je la suppliai, lui serrant les mains encore plus fort, l'obligeant à me regarder. Elle refusa net, reprit son arme et me dévisagea. « S'ils me voient vous parler, ils me tueront. Ils ne sont pas loin. Marchez devant moi et écoutez attentivement ce que je vais vous dire. » J'obéis, ramassant mes affaires, remettant mon sac en bandoulière. Elle se colla derrière moi et chuchota, sa bouche contre mon oreille : « L'ordre du commandant est de vous maltraiter. Quand ils arriveront, ils vont vous hurler dessus, vous insulter, vous pousser. Ne répondez surtout pas. Ne dites rien. Ils veulent vous punir. Ils vous emmèneront... Il n'y aura que des hommes avec vous. Nous les femmes, nous avons l'ordre de rentrer au campement. Est-ce que vous avez pigé ? »

Ses mots résonnaient vides entre mes tempes. J'avais l'impression d'avoir perdu mon espagnol. Je fis un grand effort de concentration, essayant d'aller au-delà des sons, mais l'angoisse avait paralysé mon cerveau. Je marchais sans savoir que je marchais, je regardais ce monde du dedans, comme si j'étais dans un aquarium. La voix de cette jeune femme m'arrivait déformée, très fort par intermittence, elle s'éteignait puis revenait encore. Je sentais ma tête très lourde, prise dans un étau. Ma langue s'était recouverte d'une pâte sèche qui la maintenait collée au palais et ma respiration était devenue profonde et lourde, comme s'il me fallait pomper l'air d'une bouteille d'oxygène. Je marchais et le monde montait et descendait au rythme de mes pas. Mon crâne vibrait, envahi par les battements amplifiés de mon cœur.

Je ne les vis pas arriver. L'un d'eux se mit à tourner autour de moi, le visage rouge comme un petit cochon et les cheveux blonds hérissés. Il tenait à bout de bras son fusil au-dessus de sa tête, sautait et gesticulait, s'abandonnant à une ridicule et violente danse guerrière.

Un coup dans les côtes me fit comprendre qu'il y en avait un second, un petit homme brun avec des épaules puissantes et des jambes arquées. Il venait de m'enfoncer le canon de son fusil au-dessus des hanches et faisait mine de se retenir pour ne pas récidiver. Il hurlait et crachait, m'insultant avec des mots grossiers et absurdes.

Je ne voyais pas le troisième. Il me poussait dans le dos. Son rire méchant semblait exciter les deux autres. Il m'arracha le sac et le vida par terre, fouillant avec la pointe de sa botte les objets qu'ils savaient précieux pour moi. Il riait et les enfonçait dans la boue avec son pied pour m'obliger ensuite à les ramasser et à les remettre dans mon sac. Agenouillée, je repérai dans ses mains l'éclat d'un objet métallique. Je distinguai alors le cliquetis de la chaîne et me redressai d'un bond pour lui faire face. La jeune femme était restée là près de moi, m'empoignant le bras avec force et m'obligeant à marcher. Le gars qui riait lui fit signe de partir. Elle haussa les épaules, acceptant sa défaite, évita mon regard et m'abandonna.

Je restai tendue et absente, le sang cognant aux tempes. Nous avions avancé de quelques mètres, l'orage avait fait monter les eaux et avait transformé l'endroit. C'était devenu un étang parsemé d'arbres qui s'étaient obstinés à ne pas quitter les lieux. Plus loin, au-delà des eaux stagnantes, on devinait la violence du courant au frémissement persistant des arbustes.

Les hommes tournaient autour de moi en aboyant. Le cliquètement de la chaîne se faisait pressant. Le gars jouait avec pour la rendre vivante comme un serpent. Je m'interdisais tout contact visuel, essayant de planer au-dessus de cette agitation, mais ma vision périphérique accrochait des gestes et des mouvements qui me glaçaient le sang.

J'étais plus grande qu'eux, je me tenais la tête droite et rigide, et mon corps tout entier était tendu par la colère. Je savais que je ne pouvais rien contre eux, mais qu'ils n'en étaient pas certains. Ils avaient plus peur que moi, je le sentais, cependant ils avaient pour eux la haine et la pression des autres. Il suffisait d'un geste pour que soit rompu cet équilibre dans lequel je gardais encore l'avantage.

J'entendis l'homme à la chaîne s'adresser à moi. Il répétait mon nom avec une familiarité insultante. J'avais décidé qu'ils ne me feraient pas de mal. Quoi qu'il puisse arriver, ils n'auraient pas accès à l'essence de moi-même. Je sentais que, si je pouvais rester inaccessible, j'éviterais le pire.

La voix de mon père m'arriva de très loin, un seul mot me venait à l'esprit, en majuscules. Mais je découvris avec horreur que ce mot s'était complètement vidé de son sens et qu'il ne me renvoyait à aucune notion concrète, sauf à l'image de mon père debout, les lèvres serrées, le regard entier. Je ressassai ce mot comme une prière, comme une incantation magique qui pourrait peut-être défaire le maléfice. DIGNITÉ. Cela ne signifia plus rien, le répéter avait suffi pour me faire adopter l'attitude de mon père, à la manière d'un enfant qui copie les expressions sur le visage de l'adulte face à lui, et qui sourit ou pleure, non pas qu'il ressente de la joie ou de la douleur, mais parce que, en reproduisant les expressions qu'il voit, il déclenche en lui-même les émotions qu'elles sont censées manifester.

Et par ce jeu de miroir, sans que ma réflexion y soit pour quelque chose, je compris que j'étais allée au-delà de la peur, et je murmurai : « Il y a des choses qui sont plus importantes que la vie. »

La rage m'avait quittée, faisant place à une extrême froideur. L'alchimie qui se faisait en moi, imperceptible de l'extérieur, avait substitué à la rigidité de mes muscles une force du corps qui se préparait à parer aux chocs de l'adversité. Il n'y avait pas de résignation, loin de là, pas de fuite en avant non plus. Je m'observais de l'intérieur, mesurais ma force et ma résistance, ma capacité non pas à rendre des coups, mais à les recevoir, comme un navire battu par les vagues, mais qui ne coule pas.

Il s'approcha tout près et, d'un geste rapide, essaya de me passer la chaîne autour du cou. J'esquivai instinctivement et me retrouvai un pas de côté, hors d'atteinte. Les deux autres, sans oser s'avancer, lançaient des invectives pour l'encourager à recommencer. Piqué dans son orgueil, il se retenait, calculant le moment précis pour réattaquer. Nos regards se croisèrent, il dut lire dans le mien ma détermination à éviter la violence et l'interpréter comme de l'insolence. Il se rua vers moi, me frappa de plein fouet sur le crâne avec la chaîne. Je tombai à genoux. Le monde tournait autour de moi. Après le noir initial, la tête entre les mains, je vis des étoiles apparaître de façon intermittente derrière mes yeux, avant que ma vision ne finisse par redevenir normale. Je sentais une douleur intense, doublée d'une grande tristesse qui m'envahissait par petits flots au fur et à mesure que je prenais conscience de ce qui venait d'arriver. Comment avait-il pu ? Je n'éprouvais pas de l'indignation mais bien pire, la perte de l'innocence. De nouveau mon regard tomba sur le sien. Il avait les yeux injectés de sang et un rictus au coin de la bouche lui déformait les lèvres. Mon regard lui était insupportable : il était mis à nu devant moi. Je l'avais surpris à m'observer avec l'horreur que ses propres gestes provoquaient en lui, et l'idée que je pouvais être un reflet de sa propre conscience le rendait fou.

Il se ressaisit et, comme pour effacer toute trace de culpabilité, il tenta à nouveau de me mettre la chaîne au cou. Je repoussais ses gestes avec fermeté, évitant à chaque fois, le plus possible, le contact physique. Il reprit alors de l'élan et abattit une nouvelle fois la chaîne sur moi, avec un souffle rauque qui décuplait la force de son coup. Je tombai inerte dans l'obscurité, perdant la notion du temps. Je savais que mon corps faisait l'objet de leurs violences. J'écoutais les voix autour de moi pleines de l'écho propre aux tunnels.

Je me sentais prise d'assaut, partant en convulsions, comme emportée dans un train à grande vitesse. Je ne pense pas avoir perdu connaissance mais, bien que je présume avoir gardé les yeux grands ouverts, les coups que j'avais reçus ne me permettaient plus de voir. Mon corps et mon cœur restèrent gelés pendant le court espace d'une éternité.

Lorsque je réussis finalement à m'asseoir, j'avais la chaîne autour du cou et le gars tirait dessus par saccades pour m'obliger à le suivre. Il bavait en me criant dessus. Le retour au campement me parut très long sous le poids de mon humiliation et de leurs sarcasmes. L'un devant moi, les deux autres derrière, ils parlaient à haute voix et échangeaient des cris de victoire. Je n'avais pas envie de pleurer. Ce n'était pas de l'orgueil. C'était juste un mépris nécessaire pour vérifier que la cruauté de ces hommes et le plaisir qu'ils en tiraient n'avaient pas atteint mon âme.

Pendant le temps suspendu de cette marche sans fin, je me sentis devenir plus forte à chaque pas, car plus consciente de mon extrême fragilité. Soumise à toutes les humiliations, obligée de marcher tenue en laisse comme une bête, traversant le campement entier sous les cris de victoire du reste de la troupe, excitant les plus bas instincts d'abus et de domination, je venais d'être témoin et victime du pire.

Mais je survivais dans une lucidité nouvellement acquise. Je savais que, d'une certaine façon, j'avais gagné plus que je n'avais perdu. Ils n'avaient pas réussi à me transformer en monstre assoiffé de vengeance. Pour le reste, je n'étais pas si sûre. Je m'attendais que le mal physique se manifeste dans le repos et me préparais à l'apparition des tourments de l'esprit. Mais je savais déjà que j'avais la capacité de me délivrer de la haine, et voyais dans cet exercice ma plus appréciable conquête.

J'arrivai à la cage, vaincue, mais certainement plus libre qu'avant, ayant pris la décision de me cloisonner, de cacher mes émotions. Clara était assise de dos, face au mur, devant une planche en bois en guise de table. Elle se retourna. Son expression me déconcerta, j'y devinais une poussée de satisfaction qui me blessa. Je la frôlai en passant, sentant l'immense distance qui nous séparait à nouveau. Je cherchai mon coin pour m'y réfugier, sous la moustiquaire, sur ma paillasse, évitant de trop penser car je n'étais pas en état de faire des évaluations correctes. Pour l'heure, j'étais soulagée qu'ils n'aient pas jugé nécessaire d'assurer l'autre bout de ma chaîne à la grille avec un cadenas. Je savais qu'ils le feraient plus tard. Ma compagne ne posa aucune question et je lui en sus gré. Au bout d'un long moment de silence, elle me dit simplement : « Moi, je n'aurai pas de chaîne au cou. »

Je sombrai dans un profond sommeil, repliée comme une bête sur moi-même. Les cauchemars étaient revenus, mais ils avaient changé de nature. Ce n'était plus Papa que je retrouvais en m'endormant, c'était moi toute seule, me noyant dans une eau stagnante et profonde. Je voyais les arbres me regarder, leurs branches se courbant vers la surface frémissante. Je sentais l'eau trembler comme si elle était vivante et puis je perdais de vue les arbres et leurs branches, engloutie dans le liquide saumâtre qui m'aspirait, chaque fois plus profondément, mon corps tendu douloureusement vers cette lumière, vers ce ciel inaccessible malgré mes efforts pour libérer mes pieds et remonter prendre de l'air.

Je me réveillai épuisée et en sueur. J'ouvris mes yeux sur ma compagne, qui me regardait avec attention. Me voyant sortie du sommeil, elle reprit son ouvrage.

— Pourquoi ne m'as-tu pas suivie ?

— La fille a allumé lorsque j'allais sortir. Elle a dû

entendre un bruit… Et j'avais mal organisé mon leurre. Elle a tout de suite vu que je n'étais pas dans mon lit.

— C'était qui ?

— C'était Betty.

Je ne voulais pas aller plus loin. Dans un sens, je lui en voulais de ne pas essayer de savoir ce qui m'était arrivé. Mais, d'un autre côté, j'étais soulagée de ne pas avoir à parler de choses qui me faisaient trop mal. Assise par terre, cette chaîne au cou, je refis tout le parcours des dernières vingt-quatre heures. Pourquoi avais-je échoué ? Pourquoi me retrouvais-je dans cette cage à nouveau, alors que j'avais été libre, totalement libre, tout au long de cette nuit fantastique ?

Je me forçai à penser aux instants éprouvants que je venais de vivre dans les marécages. Je fis alors un effort surhumain pour m'obliger à ouvrir les yeux sur la bestialité de ces hommes. Je voulais me donner le droit d'y mettre des mots, pour pouvoir cautériser mes plaies et me laver.

Mon corps se rebellait : je fus prise de spasmes. Je ramassai en vitesse les mètres de chaîne, bondis hors de la cage, et demandai paniquée au garde la permission d'aller aux *chontos*. Il ne prit pas la peine de répondre : j'étais déjà partie dans mon élan, réduisant à grandes enjambées la distance avec ce qui nous servait de latrines. Mon corps avait la mémoire de ce trajet et savait que je n'y arriverais pas. L'inévitable survint un mètre trop tôt. Je m'accroupis au pied d'un jeune arbre et vomis jusqu'aux tripes. Je restai le ventre vide, secoué de contractions sèches et douloureuses, qui ne faisaient plus rien remonter. Je m'essuyai la bouche du revers de la main et regardai vers un ciel absent. Il n'y avait que du vert. Le feuillage couvrait l'espace comme un dôme. Face à cette immense nature, je me sentais rapetissée davantage, les yeux rendus humides par l'effort et la tristesse.

« Il faut que je me lave. »

L'heure du bain tarderait encore beaucoup à arriver, beaucoup trop pour quelqu'un qui n'avait rien de mieux à faire que de ruminer sa répugnance. J'avais toujours les vêtements trempés de la veille et je sentais affreusement mauvais. Je voulais parler avec le commandant mais je savais qu'il refuserait de me recevoir. Pourtant, l'idée de déranger un garde me donna l'énergie pour me sortir de mon apathie et formuler ma requête. Au moins serait-il ennuyé de devoir me répondre.

Le garde m'observait avec méfiance et s'attendait que je lui parle. Il avait redressé son fusil Galil par prudence et l'avait mis à la verticale sur son ventre, une main sur le canon, l'autre sur la crosse, en position d'alerte.

— J'ai vomi.

— …

— J'ai besoin d'une pelle pour recouvrir.

— …

— Dites au commandant que j'ai besoin de lui parler.

— Rentrez dans la cage. Vous n'avez pas le droit de sortir.

Je m'exécutai. Je le voyais réfléchir à toute vitesse, méfiant, s'assurant que je m'étais éloignée suffisamment du poste de garde. Puis d'un air autoritaire, avec un geste fruste, il héla le guérillero le plus accessible. L'autre se ramena sans courir. Je les vis chuchoter en me dévisageant, le second repartit. Il revint avec un objet qu'il cachait dans sa main.

Une fois arrivé près de l'entrée de la cage, il sauta

prestement à l'intérieur. Il prit rapidement le bout libre de ma chaîne, l'attacha en faisant le tour d'une poutre, et ferma le tout avec un gros cadenas.

Il était clair que cette chaîne au cou, par-delà son poids et la gêne constante qu'elle représentait, était aussi un aveu de leur faiblesse : ils avaient peur que je parvienne à m'évader pour de bon. Je les trouvais pathétiques, avec leurs fusils, leurs chaînes, leur grand nombre, tout cela pour faire face à deux femmes sans défense. Ils étaient couards dans leur violence, veules dans une cruauté qui s'exerçait sous le couvert de l'impunité et sans témoins. Les mots de la jeune guérillera me revenaient à l'esprit. Je n'avais pas oublié. Elle avait voulu m'avertir que c'était bel et bien un ordre. Elle me l'avait dit.

Comment pouvait-on donner un ordre pareil ? Que pouvait-il se passer dans la tête d'un homme pour qu'il exige une telle chose de son subordonné ? Cette jungle me rendait stupide. Dans cet environnement qui m'était hostile, j'avais perdu une grande partie de mes facultés. Il devenait essentiel pour moi d'ouvrir ainsi une porte qui m'aiderait à me remettre en place dans le monde ou, mieux, de remettre le monde en place à l'intérieur de moi-même.

J'étais une femme adulte, j'avais une tête solide. Est-ce que cela me soulagerait de comprendre ? Probablement pas. Il y a des ordres auxquels on doit désobéir, quoi qu'il arrive. Bien sûr, la pression du groupe était pesante. Non seulement celle entre eux des trois hommes, qui avaient reçu l'ordre de me ramener et de me punir, et qui les avait poussés à en rajouter dans la brutalité, mais aussi la pression du reste de la troupe qui les acclamerait s'ils avaient su sévir. Ce n'était pas eux, c'était la représentation qu'ils se faisaient d'eux-mêmes qui m'avait été fatale.

Quelqu'un prononça mon nom et je sursautai. Le garde se tenait debout devant moi. Je ne l'avais pas entendu venir. Il défit le cadenas. Je ne comprenais toujours pas de quoi il s'agissait. Je le vis se mettre à genoux et passer la chaîne en huit entre mes pieds pour la reboucler sur moi avec le même énorme cadenas. Dépitée, je fis mine de me rasseoir, ce qui l'énerva. Il condescendit à m'informer que le commandant voulait me voir. Les yeux écarquillés, je lui demandai comment il pensait que j'allais pouvoir marcher avec cette ferraille entre les jambes. Il me prit par le bras pour me mettre debout et me poussa hors de la cage. Le campement entier était aux premières loges pour assister au spectacle.

Je regardais mes pieds, attentive à coordonner mes pas et à éviter de croiser les regards. Le garde me signifia de me dépêcher, histoire de frimer devant ses camarades. Je ne répondis pas et, comme je ne faisais pas non plus mine d'obéir, il s'énerva pour de bon, soucieux de ne pas passer pour un idiot aux yeux des autres.

J'arrivai à l'autre extrémité du campement, où se trouvait la tente du commandant Andrés, essayant de deviner quel ton il choisirait pour cette audience particulière.

Andrés était un homme tout juste arrivé à la maturité, aux traits fins d'Espagnol et à la peau cuivrée. Il ne m'avait jamais été tout à fait antipathique, même si, depuis le premier jour où il avait assumé le commandement de cette mission, il avait tenu à se rendre inaccessible. Je devinais en lui un fort complexe d'infériorité. Il ne réussissait à sortir de sa méfiance maladive que lorsque la conversation déviait vers les choses de la vie. Il était fou amoureux d'une jolie jeunette, assoiffée de pouvoir, qui le menait par le bout du nez. Il était clair qu'elle s'ennuyait avec lui, mais le fait d'être la femme du commandant lui donnait accès aux luxes de la jungle : elle régnait sur les autres et, comme si cela était concomitant, grossissait à vue d'œil. Peut-être espérait-il que je pourrais lui être utile pour décrypter les secrets de ce cœur féminin qu'il convoitait plus que tout ? À deux reprises il était venu parler avec moi, tournant autour du pot sans avoir le courage d'aller jusqu'au bout de ses pensées. Je l'aidais à se mettre à l'aise, à parler de sa vie, à se confier. Curieusement, cela me donnait l'impression d'être utile.

Andrés était avant tout un paysan. Sa grande fierté était d'avoir su s'adapter aux exigences de la guérilla. Petit mais costaud, il faisait mieux que quiconque ce qu'il exigeait de sa troupe. On le respectait parce qu'il rectifiait lui-même ce que ses subordonnés avaient bâclé. Sa supériorité résidait dans l'admiration qu'il suscitait chez ses soldats. Mais il avait deux faiblesses : l'alcool et les femmes.

Je le retrouvai vautré sur son lit de camp, folâtrant avec Jessica, sa compagne, dont les glapissements résonnaient au-delà du fleuve. Il savait que j'étais là, mais n'avait aucunement l'intention de me laisser croire qu'ils pourraient suspendre leur jeu pour moi. J'attendais donc son bon plaisir. Andrés finit par se retourner, me jetant un regard délibérément dédaigneux, pour me demander ce qui se passait.

— Je voudrais vous parler, mais je crois que ça serait mieux que nous soyons seuls.

Il s'assit, se passa la main dans les cheveux, et demanda à sa compagne de nous laisser, ce qu'elle fit, avec une moue et en traînant les pieds. Après quelques minutes, il demanda au garde qui m'avait accompagnée de partir, lui aussi. Enfin il posa son regard sur moi.

L'animosité, la dureté qu'il affichait voulaient signifier qu'il n'était pas le moins du monde sensible au spectacle de la créature ravagée et enchaînée qu'il avait devant lui. Nous nous jaugions l'un l'autre. Il était étrange pour moi d'assister à cette scène dont j'étais le pivot et qui mettait en évidence les ressorts de la mécanique humaine. Beaucoup de paramètres allaient jouer qui, comme les rouages dentés d'une horloge, dépendraient les uns des autres pour se mettre en mouvement. En premier lieu, j'étais une femme. Il aurait pu être indulgent face à un homme, cela aurait prouvé une noblesse de cœur qui aurait accru son prestige. Mais là, entouré par des dizaines d'yeux qui le scrutaient avec d'autant plus d'avidité que personne ne pouvait l'entendre, il était tenu à une gestuelle impeccable. Il me traiterait âprement, pour ne pas risquer de paraître faible. En second lieu, ce qu'ils avaient fait était haïssable. Les codes écrits dont ils se prévalaient ne leur laissaient pas l'option du doute. Il fallait donc qu'ils se réfugient dans les zones grises de ce qu'ils appelaient les avatars de la guerre : j'étais l'ennemi, j'avais tenté de m'évader.

Ils ne pouvaient regarder leurs actes comme une erreur, qu'ils devraient justifier, ni même comme une bavure qu'ils essaieraient de cacher. Ils voulaient considérer ce qui s'était passé comme le prix à payer pour l'affront que je leur avais fait. Il n'y aurait donc pas de sanctions contre ses hommes, encore moins d'égards pour moi.

J'étais une femme instruite, donc dangereuse. Je pourrais être tentée de le manipuler, de l'embobiner et de le perdre. Il était plus que jamais sur ses gardes, raide de tous ses préjugés et de toutes ses culpabilités.

Je me tenais devant lui, habitée par cette sérénité que produit le détachement. Je n'avais rien à prouver, j'étais vaincue, mortifiée, il n'y avait plus de place en moi pour l'amour-propre. Je pouvais vivre avec ma conscience, mais il me fallait comprendre comment lui vivrait avec la sienne.

Le silence qui s'installa entre nous était le fruit de ma détermination. Il désirait y mettre fin, je me proposais de l'observer à loisir. Il me toisait, je l'examinais. Les minutes s'égrenaient comme une punition.

— Alors, qu'est-ce que vous avez à me dire ?

Il me défiait, agacé par ma présence, par mon silence obstiné. Je m'entendis alors reprendre à haute voix, très lentement, une conversation que je tenais à l'intérieur de moi-même depuis que j'étais revenue dans ma cage.

Il était imperceptiblement transporté dans l'intimité de ma douleur et, au fur et à mesure que je lui dévoilais la profondeur de mes blessures, comme à un médecin à qui l'on montre une plaie suppurante, je le voyais blêmir, incapable de m'interrompre, fasciné et dégoûté à la fois.

Je n'avais plus besoin d'en parler pour m'en délivrer. Je pouvais donc lui décrire avec précision ce que j'avais vécu.

Il me laissa finir. Mais dès que je relevai les yeux, ce qui trahissait ma secrète envie de l'écouter, il reprit sa contenance et assena le coup qu'il avait méticuleusement préparé bien avant que je n'arrive : « Vous dites cela. Mais mes hommes disent autre chose… » Il était allongé sur le côté, appuyé sur un coude, jouant négligemment avec une brindille qu'il tenait dans sa bouche. Il levait les yeux et regardait en face, vers les autres tentes dressées en demi-cercle autour de la sienne, et où la troupe s'était installée pour suivre notre entretien. Sans empressement, ses yeux passaient sur ses hommes, de l'un à l'autre, comme il l'aurait fait lors d'une revue militaire. Il fit une pause, puis enchaîna : «... Et moi je crois ce que mes hommes me disent ! »

Je me mis à pleurer sans retenue, ne pouvant calmer le flot de larmes, contrecoup d'autant plus inattendu que je ne pouvais identifier le sentiment qui l'avait déclenché. J'essayai de faire face à cette inondation en m'aidant de mes manches répugnantes d'odeur de vomissure, en écartant mes cheveux qui collaient à mes joues ruisselantes comme pour accroître ma confusion. Je m'en voulais à mort pour cette absence de retenue. Ma colère me rendait pitoyable et la conscience d'être observée ne faisait qu'augmenter ma gaucherie. L'idée de bouger, de faire le chemin de retour, enchaînée comme je l'étais, m'obligea à me concentrer sur la mécanique du déplacement et m'aida à mettre sous clef mes émotions.

Andrés, ne se sentant plus mis en examen, se relaxa, donna libre cours à sa malignité. «J'ai un cœur sensible... Je n'aime pas voir pleurer une femme, encore moins une prisonnière ! Dans notre règlement, il est stipulé que nous devons avoir de la considération pour les prisonniers... » Il souriait de toutes ses dents, sachant qu'il faisait les délices de la galerie. Avec un doigt, il fit signe à celui qui m'avait brutalisée de venir. Le gars s'approcha, roulant des épaules, l'air de celui qui comprend l'importance de la mission qui va lui être confiée. « Enlevez-lui les chaînes, on va lui montrer que les FARC savent avoir de la considération. »

Je me fis violence pour supporter sans broncher le contact des mains de cet homme, qui frôlaient ma peau en introduisant la clef du cadenas pendu à mon cou.

Le gars eut l'intelligence de ne pas trop en faire, puis il s'agenouilla sans me regarder pour enlever la chaîne qui retenait mes pieds.

Allégée de ce poids, je me demandais quoi faire. Fallait-il partir sans en demander plus, ou remercier le commandant pour ce geste de clémence ? Son indulgence était le résultat d'un jeu pernicieux. Le but était d'accroître l'avanie à laquelle il m'avait soumise, par une boutade ingénieuse qui me rendait redevable à mon tortionnaire. Il avait tout planifié, usant de ses subordonnés comme de ses valets. Auteur intellectuel de sa vilenie, il prétendait en être le juge.

J'optai pour la sortie qui m'aurait tant coûté autrefois : je le remerciai donc avec toutes les formes de la courtoisie. J'éprouvais le besoin de m'habiller de rites, de recouvrer ce qui faisait de moi un être humain civilisé, moulé par une éducation qui s'inscrivait dans une culture, dans une tradition, dans une histoire. Plus que jamais, je ressentais le besoin de m'éloigner de la barbarie. Il me regarda surpris, ne sachant pas si je me moquais de lui, ou si j'avais fini par courber l'échine.

Je pris le chemin de retour, sentant sur moi des regards moqueurs, mais où pouvait se lire le dépit de constater que, malgré tout, je m'en étais bien tirée. Sans doute avaient-ils tous conclu que la vieille technique des larmes avait fini par venir à bout de l'opiniâtreté de leur commandant. J'étais une femme dangereuse. Les rôles s'étaient subrepticement inversés : naguère victime, j'étais maintenant redoutée, en tant que femme « politique ».

Cette appellation renfermait toute la haine de classe avec laquelle on leur lavait le cerveau quotidiennement. L'endoctrinement était une des responsabilités du commandant. Chaque campement était construit sur le même modèle et comprenait l'édification d'un salon de classe où le commandant informait et expliquait les ordres et où tout le monde était tenu de dénoncer n'importe quelle attitude non révolutionnaire dont il aurait été témoin, sous peine d'être considéré comme complice, d'être passible d'un jugement en cour martiale et d'être fusillé.

On leur avait expliqué que je m'étais présentée aux présidentielles de Colombie. J'entrais donc dans le groupe des otages politiques, dont le crime était selon les FARC d'avoir fait passer des lois en faveur de la guerre. La réputation de notre groupe était odieuse. Nous étions des sangsues, nous prolongions la guerre pour en tirer des bénéfices économiques. La plupart de ces jeunes gens ne comprenaient pas le sens du mot « politique ». On leur apprenait que la politique était l'activité de ceux qui réussissent à duper le peuple et qui s'enrichissent en volant les impôts.

Le problème avec cette explication était que je la partageais grandement. D'ailleurs, je m'étais engagée en politique dans l'espoir, sinon de changer cet état de choses, du moins d'avoir la possibilité de dénoncer l'injustice.

Pour eux, tous ceux qui n'étaient pas avec les FARC étaient des crapules. Il ne servait à rien que je m'épuise à leur expliquer mon combat et mes idées, cela ne les intéressait pas. Lorsque je leur exposais que je faisais de la politique contre tout ce que je détestais — la corruption, l'injustice sociale et la guerre — leur riposte était imparable : « Vous dites tous la même chose. »

Je revins vers la cage, libre de mes chaînes mais lourde de cette animosité qui se renforçait contre moi. C'est alors que j'entendis pour la première fois cette chanson farquienne entonnée sur un petit air enfantin :

*Esos oligarcas hijue'putas que se roban la plata de los pobres.*
*Esos burgueses malnacidos los vamos a acabar, los vamos a acabar*[1].

Au début, c'était un ronronnement, une sourdine en provenance d'une des tentes, puis le fredonnement se déplaça pour venir m'accompagner sur mon passage. J'étais perdue dans mes divagations, je ne tiquai pas. C'est seulement lorsque des voix d'hommes se mirent à reprendre le couplet, en articulant exprès bien fort, que je levai le nez. Non que j'eusse compris tout de suite le sens des paroles, puisque l'accent régional qui leur faisait déformer certains mots m'obligeait souvent à demander que l'on me répète ce qui avait été dit, mais plutôt parce que le cirque qui s'était mis en place progressivement avait fini par provoquer un rire général. Ce changement d'atmosphère me ramena à la réalité.

Celui qui chantait était celui-là même qui m'avait enlevé les chaînes. Il chantait avec un mauvais sourire aux commissures, bien fort, comme pour ryth-

1. « Ces oligarques, ces fils de pute qui volent l'argent des pauvres / Ces bourgeois, ces mal-nés nous allons les achever, nous allons les achever. »

45

mer ses gestes, tout en faisant semblant de ranger ses affaires à l'intérieur de son sac à dos. L'autre, celui qui avait fait le parcours depuis sa tente à lui, dans le fond, jusqu'à celle-ci, était un pauvre bougre, chétif et déplumé, qui avait l'habitude de fermer les yeux toutes les deux secondes comme pour parer un coup. Une des filles était assise sur la paillasse des gars, elle s'amusait à chantonner l'air qu'ils connaissaient visiblement tous par cœur et elle me reluquait. J'hésitai, fatiguée par trop de combat, me disant qu'après tout je n'avais pas à me sentir visée par les mots de cette chanson. Il y avait dans leur attitude la méchanceté criminelle des cours de récréation. Je savais que le mieux était de faire la sourde oreille. Mais je fis le contraire et m'arrêtai. Le garde qui me collait aux talons eut à peine le temps de s'arrêter et faillit s'écraser bêtement contre moi, ce qui l'énerva fortement. Il me somma d'avancer, sur un ton grossier, profitant d'un public qui lui était acquis sans effort.

Je me tournai vers la fille qui chantonnait, et je m'entendis lui dire : « Ne chantez plus cette chanson devant moi. Vous avez des fusils, le jour où vous voudrez me tuer, vous n'aurez qu'à le faire. »

Elle continua à chanter avec ses compagnons, mais le cœur n'y était plus. Ils ne pouvaient pas, devant leurs victimes, faire de la mort une comptine. Ils avaient compris qu'ils ne devaient pas s'amuser avec la mort.

L'ordre de prendre le bain arriva bien vite. L'après-midi allait prendre fin et on m'annonça que le temps alloué serait très court. Ils savaient que l'heure du bain était pour moi le meilleur moment de la journée. L'écourter était une indication du régime auquel je devais dorénavant m'astreindre.

Je ne dis rien. Escortée par deux gardes, je me rendis à la rivière et plongeai dans l'eau grisâtre. Le courant continuait d'être très fort et le niveau de l'eau n'avait pas cessé de monter. Je m'accrochai à une racine saillante au niveau de la berge et maintins ma tête sous l'eau, les yeux grands ouverts, espérant laver ainsi tout ce que j'avais vu. L'eau était glacée et, à son contact, toutes mes douleurs se réveillèrent. J'avais mal jusqu'à la racine des cheveux.

La collation arriva dès mon retour dans la cage. De la farine, de l'eau et du sucre. Ce soir-là, je me pelotonnai dans mon coin, avec des habits secs et propres, pour boire cette *colada* non parce que c'était bon mais parce que c'était chaud. Je n'aurais pas la force d'affronter d'autres journées comme celle-ci. Je devais me protéger, y compris contre moi-même, car il était clair que je n'étais pas constituée pour endurer longtemps le régime auquel on me tenait assujettie. Je fermai les yeux avant que la nuit ne tombe, respirant à peine, dans l'attente de voir diminuer ma souffrance, mon angoisse, ma solitude et mon désespoir. Pendant les heures de cette nuit sans sommeil, et les journées qui s'ensuivirent, tout mon être entreprit le curieux chemin de l'hibernation de l'âme et du corps, attendant la liberté comme le printemps.

Le lendemain vint, comme tous les matins de toutes les années de toute ma vie. Mais j'étais morte. J'essayais de meubler les heures interminables, occupant mon esprit à tout autre chose qu'à moi-même, mais le monde ne m'intéressait plus.

Je les vis arriver de loin, de l'autre extrémité du campement, en silence, l'un derrière l'autre, ou plutôt l'un poussé par l'autre. Quand ils furent à la hauteur du garde, Yiseth lui parla à l'oreille. D'un signe du menton, il leur autorisa le passage. Elle lui glissait des mots qui avaient l'air de le gêner.

— Nous voulons vous parler, me dit-elle alors que je faisais le nécessaire pour ne pas avoir l'air concernée.

Elle portait le même débardeur en tissu de camouflage que la veille. Elle gardait le même air dur et secret qui la vieillissait.

Je levai les yeux vers elle, des yeux lourds d'amertume. Son compagnon faisait partie du groupe des trois qui s'étaient acharnés contre moi dans les marécages. Sa seule présence me donnait un frisson de répulsion. Elle s'en rendit compte et pressa son compagnon d'un coup d'épaule :

— Alors, dis-lui.

— … Nous sommes… Je suis venu dire que… je regrette. Je demande pardon pour ce que je vous ai dit hier. *Yo no pienso que usted sea una vieja hijue'puta. Quiero pedirle perdón, yo sé que usted es una persona buena*[1].

La scène me paraissait surréaliste. Cet homme venait me faire des excuses, comme un gosse réprimandé par une mère sévère. Oui, ils m'avaient traitée de tous les noms. Mais cela n'était rien face à l'horreur qu'ils m'avaient fait vivre.

Tout était absurde. Sauf le fait qu'ils soient venus. J'écoutais. Je croyais que j'étais indifférente. Je mis du temps à comprendre que ces paroles, et la façon dont elles avaient été dites, m'avaient soulagée intensément.

---

1. « Je ne pense pas que vous êtes une vieille fille de pute. Je veux vous demander pardon, je sais que vous êtes une bonne personne. »

## 2

## *Adieu*

23 février 2009. Cela fait exactement sept ans, jour pour jour, que j'ai été enlevée. À chaque anniversaire, lorsque je me réveille, je sursaute en prenant conscience de la date, alors que je sais depuis des semaines que je m'en approche. J'ai entrepris un compte à rebours conscient voulant marquer ce jour pour ne jamais, jamais l'oublier, pour décortiquer, remâcher, ruminer chaque heure, chaque seconde, de la chaîne d'instants qui ont abouti à l'horreur prolongée de mon interminable captivité.

Je me suis réveillée ce matin comme tous les matins, rendant grâce à Dieu. Comme tous les matins depuis ma libération, je mets quelques instants, des fractions de seconde, à reconnaître l'endroit dans lequel j'ai dormi. Sans moustiquaire, sur un matelas, avec un plafond blanc à la place du ciel camouflé de vert. Je me réveille naturellement. Le bonheur n'est plus un rêve.

Mais aujourd'hui, à l'instant qui a suivi mon réveil, je me suis sentie fautive de ne pas avoir su qu'on était le 23 février. Je me sens coupable de l'avoir égarée dans mes souvenirs, il me semble que le soulagement de me l'être rappelé est bien moindre que le remords de ne pas y avoir pensé. Sous l'effet de ce mécanisme de culpabilité et d'angoisse, ma mémoire est devenue folle, vomissant sur moi une telle quantité de souvenirs que j'ai dû sauter de mon lit et m'échapper de mes draps, comme si leur contact pouvait, par un maléfice irréversible, me happer pour m'engloutir à nouveau dans les profondeurs de la jungle.

Une fois loin du danger, le cœur toujours battant mais bien ancrée dans la réalité, je me suis rendu compte que l'apaisement d'avoir retrouvé ma liberté ne pouvait en rien être comparable à l'intensité du martyre que j'avais connu.

Je me suis souvenue alors de ce passage de la Bible qui m'avait frappée lorsque j'étais en captivité. C'était un cantique de louange à Dieu dans le livre des Psaumes, qui décrit toute la dureté de la traversée du désert. La conclusion m'avait paru surprenante. Il était dit que la récompense de l'effort, du courage, de la ténacité, de l'endurance, n'était pas le bonheur, ni la gloire. Ce que Dieu offrait en récompense, c'était le repos.

Il faut vieillir, pour apprécier la paix. J'avais toujours vécu dans un tourbillon d'événements. Je me sentais vivante, j'étais un cyclone. Je m'étais mariée jeune, mes deux enfants, Mélanie et Lorenzo, comblaient tous mes rêves, et j'avais entrepris de transformer mon pays avec la force et l'aveuglement d'un taureau. Je croyais à ma bonne étoile, je travaillais dur et savais faire mille choses à la fois parce que j'étais sûre que je réussirais.

Janvier 2002. J'étais en voyage aux États-Unis, cumulant les insomnies et enchaînant les rendez-vous pour récolter le soutien de la communauté colombienne à mon parti, Oxígeno Verde, et à ma campagne présidentielle. Ma mère m'accompagnait et nous étions ensemble, quand je reçus un appel de ma sœur, Astrid. Papa avait eu un malaise, rien de grave. Mes parents avaient divorcé des années auparavant, mais ils étaient restés très proches. Ma sœur nous expliquait qu'il était pourtant fatigué et avait perdu l'appétit. Nous nous souvînmes immédiatement de la mort de mes oncles et tantes, tous partis sans prévenir, sur un simple malaise. Astrid nous appela deux jours après : Papa avait fait un arrêt cardiaque. Il fallait que nous rentrions à l'instant même.

Ce voyage de retour fut un cauchemar. J'adorais mon père. Les moments passés près de lui n'avaient jamais été banals. Je ne pouvais concevoir l'existence sans lui que comme un désert d'ennui. J'arrivai à l'hôpital pour le trouver branché à un appareil effrayant. Il se réveilla, me reconnut, son visage se transforma : « Tu es là ! » et il retomba dans un profond sommeil de barbituriques pour revenir à moi dix minutes après, rouvrant ses yeux, et s'exclamer à nouveau : « Tu es là ! ». Et ainsi successivement pendant l'heure qui suivit.

Les médecins nous demandèrent de nous préparer. Le prêtre de sa paroisse vint pour lui administrer l'extrême-onction. Lors d'une parenthèse de lucidité, il nous appela tous auprès du lit. Il avait choisi les paroles de son adieu, prodiguant à chacun des bénédictions avec la justesse d'un sage qui scrute les cœurs.

On nous laissa ma sœur et moi seules avec lui. Je pris conscience que le moment de son départ était arrivé et que je n'étais pas prête. J'éclatai en sanglots, devant lui, accrochée désespérément à sa main. Cette main avait été toujours là pour moi, elle avait écarté les dangers, elle m'avait consolée, elle m'avait tenue pour traverser la rue et guidée dans les moments difficiles de ma vie, et elle m'avait montré le monde. C'était elle que je prenais dès que j'étais près de lui, comme si elle m'appartenait.

Ma sœur se retourna vers moi et me dit d'un air sévère : « Arrête. Nous sommes dans une logique de vie. Papa ne va pas mourir. » Et, prenant son autre main, elle m'assura que tout se passerait bien. Elle le serra fort. Tout en sanglotant, je sentais que quelque chose d'extraordinaire nous arrivait. De mon bras, un flot électrique se déversait à travers mes doigts dans ses artères. Le picotement ne laissait aucun doute. Je regardai ma sœur : « Tu sens ? » Sans montrer de surprise, elle me répondit : « Bien sûr que je sens ! » Dans cette position je passai probablement la nuit entière. Nous baignions dans le silence, sentant ce circuit d'énergie qui s'était formé entre nous, fascinées par une expérience qui n'avait aucune explication, sauf celle de l'amour.

Mes enfants étaient eux aussi venus voir Papa. Ils étaient arrivés de Saint-Domingue avec Fabrice, leur père. Fabrice était resté très proche de Papa, bien que nous ne soyons plus mariés. Papa l'avait toujours aimé comme son propre fils. Lorsque Mélanie était restée seule avec moi au chevet de Papa, elle avait expérimenté, en lui tenant la main, la même sensation étrange de flux électrique qu'Astrid et moi avions ressentie. Papa avait rouvert les yeux lorsque Lorenzo l'avait embrassé ; les enfants d'Astrid, Anastasia et Stanislas, encore en bas âge, tournaient tout autour, voulant se blottir également contre lui. Papa avait été tellement ravi d'avoir toute sa famille à son chevet qu'il avait commencé à récupérer.

Ma mère et moi restâmes près de Papa pendant les deux semaines que dura sa convalescence, vivant à l'hôpital avec lui. Je savais que je n'aurais pas la force de continuer si jamais il venait à me manquer.

En pleine campagne présidentielle, je vivais un moment très important pour notre parti. Oxígeno Verde était une organisation politique encore jeune — créée quatre ans auparavant, elle réunissait un groupe de citoyens passionnés et indépendants, qui luttaient contre la corruption politique qui avait paralysé pendant des années la Colombie. Nous défendions une plate-forme structurée sur une alternative écologiste et un engagement pour la paix. Nous étions Verts, nous soutenions la réforme sociale, nous étions « propres », dans un pays où la politique était menée, trop souvent à notre goût, main dans la main par des barons de la drogue et les paramilitaires.

La maladie de Papa avait eu pour effet de stopper net toutes mes activités politiques. J'avais disparu de la scène médiatique et plongeais en chute libre dans les sondages. Dans la panique, une partie de mes collaborateurs avaient déserté, pour aller renflouer les rangs du candidat qui arrivait en tête. Je me retrouvai à la sortie de l'hôpital avec une équipe réduite pour préparer le sprint final. Les élections présidentielles auraient lieu en mai. Il nous restait trois mois.

La première réunion de l'équipe au complet mit sur le tapis l'agenda des semaines à venir. La discussion fut enflammée. La majorité tenait à ce que nous continuions avec le programme que nous avions fixé au début de la campagne et qui prévoyait une visite à San Vicente del Caguán. Les membres de la direction de ma campagne tenaient à ce que nous allions donner un coup de main au maire de San Vicente, le seul maire élu dans le pays sous les couleurs de notre parti. Notre équipe voulait que je fasse un effort supplémentaire pour compenser les semaines passées au chevet de Papa et que je m'investisse à fond dans la campagne.

Je me sentais dans l'obligation d'être à la hauteur de leur dévouement, et j'acceptai à contrecœur le voyage à San Vicente. Celui-ci avait été annoncé lors d'une conférence de presse au cours de laquelle nous avions expliqué notre plan de paix pour la Colombie. Depuis les années 1940, la Colombie était plongée dans une guerre civile entre le Parti conservateur et le Parti libéral. La guerre avait été si cruelle que cette période fut appelée « La Violencia » — la violence. Cette lutte pour le pouvoir se propageait à partir de la capitale, Bogotá, et ensanglantait la campagne. Les paysans identifiés comme libéraux étaient massacrés par les partisans conservateurs et vice versa. Les FARC[1] naquirent spontanément de la réaction des paysans qui cherchaient à se protéger contre cette violence et à éviter la confiscation de leurs terres par les propriétaires libéraux ou conservateurs. Les deux partis parvinrent à s'entendre pour partager le pouvoir et mettre un terme à la guerre civile, mais les FARC étaient exclus de cet accord. Pendant la guerre froide, le mouvement cessa d'être une organisation rurale et défensive, et devint une guérilla communiste et stalinienne ayant pour but la conquête du pouvoir. Il mit sur pied une hiérarchie militaire et ouvrit des fronts dans différentes parties du pays, s'attaquant à l'armée et à la police. Dans les

---

1. Les initiales officielles sont FARC-EP, qui en espagnol veulent dire : Forces armées révolutionnaires de Colombie - Armée du peuple.

années 1980, le gouvernement colombien tenta de mettre un terme aux hostilités. Une trêve fut proposée aux FARC, puis signée et des réformes politiques ont été votées au Congrès pour soutenir le retour à la paix. Mais, avec la montée du trafic de drogue, les FARC avaient trouvé à financer leur guerre et l'accord de paix échoua. Les FARC ont semé la terreur dans les campagnes, tuant les paysans et les travailleurs ruraux qui n'acceptaient pas leur domination. Bientôt, la rivalité pour le contrôle de la drogue entre les trafiquants de drogue et les FARC a donné lieu à une nouvelle guerre tandis que les paramilitaires émergeaient à la faveur d'une alliance entre l'extrême droite politique (en particulier les propriétaires) et les trafiquants de drogue, destinée à faire face aux FARC et à les expulser de leurs régions. En 1998, Pastrana gagnait les élections présidentielles avec un programme prévoyant de s'engager dans un nouveau processus de paix avec les FARC.

Le but d'Oxígeno Verde était d'établir un dialogue simultané entre tous les acteurs du conflit, tout en maintenant une forte pression militaire. Pour mieux souligner notre message, je m'assis, au cours de la conférence de presse, au centre d'une longue table entre les photos cartonnées, grandeur nature, de Marulanda, le chef des FARC (la plus ancienne guérilla communiste d'Amérique du Sud), et de Castaño, son plus grand adversaire, le chef des paramilitaires, ainsi que les généraux de l'armée colombienne qui combattaient les deux groupes.

Quelques jours auparavant, le 14 février, avait eu lieu une rencontre télévisée de tous les candidats à la présidence, justement à San Vicente del Caguán, avec les membres du « Secretariado » des FARC. Cette rencontre avait été organisée par le gouvernement sortant, qui avait mis l'avion présidentiel à notre disposition pour faire l'aller-retour. Le gouvernement voulait rallier des appuis à son processus de paix. Celui-ci faisait l'objet de critiques de plus en plus acerbes, car les FARC avaient obtenu le contrôle d'une zone de quarante-deux mille kilomètres carrés, pratiquement aussi grande que la Suisse, la « zone de détente », comme garantie pour s'asseoir à la table des négociations. San Vicente del Caguán faisait partie de ce périmètre et en était même le centre.

Les membres des FARC s'étaient retrouvés d'un côté de la table, les candidats et les représentants du gouvernement de l'autre. La rencontre avait tourné au réquisitoire contre la guérilla, accusée de bloquer les négociations.

Pour ma part, lorsque la parole m'avait été donnée, j'avais réclamé des FARC un comportement cohérent avec leurs discours de paix. Le pays venait d'assister avec effroi à la mort de Andrés Felipe Pérez, un petit garçon de douze ans qui suppliait qu'on lui permette de parler avec son papa avant de mourir. L'enfant était atteint d'un cancer en phase terminale, le père était un soldat de l'armée colombienne gardé en otage par les FARC depuis plusieurs années. Les FARC n'avaient pas cédé. J'avais exposé l'amertume que nous ressentions tous, et l'horreur face au manque d'humanité d'un groupe qui se proclamait défenseur des Droits de l'homme. J'avais conclu que la paix en Colombie devrait commencer par la libération de tous les otages détenus par les FARC — plus d'un millier.

La semaine suivante, les FARC détournaient un avion de ligne dans le sud du pays et séquestraient le sénateur le plus important de la région Jorge Eduardo Gechem. Le président Pastrana mit fin au processus de paix. Dans une allocution télévisée, il annonça que, sous quarante-huit heures, l'armée colombienne reprendrait le contrôle de la zone et délogerait les FARC du territoire.

Dans les heures qui suivirent, le gouvernement déclara que les FARC avaient abandonné le territoire de San Vicente et que tout était rentré dans l'ordre. Pour preuve, la presse se faisait l'écho d'une information selon laquelle le président Andrés Pastrana s'y rendait le surlendemain, exactement le jour où nous avions prévu de le faire depuis des semaines.

Les téléphones de notre QG explosèrent. Si le Président allait à San Vicente, nous le pouvions aussi ! Mon équipe de campagne prit contact avec le bureau du Président pour demander si nous pouvions voyager avec son entourage, mais notre requête fut refusée. Après de longues heures de conversation avec la terre entière, il apparut qu'il était possible d'arriver en avion à Florencia — une ville située à trois cent soixante-dix kilomètres au sud de Bogotá — et de faire le reste du parcours en voiture. L'aéroport de San Vicente était sous contrôle militaire et fermé aux vols civils. Les services de sécurité promirent une escorte solide : deux voitures blindées nous attendraient à la descente de l'avion, une pour moi, une autre pour mon équipe de sécurité, qui se déplacerait avec le groupe qui m'accompagnait et moi, ainsi que des motards à l'avant et à l'arrière du convoi.

Je parlai au téléphone avec le maire de San Vicente. Il insistait fortement pour que je vienne. Les hélicoptères militaires avaient survolé le village toute la nuit, et la population était apeurée. Les gens craignaient des représailles, aussi bien des paramilitaires que de la guérilla, car le village de San Vicente avait soutenu le processus de paix. Le maire comptait sur la couverture médiatique dont je bénéficiais en tant que candidate présidentielle pour alerter l'opinion sur les risques encourus par la population. Il pensait que je pourrais servir de bouclier contre les actions violentes qui menaçaient ses concitoyens. Pour achever de me convaincre, il me dit que l'évêque de San Vicente avait pris la route le matin même et était arrivé sans difficulté à destination. Le parcours était sans danger.

J'acceptai donc de m'y rendre, à condition que la présence du dispositif de sécurité au sol me soit confirmée avant notre départ, prévu à 5 heures du matin, le lendemain.

Ce soir-là, je quittai notre QG épuisée. Ma soirée ne faisait pourtant que commencer. J'avais un rendez-vous avec des amis de la gauche colombienne très engagés en faveur d'une paix négociée. Notre but était d'élaborer ensemble une stratégie pour faire face à la nouvelle conjoncture de reprise des hostilités. Je quittai la réunion pour assister au dîner d'une collaboratrice de ma campagne qui avait réuni chez elle le « noyau dur » de la troupe. Nous avions tous besoin de nous retrouver entre nous pour commenter les événements récents.

Au milieu de la soirée, je reçus un appel d'une de mes nouvelles collaboratrices, Clara. Elle avait rejoint notre campagne et avait remplacé notre administrateur qui venait de passer dans les rangs d'un autre candidat à la présidence. Elle voulait faire partie du voyage de San Vicente. Je lui répondis qu'il ne le fallait pas. Il y avait beaucoup de pain sur la planche pour les jours à venir, je lui répétai à plusieurs reprises qu'elle pouvait passer le week-end à préparer tout ce qui restait à faire. Elle insista. Nouvellement arrivée dans la campagne, elle voulait se mettre dans le bain, connaître notre équipe de San Vicente. Nous convînmes donc que je passerais la prendre en voiture, à l'aube.

Je quittai la réunion à 22 heures. J'avais hâte de me retrouver dans les bras de Papa. Il n'aurait pas dîné car il m'attendrait et je tenais à le mettre au lit avant de partir chez moi. Depuis sa sortie de l'hôpital, je m'étais fait une règle de conclure ma journée de travail en allant l'embrasser. C'était un plaisir toujours renouvelé que de discuter avec lui de toutes les petites crises du moment. Il regardait le monde d'en haut. Là où je voyais d'immenses vagues, lui n'observait qu'une petite houle.

J'arrivais toujours les joues froides, et les mains gelées, heureuse de l'embrasser. Il enlevait son masque à oxygène et faisait mine d'être désagréablement surpris : « Oh ! on dirait un crapaud », comme s'il m'en voulait de me coller à lui en lui faisant subir le froid que je ramenais du dehors. C'était un jeu, il déclenchait de cette façon une cascade de baisers qui le faisaient rire.

Pourtant ce soir-là, à mon arrivée, il avait l'air grave sous son masque à oxygène. Il me demanda de m'asseoir sur le bras de son fauteuil et je m'exécutai, intriguée. Il me dit alors :

— Ta mère est très inquiète pour ton voyage de demain...

— Maman est toujours inquiète de tout..., répondis-je avec insouciance.

Puis, en réfléchissant, j'ajoutai :

— Et toi, tu es inquiet ?

— Non, pas vraiment.

— Tu sais, si tu ne veux pas que j'y aille, j'annule tout.

— ...

— Papa, cela ne fait rien si je n'y vais pas. Et puis, je n'en ai pas vraiment envie, je voudrais rester avec toi.

Mon père était la priorité absolue dans ma vie à ce moment-là. Le jour où il était sorti de l'hôpital, son médecin nous avait prises ma sœur et moi à part et nous avait fait entrer dans une petite salle bourrée d'ordinateurs pour nous montrer sur un écran un cœur qui battait. Il avait pointé sur l'écran un parcours capricieux : « Voici l'artère qui maintient votre père en vie. Elle va lâcher. Quand ? Seul Dieu le sait. Cela peut être demain, après-demain, dans deux mois ou dans deux ans. Préparez-vous. »

— Papa, dis-moi que tu as envie que je reste et je resterai.

— Non, ma chérie, fais ce que tu as à faire. Tu as donné ta parole, les gens de San Vicente t'attendent, il faut que tu y ailles.

Je mis ma main dans la sienne, comme toujours. On se regarda dans les yeux, en silence. Papa prenait toujours ses décisions en se fondant sur des principes. Je m'étais beaucoup rebellée contre cela ; jeune, je trouvais cette attitude rigide et bête. Puis, lorsque j'avais dû prendre moi-même mes propres décisions, j'avais compris que, face au doute, le meilleur chemin était toujours le sien. J'avais fait de son exemple ma propre maxime et cela m'avait réussi. Ce soir-là, moi aussi je voyais dans le voyage à San Vicente une question de principe.

Soudain, dans une sorte d'élan irrationnel, je m'entendis lui dire :

— Papa, tu m'attends ! S'il m'arrive quelque chose, tu m'attends ! Tu ne vas pas mourir !

Ses yeux s'écarquillant de surprise, il me répondit :

— Bien sûr que j'attends, je ne vais pas mourir.

Puis son regard se posa, il respira profondément et ajouta :

— Oui, je t'attendrai, mon amour. Si Dieu le veut.

Alors il se tourna vers l'image de Jésus qui trônait dans sa chambre. Son regard était si intense qu'il m'obligea à me retourner à mon tour. Cette image, qui était là depuis toujours, je ne l'avais jamais vraiment regardée. De fait, elle me paraissait, avec mes yeux d'adulte, un rien kitsch. Pourtant, c'était un Jésus de résurrection, plein de lumière, les bras ouverts et le cœur saillant. Il me fit me placer devant lui, sous l'image sainte, et dit :

— Mon Bon Jésus, prends soin de cette fille. (*Mi Buen Jesús, cuídame a esta niña.*)

Il tapota ma main pour bien indiquer que c'était de moi qu'il parlait, comme si sa demande pouvait prêter à confusion.

Je sursautai comme lui quelques minutes auparavant. Ses mots me paraissaient curieux. Pourquoi disait-il « cette fille » et non pas « ma fille » ? Papa usait souvent de tournures vieillottes, il était né avant le tramway, au temps des berlines et des chandelles. Je restais immobile, scrutant l'expression de son visage.

« *Cuídame a esta niña.* » Il répéta deux ou trois fois cette phrase qui m'imprégna intimement, comme de l'eau qu'il aurait versée sur ma tête. Je m'agenouillai devant lui, en serrant ses jambes contre moi, et y posai ma joue :

— Ne t'inquiète pas. Tout va bien se passer.

C'était plus pour me rassurer moi-même que je

venais de prononcer ces mots. Je l'aidai ensuite à regagner son lit, prenant soin de bien placer la bouteille d'oxygène à son chevet. Il alluma la télévision qui diffusait le dernier bulletin d'information. Je me blottis contre lui et reposai ma tête sur sa poitrine, écoutant le battement de son cœur, et m'assoupis dans ses bras, confiante.

Vers minuit, je me levai, éteignis les lumières et l'embrassai en le couvrant bien. Il sortit une main pour me donner la bénédiction et s'endormit avant même que j'aie franchi le pas de sa porte. Je me retournai pour le regarder une dernière fois avant de partir, ce soir-là, comme tous les soirs auparavant.

Je ne pouvais pas savoir que c'était la dernière fois que je le voyais.

## 3

## *La capture*

23 février 2002. L'escorte arriva comme prévu un peu avant 4 heures du matin. Il faisait nuit et je m'habillai avec mon uniforme de campagne : tee-shirt imprimé de notre slogan pour la présidentielle : « Pour une Colombie Nouvelle », jeans et bottines de randonnée. J'endossai ma veste en polaire et avant de partir, sur une impulsion, j'enlevai ma montre.

Pom, ma chienne, était la seule debout dans la maison. Je l'embrassai entre les deux oreilles et partis avec un petit sac, juste le nécessaire pour passer une nuit hors de chez moi.

Une fois arrivée à l'aéroport, je vérifiai que le plan de sécurité avait bien été confirmé. Le capitaine chargé de la coordination de l'équipe de sécurité sortit un fax de sa poche et me le montra : « Tout est en ordre, les véhicules blindés ont été mis à votre disposition par la préfecture. » Il me sourit, satisfait d'avoir bien accompli sa mission.

Le reste de la troupe était déjà sur place. L'avion décolla à l'aube. Nous faisions escale à Neiva, à deux cent cinquante kilomètres de Bogotá, juste avant de traverser les Andes et d'atterrir de l'autre côté à

Florencia, capitale du département du Caquetá, dans les Llanos Orientales, une étendue de terres plates et luxuriantes entre la forêt amazonienne et la chaîne andine. Après nous prendrions la voiture pour aller jusqu'à San Vicente.

L'escale, qui devait durer une demi-heure, se prolongea un peu plus de deux heures. Je m'en rendis à peine compte, car mon portable ne cessa de sonner : un article venimeux dans la presse locale faisait état de la scission qui avait eu lieu au sein de notre équipe de campagne. Le journaliste n'avait retenu que les propos désobligeants de ceux qui étaient partis. L'équipe de campagne était outrée et voulait que nous réagissions au plus vite. Je passai une grande partie du temps au téléphone à faire la navette entre mon QG et l'éditeur du journal en question pour obtenir que notre rectificatif soit publié.

Nous reprîmes l'avion dans une chaleur écrasante. Arrivés à Florencia, nous avions déjà du retard sur notre programme. Il restait néanmoins suffisamment de temps pour arriver avant midi à San Vicente. Les quelque cent kilomètres que nous avions devant nous pouvaient être franchis en moins de deux heures.

L'aéroport de Florencia avait été arraisonné par les forces militaires. Une douzaine de Black Hawks, alignés sur le tarmac, attendaient, les pales en rotation lente, l'ordre de décoller. Dès ma descente d'avion, je fus reçue par un colonel chargé des opérations sur place, qui m'emmena dans un bureau fortement climatisé pendant que ma sécurité prenait contact avec les responsables de notre déplacement terrestre et préparait les derniers détails avant le départ.

Le colonel s'approcha respectueusement et, avec une grande courtoisie, s'offrit à nous emmener en hélicoptère à San Vicente :

— Nous en avons qui partent toutes les demi-heures. Vous pourrez monter dans le prochain.

— C'est très gentil, mais nous sommes quinze…

— Laissez-moi consulter.

Il partit pour revenir au bout de dix minutes, annonçant d'un air qui se voulait contrarié :

— Nous ne pouvons prendre que cinq personnes à bord.

Le capitaine qui se chargeait de ma sécurité réagit en premier :

— Une partie de l'équipe de sécurité peut rester.

Je demandai si l'hélicoptère pourrait prendre sept d'entre nous. Le colonel acquiesça :

— Cela ne posera pas de problème.

Il nous demanda d'attendre le prochain hélicoptère dans son bureau.

On prévoyait une demi-heure d'attente. Ma sécurité était en conciliabule, probablement pour décider qui m'accompagnerait. Un des gardes du corps s'était attelé à la besogne de nettoyer son arme et d'y remettre les cartouches qu'il avait dû en retirer le temps du voyage en avion. Il actionna la détente par mégarde et un coup de feu partit, heureusement sans conséquences. La balle me frôla et je faillis sauter jusqu'au plafond, tellement j'étais nerveuse.

Je détestais ces petits incidents, non pour eux-mêmes, mais à cause des idées qui me montaient immédiatement à la tête. J'avais souvent des pensées discordantes qui me donnaient l'impression que plusieurs personnes parlaient dans mon cerveau en même temps. « Mauvais présage ! » La voix résonnait en moi sur un ton monocorde, comme dans le scénario d'un mauvais film. « Quelle idée stupide ! Au contraire, quelle chance ! » Je voyais mon équipe en alerte, guettant ma réaction, et le pauvre gars, rouge jusqu'aux oreilles, qui se confondait en excuses.

— Ne vous inquiétez pas. Mais soyons prudents. Nous sommes tous fatigués, dis-je pour clore l'incident.

Je pensai à appeler Papa mais je me rappelai que, dans cette zone, les communications étaient hasardeuses. L'attente se prolongea. Le reste du groupe se dispersa, les uns allant aux toilettes, les autres prendre une boisson. J'avais déjà vu partir plus de trois hélicoptères et ce n'était toujours pas notre tour. Je ne voulais pas avoir l'air de m'impatienter, d'autant plus que l'offre me paraissait très généreuse. Je me levai finalement pour aller aux nouvelles.

Le colonel était dehors, en discussion avec mes officiers de sécurité. Me voyant arriver, il suspendit la polémique et se tourna vers moi confus.

— Je suis désolé, madame, je viens de recevoir l'ordre de ne pas vous emmener en hélicoptère. C'est un ordre d'en haut, je ne peux rien faire.

— ... Bien, dans ce cas, il faut revenir au plan A. Messieurs, pouvons-nous prendre la route immédiatement ?

Le silence de mon escorte était lourd. Le colonel me suggéra alors de faire appel à son général, qui était sur le tarmac :

— Lui seul peut donner l'autorisation.

Un grand gars bourru donnait des ordres sur la piste d'atterrissage. C'était bien le général en question. Il me reçut avec une agressivité qui me décontenança :

— Je ne peux rien pour vous, dégagez la piste, s'il vous plaît !

Pendant un instant, je pensai qu'il ne m'avait pas reconnue, et j'essayai de lui expliquer la raison de ma présence. Mais il savait bien qui j'étais et ce que je voulais. Irrité, il parlait à ses subordonnés et distribuait des ordres à tout bout de champ, ignorant grossièrement ma présence et me laissant parler toute seule. Il avait sûrement des idées préconçues contre moi, certainement à cause des débats au Congrès au cours desquels j'avais dénoncé des faits de corruption chez des fonctionnaires de haut niveau. Sans m'en rendre compte, j'avais élevé le ton. Des caméras jaillirent du néant et, dans la seconde, une troupe de journalistes fit cercle autour de nous.

Le général me passa un bras autour des épaules et me poussa vers les installations, pour sortir de la piste et nous éloigner des caméras. Il expliqua qu'il ne faisait que suivre un ordre, que le Président arriverait sous peu, qu'il était accompagné d'une centaine de journalistes, et qu'ils avaient besoin des hélicoptères pour les transporter à San Vicente. Il ajouta :

— Si vous voulez l'attendre ici, il passera juste en face, s'il vous voit, il s'arrêtera sûrement pour vous saluer et donnera l'ordre de vous transporter. C'est le mieux que je puisse faire pour vous.

Je restai là, les bras ballants, me demandant s'il fallait vraiment que je me prête à cette mise en scène. Mais, avant même que j'aie pu réfléchir sérieusement à la question, une meute de journalistes s'était portée à mes côtés pour filmer l'atterrissage de l'avion présidentiel. Plus question de bouger. Cela aurait été interprété comme un manque de courtoisie.

La situation était d'autant plus embarrassante que la veille nous avions demandé à voyager avec le groupe de journalistes qui se déplaçait à San Vicente et que le président de la République lui-même s'y était opposé. Depuis vingt-quatre heures, les journaux télévisés ne cessaient de rabâcher que la région était libérée et que les FARC avaient complètement vidé les lieux. Le déplacement du Président à San Vicente était là pour le confirmer : il fallait montrer au monde entier que le processus de paix entrepris par le gouvernement n'avait pas été une grosse erreur, qui aurait eu pour conséquence la perte au profit de la guérilla d'une partie significative du territoire national. D'après ce que je pouvais voir, la zone était sous contrôle militaire : des hélicoptères des forces armées n'avaient pas cessé de décoller pour San Vicente depuis notre arrivée. Si Pastrana refusait de nouveau, il fallait tout simplement prendre la route comme nous l'avions prévu, sans perdre plus de temps.

L'avion du Président atterrit, un tapis rouge fut déroulé sur le tarmac, l'escalier se plaça au niveau de l'accès avant. Et celui-ci ne s'ouvrit pas. Des visages apparaissaient aux hublots, puis se dissimulaient très vite. J'étais debout, coincée entre le rang des soldats au garde-à-vous et le rideau de journalistes derrière moi, avec une seule envie : m'éclipser.

Les relations n'avaient pas été toujours faciles avec le président Pastrana. Je l'avais soutenu pendant sa campagne à condition qu'il entreprenne de vastes réformes contre la corruption politique, en particulier qu'il modifie le système électoral. Il n'avait pas tenu parole, j'étais passée dans l'opposition. Il s'était acharné contre mon équipe et avait réussi à recruter deux de mes sénateurs.

Néanmoins, j'avais toujours approuvé le processus de paix. Quelques semaines auparavant, nous nous étions retrouvés à un cocktail à l'ambassade de France et il m'avait remerciée de mon soutien indéfectible aux négociations de paix.

La porte de l'avion finit par s'ouvrir. Ce n'était

pas le Président qui descendait en premier, mais son secrétaire. Je me rappelai tout à coup un incident qui m'était depuis sorti de l'esprit. Au cours de la rencontre télévisée avec les commandants des FARC, neuf jours auparavant, j'avais souligné la nécessité pour toutes les parties en présence d'une cohérence entre l'action et le discours afin de créer un espace de confiance entre le gouvernement et les FARC. Mes critiques contre les FARC avaient certes été sévères, mais celles contre le gouvernement ne l'avaient pas été moins. J'avais en particulier expliqué qu'un gouvernement qui paraissait s'accommoder de la corruption n'était pas crédible dans un processus de paix. Et j'avais mentionné une affaire scandaleuse dans laquelle le secrétaire du Président avait été accusé de tirer avantage, dans son propre intérêt, de l'achat d'uniformes pour les forces de l'ordre, raison pour laquelle j'avais demandé qu'il soit relevé de ses fonctions. Or, ils étaient tous deux des amis intimes. Faire descendre son secrétaire en premier était un message clair du Président à mon adresse : il m'en voulait à mort pour mes déclarations. Il mettait en avant son secrétaire, pour que je sache qu'il avait tout son appui.

La suite ne fit que confirmer mes déductions. Le Président passa devant moi en me frôlant, sans s'arrêter pour me tendre la main. Je reçus le camouflet en silence. Je fis demi-tour en me mordant les lèvres : bien fait pour moi, j'aurais dû partir sans attendre !

Je m'approchai de ma troupe plongée dans la consternation la plus totale.

— Allez, il faut qu'on y aille, on est déjà très en retard !

Mon capitaine était rouge comme une écrevisse, il

transpirait pitoyablement sous son uniforme. Je m'apprêtais à le réconforter d'un mot gentil, lorsqu'il dit :

— Madame, je suis désolé, je viens de recevoir un ordre péremptoire de Bogotá. Ma mission vient d'être annulée. Je ne peux pas vous accompagner à San Vicente.

Je le regardai, incrédule :

— Attendez, je ne comprends pas. Quel ordre ? De qui ? De quoi me parlez-vous ?

Il s'avança, rigide, et me tendit le papier qu'il froissait nerveusement entre ses doigts. En effet, il était signé par son supérieur. Il m'expliqua qu'il venait de passer vingt minutes au téléphone avec Bogotá, qu'il avait tout essayé mais que l'ordre venait « d'en haut ». Je lui demandai ce qu'il voulait dire, il lâcha, comme une pénible exhalation : « De la Présidence, madame. »

Je tombais des nues, commençant à comprendre l'étendue des dégâts. Si je partais à San Vicente, ce serait, à nouveau, sans protection. Cela était déjà arrivé, lorsque le gouvernement nous avait refusé un renforcement de mon escorte pour traverser le Magdalena Medio, la terre bannie des paramilitaires. Je regardais autour de moi, la piste était désormais presque déserte, les derniers journalistes du comité présidentiel montaient dans un hélicoptère à moitié vide, trois autres, les pales en mouvement, restaient au sol sans passager à transporter.

Le général s'approcha et d'un air paternaliste me lança :

— Je vous l'avais bien dit !

— Bon, et maintenant que proposez-vous ? demandai-je, irritée.

Après tout, si je n'avais pas pris au sérieux la proposition de son colonel, je serais partie il y a bien longtemps et je serais déjà arrivée à San Vicente !

— Faites comme vous l'aviez prévu ! Prenez la route ! rétorqua-t-il avec exaspération, et je le vis disparaître avec tous ses galons à l'intérieur de l'enceinte.

Ce n'était pas si simple, il fallait encore qu'ils nous aient laissé les voitures blindées.

Je m'approchai à nouveau de ma sécurité : qu'en était-il de ceux qui devaient assurer notre transfert par la route ? Ils bafouillèrent, ne sachant que répondre. L'un d'eux avait été envoyé aux nouvelles et revint penaud :

— Les types de l'équipe locale sont partis eux aussi. Ils en ont reçu l'ordre. Leur mission est annulée.

Tout avait été concocté pour éviter ma venue à San Vicente. Sans doute le Président craignait-il qu'elle ne le desserve. Je m'assis un moment pour réfléchir : la chaleur, le brouhaha, les émotions m'embrouillaient les idées. Je voulais agir au mieux.

Qu'adviendrait-il de notre démocratie si nous, les candidats à la présidence de la République, acceptions qu'en retirant notre sécurité, le gouvernement impose une tutelle à notre stratégie de campagne ? Ne pas aller à San Vicente, c'était accepter une censure suicidaire. C'était perdre la liberté de s'exprimer sur la guerre et sur la paix, et la capacité d'agir au nom de populations marginalisées qui n'avaient pas le droit à la parole. Dans ces conditions celui qui avait le pouvoir aurait aussi celui de désigner son successeur.

Un des membres de notre sécurité avait réussi à établir un bon contact avec ses homologues de l'aéroport. Ces fonctionnaires pouvaient mettre à

71

notre disposition un des véhicules officiels en stationnement, pour le trajet jusqu'à San Vicente. Il alla se renseigner et revint avec l'autorisation.

C'était une petite quatre-quatre Luv, avec une cabine à l'avant, à doubles portes, et un plateau découvert à l'arrière. Il n'y avait de place que pour cinq personnes : rien à voir avec la voiture blindée sur laquelle nous avions compté. Je demandai l'opinion du groupe. Les uns riaient, les autres haussaient les épaules. Mon chef de logistique, Adair, s'approcha pour s'offrir comme conducteur. Sans hésiter, Clara se déclara prête à partir à San Vicente. Notre chargé de presse déclina, il voulait qu'il y ait une place pour notre cameraman et un des journalistes étrangers qui nous suivaient. Les deux journalistes français étaient en grande discussion. Finalement, la jeune reporter décida de ne pas venir. Elle ne se sentait pas en sécurité et préférait que son compagnon plus âgé nous accompagne, il prendrait de belles photos. Un des membres de ma sécurité me prit par le bras et me demanda de lui accorder quelques minutes. C'était le plus ancien du groupe, il assurait ma protection depuis plus de trois ans. Il avait été le seul à faire la vallée du Magdalena avec moi.

— Je veux venir avec vous. (Il avait l'air nerveux et penaud.) Je n'aime pas ce qu'ils vous font.

— Vous avez parlé avec votre supérieur ?

— Oui.

— Si vous m'accompagnez, est-ce que vous risquez d'être renvoyé ?

— Sûrement.

— Non, écoutez, ce n'est pas le moment d'avoir plus de difficultés !

Puis, voulant son conseil, je lui demandai :

— Que pensez-vous de la route ? Croyez-vous que ce soit dangereux ?

Il souriait, tristement. Il me répondit d'un air résigné :

— Pas plus qu'ailleurs.

Et puis, comme pour me dire le fond de sa pensée, il ajouta :

— Les militaires sont partout, c'est sûrement moins dangereux que notre traversée du Magdalena ! Appelez-moi dès que vous serez arrivée à San Vicente, je vais faire le nécessaire pour que le retour se déroule dans de meilleures conditions.

Mon équipe avait couvert le véhicule de pancartes improvisées avec mon nom et le mot « Paix ». Nous étions prêts à partir lorsque l'homme du département de sécurité qui nous avait procuré la voiture revint au grand galop, visiblement excité. Il tenait des feuilles à la main qu'il brandissait tout en expliquant, suffoqué :

— Vous ne pouvez pas partir sans avoir d'abord signé une décharge ! C'est un véhicule de l'État, si jamais vous avez un accident, il faudra couvrir les frais !

Je fermai les yeux. J'avais l'impression de me trouver dans un film comique mexicain. Décidément, ils voulaient tout faire pour retarder notre départ. Je souris, m'armant de patience :

— Où faut-il signer ?

Clara prit la feuille en me disant gentiment :

— Je m'en occupe, j'espère que mes années de droit vont me servir à quelque chose !

Je la laissai faire, amusée. Il était déjà midi, la chaleur devenait suffocante, il ne fallait plus attendre.

Nous nous mîmes en route, la climatisation à fond. Rien que la perspective de passer deux heures dans ce petit four métallique en respirant un air artificiel me plongeait dans l'ennui le plus grand.

— Il y a un barrage militaire à la sortie de Florencia. Ce n'est qu'une question de routine pour contrôler nos identités.

J'avais fait ce trajet de nombreuses fois. Les militaires étaient toujours un peu tendus. Le barrage fut très vite devant nous. Les voitures attendaient patiemment les unes derrière les autres. Tout le monde devait être fouillé. Nous garâmes la voiture et descendîmes tous.

Le téléphone sonna. Je fouillai dans mon sac et mis quelques minutes à le repêcher et à répondre. C'était Maman. J'étais étonnée que son appel ait pu me parvenir. En général, à la sortie de Florencia, il n'y avait plus de réseau. Je lui racontai les dernières péripéties en détail :

— Mon escorte a reçu l'ordre de ne pas venir avec moi. Il semblerait que cela vienne du Président lui-même. Il va falloir que j'y aille quand même, j'ai donné ma parole. Je voudrais être avec Papa. Dis-lui que je lui envoie plein de baisers.

— Ne t'inquiète pas, ma chérie, je le lui dirai. Et je suis avec toi à chaque seconde, à chaque pas que tu fais je suis avec toi. Sois prudente.

Tandis que je parlais avec Maman, les militaires avaient pris possession du véhicule, examinant minutieusement tapis, boîte à gants et sacs. En raccrochant, je me retins d'appeler directement Papa. Je me tournai vers l'officier qui se trouvait un peu à l'écart, vraisemblablement chargé de superviser le déroulement des opérations, pour m'enquérir de l'état de la circulation.

— Tout est normal. Nous n'avons pas eu de problèmes jusqu'à maintenant.

— Quel est votre avis ?

— Je n'ai pas d'avis à vous donner, madame.

— Bien. Je vous remercie quand même.

Nous prîmes la route derrière un bus, accompagnés d'une petite moto menée à fond la caisse par une jeune femme aux bras nus, les cheveux au vent et le regard cramponné à l'asphalte. Son accélérateur au maximum, elle arrivait à peine à se maintenir à notre niveau ; elle avait l'air de vouloir faire la course avec nous. Le tableau était plutôt cocasse et nous amusait. Mais le bruit de son moteur était infernal. Nous accélérâmes pour la distancer et arriver plus vite à la station d'essence de Montañitas, étape inévitable du parcours. Chaque fois que j'avais fait le trajet, je m'y étais arrêtée, pour faire le plein, boire de l'eau glacée et parler avec la patronne.

Comme toujours, elle était à son poste de garde. Je la saluai, contente de retrouver un visage avenant. Jetant un coup d'œil autour d'elle, elle m'avoua :

— Je suis soulagée qu'ils soient partis ! Ces guérilleros s'étaient installés dans la région comme si elle leur appartenait. J'ai eu pas mal de problèmes avec eux. Maintenant l'armée les a fait déguerpir de la zone. Elle a fait du bon travail.

— Elle a démantelé les postes de contrôle que les guérilleros avaient installés sur la route ?

— Oui, oui. La route est complètement dégagée. S'il y a quelque chose, je suis la première à le savoir. Quand une voiture est obligée de faire demi-tour, c'est ici qu'elle s'arrête pour donner l'alerte.

Je remontai en voiture satisfaite et répercutai à mes compagnons les propos de la patronne. Puis je confiai à tous avec amertume :

— Je suis convaincue qu'ils ne voulaient pas que

l'on aille à San Vicente. Tant pis, on sera en retard, mais on y sera quand même.

Nous partîmes et, un quart d'heure après, nous apercevions de loin deux personnes assises en plein milieu de la route. Vu de plus près, il s'agissait d'un pont sans doute en travaux. Lors du voyage précédent, nous avions eu exactement le même problème au retour de San Vicente. C'était pendant la saison des pluies, la rivière avait débordé, et la puissance des eaux avait fragilisé la structure du pont. On avait été obligés de contourner le pont, comme on allait devoir le faire, et de traverser la rivière en voiture. Aujourd'hui, il n'y avait à franchir qu'un filet d'eau, juste une petite déviation sur notre trajet. Les deux personnes s'étaient levées pour nous indiquer le chemin, bras tendu. Il fallait virer à gauche et descendre le talus.

Devant nous, une voiture blanche de la Croix-Rouge, qui s'était engagée sur le sentier que nous allions prendre, disparut à nos yeux dès qu'elle eut basculé de l'autre côté du talus. Nous la suivîmes avec prudence.

Dès que notre voiture sortit le nez du talus, je les vis. Ils étaient vêtus des pieds à la tête en habit militaire, le fusil en bandoulière, attroupés autour du véhicule de la Croix-Rouge. Par réflexe, je regardai attentivement leurs chaussures. C'étaient des bottes noires en caoutchouc, très utilisées par les paysans dans les zones de marécage. On m'avait appris à les identifier comme cela : si c'était des militaires, les bottes étaient en cuir, si elles étaient en caoutchouc, c'était les FARC !

Un des guérilleros nous aperçut et trottina dans notre direction, fusil AK 47 en main :

— Faites demi-tour, la route est fermée, ordonna-t-il.

Notre conducteur improvisé, Adair, me regarda, ne sachant que faire. J'hésitai un moment, deux secondes de trop : j'avais déjà eu à franchir des contrôles des FARC. On parlait avec le commandant du groupe, il demandait l'autorisation par radio, et on passait. Mais c'était à l'époque de la « zone de détente », alors que les négociations de paix avaient lieu à San Vicente. Tout avait changé depuis vingt-quatre heures.

— Fais demi-tour, vite ! dis-je à Adair.

La manœuvre n'était pas évidente, nous étions coincés entre la voiture de la Croix-Rouge et le talus. Il l'amorça, tendu à l'extrême.

— Vite, vite ! criai-je.

J'avais déjà aperçu les regards de la troupe braqués sur nous. Leur chef donna un ordre et nous interpella de loin. Un de ses hommes vint vers nous en courant, l'air méchant. Nous en étions aux trois quarts de la manœuvre lorsqu'il nous rattrapa, mettant sa main sur la portière et faisant signe à Adair de baisser la vitre :

— Arrêtez-vous ! Le commandant veut vous parler, allez-y doucement.

Je respirai profondément et priai le ciel. Je n'avais pas réagi assez vite. Il n'aurait pas fallu hésiter avant de faire demi-tour et de rebrousser chemin. Je m'en voulais. Je me retournai. Mes camarades étaient livides.

— Ne vous inquiétez pas, leur dis-je, sans conviction. Tout se passera bien.

Le commandant passa sa tête par la fenêtre et nous regarda attentivement les uns après les autres. Il s'attarda sur moi et me demanda :

— C'est vous, Ingrid Betancourt ?

— Oui, c'est moi.

Il était difficile de nier : les pancartes autour de la voiture affichaient mon nom de façon ostensible.

— Bien, suivez-moi. Vous allez garer la voiture sur la route latérale. Il faut passer entre les deux bus.

Il ne lâchait pas la portière, obligeant la voiture à rouler très lentement. C'est alors que je sentis une très forte odeur d'essence. Un homme aspergeait la carrosserie des deux bus, un bidon jaune à la main. J'entendis un bruit de moteur et me retournai. La jeune fille à la moto était tombée comme nous tous dans l'embuscade. Un des guérilleros la fit descendre et lui prit la moto, lui faisant signe de partir. Elle resta là, debout, les bras ballants, indécise. Sa moto fut, elle aussi, arrosée d'essence. Elle comprit et partit vers le pont en se dépêchant.

De l'autre côté de la route, un homme épais, au teint cuivré et à la grosse moustache noire, transpirant fortement, s'épongea nerveusement avec un mouchoir rouge, piétinant sur place, avant de se tordre les mains jusqu'à blanchir les jointures de ses doigts. Les traits de son visage étaient déformés par l'angoisse. Ce devait être le chauffeur du bus qui nous précédait.

Un instant, le temps de passer entre les deux véhicules, nous perdîmes de vue les passagers de la voiture de la Croix-Rouge, qui attendaient sur le bord de la route, braqués par un homme armé. Tous suivaient le déroulement des événements, les yeux vrillés sur nous.

Le commandant fit arrêter notre voiture à quelques mètres. L'homme qui avait inondé d'essence la moto de la jeune fille l'abandonna au pied de la carrosserie du bus et courut vers nous à l'appel de son chef. À une dizaine de mètres, alors qu'il traversait l'accotement de la route pour nous rejoindre, une explosion nous fit bondir de frayeur. L'homme fut soulevé du sol et retomba par terre. Il était assis dans une énorme flaque de sang. Son regard étonné accrocha le mien. Il me regardait ahuri sans comprendre ce qui venait de lui arriver.

Le commandant vociférait, jurant et maudissant la terre entière. Au même moment, l'homme blessé se mit à hurler d'horreur : il venait de ramasser derrière lui sa botte ; celle-ci contenait un morceau de jambe sanguinolent dont un os dépassait, et qui ne lui appartenait plus.

— Je vais mourir, je vais mourir ! braillait-il.

Le commandant ordonna à ses hommes de l'installer sur le plateau découvert de notre voiture. L'homme était couvert du sang qui avait giclé dans tous les sens. Sa jambe s'était dispersée en lambeaux dégoulinants : il y en avait collés à la carrosserie de notre véhicule et sur le pare-brise ; il y en avait sur les vêtements des uns, sur les cheveux et le visage des autres. L'odeur de viande brûlée mêlée à celle du sang et du pétrole était écœurante. Je m'entendis dire :

— Nous pouvons le conduire à l'hôpital, nous pouvons vous aider !

Je parlais au chef de la bande comme à un sinistré de la route.

— Vous irez où je vous dirai d'aller.

Puis, se retournant, il ordonna à l'homme blessé de se taire, ce qu'il fit immédiatement, gémissant doucement comme un chien, pris entre la douleur et la peur. Le commandant eut l'air satisfait. Il ordonna à ses hommes de mettre le blessé à l'arrière de la voiture.

— Allez-y, ordonna-t-il à notre chauffeur. En douceur, et vite !

Adair ne se fit pas prier, il démarra alors que les derniers membres de la troupe sautaient sur le plateau de la voiture. L'un d'entre eux monta à l'intérieur du véhicule, tenant son arme par le canon et poussant mes camarades pour s'asseoir sur la banquette arrière. Le garçon s'excusa de les incommoder, plaça son fusil verticalement entre ses jambes et sourit en regardant droit devant lui. Ils étaient tous serrés les uns sur les autres, les coudes coincés, essayant d'éviter le contact avec le nouveau venu.

Je dis en français à l'intention du journaliste qui nous avait accompagnés : « Ne vous inquiétez pas, c'est moi qu'ils veulent. Rien ne va vous arriver. » Il acquiesça, pas du tout rassuré. Des gouttes de sueur perlaient sur son front. À travers la vitre arrière, je voyais une scène terrifiante se dérouler sur le plateau de la voiture. Le blessé pleurait en se tenant le moignon à deux mains. Ses camarades lui avaient fait un semblant de tourniquet avec une de leurs chemises, mais le sang giclait en bouillonnant à travers le tissu déjà trempé. La voiture bondissait toutes les deux secondes, rendant presque impossible l'installation d'un nouveau garrot. Le commandant tapa contre la carrosserie en vociférant, et la voiture ralentit. Le blessé balançait la tête en arrière, les cernes pourpres, déjà à demi inconscient.

Cela faisait vingt minutes que nous roulions sur une petite route bosselée et poussiéreuse, sous une chaleur d'enfer, lorsque le chef donna l'ordre de s'arrêter, juste avant une courbe qui contournait un promontoire.

De tous les côtés apparurent des jeunes gens en uniforme. Des filles, les cheveux tressés en chignon, qui souriaient de toutes leurs dents, étrangères au drame. Tous étaient des adolescents. Ils déchargèrent à plusieurs le blessé vers un endroit à demi caché, d'où l'on devinait le toit d'une maison.

— C'est notre hôpital, déclara fièrement le garçon assis avec nous en cabine. Il va s'en tirer, nous avons l'habitude.

Nous nous étions arrêtés moins d'une minute que déjà le chef nous intimait l'ordre de repartir. D'autres hommes armés montèrent à l'arrière, sur le plateau, et restèrent debout malgré les secousses et la vitesse de la voiture. Ils étaient tous armés, menaçants.

Au bout de dix minutes, la voiture stoppa. Un des nouveaux venus sauta de l'arrière et vint ouvrir les portières : « Sortez tous, allez, vite ! » Il braqua son fusil sur nous et me prit durement par le bras. « Donnez-moi votre portable. Faites voir ce que vous avez là-dedans. » Il fouilla mon sac et me poussa devant en m'enfonçant le canon de son fusil dans le dos.

Depuis le début, j'avais gardé l'espoir qu'on nous mènerait à l'endroit où ils soigneraient le blessé et qu'ensuite nous pourrions faire demi-tour et repartir.

À ce moment-là je dus faire face à ce qui m'arrivait. Je venais d'être prise en otage.

## 4

## *El Mocho Cesar*

J'avais serré les mains de Marulanda, du Mono Jojoy, de Raúl Reyes et de Joaquín Gómez — une dernière fois juste deux semaines auparavant — et cela m'avait laissée croire qu'un dialogue s'était installé entre nous et que cela me prémunissait contre leurs actions terroristes. On avait discuté politique pendant des heures, on avait partagé des repas. Je n'arrivais pas à concevoir que, du jour au lendemain, ces personnes affables puissent avoir pris la décision de nous enlever.

Et pourtant, ceux qui étaient sous leurs ordres me menaçaient de mort en m'obligeant à les suivre. J'essayai de sortir de la voiture mon sac de voyage, mais l'individu qui me poussait avec son arme me l'interdit en beuglant. Il ordonna d'une voix hystérique qu'on me sépare des autres et je vis mes compagnons d'infortune s'aligner pitoyablement de l'autre côté de la chaussée, tenu chacun à distance par un homme armé. Je priai de toutes mes forces pour que rien ne leur arrive, acceptant déjà le sort que je croyais être le mien. Mon esprit naviguait dans un épais brouillard et je n'enregistrais les sons et les mouvements qu'avec un temps de retard, comme si j'avais un bouchon dans les oreilles. Cette route, je l'avais déjà vue. Cette scène, je l'avais déjà vécue. Ou peut-être l'avais-je imaginée. Je me souvenais de la photo dans le journal qui m'avait consternée d'horreur. Sur cette route, ou une semblable peut-être, il y avait une voiture garée sur le côté, comme l'était la nôtre. Les cadavres gisaient à plat ventre, disséminés autour du véhicule dont les portières étaient encore ouvertes. La femme qui avait été abattue avec les membres de son escorte était la mère d'un membre du Congrès. En regardant la photo, j'avais tout imaginé, son effroi devant l'immédiateté de la mort, sa résignation devant l'inévitable, et puis l'arrêt de la vie, le coup de feu, le néant. Je comprenais maintenant pourquoi tout cela m'avait obsédée. C'était un miroir de ce qui m'attendait, un reflet de mon futur. Je pensais à tous ceux que j'aimais, et je trouvais très bête de mourir comme cela. J'étais dans une bulle, recroquevillée à l'intérieur de moi-même. Je n'entendis donc pas le moteur, et lorsqu'il gara son gros pick-up Toyota dernier modèle à ma hauteur, qu'il baissa la vitre automatique et me parla, je n'arrivai pas à accrocher son regard ni à comprendre ses mots :

— *Doctora*[1] Ingrid.

— …

— *Doctora* Ingrid.

— …

— Ingrid ! Montez.

Je venais de sortir de ma torpeur.

— Montez, ordonna-t-il.

J'atterris sur la banquette avant, à côté de cet homme qui me souriait en me prenant la main comme à une enfant.

1. Une formule de politesse en Colombie.

— Ne vous inquiétez pas, avec moi, vous êtes en sécurité.

— Oui, commandant, répondis-je sans réfléchir.

C'était Cesar, El Mocho Cesar, chef du Front Quinze des FARC. Je ne m'étais pas trompée, c'était bien lui le commandant. Il semblait ravi que je l'aie deviné.

Il regarda autour de lui et me demanda :

— Qui sont ces gens-là ?

— Elle, c'est mon assistante.

— Et eux, ce sont des gardes du corps ?

— Non, pas du tout, ils travaillent avec moi pour la campagne. L'un s'occupe de la logistique, il organise les déplacements. L'autre est un cameraman que nous avons embauché pour nous suivre. Le plus âgé est un journaliste étranger, un photographe français.

— Vous, vous ne risquez rien. Mais pour eux… Il faut que je vérifie leur identité.

Je blêmis, comprenant trop bien la portée de ces mots.

—'Je vous en prie, croyez-moi, il n'y a aucun agent de sécurité…

Il me regarda avec une grande froideur, le temps d'un battement de paupières, puis, imperceptiblement, son attitude devint à nouveau amène.

— Vous avez tout ce qu'il vous faut ?

— Non, ils ne m'ont pas laissée prendre mon sac.

Il sortit la tête par la fenêtre et donna des ordres. J'en comprenais la signification plus par les gestes qui accompagnaient ses paroles que par les mots eux-mêmes. Je tremblais de la tête aux pieds. Je vis que Clara avait été séparée du groupe et forcée à monter à l'arrière avec nous. Un homme courut chercher mon sac et me le glissa rapidement entre les jambes, avant de sauter lui aussi sur le plateau de

la camionnette, au moment même où le commandant Cesar entamait sa marche arrière. Je me retournai. Clara était désormais assise sur un des deux
bancs qui avaient été installés sur le plateau, coincée
au milieu d'une douzaine d'hommes et de femmes
armés jusqu'aux dents, dont je n'avais pas remarqué
la présence auparavant. Nos regards se croisèrent.
Elle souriait imperceptiblement.

Je me retournai, juste le temps de voir le reste de
mes camarades poussés rudement à l'intérieur de
la voiture qui avait été la nôtre jusqu'alors. Un guérillero avait pris le volant.

— La clim ne vous gêne pas ? demanda-t-il, d'un
ton courtois.

— Non. Merci, c'est très bien comme cela.

Je le regardai attentivement. C'était un petit homme
brun, la peau calcinée par le soleil. Il devait avoisiner la cinquantaine, et avait un ventre proéminent
sur ce qui avait dû être un corps d'athlète. Je remarquai qu'il lui manquait un doigt. Il suivait amusé
l'inspection que je faisais de sa personne, et me dit :

— On m'appelle « El Mocho[1] », évidemment !

Il montra ostensiblement son moignon et conclut :

— C'est un petit cadeau des militaires.

— …

— Je vous fais peur ?

— Non, pourquoi me feriez-vous peur ? Vous êtes
plutôt courtois.

Il riait de toutes ses dents, enchanté de ma réponse.

— Les commandants m'ont chargé de vous transmettre leur bonjour. Vous allez voir, les FARC vont
très bien vous traiter.

— …

1. *Mocho* : coupé.

— Vous aimez la musique ? Qu'est-ce que vous aimez ? Des vallenatos[1], des boléros, de la salsa ? Ouvrez la boîte à gants, il y a tout ce que vous voulez là-dedans, allez-y ! Choisissez !

Je trouvais cette conversation tout à fait surréaliste. Mais, sentant les efforts qu'il faisait pour me détendre, je jouai le jeu. Des CD poussiéreux étaient jetés en vrac. Je ne connaissais aucun des interprètes, et lisais avec difficulté ce qui restait de leurs noms sur les étiquettes. C'était visiblement une belle collection de disques piratés. Je les rejetai un à un, et remarquai l'impatience de Cesar face à mon manque d'enthousiasme.

— Prenez le bleu, là, oui. Je vais vous faire écouter notre musique. Ça, c'est un pur produit FARC, l'auteur et l'interprète sont des guérilleros ! (Il souligna le fait en levant son index.) Nous les avons enregistrés dans nos propres studios. Écoutez ça !

C'était une musique grinçante qui vous déchirait les tympans. L'appareil semblait ultramoderne, avec des lumières fluorescentes qui partaient dans tous les sens comme le tableau de bord d'un vaisseau spatial : « Digne d'un narco ! » ne pus-je m'empêcher de penser. Je m'en voulus la seconde d'après en voyant l'enfantine fierté de cet homme. Il touchait à tous les boutons avec la dextérité d'un pilote d'avion et, en même temps, réussissait à manœuvrer son véhicule sur cette route d'enfer.

On arriva à un village. Mon étonnement était extrême : comment pouvait-il se promener avec moi, son otage, de façon aussi insouciante, à la face du monde ?

De nouveau, Cesar avait lu ma pensée :

---

1. Musique entraînante, originaire de Valledupar, sur la côte caraïbe.

— Ici, le roi, c'est moi ! Ce village m'appartient : c'est La Unión-Penilla. Ils m'adorent tous ici.

Et comme pour me prouver la véracité de ses affirmations, il ouvrit la fenêtre en roulant et sortit sa main pour dire bonjour aux passants. Sur la rue centrale de ce village, une allée commerçante de toute évidence, les gens lui rendaient son geste et le saluaient gentiment comme ils l'auraient fait avec le maire.

— Être le roi d'un village, ce n'est pas bien pour un révolutionnaire ! rétorquai-je.

Il me regarda, surpris. Puis éclata de rire :

— J'avais envie de vous connaître. Je vous avais vue à la télé. Vous êtes plus jolie à la télé.

À mon tour je ris.

— Merci, c'est très gentil. Vous me remontez le moral.

— C'est une nouvelle vie que vous commencez avec nous. Il faut vous y préparer. Je ferai de mon mieux pour vous faciliter les choses, mais ça va être dur pour vous.

Il ne riait plus. Il faisait des calculs, il planifiait, il prenait des décisions. Dans cette tête étaient en train de se définir des choses essentielles pour moi, que je ne pouvais ni anticiper ni mesurer.

— J'ai un service à vous demander. Mon père est souffrant. Je ne veux pas qu'il soit informé de mon enlèvement par les journaux. Je veux l'appeler.

Il me dévisagea longuement. Puis, comme s'il pesait chacun de ses mots, il me répondit :

— Je ne peux pas vous permettre d'appeler. Ils pourraient nous localiser et cela vous mettrait en danger. Mais je vais vous permettre de lui écrire. J'enverrai cela par fax, il aura votre lettre aujourd'hui même.

Plus de trois heures s'étaient écoulées depuis notre

passage par La Unión-Penilla. J'avais un besoin urgent d'aller aux toilettes. Cesar m'assura que nous arriverions dans quelques minutes, mais ces quelques minutes s'étirèrent en une heure supplémentaire, et il n'y avait toujours que des champs vides autour de nous.

Soudain, derrière un virage, je vis six petites baraques en bois alignées trois par trois de chaque côté de la route. Elles étaient toutes semblables, comme des boîtes à chaussures, sans fenêtres, le toit en tôle rouillée et couvertes d'un vernis de poussière unifiant de gris les vieilles peintures colorées qui auraient dû enjoliver les murs.

Cesar freina sèchement devant l'entrée de l'une d'elles. La porte était grande ouverte et on voyait jusqu'au fond du jardin. C'était une petite maison modeste mais propre, sombre et agréablement fraîche.

Cesar me poussa à l'intérieur, mais je refusai d'avancer plus, voulant m'assurer que Clara nous suivait. Elle descendit et me prit la main comme pour s'assurer que nous ne serions pas séparées.

— Ne vous inquiétez pas, vous allez rester ensemble.

Cesar nous fit entrer et m'indiqua les toilettes au fond du jardin.

— Allez-y, une jeune fille vous montrera le chemin.

Le jardin était plein de fleurs de toutes les couleurs. Je me disais à ce moment-là que, si notre lieu de réclusion était cette petite maison, je pourrais prendre mon mal en patience.

Un petit cagibi avec une porte en bois avait l'air d'être les toilettes en question. Je ne vis la jeune fille que quelques secondes plus tard. Elle devait avoir tout juste quinze ans et sa beauté me fit impression. Habillée en tenue de camouflage, le fusil de biais devant sa poitrine, elle était debout, les jambes écartées, avec un mouvement des hanches trop coquet. Son joli visage, ses cheveux aussi blonds que le blé enroulés au sommet de sa tête comme un nid d'oiseau posé là, et ses boucles d'oreilles contrastaient par leur féminité avec la rigueur de son uniforme. Elle me répondit presque intimidée, avec un beau sourire.

J'entrai dans le cagibi, l'odeur était immonde. Il n'y avait pas de papier hygiénique. Un bourdonnement de grosses mouches vertes au-dessus du trou nauséabond rendait l'exercice encore plus pénible. J'en sortis, à deux doigts de m'évanouir.

Cesar m'attendait debout à l'intérieur de la maison avec une boisson fraîche qu'il nous tendit fièrement et deux feuilles de papier qu'il posa sur la petite table du salon. Il expliqua qu'on pouvait écrire un message pour nos familles.

Je réfléchis longuement aux mots que je voulais utiliser pour écrire à Papa. Je lui expliquai que je venais d'être prise en otage, mais que l'on me traitait avec égards et que je n'étais pas seule car Clara était avec moi. Je lui décrivis les conditions dans lesquelles nous avions été capturées, combien j'avais été affligée de voir un des guérilleros perdre sa jambe en marchant sur une mine antipersonnel qu'ils avaient posée, et finalement je dis que je détestais la guerre.

Je voulais qu'il sente au travers de mes mots que je n'avais pas peur. Et je voulais prolonger entre nous notre dernière conversation, lui demander de m'attendre.

Cesar revint, il nous dit que nous pouvions prendre notre temps, mais que nous ne devions donner aucune indication de lieu ni de temps, ni mentionner aucun nom, car alors il ne pourrait rien envoyer.

Il lirait ma lettre, bien sûr, peut-être même la censurerait-il ! Il était reparti mais je sentais son souffle sur ma nuque, comme s'il regardait par-dessus mon épaule. Tant pis, j'écrivis ce que j'avais prévu, en faisant attention que les larmes qui m'échappaient n'atterrissent pas sur le papier. Mais l'avenir était ténébreux. Ma bonne étoile venait de s'éteindre.

Cesar partit mais ne tarda pas à revenir : un homme petit et rond comme un tonneau, à la grosse moustache en brosse et aux cheveux luisants de graisse, l'accompagnait. Ses yeux tournaient dans tous les sens et il nous observait paniqué, comme s'il avait vu le diable. Il entrelaçait nerveusement ses mains et attendait visiblement des instructions de son chef.

— Je vous présente la *doctora* Ingrid.

Le nouveau venu nous tendit une énorme main couverte de suie qu'il avait essayé de nettoyer rapidement sur son jean et son tee-shirt troué.

Cesar continua d'un ton posé, en articulant convenablement les mots, comme s'il tenait à bien se faire comprendre, pour ne pas avoir à répéter :

— Allez acheter des vêtements, des pantalons, des jeans, quelque chose de chic, et des chemisettes, bien jolies, pour filles, vous me comprenez ?

L'homme acquiesça de la tête, rapidement, les yeux cloués au sol en signe d'extrême concentration.

— Vous prendrez aussi des sous-vêtements. Bien féminins, la meilleure qualité…

La tête de l'homme bougeait de haut en bas, comme actionnée par un ressort, et il retenait sa respiration.

— Et des bottes en caoutchouc. Prenez-les bonnes, les Venus. Pas les nationales. Et vous allez aussi me prendre un bon matelas, double épaisseur, avec une moustiquaire. Mais des bons, je ne veux pas de ces passoires que vous m'avez dénichées la dernière fois ! Vous m'envoyez ça chez Sonia immédiatement. Je compte sur vous, je veux de la qualité, vous m'avez compris ?

Le petit homme partit, saluant à reculons, avant de pivoter sur le perron et de disparaître.

— Si vous êtes prêtes, on part tout de suite !

C'était la fin de la journée, la chaleur était devenue supportable et la route n'était plus qu'une piste poussiéreuse épouvantable, crevée de cratères énormes où la boue stagnait. De grands arbres centenaires avaient bloqué l'horizon, et le ciel qui serpentait au-dessus de la route était rouge sang. Maintenant Clara et moi étions dans la cabine devant. La sono s'était finalement tue et notre silence était envahi par le piaillement de millions d'oiseaux invisibles qui s'échappaient dans le ciel par poignées noires sur notre passage, pour revenir aussitôt sur eux-mêmes et reprendre leur place dans l'obscurité du feuillage. J'essayai de sortir ma tête par la vitre pour observer, au-dessus de la cime des arbres, la silhouette de ces oiseaux féeriques et libres. Si j'avais été avec Papa, il aurait voulu les contempler comme je le faisais. Pour la première fois, je sentais que ce spectacle merveilleux me faisait mal, le bonheur de ces oiseaux me faisait mal, leur liberté aussi.

— Il faudra vous habituer à manger de tout, remarqua Cesar. Ici la seule viande, c'est du singe !

— Je suis végétarienne… rétorquai-je. (C'était faux, mais j'avais besoin de répondre par une boutade.) Il faudra que vous me trouviez des salades, des fruits et des légumes. Je pense que, dans cette verdure, vous n'aurez pas de mal.

Cesar gardait le silence. Il semblait pourtant se

divertir de ma conversation. Je poussai un peu plus loin.

— Et si vous voulez vraiment me faire plaisir, trouvez-moi du fromage !

Dix minutes après, il arrêta sa camionnette au milieu de nulle part. Les guérilleros qui étaient à l'arrière descendirent se dégourdir les jambes et pisser devant tout le monde sans façons. Cesar descendit aussi et donna des instructions, puis partit avec deux d'entre eux vers une petite maison, cachée entre les arbres, que je n'avais pas vue. Il revint souriant avec un sac en plastique au bout de chaque bras ; les deux autres le suivaient, portant une caisse de bouteilles de bière.

Il me tendit un des sacs en plastique :

— Voilà, ça, c'est pour vous. Chaque fois que je le pourrai, je vous en procurerai, mais ce n'est pas facile ici.

Je ne pus pas m'empêcher de sourire. Il y avait dans le sac un gros morceau de fromage frais et une douzaine de petits citrons verts. J'avais remarqué le regard en biais des garçons et avais rangé le sac à l'ombre sous la banquette.

La piste s'était maintenant rétrécie et les arbres paraissaient avoir pris le dessus. On ne voyait plus le ciel qu'au travers de la voûte formée par la végétation.

Tout à coup, après avoir franchi une rigole, la voiture vira à gauche brusquement et alla s'écraser contre le buisson. Je mis mon avant-bras devant mes yeux pour me protéger de l'impact mais, au lieu de cela, la voiture s'ouvrit un passage et débarqua au milieu d'une sorte de place en terre battue. C'était une clairière. L'espace avait été nettoyé de toute végétation. Nous nous arrêtâmes. Il commençait à faire sombre, la nuit tombait.

Le grincement du coup de frein avait annoncé notre arrivée et un gros berger allemand s'amena au trot, aboyant avec application, certain d'accomplir son devoir. Cesar descendit de la voiture. Je fis de même de mon côté.

— Faites attention, c'est un chien très méchant.

En effet, le chien s'élança sur moi, aboyant de toutes ses forces. Je le laissai s'approcher, me flairer, puis j'esquissai une caresse entre ses oreilles. Cesar m'observait du coin de l'œil.

— J'aime beaucoup les chiens, m'aventurai-je à lui expliquer.

Je ne voulais pas que Cesar croie qu'il pouvait m'intimider.

Il y avait autour de l'espace ouvert des huttes, plus loin des tentes de campagne et, sur un côté, un grand abri, comme un préau flanqué tous les demi-mètres de tables basses, faites de planches soutenues par des tréteaux. Une des huttes était complètement fermée par un mur en terre, une autre était totalement ouverte, avec des bancs qui s'alignaient comme dans une église en face d'une petite télévision suspendue à la branche d'un grand arbre qui pénétrait par un des côtés. J'entrais pour la première fois dans un campement des FARC.

— Je vous présente Sonia.

Une grande femme, les cheveux teints en blond Marilyn, dressés sur la tête en coupe militaire, me tendit la main. Je ne l'avais pas vue venir, je tendis la mienne avec un temps de retard. Elle me broya les os et je hurlai de douleur. Elle me lâcha et je secouai ma main vivement pour faire revenir la circulation. Cesar était ravi.

Sonia était pliée en deux, riant aux larmes. Puis, reprenant son souffle, elle me dit :

— Je suis désolée, je ne voulais pas vous faire mal.

— Bon, vous avez bien compris, traitez-la avec délicatesse, renchérit Cesar, qui partit.

Avant même que j'aie pu dire au revoir à Cesar, Sonia me prit par les épaules, comme une vieille camarade de classe, et m'emmena faire le tour des lieux. Clara nous suivit.

Sonia commandait ce campement. Elle vivait avec son compagnon, un homme plus jeune qu'elle et moins gradé, auquel elle donnait des ordres de façon ostentatoire pour bien nous montrer que c'était elle le chef. Elle nous fit visiter sa hutte, la seule en fait à avoir un mur et donc à disposer d'une certaine intimité. Elle nous montra, trônant au milieu, à côté d'un matelas posé à même le sol et d'une chaise en plastique, un petit réfrigérateur électrique. Elle l'ouvrit avec fierté, il ne contenait que deux boissons gazeuses et trois bouteilles d'eau. Comme pour s'excuser d'avoir un si grand luxe, elle nous expliqua :

— C'est pour les médicaments…

Je la regardais sans comprendre.

— Oui, ce campement, c'est un hôpital des FARC. Nous recevons tous les blessés de la région, ceux qui attendent pour se faire opérer en ville, et ceux qui sont en convalescence.

Elle nous mena ensuite vers le grand abri. Sur une des tables du fond, des filles regardaient avec curiosité le contenu de grands sacs noirs en plastique. Il y avait aussi un matelas enroulé et tenu par des ficelles et un gros boudin en maille.

— Isabel et Ana ! Vous vous relayez pour la garde. Faites le lit, installez-les.

Les tables basses étaient des lits. À l'autre extrémité de l'abri, des guérilleros commençaient à installer des moustiquaires et s'allongeaient pour dormir sur des plastiques noirs qu'ils avaient tendus à même les planches en bois. Aux quatre coins de l'abri, un homme faisait la garde. Difficile de sortir de là sans être vue.

Les filles venaient juste de finir de faire un lit. Je regardai autour et ne vis rien pour en faire un second. Je m'en inquiétai, et l'une d'elles me répondit que l'ordre était qu'il nous faudrait dormir ensemble. Une lune immense éclairait le campement. Je demandai à Clara si elle voulait marcher un peu avec moi. Bientôt nous étions dehors, à respirer l'air léger d'une belle nuit tropicale. Je me sentais encore libre et me refusais à entrer dans le rôle de l'otage. Les filles qui nous suivaient nous fournirent une torche électrique à chacune.

— Vous ne l'utiliserez que si vous en avez strictement besoin. Vous ne pointerez jamais le ciel avec. Vous éteindrez dès que vous entendrez venir un avion ou des hélicoptères, ou dès qu'on vous l'ordonnera. Il faut rentrer maintenant. Si vous avez besoin de quoi que ce soit, vous nous appelez. Une de nous restera au pied de votre lit.

Celle qui avait parlé avait pris de la distance et s'était placée debout devant nous, appuyant les coudes sur la pointe de son fusil qu'elle faisait reposer par terre. Je présumai que c'était notre garde personnelle et que les quatre autres étaient des sentinelles postées là de façon habituelle.

Je m'assis sur le bord du matelas, trop fatiguée pour regarder l'intérieur des sacs où se trouvaient nos nouveaux vêtements. Je n'avais rien mangé de la journée. Je vis le sac en plastique de Cesar : il était vide, les citrons flottaient dans l'eau du fromage. Clara dormait déjà, allongée sous la moustiquaire, tout habillée et couverte d'un drap beige à fleurs marron. Je m'allongeai à mon tour, essayant de prendre le moins de place possible. J'examinai la moustiquaire avec ma torche électrique, je ne voulais pas me retrouver avec des bestioles à l'intérieur. Puis je l'éteignis. Où étaient les autres ? Adair ? Le photographe français ? Une peine soudaine m'envahit, et je pleurai en silence.

## 5

## *Chez Sonia*

Je ne parvins pas à dormir de la nuit. Je guettais les gardes plus qu'eux ne me surveillaient. Toutes les deux heures, de nouveaux hommes arrivaient pour prendre le relais. J'étais trop éloignée pour entendre leurs propos, mais c'était court, une tape dans le dos, et les uns partaient, laissant les autres debout à leur place dans le noir. Les filles qui se succédaient à notre chevet avaient fini par s'asseoir sur le lit vide d'en face, et cédaient lentement à l'assoupissement. Comment sortir de là ? Comment reprendre la route ? Comment revenir à la maison ? Est-ce qu'il y aurait des gardes plus loin ? À la sortie du campement ? Il fallait que je regarde plus en détail, que je demande, que j'observe. Je m'imaginais partir avec mon amie vers la liberté. Est-ce qu'elle accepterait de me suivre ? J'irais tout droit chez Papa. Je débarquerais dans sa chambre par surprise. Il serait assis sur son fauteuil en cuir vert. Il aurait son masque à oxygène. Il m'ouvrirait grands ses bras, et je me blottirais dedans, et je pleurerais de bonheur d'être avec lui. Ensuite on appellerait tout le monde. Quelle joie ! Il faudrait peut-être prendre un bus sur la route. Ou peut-être marcher pour gagner une ville. Ce serait plus sûr. La guérilla avait des espions partout. Il faudrait chercher une base militaire, ou un poste de police. Lorsqu'il s'était arrêté pour prendre le fromage et les bières, Cesar avait pointé du doigt vers la droite. Il avait ri en expliquant que la base militaire était tout près. Il avait dit que *los chulos*[1] étaient stupides. Je ne savais pas que la guérilla appelait les soldats *chulos*. Je m'en étais sentie blessée, comme si c'était une insulte dirigée contre moi. Je n'avais rien dit pourtant. « Désormais, je serais toujours du côté des militaires », pensai-je.

Quelle serait la réaction du pays à l'annonce de mon enlèvement ? Que feraient mes concurrents ? Seraient-ils solidaires ? Je pensais à Piedad Córdoba, une collègue du Sénat. J'avais connu Manuel Marulanda, le chef des FARC, par son intermédiaire. On avait fait la route entre Florencia et San Vicente en taxi. C'était la première fois que j'y allais. Nous avions pris une piste terrible, de vraies montagnes russes. Nous nous étions enfoncés à plusieurs reprises dans la boue, forcés de marcher pour alléger le véhicule. Nous avions tous poussé, tiré, soulevé avant d'arriver noirs de poussière au lieu du rendez-vous dans une avancée des FARC à la lisière de la forêt vierge. J'avais vu à quel point le vieux Marulanda avait le contrôle absolu de tous ses hommes. À un moment donné, il s'était plaint de la boue sous sa chaise. Il avait été littéralement soulevé dans sa chaise comme un empereur, tandis que d'autres commandants mettaient des planches de bois à même le sol et lui confectionnaient un plancher improvisé. Piedad Córdoba avait été enlevée par les paramilitaires six mois après notre visite aux FARC. Castaño, leur chef, l'accusait

1. *Chulos* : charognards.

d'être alliée à la guérilla. J'étais allée parler avec un vieux fermier que je connaissais ; certains disaient qu'il parlait à l'oreille de Castaño. Je lui avais demandé d'intervenir pour que Piedad soit relâchée. Beaucoup avaient plaidé en sa faveur. Elle avait été libérée quelques jours après. J'espérais que mon cas serait similaire au sien. Peut-être ma libération ne serait-elle qu'une question de semaines. Toutes ces réflexions où se mêlaient fantasmes et réalité m'occupèrent la nuit entière.

Ce serait bientôt l'aube du premier jour de ma vie en captivité. La moustiquaire que l'on nous avait fournie était blanche. Je suivais à travers sa maille très serrée le monde étrange qui s'éveillait autour de moi, comme protégée dans un cocon, avec l'illusion de pouvoir regarder sans être vue. Les contours des objets commençaient à se détacher de la nuit noire. Il faisait très frais, presque froid. Il était 4 heures et demie du matin quand un des guérilleros alluma la radio suffisamment fort pour que je puisse l'entendre. On parlait de nous. Je dressai l'oreille, tendue à l'extrême sans oser sortir de mon refuge pour me rapprocher de l'appareil radio. La voix confirmait que j'avais été prise en otage par la guérilla. J'écoutais les déclarations de Maman et mon cœur se contractait douloureusement, m'empêchant de bien l'écouter. On parla ensuite de Clara. Je la réveillai pour qu'elle suive les informations avec moi. Le guérillero changeait de station. À chaque fois, il tombait pile sur la diffusion de la nouvelle nous concernant. Quelqu'un d'autre, pas loin, synchronisa son poste sur le même programme, puis un troisième fit de même. Le son nous arriva en stéréo et facilita l'écoute.

Juste avant 5 heures, quelqu'un passa près de nous en faisant un bruit de bouche désagréable et très fort, qui eut pour effet de mettre en branle le campement. Cela s'appelait la *churuquiada*, un de ces termes typiquement « farquiens » désignant ici l'imitation de l'appel des singes. C'était la diane de la jungle.

Les guérilleros convalescents qui dormaient avec nous sous le préau se levèrent tous immédiatement. Ils retirèrent les moustiquaires, les plièrent rapidement et les enroulèrent dans un boudin serré, solidement attaché par les mêmes ficelles qui servaient à les pendre aux quatre coins de leurs lits. Je les observais faire, fascinée, tout en écoutant les bulletins d'information. Clara et moi nous levâmes, je demandai à aller aux toilettes.

Notre garde s'appelait Isabel. C'était une toute petite femme, d'une trentaine d'années, les cheveux extrêmement longs et crépus qu'elle portait en chignon à l'arrière de la tête. Elle avait de jolies boucles d'oreilles en or et des barrettes enfantines pour tenir des mèches rebelles loin de son visage. Un peu en surpoids, elle portait des pantalons en toile de camouflage un peu trop serrés pour être confortables. Visiblement enchantée de s'occuper de nous, elle accueillit ma requête en m'offrant un de ses plus beaux sourires. Elle me prit par la main, puis coinça mon avant-bras sous son coude, dans un geste d'affection et de complicité inattendu :

— Vous allez vous plaire avec nous, vous allez voir, vous n'aurez plus envie de partir après !

Je la suivis aux toilettes, m'attendant à trouver des latrines semblables à celles que j'avais utilisées la veille dans la maison sur la route, déjà prête à retenir ma respiration pour parer aux mauvaises odeurs.

Quelques mètres, une vingtaine tout au plus, et déjà on s'enfonçait dans la végétation épaisse. Je ne voyais toujours pas de cabine dans les parages. Nous débouchâmes sur une clairière assez vaste. Le sol avait l'air d'avoir été labouré à peu près partout. Un bruit d'engin me fit dresser l'oreille. Je demandai à Isabel quel moteur tournait dans les environs. Elle ne comprit pas ma question puis, écoutant elle aussi plus attentivement, affirma :

— Non, non, il n'y a pas de bruit de moteur.

— Mais si, attendez, je ne suis pas folle, il y a un bruit très fort, écoutez !

Isabel tendit de nouveau l'oreille puis éclata de rire, se pinçant le nez comme une petite fille pour ne pas faire de bruit.

— Mais non ! ça, ce sont les mouches !

Je regardai avec effroi par terre. Virevoltant à mes pieds, des milliers de mouches de toutes espèces, des grosses, des grandes, des jaunes, des vertes, s'agglutinaient autour de moi, tellement excitées qu'elles entraient en collision entre elles et tombaient à la renverse, les pattes en l'air, les ailes vibrant inutilement contre le sol. Je découvris alors un monde d'insectes extraordinairement actifs. Des guêpes attaquant les mouches avant que celles-ci n'aient pu se relever. Des fourmis frappant les deux premières pour transporter leur butin encore trépidant dans leur tanière. Des coléoptères aux cuirasses luisantes qui volaient lourdement et venaient s'écraser contre nos genoux. Je ne pus retenir un cri lorsque je réalisai qu'une myriade de fourmis minuscules avait pris d'assaut mon pantalon et m'arrivait déjà à la taille. J'essayai de les secouer en trépignant nerveusement sur place pour éviter qu'elles ne continuent à m'escalader.

— Alors, elles sont où, ces toilettes ?

— Mais nous y sommes ! s'esclaffa Isabel. Ce sont

les *chontos*. Voyez, il y a encore des trous qui sont uti-
lisables : vous vous mettez à califourchon dessus, vous
faites vos besoins, et vous couvrez avec la terre qui est
à côté, comme ça, en poussant avec le pied.

Je regardai plus attentivement. Le sol avait été
creusé par endroits. Dans les trous, le spectacle était
ignoble. Les insectes se vautraient dans la matière
qui avait été mal recouverte. Je me sentais déjà mal,
et me pliai en deux, prise de spasmes, sentant avec
horreur l'odeur montante et nauséabonde me remplir les narines. Je vomis sans crier gare, nous éclaboussant toutes deux jusqu'à la chemise.

Isabel ne riait plus. Elle s'essuya avec la manche
de sa veste et couvrit mon vomi avec l'amoncellement de terre le plus proche.

— Bon, je vous attends là-bas, devant.

L'idée de rester seule dans cet enfer me laissa
désemparée. De l'autre côté de la végétation, je
voyais des ombres s'agiter.

— Mais, tout le monde peut me voir !

Isabel me mit le rouleau de papier hygiénique
entre les mains.

— Ne vous inquiétez pas, je ne laisserai approcher
personne.

Je retournai au campement chancelante, regret-
tant déjà les latrines de la petite maison sur la route.
Il faudrait laver ce que j'avais sur moi et mettre les
vêtements qu'ils nous avaient fournis. Il y avait quatre paires de pantalons, tous des jeans de tailles et de
coupes différentes, des tee-shirts avec des motifs
enfantins et des sous-vêtements, les uns très simples,
en coton, les autres pleins de dentelles aux couleurs
aguichantes. La répartition se fit facilement : nous
prenions chacune les tailles qui nous convenaient le

mieux. Il y avait aussi deux grandes serviettes de toilette et deux paires de bottes en caoutchouc, les mêmes qui m'avaient servi à identifier les guérilleros. Je les laissai de côté, pensant que jamais je ne les utiliserais.

Une toute jeune fille que je n'avais pas vue auparavant s'approcha. Elle avait l'air très intimidé. Isabel nous la présenta :

— C'est María, votre *recepcionista*.

J'ouvris grands les yeux. Je n'aurais pas pu imaginer que, dans cet endroit complètement paumé, il puisse y avoir une « *recepcionista* ». Isabel m'expliqua :

— C'est elle qui est chargée de vos repas. Que voulez-vous prendre ?

Il devait être 6 heures et demie du matin au plus tard. Je pensai donc à un petit déjeuner, le plus simple possible :

— Des œufs au plat ?

María partit l'air affolé vers le fond du campement, puis disparut derrière un talus. À son tour Isabel partit sans que j'aie pu lui demander comment faire pour aller prendre une douche. Clara alla s'asseoir, tout l'ennui du monde se lisant sur son visage. Je regardai autour de moi. Aucun malade n'était demeuré couché. Ils étaient affairés à des occupations manuelles : les uns travaillaient des bouts de bois à la machette, les autres cousaient des bretelles à leur sac à dos, d'autres tissaient des courroies avec une technique très bizarre. Leurs mains étaient si rapides qu'il était impossible de suivre leurs mouvements.

— Allons faire le tour du campement ! proposai-je à ma compagne.

— D'accord ! me répondit-elle avec enthousiasme.

Nous avions rangé nos affaires le mieux possible

sur un coin du lit et nous nous apprêtions à sortir de l'abri, lorsque la voix d'une femme derrière moi nous arrêta.

— Qu'est-ce que vous faites ?

C'était Ana. Elle avait pris son fusil FAL à deux mains et nous regardait d'un air sévère.

— Nous allons faire un tour dans le campement, répondis-je, surprise.

— Il faut demander la permission.

— À qui doit-on demander la permission ?

— À moi.

— Ah bon ! Bien, alors : « Est-ce que vous pouvez nous donner la permission de faire le tour du campement ? »

— Non.

Au même moment, María revint avec une marmite brûlante, d'où se dégageait un puissant arôme de café. Elle tenait dans l'autre main deux petits pains et deux tasses en inox. Sonia arrivait derrière, toutes dents dehors.

— Alors, Ingrid, comment ça va ?

Elle m'assena une tape dans le dos qui me déséquilibra, et continua, rayonnante :

— On ne parle que de vous à la radio ! Le « Secretariado[1] » a annoncé qu'ils vont publier un communiqué pour ce soir. Ça va faire le tour du monde !

La guérilla était très fière du bénéfice médiatique que ma capture leur procurait. Mais j'étais loin de penser que la nouvelle capterait l'attention internationale. J'espérais tout au plus que l'annonce réveillerait le gouvernement qui s'activerait pour obtenir notre libération, d'autant plus nécessaire à ses yeux

1. Le corps dirigeant au sommet de la hiérarchie des FARC.

que la révélation des faits précédant mon enlèvement pouvait être gênante.

— Est-ce que nous pourrons regarder les bulletins d'information ce soir ? J'ai vu que vous aviez une télévision…

Sonia prit l'air sérieux et méditatif que j'avais déjà vu à El Mocho Cesar. Tous tournèrent leur visage vers elle, retenant leur souffle dans un silence total, comme si leurs vies dépendaient de sa réponse. Elle prit son temps, puis décréta en pesant chacun de ses mots.

— La télévision est interdite à cause de l'aviation, dit-elle. Mais je ferai une exception ce soir…

Une bouffée de bonheur envahit le campement. Les conversations reprirent allègrement, des rires au loin traversaient l'atmosphère.

— Le commandant Cesar a prévenu de sa visite. Venez me voir dans ma *caleta* quand vous voudrez, me lança Sonia avant de s'éloigner.

J'étais là à essayer d'intégrer ces nouveaux codes, ce vocabulaire déroutant. La *caleta*, ce devrait être sa cabane, comme les *chontos* étaient les toilettes et la *recepcionista*, la fille de service. J'imaginais que, dans une organisation révolutionnaire, certains mots devaient être bannis. Il devait être impensable de s'engager dans les FARC pour finir par faire le travail d'une bonne. Bien sûr, c'était mieux d'être appelée *recepcionista*.

Ana était revenue avec mission de nous emmener au bain, visiblement contrariée.

— Allez, dépêchez-vous, prenez vos vêtements propres et vos serviettes de bain, je n'ai pas que cela à faire !

Nous ramassions à toute vitesse nos affaires que nous jetions en vrac dans un sac plastique, enchantées à l'idée de nous rafraîchir. On reprenait l'allée qui conduisait aux *chontos* mais, bien avant d'y arriver, nous tournions à droite. Sous un toit en zinc, ils avaient construit un bassin en ciment qu'ils remplissaient d'eau à l'aide d'un tuyau d'arrosage : « Parfait, voilà ma douche ! » pensai-je tout haut. Ana nous remit une barre de savon à linge et partit dans les buissons. Le bruit de moteur s'éteignit et l'eau s'arrêta de couler. Ana revint, toujours de mauvaise humeur. Isabel nous avait suivies. Elle se tenait à l'entrée, debout, les jambes écartées, le fusil en bandoulière. Elle observait Ana en silence.

Je regardais autour de moi, l'endroit était entouré d'une épaisse végétation. Je cherchais des yeux où placer mes affaires.

— Va leur couper une barre, lança Isabel sèchement.

Ana sortit sa machette et choisit une branche raide de l'arbre le plus proche. D'un coup net elle la trancha et l'attrapa au vol et avec une étonnante adresse. Elle l'effeuilla et la pela jusqu'à en faire un manche à balai aussi parfait que s'il était sorti de l'usine. Je n'en croyais pas mes yeux. Ensuite, elle l'installa, une extrémité sur le rebord du bassin, l'autre sur la fourche d'un arbuste idéalement placé à côté ; elle s'assura de la solidité de son ouvrage et remit sa machette dans son fourreau. J'y pendis mes vêtements de rechange avec application, toujours impressionnée par sa prestation.

Ensuite, cherchant Clara des yeux, je la vis se déshabiller complètement. Oui, bien sûr, c'était ce qu'il fallait faire. Les filles la regardaient, impassibles.

— Et si quelqu'un arrive à l'impromptu ? hésitai-je.

106

— Tout le monde est fait pareil, rétorqua Ana, qu'est-ce que cela peut faire !

— Personne ne va venir, ne vous inquiétez pas.

Isabel avait parlé comme si elle n'avait pas entendu la remarque de sa camarade. Puis, d'une voix douce, elle ajouta :

— Prenez ce *timbo*.

Je n'avais aucune idée de ce qu'un *timbo* pouvait être. Je cherchais des yeux et ne voyais rien. Sauf, dans l'eau, un bidon d'huile coupé en deux, l'anse et le fond formant un récipient pratique. On se le passait au fur et à mesure, Clara et moi.

Ana s'impatienta. Elle piétinait dans les buissons en grommelant. Elle avait décidé de redémarrer le moteur de la pompe à eau :

— Voilà, vous êtes contentes ? Maintenant dépêchez-vous.

La douche finale ne dura que quelques secondes. Deux minutes après, nous étions habillées et prêtes à recevoir le commandant Cesar.

La camionnette de Cesar était garée dans la clairière. Il s'entretenait avec Sonia. On s'approcha, escortées des deux guérilleras. Sonia les renvoya immédiatement. Cesar me tendit la main en souriant :

— Comment allez-vous ?

— Mal. Je ne sais rien de mes camarades, vous m'aviez dit que…

Cesar m'interrompit net :

— Je ne vous ai rien dit.

— Vous m'aviez dit que vous alliez vérifier leur identité.

— Vous m'avez dit que c'étaient des journalistes étrangers…

— Non, je vous ai dit que le vieux était un photographe d'un magazine étranger, le jeune est un cameraman embauché pour ma campagne et l'autre, celui qui conduisait, est mon chef de logistique.

— Si vous me dites la vérité, je réponds de leur vie. J'ai confisqué tout le matériel vidéo et je l'ai visionné hier soir : les militaires ne vous aiment pas trop ! Jolie discussion, celle que vous avez eue avec le général sur le tarmac de l'aéroport. Ça lui a coûté son poste ! Et ils sont déjà à vos trousses. Il y a des combats près de La Unión-Penilla. Il faudra partir assez vite d'ici. On vous a apporté vos affaires ?

J'acquiesçai machinalement. Tout ce qu'il me disait était inquiétant. J'aurais voulu avoir l'assurance que mes compagnons étaient en sécurité et allaient être libérés prochainement. L'histoire des combats à La Unión-Penilla était une source d'espoir. Mais s'il y avait des affrontements, on risquait de se faire tuer. Comment pouvait-il savoir que le général avait été limogé ? C'était lui le mieux placé à l'heure qu'il était pour réussir une opération de sauvetage. C'était l'homme qui connaissait la zone, l'homme du terrain, l'homme qui m'avait vue en dernier.

Cesar partit. Il n'y avait rien à faire, sauf à attendre sans savoir quoi au juste. Les minutes s'allongeaient dans une éternité poisseuse et les remplir demandait une volonté qui me faisait défaut. Je ne pouvais rien faire d'autre que de ruminer mes pensées. Nous avions remarqué un jeu d'échecs posé sur le coin de ce qui se voulait être une table. Sa présence était inattendue et surprenante au sein de ce monde clos. Nous l'avions convoité comme une perle rare. Mais une fois assise devant l'échiquier, la panique me gagna. Nous étions ces pions. Notre existence se déroulerait selon une logique que nos ravisseurs chercheraient toujours à nous cacher. Je repoussai le jeu, incapable de continuer. Combien de temps cela durerait-il ? Trois mois ? Six mois ? J'observais les êtres autour de moi. L'insouciance de vivre qui émanait de chacun de leurs gestes, cette lenteur du bien-être, la douceur de ce temps rythmé par une routine immuable, tout cela me rendait malade. Comment pouvaient-ils dormir, manger, sourire, en partageant le temps et l'espace du calvaire d'autrui ?

Isabel avait fini son tour de garde et était venue pour le déjeuner. Elle regardait avec une envie manifeste les sous-vêtements rouges à dentelle noire intacts dans leurs pochettes. Je les lui offris. Elle les tournait dans tous les sens, avec un bonheur enfantin et les remettait à leur place, comme si elle repoussait une trop grande tentation. Elle se leva finalement, entraînée par un élan soudain, et dit bien haut pour que ses camarades entendent :

— Je vais présenter ma requête.

Les « requêtes », je l'apprendrais par la suite, étaient une partie fondamentale de la vie dans les FARC. Tout était contrôlé et surveillé. Personne ne pouvait avoir une initiative quelconque, donner un cadeau à quelqu'un ou le recevoir sans demander la permission. On pouvait vous refuser le droit de vous lever ou de vous asseoir, de manger ou de boire, de dormir ou d'aller aux *chontos*. Isabel revint en courant, les joues rouges de bonheur. Elle avait obtenu la permission d'accepter mon cadeau.

Je la regardai s'éloigner en essayant d'imaginer ce qu'était une vie de femme dans un campement. Il y avait un commandant femme, bien sûr, mais j'avais compté cinq filles pour une trentaine d'hommes. Que pouvaient-elles espérer de mieux ici, plutôt qu'ailleurs ? Leur féminité ne cessait de me surprendre, alors même qu'elles ne se séparaient jamais de leur fusil, et qu'elles avaient des réflexes masculins qui ne me paraissaient pas empruntés. Tout comme ce vocabulaire nouveau, ces chansons singulières, cet habitat particulier, ces femmes m'étonnaient : elles semblaient toutes sorties d'un même moule et avoir perdu toute individualité.

Être prisonnière, c'était déjà beaucoup. Mais être une femme prisonnière aux mains des FARC, c'était encore plus délicat. Il m'était difficile de le formuler. Intuitivement je sentais que les FARC avaient réussi à instrumentaliser les femmes avec leur consentement. L'organisation travaillait dans la subtilité, les mots étaient choisis consciencieusement, les apparences étaient soignées... Je venais de perdre ma liberté, je ne voulais pas rendre mon identité.

À la nuit tombée, Sonia était venue nous chercher pour regarder les informations à la télé. Le campement s'était attroupé dans la case où trônait le petit écran. Elle nous avait assigné nos places, puis s'était retirée pour allumer le générateur électrique. Une ampoule solitaire se balançait au plafond comme un pendu. Elle s'alluma et la troupe s'extasia. J'avais du mal à comprendre leur excitation. J'attendais, assise au milieu d'hommes, tous armés, le fusil entre les jambes. Elle revint, alluma la télévision et repartit laissant une image déréglée et crépitant. Personne ne bougeait, les yeux cloués à l'écran. Sonia finit par revenir, tourna deux boutons et une image floue, plus noir et blanc que couleur, se forma sur l'écran. Le son, lui, arrivait bien distinctement. Les informations avaient déjà commencé. Je vis Adair, mon chef de logistique. Ils venaient tous d'être libérés et ils parlaient avec émotion des derniers instants passés avec nous. Je sautai de joie. Mon émotion n'était visiblement pas communicative. Certains appelaient au silence sans amabilité. Je m'affaissai sur mon banc, les yeux humides.

Je n'avais pas sommeil. La lune brillait de nouveau et il faisait bon dehors. Je voulais marcher pour me dégager les esprits. Isabel était de garde. Elle accéda facilement à ma requête. Je me mis à faire les cent pas de la place jusqu'aux *chontos*, en passant devant la hutte de Sonia et en longeant l'abri. Quelques convalescents avaient allumé leur radio et des échos de musique tropicale parvenaient jusqu'à moi comme le souvenir d'un bonheur perdu. J'imaginais le monde sans moi, ce dimanche de tristesse et d'inquiétude pour ceux que j'aimais. Mes enfants, Mélanie, Lorenzo, et Sébastien, mon beau-fils, avaient déjà sûrement appris la nouvelle. J'attendais d'eux qu'ils soient forts. Nous avions souvent évoqué la possibilité d'un enlèvement. Plus que d'un assassinat, c'était d'une prise d'otage dont j'avais toujours eu peur. Je leur avais dit qu'il ne fallait jamais céder au chantage et qu'il valait mieux mourir que de se soumettre. Je n'en étais plus sûre à présent. Je ne savais plus que penser. Leur douleur, plus que tout, m'était insupportable. Je ne voulais pas qu'ils soient orphelins, je tenais à leur rendre leur insouciance. Je les imaginais parlant entre eux, soudés par le même tourment, essayant de reconstituer les événements qui avaient précédé mon enlèvement, essayant de comprendre. Cela me faisait mal.

J'avais bien compris la signification du communiqué de presse que le « Secretariado » avait divulgué. Ils confirmaient que j'étais prise en otage et que je rentrais dans le groupe des « interchangeables[1] ». Ils menaçaient de me tuer si, un an jour pour jour après ma capture, un accord pour libérer les guérilleros détenus dans les prisons colombiennes ne s'était pas matérialisé. Rester un an en captivité pour être assassiné ensuite : voilà peut-être ce qui m'attendait. Allaient-ils exécuter leurs menaces ? Je ne pouvais pas le croire, mais je ne voulais pas être là pour le vérifier. Il fallait nous enfuir.

L'idée de préparer notre évasion me calma. Je fis mentalement le plan des lieux et essayai de reconstruire de mémoire la route que nous avions suivie pour venir. J'étais certaine que nous avions parcouru un trajet quasiment en ligne droite vers le sud. Il faudrait beaucoup marcher, mais c'était faisable.

J'allai finalement me coucher, tout habillée, toujours incapable de fermer les yeux. Il devait être 9 heures du soir lorsque je les entendis venir de loin. Des hélicoptères, il y en avait plusieurs, s'approchaient rapidement de nous. À l'instant, le campement fut pris de frénésie. Les malades sautaient de leurs lits, enfilaient leurs sacs à dos et partaient en courant. Des ordres étaient criés dans le noir, l'agitation était à son comble. « Pas de lumières, putain ! » C'était Sonia qui hurlait d'une voix d'homme. Ana et Isabel surgirent, arrachant la moustiquaire et nous poussant hors du lit :

— Prenez tout ce que vous pouvez, on part immédiatement, c'est l'aviation !

Mon cerveau se mit en veille. J'écoutais les voix hystériques autour de moi et entrai dans un état

---

1. Interchangeable : appellation donnée par les FARC aux otages politiques susceptibles de faire l'objet d'un échange avec des guérilleros détenus dans des prisons colombiennes.

second : mettre les chaussures, enrouler les vêtements dans le sac, prendre le sac, vérifier que rien ne reste, marcher. Mon cœur battait lentement, comme lorsque je faisais de la plongée. L'écho du monde extérieur m'arrivait de la même façon, comme filtré par une immense paroi d'eau. Ana continuait à hurler et à me pousser. Il y avait déjà une file indienne de guérilleros qui arpentait un sentier inconnu. Je me retournai. Ana avait roulé le matelas et le tenait sous le bras. Coincé sous l'autre bras, elle portait la moustiquaire entortillée en boudin. En plus, elle avait son énorme sac à dos qui la forçait à se plier vers l'avant tellement il était lourd. « Quelle vie de chien ! » murmurai-je, plus irritée qu'autre chose. Je n'avais pas peur. Leur hâte ne me concernait pas.

À une centaine de mètres du campement, l'ordre de nous arrêter fut donné. La lune éclairait au travers des arbres suffisamment pour distinguer les personnes autour de moi. Les guérilleros s'étaient assis par terre, adossés contre leurs sacs à dos. Certains avaient sorti des plastiques noirs et se couvraient avec.

— Combien de temps va-t-on rester là ? murmurai-je à l'intention d'Isabel.

Le bruit des hélicoptères était toujours présent, mais il me semblait qu'ils ne s'approchaient plus.

— Je ne sais pas. Il faut attendre les instructions de Sonia. On peut en avoir pour des jours de marche…

— Des jours de marche ?

— …

— Les bottes sont restées dans le campement, dis-je, dans l'espoir d'avoir une raison de revenir sur nos pas.

— Non, c'est moi qui les ai.

Elle me les montra, pliées dans un sac qu'elle utilisait comme coussin.

— Vous devriez les mettre, vous ne pourrez pas marcher dans la montagne sans cela.

— La montagne ? Nous allons dans la montagne ?

Cela faussait tous mes calculs ! J'avais prévu que nous allions vers le sud, vers le fin fond des Llanos. Après c'était l'Amazonie. La montagne, cela signifiait revenir en direction de Bogotá. Les Andes étaient une barrière naturelle pratiquement infranchissable à pied. Bolívar l'avait réussi avec son armée mais c'était un exploit !

Ma question lui parut suspecte, comme si j'essayais de lui tendre un piège pour obtenir une information secrète. Isabel me regarda, méfiante :

— Oui, la montagne, *al monte*[1], *a la selva* !

Ils appelaient *monte* la forêt, et toute végétation qui n'avait pas été modifiée par l'homme. C'était curieux, le sens ancien du mot *monte* était bien celui-là. Ils l'avaient assimilé au mot *montaña*[2] et l'utilisaient indistinctement. Leur dialecte prêtait à confusion. Je commençais à l'apprendre comme une langue étrangère, en essayant de mémoriser les faux amis entre mon espagnol et le leur. Une fois que j'eus compris que nous marchions vers les Llanos, mon esprit partit ailleurs.

Le bruit des hélicoptères augmenta rapidement. Ils volaient en rase-mottes au-dessus des arbres, j'en apercevais trois alignés en formation, au-dessus de ma tête, devinant qu'ils devaient être beaucoup plus nombreux. Leur vue m'emplissait de bonheur : ils nous cherchaient ! L'angoisse des guérilleros était flagrante. Leurs visages étaient tendus vers le ciel, les mâchoires serrées par le défi, la haine, la peur.

1. *Monte* désigne la forêt vierge.
2. *Montaña* signifie montagne en espagnol.

Je me savais moi aussi observée par Ana. J'évitais d'extérioriser mes sentiments. Maintenant les hélicoptères s'éloignaient. Ils ne reviendraient plus. Cette seconde d'espoir que j'avais ressentie avait été perçue autour de moi. C'était des bêtes entraînées à renifler le bonheur des autres. J'avais fait pareil. Moi aussi j'avais flairé leur crainte et m'en étais réjouie. Maintenant, je pouvais humer leur satisfaction face à ma déception. Je leur appartenais, leur sensation de victoire les excitait. Ils se donnaient du coude, et murmuraient en me regardant droit dans les yeux. Je baissai les miens, impuissante.

Le rang se relâcha, chacun aménagea de nouveau son coin. Je revins vers Clara. Nous nous prîmes la main en silence, assises côte à côte, raides sur nos sacs de voyage. Nous étions habituées à la ville. La nuit gagnait. De gros nuages voyageaient vers nous et peuplaient le ciel. La lune s'estompa. Un remue-ménage secoua l'espace. Les guérilleros s'étaient mis à genoux devant leurs sacs à dos, qu'ils ouvraient après avoir défait les mille lanières, boucles et nœuds qui les corsetaient.

— Qu'est-ce qui se passe ?

— Il va pleuvoir, me répondit Isabel, tout en s'acharnant elle aussi sur son sac à dos.

— Et nous, qu'est-ce qu'on fait ?

En guise de réponse, elle me tendit un plastique noir.

— Couvrez-vous toutes les deux avec !

Les premières gouttes commençaient à tomber. On les entendait d'abord taper sur le feuillage à la cime des arbres, sans transpercer encore la végétation. Quelqu'un nous balança un nouveau plastique qui atterrit à nos pieds. Il était juste temps. L'orage déferla comme un déluge biblique.

À 4 heures et demie du matin, on retourna au campement. Les radios s'allumaient, des voix familières annonçaient les titres de l'actualité. Une odeur de café noir marquait le début d'une nouvelle journée. Je m'effondrai sur les planches avant même de m'être réinstallée.

María apporta une grande assiette de riz et de lentilles avec deux cuillères.

— Vous avez des fourchettes ? demandai-je.

Je n'avais pas l'habitude de manger avec une cuillère.

— Il faudra faire la requête au commandant, me répondit-on.

— À Sonia ?

— Non, au commandant Cesar !

Il était arrivé au campement en début d'après-midi dans sa grosse camionnette rouge, trop luxueuse pour un rebelle. Je souris en pensant à l'histoire qu'il m'avait racontée. Il avait fait acheter la voiture à Bogotá, par un milicien des FARC qui l'avait conduite jusqu'à la zone démilitarisée où il la lui avait remise. Il l'avait ensuite déclarée volée et avait touché la prime de l'assurance. C'était la manière des FARC. Plus que des insurgés, c'étaient de véritables voyous !

Un gros camion de chantier bondé de jeunes guérilleros suivait la voiture.

Cesar me salua, l'air content :

— Nous avons eu des combats hier soir. Nous avons tué une demi-douzaine de soldats. Ils viennent pour vous reprendre. Ils finiront par comprendre qu'ils n'y arriveront jamais ! Il faut partir tout de suite. Ce lieu a déjà été repéré. C'est pour votre sécurité. Préparez vos affaires.

Cette fois, Cesar ne nous accompagna pas. Celui qui conduisait était le même gros monsieur qui avait acheté le matelas et les affaires. Les quinze qui étaient venus avec Cesar continuaient le chemin avec nous à l'arrière du camion, tous debout, armés de leurs fusils. Clara et moi montions dans la cabine avec le conducteur.

À cause de l'orage de la veille, la piste était devenue un toboggan gluant de boue. Il était impossible d'aller à plus de vingt kilomètres à l'heure. Nous reprenions notre chemin vers le sud, chaque fois plus enfoncés dans les Llanos. Le terrain était devenu très boisé, on voyait encore quelques champs en friche, et d'autres terrains mordus par des incendies contrôlés. Les spécialistes appelaient cette zone la « frontière agricole ». La forêt amazonienne devait être tout près.

Le ciel était en flammes. Le soleil tombait en grand apparat. Nous avions fait beaucoup d'heures de route sans nous arrêter. À mesure que nous avancions, mon cœur se serrait : autant de kilomètres supplémentaires à faire pour revenir à la maison. Je me calmai en calculant qu'il était possible de garder quelques provisions pour notre fuite, de quoi tenir pendant une semaine de marche. L'évasion devrait se faire la nuit, au moment où les gardes relâchaient leur attention. Il faudrait marcher jusqu'à l'aube et se cacher pendant la journée. Impossible de demander de l'aide aux civils, ils pouvaient être de mèche avec les FARC. L'attitude du conducteur était révélatrice, il y avait là des relations presque féodales entre la paysannerie et la guérilla, faites de dépendance, de soumission, d'intérêt et de peur.

J'étais plongée dans mes réflexions lorsque le véhicule s'arrêta. Nous étions en haut d'une butte. Le coucher de soleil s'offrait à nous dans toute sa splendeur. Sur la gauche, il y avait une entrée construite à la manière des haciendas. La propriété était fermée, non pas par un mur mais par une toile cirée verte qui en faisait le tour et la cloisonnait de façon que l'intérieur soit complètement invisible de la route.

Les guérilleros sautèrent du camion et partirent par groupes de deux se poster aux coins du domaine. Un grand gars à la moustache fine ouvrit grands les battants du portail. Il était très jeune, il avait probablement vingt ans. Le camion entra silencieusement. Le ciel vira au vert et la nuit tomba d'un seul coup.

Le grand gars s'approcha et me tendit la main :

— Je suis honoré de faire votre connaissance, je suis votre nouveau commandant. Si vous avez besoin de quoi que ce soit, c'est moi que vous solliciterez. Mon nom est Cesar. Elle, c'est Betty, elle s'occupera de vous, c'est votre *recepcionista*.

Betty n'était pas son vrai prénom. Les guérilleros avaient tous des noms d'emprunt, choisis par le commandant qui les avait recrutés. Souvent un prénom étranger, ou biblique, ou sorti d'une série télévisée. *Yo soy Betty, la fea* a eu beaucoup de succès pendant longtemps en Colombie[1]. J'imaginais que cela expliquait ce choix. De plus, voici que nous avions un nouveau chef avec le même nom. « Décidément les commandants ici s'appellent tous Cesar », me dis-je, amusée.

Notre Betty n'était pas laide, mais elle était presque aussi petite qu'une naine. Elle alluma sa lampe de poche et nous demanda de la suivre. Le camion repartit vide et le portail se referma. Elle nous mena

---

1. La série colombienne a inspiré la série américaine. Le titre original était *Yo soy Betty, la fea*, « Je suis Betty, la moche ».

vers une vieille cabane dont le toit pourri s'était effondré. Sous la moitié encore debout trônaient deux lits semblables à ceux que nous avions utilisés à l'hôpital, sauf que les planches étaient pourries elles aussi et partaient en morceaux.

Betty déposa son sac à dos dans un coin et, son fusil toujours en bandoulière, entreprit de récupérer les quelques planches qui étaient encore solides pour en faire un seul lit. Elle avait mis la lampe de poche dans sa bouche pour libérer ses deux mains et travailler plus vite. Le faisceau lumineux suivait ses gestes. Elle s'apprêtait à saisir une des planches, lorsqu'elle sursauta et perdit la lampe de poche qui s'en alla rouler par terre. Je l'avais vue en même temps qu'elle : une énorme tarentule aux poils roux qui se tenait bombée sur ses grosses pattes, prête à bondir. Je ramassai vivement la lampe de poche pour rechercher la bête, qui avait sauté sous le lit et prenait la fuite du côté du toit et de l'amoncellement de paille. Avec sa machette, Betty coupa l'animal en deux.

— Je ne pourrais pas dormir ici, j'ai horreur de ces bêtes-là. En plus, elles vivent en couple, l'autre ne doit pas être loin !

Ma voix sortit dans les aigus, dévoilant mon état nerveux. C'était étonnant. Je venais de parler comme ma mère. C'était elle qui avait horreur de « ces bêtes-là ». Pas moi. Elles me fascinaient plutôt, car il me semblait, par l'énormité de leur taille, qu'elles sortaient du monde des insectes pour rentrer dans celui des vertébrés.

— On va bien nettoyer, je vais regarder sous le lit et partout. Et puis je dormirai ici avec vous, n'ayez crainte.

Betty avait envie de rire, et faisait des efforts pour

le dissimuler. Ma compagne s'était allongée dès que le matelas et la moustiquaire avaient été installés. Betty revint avec un vieux balai, et je le lui empruntai pour l'aider. Je disposai nos affaires sur une planche dont elle avait fait une étagère et me couchai à mon tour. Je fus incapable de m'endormir jusqu'à l'aube. Mon insomnie m'avait cependant permis de localiser l'emplacement des gardes et j'avais déjà conçu un plan d'évasion pour le prochain soir. J'avais même repéré un canif dans le sac à dos de Betty qui pourrait nous être utile.

Malheureusement, mes espoirs d'évasion ne firent pas long feu. El Mocho Cesar se pointa vers midi et nous reprîmes la route, toujours vers le sud. De nouveau, l'angoisse me saisit à la gorge. Je calculais qu'il faudrait désormais plus d'une semaine pour revenir sur nos pas. La situation devenait critique. Plus nous nous éloignions, plus les chances de réussite diminuaient. Il fallait réagir au plus vite et s'équiper pour pouvoir survivre dans une région chaque jour plus hostile. Nous avions cessé de traverser un pays plat et entamions des montées et des descentes dans un paysage de plus en plus vallonné. Les paysans avaient fait place à une population de bûcherons, décelable uniquement par l'étendue des dégâts qu'ils laissaient derrière eux. Spectateurs impuissants d'une catastrophe écologique qui n'intéressait personne, nous traversions l'espace ravagé, comme si nous étions les seuls survivants d'une guerre nucléaire.

El Mocho arrêta son véhicule sur une butte. En contrebas, dans une petite maison construite au milieu d'un cimetière d'arbres, des enfants à demi nus jouaient par terre. La cheminée fumait tristement. El Mocho y envoya un groupe de guérilleros chercher du fromage, du poisson et des fruits. Du poisson ?

Je ne voyais pas de rivière. À nos pieds s'étalait une immense végétation : des arbres à l'infini. Je tournai sur moi-même : à 360 degrés, l'horizon était devenu une seule ligne verte ininterrompue.

El Mocho se mit debout à côté de moi. J'étais émue sans savoir pourquoi. Je sentais qu'il l'était aussi. Il mit sa main devant ses yeux pour se protéger de la réverbération et me dit après un long silence :

— Ça, c'est l'Amazonie.

Il l'avait dit avec une grande tristesse, presque avec résignation. Ses mots étaient restés collés dans mon cerveau, comme si je ne réussissais pas à en comprendre le sens. Sa voix, le ton qu'il avait utilisé, me mettait pour le coup au bord de la panique. Je regardais devant moi, incapable de parler, le cœur en cavale, scrutant l'horizon pour y trouver une réponse. J'avais très peur. Je sentais le danger. Je ne le voyais pas. Je ne le reconnaissais pas. Mais il était là, devant moi, et je ne savais pas comment l'éviter.

Cesar, une fois de plus me devinant, dit :

— C'est là que vous allez.

## 6

## *La mort de mon père*

23 mars 2009. Je suis seule. Personne ne me regarde. Enfin seule avec moi-même. Dans ces heures de silence que je chéris, je me parle et me remémore. Le passé, figé dans le temps, immobile et infini, s'est volatilisé. Il n'en reste rien. Pourquoi alors ai-je si mal ? Pourquoi cette douleur sans nom ? J'ai fait la route que je m'étais fixée, et j'ai pardonné. Je ne veux pas être enchaînée à la haine, ni à la rancœur. Je veux avoir le droit de vivre en paix. Je suis redevenue maîtresse de moi-même. Je me lève la nuit et marche pieds nus. Il n'y a personne pour m'aveugler avec une torche électrique, personne. Et je suis seule. Mon bruit ne gêne pas, ma démarche n'intrigue personne. Je n'ai pas à demander la permission, je n'ai pas à expliquer. Je suis une rescapée ! La jungle est restée dans ma tête, même s'il n'y a rien autour de moi pour en témoigner, hormis la soif avec laquelle je bois la vie.

Je reste longtemps sous la douche. L'eau est brûlante, à la limite du tolérable. La vapeur envahit l'espace. Je peux prendre de l'eau dans ma bouche et la laisser couler lentement, tiède sur mon visage et mon cou. Personne n'en est dégoûté, pas de regards de travers. Je tourne le robinet. Je la veux froide, cette eau, maintenant. Mon corps accepte sans se raidir. Il a l'entraînement de trop longues années d'eau froide, souvent glacée.

Aujourd'hui, cela fait sept ans que Papa est mort. Je suis libre et je pleure. De bonheur, de tristesse et de gratitude. Je suis devenue un être complexe. Je n'arrive plus à sentir une émotion à la fois, je suis partagée entre des contraires qui m'habitent et me secouent. Je suis maîtresse de moi-même, mais petite et fragile, humble car trop consciente de ma vulnérabilité et de mon inconséquence. Et ma solitude me repose. Je suis seule comptable de mes contradictions. Sans avoir à me cacher, sans le poids de celui qui se moque, qui aboie ou qui mord.

Il y a sept ans, jour pour jour, j'ai vu les guérilleros se réunir en cercle. Ils me regardaient de loin et parlaient entre eux. Nous étions installés dans un nouveau camp. La troupe s'était agrandie. D'autres filles s'étaient jointes à Betty : Patricia, l'infirmière, et Alexandra, une très jolie fille dont tous les garçons semblaient être amoureux.

Dix jours auparavant, il y avait eu une alerte, les *chulos* sillonnaient le fleuve. Nous étions en pleine fuite. Nous avions marché pendant des jours. J'avais été malade pendant tout le trajet. Patricia et Betty restaient près de moi pour m'aider. Les jours de marche s'additionnaient. La route, assez large pour permettre la circulation de véhicules dans les deux sens, faisait la liaison entre la rive d'un fleuve et l'embouchure d'un autre, à des kilomètres de distance. Dans ce labyrinthe de cours d'eau qu'est l'Amazonie, la guérilla avait bâti un système de vases communicants dont elle gardait le secret. Ils savaient manier à la perfection les GPS et les cartes informatiques pour trouver le bon chemin.

Une fois, il fallut traverser un nouveau fleuve au bord duquel nous venions d'arriver. Je ne voyais pas comment. Cela faisait moins d'un mois que j'avais été capturée. J'avais quelques bricoles transportées par les guérilleros dans un sac à provisions que je voyais passer de main en main tout au long du trajet. Il avait été déposé là, sur la rive du fleuve, comme si celui qui le transportait en avait eu assez. Alors que j'allais le prendre, les filles me poussèrent rudement dans la broussaille, je perdis l'équilibre et me retrouvai à terre.

— ¡ *Cuidado, carajo ! Es la marrana*[1].

— ¿ *La marrana* ?

Je m'attendais à voir charger sur moi une truie enragée et essayai de me relever au plus vite. Mais les filles me forcèrent par les épaules à rester au sol, ce qui augmenta ma panique.

— ¡ *Arriba, mire arriba ! Alla está la marrana*[2].

Je regardai ce que me désignait l'une d'elles. Au-dessus de nos têtes, dans une grande éclaircie au travers des arbres, au milieu d'un ciel sans taches, très haut et très loin, un avion, comme une minuscule croix blanche, nous survolait.

— ¡ *Esos son los chulos ! Así es como nos miran para después « borrbardiarnos*[3] ».

Elle prononçait mal le verbe « bombarder » et disait « borrbader » comme une petite fille qui aurait des troubles d'élocution. Ils utilisaient aussi le

---

1. « Attention, merde, c'est la cochonne. »
2. « Regardez là-haut ! Elle est en haut la cochonne ! »
3. « C'est les charognards. C'est comme ça qu'ils nous repèrent pour ensuite nous bombarder. »

verbe « regarder » au lieu du verbe « voir ». Le résultat était étonnant : ils disaient « je l'ai regardé » quand ils avaient vu quelque chose. Je souris. Comment aurait-il pu nous détecter à cette distance ? Cela me paraissait invraisemblable. Mais je sentais que ce n'était même pas la peine d'en discuter. Ce qui comptait, c'était d'avoir compris que les militaires poursuivaient leurs recherches, et cette *marrana* était l'ennemi pour eux, donc l'espoir pour moi.

J'étais consciente que nous nous enfoncions toujours davantage dans la jungle, que chaque pas nous éloignait de la civilisation. Mais la présence de la *marrana* prouvait que les militaires suivaient notre trace. On ne nous abandonnait pas. Au bout d'une demi-heure, l'avion fit demi-tour et disparut. Le ciel se chargea aussitôt de gros nuages noirs. Une fois encore, le temps avait pris le parti de la guérilla. On n'entendait plus le moteur de la *marrana*. Les filles me tendirent un grand plastique noir.

De grosses gouttes de pluie faisaient des ronds sur la surface calme du fleuve. J'entendis le chant d'un coq, pas très loin, sur l'autre rive. « Mon Dieu, il doit y avoir des gens par ici ! » Je fus envahie d'une joie simple. Si quelqu'un me voyait, l'alerte pourrait être donnée, les militaires viendraient nous chercher.

Le jeune Cesar arriva, l'air fier. Il avait trouvé une pirogue pour traverser. Sur l'autre rive, il y avait une grande *finca*[1]. La forêt avait été repoussée, laissant place à un immense pâturage au milieu duquel trônait une jolie maison en bois, peinte gaiement en vert et orange. J'arrivai à discerner des poules, des cochons et un chien fatigué qui se mit à aboyer dès

---

1. *Finca* : propriété.

que nous sortîmes de l'épais sous-bois pour nous embarquer.

Cesar avait exigé que nous traversions le fleuve bien couvertes pour que les « civils » ne puissent pas nous reconnaître. L'orage avait déferlé sur nous. J'étais trempée jusqu'à la moelle, malgré le plastique noir, avançant dans la pluie pendant des heures jusqu'au moment où il fit noir absolu. Les guérilleros avaient installé une tente au bord de la route, entre deux arbres, à ras du sol, avec juste la place pour tendre la moustiquaire en dessous. Nous nous effondrâmes dessus, trempées.

Le lendemain, la marche continua jusqu'à un endroit où visiblement d'autres guérilleros avaient dormi auparavant. C'était joli. Une nuée de papillons colorés virevoltait autour de nous. Nous étions de nouveau près de la route, je me dis que l'évasion était encore possible.

Mais le lendemain, à l'aube, on nous fit tout remballer. Je ne sais comment, de nombreux sacs à provisions s'étaient empilés près de la route dans le courant de la nuit. Les guérilleros déjà chargés de leurs lourds sacs à dos prenaient en plus une partie des provisions, qu'ils portaient sur la nuque, l'échine voûtée.

Après une heure de marche, à la hauteur d'un gros tronc d'arbre effondré en travers de la route, nous bifurquâmes dans un petit sentier couvert de plantes sauvages. Ce sentier serpentait entre les arbres de façon capricieuse. Il fallait que je me concentre pour ne pas perdre de vue les marques qu'avaient laissées ceux qui nous devançaient afin de baliser notre chemin. L'endroit était très humide et je transpirais énormément.

Nous avions franchi un petit pont en bois à moitié

pourri. Puis un deuxième, et encore un troisième. Ils devenaient plus longs au fur et à mesure que nous avancions. Certains étaient même quasiment des allées construites sur pilotis à travers la forêt. J'en étais malade, car je voyais combien il serait difficile de parcourir à rebours le même chemin la nuit et à tâtons.

À la tombée de la nuit, nous étions arrivées dans une sorte de clairière en pente douce. Tout en haut une tente avait été dressée. Ils avaient construit au milieu de la brousse un vrai lit avec quatre fourches à une vingtaine de centimètres du sol en guise de pattes pour soutenir les branches transversales sur lesquelles reposait le matelas. La moustiquaire était accrochée, comme dans un lit à baldaquin, à de longs pieux aux quatre coins, qu'ils appelaient *esquineras*[1].

C'était dans ce campement que je les avais vus conspirer près de l'*economato*, nom qu'ils donnaient à l'abri sous lequel ils emmagasinaient les provisions.

Nous étions le 23 mars, un mois, jour pour jour, après mon enlèvement. Je savais que la France leur avait donné un ultimatum. Je l'avais entendu sur la radio d'un des gardes. S'ils ne me libéraient pas, les FARC allaient être incluses dans la liste des organisations terroristes de l'Union européenne.

Depuis notre arrivée, dix jours auparavant, une routine s'était installée, rythmée par les changements de garde toutes les deux heures et par les coupures des repas. J'avais repéré exactement le moment idéal pour partir. Clara était d'accord pour me suivre.

Ils discutaient entre eux et jetaient vers moi des regards noirs. J'imaginais que l'information leur en

---

1. *Esquineras*: encoignures.

avait été communiquée, et je sentais un certain soulagement à penser que la perspective de devoir me relâcher les mettait sous pression. De toute façon, je m'en moquais. Dans quelques jours, je serais à la maison, dans les bras de Papa. Je m'étais fixé la limite du prochain dimanche pour m'évader. J'étais sûre de réussir. C'était le début de la semaine sainte. Je voulais prendre la fuite le dimanche de Pâques.

J'observais leur conciliabule. Ils étaient manifestement inquiets. Le jeune Cesar finit par les disperser et Patricia, l'infirmière, vint nous parler, faisant mine d'avoir été investie d'une mission délicate. Elle s'accroupit en face de notre *caleta*.

— Qu'est-ce que vous avez entendu comme nouvelles récemment ?

— Rien de spécial, m'aventurai-je à répondre après un silence, en essayant de comprendre le but de sa visite.

Elle se montra particulièrement gentille afin de gagner notre confiance. Elle prétendit compatir à notre situation et vouloir nous donner du courage. Elle dit qu'il fallait être encore un peu patientes, que nous avions déjà attendu « le plus long », que nous pouvions maintenant attendre « le plus court ». Elle affirma que nous serions vite libérées. Je sentis qu'elle mentait.

Je ne pensais qu'à une chose : masquer tout ce qui pourrait les alerter sur notre plan. J'avais l'âme blindée. En réalité, ce n'était pas une évasion qu'ils redoutaient. Son regard ne fouillait pas la *caleta* à l'affût d'un indice. Elle était calme et pondérée, sondant plutôt mes yeux comme si elle cherchait à connaître mes pensées. Elle partit. Je pensais qu'elle était irritée de n'avoir rien pu nous soutirer. Je me trompais. En fait, elle partait soulagée.

Mon père venait de mourir. Ils voulaient juste vérifier que je n'étais pas au courant. À partir de ce moment, ils m'avaient empêché d'écouter la radio. Ils redoutaient que le chagrin ne me pousse à faire des folies.

# 7

## *Tomber dans l'abîme*

3 avril 2002. Nous revînmes au campement trois jours après notre deuxième évasion, poussées par les deux gardes qui nous avaient capturées. Clara avait les pieds enflés, elle ne pouvait presque plus marcher. J'étais mortifiée, m'en voulant mortellement de ne pas avoir eu les bons réflexes, de ne pas avoir été plus prévoyante, d'avoir manqué de prudence. Je pensais à Papa. Je ne serais pas avec lui le jour de son anniversaire. Je ne serais pas là pour la fête des Mères. Ensuite, en septembre, ce seraient les dix-sept ans de ma fille. Et si jamais je n'étais pas encore libérée, ce serait ensuite celui de mon fils. Je voulais tellement être là pour ses quatorze ans...

Les gardes nous poussaient. Ils se moquaient. Ils avaient tiré des coups de feu en l'air en arrivant au campement et la meute chantait et criait victoire en nous voyant venir. Le jeune Cesar nous regardait de loin, l'œil noir. Il ne voulait pas se joindre aux festivités déclenchées par notre nouvelle capture. Il fit signe aux réceptionnistes de venir s'occuper de nous. Il n'était plus le même homme, je le vis dans sa *caleta* faire les cent pas et tourner en rond comme un fauve en cage.

L'infirmière du campement vint nous voir. Elle fouilla dans nos affaires et confisqua avec mesquinerie tous les objets auxquels nous tenions : le petit couteau de cuisine, les vitamines C effervescentes, les cordes et les hameçons qu'un des garçons nous avait refilés. Et bien sûr la lampe de poche.

Elle posait des tas de questions. Je restai le plus évasive possible. Je ne voulais pas qu'elle puisse déduire de mes réponses l'heure de notre départ, ni le chemin que nous avions utilisé pour nous enfuir. Mais elle était douée. Elle faisait tellement de commentaires, glissant des questions pièges ici et là, que je devais me concentrer, me mordant les lèvres jusqu'au sang pour ne pas tomber dans le panneau.

Clara était blessée, et je demandai à l'infirmière de s'occuper de mon amie. Elle sentit que son interrogatoire ne pouvait pas se poursuivre, et se leva de mauvaise humeur :

— Je vous envoie quelqu'un pour vous masser, lança-t-elle à l'intention de ma compagne.

Je la vis se diriger directement vers la tente du commandant. Cesar eut l'air de discuter aigrement avec elle. C'était un grand gars, très élancé et probablement plus jeune qu'elle. Il semblait exaspéré par ce qu'elle lui disait. Il fit demi-tour, et la laissa parler toute seule, tandis qu'il remontait la pente jusqu'à notre *caleta*.

Il arriva, l'air grave. Après un long moment de silence, Cesar fit un discours :

— Vous avez fait une belle connerie. Vous auriez pu mourir dans cette jungle, bouffées par n'importe quoi. Il y avait des tigres[1], des ours, des caïmans prêts à vous dévorer. Vous avez mis votre vie en danger, et

1. Voir note 1, page 15.

131

celle de mes hommes. Vous ne mettrez plus les pieds en dehors de votre moustiquaire sans la permission des gardes. Pour aller aux *chontos*, vous serez suivie par une des filles. On ne vous quittera plus des yeux…

Puis, sur un ton bas, presque intime, il me dit :

— Nous perdons tous des personnes que nous aimons. Moi aussi je souffre, je suis loin de ceux que j'aime. Mais je ne vais pas foutre ma vie en l'air pour autant. Vous avez des enfants, ils vous attendent. Vous devez être raisonnable. C'est à rester en vie que vous devez penser maintenant.

Il tourna les talons et partit. Je restai silencieuse. Son discours était absurde. Il ne pouvait pas comparer une souffrance comme la nôtre avec la sienne, alors qu'il avait choisi son destin tandis que nous, nous subissions le nôtre. Bien sûr, il avait dû passer des heures noires dans l'inquiétude de devoir subir le blâme de ses supérieurs pour notre fuite. Peut-être même d'être jugé en conseil de guerre et exécuté. Je m'attendais qu'il soit violent et impitoyable comme le reste de ses hommes. Mais, au contraire, c'était lui qui les retenait. Il avait évité les railleries dont nous avaient accablées les guérilleros sur le chemin du retour, comme s'il avait eu plus peur pour nous que pour lui-même.

Ce soir-là, ils tinrent une autre assemblée. Je pouvais les voir tous réunis en cercle au milieu du campement. Ils contrôlaient leurs voix. Seul me parvenait le bourdonnement de leurs discussions. De temps à autre, certains haussaient le ton. Les propos semblaient tendus.

À côté de moi, adossée à l'un des pieux qui soutenaient la moustiquaire, une fille était de garde. C'était la première fois que je les voyais s'installer carrément à l'intérieur de la tente : les conditions de détention avaient de toute évidence changé. La lune brillait tellement qu'on voyait comme en plein jour. La fille suivait avec passion le déroulement de l'assemblée, mieux entraînée que moi à l'écoute à distance.

Elle se rendit compte que je l'observais et changea son fusil d'épaule, l'air gêné :

— Cesar est furieux. Ils ont prévenu les chefs trop tôt. S'ils avaient attendu un peu, personne n'aurait rien su. Maintenant, le plus probable, c'est qu'il soit relevé de son commandement.

Elle parlait sans me regarder, à voix basse, comme si elle pensait tout haut.

— Qui a prévenu ?

— C'est Patricia, l'infirmière. Elle est son second… Elle voudrait prendre sa place.

Je tombais des nues. Des intrigues de palais en pleine jungle !

Le lendemain, l'« associé » de Patricia, c'est-à-dire, dans le jargon des FARC, son compagnon sentimental, se pointa à l'aube en face de notre tente, chargé de grosses chaînes à moitié rouillées. Il resta là un bon moment, jouant avec les chaînes, prenant plaisir à les faire chanter d'un cliquetis aigu entre ses doigts. Je ne voulais pas m'abaisser à lui demander à quoi elles serviraient. Et il jouissait de la mortification où nous plongeait l'incertitude de notre condition.

Il s'approcha, les yeux brillants, les babines retroussées. Il tenait absolument à nous mettre les chaînes au cou. Je ne le laissai pas faire.

Il était tout prêt à s'imposer par la force. Je résistai, sentant qu'il avait peur de franchir cette limite. Il regarda derrière lui, haussa les épaules et déclara, vaincu :

— Bon, ça sera aux chevilles ! Tant pis pour vous, ce sera plus inconfortable, vous ne pourrez pas mettre vos bottes.

J'avais très mal. L'idée d'être enchaînée n'était en rien comparable avec le fait de l'être effectivement. Je serrais les lèvres, sachant qu'il faudrait m'y soumettre. Dans la pratique, cela ne changeait pas grand-chose, puisque nous devions demander la permission pour le moindre déplacement. Mais, psychologiquement, la sensation était effroyable. L'autre bout de la chaîne était attaché à un gros arbre, ce qui avait pour effet de la maintenir tendue si nous décidions de rester assises sur notre matelas et sous notre moustiquaire. Cette tension, à force, finissait par entailler notre peau, et je me demandais comment procéder pour dormir dans ces conditions. Mais, plus que tout, il y avait l'horreur de perdre l'espoir. Avec ces chaînes, toute fuite devenait impossible. Nous n'aurions même plus la possibilité d'imaginer une nouvelle forme d'évasion : la chape de plomb se refermait définitivement sur nous. M'accrochant à l'irrationnel, je chuchotai à Clara :

— Ne t'inquiète pas, on va réussir à s'échapper quand même.

Elle se retourna vers moi les yeux hors de la tête et hurla :

— C'est fini ! C'est toi qu'ils veulent, pas moi. Je ne suis pas une politique, je ne représente rien pour eux. Je vais écrire une lettre aux commandants, je sais qu'ils me laisseront partir. Je n'ai pas à rester ici avec toi.

Elle prit son sac de voyage, fouilla nerveusement à l'intérieur. Puis, au comble de l'irritation, s'époumona :

— Garde ! J'ai besoin d'une feuille de papier pour écrire !

Clara était une femme célibataire, âgée d'une quarantaine d'années. Nous avions travaillé ensemble au ministère du Commerce. Elle avait participé à ma première campagne lorsque je m'étais présentée au Congrès, et avait ensuite décidé de retourner au ministère. Je ne l'avais pas revue depuis des années. Deux semaines avant notre enlèvement, elle s'était rapprochée de moi pour rejoindre l'équipe de campagne. Nous étions amies mais auparavant je ne la connaissais pas aussi bien que cela.


Elle avait raison. Je ne pouvais pas lui en vouloir. Nous en étions arrivées au point où il fallait nous rendre à l'évidence : notre libération pouvait prendre des mois. Une nouvelle tentative d'évasion serait d'autant plus difficile que chaque fois notre marge de manœuvre se rétrécissait. Les gardes étaient sur le qui-vive, épiant tous nos mouvements, limitant au minimum nos déplacements. Ils ne nous enlevaient les chaînes que quand nous allions aux *chontos* et à l'heure du bain. D'ailleurs, nous pouvions nous estimer heureuses : un des gardes avait décidé que nous irions au bain avec notre chaîne à la cheville, traînant derrière nous la longueur qu'il aurait détachée de l'arbre. J'avais dû faire appel à Cesar qui s'était montré clément. Mais pour le reste, notre situation s'était grandement détériorée. Nous n'avions pas accès à la radio. Les gardes qui se succédaient avaient la consigne de répondre de manière évasive à toutes nos demandes. C'était la façon FARC. Ils ne nous disaient pas non, ils différaient, ils nous mentaient, ce qui était encore plus humiliant. Ainsi des torches électriques : ils les avaient toujours oubliées dans leur *caleta*, quand nous en avions besoin ; mais ils les braquaient continuellement sur nous, le faisceau en plein sur le visage, tout au long de la nuit. Il fallait se taire. Nous ne pouvions plus utiliser leurs machettes, non plus, même pour la plus rudimentaire des tâches. Nous étions dans la situation de toujours devoir demander qu'on nous aide et ils n'avaient jamais le temps. Nous restions la journée entière sous notre moustiquaire à nous ennuyer, incapables de faire un mouvement sans gêner l'autre. Oui, je comprenais sa réaction. Mais évidemment son attitude me blessait. Elle se détournait de moi.

Elle rédigea sa lettre et me la passa pour que je la lise. C'était une lettre curieuse, écrite dans le jargon juridique, comme si elle était adressée à une autorité civile. Ce formalisme détonnait dans le monde où nous nous trouvions. Mais pourquoi pas ? Après tout, ces guérilleros nous imposaient bel et bien leur autorité.

Elle tenait à la remettre directement au commandant. Mais le jeune Cesar ne vint pas. Il envoya l'infirmière, et c'est elle qui nous assura que la lettre serait transmise à Marulanda. Il faudrait attendre deux semaines pour la réponse. Autant dire une éternité. Avec un peu de chance, nous serions libérées avant.

Un soir, discutant de l'histoire de cette lettre et de la possibilité d'une libération, Clara et moi nous nous engageâmes dans les sables mouvants de nos hypothèses et de nos fantaisies. Elle prévoyait son retour à Bogotá, certaine que les chefs reviendraient sur leur décision et lui rendraient sa liberté. Elle était obsédée par les plantes de son appartement qui avaient dû sécher par manque de soins. Elle s'en voulait de ne jamais avoir donné les clefs de chez elle à sa mère et constatait avec amertume combien elle était seule dans la vie.

Ses regrets réveillèrent les miens. Prise d'un élan soudain, je lui agrippai le bras avec force pour lui dire avec une intensité déplacée :

— Quand tu seras libérée, jure-moi que tu iras voir Papa immédiatement !

Elle me regarda, surprise. J'avais les yeux humides et la voix entrecoupée. Elle acquiesça de la tête, sentant que j'étais en proie à une émotion inhabituelle. J'éclatai en sanglots, accrochée à son bras, et lui confiai les mots que j'aurais voulu dire à Papa... Je souhaitais lui dire que sa bénédiction était mon plus grand secours. Que je repassais constamment dans ma mémoire les images de ce moment où il s'était adressé à Dieu pour me remettre entre Ses mains. Je m'en voulais de ne pas l'avoir appelé ce dernier après-midi depuis Florencia. Je désirais qu'il sache combien je souffrais de ne pas avoir eu plus de temps à lui consacrer. Le tourbillon d'activités dans lequel je me trouvais au moment de ma capture m'avait fait perdre le sens des priorités. Je m'étais concentrée sur mon travail, j'aspirais à soulever le monde et avais fini par m'éloigner des êtres qui m'étaient les plus chers. Je comprenais maintenant pourquoi il me disait que la famille était ce que nous avions de plus important dans la vie et combien j'étais décidée à changer ma façon de vivre le jour où je retrouverais ma liberté.

— Dis-lui de m'attendre. Dis-lui de tenir pour moi, car j'ai besoin de savoir qu'il est en vie pour avoir le courage de continuer à vivre moi-même.

Ma compagne avait écouté cette confession tragique comme une intruse dans un drame qui ne la concernait pas et qui la laissait indifférente. Elle

137

avait, elle, sa propre tragédie à affronter et ne voulait pas en plus porter la mienne sur ses épaules.

— Si je le vois, je lui dirai que tu penses à lui, conclut-elle évasivement.

Je me souviens qu'allongée sur un bord du matelas, le visage collé à la moustiquaire, essayant de ne pas la réveiller, je pleurai toute la nuit en silence, sans que même la fatigue ne réussisse à tarir mes larmes. Depuis mon enfance, Papa avait toujours fait de son mieux pour me préparer au moment de notre séparation définitive. « La seule chose certaine est la mort », disait-il sur un ton de sage. Puis, une fois qu'il s'était assuré que je comprenais qu'il n'en avait pas peur, il me disait sur le ton de la plaisanterie : « Quand je mourrai, je viendrai te chatouiller les pieds sous les couvertures. » J'avais grandi dans l'idée de cette complicité inébranlable, qui ferait qu'au-delà de la mort nous aurions la possibilité de continuer à communiquer. Ensuite, je m'étais résignée à penser que, quoi qu'il en soit, Dieu me donnerait l'opportunité d'être près de lui, main dans la main, lorsqu'il serait en train de franchir le passage vers l'au-delà. J'en étais presque arrivée à considérer que c'était un droit qui me revenait, car je me sentais être son enfant chérie. Lorsque Papa avait failli mourir un mois auparavant à l'hôpital, la présence de ma sœur Astrid avait été mon meilleur recours. Sa force, son contrôle, son assurance m'avaient dévoilé que cette main forte qui l'aiderait à traverser l'Achéron, ce ne serait pas la mienne mais celle de ma sœur aînée. Ma main risquait au contraire de le retenir comme un poids, rendant son départ plus douloureux.

Je n'avais pas envisagé la possibilité de ne pas être à son chevet le jour de sa mort. Cela ne m'avait jamais traversé l'esprit. Jusqu'à l'aube de ce jour. Après la collation du matin, le soleil pénétra la jungle de par tout. Le sol exhalait les vapeurs de la nuit, et nous cherchions tous à étendre notre linge en poursuivant entre les branches les rayons les plus puissants.

Deux guérilleros arrivèrent les épaules chargées de barres récemment écorcées qu'ils jetèrent avec fracas au pied de notre tente. Certaines finissaient par une fourche et c'est avec celles-ci qu'ils commencèrent à travailler. Ils les plantèrent profondément dans le sol aux quatre coins d'un rectangle imaginaire. Ils répétèrent l'opération avec quatre autres qu'ils coupèrent plus court et plantèrent en décalé. Avec des lianes qu'ils avaient amenées enroulées en cerceaux, ils attachèrent une suite de bâtons posés à l'horizontale entre les fourches. Les voir à l'ouvrage était fascinant. Ils ne parlaient pas et semblaient parfaitement synchronisés, l'un coupant, l'autre piquant au sol, l'un attachant, l'autre mesurant. Au bout d'une heure, il y avait en face de notre *caleta* une table et un banc, faits en troncs d'arbres, à une distance qui nous permettait d'y accéder avec nos chaînes.

Le garde nous autorisa à nous y installer. Un rayon de soleil tombait droit sur le banc. Je ne me fis pas prier, cherchant à me défaire de l'humidité de la jungle qui imprégnait mes vêtements. Assise là où j'étais, j'avais une vue imprenable sur l'*economato*. Vers 11 heures du matin, je vis arriver des guérilleros transportant sur leur dos de gros sacs à provisions. Il y avait, chose singulière, un arrivage de choux, emballés dans du papier journal. Les légumes étaient une denrée rarissime, nous avions fini par le comprendre. Mais plus extraordinaire encore était la présence d'un journal dans le campement.

Je demandai, tout en insistant pour que ma requête soit transmise au commandant, qu'on nous donne le journal avant qu'il ne soit jeté dans le trou à ordures. Cesar accepta. Notre *recepcionista* avait été chargée de récupérer le papier journal. Après le déjeuner, elle nous ramena un petit tas de feuilles froissées et encore humides, mais toujours lisibles.

Nous en fîmes deux paquets et nous nous installâmes à notre table avec notre lecture, heureuses d'avoir trouvé un passe-temps et un usage adéquat pour notre nouveau meuble. Le garde fut relevé, et remplacé par le compagnon de l'infirmière. Il alla se poster un peu plus loin, presque caché par le gros arbre auquel étaient attachées nos chaînes. Il ne me quittait pas des yeux et je me sentais inconfortablement épiée. Tant pis, il fallait apprendre à faire abstraction.

La feuille que j'avais en face de moi était celle du journal *El Tiempo* d'un dimanche de mars. Elle était vieille de plus d'un mois. C'était une section consacrée aux ragots du monde du spectacle, de la politique et de la bourgeoisie du pays. Un passage de lecture obligé si l'on voulait être au parfum de l'actualité sociale de la capitale. J'allais tourner la feuille en quête d'informations plus consistantes lorsque mon attention fut captée par la photo au centre de la page. Je revins sur elle et l'examinai attentivement. C'était un prêtre assis, habillé d'une chasuble brodée dans des couleurs pourpre et vert, qu'il portait par-dessus l'aube. Il regardait deux photographes munis de téléobjectifs démesurément longs pointés sur une cible invisible. Ce qui me frappait, ce n'était pas la photo elle-même, mais l'expression du prêtre, la tension sur son visage, sa douleur évidente, et aussi une certaine colère que manifestait la raideur de son corps. La curiosité me poussa à lire la légende : « ... le prêtre qui a été témoin des manœuvres de deux photographes cherchant le meilleur angle pour prendre la photo du cercueil de Gabriel Betancourt, décédé la semaine dernière. »

Je sentis une main invisible me pousser la tête sous l'eau. Les mots et les lettres dansaient devant mes yeux, et j'avais du mal à les comprendre. Je lisais et relisais, et l'idée prenait forme lentement dans mon esprit abêti. Lorsque enfin j'associai le mot « cercueil » au nom de mon père, l'horreur me glaça au point que je perdis le contrôle de ma respiration. L'air ne rentrait plus. Je forçais, je poussais, je happais sans succès, dans le vide, la bouche grande ouverte comme un poisson hors de l'eau. J'étouffais sans comprendre ce qui m'arrivait, sentant que mon cœur s'était arrêté et que j'allais mourir. Pendant tout le temps de mon agonie, je pensai : « Ce n'est pas lui, c'est quelqu'un d'autre, ils se sont trompés. » Je m'accrochais au rebord de la table, transpirant de froid, assistant à la double épouvante de sa mort et de la mienne, jusqu'à ce que je réussisse à décrocher mes yeux du journal et à lever mon visage vers le ciel à la recherche d'oxygène.

Et je tombai sur ses yeux à lui, qui me guettait derrière son arbre, fasciné d'assister à ma transfiguration, comme un enfant devant une mouche à laquelle il aurait arraché les ailes. Il savait tout — il connaissait la mort de Papa et attendait que je la découvre. Il s'était installé aux premières loges et se délectait de ma souffrance. Je le haïs aussitôt. Ma haine m'obligea à me ressaisir, comme un coup de fouet en plein visage.

Je me tournai d'un bond, rouge d'indignation. Je ne voulais pas qu'il me voie. Il n'avait aucun droit de me regarder. J'allais mourir, j'allais imploser, j'allais crever dans cette jungle de merde. Tant

141

mieux, j'irais le rejoindre. Je le voulais. Je voulais disparaître.

C'est alors que j'entendis sa voix. Il était là, à quelques mètres de moi. Je ne pouvais pas le voir, mais je le sentais. C'était l'odeur de ses cheveux blancs que j'embrassais en partant chaque soir. Il était debout à ma droite, comme un de ces arbres centenaires qui me couvraient de leurs ombres, aussi grand, aussi solide. Je regardai dans sa direction et une lumière blanche m'aveugla. Je fermai les yeux et sentis les larmes m'échapper, roulant lentement sur mon visage. C'était sa voix sans mots, sans paroles. Il avait tenu sa promesse.

Je me tournai vers ma compagne et, faisant un effort surhumain, j'articulai : « Papa est mort. »

## 8

## *Les frelons*

Mars 2002 — un mois auparavant. C'était le dimanche de Pâques. Le campement continuait à se construire. Le jeune Cesar avait fait bâtir une *rancha*[1] à côté du ruisseau qui contournait le campement, l'*economato* pour y emmagasiner les provisions et, au centre du cercle de tentes, l'*aula*, c'est-à-dire la salle de classe.

J'aimais faire un tour à la *rancha* pour voir comment ils préparaient les aliments. Au début, ils cuisinaient sur feu de bois. Mais par la suite, un lourd réchaud avait été transporté à dos d'homme avec son énorme bouteille de gaz. Cependant je m'intéressai plus à deux couteaux de cuisine qu'il y avait en permanence sur la table de la *rancha*. Je me disais que nous en aurions besoin pour l'évasion que nous projetions.

Pendant que, sous ma moustiquaire, je cousais, emballais, rangeais et sélectionnais les objets pour notre départ, j'observais avec attention la vie du campement. Il y avait en particulier un jeune guérillero qui vivait une histoire tourmentée. On l'appe-

1. *Rancha* : cuisine.

lait El Mico, « Le Singe », car il avait les oreilles décollées et une grosse bouche. Il était épris d'Alexandra, la plus jolie des guérilleras, et avait réussi à la séduire. Mais en fin de chaque journée arrivait au campement un grand type, fort et beau, qui avait lui aussi jeté son dévolu sur la jeune beauté. C'était le *masero*[1]. Son rôle était de faire le lien entre les deux mondes : celui de la légalité, où il vivait comme n'importe qui dans un village, et celui de l'illégalité, quand il apportait provisions et informations aux campements des FARC. Alexandra étant sensible à ses avances, El Mico tournait en rond derrière elle, en proie à une forte jalousie. Il perdait tellement le contrôle de ses émotions que, pendant son tour de garde, il était incapable de quitter des yeux sa petite amie, oubliant complètement de s'occuper de nous. Je priais pour qu'il soit de garde le jour de notre évasion. J'étais convaincue que nous pourrions partir sous son nez, qu'il ne verrait strictement rien.

Pendant ces jours de préparation, la chance nous avait servies. Alors que le campement était en ébullition et que les guérilleros travaillaient comme des fourmis à couper du bois pour ériger toutes sortes de constructions, l'un d'eux avait laissé traîner une machette près de notre tente. Ma compagne l'avait repérée et j'avais réussi à l'emmener aux *chontos* pour la cacher. Les *chontos* qu'ils avaient confectionnés pour nous étaient placés entre des buissons. Prévoyant large, ils avaient ouvert six trous carrés, d'un mètre de profondeur chacun. Une fois que le premier trou était rempli, il fallait bien le couvrir et commencer à utiliser le suivant.

---

1. Ainsi nommé parce qu'il assurait le contact avec les « masses » (les paysans de la région).

144

Je cachai la machette dans le dernier des trous et la couvris de terre. J'attachai une petite ficelle au manche que je laissai discrètement traîner à l'extérieur du trou, afin que le jour de notre sortie nous n'ayons plus qu'à tirer dessus pour récupérer la machette sans avoir à plonger la main dans la terre pour la rechercher. Je pris la précaution de bien l'expliquer à ma compagne pour éviter qu'elle n'utilise le trou, ce qui aurait rendu la récupération de la machette pénible.

C'était déjà la semaine sainte. Je m'étais recueillie chaque jour, puisant dans mes prières le courage de tenter une nouvelle évasion. L'anniversaire de Papa était à la fin du mois d'avril et je calculais qu'en partant un mois avant, nous aurions des chances de lui faire une bonne surprise.

J'avais passé en revue la liste des gestes que nous aurions à accomplir et conclu avec satisfaction que nous étions prêtes. J'avais remarqué que le jeune Cesar réunissait sa troupe tous les dimanches soir pour des activités de detente. Ils jouaient, chantaient, récitaient, inventaient des slogans révolutionnaires, ce qui avait pour effet de dévier l'attention des gardes de service qui regrettaient de ne pas être de la partie. Je pensais que ce dimanche était un bon jour pour notre projet de grand départ. Il suffisait donc d'attendre que l'opportunité se présente.

Chaque soir, entre chien et loup, nous avions répété ce que nous allions faire. J'étais alors tendue comme un arc, incapable de fermer l'œil, imaginant dans mon insomnie tous les obstacles qui pouvaient se présenter.

Un après-midi, en revenant des *chontos*, je vis ma compagne cacher quelque chose dans son sac dans un geste précipité. Par curiosité, étant d'humeur taquine, j'essayai de savoir ce qu'elle cherchait à dissimuler. Je découvris avec stupeur qu'elle avait déjà entamé nos réserves de fromage et de comprimés de vitamine C. Je me sentis trahie. Cela réduisait singulièrement nos chances. Mais surtout, cela créait un climat de méfiance entre nous. Et c'était ce qu'il fallait éviter à tout prix. Il nous fallait rester unies, soudées, car nous devions pouvoir compter l'une sur l'autre. J'essayai de lui expliquer mon point de vue. Mais elle me regardait sans me voir. Je lui pris les mains pour la faire revenir.

La journée du dimanche fut lente. Le campement était tombé dans une accalmie soporifique. J'avais essayé de dormir en me disant que ce qui nous attendait serait pénible et qu'il fallait ménager nos forces. Je m'appliquais à être aimable et surveillais mes mouvements pour ne pas éveiller les soupçons. Je sentais bien que j'étais dans un état second, prise d'une grande fébrilité quand je pensais mettre fin à notre captivité, et angoissée jusqu'à la moelle devant le risque de se faire prendre. Si je ne m'étais pas retenue, j'aurais avalé la nourriture tout rond, je me serais lavée sans me rincer et j'aurais demandé l'heure toutes les deux minutes. Du coup, je faisais le contraire : je mâchais lentement mes aliments, décortiquais les tâches de la journée et me plongeais dans leur exécution pour mimer de mon mieux ce que je croyais être mon attitude habituelle. Je parlais sans chercher leur conversation. Cela faisait un mois et une semaine que nous avions été capturées. Ils étaient fiers de nous maintenir prisonnières, et j'éprouvai un plaisir certain à l'idée de leur fausser compagnie.

Les guérilleros faisaient semblant d'être gentils, je feignais de m'habituer à vivre parmi eux. L'inquiétude planait sur tous nos mots, chacun jaugeait l'autre derrière son masque. La journée passait, d'autant plus au ralenti que mon impatience était forte. Mon angoisse devenait étouffante. Je me prenais à me dire que l'inconfort dû à cette montée d'adrénaline nous poussait à nous enfuir plus efficacement que la peur de la prolongation de notre captivité. À 18 heures précises, ce dimanche 31 mars 2002, il y eut un changement de gardes. C'était El Mico qui prenait le relais. Celui-là même qui était amoureux fou d'Alexandra, la jolie guérillera. Mon cœur bondit : c'était un signe du destin. Il fallait partir. 18 h 15 était l'heure idéale pour sortir de la *caleta*, marcher vers les *chontos* et s'engouffrer dans la forêt. À 18 h 30, il ferait déjà nuit. Il était déjà 18 heures et 10 minutes. Je laissai mes bottes en caoutchouc bien en vue en face de la *caleta*, et commençai à mettre les chaussures avec lesquelles j'allais partir.

— On ne peut pas partir, c'est trop risqué, me dit Clara.

J'observais autour de moi. Le campement se préparait pour la nuit. Chacun était attelé à sa tâche. El Mico avait quitté son poste. Il s'était éloigné et appelait avec de grands signes son amoureuse, juste au moment où le beau *masero* faisait son entrée dans le campement. La jeune fille s'apprêtait à monter vers nous et s'arrêta net en apercevant son autre prétendant.

— Je t'attends aux *chontos*. Tu as trois minutes, pas plus, chuchotai-je à Clara en guise de réponse, les pieds déjà à l'extérieur de la moustiquaire.

Je jetai un dernier coup d'œil sur le garde et m'en voulus de l'avoir fait. S'il m'avait regardée à cet instant, mon geste aurait été suffisant pour me perdre.

Mais El Mico vivait son propre drame. Accoté à un arbre, il observait les succès de son rival. Rien ne l'intéressait moins au monde que ce qui pouvait nous advenir. Je me dirigeai droit vers le trou où j'avais enterré la machette. La ficelle que j'avais laissée pendre était toujours là. En revanche, le trou avait été utilisé et une odeur ignoble s'en dégageait. « Ne pas s'énerver, ne pas s'énerver », me répétais-je en tirant sur la ficelle, ramenant avec, non seulement la machette, mais aussi toutes sortes d'immondices.

Ma compagne arriva et s'accroupit haletante près de moi, cherchant à se cacher des yeux du garde. Des palmes nous protégeaient.

— Il t'a vue ?

— Non, je ne crois pas.

— Tu as tout ?

— Oui.

Je lui montrai la machette que je nettoyai rapidement avec des feuilles. Elle fit une moue dégoûtée.

— Je n'avais pas compris, répondit-elle, en s'excusant d'un petit rire nerveux.

Je pris la canne que j'avais laissée cachée dans les arbustes et m'engouffrai dans les buissons, marchant tout droit devant moi. Le chant des cigales venait d'exploser dans la forêt, envahissant les cerveaux jusqu'à l'étourdissement. Il était exactement 18 h 15 : les cigales le savaient mieux que nous, elles étaient d'une précision suisse. Je souris, il était impossible que quelqu'un entende le vacarme que nous faisions en marchant sur les feuilles et les branches sèches qui craquaient horriblement sous nos pas. Lorsque la nuit serait complète, les cigales céderaient la place au coassement des crapauds. Les bruits de fond seraient alors perceptibles, mais nous serions déjà loin. À travers les buissons, je distinguais la clarté en provenance du campement, je voyais des formes humaines entrer et sortir des *caletas* que nous frôlions. Sous le couvert de la végétation, nous étions déjà dans le noir. Ils ne pouvaient plus nous voir.

Ma compagne s'accrochait à mon épaule. Il y avait en face de nous un tronc d'arbre couché par terre qui me paraissait immense. Je l'enfourchai et me retournai vers Clara pour l'aider. C'était comme si quelqu'un venait d'éteindre la lumière. Tout d'un coup, nous étions dans la plus épaisse obscurité. À partir de maintenant, il faudrait avancer à tâtons. Avec la canne, comme une aveugle, j'identifiais les obstacles et nous frayais un chemin entre les arbres.

À un moment donné, les arbres s'espacèrent puis disparurent. La marche en était facilitée et cela nous encouragea à parler. J'avais l'impression d'être sur un chemin qui descendait en pente douce. Si c'était le cas, il valait mieux s'éloigner et reprendre la forêt. « Un chemin » était synonyme de gardes et j'ignorais combien de cercles de sécurité avaient été mis en place autour du campement. Nous courrions le risque de tomber dans les bras d'un de nos ravisseurs.

Nous marchions ainsi depuis presque une heure dans le noir et en silence lorsque je sentis soudain la présence de quelqu'un. La sensation que nous n'étions plus seules fut immédiate et je m'arrêtai net. En effet, quelqu'un se déplaçait dans le noir. J'avais clairement entendu le froissement des feuilles sous ses pas, et je croyais presque avoir perçu sa respiration. Ma compagne essaya de susurrer quelque chose à mon oreille et je lui mis la main devant la bouche pour l'en empêcher. Le silence était de plomb. Les cigales s'étaient tues et les crapauds se faisaient attendre. J'entendais mon cœur cogner contre ma poitrine et j'étais convaincue que l'inconnu devait lui aussi l'entendre. Il ne fallait pas bouger. S'il avait une torche, nous étions perdues.

Il s'approcha, lentement. Ses pas glissaient sans bruit comme s'il marchait sur un tapis de mousse. Il semblait voir dans la nuit, car sa démarche ne marquait aucune hésitation. Il était là, à deux pas de nous, et il s'arrêta. Je devinais qu'il avait compris. Je sentais son regard sur nous.

Une sueur froide me parcourut l'échine et la montée d'adrénaline me glaça les vaisseaux. J'étais paralysée, impossible de faire le moindre mouvement ou de produire le moindre son. Il fallait pourtant bouger, s'éloigner à petits pas, chercher un arbre, tenter de lui échapper, avant qu'il n'allume et ne nous saute dessus. C'était impossible. Seuls mes yeux gardaient leur mobilité dans leurs orbites. Malgré les efforts que je faisais pour capter ne fût-ce qu'une ombre, les ténèbres étaient si épaisses que je crus être véritablement devenue aveugle.

Il s'approcha un peu plus. Je sentis la chaleur qui émanait de son corps. C'était une buée dense qui me collait aux jambes, et son odeur s'éleva comme pour me narguer dans ma panique. Cette exhalaison était forte et rance. Mais ce n'était pas celle que j'attendais. Mon cerveau fonctionnait à toute vitesse, introduisant toutes les variables que mes sens lui transmettaient. Je regardai instinctivement vers le bas. Ce n'était pas un homme.

La bête grognait à mes pieds. Elle devait m'arriver à hauteur des genoux, elle me frôlait à peine. C'était un fauve, j'en avais maintenant la certitude. Des minutes d'éternité s'écoulèrent dans un silence de statue. Et la bête s'éloigna, comme elle était venue, dans un murmure de vent et un bruissement de feuilles.

— C'est un tigre, soufflai-je à l'oreille de ma compagne.

— Tu es sûre ?

— Non.

— Allumons, il faut que l'on voie ce que c'est.

J'hésitai. On ne devait pas être bien loin du campement, ils pouvaient voir la lumière et venir nous chercher. Cependant, il n'y avait pas de bruits, pas de voix, pas de lumières.

— On allume une seconde et on éteint.

L'animal disparaissait dans la broussaille comme un éclair jaune. En face de nous, un petit sentier serpentait en descente. Nous nous dirigions instinctivement vers lui, comme s'il pouvait nous mener quelque part. À quelques mètres en contrebas, il débouchait sur un petit pont en bois qui franchissait un filet d'eau. De l'autre côté, le terrain devenait plat et décharné, c'était un sol sablonneux couvert çà et là de mangrove. Je n'avais plus peur, la lumière me rendait mes moyens.

Mais j'étais inquiète, car suivre le chemin n'était pas une bonne idée, surtout en utilisant la lumière. Nous prîmes la décision de longer la berge du ruisseau pour nous éloigner du sentier. Nous marchions vite afin de parcourir un maximum de distance en un minimum de temps.

Un éclair creva la nuit et le vent se leva, courbant le feuillage sur son passage. Sans perdre de temps, nous nous mîmes à l'ouvrage : il fallait construire au plus vite un abri. Une ficelle tendue entre deux palétuviers, le grand plastique noir dessus et nous avions un toit. Assises dessous, recroquevillées sur nous-mêmes pour tenir à deux, je posai la machette que je venais d'utiliser à mes pieds, et m'effondrai sur mes genoux, vaincue par un sommeil du début des temps.

Je me réveillai peu après avec la désagréable sensation d'avoir les fesses dans l'eau. C'était un véritable déluge qui s'abattait sur nous. Une explosion précédée d'un long grincement sinistre finit de me réveiller. Un arbre gigantesque venait de s'effondrer à quelques mètres de notre abri. Il aurait pu nous écraser. Je posai ma main par terre à la recherche de la machette et trouvai trois centimètres d'eau. L'orage battait son plein. L'eau montait et nous inondait. Combien de temps étions-nous restées endormies ? Suffisamment longtemps pour que le filet d'eau ait décuplé sa taille et se soit mis à déborder sans répit.

J'étais toujours accroupie cherchant à tâtons la machette, lorsque je sentis que l'eau à mes pieds venait de prendre de la vitesse : nous étions au beau milieu d'un courant !

J'allumai la lampe de poche. Plus question de chercher la machette. Elle avait été emportée. Il fallait ramasser toutes nos affaires et partir au plus vite. C'est alors que je me rappelai les commentaires des guérilleros. En hiver, les terrains à côté du ruisseau étaient submergés, ce qui expliquait l'existence de ces allées en bois construites sur pilotis que j'avais prises pour des ponts élevés n'importe où. L'hiver venait de nous tomber dessus en quelques minutes et nous avions installé notre abri au plus mauvais endroit.

Sans la machette, les doigts engourdis par l'eau et le froid, démonter l'abri devenait une tâche ardue. J'en étais encore à essayer de défaire les nœuds pour récupérer la précieuse ficelle que nous avions déjà de l'eau jusqu'aux genoux. Je regardai au-dessus de nos têtes. La mangrove tissait une maille serrée de branches à quelques centimètres au-dessus de nous. L'eau continuait à monter à toute vitesse. Si nous ne trouvions pas la sortie, nous risquions de mourir noyées dans les palétuviers. Je regardai rapidement autour de moi, l'eau avait englouti toutes les pistes.

Les cataractes de pluie, l'eau à la taille, la difficulté qu'il y avait à se déplacer à contre-courant, tout conspirait contre nous. La lampe de poche cessa de fonctionner. Ma compagne paniquait, elle parlait en criant ne sachant que faire dans le noir, et tournait autour de moi, me faisant perdre l'équilibre dans un courant devenu trop dangereux.

— On va s'en sortir. La première chose à faire, c'est de mettre de nouvelles piles dans la lampe de poche. On va le faire lentement, ensemble. Sors les piles du sac, une à une. Tu me les passes, tu me les mets bien dans la main. Il faut que je trouve le bon côté, ça y est. Donne-moi l'autre. Voilà.

L'opération dura de longues minutes. Je m'étais installée sur un arbuste, coincée entre ses branches pour éviter d'être déstabilisée par le courant. Je n'avais qu'une crainte : que les piles me glissent d'entre les doigts et se perdent dans l'eau. Mes mains tremblaient et j'avais du mal à bien saisir les objets. Lorsque finalement je pressai l'interrupteur avec succès, nous avions de l'eau jusqu'au cou.

Au premier balayage de lumière, je vis ma compagne foncer droit devant. « C'est par ici ! » cria-t-elle alors qu'elle s'enfonçait plus profondément dans l'eau. Il ne fallait pas discuter. De mon côté, toujours perchée sur mon arbuste, je scrutai les environs, essayant de trouver un indice, une direction à prendre.

Elle revint, défaite, et me regarda, hébétée.

— Par là-bas, lui enjoignis-je.

C'était plus fort qu'une intuition. C'était comme un appel. Je me laissai guider, et je commençai à marcher. « Un ange ! » pensais-je sans trouver cela absurde. Aujourd'hui, avec le recul, je me plais à songer que cet ange était Papa. Il venait de mourir et je ne le savais pas encore.

Je m'enfonçai encore plus profondément, et continuai à marcher dans la même direction avec entêtement. Je sentais que plus loin le terrain amorçait une montée en pente accentuée. Nous étions au milieu d'une immense lagune. Le ruisseau avait disparu, le petit pont aussi, c'était un véritable fleuve qui se déversait furibond, inondant tout sur son passage.

Nous marchions, le dos rond, trempées jusqu'aux os, grelottant à chaque pas, abattues. Les premières lueurs de l'aube traversaient l'épaisse végétation. Il fallait faire l'inventaire de nos pertes et tordre tous nos vêtements. Il fallait surtout préparer notre cachette pour la journée. Ils étaient certainement déjà à nos trousses et nous n'avions pas suffisamment avancé.

Le soleil arriva. À travers l'épais feuillage, des bouts de bleu clair laissaient deviner un ciel dégagé. Les rayons de lumière qui perçaient la végétation en oblique chauffaient avec une telle intensité que des vapeurs se dégageaient du sol, comme sous l'effet d'un sortilège. La jungle avait perdu son aspect sinistre de la veille. Nous parlions en chuchotant, planifiant méticuleusement les tâches que nous allions nous répartir pendant la journée. Nous avions décidé de ne pas marcher la nuit tant qu'il n'y aurait pas de lune pour nous éclairer le chemin. Mais nous avions peur de marcher pendant la journée, sachant que la troupe s'était lancée à notre poursuite et qu'ils pouvaient être tout près. Je cherchai un endroit pour nous cacher. Il y avait un trou laissé par une racine gigantesque qui semblait avoir été littéralement arrachée du sol par la chute de l'arbre. La terre mise à découvert était rouge et sablonneuse, appétissante pour toutes sortes de petites bestioles qui rampaient autour. Rien de trop méchant, pas de scorpions, ni de « barbes d'Indiens », ces grosses chenilles venimeuses. Je pensais que nous pouvions passer la journée camouflées dans ce creux. Il fallait couper de jeunes palmes pour nous cacher. Le couteau de poche que j'avais « emprunté » palliait la perte de la machette pour beaucoup.

Nous étions en train de fabriquer un paravent en entrecroisant branches et palmes, lorsque nous entendîmes la voix forte du jeune Cesar crier des ordres, puis le bruit de pas de course de plusieurs hommes à quelques mètres sur notre droite. L'un d'eux jurait en détalant, et nous l'entendîmes s'éloigner et disparaître pour de bon. Nous nous étions instinctivement blotties l'une contre l'autre dans notre trou et retenions notre respiration. Le calme revint avec le bruit du vent parcourant la cime des arbres, le gargouillis de l'eau sillonnant de partout pour s'écouler vers le fleuve, le chant des oiseaux… et l'absence de l'homme. Avions-nous rêvé ? Nous ne les avions pas vus, mais ils étaient passés très près. C'était un avertissement, il fallait bouger. Les vêtements avaient déjà séché sur nous. Nos bottines regorgeaient d'eau. Bien placées sous un puissant rayon de soleil, elles produisaient un beau remous de vapeurs. Les exhalaisons avaient attiré un essaim d'abeilles qui s'accrochaient en grappes et se relayaient pour les sucer et les délester de leur sel.

Ainsi enrobées, elles avaient plus l'air d'une ruche que d'une paire de chaussures. Je remarquai qu'à force l'action des abeilles était bénéfique : elles opéraient comme une station de nettoyage, laissant un parfum de miel à la place de l'odeur rance qui s'en dégageait auparavant. Enthousiasmée par cette découverte, j'eus la malencontreuse idée de faire sécher mes sous-vêtements sur la branche d'un arbre en plein soleil. Lorsque je revins, je fus prise d'un fou rire. Les fourmis les avaient découpés et elles emportaient des rondelles de tissu avec elles. Ce qui restait avait été envahi par des termites qui s'en servaient pour bâtir leurs tunnels.

Nous décidâmes de partir à l'aube du lendemain. Nous utiliserions, en guise de matelas, les palmes que nous avions déjà coupées. Un plastique serait posé dessus, et l'autre, pendu, nous servirait de toit. Nous étions en haut d'une butte. S'il se remettait à pleuvoir, au moins nous serions hors d'eau. Nous cassâmes quatre branches pour les planter aux quatre coins de notre tente de fortune. Nous pourrions nous donner le luxe d'installer notre moustiquaire.

Nous venions de passer nos premières vingt-quatre heures de liberté ! De l'autre côté de la moustiquaire, des hannetons durs et luisants s'éreintaient bêtement contre la maille. Je fermai les yeux après m'être assurée que la moustiquaire était hermétiquement close, assujettie par le poids de nos corps. Lorsque je me réveillai d'un bond, le soleil était déjà haut dans le ciel. Nous avions dormi trop longtemps.

Je ramassai tout en vitesse, dispersai les palmes pour ne pas laisser de traces identifiables de notre passage, et dressai l'oreille. Rien, ils devaient être loin, ils avaient probablement déjà levé le campement. La conscience de notre solitude m'apaisa et m'angoissa à la fois. Et si nous tournions en rond pendant des semaines et nous perdions à jamais dans ce labyrinthe de chlorophylle ?

Je ne savais pas quelle direction prendre. J'avançais à l'instinct. Clara me suivait. Ma compagne avait insisté pour emmener des tas de petites choses, des médicaments, du papier hygiénique, des crèmes anti-inflammatoires, du sparadrap, des vêtements de rechange, et bien évidemment de la nourriture. Elle avait voulu prendre mon petit sac de voyage, qui, maintenant plein à craquer, pesait une tonne. J'avais tout fait pour l'en dissuader. Mais je n'avais pas voulu pousser plus loin la discussion car je comprenais qu'elle emmagasinait dans ce petit sac tous les antidotes à sa peur. Au bout d'une heure de marche, elle faisait des efforts pour ne pas paraître handicapée par la charge, et je faisais de mon mieux pour avoir l'air de ne pas m'en rendre compte.

J'avais essayé de prendre des repères par rapport au soleil, mais de gros nuages avaient envahi le ciel de leur épaisseur grise, qui faisait du monde sous les arbres un espace plat, sans ombres et donc sans direction. Nous étions toutes les deux à l'affût d'un bruit qui nous avertirait de la présence d'une âme, mais la forêt était enchantée, suspendue dans le temps, absente de la mémoire des hommes. Il n'y avait que nous et le bruit de nos pas sur le tapis de feuilles mortes.

D'un instant à l'autre, sans prévenir, la forêt avait changé. La lumière était différente, les sons de la jungle moins intenses, les arbres semblaient moins rapprochés les uns des autres, nous nous sentions moins couvertes. Notre démarche devint plus lente, plus prudente. Un pas, deux pas. Nous tombâmes sur une route, assez large pour permettre la circulation d'un véhicule, une véritable route au milieu de la jungle ! Je bondis à la seconde, prenant ma compagne par le bras, pour nous cacher dans la végétation et nous accroupir entre les racines énormes d'un arbre. Une route, c'était la sortie ! Mais c'était aussi le plus grand des dangers.

Nous étions fascinées. Où pouvait mener cette route ? Serait-il possible qu'en la suivant nous débouchions dans un endroit habité, dans un coin de civilisation ? Était-ce ici qu'étaient les guérilleros que nous avions entendus la veille ? Nous discutions de tout cela à voix basse, regardant la route comme un fruit défendu. Une route dans la jungle, c'était l'œuvre de la guérilla. C'était leur domaine, leur territoire. Nous décidâmes par conséquent de marcher en longeant la route, mais à une distance raisonnable, et de nous maintenir constamment sous couvert. Nous voulions progresser pendant la journée, mais en prenant le minimum de risque.

C'est ce que nous fîmes des heures durant. La route montait et descendait en pentes aiguës, prenait des virages capricieux et semblait ne pas avoir de fin. Je marchais d'un pas pressé, désireuse de franchir la plus grande distance possible avant la tombée du jour. Mon amie, peu à peu, prenait du retard. Elle restait à la traîne, se pinçant les lèvres pour ne pas s'avouer qu'elle souffrait sous le poids de son fardeau.

— Passe-le-moi, je vais le porter.

— Non, ça va, ce n'est pas lourd.

La route s'était rétrécie de façon significative et il était de plus en plus pénible de rester en deçà : le relief était devenu fou. Les montées s'étaient transformées en escalades et les descentes en toboggans.

Nous fîmes une halte au bout de trois heures sur un petit pont en bois au-dessus d'un ruisseau. L'eau était cristalline et chantante, coulant sur un lit de petits cailloux blancs et roses. J'étais morte de soif et bus comme un âne, agenouillée sur la berge. Je remplis ma petite gourde. Clara fit de même. Nous riions comme des enfants du bonheur simple de boire de l'eau fraîche. Ce que nous ruminions dans la solitude de nos pensées devint sujet de débat : nous avions marché pendant toute la matinée sans rencontrer âme qui vive. Les guérilleros croyaient que nous ignorions l'existence de cette route. Si nous l'utilisions, nous pouvions décupler la distance parcourue. Nous convînmes de marcher dans un strict silence pour sauter à couvert au moindre bruit, et je gardais les yeux fixes au loin pour essayer de discerner un quelconque mouvement. Mais mon esprit se laissa peu à peu absorber plus par l'effort physique que par la vigilance que nous nous étions promise.

Nous étions arrivées au détour d'un virage, sur un autre pont assez long qui traversait un cours d'eau asséché. Nos bottines étaient crasseuses de boue et le bois du pont semblait avoir été lavé au savon et à l'eau sous l'effet des dernières pluies. Nous décidâmes de passer sous le pont pour éviter de laisser des traces de bottes. Je remarquai, en me faufilant sous le pont, des rameaux de lianes qui pendaient entortillés sur des excroissances de mousse. J'avais déjà remarqué cette forme bizarre de végétation pendue aux arbres et pensé que cela ressemblait étrangement à des cheveux de rastafaris. Je pouvais tout imaginer, sauf que c'étaient des nids de frelons. Je les vis grouillant sur une des poutres du pont et la frayeur me fit m'écarter d'un bond. J'avertis Clara qui me suivait quelques mètres en arrière, en lui montrant du doigt la boule bouillonnante d'insectes sur laquelle j'avais failli m'écraser. Une seconde après, un vrombissement qui prenait de l'ampleur vint m'aviser que les insectes avaient pris leur envol pour nous punir de les avoir dérangés.

Je vis l'escadron en formation triangulaire se précipiter sur moi. Je décampai comme une flèche, enjambai le pont et continuai à courir sur le sentier aussi vite que je le pouvais, jusqu'à ce que j'eusse l'impression d'être loin du bourdonnement. Je m'arrêtai essoufflée et me retournai pour assister à un spectacle cauchemardesque : ma compagne se tenait debout à quelques mètres de moi. Elle était noire de frelons. Les bêtes s'aperçurent que je m'étais arrêtée et elles abandonnèrent leur première proie pour venir sur moi comme une escadrille en chasse. Je ne pouvais pourtant pas reprendre ma course et laisser ma compagne paralysée à la merci de l'essaim en furie. En moins de temps qu'il n'en faut pour réfléchir, je me retrouvai moi-même couverte de bestioles déchaînées qui m'enfonçaient profondément dans la chair leurs puissants aiguillons.

Un des gardes avait parlé de guêpes africaines dont la piqûre pouvait tuer le bétail dans la seconde.

— Ce sont des guêpes africaines ! m'entendis-je hurler hors de moi.

— Arrête ! Tu vas les exciter encore plus ! me répondit Clara.

Nos voix résonnaient en écho dans la forêt. Si nos ravisseurs nous avaient entendues, ils savaient où venir nous chercher ! Je continuais à crier, prise de panique, sous l'effet de la douleur à chaque coup d'aiguillon. Puis soudain, la raison me revint. Je quittai la route et m'élançai vers le buisson le plus proche. Je remarquai qu'en me déplaçant, je réussissais à semer quelques-unes des guêpes. Cela me redonna du courage. La proximité d'une végétation plus dense avait eu pour effet de les dérouter et d'autres encore m'avaient abandonnée pour rejoindre le gros de l'essaim. J'en avais toujours beaucoup, accrochées à mon pantalon. Je les attrapais entre deux doigts par les ailes qui battaient frénétiquement et les arrachais une à une pour les mettre sous mon pied et les écraser sans pitié. Elles craquaient désagréablement et cela me donnait des frissons. Je m'obligeai à continuer méthodiquement. La plupart du temps, l'opération avait pour effet de les casser en deux laissant l'abdomen encore frétillant incrusté dans ma peau. Je remerciais le ciel que ce soit moi qui vive cela, et non pas ma mère ou ma sœur, car elles en seraient mortes. Il me fallait un énorme effort pour contrôler ce qui n'était plus de la peur mais une forme d'aversion nerveuse qui me faisait trembler de répugnance au contact du corps froid et humide de ces insectes. Je gagnai finalement ma bataille, surprise de ne sentir aucune douleur, comme sous l'effet d'une anesthésie, et j'observai que Clara en avait fait autant, sauf qu'elle avait essuyé une attaque bien plus importante que la mienne et avait réussi à garder son sang-froid mieux que moi.

— Mon père avait des ruches à la campagne. J'ai appris à les connaître, me répondit-elle quand je lui ai exprimé mon admiration.

L'assaut des guêpes nous avait ébranlées. Je pensais au bruit que nous avions fait et ne rejetais pas l'idée que les guérilleros puissent envoyer un groupe en reconnaissance de notre côté.

Le pont des guêpes était le premier d'une longue série d'ouvrages en bois dressés tous les cinquante mètres, comme ceux que nous avions franchis pour arriver au campement dont nous venions de nous évader. Certains ressemblaient à des viaducs, car ils se prolongeaient interminablement, serpentant sur des centaines de mètres entre les arbres. Ils avaient dû être construits des années auparavant avant d'être abandonnés. Les planches pourrissaient et des pans entiers s'écroulaient dévorés par une végétation affamée. Nous marchions dessus, à deux mètres du sol, inspectant les planches et les poutres sur lesquelles nous avancions avec l'angoisse de tomber dans le vide à tout moment. Le risque de se faire repérer par la guérillera n'était pas négligeable, nous en avions conscience, mais ces ponts nous évitaient d'avoir à nous débattre dans le piège de racines et de lianes enchevêtrées qui se trouvaient au-dessous.

Nous avions décidé de porter à tour de rôle le sac. N'ayant rien mangé et peu bu, nous avions accumulé une grande fatigue.

Lorsque les ponts se firent moins fréquents, nous décidâmes de suspendre le sac au bâton qui me servait de canne, le bâton allant de l'épaule de l'une, à l'avant, à celle de l'autre qui suivait. Cette astuce nous rendit le chemin plus léger et nous continuâmes ainsi d'un pas plus rapide pendant quelques heures supplémentaires.

Les couleurs de la forêt devinrent ternes et, peu à peu, l'atmosphère se rafraîchit. Il nous fallait trouver un endroit où passer la nuit. En face, le sentier montait et un dernier pont en bois nous attendait à la sortie d'un virage. Derrière le pont, la forêt paraissait moins dense, la lumière qui filtrait était différente. Le fleuve pouvait être tout près, et, qui sait, avec le fleuve, l'espoir de trouver des paysans, une barque, une aide quelconque.

Mais ma compagne était très fatiguée. Je pouvais

voir que ses pieds avaient doublé de volume. Les guêpes l'avaient piquée partout. Elle voulait s'arrêter avant de traverser le pont. Je réfléchis. J'avais conscience que la fatigue était très mauvaise conseillère et je priais pour ne pas me tromper. Ou peut-être était-ce parce que je sentais que je me trompais que je fis appel au ciel. La nuit tomberait dans moins d'une heure, les guérilleros devraient alors être de retour au campement pour faire le point sur une journée dont ils revenaient bredouilles. Cette idée m'apaisa. J'acceptai que nous nous arrêtions, non sans expliquer à Clara les précautions à prendre. Je n'avais pas vu qu'avant de descendre boire de l'eau d'une source qui jaillissait en contrebas elle avait adossé le sac à un arbre visible depuis le chemin.

J'entendis leurs voix. Ils débouchaient par l'arrière et conversaient tranquillement tout en marchant, sans se douter que nous étions à quelques mètres. Mon sang se glaça. Je les vis avant qu'ils ne me voient. Si Clara se cachait à temps, ils passeraient devant nous sans nous apercevoir. Ils étaient deux, la jolie guérillera qui, malgré elle, en détournant l'attention de notre garde, avait facilité notre évasion, et Edinson, un petit jeunot à l'air déluré qui riait toujours à gorge déployée. Ils parlaient suffisamment fort pour être entendus de loin. Je les quittai des yeux et me tournai du côté de Clara. Elle était déjà partie dans un élan pour récupérer son sac, sortant totalement à découvert. Elle venait de s'écraser nez à nez contre Edinson. Le gamin la regarda avec les yeux qui lui sortaient hors de la tête. Clara se tourna vers moi, le visage vidé de son sang, l'effroi et la douleur déformant ses traits. Edinson suivit son mouvement et me découvrit. Nos regards se croisèrent. Je fermai les yeux. Tout était fini. J'entendis le fou rire carnassier d'Edinson, puis une rafale de mitraillette en l'air pour fêter leur victoire et l'annoncer aux autres. Je les haïssais de se réjouir ainsi.

# 9

## *Les tensions*

J'étais avec Papa. Il portait ses lunettes carrées en écaille que je ne lui avais plus vues depuis les jours heureux de mon enfance. J'étais accrochée à sa main et nous traversions une rue encombrée par la circulation. Je balançais mon bras d'avant en arrière pour attirer son attention. J'étais toute petite fille. Je riais du bonheur de sa présence. Arrivé sur le trottoir, il s'arrêta sans me regarder et inhala fortement. Il serra ma main qu'il tenait toujours dans la sienne contre son cœur. Sa bouche se crispa dans un rictus de douleur, et ma joie se transforma sans transition en angoisse.

— Papa, tu vas bien ?

— C'est le cœur, ma chérie, c'est le cœur.

Je regardais partout pour trouver une voiture et nous nous engouffrions dans le premier taxi en direction de l'hôpital. Mais c'est chez lui que nous arrivions, c'est dans son lit que je l'installais, il avait toujours mal, et je m'essoufflais à essayer de joindre son médecin, ma mère, ma sœur, et le téléphone restait muet. Papa s'effondrait sur moi. Je le retenais, le secouais, il était trop lourd, j'étouffais sous son poids, il était en train de mourir sur moi et je

165

n'avais pas la force physique de le remettre dans son lit ou de lui venir en aide, de le sauver. Un cri silencieux restait coincé dans ma gorge et je me retrouvais assise sous ma moustiquaire, haletante et couverte de sueur, les yeux écarquillés et aveugles : « Bon Dieu ! Heureusement ce n'était qu'un cauchemar ! Mais de quoi je parle ? Papa est mort, et moi je suis prisonnière… Le vrai cauchemar, c'est de me réveiller ici ! » Je m'effondrai en sanglots, incapable de retenir des larmes torrentielles qui me lavaient le visage et trempaient mes vêtements. Je pleurai pendant des heures et des heures, attendant le lever du jour pour ensevelir ma douleur dans les gestes quotidiens que je réalisais mécaniquement pour me donner l'impression d'être toujours vivante. Ma compagne était tête-bêche à côté de moi et s'énervait.

— Arrête de pleurer, tu m'empêches de dormir.

Je me réfugiai dans mon silence, meurtrie jusqu'à l'âme de subir ce destin qui ne me permettait même pas de pleurer à mon aise. J'en voulais à Dieu de s'être acharné contre moi. « Je te hais, je te hais ! Tu n'existes pas, et si tu existes tu es un monstre ! » Tous les soirs, pendant plus d'un an, j'avais rêvé que Papa mourait dans mes bras. Tous les soirs, je me réveillais horrifiée, désorientée, dans le néant, cherchant où j'étais, pour découvrir que mes pires cauchemars n'étaient rien comparés à ma réalité.

Les mois passaient dans une redoutable uniformité. Des heures vides qu'il fallait meubler, rythmées par les repas et le bain. Une distance faite de lassitude s'était installée entre Clara et moi. Je ne lui parlais plus, ou très peu. Juste le nécessaire pour aller de l'avant, parfois pour se donner du courage. Je me retenais de partager mes sentiments, pour ne pas ouvrir une discussion que je voulais éviter. Cela avait commencé par de toutes petites choses : un silence, une gêne d'avoir vu chez l'autre ce que nous tenions à ne pas découvrir. Ce n'était rien, juste le quotidien qui s'installait malgré l'horreur.

Au début, nous partagions tout sans compter. Bientôt il fallut diviser méticuleusement ce qui nous était alloué. On se regardait de travers, chacun en voulait à l'autre de la place qu'il lui prenait, on glissait imperceptiblement vers l'intolérance et le rejet.

Le « chacun pour soi » commençait à faire surface. Il ne fallait surtout pas le verbaliser. Il y avait une frontière, mieux, un rempart entre nous et nos ravisseurs, constitué par nos secrets, nos conversations inaccessibles à leur surveillance pourtant constante. Tant que notre cohésion ne montrerait pas de faille, je sentais que nous resterions fortes. Mais le quotidien nous soumettait à son usure.

Un jour, je demandai au garde de me procurer une corde pour étendre notre linge. Il ne voulait pas nous aider. La corde arriva néanmoins le lendemain, et je m'attelai à l'installer d'arbre en arbre pour pouvoir l'utiliser tout entière et de la meilleure façon. J'allai chercher mon linge et, lorsque je revins, je découvris qu'il ne restait plus de place pour mes affaires. Clara avait tout utilisé pour les siennes. Un autre jour, un contentieux naissait à propos de l'espace sous la moustiquaire, puis de l'hygiène et des odeurs, puis du bruit que chacune faisait. Il était impossible de s'entendre sur la plus élémentaire des règles de comportement. Il y avait, dans cette intimité imposée, un risque majeur : celui de tomber dans l'indifférence et le cynisme, et de finir par obliger l'autre à vous subir sans aucune pudeur. Un soir, alors que je demandais à Clara de se pousser parce que je n'avais plus de place dans le lit, elle explosa :

« Ton père aurait honte de toi s'il te voyait ! » Ses mots cinglèrent mon cœur plus fort qu'une gifle. J'étais anéantie par la gratuité de l'offense, meurtrie de comprendre que je venais de perdre la possibilité de m'appuyer dorénavant sur ma compagne.

Chaque jour apportait sa dose de douleur, d'aigreur, de dessèchement. Je nous voyais partir à la dérive. Il fallait être très fort pour ne pas se soulager des constantes humiliations des gardes en humiliant à son tour celle qui partageait votre sort. Ce n'était sûrement pas conscient, ce n'était sûrement pas voulu, c'était un exutoire à notre amertume.

Nous étions alors enchaînées vingt-quatre heures sur vingt-quatre à un arbre et n'avions d'autre refuge que de passer la journée sous la moustiquaire, assises l'une sur l'autre dans un espace de deux mètres de long sur un mètre et demi de large.

J'avais obtenu que l'on nous apporte du tissu et du fil et je remerciais le ciel d'avoir pris le temps d'écouter ma vieille tante Lucy qui avait tenu, lorsque j'étais adolescente, à m'apprendre l'art de la broderie. Mes cousines avaient fui d'ennui, j'étais restée par curiosité. Je comprenais maintenant que la vie nous remplissait de provisions pour nos traversées du désert. Tout ce que j'avais acquis de façon active ou passive, tout ce que j'avais appris volontairement ou par osmose me revenait, alors que j'avais tout perdu, comme les véritables richesses de mon existence. Je me surprenais à refaire les gestes de ma tante, à utiliser ses expressions et ses attitudes, en expliquant à Clara les rudiments du point de croix, du point lancé, du point de feston. Bientôt les jeunes filles du campement, aux heures où elles n'étaient pas de garde, vinrent observer notre ouvrage. Elles aussi voulaient apprendre.

Les heures, les jours et les mois s'écoulèrent moins durement. La concentration nécessaire pour la broderie rendait nos silences plus légers. Il était possible de retrouver des gestes de fraternité qui adoucissaient notre sort. Cela dura plusieurs mois, et beaucoup de campements, jusqu'à l'épuisement du fil.

Après notre fuite ratée, quelques semaines plus tard, on nous fit ramasser nos affaires, sans explication, pour partir ensuite dans la direction opposée à celle que j'appelais « la sortie ». Nous nous enfoncions encore plus dans la jungle et, pour la première fois, il n'y avait aucun sentier, aucune marque humaine.

Nous marchions en file indienne, un garde à l'avant, un autre à l'arrière.

Ces déplacements imprévus me remplissaient d'une immense anxiété. La coïncidence de ce sentiment, que nous devinions identique chez l'autre, faisait que la guerre du silence qui s'était installée entre Clara et moi et qui s'alimentait des incessantes tensions quotidiennes pour marquer notre espace et notre indépendance l'une vis-à-vis de l'autre se volatilisait dans la seconde. Nous nous regardions et tout était dit. C'était dans ces moments terribles, où notre destin semblait basculer encore davantage vers l'abîme, que nous nous avouions vaincues, reconnaissant seulement alors combien nous avions besoin l'une de l'autre.

Tandis que la guérilla finissait de démonter le campement, et que nous assistions au démembrement de cet espace qui nous était devenu familier, alors que les derniers guérilleros arrachaient et jetaient dans la broussaille les pieux qui avaient soutenu notre tente, et quand il ne resta plus qu'un terrain vague et boueux, et que toute preuve de notre existence dans cet endroit fut totalement effacée, Clara et moi nous nous prîmes par la main en silence, instinctivement, comme pour donner du courage à l'autre.

Je m'appliquais à tout mémoriser, avec l'espoir de garder quelque part dans mon cerveau une cohérence spatiale qui, éventuellement, me permettrait de trouver le chemin du retour. Mais plus nous marchions, plus se multipliait le nombre d'obstacles qu'il faudrait franchir pour revenir sur nos pas. Des frissons de fièvre me parcouraient la peau et mes mains devenaient tellement moites que j'étais obligée de les sécher continuellement sur mon pantalon. La nausée arrivait ensuite. J'avais déjà fait l'inventaire du processus qui se déclenchait à chaque annonce de départ. Dans l'heure et demie, tout au plus, j'étais obligée de galoper pour me cacher derrière un arbre et vomir sans être vue. Je prévoyais toujours un petit rouleau de papier pour m'essuyer la bouche et les vêtements, comme si cela pouvait changer quelque chose alors que j'étais déjà sale de boue.

Le camp qui nous attendait était fort différent du précédent. Ils avaient estimé prudent de construire notre *caleta* à l'écart de leurs habitations. De l'endroit où ils nous avaient installées, il était impossible d'observer leurs activités comme leur organisation. Nous étions isolées, avec un garde en poste à deux mètres de notre moustiquaire, l'air ténébreux, certainement mécontent d'être condamné à s'ennuyer loin de ses copains dans ce face-à-face embarrassant.

Je trouvais cela mieux. Il serait plus simple, lorsque les conditions le permettraient, de berner la surveillance d'un seul homme.

Nous avions déjà repris nos repères et notre broderie lorsque je vis Patricia, l'infirmière, s'approcher avec un homme que je n'avais jamais vu. Il était jeune, dans la trentaine, cuivré de peau, avec une petite moustache noire et luisante, et les cheveux coupés court. Il avait le pantalon kaki réglementaire, les bottes de caoutchouc habituelles et une chemise déboutonnée jusqu'au nombril qui découvrait une corpulence velue à la limite de l'embonpoint, agrémentée d'une imposante chaîne en or à laquelle pendait une grosse dent jaunie.

Il arrivait tout sourire, roulant des épaules, et je ne pus m'empêcher de penser que ce devait être un homme sanguinaire. Patricia fit les présentations :

— C'est le commandant Andrés ! dit-elle avec une expression d'adulation qui m'étonna.

L'homme voulait de toute évidence faire une belle entrée et épater une partie de la troupe qui s'était rassemblée à quelques mètres pour assister à la scène.

— Qu'est-ce que vous faites ? lança-t-il, mi-autoritaire, mi-décontracté.

— Bonjour, répondis-je en levant le nez de mon ouvrage.

Il m'avait regardée droit dans les yeux, comme s'il cherchait à déchiffrer mes pensées, puis éclata de rire en se lissant la moustache, pour reprendre toujours en souriant :

— C'est quoi, ça ?

— Ça ? C'est une nappe pour Maman.

— Faites voir !

Je lui passai ma broderie en prenant soin de ne pas trop lever ma moustiquaire. Il faisait semblant d'inspecter mon travail comme un connaisseur et s'apprêta à me le retourner en disant : « pas mal », quand une très belle jeune fille, qui se tenait derrière lui et que je n'avais pas vue, lui arracha mon ouvrage des mains avec une confiance qui ne laissait aucun doute sur la nature de leur relation :

— Oh ! Comme c'est joli, je veux faire pareil ! S'il te plaît !

Elle roulait des hanches avec toute l'intention de le charmer. Andrés avait l'air ravi :

— On verra plus tard, répondit-il en riant.

Patricia intervint :

— C'est le nouveau commandant !

C'était avec cet homme qu'il faudrait s'entendre désormais. Je regrettais déjà le jeune Cesar, qui avait donc bel et bien été limogé à cause de notre évasion.

— C'est quoi ce que vous avez au cou ? demandai-je, pour lui rendre la pareille.

— Ça ? C'est une dent de tigre.

— De tigre ?!

— Oui, il était énorme, je l'ai tué moi-même !

Ses yeux noirs brillaient de plaisir. Son expression se transforma, il en devenait presque séduisant.

— Ce sont des animaux en voie de disparition, il ne faut pas les tuer.

— Nous, dans les FARC, on est écolos ! On ne tue pas, on exécute !

Il tourna les talons et disparut suivi de sa troupe de femmes. Ma compagne me regarda de travers :

— T'es con !

— Oui, mais je n'ai pas pu m'en empêcher.

Je retournai à mon ouvrage en pensant à Papa. Cela faisait dix jours que je ne mangeais pas, éprouvant le besoin de faire mon deuil, de marquer sa mort dans ma chair et de graver dans ma mémoire ces journées de douleur, au temps et à l'espace dénués de tout repère. « Il faut que j'apprenne à tenir ma langue », conclus-je pour moi-même, en me piquant avec une aiguille.

Avec l'obscurité venaient m'assaillir mes remords les plus profonds. Le souvenir de Papa en était le principal détonateur. J'avais cessé de lutter, me disant qu'il valait mieux pleurer jusqu'à tarir mon mal. Mais j'avais aussi l'intuition que ma souffrance, plutôt que de s'épuiser, évoluait, et que, dans ce processus, au lieu de s'alléger, elle n'en devenait que plus compacte. J'avais donc décidé d'affronter ma détresse par étapes. Je m'autorisais dans mon chagrin à évoquer les moments où s'était construit mon amour pour mon père mais je m'interdisais d'accorder la moindre pensée à mes propres enfants. Cela était pour moi tout simplement insupportable. Les fois où leur image me venant à l'esprit j'avais ouvert une toute petite brèche à leur souvenir, j'avais cru devenir folle. Je ne pouvais pas non plus penser à Maman. Depuis la mort de Papa, je me torturais à l'idée qu'elle aussi pouvait disparaître à n'importe quel moment. Et cette pensée toujours liée à son évocation, comme une hantise perverse, me remplissait d'effroi, car j'avais aussi imaginé la mort de Papa, et sa mort était devenue réalité, comme si j'avais acquis le pouvoir abominable de matérialiser mes appréhensions.

Je ne savais rien de ma famille. Depuis le 23 mars, jour où nous avions achevé notre premier mois de captivité, jour aussi où l'ordre de ne plus nous donner accès aux radios avait été lancé, nous avions perdu contact avec le monde des vivants. Une seule fois, Cesar était venu partager des nouvelles avec nous : « Votre père a parlé à la radio, il vous demande de tenir, d'être forte et il veut que vous sachiez qu'il prend soin de lui-même et qu'il vous attend ! » Après avoir appris la mort de Papa, je me demandai si Cesar ne m'avait pas menti, s'il n'avait pas inventé cette histoire pour me calmer. Mais je préférais ne pas douter, cela me faisait du bien de penser que Papa avait voulu me rassurer avant de mourir.

N'empêche que, la nuit s'installant, je partais rejoindre Papa, et que, peut-être parce que j'avais la conviction que nous faisions tous les deux partie du monde des morts, je me laissais aller à lui parler et à pleurer dans les ténèbres que nous partagions, avec la sensation que je pouvais m'y blottir comme je l'avais toujours fait dans ses bras.

Je découvrais le monde de l'insomnie et l'envoûtement qu'il produisait sur moi. Ces heures de veille m'ouvraient la voie à une autre dimension de moi-même. Une autre partie de mon cerveau prenait le relais. Dans l'immobilité physique que m'imposait le partage du petit matelas sur lequel nous vivions, mon esprit partait en vadrouille et je me parlais à moi-même, comme je parlais à Papa, comme je parlais à Dieu, faisant de ces longues heures dans le noir les seuls moments d'intimité.

La nuit, un autre type de nature émergeait. Les sons avaient une résonance profonde qui donnait la mesure de l'immensité de cet espace inconnu. La cacophonie des croassements de la faune atteignait une telle ampleur qu'elle en devenait douloureuse. Elle fatiguait le cerveau, l'incommodait de vibrations, le submergeait de stimulations dissonantes et rendait la réflexion impossible. C'était aussi l'heure des grandes poussées de chaleur, comme si la terre évacuait ce qu'elle avait emmagasiné pendant la journée, repoussant dans l'atmosphère des chaleurs sulfureuses qui nous plongeaient dans la sensation d'être tombées dans un état de fièvre. Mais cela passait vite. Une heure après, la température descendait vertigineusement et il fallait se prémunir contre un froid qui faisait regretter les touffeurs du crépuscule. La fraîcheur prenant place, les oiseaux de nuit sortaient, cassant l'air du battement sec de leurs ailes, et franchissaient l'espace en emportant avec eux leur sinistre hululement d'âmes solitaires. Je les suivais dans mon imagination, esquivant la formation d'arbres qu'ils traversaient à grande vitesse et m'envolais à leur suite au-delà de la forêt, plus haut que les nuages, vers les constellations où je rêvais des bonheurs du passé.

La lune se déplaçait entre l'épais feuillage : elle était toujours en retard, toujours capricieuse et imprévisible. Je me forçais à repenser soigneusement à tout ce que j'avais cru savoir à son propos sans jamais véritablement le comprendre : la danse de la lune autour de la terre, ses différentes phases et son pouvoir. Absente, elle m'intriguait plus encore.

Les jours de nouvelle lune, un sort était jeté sur la forêt. Dans l'obscurité totale, le sol s'illuminait de milliers d'étoiles fluorescentes comme si le ciel s'était éparpillé sur le sol. Au début, j'avais cru que je délirais. Puis j'avais fini par admettre que la jungle était enchantée. Je passais ma main sous la moustiquaire et ramassais les pépites phosphorescentes qui jonchaient le sol. Parfois je revenais avec un caillou dans la main, d'autres fois avec une brindille ou une feuille que j'avais pêchées. Mais ils perdaient à mon contact leur lumière surnaturelle. Pourtant il suffisait de les reposer par terre pour qu'ils retrouvent leur pouvoir et s'allument de nouveau.

Le monde inanimé sortait de sa torpeur et la vie

retenait son souffle. Ces soirs-là, les sons de la forêt étaient magiques. Des milliers de clochettes suspendues dans l'air se mettaient à tinter allègrement et ce bruit minéral semblait avoir éclipsé l'appel des bêtes. Si absurde que cela puisse paraître, il y avait une mélodie dans ce carillon nocturne, et je ne pouvais pas m'empêcher de penser aux cloches de Noël en plein mois de juillet et de pleurer amèrement en évoquant le temps perdu.

Par une de ces nuits sans lune où j'écoutais au loin les conversations chuchotées des gardes, comme s'ils avaient parlé à mon oreille, j'entendis par hasard un des gardes dire à Yiseth que nous avions été à un rien de leur échapper. Au bout de la route des ponts pourris, il y avait un *caserío*, un rassemblement de maisons au bord de la rivière. Les militaires y étaient installés depuis peu, ils commençaient à faire du travail d'infiltration pour les services secrets de l'armée. Cette information décuplait mes remords : nous n'aurions jamais dû nous arrêter au bord du chemin.

J'avais appris aussi que certains d'entre eux nous épiaient lorsque nous prenions notre bain. Quand je demandai à Andrés qu'il fasse installer quelques cabanes au bord du fleuve afin de bloquer la vue, il me répondit que « ses hommes avaient mieux à faire qu'à regarder des "vieilles peaux" ». Il fit quand même bâtir l'isoloir le lendemain.

Lors d'une autre de ces nuits blanches, j'avais entendu un des gardes dire :

— Pauvre femme, elle sortira lorsqu'elle aura les cheveux jusqu'aux talons !

J'en avais sursauté. Comment pouvait-on ne serait-ce qu'envisager une issue si lointaine ? J'avais fait un énorme effort pour accepter l'idée d'attendre qu'une négociation pour notre libération aboutisse, mais plus le temps passait, plus l'équation menant à notre sortie se compliquait.

# 10

## *Preuve de survie*

Un matin, El Mocho Cesar, le chef du front qui m'avait capturée, revint. Bien que nous ne puissions rien voir de ce qui s'y passait, le va-et-vient nerveux de la troupe, ainsi que leur tenue impeccable, en grand uniforme, étaient des signes évidents de la présence d'un chef.

J'étais assise en tailleur sous la moustiquaire, les pieds nus, avec la grosse chaîne attachée à ma cheville. Je m'étais lancée dans un nouvel ouvrage. J'avais compris que ma relation à la durée était totalement perturbée. « Dans la civile », pour emprunter la terminologie farquienne, les jours filaient avec une rapidité hallucinante et les années s'égrenaient au ralenti, ce qui me donnait une sensation d'accomplissement et d'avoir eu une vie bien remplie. En captivité, ma perception du temps s'était complètement inversée. Les journées semblaient ne pas connaître de fin, étirées cruellement entre la détresse et l'ennui. Par contre, les semaines, les mois, et plus tard les années, paraissaient s'empiler à toute allure. Ma conscience de ce temps irrémédiablement fichu réveillait la terreur de me sentir ensevelie vivante.

Lorsque Cesar était arrivé, j'étais en train de fuir

les démons qui me poursuivaient en concentrant mon esprit sur l'acte d'enfiler une aiguille.

Cesar regardait mes pieds enflés à cause des innombrables piqûres de bestioles invisibles. Son regard me gênait et je m'assis en cachant mes pieds sous mes fesses, ce qui déclencha une terrible douleur car la chaîne m'entaillait.

— Qu'est-ce qui vous a pris de vous enfuir comme ça, dans la jungle ? Vous auriez pu vous faire attaquer par un tigre, c'est de la pure folie !

— ...

— Qu'est-ce que j'aurais dû faire ? Envoyer votre cadavre à vos enfants ?

— ...

— Je ne comprends pas. Vous savez que vous n'avez aucune chance.

Je le regardais en silence. Je savais qu'il n'aimait pas me voir dans l'état où j'étais, et je pensais qu'au fond de lui il en avait honte.

— Vous auriez fait pareil. Sauf que vous, vous auriez réussi. C'est mon devoir de récupérer ma liberté, comme c'est le vôtre de m'en empêcher.

Ses yeux brillaient d'un éclat troublant. Il me dévisageait, mais ce n'était pas moi qu'il voyait. Était-ce ses souvenirs qu'il regardait défiler devant ses yeux ? Il avait pris tout à coup cent ans. Il se retourna le dos courbé, comme sous le poids d'une énorme fatigue et, avant de partir, avec la voix de celui qui se parle à lui-même, il me dit :

— On va enlever les chaînes, je vais interdire qu'on vous les remette. Je vous envoie des fruits et du fromage.

Il tint parole. Un jeune guérillero vint au crépuscule ôter les chaînes. Il avait constamment essayé d'être gentil, voulant entamer une conversation que j'avais toujours évitée. Je ne l'avais pas reconnu, mais c'était le guérillero qui s'était assis à l'arrière de la cabine de notre voiture, le jour de notre capture. Il ouvrit le cadenas avec précaution, la peau était bleue sous la chaîne.

— Vous savez, cela me soulage plus que vous ! dit-il avec un large sourire.

— Quel est votre nom ? lui demandai-je comme en me réveillant d'un rêve.

— Je m'appelle Ferney, *doctora* !

— Ferney, appelez-moi Ingrid, s'il vous plaît.

— Bien, *doctora*.

J'éclatai de rire, il partit en courant.

Les fruits et le fromage étaient aussi arrivés. Cesar nous avait envoyé une grande boîte en carton remplie d'une bonne trentaine de pommes vertes et rouges, et de grosses grappes de raisin. En l'ouvrant, j'eus le réflexe d'en proposer à Jessica, la *socia*[1] du commandant, qui nous les avait apportées. Elle fit une moue désagréable en répondant :

— L'ordre est d'apporter les fruits aux prisonniers. On ne doit rien accepter de votre part !

Elle tourna les talons et partit en gonflant la poitrine. Je comprenais que ce ne devait pas être facile pour elle. Je savais trop bien maintenant que les fruits et le fromage étaient un luxe rare dans un campement des FARC. Notre régime quotidien était du riz et des flageolets.

Cesar réapparut la semaine suivante.

— J'ai une bonne nouvelle pour vous !

Les battements de mon cœur s'accélérèrent. L'espoir d'une prochaine libération hantait mon

---

1. *Socia* : partenaire, associée, petite amie dans le jargon des FARC.

esprit à toute heure. D'un air le plus détaché possible, je demandai :

— Une bonne nouvelle ? Ce serait vraiment étonnant ! Laquelle ?

— Le « Secretariado » a autorisé que vous envoyiez une preuve de survie à vos proches.

— ...

J'eus envie de pleurer. Une preuve de survie, c'était tout sauf une bonne nouvelle. Cela confirmait la prolongation de notre captivité. J'avais cru possible l'instauration de négociations secrètes avec la France. Je savais que la guérilla avait été durement touchée par son inclusion dans la liste des organisations terroristes de l'Union européenne et j'imaginais qu'elle aurait cherché à en être retirée en échange de notre liberté. Cet espoir venait de se briser en mille morceaux.

Les élections présidentielles étaient imminentes : dans les deux mois, la Colombie aurait un nouveau gouvernement, et Álvaro Uribe, le candidat de l'extrême droite, avait les meilleures chances de gagner. Si les FARC tenaient à enregistrer des preuves de survie à quelques jours du premier tour, c'était l'indice qu'il n'y avait pas de contacts pour notre libération et que les guérilleros se préparaient à faire pression sur celui qui gagnerait. Les FARC haïssaient Álvaro Uribe et celui-ci le leur rendait bien. Je rebondis sur l'idée qu'il était plus facile pour les extrêmes de négocier. Je pensais à Nixon rétablissant les relations diplomatiques avec la Chine populaire de Mao, ou à de Gaulle menant une politique de réconciliation avec l'Allemagne. Je concevais qu'Uribe puisse réussir là où son prédécesseur avait échoué : dans la mesure où il était le plus farouche opposant des FARC, il était dédouané des suspicions de faiblesse ou de tractations clandestines qui avaient miné les dernières initiatives.

Je demandai à Cesar de combien de temps je disposais pour préparer mon message. Il voulait m'enregistrer dans l'après-midi.

— Maquillez-vous un peu, ajouta-t-il.

— Je n'ai pas de maquillage…

— Les filles vous en procureront.

… Je venais de comprendre pourquoi nous avions reçu des fruits et du fromage en abondance.

Nous étions installés dans un espace ouvert où la luminosité était supérieure — là où ils avaient pris l'habitude de faire sécher leur linge. La session durait vingt minutes. J'avais pris la ferme résolution de ne pas me laisser emporter par mes émotions : je voulais apaiser ma famille en leur présentant un visage serein et une détermination dans la voix et les gestes qui leur feraient comprendre que je n'avais perdu ni ma force ni mon espoir. Lorsque j'évoquai la mort de Papa, je dus m'enfoncer jusqu'au sang le crayon que je tenais dans la main de façon à faire barrage au fleuve de larmes qui montait en moi.

J'avais tenu à parler au nom des autres otages qui, comme moi, attendaient de revenir à la maison. Sur les arbres voisins à notre *caleta*, l'écorce était creusée de façon bizarre. Au même endroit, des années auparavant, il y avait eu une prison avec d'autres otages, enchaînés eux aussi aux arbres. Je ne les connaissais pas, mais j'avais entendu dire que certains achevaient leur cinquante-septième mois de captivité. J'avais été horrifiée. Sans pouvoir imaginer ce que cela représentait, et sans savoir que mon propre supplice durerait bien plus longtemps. Je me disais qu'en refusant de parler de notre situation, en nous condamnant à l'oubli, les autorités colombiennes avaient jeté la clef de notre liberté à la mer.

Pour les années qui allaient suivre, la stratégie du gouvernement colombien serait de laisser pourrir la situation, espérant que la « dévaluation » de nos vies obligerait la guérillera à nous libérer sans contrepartie. Nous étions condamnés à la peine la plus lourde qu'on puisse infliger à un être humain : celle de ne pas savoir quand elle prendrait fin.

Le poids psychologique de cette révélation était dramatique. Le futur n'était plus à considérer comme un espace de création, de conquêtes, de buts à atteindre. Le futur était mort.

El Mocho Cesar était pour sa part visiblement satisfait de sa journée. Une fois la preuve de survie enregistrée, il tint à s'entretenir avec moi, assis à califourchon sur un tronc d'arbre.

— Nous allons gagner cette guerre. Les *chulos* ne peuvent rien contre nous. Ils sont trop bêtes. Il y a deux jours nous en avons tué par dizaines. Ils s'élancent à notre poursuite comme des canards en formation. Nous, on est cachés et on les attend.

— …

— En plus, ils sont très corrompus. Ce sont des bourgeois, il n'y a que le fric qui les intéresse. On les achète, et après on les tue !

Je savais que pour certains la guerre était une source intarissable d'enrichissement malhonnête. J'avais dénoncé au Parlement colombien des contrats d'acquisition d'armement gonflés au triple de leur valeur pour permettre une distribution généreuse de pots-de-vin. Mais le commentaire de Cesar me blessait en plein cœur. « Dans la civile », je sentais que la guerre ne me concernait pas. J'étais contre par principe. Maintenant, après ces mois passés aux mains des FARC, je réalisais que la situation du pays était bien plus complexe. Il m'était impossible de rester neutre. Cesar pouvait critiquer les forces armées. C'était pourtant elles qui affrontaient les FARC et contenaient leur expansion. Et elles étaient seules à se battre pour nous libérer.

— L'argent intéresse tout le monde, les FARC en particulier. Regardez comment vivent vos commandants. Et puis vous tuez, mais ils vous tuent aussi ! Qui nous dit que vous serez vivant à la fin de l'année !

Il me regarda d'un air surpris, incapable d'imaginer sa propre mort.

— Ce n'est pas votre intérêt !

— Je le sais. C'est pourquoi je vous souhaite de vivre bien longtemps.

Il serra ma main entre les deux siennes et me dit au revoir en concluant :

— Promettez-moi que vous allez prendre soin de vous.

— Oui, je vous le promets.

El Mocho Cesar a été tué deux mois plus tard dans une embuscade tendue par les militaires.

## 11

## La petite maison de bois

Un soir de pleine lune, l'ordre de bouger arriva. Nous aboutîmes sur une route où une grosse camionnette toute neuve nous attendait. Comment pouvait-il se faire qu'au milieu de nulle part il y eût encore une route, et ce véhicule ? Étions-nous près de la civilisation ? Le chauffeur était un gars sympathique, frisant la quarantaine, habillé en jeans et tee-shirt, que j'avais vu une ou deux fois auparavant. Il s'appelait Lorenzo, comme mon fils. Andrés et sa compagne Jessica montèrent à l'arrière. Le reste de la troupe suivait en marchant. J'avais l'impression que nous prenions la direction du nord, comme si nous rebroussions chemin. Penser que nous revenions sur nos pas me donnait des ailes. Et si jamais un accord avait été conclu ? Et si la liberté était toute proche ? Je devenais bavarde et Lorenzo, de nature extravertie, donnait libre cours à sa spontanéité :

— Vous nous en avez créé, des problèmes !

Il jeta un coup d'œil sur moi, tout en conduisant, pour jauger l'effet de ses paroles.

— Ils nous ont foutus dans leur liste de terroristes et, nous, on n'est pas des terroristes.

— Si vous n'êtes pas des terroristes, il ne faut pas

vous comporter comme des terroristes. Vous kidnappez, vous tuez, vous envoyez des bombonnes de gaz sur les maisons des gens, vous semez la terreur, comment voulez-vous qu'on vous appelle ?

— Ça, c'est les besoins de la guerre.

— Peut-être, mais votre façon de faire la guerre est du pur terrorisme. Battez-vous contre l'armée, ne vous en prenez pas aux civils si vous ne voulez pas qu'on vous appelle des terroristes.

— C'est à cause de vous. C'est la France qui nous a mis sur la liste des terroristes.

— Bon, si c'est à cause de moi, libérez-moi !

Nous avions débouché sur une immense prairie au bord d'un fleuve. Une maison en bois construite avec coquetterie surplombait le paysage. Elle était entourée d'une jolie véranda qui, avec sa balustrade peinte en couleurs vives, lui donnait un air colonial. Je ne m'étais pas trompée : cette maison, je la reconnaissais. Nous étions passés devant, quelques mois auparavant, sous l'orage tropical qui s'était déclenché juste après que, cachés sur l'autre rive, nous avions aperçu la fameuse *marrana*, l'avion militaire de reconnaissance.

Pour la première fois depuis des mois, je revoyais l'horizon. La sensation d'amplitude me serra le cœur. Je remplis mes poumons de tout l'air qu'ils pouvaient contenir, comme si, ce faisant, je m'appropriais l'espace infini qui se déployait devant moi, aussi loin que mes yeux me permettaient de voir. C'était une parenthèse de bonheur, de ce bonheur que je n'avais connu que dans la jungle, un bonheur triste, fragile et fugace. Une brise d'été venait secouer des palmes immenses que la main de l'homme avait épargnées et qui restaient fières au bord de la rivière, fidèles témoins de cette guerre contre la jungle que l'homme commençait à gagner. On nous fit marcher jusqu'à l'embarcadère qui n'était autre qu'un *sangre toro*, un arbre imposant et noueux servant à amarrer les pirogues. J'aurais voulu rester là, dans cette jolie maison, au bord de ce fleuve serein. Je fermai les yeux et imaginai le bonheur de mes enfants découvrant cet endroit. J'imaginais l'expression de mon père en extase devant la beauté de cet arbre déployant ses branches à deux mètres du sol comme un énorme cèpe. Maman serait déjà en train de chanter un de ses boléros romantiques. Il suffisait de si peu pour être heureux.

Le grondement du hors-bord me tira de ma rêverie. Clara me prit la main et la serra avec angoisse.

— Ne t'inquiète pas. Tout ira bien.

Je vérifiai la direction du courant tout en abordant le canot. Si on le descendait, on s'enfoncerait toujours plus profondément dans l'Amazonie. Le pilote aligna l'embarcation vers l'aval et démarra lentement. La nausée me reprit dans l'instant. Le fleuve rétrécissait. À certains moments, les arbres des deux rives entrelacèrent leurs branchages au-dessus de nos têtes et nous naviguâmes dans un tunnel de verdure. Personne ne parlait. Je m'efforçais de ne pas succomber à la somnolence générale, car je voulais voir et retenir. Après des heures, je sursautai au son d'une musique tropicale jaillissant de nulle part. Au détour d'un méandre, trois cases en bois, alignées sur la berge, semblaient n'attendre que nous. Au milieu de l'une d'elles, une ampoule allumée se balançait doucement au bout d'un fil électrique, tout en répandant sur la surface de l'eau une myriade d'étincelles. Le pilote éteignit le moteur, et nous nous laissâmes emporter en silence par le fleuve pour ne pas attirer l'attention. J'accrochai mon regard aux cabanes, dans l'espoir d'apercevoir un être humain, quelqu'un qui aurait pu nous repérer et parler. Je restai ainsi, le cou tendu à l'extrême, jusqu'à les perdre de vue. Et puis, plus rien.

Trois, quatre, six heures. Toujours les mêmes arbres, les mêmes courbes, le même ronronnement continu du moteur, et le même désespoir.

— Nous sommes arrivés !

Je regardai autour de moi. La forêt semblait avoir été mordue juste à l'endroit où nous nous étions arrêtés. Au milieu de l'espace vide, une petite maison en bois attendait là, l'air misérable. Des voix venaient au-devant de nous. Je reconnus aisément une partie de la troupe qui nous avait devancés.

J'étais fatiguée et nerveuse. J'osais espérer qu'ils nous permettraient de passer le reste de la nuit à l'intérieur de la petite maison. Andrés s'empressa de descendre. Il donna l'ordre de faire porter ses affaires à l'intérieur de la baraque et nomma des gardes pour nous emmener « au site ».

On avançait en file indienne, éclairés à l'avant par une grosse torche électrique. On traversa le jardin de la maison, puis ce qui devait être un potager. On laissa derrière nous une étable que je regardai avec regret, et on s'enfonça subitement dans un énorme champ de maïs dont les tiges de plus de deux mètres portaient des épis déjà mûrs. J'entendais la voix de Maman me défendant d'en approcher étant enfant : « C'est plein de serpents et de mygales. » Je serrais mon sac contre ma poitrine d'une main, et de l'autre je chassais toutes les bestioles qui me sautaient dessus et qui s'emmêlaient les pattes et les ailes dans mes cheveux, millions de sauterelles géantes et de papillons-chouettes affolés par notre progression. Je me démenais pour avancer, jouant des coudes et des genoux tant la plantation était dense. J'essayais de protéger au mieux mon visage des feuilles vertes de maïs qui coupaient comme des lames de rasoir.

Soudain, en plein milieu du maïs, on s'arrêta. Ils avaient ouvert un espace carré à la machette et mis quatre pieux pour soutenir notre matelas et la moustiquaire déployée en baldaquin. La population d'insectes, attirée par l'étrange construction, l'avait colonisée de toutes parts. Des criquets rouges et luisants, plus grands qu'une main d'homme, semblaient vouloir imposer leur loi. Le garde les chassa à la volée avec le dos de sa machette, et ils prirent leur essor lourdement, en lançant des cris aigus.

— Vous dormirez ici !

Le garde jouissait sans retenue de notre trouble.

Je me glissai sous la moustiquaire en essayant de bloquer l'entrée à la faune haletante, regardai le ciel ouvert au-dessus de ma tête et bouillonnant de nuages noirs, et sombrai dans un sommeil poisseux.

Ils avaient commencé à construire le campement dans *el monte*[1], au-delà du champ de maïs et derrière la plantation de feuilles de coca qui contournait la maison. En la traversant, nous remplîmes nos vestes de citrons verts cueillis sur un énorme citronnier qui trônait superbement entre les cocaïers.

Ils avaient amené une scie à moteur et je les entendais, du matin jusqu'au soir, s'acharner à abattre des arbres. Ferney vint nous aider à nous installer et il s'attela avec application à nous construire une petite étagère pour que nous y posions nos affaires. Il passa l'après-midi à peler le bois des pieux, fier de faire « du travail bien soigné ».

1. *El monte* : forêt vierge.

Une fois son ouvrage fini, Ferney partit en oubliant sa machette dissimulée sous la pelure du bois. Clara et moi l'avions aperçue en même temps. Ma compagne demanda la permission d'aller aux *chontos*. Au retour, elle s'arrêta pour échanger quelques mots avec le garde. C'était plus qu'il n'en fallait pour ramasser la machette, l'envelopper dans ma serviette et la cacher dans mon sac.

La possession de la machette nous rendait euphoriques. Il était de nouveau possible de s'aventurer dans la jungle. Mais ils pouvaient nous imposer des fouilles à tout moment. Le lendemain matin, nous fûmes soumises à rude épreuve. Ferney vint accompagné de quatre de ses compagnons, et ceux-ci ratissèrent la zone sans nous dire le moindre mot. Nous étions assises en tailleur sous notre moustiquaire. Clara lisait à haute voix un chapitre d'*Harry Potter à l'école des sorciers*, livre qu'elle avait fourré dans son sac avant de partir de Bogotá. Nous étions convenues de nous relayer dans notre lecture. Pendant l'heure qu'ils passèrent à chercher, la lecture fut purement mécanique. Nous lisions sans comprendre un mot, attentives que nous étions toutes deux à suivre du coin de l'œil l'équipe de Ferney, tout en faisant de notre mieux pour ne pas paraître concernées par ce qu'ils faisaient.

Finalement un des gars se tourna vers nous et, d'un air méchant, demanda :

— Ce n'est pas vous qui avez pris la machette de Ferney ?

Une poussée d'adrénaline me bloqua le cerveau, et je répondis bêtement :

— Pourquoi ?

— Ferney a laissé sa machette ici hier soir, répliqua-t-il d'un air menaçant.

Je bafouillai, ne sachant que répondre, angoissée aussi à l'idée que ma compagne soit à son tour interrogée.

Il n'était que trop évident que j'avais peur : je savais qu'ils allaient nous fouiller, et cette perspective, à elle seule, justifiait ma panique.

C'est alors que Ferney vint à ma rescousse.

— Je ne pense pas que je l'aie laissée ici. Je me souviens de l'avoir prise en partant. Je crois que je l'ai laissée du côté de la scierie, lorsque je suis allé chercher les planches de bois. Je chercherai tout à l'heure. Allez, on s'en va.

Il avait parlé sans même me regarder, et tourna les talons emmenant dans son élan le reste de ses compagnons, ravis d'être relevés de leur corvée.

Ma compagne et moi étions là, exténuées. Je pris le livre d'entre ses mains tremblantes et essayai de reprendre la lecture. Mais il m'était impossible de fixer la page. Je le laissai tomber sur le matelas. Nous nous regardions comme si nous venions de voir le diable, pour finalement éclater d'un rire nerveux, que nous dissimulions au garde en nous pliant en deux.

Le soir, en faisant le décompte des événements de la journée, je sentis naître un sentiment de culpabilité qui me semblait ridicule : je me sentais mal d'avoir berné Ferney.

Ils ne nous avaient pas remis les chaînes. Nous pouvions bouger librement autour de la *caleta*. Mais nous restions la plus grande partie de la journée assises dans l'univers de deux mètres cubes délimité par notre moustiquaire, car nous nous y étions habituées. Le voile qui nous séparait du monde extérieur était une barrière psychologique qui nous défendait du contact, de la curiosité et des sarcasmes du dehors. Tant que nous étions sous la moustiquaire, ils n'osaient pas nous parler. Mais pouvoir sortir de « notre » *caleta* et faire les cent pas devant si cela nous chantait était une liberté d'autant plus précieuse que maintenant nous comprenions qu'elle ne nous était pas acquise. Nous en usions avec parcimonie de peur qu'ils ne nous voient trop exaltées de l'avoir et qu'ils aient dans l'idée d'en faire un instrument de chantage.

Peu à peu, j'apprenais à me détacher des petites et des grandes choses, pour ne pas être assujettie à mes désirs ou à mes besoins car, n'ayant plus le contrôle de leur assouvissement, je ne devenais que plus tributaire de mes geôliers.

Ils nous avaient apporté une radio. C'était tellement inespéré que cela ne nous avait même pas fait plaisir. El Mocho Cesar nous l'avait envoyée, probablement parce que, durant notre dernière conversation, je lui avais dit que je ne savais plus rien du monde et que, ce qui me paraissait extraordinaire, je m'en moquais. En fait, vraisemblablement depuis la découverte de la mort de Papa, le monde extérieur me paraissait étranger et lointain. Pour nous, la radio était une nuisance.

C'était une grosse Sony, que les jeunes appelaient « la brique » parce qu'elle était carrée et noire. Ce modèle avait une certaine popularité parmi les guérilleros, car elle était pourvue d'un haut-parleur puissant grâce auquel la troupe écoutait à tue-tête la musique populaire à la mode. Lorsque Jessica nous l'apporta, je compris tout de suite qu'elle n'appréciait pas le geste de son commandant. Pire, elle fut outrée par notre indifférence :

— Ici, c'est ce que vous aurez de mieux !

Elle avait pris notre réaction pour du mépris, croyant que « dans la civile » nous étions habituées à bien mieux. Elle ne pouvait pas comprendre que notre état mental ne trouvait d'intérêt qu'à la liberté.

Elle se vengea à sa façon. Elle vint le lendemain chercher le canif que El Mocho Cesar m'avait offert avant de partir, sous prétexte que celui-ci l'avait fait demander. Je savais bien qu'elle le garderait pour elle. Elle était la copine du commandant. Tout lui était permis. Je le lui remis à contrecœur, en argumentant que c'était un cadeau, ce qui décupla son plaisir.

Quant à cette radio, elle devint peu à peu un fruit de discorde. Au début, Clara et moi nous la passions l'une à l'autre pour essayer de suivre les bulletins d'information de la journée. Mais l'exercice n'était pas évident, la radio était bien capricieuse, il fallait bouger l'appareil comme un radar, en le tournant dans tous les sens, pour trouver l'angle d'exposition le plus performant et obtenir la meilleure réception, malheureusement toujours saturée d'interférences.

Ce que je trouvais surprenant, c'était que la même « brique », dans la *caleta* voisine, bénéficiait, elle, d'une réception parfaite. Je découvris qu'ils traficotaient les postes en « empoisonnant » les circuits et en leur installant des bouts de câble pour augmenter la puissance de la réception. Je demandai si quelqu'un pouvait « empoisonner » ma brique. On m'envoya chez Ferney.

— Bien sûr, je m'en occuperai. On le fera lorsque vous serez installées dans votre nouvelle maison.

Je tombais des nues :

— Quelle nouvelle maison ?

— La maison que le commandant Cesar a ordonné

193

de vous construire. Vous y serez très bien, vous aurez même une chambre à vous, vous n'aurez plus à vous inquiéter qu'on vous voie vous déshabiller ! dit-il.

C'était la moindre de mes préoccupations. Une maison en bois ? Ils se préparaient à nous garder prisonnières pendant des mois ! Je ne serais donc pas à la maison pour l'anniversaire de Mélanie, ni pour l'anniversaire de mon Lorenzo — il allait avoir quatorze ans. Il ne serait plus un enfant. Être loin de lui à ce moment-là aussi me brisait le cœur. Mon Dieu, et si cela se prolongeait jusqu'à Noël ?

L'angoisse ne me quittait plus. J'avais complètement perdu l'appétit.

Une fois les planches coupées, la construction de la maison se fit en moins d'une semaine. Elle avait été bâtie sur pilotis, avec un toit en palmes tressées dont l'assemblage m'avait paru étonnant de beauté et d'adresse. C'était une construction simple, sur plan rectangulaire, fermée avec un mur en bois de deux mètres de haut sur les trois côtés, de façon que la façade qui regardait le campement était totalement ouverte sur l'extérieur. Dans le coin gauche de cet espace, ils avaient élevé deux murs intérieurs pour construire une chambre avec une véritable porte. À l'intérieur, il y avait quatre planches soutenues par des tréteaux en guise de lit, et des pièces en bois aux coins qui nous serviraient d'étagères. À l'extérieur de la chambre, ils avaient confectionné une table pour deux et un petit banc.

Andrés tint à nous emmener dans notre nouveau logis. Il était fier du travail de son équipe. J'avais du mal à cacher mon désarroi. La porte serait fermée avec un gros cadenas le soir : je voyais difficilement comment réussir à nous évader. Je tentai ma chance :

— Il faudrait une fenêtre, la chambre est bien petite et sombre, nous allons étouffer !

Il me lança un regard plein de méfiance et je n'insistai pas. Pourtant, le lendemain, une équipe fut envoyée pour pratiquer une ouverture à la tronçonneuse. Je soufflai : cette fenêtre augmentait nos chances de pouvoir nous enfuir.

Notre vie changea. Paradoxalement, cet espace avait beau nous avoir apporté un peu de confort, les tensions entre Clara et moi devinrent insupportables. J'avais établi une routine qui me permettait d'être active tout en évitant au maximum d'interférer avec elle. Ses réactions n'étaient pas normales. Si je balayais, elle me poursuivait pour m'arracher le balai des mains. Si je m'asseyais à table, elle voulait prendre ma place. Si je marchais de long en large pour faire de l'exercice, elle me barrait le passage. Si je fermais la porte pour me reposer, elle exigeait que je sorte. Si je refusais, elle me sautait dessus comme un chat montrant ses griffes. Je ne savais plus quoi faire. Un matin, en découvrant une ruche dans un coin de la cuisine, elle se mit à hurler et, avec le balai, envoya par terre tout ce qui reposait sur les étagères le long du mur. Après cela, elle partit en courant vers la jungle. Les gardes la ramenèrent en la poussant avec leurs fusils.

Lorsque Ferney était venu pour s'occuper de notre radio, il nous avait apporté un balai tout neuf qu'il avait fabriqué pour nous.

— Gardez-le, il vaut mieux ne pas demander que l'on vous prête des choses. Cela agace les gens.

Il avait aussi pris le temps de m'expliquer quelles étaient les émissions que l'on pouvait capter, et les heures de transmission. Avant 6 heures et demie du matin, il n'y avait rien. Par contre, le soir, nous serions gâtées avec toutes les stations du pays. Il oublia pourtant de nous avertir de l'essentiel : nous n'avions aucune idée à cette époque de l'existence d'un programme spécial pour les otages, où les familles pouvaient envoyer des messages.

La tension monta un matin à l'aube, quand je fus dérangée par un grésillement abominable. Clara était assise contre le mur, la radio entre les jambes, tournant les boutons dans tous les sens, inconsciente du bruit qu'elle produisait. Le cadenas de notre porte n'était ouvert qu'à 6 heures. Je m'assis en silence à attendre, sentant mon humeur noire monter. Je lui expliquai le plus calmement possible, dans l'espoir qu'elle éteigne le poste, qu'il n'y aurait pas de réception avant 6 h 30 du matin. Mais elle se moquait complètement de la gêne qu'elle occasionnait, continuant de faire crachoter l'appareil. Je me levais, me rasseyais, tournais en rond entre le lit et la porte, manifestant mon énervement. Peu avant l'ouverture du cadenas, elle accepta de faire taire la « brique ».

Le lendemain, la scène se reproduisit à l'identique, sauf qu'elle refusa d'éteindre le poste. Je la regardais, concentrée sur le raclement de l'appareil, et pensais : « Elle est devenue folle. »

Un matin, alors que j'étais déjà dehors et me lavais les dents dans un seau d'eau que la guérilla déposait plein à l'extrémité de la maison, j'entendis un fracas à l'intérieur de la chambre. J'y courus, anxieuse, et trouvai Clara, les bras ballants, la radio cassée à ses pieds. Elle regardait l'appareil fixement.

— Tant pis, on verra si quelqu'un peut le remettre en état, dis-je en essayant de ne pas lui en vouloir.

## 12

## *Ferney*

À 6 heures du soir, alors qu'il faisait encore jour, le garde venait mettre le cadenas à la porte. Puis il passait derrière la maison pour fermer l'unique fenêtre, elle aussi avec un gros cadenas. Il revenait enfin sur le devant prendre son poste de garde pour la nuit. Je suivais ses mouvements avec un intérêt extrême, essayant de trouver la faille qui nous permettrait de nous échapper.

Il fallait programmer l'opération en deux temps. Avant 6 heures du soir, Clara devait sortir par la fenêtre, sauter et courir se réfugier dans les arbustes derrière la baraque en emportant le sac contenant ce dont nous aurions besoin. Le garde viendrait à 6 heures pile fermer la porte. Il me verrait ainsi qu'un leurre à mes côtés, destiné à faire croire que ma compagne dormait déjà, et fermerait le premier cadenas. Pendant qu'il ferait le tour de la maison, j'aurais juste le temps de sortir par la fenêtre et de monter d'un bond sur le toit pour m'y cacher. Il mettrait le second cadenas, et repartirait à son poste à l'avant, me laissant le terrain libre pour rejoindre Clara. Il faudrait ensuite prendre vers la droite pour nous éloigner du campement, puis tourner à angle droit vers la gauche, ce qui nous mènerait à la rivière où nous devions nager et nous laisser emporter par le courant le plus loin possible. Nous envisagions de nous cacher pendant la journée car ils seraient à nos trousses, ratissant tous les parages. Mais après deux nuits de navigation, ignorant de quel côté nous étions parties, ils seraient dans l'incapacité de nous retrouver. Nous devrions alors chercher une habitation paysanne et courir le risque de demander de l'aide.

J'appréhendais la nage dans les eaux noires de cette jungle en pleine nuit, ayant vu les yeux luisants des caïmans camouflés près des berges à l'affût de leur proie. Il faudrait une corde pour s'attacher, de façon que le courant ne nous sépare pas et qu'on ne se perde pas dans l'obscurité. Si l'une de nous était attaquée par un caïman, l'autre la sauverait, grâce à la machette. Et, pour que celle-ci ne gêne pas notre nage, il fallait confectionner un étui qui nous permettrait de la porter à la ceinture. Le sac devrait être porté sur le dos, et l'on se relaierait, son contenu étant méticuleusement enroulé dans des sacs plastiques et fermé hermétiquement avec des élastiques. Notre résistance dans l'eau était un vrai problème. Nager pendant des heures n'était envisageable qu'avec des bouées.

Je résolus ce problème en utilisant une glacière en polystyrène dans laquelle l'infirmière avait reçu des médicaments. Je demandai à garder la glacière, Patricia rit, trouvant ma demande curieuse, et me la tendit comme on donne à un enfant un bouton cassé pour qu'il s'amuse. Je revins fière de mon acquisition et, dans la chambre, porte close, Clara et moi nous sciâmes la glacière à la machette, en parlant bien fort et en riant pour couvrir l'horrible crissement que la lame produisait sur le polystyrène.

Les bouées que nous étions en train de confectionner avec des pans entiers de la glacière devaient être assez grandes pour supporter l'appui du torse, et suffisamment petites pour entrer dans le sac à dos.

Le reste des préparatifs présentait moins de difficultés. Un soir, je découvris, juste avant qu'ils ne nous enferment pour la nuit, un immense scorpion, une femelle avec toute sa progéniture accrochée à l'abdomen, de plus de vingt centimètres de long sur la traverse de la porte. Le garde le tua d'un coup de machette et le mit dans un bocal avec du formol. On pouvait, selon lui, en tirer un antidote miraculeux. J'insistai alors sur le danger de ne pas avoir d'éclairage à l'intérieur de la chambre, impressionnée à l'idée que la bête ait pu m'atterrir sur la nuque quand j'aurais fermé la porte. Andrés nous envoya la lampe de poche dont je rêvais pour notre fuite.

Cependant, bien qu'étant déjà prêtes à partir, notre projet fut retardé. Nous eûmes une semaine de températures juste au-dessus de zéro, notamment au lever du soleil. « Ce sont les gelées du Brésil », me dit le garde sur le ton du connaisseur. Je me félicitai de ne pas m'être encore enfuie. Ensuite cela fut mon rhume qui nous retarda. Sans médicaments, la fièvre et la toux se prolongèrent. Mais, plus que tout, c'était le comportement cyclothymique de Clara qui faisait obstacle à notre fuite. Un jour, elle m'expliqua qu'elle n'allait pas s'évader car elle avait envie d'avoir des enfants et que l'effort de l'évasion pouvait perturber sa capacité à concevoir.

Un autre après-midi, cherchant à me réfugier dans la chambre, j'avais écouté une conversation surprenante. Ma compagne racontait à la fille qui montait la garde un épisode de ma vie que je lui avais révélé, avec les mêmes mots que j'avais utilisés pour le lui dépeindre. Je reconnaissais avec exactitude mes expressions, les pauses que j'avais dû faire, l'intonation de la voix. Tout y était. Ce qui était troublant, c'est que Clara s'était substituée à moi dans sa narration. « Cela ne peut qu'empirer », me dis-je.

Il fallait que l'on parle :

— Tu sais, ils peuvent nous changer de campement à n'importe quel moment, dis-je un soir avant qu'elle ne s'endorme. Ici, on connaît déjà leur routine, on sait comment ils opèrent. Et puis, avec cette maison, ils ont relâché leur surveillance, c'est un bon moment. Ce sera dur, bien sûr, mais c'est encore possible. Il y a des habitants à deux ou trois jours de nage, ce n'est pas encore le bout du monde.

Pour la première fois depuis des semaines, je retrouvai la personne que j'avais connue. Ses réflexions étaient centrées et ses questions constructives. Je ressentis un véritable soulagement à pouvoir partager mes réflexions avec elle. Nous fixâmes notre date de départ à la semaine suivante.

Le jour convenu, nous lavâmes nos serviettes de bain et les tendîmes sur les cordes de façon à bloquer la vue du garde. J'avais vérifié que, de l'endroit où il nous surveillait, il ne pourrait pas voir nos pieds sous la maison, entre les pilotis, au moment où nous sauterions par-derrière. Nous accomplîmes notre routine avec exactitude, comme tous les jours. Mais nous mangeâmes peut-être plus que d'habitude, ce qui fit lever les sourcils de notre réceptionniste. C'était un bel après-midi ensoleillé. Nous attendîmes jusqu'au dernier moment.

Clara enjamba la fenêtre comme prévu. Et resta coincée, une partie du corps à l'extérieur, l'autre dedans. Je la poussai de toutes mes forces. Elle atterrit en déséquilibre, mais se reprit rapidement. Je lui lançai le sac par la fenêtre et, au moment où elle partait en courant dans les arbustes, j'entendis une voix qui m'appelait. C'était Ferney, il arrivait du côté des *chontos*. L'avait-il vue ?

— Qu'est-ce que vous faites là ?

— J'essaie de voir les premières étoiles, répondis-je comme Juliette sur son balcon.

Je regardais vers le ciel dans l'espoir qu'il s'en aille. La pénombre tombait rapidement. Le garde allait fermer la porte avec le cadenas. Il fallait couper court à la conversation. Je m'aventurai à jeter un coup d'œil du côté de Clara. Elle était invisible. Ferney continua.

— Je sais que vous êtes très triste à cause de votre papa. J'aurais voulu vous le dire avant, mais je n'ai pas trouvé le moment adéquat.

Je me sentais jouer un rôle dans une mauvaise pièce de théâtre. Si quelqu'un avait observé la scène, il l'aurait trouvée cocasse. J'étais adossée à ma fenêtre, le nez dans les étoiles, essayant de duper un guérillero pour réussir à m'enfuir, et ledit guérillero à mes pieds, ou en tout cas sous ma fenêtre, dans l'attitude de quelqu'un qui s'apprête à offrir une sérénade. J'implorai la Providence pour qu'elle vienne à mon secours.

Ferney prit mon silence et mon anxiété pour de l'émotion.

— Je suis désolé, je ne devrais pas vous faire penser à des choses tristes. Mais ayez confiance, un jour vous sortirez d'ici et vous serez bien plus heureuse qu'avant. Vous savez, je ne le dis jamais parce que nous sommes communistes, mais je prie pour vous.

Il me dit bonsoir et s'éloigna. Je me tournai dans la

seconde, le garde était déjà là, inspectant la chambre. Je n'avais pas eu le temps de faire un leurre convenable.

— Où est l'autre prisonnière ?

— Je ne sais pas, aux *chontos* probablement.

Notre tentative était un lamentable échec. Je priai pour que Clara comprenne et qu'elle revienne au plus vite. Mais que ferait-elle si on la trouvait avec le sac ? Et, dans le sac, la machette, les cordes, la lampe de poche, la nourriture ! J'avais des sueurs froides.

Je me décidai à partir aux *chontos* moi-même, sans demander l'autorisation du garde, dans l'espoir d'attirer son attention sur moi pour qu'elle puisse rentrer dans la chambre.

Le garde me poursuivit en hurlant et me frappa avec la crosse de son fusil pour m'obliger à rebrousser chemin. Clara était déjà à l'intérieur de la chambre. Le garde l'interpella grossièrement et nous enferma.

— Tu as le sac ?

— Non, j'ai dû le laisser caché contre un arbre…

— Où ?

— Près des *chontos*.

— Bon Dieu ! Il faudra que l'on réfléchisse… Comment le récupérer avant qu'ils ne le découvrent ?

Je ne fermai pas l'œil de la nuit. L'aube pointait, j'entendis des voix et des cris du côté des *chontos*, des pas de course autour de la baraque. J'eus l'impression que je me dégonflais de l'angoisse qui m'avait dévorée la nuit durant. Je retrouvai dans l'instant une paix et une sérénité absolues. Ils allaient nous sanctionner. Bien sûr. Cela ne faisait rien. Ils allaient être méchants, humiliants, peut-être même violents. Cela ne m'impressionnait plus. Je me disais tout simplement que cela repousserait à plus tard notre évasion, car je savais au plus profond de moi que je n'abandonnerais jamais.

La porte s'ouvrit avant 6 heures du matin. Andrés était là, entouré d'une grande partie de la troupe. Sur un ton impérieux, il lança :

— Fouillez tout de fond en comble.

Les filles investirent les lieux et passèrent au peigne fin la totalité de nos maigres biens. Elles avaient trouvé notre sac et l'avaient vidé. J'étais blindée. Une fois le ratissage fini, ayant pris soin de nous déposséder, la troupe se dispersa. Il ne resta plus qu'Andrés.

— Allez-y, dit-il à quelqu'un que je n'avais pas vu derrière moi.

Je me retournai.

C'était Ferney, avec un gros marteau et une boîte énorme pleine de vieux clous rouillés. Il entra dans la chambre et commença à enfoncer frénétiquement des clous, tous les dix centimètres, sur toutes les planches. Au bout de deux heures, il n'avait pas encore couvert la totalité de la pièce. Depuis le début, il s'était enfermé dans un mutisme absolu et avait entrepris de remplir sa tâche avec un zèle maladif, comme s'il avait voulu me clouer aux planches. Ensuite il monta sur le toit et poursuivit sa besogne à califourchon sur une poutre, clouant avec colère, même là où cela était visiblement inutile, jusqu'à l'épuisement total de son stock de clous.

J'occupai ma journée à le regarder. Je savais parfaitement ce qu'il pouvait ressentir. Il avait retrouvé sa machette et il se sentait berné. Il se souvenait de la conversation que nous avions eue à la fenêtre. Au début, j'étais embarrassée, me sentant terriblement mal de l'avoir abusé. Mais, au bout de quelques heures, je le trouvais grotesque, lui, son marteau et ses clous, son obsession, et cette chambre qu'il transformait en bunker avec fureur.

Il passa devant moi, l'air furibond.

— Vous êtes ridicule ! ne pus-je me retenir de lui balancer.

Il fit volte-face, tapa avec les deux mains sur la table avec l'air de vouloir me sauter dessus :

— Répétez ce que vous venez de dire.

— Je dis que je vous trouve ridicule.

— Vous me piquez ma machette, vous vous moquez de moi, vous essayez de vous évader, et *je* suis ridicule !

— Oui, vous êtes ridicule ! Vous n'avez pas à être furieux contre moi.

— Je suis furieux contre vous car vous m'avez trahi.

— Je ne vous ai pas trahi. Vous m'avez enlevée, vous me retenez prisonnière, mon droit est de m'évader.

— Oui, mais moi je vous avais offert mon amitié, je vous avais fait confiance, répondit-il.

— Et le jour où votre chef vous dira de me loger une balle dans la tête, est-ce que j'aurai toujours votre amitié ?

Il ne me répondit pas. Il me regarda avec une grande douleur. Il fit une pause, se redressa lentement, et s'éloigna.

Je ne le vis plus. Un soir, des semaines après, alors qu'il venait à nouveau remplir son tour de garde et qu'il devait nous enfermer au cadenas, il sortit de sa veste une poignée de bougies et me les tendit.

Il referma la porte rapidement sans me donner le temps de le remercier. Ces bougies interdites furent sa réponse. Je restai debout, la gorge serrée.

## 13

## *Apprentie tisserande*

Dans l'ennui qui était le mien, je lisais et je tissais. On m'avait donné une grosse Bible avec des cartes et des illustrations à la fin. Aurais-je pu découvrir les richesses de ce texte autrement que poussée par le désœuvrement et la lassitude ? Je crains que non. Le monde dans lequel j'avais vécu ne laissait pas de place à la méditation ni au silence. Or, c'est dans l'absence de distractions que le cerveau rebrasse les mots et les pensées, comme lorsqu'on pétrit une pâte pour en faire quelque chose de nouveau. Je relisais alors les passages et découvrais pourquoi ils s'étaient accrochés à moi. C'était comme des fentes, des passages secrets, des ponts pour d'autres réflexions et une interprétation toute différente du texte. Alors la Bible devenait un monde passionnant de codes, d'insinuations, de sous-entendus.

C'est peut-être aussi pour cela que je m'adonnais sans difficulté à l'exercice du tissage. L'activité mécanique des mains laissait l'esprit libre d'entrer en méditation : je pouvais réfléchir à ce que j'avais lu pendant que mes mains s'occupaient.

Cela commença un jour que je revenais de parler avec le commandant.

Ferney était assis sur sa paillasse. Beto, le garçon qui partageait avec lui la tente, était debout devant un des pieux qui la soutenaient, occupé à tisser une ceinture avec des fils de nylon. Je les avais souvent vus faire. C'était fascinant. Ils avaient acquis une telle dextérité et leurs mains bougeaient si vite qu'ils ressemblaient à des machines. À chaque nœud, une nouvelle forme apparaissait. Ils pouvaient confectionner des ceintures avec leur propre nom en relief. Ils allaient les teindre ensuite à la *rancha* en les faisant bouillir dans de gros chaudrons aux eaux fluorescentes.

Je m'arrêtai un instant pour admirer son travail. Les lettres de Beto étaient plus jolies que celles que j'avais vu réaliser par les autres.

— C'est le meilleur de nous tous ! lança Ferney sans complexes. Le temps qu'il me faut, moi, pour en faire une, Beto en fait trois !

— Ah bon !

J'avais du mal à penser qu'aller vite était un avantage pour des gens qui, comme nous, avaient tellement de temps à perdre. Ce soir-là, dans mes élucubrations nocturnes, je me mis à penser que j'aurais aimé apprendre à tisser des ceintures comme lui. L'idée m'animait. Mais comment m'y prendre ? Demander la permission à Andrés ? Demander à un des gardes ? J'avais appris que, dans la jungle, on ne gagne rien à obéir à sa première impulsion. Le monde qui me retenait prisonnière était celui de l'arbitraire. C'était l'empire du caprice.

Il y eut un jour un orage terrible. Il avait plu des trombes d'eau du matin jusqu'au soir. Je m'étais assise par terre pour regarder le spectacle de cette nature déchaînée. Des rideaux de pluie faisaient écran, on ne voyait plus que les *caletas* les plus proches, le reste du campement semblait avoir disparu. Les gardes se tenaient immobiles à leur poste, couverts de leur plastique noir de la tête aux pieds comme des âmes en peine. Ils paraissaient flotter sur un lac, car le sol, n'arrivant pas à absorber toute la pluie, était recouvert de plusieurs centimètres d'eau marron. Qui s'aventurait à marcher dehors revenait couvert de boue. Le campement s'immobilisait. Seul Beto continuait à tisser sa ceinture, devant son pieu, inconscient de la tempête. Je ne pouvais pas le quitter des yeux.

Le lendemain, Beto et Ferney vinrent ensemble. Ils arboraient un grand sourire.

— On a pensé que cela vous ferait plaisir d'apprendre à tisser. On a demandé la permission et Andrés est d'accord. Ferney va vous donner du fil en nylon et moi je vais vous montrer comment on fait.

Beto passa plusieurs jours avec moi. Il m'apprit d'abord à préparer la trame et à la tendre à l'aide d'un petit crochet qu'ils appelaient *garabato*. Ferney m'en confectionna un joli et je me sentis équipée comme une professionnelle. Beto passait le soir et révisait mon ouvrage de la journée : « il faut tendre davantage les fils avec le *garabato* », « il faut faire des nœuds plus serrés », « il faut tirer deux fois dessus sinon ils coulent ». Je mettais toute mon énergie à bien apprendre, à me corriger, à suivre ses instructions avec précision. J'avais dû m'enrober les doigts de morceaux de tissu, car, à force de tirer dessus, le fil de nylon m'ouvrait la chair. Mais cela ne comptait pas : devant mon ouvrage, je ne sentais plus le poids du temps. Les heures passaient vite. « Comme chez les moines », pensai-je, qui, dans les exercices de contemplation, se consacrent à élaborer des objets précieux. Je sentais que la lecture de la

Bible et les méditations qui surgissaient de mes heures de tissage me rendaient meilleure, plus apaisée, moins susceptible.

Un jour, Beto vint me dire que j'étais prête pour faire une vraie ceinture. Ferney se pointa avec une bobine entière de fil. Nous coupâmes des fils de dix « brassées » pour faire une ceinture de cinq « quarts ». C'étaient les mesures de la jungle. Deux « brassées » étaient nécessaires pour obtenir un « quart » de ceinture tissée. Une brassée était la longueur comprise entre une main et l'autre épaule, le « quart » la distance entre le pouce et le petit doigt lorsque la main était bien ouverte.

Je souhaitais tisser une ceinture gravée du nom de Mélanie, mais avec des cœurs à chaque extrémité, ce que personne ne savait faire — je m'étais renseignée. J'improvisai donc, et je réussis, ce qui déclencha une petite mode dans le campement, toutes les filles voulant avoir des cœurs, elles aussi, sur leurs ceintures.

La possibilité d'être active, de créer, d'inventer, me donna un répit. Il ne restait plus que deux semaines avant l'anniversaire de Mélanie. Je décidai que la ceinture serait prête à temps, même s'il fallait que j'y passe mes journées entières. L'exercice me mit dans un état second. J'avais l'impression d'être en communication avec ma fille, donc en contact avec le meilleur de moi-même.

Un après-midi, Beto revint me voir. Il voulait me montrer une autre ceinture de couleurs différentes qu'il avait réalisée avec une nouvelle technique. Il me promit qu'il me l'apprendrait aussi. Puis, dans la conversation, sans trop savoir pourquoi, il lança :

— Il faut que vous soyez prête à courir quand on vous le dira. Les *chulos* sont tout près. S'ils débarquent, ils vous tueront. Ce qu'ils veulent, c'est dire que la guérilla l'a fait, et comme cela ils n'auront pas à négocier votre libération. Si moi je suis là, je pars en courant. Je ne vais pas me faire tuer pour vous. Personne ne le fera.

J'eus une sensation étrange en l'entendant parler. J'eus pitié de lui, comme si, par l'aveu qu'il venait de me faire, il se condamnait à ne pas recevoir l'aide d'autrui lorsqu'il en aurait besoin.

Il quitta le campement le lendemain et partit « en mission », ce qui voulait dire qu'il serait probablement chargé de s'occuper de notre approvisionnement pour les mois à venir. Un soir, alors que les gardes parlaient entre eux, convaincus que nous dormions profondément, j'appris qu'il s'était fait tuer par l'armée colombienne dans une embuscade, celle-là même où El Mocho Cesar avait perdu la vie. Ce fut pour moi un choc terrible. Non seulement parce que me revenaient en écho ses dernières paroles et, avec elles, sa farouche envie de vivre, mais surtout parce que je ne comprenais pas comment ses compagnons pouvaient évoquer sa mort sans l'ombre d'un chagrin, comme s'ils parlaient de la dernière ceinture qu'il était en train de finir.

Je ne parvenais pas à écarter de mes pensées ce clin d'œil macabre du destin, cette correspondance fatidique, réalisant que, d'une certaine manière, il s'était bien fait tuer « pour moi », à cause de cet enchaînement précis d'événements qui avaient fait que nous nous étions retrouvés, malgré nous-mêmes : il était mon gardien, moi sa prisonnière. En finissant la ceinture qu'il m'avait aidée à commencer, perdue dans mes méditations, je le remerciai dans le silence de mes pensées pour le temps qu'il avait passé à parler avec moi, plus que pour l'art qu'il m'avait transmis, car je découvrais que ce que les autres ont de plus précieux à nous offrir, c'est le temps, auquel la mort donne sa valeur.

## 14

## *Les dix-sept ans de Mélanie*

Les jours se ressemblaient et traînaient en longueur. J'avais du mal à me rappeler des choses que j'avais accomplies la veille. Tout ce que je vivais tombait dans une grande nébuleuse et je ne mémorisais que les changements de campements parce qu'ils m'étaient pénibles. Cela faisait presque sept mois que j'avais été kidnappée et j'en ressentais les conséquences. Le centre de mes préoccupations avait dérapé : le futur ne m'intéressait plus, le monde extérieur non plus. Ils m'étaient tout simplement inaccessibles. Je vivais le présent dans l'éternité de la douleur, sans l'espoir d'une fin.

Pourtant l'anniversaire de ma fille me tomba dessus, comme si le temps s'était accéléré, capricieusement, rien que pour me perturber. Cela faisait deux semaines que je travaillais à tisser sa ceinture. J'en étais fière, les guérilleros défilaient devant la baraque pour venir inspecter mon ouvrage :

— La vieille a appris ! disaient-ils avec une pointe de surprise en guise de compliment.

Ils m'appelaient *cucha,* « la vieille », ce qui dans leur argot à eux n'avait aucune connotation péjorative. Ils employaient le même terme pour parler à leur commandant, sur un ton qui se voulait familier et respectueux à la fois. Cependant, j'avais du mal à m'y faire. Je me sentais poussée irrémédiablement au placard des reliques. Mais voilà, ma fille allait avoir dix-sept ans. J'avais l'âge d'être leur mère à tous.

Je tissais comme cela, perdue dans dix mille réflexions qui s'enfilaient les unes aux autres comme les nœuds que j'ajoutais patiemment à mon ouvrage. Pour la première fois depuis ma capture, je me sentais pressée. Cette découverte m'émerveilla. La veille du jour de l'anniversaire de Mélanie, à 6 heures du soir, juste avant qu'ils ne nous enferment, je finis le dernier nœud de sa ceinture. J'étais fière.

Il fallait que ce soit un jour de joie. Je me disais que c'était la seule façon de lui faire honneur, elle qui était venue répandre de la lumière dans ma vie, même au fin fond de ce trou vert. Toute la nuit, j'avais refait sa vie dans ma tête. J'avais revécu en pensée le jour de sa naissance, ses premiers pas, la peur bleue que lui inspirait une poupée mécanique qui marchait mieux qu'elle. Je la revoyais, le premier jour d'école, avec ses couettes et ses bottines blanches de bébé, et de fil en aiguille je la voyais grandir, la suivant dans son parcours jusqu'à la dernière fois où je l'avais serrée dans mes bras. J'avais pleuré, mais des larmes d'une tout autre nature qu'habituellement. Je pleurais du bonheur d'avoir été là et d'avoir accumulé tant d'instants magiques dans lesquels je trouvais à présent de quoi étancher ma soif de bonheur. C'était certes un bonheur triste, car l'absence physique de mes enfants m'était terriblement douloureuse, mais c'était le seul auquel je pouvais prétendre.

Je m'étais levée bien avant qu'ils n'ouvrent la porte. J'avais attendu assise sur le rebord du lit, en chantant dans ma tête un joyeux anniversaire, dont les vibrations étaient censées parvenir à ma fille, dans un parcours que je faisais mentalement de cette maison de bois, par-dessus les arbres et la jungle, au-delà de la mer des Caraïbes jusque dans sa chambre, sur l'île de Saint-Domingue où je l'imaginais dormir comme je l'avais laissée. Je me voyais la réveillant d'un baiser sur sa joue fraîche, et croyais fermement qu'elle devait me sentir.

J'avais demandé la veille la permission de faire un gâteau et Andrés avait dit oui. Jessica vint m'aider et nous préparâmes une pâte avec de la farine, du lait en poudre (ce qui était une concession surprenante), du sucre et du chocolat noir que nous fîmes fondre dans une casserole à part. Sans four, nous décidâmes de le frire. Jessica s'était chargée du glaçage : elle mélangea un sachet de poudre utilisé pour préparer des boissons au parfum de fraise avec du lait en poudre dilué dans un tout petit peu d'eau. La pâte épaisse qu'elle obtint transforma le gâteau noir en un disque rose bonbon sur lequel elle écrivit une légende pleine d'arabesques rose bonbon, ainsi libellée : « De la part des FARC-EP ».

Andrés avait autorisé qu'on prenne son lecteur de cassettes et Jessica revint dans la maison avec l'appareil, le gâteau et El Mico, à la barbe duquel nous nous étions échappées. Il était là pour nous faire danser, car Jessica était bien décidée à profiter de l'occasion. De mon côté, je m'étais moi aussi préparée. J'avais mis le jean que je portais lors de mon enlèvement et que Mélanie m'avait offert pour Noël, et la ceinture que j'avais fabriquée pour elle, car j'avais beaucoup maigri et mon pantalon tombait.

Pour quelques heures, ces jeunes se transformèrent comme par enchantement. Ce n'étaient plus ni des gardes, ni des terroristes, ni des tueurs.

C'étaient des jeunes, de l'âge de ma fille, qui s'amusaient. Ils dansaient divinement, comme s'ils n'avaient fait que cela leur vie durant. Ils étaient parfaitement synchronisés l'un avec l'autre, transformant cette baraque en salle de bal, tournant sur eux-mêmes avec coquetterie et élégance. Le spectacle était saisissant. Jessica, avec ses longs cheveux noirs et bouclés, se savait belle et observée. Elle jouait des hanches et des épaules, juste le nécessaire pour mettre en valeur l'harmonie de ses formes. El Mico, pourtant assez laid, semblait métamorphosé. Le monde lui appartenait. J'aurais tellement aimé que mes enfants soient là ! C'était bien la première fois qu'une telle pensée me venait. J'aurais voulu qu'ils connaissent ces jeunes, qu'ils découvrent leur mode de vie étrange, si différent, et pourtant si proche car tous les adolescents du monde se ressemblent. Ces jeunes, je les avais connus cruels, despotiques, humiliants. Je ne pouvais que me demander en les regardant danser si mes enfants, dans les mêmes conditions qu'eux, auraient pu agir de la même façon.

Je pris conscience, ce jour-là, que nous ne sommes pas si différents les uns des autres. Je repensai à l'époque où j'étais au Congrès. J'avais souvent montré du doigt ceux que je dénonçais, quand je luttais contre la corruption dans mon pays. Je me demandais maintenant si cela avait été juste. Je ne mettais pas en doute la véracité de mes accusations, mais le fait qu'elles ne tenaient pas compte de la complexité de la condition humaine. Grâce à cela, la compassion m'apparut sous un jour nouveau, et comme une des valeurs essentielles sur laquelle régler ma vie présente. « La compassion est la clef du pardon », pensais-je, soucieuse de m'interdire toute velléité de vengeance. Le jour de l'anniversaire de

Mélanie, je compris que je ne voulais pas perdre l'occasion, lorsqu'elle se présenterait, de tendre la main à mon ennemi.

Après cette journée, ma relation avec Jessica changea. Elle vint me demander si je pouvais lui donner des cours d'anglais. Cette démarche me surprit : de quelle utilité serait l'anglais à une petite guérillera perdue en pleine jungle.

Jessica arriva le premier jour avec un beau cahier tout neuf, un stylo et un crayon noir avec sa gomme. Être la petite amie du commandant offrait des avantages. Mais il était vrai aussi que, dès le premier moment, elle montra toutes les caractéristiques d'une bonne élève : une écriture soignée, une organisation mentale et spatiale méthodique, une grande concentration, une très bonne mémoire. Son bonheur d'apprendre m'incitait à mieux préparer mes leçons. Je me surprenais à attendre sa visite avec plaisir. Au fil du temps, nous mélangeâmes les leçons d'anglais avec des petites conversations plus intimes. Elle me racontait en frissonnant la mort de son père — lui-même un guérillero — et son propre recrutement. Elle me décrivait sa relation avec Andrés. De temps à autre, elle montait la voix et me parlait du communisme, du bonheur d'avoir pris les armes pour défendre le peuple, du fait que les femmes n'étaient pas discriminées à l'intérieur des FARC et que le machisme y était formellement interdit. Elle baissait la voix pour me parler de ses rêves, de ses ambitions, de ses problèmes de couple. Je comprenais qu'elle était inquiète que les gardes nous écoutent.

— Il faut faire attention car ils peuvent mal comprendre et me demander des explications dans l'*aula*.

J'appris alors que les problèmes se discutaient en public. Ils étaient tous sous surveillance et étaient tenus d'informer le commandant devant le moindre comportement suspect d'un compagnon. La délation faisait partie intrinsèque de leur système de vie. Ils la subissaient et la pratiquaient tous, indistinctement.

Elle arriva un jour avec les paroles en espagnol d'une chanson qu'elle adorait. Elle voulait que je les lui traduise en anglais pour les chanter elle-même « comme une Américaine ». Elle travaillait dur pour perfectionner son accent.

— Tu es tellement douée que tu devrais demander à Joaquín Gómez que les FARC t'envoient te préparer à l'étranger. Je sais que nombreux sont ceux, parmi les fils des membres du « Secretariado », qui sont envoyés dans les meilleures universités en Europe et ailleurs. Ça peut les intéresser d'avoir quelqu'un comme toi qui parle un bon anglais…

Je vis ses yeux s'illuminer un instant. Puis elle se reprit et dit en élevant la voix :

— Nous sommes ici pour donner notre vie à la révolution, pas pour faire des études bourgeoises.

Elle ne revint plus au cours d'anglais. Cela me fit de la peine. Un matin qu'elle était de garde, je l'abordai afin de lui demander pourquoi elle avait laissé tomber l'anglais alors qu'elle apprenait si bien.

Elle jeta un coup d'œil à la ronde et me dit à voix basse :

— J'ai eu une dispute avec Andrés. Il m'a interdit de poursuivre les cours d'anglais. Il a brûlé mon cahier.

## 15

## À *fleur de peau*

Un matin, presque à l'aube, Ferney vint nous voir.

— Emballez toutes vos affaires. On part. Vous devez être prêtes dans vingt minutes.

Je sentis que mon ventre se liquéfiait. Le campement était déjà à moitié démantelé. Toutes les tentes avaient été ramassées et les premiers guérilleros partaient avec leur sac à dos, en file indienne, en direction de la rivière. Ils nous firent attendre.

À midi pile, Ferney réapparut, il prit nos affaires et nous donna l'ordre de le suivre. Traverser le champ de coca fut comme traverser un four tellement le soleil tapait fort. On passa devant le citronnier. J'en profitai pour ramasser quelques citrons et m'en remplir les poches. C'était un luxe que je ne pouvais me refuser. Ferney me regarda faire avec impatience, puis se décida lui aussi à en prendre, tout en me sommant de continuer à marcher. On entra à nouveau dans la *manigua*[1]. La température changea instantanément. De la chaleur étouffante du champ de coca, nous passâmes à la fraîcheur humide du sous-bois. Ça sentait le pourri. Je détestais ce monde

1. *Manigua* : le sous-bois.

perpétuellement en état de décomposition, et son grouillement d'insectes cauchemardesques. C'était une tombe qui n'attendait qu'une légère inadvertance de notre part pour nous happer. L'eau n'était qu'à une vingtaine de mètres, nous étions sur la berge de la rivière. C'était donc un déplacement en canot qui nous attendait. Mais on ne voyait aucune embarcation.

Le garde se jeta par terre, enleva ses bottes et fit mine de s'installer pour longtemps. Je regardai autour de moi dans l'espoir de trouver un endroit propice où me poser. Je tournai sur moi-même avec indécision, comme un chien cherchant à s'asseoir. Ferney réagit en riant :

— Attendez !

Il sortit sa machette et ratissa à la volée un carré de terrain autour d'un arbre mort, puis coupa d'immenses feuilles d'un bananier sauvage qu'il disposa soigneusement sur le tronc.

— Asseyez-vous, *doctora* ! dit-il d'un ton goguenard.

On nous fit attendre toute la journée, assises sur notre siège improvisé. Au travers du dense feuillage qui recouvrait la berge, un ciel d'un bleu à chaque instant plus profond me remplissait l'âme de regrets : « Seigneur, pourquoi ? Pourquoi ? »

Un bruit de moteur nous fit sortir de notre torpeur. Tout le monde se releva. À part le pilote, qui n'était autre que Lorenzo, je vis qu'Andrés et Jessica étaient déjà à l'intérieur de la barque. Je réussis à me décontracter quand je constatai que nous remontions le courant. Nous débouchâmes sur une rivière deux fois plus grande que la précédente. Dans la pénombre du crépuscule brillaient çà et là les petites lumières d'un nombre croissant d'habitations. Je faisais de mon mieux pour ne pas céder à l'effet hypnotique des vibrations du moteur. Les autres ronflaient autour de moi dans des positions de torture pour éviter le vent qui nous fouettait en plein visage.

Nous débarquâmes devant une maisonnette deux jours plus tard. Des chevaux nous attendaient, et, menées à la bride, nous traversâmes une immense ferme avec des enclos remplis de bétail bien nourri. De nouveau, je priai : « Mon Dieu, faites que ce soit le chemin de la liberté ! » Mais nous quittâmes la ferme et suivîmes une petite route en terre battue, très bien entretenue que venaient border des clôtures fraîchement peintes. Nous étions de retour à la civilisation. Une sensation de légèreté m'envahit. Cela ne pouvait être que de bon augure. Puis, au croisement d'un chemin, ils nous firent descendre de cheval, nous rendirent nos affaires pour que nous les portions, et nous donnèrent l'ordre de marcher. Je levai les yeux et vis une colonne de guérilleros qui nous précédait et qui s'enfonçait à nouveau dans la forêt en escaladant une pente abrupte. Je me demandai comment j'allais réussir à les imiter. Avec un fusil pointé dans mon dos, j'y arrivai, un pied devant l'autre, comme une mule. Andrés avait choisi d'établir le nouveau campement au sommet.

L'approvisionnement en ce nouvel endroit semblait plus facile à organiser. Il y eut un arrivage de shampoing et de produits de soins que je n'avais cessé de solliciter depuis des mois. Pourtant, lorsque je vis la boîte avec tous ces petits flacons de supermarché, je compris que ma libération n'était pas au programme. Ils anticipaient que je serais encore là à Noël. Suivit un arrivage de sous-vêtements. Il devait y avoir un commerce pas trop loin. Cette route que nous avions prise devait bien mener quelque part.

Peut-être même y avait-il un poste de police dans les environs, voire un détachement militaire ?

Je décidai de m'installer dans une routine quotidienne afin d'endormir leurs soupçons. Nous vivions dans une *caleta* qu'ils nous avaient confectionnée sous un immense plastique noir. Nous avions eu aussi droit à une petite table avec deux chaises en vis-à-vis, et un lit juste assez grand pour notre unique matelas et notre moustiquaire.

J'avais demandé à Andrés la permission qu'on nous confectionne une *pasera*[1] pour poser nos affaires. Jessica qui était juste derrière avait lancé, l'air pincé : « Elles sont installées comme des reines, et elles se plaignent ! » Son ressentiment me surprit.

C'était en prenant le bain que je l'avais perçu chez les filles. Il fallait descendre une pente devenue boueuse dès le deuxième jour de notre arrivée, pour accéder à un petit ruisseau de rêve qui serpentait au bas de notre colline. L'eau y était absolument transparente, coulant sur un lit de petits cailloux d'aquarium qui renvoyaient la lumière en une multitude de faisceaux colorés. Nous y allions au début de l'après-midi pour ne pas déranger le travail des cuisiniers qui de leur côté s'y rendaient le matin pour se ravitailler en eau et laver les marmites.

C'était le moment de la journée que je préférais. Deux filles nous escortaient le temps pour nous de nettoyer notre linge et de faire notre toilette. J'avais eu la malencontreuse idée de dire combien l'endroit était enchanteur et combien j'aimais plonger dans cette eau cristalline. Pis que cela, je m'étais prélassée dans l'eau pendant quelques instants de trop, avant de croiser le regard mauvais de l'une des gar-

1. *Pasera* : étagère.

des. À partir de ce moment-là, les filles qui nous surveillaient descendirent la montre au poing, nous
obligeant à nous presser dès que nous étions arrivées.

J'étais tout de même décidée à ne pas permettre
que l'on me gâche ce moment. Je réduisais au minimum mon temps de lessive pour profiter un peu du
bain. Ce fut le tour de Jessica de nous accompagner,
avec Yiseth. Aussitôt arrivée, elle repartit énervée, car
je m'étais lancée dans l'eau avec joie, comme une
gamine. J'imaginais qu'irritée elle irait se plaindre,
argumentant que je prenais trop de temps pour me
baigner. Mais nous avions croisé Ferney à l'aller et
je comptais sur lui pour régler la situation. Je ne
m'attendais pas du tout à ce qui allait suivre.

Nous étions toutes nues à rincer nos cheveux, les
yeux pleins de savon, lorsque nous entendîmes des
voix masculines hurlant des obscénités depuis le sentier qui descendait vers nous. Je n'eus pas le temps de
me couvrir avant que deux gardes ne nous somment
de sortir de l'eau, le fusil braqué sur nous. Je m'enroulai dans ma serviette et protestai, exigeant qu'ils partent et nous laissent nous rhabiller. Un des gardes était
Ferney, l'air mauvais. Il me donna l'ordre de quitter
les lieux dans l'instant :

— Vous n'êtes pas en vacances, vous vous rhabille-
rez dans votre *caleta* !

Octobre 2002. Je me protégeais avec la Bible.
J'avais décidé de commencer par le plus facile, les
Évangiles. Ces histoires — écrites comme si une
caméra indiscrète avait suivi Jésus malgré lui — stimu-
laient une réflexion libre. C'était donc un homme
qui prenait vie devant mes yeux, un homme qui
avait des relations avec des hommes et des femmes

221

autour de lui, et dont le comportement m'intriguait d'autant plus que je sentais que je n'aurais jamais fait pareil.

Il y eut pourtant un déclic. L'épisode des Noces de Cana piqua ma curiosité, à cause d'un dialogue entre Jésus et sa mère, qui m'interloqua tellement il m'était familier : j'aurais pu vivre cette même situation avec mon fils. Marie, s'apercevant que le vin manque, dit : « Il n'y a plus de vin. » Et Jésus, qui comprend parfaitement que, derrière cette simple remarque, se cache une incitation à l'action, lui répond de mauvaise humeur, presque agacé de se sentir manipulé. Marie, comme toutes les mères, sait que, malgré son refus initial, Jésus finira par faire ce qu'elle voudrait qu'il fasse. Voilà pourquoi elle va parler à ceux qui servent, leur demandant de suivre les instructions de Jésus. Tout comme le lui a suggéré Marie, Jésus transforme l'eau en vin et commence sa vie publique avec ce premier miracle. Il y avait quelque chose d'une indéniable et sympathique saveur païenne dans le souci de s'assurer que la fête continue. Cette scène m'occupa pendant des jours. Pourquoi Jésus refuse-t-il d'abord ? A-t-il peur, est-il intimidé ? Comment peut-il ne pas voir que le moment est venu alors qu'il est censé tout savoir ? L'histoire me passionnait. Mes pensées tournaient sans répit dans mon cerveau. Je cherchais, je réfléchissais. Et puis, tout à coup, je me rendis compte : « Il avait eu le choix ! » C'était bête, c'était évident. Mais cela changeait tout. Cet homme n'était pas un automate programmé pour faire le bien et subir un châtiment au nom de l'humanité. Il avait certes un destin, mais il avait fait des choix, il avait toujours eu le choix !… Et moi, quel était mon destin ? Dans cet état d'absence totale de liberté, me restait-il une possibilité de faire un choix quelconque ? Et si oui, lequel ?

Ce livre que je tenais entre mes mains devenait mon seul interlocuteur fiable. Ce qui y était inscrit avait une puissance telle que je serais amenée à me dénuder face à moi-même, à arrêter de fuir, à faire moi aussi mes propres choix. Et par une sorte d'intuition vitale, je découvrais que j'avais devant moi un long chemin à parcourir, qui me transformerait de manière profonde sans que je puisse en deviner ni l'essence ni l'ampleur. Il y avait une voix derrière ces pages remplies de mots qui déroulaient leurs lignes et, derrière cette voix, une intelligence qui cherchait à entrer en contact avec moi. Ce n'était plus seulement la compagnie d'un livre qui me désennuyait. C'était une voix vivante qui me parlait. À moi.

Consciente de mon ignorance, je lus la Bible de la première à la dernière ligne, comme une enfant : en verbalisant toutes les questions qui me venaient à l'esprit. Car j'avais remarqué que souvent, lorsqu'un détail de la narration me semblait incongru, je le mettais de côté dans mon esprit, dans une corbeille que j'avais créée mentalement pour y jeter ce que je ne comprenais pas, en tamponnant dessus le mot « erreur » — ce qui me permettait de continuer à lire sans me poser de questions. À partir de ce moment-là, je me posai les questions, ce qui stimula ma réflexion, pour me permettre d'écouter cette voix qui me parlait au fil des mots.

Je commençai par m'intéresser à Marie, tout simplement parce que la femme que j'avais découverte dans l'épisode des Noces de Cana était bien différente de l'adolescente ingénue et un peu niaise que j'avais cru connaître jusqu'à maintenant. Je révisai minutieusement le Nouveau Testament : il y avait très peu sur elle. Elle ne parlait jamais, sauf dans le Magnificat, qui prenait une autre dimension pour moi et que je décidai d'apprendre par cœur.

Mes journées s'étaient étoffées, mes angoisses en étaient adoucies. J'ouvrais les yeux avec l'impatience de me mettre à lire et à tisser. L'anniversaire de Lorenzo approchait aussi, et je tenais à rendre la journée aussi joyeuse que celle de l'anniversaire de Mélanie. J'en avais fait un précepte de vie. C'était aussi un exercice spirituel, celui de s'obliger au bonheur dans la plus grande des détresses.

Je m'attelai à confectionner une ceinture exceptionnelle pour Lorenzo. Je réussis à tisser en relief des petits bateaux qui précédaient son nom. Ayant acquis plus de dextérité, je parvins à la finir bien avant la date. Mes innovations m'avaient projetée dans le groupe des « pros ». J'échangeais avec les grands tisseurs du campement des conversations de haute volée technique. Le fait d'avoir une activité créatrice me rendait capable de faire quelque chose de nouveau dans un monde qui me rejetait, et me libérait du poids de l'échec qu'était devenue ma vie.

Je continuais également à faire de la gymnastique. En tout cas je le présentais ainsi car, ce que je recherchais, c'était de m'obliger à un entraînement physique qui me permettrait d'affronter ma future évasion.

La lecture de la Bible avait amélioré ma relation avec Clara. Un après-midi, sous un orage torrentiel, alors que nous étions confinées sous notre moustiquaire, je m'aventurai à partager avec elle les résultats de mes ruminations nocturnes. Je lui expliquai en détail par où quitter la *caleta*, comment éviter le garde, quel chemin prendre pour atteindre la liberté. La pluie faisait un tel vacarme sur le toit en plastique que nous avions du mal à nous entendre. Elle me demanda de parler plus fort, et je continuai mon explication à haute voix. Ce n'est que lorsque j'eus fini de lui exposer mon plan détaillé que je discernai un mouvement au fond de notre *caleta*. Ferney s'était caché à l'intérieur, derrière l'étagère dont Andrés avait fini par autoriser l'installation. Il avait tout entendu.

Je m'affaissai. Qu'allaient-ils faire ? Allaient-ils nous enchaîner à nouveau ? Allaient-ils procéder à de nouvelles fouilles ? Je m'en voulais à mort d'avoir été trop insouciante. Comment avais-je pu ne pas prendre toutes les précautions indispensables avant de parler ?

J'épiais l'attitude des gardes dans le but de déceler un quelconque changement, et m'attendais à voir surgir Andrés les chaînes à la main. Le jour de l'anniversaire de Lorenzo arriva. Je demandai la permission de faire un gâteau, tout en me disant qu'ils refuseraient que je m'approche de la *rancha*. Pourtant la permission me fut accordée, et cette fois Andrés demanda qu'on fasse suffisamment de gâteaux pour tout le monde.

Comme j'en avais fait le serment, cette journée fut une journée de rémission. J'évacuai toutes les pensées de tristesse, de regrets et d'incertitude, et me plongeai dans ma tâche : faire plaisir à tous était une façon de rendre ce que j'avais reçu avec la naissance de mon enfant.

Ce soir-là, pour la première fois depuis des mois, le sommeil s'empara de moi. Des rêves de bonheur, où je courais dans une prairie parsemée de fleurs jaunes en tenant un Lorenzo de trois ans dans mes bras, envahirent ces quelques heures de répit.

## 16

## *Le raid*

À 2 heures du matin, je fus fortement secouée par un des gardes qui me réveilla en hurlant, le faisceau de sa lampe de poche braqué sur moi.

— Debout, vieille conne ! Vous voulez vous faire tuer ?

J'ouvris les yeux sans comprendre, paniquée par l'effroi que je devinais dans sa voix.

Des avions militaires survolaient en rase-mottes le campement. Les guérilleros prenaient leur sac à dos et partaient en courant, laissant tout derrière. C'était une nuit noire, on ne voyait rien, sauf les silhouettes des avions que l'on devinait au-dessus des arbres. Je pris instinctivement tout ce que j'avais à portée de main ; mon sac, une serviette de bain, la mousti-quaire…

Le garde braillait de plus belle :

— Laissez tout ! Ils vont bombarder, vous ne com-prenez pas !

Il essayait de m'arracher mes affaires des mains et je me cramponnais à elles, tout en attrapant davan-tage de bricoles au passage. Clara était déjà partie. Je mis tout en boule et commençai à courir sur les traces des autres, poursuivie par les vociférations du garde.

J'avais réussi à sauver les ceintures de mes enfants, ma veste et quelques vêtements. Mais j'avais oublié ma Bible.

Nous traversâmes tout le campement et prîmes un sentier dont j'ignorais jusque-là l'existence. Je trébuchais tous les deux pas, me raccrochant comme je pouvais à ce qui était à portée de ma main, la peau lacérée par la végétation. Le garde s'énervait derrière moi, m'insultant avec d'autant plus de hargne qu'il n'y avait aucun témoin. Nous étions les derniers et il fallait rattraper le reste du groupe. Le bruit des moteurs ronronnait tout autour, s'éloignant, puis revenant, ce qui avait pour effet de nous plonger dans une obscurité pénible car le garde ne rallumait sa lampe de poche que lorsque les avions avaient pris le large. J'avais réussi, tout en courant, à mettre les quelques affaires que j'avais sauvées dans une sacoche, mais je n'avais plus de souffle et mon fardeau me ralentissait.

Le garde m'enfonçait la pointe de son fusil dans les côtes, trottant derrière moi mais, à force de me rudoyer, il nous ralentissait : je n'en perdais que plus fréquemment l'équilibre et me retrouvais trop souvent à quatre pattes avec l'angoisse d'un bombardement immédiat. Il était hors de lui, m'accusait de le faire exprès et me tirait par les cheveux et la veste pour me remettre debout. Pendant une vingtaine de minutes de course, sur terrain plat, je réussis plus ou moins à avancer, comme une bête traquée, sans trop savoir comment. Mais le terrain changeait avec des descentes à pic et des montées difficiles. Je n'en pouvais plus. Le garde essaya de me prendre la sacoche, mais je craignais que son but ne fût pas de m'aider, mais plutôt de s'en défaire sur le chemin comme il m'en avait menacée. Je m'accrochai donc à mes petites affaires comme à ma vie. Tout à coup, sans transition, je me mis à marcher d'un pas lent, soudainement indifférente aux cris et aux menaces. Courir ? Pourquoi ? Fuir, pourquoi ? Non, je n'allais plus courir, tant pis pour les bombes, tant pis pour les avions, tant pis pour moi, je n'allais plus obéir ni me soumettre aux caprices d'un jeune surexcité pris de panique.

— Pauvre conne, je vais vous foutre une balle dans la tête pour vous apprendre à marcher !

Je me retournai comme un fauve pour lui faire face :

— Un mot de plus et je ne fais plus un pas.

Il fut surpris et s'en voulut d'avoir perdu contenance. Il s'apprêtait à me répondre en me poussant de la crosse de son fusil, mais je réagis plus vite que lui :

— Je vous interdis de me toucher.

Il se retint et devint de marbre. Je compris que ce n'était pas moi qui l'avais intimidé de la sorte. Je me retournai. Sur le sentier, Andrés venait vers nous à grands pas.

— Vite, vite, cachez-vous dans la *manigua*, silence total, pas de lumières, pas de mouvements.

Je me retrouvai rejetée dans un fossé, accroupie sur ma sacoche, prête à voir surgir des militaires à chaque instant, la bouche douloureusement sèche, en proie à une soif mortelle, en me demandant où était Clara.

Andrés resta lui aussi accroupi à côté de moi, puis il repartit en lâchant à mon intention avant de disparaître :

— Suivez les consignes au pied de la lettre, sinon

228

les gardes ont des instructions bien précises et vous risquez de ne plus être là demain.

On resta ainsi jusqu'à l'aube. Andrés nous ordonna alors de marcher vers la vallée en coupant à travers la forêt.

— Ces *chulos* sont si stupides qu'ils nous ont survolés toute la nuit sans même repérer le campement ! Ils ne vont pas bombarder. Je vais envoyer une équipe ramasser tout ce qui est resté.

On s'exécuta. Nous étions sur une élévation. À travers le feuillage dense, je pouvais voir à nos pieds une immense savane arborée, quadrillée de pâturages vert émeraude, comme si la campagne anglaise était venue s'installer là par mégarde. Il devait faire bon vivre, là-bas ! Ce monde, qui existait à l'extérieur et qui m'était interdit, me paraissait irréel. Et pourtant, il était juste au-delà de ces arbres et de leurs fusils.

Une énorme explosion nous secoua. Nous étions déjà suffisamment loin, mais cela pouvait provenir de notre campement. Quand nous croisions d'autres membres de la troupe, ils n'avaient que cela à la bouche :

— Tu as entendu ?

— Oui, ils ont bombardé le campement.

— Tu es sûr ?

— J'en sais rien. Mais Andrés a envoyé une équipe de reconnaissance. C'est presque sûr...

— Ils n'ont bombardé qu'une seule fois...

— Non, pas du tout. Nous, on a entendu plusieurs explosions. Ils ont fait une attaque en série.

— Au moins les avions sont tous partis, c'est déjà cela de gagné.

— Faut se méfier. Ils ont débarqué. Il y a des contingents au sol. On aura les hélicos sur nous toute la journée.

— Ces fils de pute, j'ai hâte de les voir face à face, ce sont tous des couards.

J'observais en silence. Les plus poltrons étaient toujours en paroles les plus agressifs.

On s'arrêta dans une minuscule clairière longée par un petit cours d'eau. Ma compagne y était déjà, assise contre un arbre touffu à l'ombrage généreux. Je ne me fis pas prier pour la rejoindre, j'étais éreintée. De là où je me trouvais, je voyais le toit d'une maisonnette et le filet de fumée bleutée qui s'échappait de sa cheminée. Des voix d'enfants qui jouaient me parvenaient dans le lointain, comme l'écho de jours heureux perdus dans mon passé. Qui étaient ces gens-là ? Pouvaient-ils savoir que, dans le fond de leur jardin, la guérilla cachait des femmes séquestrées ?

Une des filles, en uniforme de camouflage, les bottes luisantes comme pour une grande parade, parfaitement coiffée d'une grosse natte en chignon, s'approcha tout sourire avec deux énormes assiettes dans les mains. Comment faisait-elle pour être impeccable après avoir couru toute la nuit ?

On nous ordonna de nous remettre en marche. En file indienne, on prit un sentier qui montait, en suivant à nouveau la crête. La guérilla précipitait le mouvement, le bruit des hélicoptères se rapprochait. J'étais surprise par l'endurance des filles qui portaient des fardeaux aussi lourds que ceux des hommes et marchaient aussi vite qu'eux. Une guérillera en particulier, la petite Betty, était étonnante. Elle ressemblait à une tortue, courbée sous un énorme sac deux fois plus grand qu'elle, comme sous un piano, et devait actionner ses petites jambes à toute allure pour ne pas rester à la traîne. Et elle trouvait encore le moyen de sourire.

Les hélicoptères étaient à nos trousses. Je sentais le vrombissement des moteurs sur ma nuque. William, le garde qui m'avait été assigné pour la marche, me somma d'accélérer le pas. Même si j'avais voulu, je n'aurais pas pu.

Quelqu'un m'assena un coup sec dans le dos qui me coupa le souffle. Je me retournai, outragée. William était prêt à m'envoyer un autre coup de crosse dans l'estomac.

— Merde, vous voulez nous faire tuer. Vous voyez pas qu'ils sont sur nous !

Effectivement, au-dessus de nos têtes à soixante mètres du sol, le ventre des hélicoptères en formation semblait raser la cime des arbres. Je pouvais voir les pieds de celui qui manœuvrait l'artillerie, qui pendaient dans le vide de chaque côté du canon. Ils étaient là. Impossible qu'ils ne nous aient pas vus ! Tant qu'à mourir, je préférais mourir comme cela, dans une confrontation où j'aurais au moins la chance d'être libérée. L'idée de mourir pour rien, avalée par cette jungle maudite, jetée dans un trou et condamnée à être rayée de la face de la terre sans même que ma famille ne puisse récupérer mon corps, me faisait horreur. Je voulais que mes enfants sachent qu'au moins j'avais essayé, que je m'étais battue, que j'avais tout fait pour fuir et revenir auprès d'eux.

Le garde devait avoir lu dans mes pensées. Il chargea son fusil. Mais dans ses yeux, c'était une peur primaire, viscérale, essentielle, que je déchiffrais. Je ne pus m'empêcher de le regarder avec mépris. Il n'était plus fier maintenant, lui qui roulait des mécaniques à longueur de journée dans le campement.

— Courez comme un lapin si cela vous chante, moi je n'irai pas plus vite !

Andrea, sa compagne, cracha par terre, et dit :

— Moi, je ne vais pas me faire tuer pour cette vieille connasse !

Elle partit au petit trot et disparut au premier tournant.

Après quelques minutes, les hélicoptères disparurent. J'entendais encore deux d'entre eux, mais ils avaient déjà fait demi-tour avant d'arriver sur nous et étaient partis pour de bon. J'enrageais. Comment pouvaient-ils ne pas nous avoir vus ! Il y avait une colonne entière de guérilleros sous leur nez !

Inconsciemment, je m'étais mise à marcher plus vite, frustrée et dépitée, sentant que nous avions frôlé de près une chance de libération. Au bout d'une longue descente, la troupe tout entière se réunit à la lisière de la forêt. Au-delà, il y avait un grand champ de maïs, puis la forêt à nouveau. Andrés avait fait préparer de l'eau et du sucre avec de la boisson en poudre au parfum d'orange.

— Buvez ! Cela évite la déshydratation.

Je ne me le fis pas répéter, j'étais trempée de sueur.

Andrés expliqua qu'on traverserait le champ de maïs par groupes de quatre. Il pointa son doigt vers le ciel. Je distinguais très loin dans l'azur un minuscule avion tout blanc.

— Il faut attendre qu'il s'éloigne, c'est l'avion fantôme.

La consigne fut suivie à la perfection. Je traversai à découvert en regardant l'avion à la verticale au-dessus de ma tête. Je m'en voulais de ne pas avoir de miroir pour tenter de faire des signaux, je n'avais rien de brillant sur moi, rien pour attirer l'attention. De nouveau, ils réussissaient à passer entre les mailles du filet. De l'autre côté, dans les sous-bois, un paysan édenté et cuit par le soleil nous attendait.

— C'est notre guide, chuchota quelqu'un devant moi.

Sans prévenir, un vent froid se leva, pénétrant la forêt d'un frisson. Le ciel devint gris en une seconde et la température tomba dans l'instant de plusieurs degrés. Comme s'ils avaient reçu un ordre péremptoire, les guérilleros posèrent tous leur sac par terre, sortirent leurs grands plastiques noirs et se couvrirent avec.

Quelqu'un m'en passa un dans lequel je m'enroulai comme je les avais vus faire. Une seconde après, un orage diluvien se déversait sur nous. Malgré tous mes efforts, je fus rapidement trempée jusqu'à la moelle. Il allait pleuvoir ainsi toute la journée et toute la nuit suivante. Nous allions marcher les uns derrière les autres jusqu'à l'aube. Nous traversâmes la forêt pendant des heures en silence, courbés pour esquiver l'eau que le vent nous lançait à la figure. Puis nous prîmes un sentier qui longeait un coteau et que le passage de la troupe transformait en un véritable bourbier. À chaque pas, comme tout le monde, je devais repêcher ma botte aspirée dans cinquante centimètres d'une boue épaisse et puante. J'étais à bout de forces, grelottante. Nous quittâmes le couvert du sous-bois, avec ses montées et ses descentes abruptes, pour déboucher sur des plaines chaudes, cultivées et habitées. Nous traversâmes des fermes avec des chiens qui aboyaient et des cheminées qui fumaient. Elles semblaient nous regarder passer avec mépris.

Juste avant le crépuscule, nous atteignîmes une *finca* magnifique. La maison du propriétaire était construite dans le meilleur style des trafiquants de drogue. Rien que l'étable aurait comblé de loin tous mes rêves de logement. Il était tard, j'avais soif et faim, j'avais froid. Mes pieds étaient déchirés par des ampoules énormes qui avaient éclaté en collant aux chaussettes trempées. J'étais piquée de partout par des poux minuscules que je ne voyais pas mais que je sentais fourmiller sur tout mon corps. La boue collée à mes doigts enflés et sous mes ongles entaillait ma peau et la faisait craquer. Je saignais sans pouvoir identifier mes trop nombreuses blessures. Je m'écroulai par terre, décidée à ne plus bouger.

Une demi-heure plus tard, Andrés donnait l'ordre de repartir. Nous étions debout à nouveau, traînant notre misère, marchant comme des forçats dans l'épaisseur de la nuit. Ce n'était pas la peur qui me faisait marcher, ce n'était pas sous l'effet de la menace que je mettais un pied devant l'autre. Tout cela m'était indifférent. C'était la fatigue qui me poussait à avancer. Mon cerveau s'était déconnecté, mon corps se déplaçait sans moi.

Avant l'aube, nous arrivâmes en haut d'une butte qui dominait la vallée. Une pluie fine continuait à nous persécuter. Il y avait une sorte d'abri en terre battue, avec un toit en chaume. Ferney installa un hamac entre deux poutres, tendit par terre un plastique noir et me passa ma sacoche.

— Changez-vous, nous allons dormir ici.

Je me réveillai à 7 heures du matin dans le laboratoire de cocaïne qui nous avait servi de refuge. Tout le monde était déjà debout, y compris Clara qui souriait. Elle était contente car je lui avais donné les vêtements secs que j'avais réussi à emporter à la dernière minute. La journée s'annonçait, encore une fois, longue et difficile, et nous décidâmes de remettre les vêtements sales et mouillés de la veille et de garder les vêtements secs pour dormir. Je tenais vraiment à prendre un bain et me levai avec l'idée fixe de trouver un endroit pour faire ma toilette. Il y avait une source à dix mètres. Ils m'avaient autorisée à y aller. On m'avait passé un morceau de savon de potasse et je m'en frottais le corps et le cuir chevelu avec rage pour essayer de me défaire des poux et des tiques qui s'étaient accumulés sur moi durant la marche. La fille qui m'escortait me pressait de finir, énervée que j'aie pu avoir l'idée de me laver les cheveux alors que l'ordre avait été de procéder à une toilette rapide. Cependant, rien ne pressait : quand nous remontâmes à l'abri, nous trouvâmes la troupe désœuvrée, dans l'attente de nouvelles instructions.

Le paysan édenté et décharné de la veille réapparut. Il portait une *mochila*, un de ces sacs que les Indiens tissent joliment, avec deux poules qui, ficelées les pattes en l'air, sursautaient de spasmes convulsifs à l'intérieur. Il fut délesté de sa charge avec des cris de victoire : le petit déjeuner se transformait en festin. Une fois l'euphorie passée, je m'approchai du paysan et lui demandai, pleine d'un sans-gêne que je ne me connaissais pas, de m'offrir sa *mochila*. Le sac était graisseux, puant et troué. Mais pour moi, c'était un trésor. Je pourrais y fourrer mes bricoles pour la marche en gardant les mains libres et, une fois lavé et recousu, il me serait utile pour suspendre des provisions en les gardant hors de portée des rongeurs. L'homme me regarda surpris, ne comprenant pas la valeur que j'attribuais à sa besace. Il me la tendit sans broncher comme si, au lieu d'accéder à une demande, il obéissait à un commandement. Je le remerciai avec une telle effusion de joie qu'il éclata d'un fou rire d'enfant. Il s'aventura alors à essayer d'entamer une petite conversation avec moi, à laquelle j'allais répondre avec plaisir, lorsque la voix d'Andrés nous rappela sèchement à l'ordre. Je retournai m'asseoir dans mon coin et jetai un coup d'œil sur Andrés, surprise de sentir la violence de son regard posé sur le cadeau que l'on venait de me faire. « Je ne la garderai pas longtemps », me dis-je.

La journée fut très longue. Immédiatement après un petit déjeuner solide où je reçus à mon immense joie une cuisse de poule en partage, nous redescendîmes vers la vallée pour suivre une route qui serpentait à travers la forêt. Ferney et John Janer, un jeune qui s'était ajouté à la troupe récemment et que je trouvais plus espiègle que méchant, avaient été affectés à notre garde. Ils avaient l'air ravis et marchaient à grands pas, tout en nous parlant en amis. Le reste de la troupe avait visiblement suivi un chemin différent. Nous arrivâmes à la croisée d'un chemin, alors que je me traînais en boitant sur l'arête des pieds. Je distinguai au loin, comme dans un mirage, mon paysan édenté, tenant deux vieux canassons par la bride. Dès qu'il nous vit, il se mit à marcher vers nous et je m'écroulai par terre, incapable de faire un mouvement de plus. Ce fut une joie de revoir le vieil homme et de pouvoir échanger deux mots avec lui. Je savais qu'il aurait voulu faire plus.

On nous installa chacune sur une des bêtes, et on partit au petit trot. Les gardes couraient à nos côtés, tenant les chevaux fermement par l'encolure. Il fallait rattraper la troupe et ils calculaient que cela nous prendrait la plus grande partie de la journée. Je me disais que, moi à cheval, ils pouvaient prendre la journée s'ils le souhaitaient, et la nuit et le lendemain. Je remerciais en silence le ciel de cette aubaine, consciente de ce que j'y gagnais.

La forêt que nous traversions était différente de la jungle épaisse dans laquelle nous nous étions cachés pendant tous ces mois. Les arbres y étaient immenses et tristes, et les rayons de soleil ne parvenaient jusqu'à nous qu'après avoir traversé une couche épaisse de branchages et de feuilles loin au-dessus de nos têtes. Le sous-bois était dégarni, sans fougères, sans arbustes, juste les troncs de ces colosses tels les piliers d'une cathédrale inachevée. L'endroit était étrange, comme si un sort lui avait été jeté. La correspondance entre mon état d'âme et cette nature avait rouvert en moi des plaies jamais tout à fait cicatrisées. Et la douleur physique s'estompant, avec mes pieds ensanglantés suspendus en l'air et soulagés de tout contact blessant, c'était celle de mon cœur qui se réveillait, incapable que j'étais de faire le deuil de ma vie passée, tant aimée et désormais perdue.

L'orage s'annonça par un coup de tonnerre proche. Puis un éclair atterrit à quelques mètres devant moi, parmi les arbres, effrayant les chevaux. La déferlante fut instantanée. Je vis les gars lutter avec leur sac à dos pour en extirper des plastiques alors que nous étions déjà tous dégoulinants.

La pluie prit une force bestiale, comme si quelqu'un s'amusait à nous balancer des seaux d'eau depuis la cime des arbres. La route était devenue, à nouveau, un bourbier. L'eau couvrait presque complètement les bottes de nos gardes et la boue les emprisonnait à chaque pas avec un effet de ventouse. Nous avions commencé à rattraper la troupe. Nous les dépassions un à un, courbés sous leurs charges, le visage durci. Je ressentais de la pitié pour eux : un jour, je sortirais de cet enfer, mais ils s'étaient condamnés eux-mêmes à pourrir dans cette jungle. Je ne voulais pas croiser leurs regards au passage. Je savais trop bien qu'ils étaient en train de nous maudire.

Notre progression continua pendant toutes les heures de la journée, sous cet orage sans fin. Nous sortîmes du couvert et traversâmes des *fincas* riches et remplies d'arbres fruitiers. La pluie et la fatigue nous rendaient indifférents. Les gars n'avaient pas la force d'allonger le bras pour ramasser les mangues et les goyaves qui pourrissaient par terre. Je n'osais pas, du haut de ma monture, cueillir les fruits au passage, de peur de les irriter.

Au détour d'un chemin, nous croisâmes des gosses qui jouaient en sautant dans les flaques. Ils avaient posé sur le côté des sacs chargés de mandarines. En nous voyant arriver, parce que nous étions à cheval, ils nous prirent pour des commandants de la guérilla, et nous offrirent à tous des fruits de leurs réserves. J'acceptai avec gratitude.

À la tombée de la nuit, il continuait de pleuvoir, et je grelottais fiévreusement, enroulée dans un plastique qui ne me préservait plus de la pluie, mais qui m'aidait à me tenir au chaud. Il fallut rendre nos montures et continuer à pied. Je me mordais les lèvres pour ne pas me plaindre, sentant à chaque pas des millions d'aiguilles s'enfoncer sous mes pieds et traverser mes membres. On marcha encore longtemps, jusqu'à une *finca* ostentatoire. La propriété était flanquée d'une maison dressée avec majesté sur des terres ondulant comme du velours dans la pénombre du soir. On nous guida vers un embarcadère où on nous permit de nous asseoir. L'attente se prolongea jusqu'à l'arrivée d'une énorme chaloupe à moteur en métal qui disposait de suffisamment de place pour toute la troupe, la totalité des sacs à dos et une douzaine de sacs en toile plastique garnis de provisions.

On nous fit prendre place au centre, Andrés et Jessica s'installèrent juste derrière nous, à côté de William et de sa copine Andrea, une jeune femme aussi belle que désagréable, ceux qui nous escortaient lorsque nous étions poursuivis par les hélicoptères. Ils parlaient fort, à notre intention.

— Alors, on a de nouveau semé les *chulos* !

— S'ils pensent qu'ils vont récupérer la cargaison aussi facilement, ils auront une surprise.

Ils riaient méchamment. Je ne voulais pas les écouter.

— Ils ont pris tout ce qui restait du bombardement et ils ont brûlé le reste. Le matelas des vieilles, leur Bible, toutes les conneries qu'elles avaient amassées.

— Tant mieux, maintenant il y a moins à porter !

— Et dire qu'elles voulaient nous fausser compagnie en nageant, pauvres vieilles. Elles vont maintenant rester avec nous pendant des années !

— Quand elles sortiront, elles seront grand-mères.

Cela les fit rire de plus belle. Il y eut un silence, puis Andrés s'adressa à moi d'un ton arrogant.

— Ingrid, passez-moi votre *mochila*. Elle est à moi maintenant.

## 17

## *La cage*

Nous descendîmes des jours durant des cours d'eau toujours plus imposants, le plus souvent de nuit, à l'abri des regards. Parfois, mais rarement, on s'aventurait à naviguer dans la journée, sous un soleil cuisant. Alors je prenais soin de regarder au loin, de chercher l'horizon, de me remplir l'âme de beauté, car je savais qu'une fois sous couvert, je ne verrais plus le ciel.

Des murs d'arbres s'élevaient à trente mètres au-dessus des berges, dans une formation compacte qui refusait la lumière. On glissait au travers, en sachant qu'aucun être humain ne s'y était aventuré auparavant, sur un miroir d'eau couleur émeraude qui s'ouvrait sur notre passage. Les bruits de la jungle semblaient s'amplifier à l'intérieur de ce tunnel d'eau. J'entendais le cri des singes, mais je ne les voyais pas. Ferney se plaçait en général à côté de moi et me montrait du doigt les *salados*[1]. Je scrutais la rive en espérant voir une bête mythologique surgir, toujours sans succès. J'avouai que je ne connaissais pas le sens de ce mot. Il se moqua de moi, mais finit

---

1. *Salados* : abreuvoirs naturels du gibier.

par m'expliquer que c'était l'endroit où les tapirs, les *lapas*[1] et les *chiguiros*[2] venaient s'abreuver, et que les chasseurs repéraient toujours. En revanche, personne ne savait me donner les noms des milliers d'oiseaux qui traversaient notre ciel. Je fus surprise de découvrir des martins-pêcheurs, des aigrettes et des hirondelles, ravie de les reconnaître comme s'ils sortaient d'un livre d'images. Les perroquets et les perruches au plumage éblouissant et trompeur faisaient scandale sur notre passage. Ils s'envolaient de leur abri pour revenir sitôt que nous nous étions éloignés, ce qui nous permettait d'admirer leurs ailes magnifiques. Il y avait aussi ceux qui partaient telles des flèches au ras de l'eau à nos côtés, comme s'ils faisaient la course avec notre embarcation. C'était de tout petits oiseaux aux couleurs merveilleuses. Parfois, je croyais voir des cardinaux ou des rossignols et je pensais à mon grand-père qui les guettait pendant des heures depuis sa fenêtre, et je le comprenais comme je comprenais maintenant tant de choses que je n'avais jamais pris le temps de considérer auparavant.

Un oiseau me fascinait plus que tout autre. Il était bleu turquoise avec le dessous des ailes vert fluorescent et le bec rouge sang. J'alertais tout le monde avec mes cris lorsque je le voyais, non seulement dans l'espoir que quelqu'un me révèle son nom, mais surtout par besoin de partager la vision de cette créature magique.

Ces apparitions, qui, je le savais, resteraient gravées à tout jamais dans ma mémoire, n'auraient jamais d'écho dans celle des miens. Il n'est de bons souvenirs

---

1. *Lapa* : nom local du gros rongeur appelé paca (*Agouti paca*).
2. *Chiguiros* : un petit mammifère.

que partagés avec ceux que l'on aime parce qu'on peut se les remémorer ensemble. Au moins, si j'avais pu apprendre le nom de cet oiseau, j'aurais eu la sensation de pouvoir le ramener avec moi. Mais là, il ne restait rien.

Nous étions finalement parvenus au bout de notre voyage. Nous avions navigué sur un grand fleuve que nous avions quitté pour remonter un affluent secret, dont l'entrée était cachée sous une végétation épaisse et qui serpentait capricieusement autour d'une petite élévation. Nous avions débarqué dans cette jungle épaisse. Nous nous assîmes sur nos affaires pendant qu'à grands coups de machette les guérilleros sculptaient l'espace, dégageant la surface où s'élèverait notre campement.

Ils nous construisirent en quelques heures une habitation en bois fermée de tous les côtés avec une ouverture étroite en guise de porte et un toit en zinc. C'était une cage ! J'appréhendais d'y entrer. J'anticipais combien ce nouvel environnement allait augmenter les tensions entre Clara et moi.

Après ma quatrième tentative d'évasion où Yiseth m'avait retrouvée près de la rivière, un groupe de six guérilleros, parmi lesquels se trouvaient Ferney et John Janer, avaient érigé un grillage de fer tout autour de notre cage. Ils nous enfermaient au cadenas le soir. Ils comptaient parer ainsi à toute récidive.

Derrière le treillis métallique, la sensation d'être en prison me plongea dans une détresse insoutenable. Je restai debout pendant plusieurs jours, priant pour trouver un sens ou une explication à cette accumulation de malheur. « Pourquoi, pourquoi ? »

Ferney, qui était de garde, s'approcha. Il me tendit une toute petite radio qu'il pouvait passer au travers du grillage :

— Tenez, écoutez les nouvelles, vous penserez à autre chose. Cachez-la. Croyez-moi, cela me fait plus de mal qu'à vous.

Il me prêtait la petite radio le soir et je la lui rendais le matin. Après nous avoir enfermées comme des rats, ils se mirent à creuser un trou derrière notre cage, durant plusieurs jours et à tour de rôle. Au début, je crus qu'il s'agissait d'une tranchée. Puis, voyant que le trou était profond et qu'il ne faisait pas le tour de la cage, j'en conclus qu'ils creusaient une fosse pour nous abattre et nous y jeter. Je n'avais pas oublié que, passé le délai d'un an de captivité, les FARC avaient menacé de nous assassiner. Je vivais dans une palpitation effrayante. J'aurais préféré qu'ils annoncent mon exécution. L'incertitude me rongeait. Ce ne fut que lorsque le sanitaire en porcelaine arriva que je compris, avec soulagement, qu'ils se contentaient de construire une fosse d'aisances. Ils venaient d'atteindre les trois mètres de profondeur qui leur avaient été commandés. Ils jouaient à sauter à l'intérieur du trou pour en ressortir sans aucune aide, à la force des bras, en escaladant une paroi lisse, comme polie à la machine. Quelqu'un eut l'idée de me mettre à l'épreuve moi aussi, ce que je refusai immédiatement, de façon irrévocable.

Ma détermination n'eut pour effet que de les exciter davantage. Ils me poussèrent et je me retrouvai au fond du trou, piquée dans mon amour-propre mais décidée : ils avaient fait leurs paris. Tout le monde criait et s'esclaffait dans l'attente du spectacle.

Clara s'approcha du trou et inspecta l'endroit d'un air circonspect :

— Elle y arrivera ! diagnostiqua-t-elle.

Je ne partageais pas sa conviction. Mais avec beaucoup d'effort et autant de chance, je finis par lui donner raison. La joie des deux guérilleros qui avaient misé sur moi me faisait rire. Pendant un moment, les barrières qui nous séparaient s'étaient estompées et une autre division, plus subtile, très humaine, s'était révélée. Il y avait ceux qui ne m'aimaient guère à cause de ce que je représentais. Et puis, il y avait les autres, curieux de comprendre qui j'étais, prêts à tendre des ponts plus qu'à construire des murs, plus cléments dans leurs jugements parce que moins soucieux de se justifier. Quant à Clara, elle était soulagée de s'être trouvée en situation d'arbitrer en ma faveur. Malgré les tensions qui nous séparaient, elle se sentait solidaire de ma réussite, et je lui en savais gré.

Cela ouvrit une parenthèse de détente entre nous tous, qui nous permit de nous préparer avec résignation à la perspective d'un premier Noël en captivité. Il fallait laisser couler l'amertume entre les doigts, comme l'eau qu'on ne peut retenir.

La détresse que je prêtais aux membres de ma famille m'était, plus que tout, insupportable. C'était leur premier Noël sans mon père et, en plus, sans moi. D'une certaine manière, ma situation était moins dure que la leur, car je pouvais les imaginer ensemble pour le réveillon, qui était aussi mon anniversaire. Eux ne savaient rien de moi, ni même si j'étais toujours vivante. L'idée de mon fils, encore jeune garçon, ou de ma fille, adolescente, torturés par ce qu'ils imaginaient m'être arrivé, me rendait folle.

Pour échapper à mon labyrinthe, je m'étais occupée à la confection d'une crèche avec la glaise provenant de l'excavation de la fosse d'aisances. Je moulais des figurines en les habillant avec les feuilles plates d'une sorte de scirpe tropical qui proliférait dans les marécages alentour. Mon ouvrage attira l'attention des jeunes filles. Yiseth tressa une jolie guirlande de papillons, avec le papier métallisé des paquets de cigarettes. Une autre vint découper avec moi des anges en carton que nous suspendîmes au toit de zinc juste au-dessus de la crèche. Enfin, deux jours avant Noël, Yiseth revint avec un système d'illumination ingénieux. Elle avait obtenu de pouvoir utiliser une réserve de petites ampoules de lampes de poche, qu'elle avait fixées à un fil électrique. Il suffisait d'un contact avec la pile d'une radio pour avoir une illumination de Noël en pleine jungle.

Je fus surprise de voir qu'eux aussi avaient décoré leurs *caletas* pour l'occasion. Certains avaient même fait des sapins de Noël, avec des branches enveloppées de coton d'infirmerie et décorées de leurs dessins enfantins.

La veille de Noël, Clara et moi nous embrassâmes. Elle m'offrit le savon de sa réserve. Je lui avais fait une carte de vœux. Nous étions quelque part devenues une famille. De la même façon que cela arrive dans les vraies familles, nous ne nous étions pas choisies l'une l'autre. Parfois, tel ce jour-là, il était rassurant d'être ensemble. Nous nous réunîmes pour prier et entonner ces chants de Colombie traditionnels, les *villancicos*, agenouillées par terre devant notre crèche de fortune, comme si ces airs pouvaient nous ramener chez nous ne fût-ce que pour quelques instants.

Nos pensées étaient parties bien loin. Les miennes voyageaient vers un autre espace et dans un autre temps, là où j'avais été un an auparavant avec mon père, ma mère et mes enfants, dans un bonheur que j'avais cru inaltérable, et dont je n'appréciais maintenant le prix que par contraste, avec les regrets qui m'accablaient.

Nous n'avions pas remarqué, perdues dans nos méditations, qu'il y avait foule derrière nous : Ferney, Edinson, Yiseth, El Mico, John Janer, Caméléon et les autres étaient venus chanter avec nous. Leurs voix puissantes et justes emplissaient la forêt et semblaient résonner toujours plus haut, au-delà des remparts de cette végétation dense, vers le ciel, au-delà des étoiles, en direction de ce Nord mystique où il est écrit que Dieu a son siège, et où j'imaginais qu'Il devait nous entendre, attentif à la quête silencieuse de nos cœurs, à laquelle Lui seul pouvait répondre.

## 18

### *Les amis qui viennent et qui s'en vont*

Nous avions une nouvelle recrue. Un soir, alors
que nous venions d'installer le campement près de la
rivière, une famille de singes traversa notre espace
de branche en branche sur la cime des arbres, s'arrêtant juste pour nous envoyer des bâtons ou pour pisser sur nous en signe d'hostilité et pour marquer
leur territoire. Une maman avec son petit accroché
au dos s'agrippait consciencieusement à chaque
branche, vérifiant de temps à autre que son bébé
tenait bon. William la tua. Le bébé tomba à leurs
pieds, et devint la mascotte d'Andrea. La balle qui
avait tué sa mère avait abîmé sa main. Le petit animal pleurait comme un enfant et se léchait, sans
comprendre ce qui lui était arrivé, attaché maintenant par une corde à un arbuste proche de la *caleta*
d'Andrea. Il s'était mis à pleuvoir et je voyais le
petit singe grelotter, tout seul, l'air misérable sous
la pluie. J'avais réussi à conserver dans mes affaires
un petit flacon de sulfacol que je portais sur moi
depuis le jour de mon enlèvement. Je pris la décision de soigner le bébé singe. Le petit animal hurlait
de frayeur, tirant sur sa corde de toutes ses forces,
s'étranglant presque. Peu à peu, je pus prendre sa

247

petite main, toute noire et douce comme celle d'un être humain en miniature. J'avais couvert la blessure de poudre et lui avais fait un petit pansement tout autour du poignet. C'était une petite femelle. Ils l'avaient baptisée Cristina.

Une fois « installées » dans notre cage, je demandai tous les deux jours la permission d'aller dire bonjour à Cristina. Il fallait traverser tout le campement, elle était toujours attachée à un arbre et, lorsqu'elle me voyait venir, elle exultait de joie. Je gardais toujours un petit quelque chose du déjeuner pour le lui apporter. Elle me l'arrachait des mains et s'enfuyait le manger en me tournant le dos.

Un matin, j'entendis Cristina pousser des cris violents. Le garde m'expliqua en riant qu'ils étaient en train de lui donner un bain parce qu'elle sentait mauvais. Je la vis arriver en courant, traînant sa corde derrière elle, en poussant des gémissements. Elle s'accrocha à ma botte avec violence, regardant derrière elle pour voir si on ne la suivait pas. Elle m'escalada jusqu'au cou et finit par s'endormir la queue enroulée sur mon bras pour ne pas tomber.

Ils l'avaient coiffée avec une coupe militaire qu'ils appelaient la *mesa*, la « table », qui lui faisait la tête plate, et ils l'avaient plongée dans l'eau pour bien la rincer. Je m'aventurai à signaler que les animaux n'avaient pas besoin de se laver à l'eau comme nous, qu'ils avaient une huile sur le corps qui assurait leur hygiène et les protégeait contre les parasites. Andrea ne répondit rien. Le bain de Cristina devint une torture quotidienne. Andrea avait décidé qu'il fallait que la petite guenon s'habitue à faire une toilette comme un être humain. En réponse, Cristina attendait tous les matins l'heure de son supplice en chiant partout, ce qui rendait hystériques Andrea et William. Quand elle réussissait à s'échapper, Cristina se réfugiait auprès de moi. Je la câlinais, lui parlais et la dressais de mon mieux. Elle se mettait à hurler lorsque Andrea venait la chercher, et ne lâchait pas ma chemise. Je devais me faire violence pour cacher mon chagrin.

Un jour, le gars qui amenait les provisions en chaloupe à moteur apporta avec lui deux petits chiens que Jessica voulait dresser. Je ne vis plus jamais Cristina. Andrea vint un soir m'expliquer qu'ils étaient allés, William et elle, loin à l'intérieur de la forêt, pour relâcher Cristina. Cela me fit beaucoup de peine, car j'avais pris cette petite Cristina en grande affection. Mais j'étais soulagée qu'elle soit libre, et je regardais vers le ciel, chaque fois que j'entendais des singes, dans l'espoir de la revoir.

Une nuit, de nouveau en proie à mes insomnies, j'entendis une conversation qui me glaça. Les gardes plaisantaient, disant que Cristina avait été le meilleur repas des chiens de Jessica.

L'histoire de Cristina m'ébranla profondément. Je m'en voulus beaucoup de ne pas avoir fait plus pour l'aider. Je ne pouvais pas m'offrir le luxe de m'attacher, car c'était donner la possibilité à la guérilla de faire pression sur moi et d'aggraver mon aliénation.

C'était peut-être pour cela que je m'efforçais de garder mes distances vis-à-vis de tout le monde, en particulier de Ferney qui, pourtant, ne manquait pas de gentillesse à mon égard. Après mon évasion ratée, il était venu me voir. Il avait été très affecté par le traitement que ses compagnons m'avaient fait subir.

— Ici aussi il y a des personnes bonnes et des personnes mauvaises. Mais il ne faut pas juger les FARC en fonction de ce que font les personnes mauvaises.

Chaque fois que Ferney était de garde, il s'arrangeait pour entamer une conversation à haute voix que le campement entier pouvait suivre. Son thème préféré était « la politique ». Il justifiait la lutte armée, disant qu'il y avait en Colombie trop de gens dans la misère. Je lui répondais que les FARC ne faisaient rien pour combattre la pauvreté et qu'au contraire son organisation était devenue un rouage important du système qu'elle prétendait combattre, car elle était source de corruption, de trafic de drogue et de violence.

— Tu en fais maintenant partie, argumentais-je.

J'appris au fil de nos conversations qu'il était né tout près de l'endroit où la guérilla m'avait capturée. Il venait d'une famille très pauvre. Son père était aveugle et sa mère, d'origine paysanne, faisait ce qu'elle pouvait sur un arpent de terre. Tous ses frères s'étaient enrôlés dans la subversion. Mais il aimait ce qu'il faisait. Il apprenait des choses, avait une carrière devant lui et s'était fait des copains dans la guérilla.

Un après-midi, il m'emmena m'entraîner dans le gymnase construit sur l'ordre d'Andrés à la lisière du campement. Il y avait une piste de jogging, des barres parallèles, une barre fixe, un cerceau pour s'exercer aux sauts périlleux et une passerelle à trois mètres du sol pour travailler l'équilibre. Tout cela à la main, en écorçant de jeunes arbres et en fixant les barres à des troncs résistants avec des lianes. Il me montra comment sauter de la passerelle avec une bonne réception au sol pour éviter de me fouler la cheville, ce que je fis uniquement pour l'épater. En revanche, j'étais incapable de le suivre quand il faisait des pompes ou des exercices d'endurance. Mais je le battais dans certaines acrobaties et dans les exercices de souplesse. Andrés se joignit à nous et fit une démonstration de force qui confirmait des années d'entraînement. Je sollicitai la permission d'utiliser leur installation de façon régulière, et il refusa. Il accepta néanmoins qu'on participe à l'entraînement de la troupe qui débutait tous les matins à 4 h 30. Des jours plus tard, il fit construire près de la cage des barres parallèles pour Clara et pour moi.

Ferney était intervenu en notre faveur. Je le remerciai. Il me répondit :

— Si on trouve les bons mots et si on pose la question au bon moment, on est sûr d'obtenir ce que l'on veut.

Un soir, alors que je venais d'avoir des problèmes avec Clara, Ferney s'approcha de la grille et me dit :

— Vous souffrez trop. Il faut que vous preniez des distances, sinon vous allez devenir folle, vous aussi. Demandez qu'on vous sépare. Au moins vous aurez la paix.

Il était très jeune, il devait avoir dix-sept ans. Pourtant ses commentaires me laissaient pensive. Il y avait en lui une générosité d'âme et une droiture peu communes. Il avait gagné mon respect.

Parmi toutes les choses que j'avais perdues au moment de l'attaque par l'armée de notre précédent campement, il y avait mon chapelet que j'avais fabriqué avec un bout de fil trouvé par terre. J'entrepris de m'en faire un nouveau en enlevant les boutons de la veste militaire que j'avais reçue en dotation, et en utilisant des bouts de fil de nylon qui restaient de mon tissage. C'était une belle journée de décembre, la saison sèche dans la jungle et la meilleure de toute l'année. Une brise tiède caressait les palmes, se faufilant à travers le feuillage et nous apportant une sensation de quiétude, bien rare pour nous. Je m'étais installée hors de la cage, à l'ombre, et tissais avec application dans l'idée de finir mon chapelet le jour même. Ferney était de garde et je lui demandai de me couper des petits morceaux de bois afin de faire un crucifix pour mon chapelet.

Clara recevait des leçons de tissage de ceintures d'El Mico qui passait contrôler ses progrès de temps à autre. Sitôt son professeur parti, elle se dressa, le visage tendu, voyant que Ferney m'apportait le crucifix. Elle laissa tomber son ouvrage et se lança contre lui comme si elle voulait lui arracher les yeux.

— Alors, ce que je fais ne vous plaît pas ? Allez, dites-le !

Elle était beaucoup plus grande que lui et, dans une attitude de provocation, elle portait sa poitrine en avant, ce qui obligea Ferney à un mouvement de retrait de la tête vers l'arrière. Il prit son fusil doucement pour le mettre hors de portée et partit à reculons avec beaucoup de précaution, tout en disant :

— Si, si, j'aime beaucoup ce que vous faites, mais je suis de garde, je ne peux pas venir vous aider en ce moment !

Ma compagne le poursuivit ainsi sur une quinzaine de mètres, le provoquant, le poussant avec son corps en avant, lui reculant pour éviter tout contact physique. Andrés, prévenu par la troupe, vint donner l'ordre que nous rentrions dans la cage. Je m'exécutai en silence. La maturité n'est pas liée à l'âge. J'avais admiré le contrôle que Ferney avait eu sur lui-même. Il tremblait de rage mais n'avait pas répondu.

Lorsque je lui fis part de mes réflexions, il me dit :

— Lorsqu'on est armé, on a une grande responsabilité vis-à-vis des autres. On ne peut pas se tromper.

Moi aussi j'avais le choix de mes réactions. Mais souvent je me trompais. Ce n'était pas la vie en captivité qui m'ôtait la possibilité de bien ou mal agir. D'ailleurs, la notion de bien ou de mal n'était plus la même. Il y avait une exigence supérieure. Elle ne dépendait pas des critères des autres, car mon but n'était pas de plaire ou d'obtenir des appuis. Non. Je sentais qu'il fallait que je change, non pour m'adapter à l'ignominie, mais pour apprendre à être une personne meilleure.

Alors que je buvais la boisson chaude de rigueur, je vis au-dessus de ma tête un éclair bleu et rouge traverser le feuillage. Je montrai du doigt au garde l'extraordinaire guacamaya qui venait de se poser à quelques mètres au-dessus de nous. C'était un immense perroquet paradisiaque aux couleurs de carnaval, qui nous regardait intrigué du haut de son perchoir, inconscient de son extrême beauté.

Que n'avais-je fait ! Le garde sonna l'alerte et Andrés se précipita dans la minute avec son fusil de chasse. C'était une proie facile, il n'y avait aucun exploit à tuer cet animal somptueux et naïf. Bientôt, son corps inerte gisait sur le sol dans un éparpillement de plumes bleues et orange.

Je m'en pris à Andrés. Pourquoi avoir fait quelque chose d'aussi inutile et stupide !

Il me répondit méchamment, utilisant ses mots comme une mitraillette :

— Je tue ce que je veux ! Je tue tout ce qui bouge ! En particulier les cochons et les gens comme vous !

Il y eut des représailles. Andrés s'était senti jugé et il changea brusquement de comportement. Nous devions rester à deux mètres de distance tout au plus de la cage, et il nous était interdit d'aller à la *rancha* ou de marcher dans le campement.

L'oiseau finit dans le trou à ordures, et ses belles

plumes bleues traînèrent dans le campement durant des semaines, jusqu'à ce que, avec les nouvelles pluies, la boue les ensevelisse complètement. Je pris alors la décision d'être prudente et de me taire. Je m'observais comme je ne l'avais jamais fait auparavant, comprenant que les mécanismes de transformation spirituelle demandaient une constance et une rigueur que j'étais en devoir d'acquérir. Il fallait que je me surveille.

Les journées avaient été chaudes. Cela faisait des semaines qu'il ne pleuvait pas. Les cours d'eau s'étaient asséchés et le niveau de la rivière dans laquelle nous nous baignions avait baissé de moitié. Les jeunes faisaient des parties de water-polo dans l'eau avec les balles qu'ils avaient récupérées des déodorants Roll-On. Elles ressemblaient à des balles de ping-pong en plus petit, et se perdaient facilement dans l'eau. Les batailles pour se les approprier tournaient en mêlées toujours amusantes. J'avais été conviée à me joindre à eux. Nous avions passé quelques après-midi à jouer comme des enfants. Jusqu'à ce que le temps change et l'humeur d'Andrés aussi.

Avec les pluies arrivèrent les mauvaises nouvelles. Ferney vint parler avec moi un soir à travers le grillage. Il allait être transféré. Andrés voyait d'un mauvais œil qu'il prenne toujours ma défense, l'accusant d'être trop gentil avec moi. Il me dit, la mort dans l'âme :

— Ingrid, rappelez-vous toujours ce que je vais vous dire : quand on vous fera du mal, répondez avec du bien. Ne vous rabaissez jamais, ne répondez jamais aux insultes. Sachez que le silence sera toujours votre meilleure réponse. Promettez-moi que vous allez être prudente. Un jour, je vous verrai à la télévision lorsqu'on vous rendra votre liberté. Je veux que ce jour-là arrive. Vous n'avez pas le droit de mourir ici.

Son départ me déchira. Parce que, malgré tout ce qui nous séparait, j'avais trouvé en lui un cœur sincère. Je savais que, dans cette jungle abominable, il fallait se détacher de tout, pour éviter le risque d'un surcroît de souffrance. Mais je commençais à penser aussi que, dans la vie, certaines souffrances valent la peine d'être endurées. L'amitié de Ferney avait allégé mes premiers mois de captivité et surtout le tête-à-tête étouffant avec Clara. Son départ m'obligea à plus de discipline et d'endurance morale. Je me retrouvai encore plus seule.

## 19

### *Des voix du dehors*

La radio que Clara avait cassée ne fonctionnait plus qu'à moitié. Les seules émissions que nous arrivions à capter maintenant étaient une messe du dimanche transmise en direct depuis San José del Guaviare, la capitale d'un des départements de l'Amazonie, et une station des chansons populaires que les guérilleros adoraient et que je prenais en grippe de plus en plus.

Les gardes m'appelèrent un matin d'urgence parce qu'on avait annoncé que ma fille serait à l'antenne. J'écoutai la voix de Mélanie debout devant la *caleta*. J'étais surprise par la clarté de son raisonnement et la qualité de son expression. Elle avait tout juste dix-sept ans. La fierté d'être sa mère fut plus forte que la tristesse. Des larmes coulèrent sur mes joues au moment où je m'y attendais le moins. Je revins dans la cage, habitée d'une grande paix.

Un autre soir, alors que j'étais déjà allongée dans mon coin sous ma moustiquaire, j'entendis le pape Jean-Paul II qui plaidait pour notre libération. C'était une voix qu'on ne pouvait pas confondre et qui signi-fiait tout pour moi. Je remerciai le ciel, non pas telle-ment parce que je pensais que les chefs des FARC pourraient être sensibles à son appel, mais surtout parce que je savais que son geste allégerait le fardeau de ma famille, et l'aiderait à porter notre croix.

Parmi les bouées trop peu nombreuses qui m'arrivèrent durant cette période, une me remplit de l'espoir de pouvoir retrouver ma liberté : celle de Dominique de Villepin. Nous nous étions connus lorsque j'entrai à Sciences-Po et ne nous étions plus revus pendant presque vingt ans. En 1998, Pastrana, avant d'être investi comme chef de l'État, décida d'aller en France : il voulait assister à la coupe du monde de football. J'avais appris que Dominique avait été nommé secrétaire général de l'Élysée et je proposai à Pastrana de l'appeler. Dominique le fit recevoir en chef d'État et Pastrana m'en remercia. C'est ainsi que je repris contact avec Dominique. Il n'avait pas changé, toujours aussi généreux et attentif aux autres. Désormais, lorsque je passais par Paris, je ne manquais pas de l'appeler. « Il faut que tu écrives un livre, il faut que ton combat existe aux yeux du monde », m'avait-il dit. J'avais suivi son conseil et avais écrit *La Rage au cœur*.

Cela se produisit un soir, entre chien et loup, alors que je m'apprêtais à ranger mon ouvrage. Le garde faisait déjà tinter les clefs du cadenas pour nous signaler l'heure de notre claustration. Dans la *caleta* la plus proche, une radio n'avait cessé de grincer l'après-midi durant. J'avais appris à faire abstraction du monde extérieur pour vivre dans mon silence, et entendais sans écouter. D'un coup, je m'arrêtai. C'était un son venu d'un autre monde, d'une autre époque : je reconnus la voix de Dominique. Je fis volte-face et courus entre les *caletas* pour coller mon oreille au poste qui se balançait accroché à un pieu. Le garde hurla derrière moi pour que je revienne dans la cage. Je lui fis signe de se taire. Dominique s'exprimait dans un espagnol parfait. Rien de ce qu'il disait ne semblait avoir de relation avec moi. Le garde, intrigué par ma réaction, était lui aussi venu coller son oreille au poste. La speakerine disait :

— Le ministre des Affaires étrangères de la France, M. Dominique de Villepin, de voyage officiel en Colombie, a tenu à exprimer l'engagement de son pays pour la libération, dans les plus proches délais, de la Franco-Colombienne et de tous les otages qui, etc.

— Qui c'est ? demanda le garde.

— C'est mon ami, lui répondis-je, émue, parce que le ton de Dominique trahissait la douleur que notre situation lui causait.

La nouvelle se répandit comme une traînée de poudre dans le campement. Andrés vint aux nouvelles. Il voulut savoir pourquoi j'accordais tant d'importance à cette information.

— Dominique de Villepin est venu en Colombie se battre pour nous. Maintenant je sais que la France ne nous lâchera jamais !

Andrés me regardait incrédule. Il était absolument imperméable aux notions de grandeur ou de sacrifice. Pour lui, les seules données à retenir étaient que j'avais un passeport français et que la France — dont il ignorait tout — voulait négocier notre libération. Il voyait de l'intérêt là où je voyais des principes.

Après cette intervention de Dominique, tout changea. Pour le meilleur et pour le pire. Mon statut de prisonnière avait souffert une transformation évidente. Non seulement vis-à-vis de la guérilla, qui comprenait que son butin avait pris de la valeur. Mais aussi vis-à-vis des autres. À partir de ce moment-là, les radios se firent un devoir de marteler ma condition de

« Franco-Colombienne », parfois comme un avantage presque indécent, parfois avec une pointe d'ironie, mais le plus souvent avec le souci de mobiliser les cœurs et de sensibiliser les esprits. J'avais en effet la double nationalité : élevée en France, je me suis engagée dans la politique colombienne pour lutter contre la corruption. Je m'étais toujours sentie autant chez moi en Colombie qu'en France.

Mais c'est surtout dans mes rapports avec mes futurs compagnons d'infortune que l'appui de la France allait avoir des répercussions profondes. « Pourquoi elle, et pourquoi pas nous ? » Je l'avais entrevu, lors d'une discussion avec Clara sur l'évaluation que nous faisions de nos chances de sortie.

— Tu n'as pas à te plaindre ! Toi, au moins, tu as la France qui se bat pour toi, avait-elle dit avec amertume.

La nouvelle année débuta avec une surprise. Nous avions vu arriver le nouveau commandant du Front Quinze, celui qui avait remplacé El Mocho Cesar, tué dans une embuscade.

Il était venu escorté d'une grande brune investie d'une mission sensible.

— Je suis venue vous transmettre une très grande nouvelle, dit-elle avec un sourire d'une oreille à l'autre : vous êtes autorisées à envoyer un message à vos familles !

Elle avait sa caméra au poing, prête à nous filmer. Je la regardai de haut, coincée et distante. Ce qu'elle nous annonçait n'était ni un service ni une grande nouvelle. Je me rappelais comment ils avaient honteusement tronqué ma première preuve de survie. Ils avaient coupé les parties où je décrivais nos conditions de détention, les chaînes qu'ils nous faisaient porter vingt-quatre heures sur vingt-quatre, ainsi que la déclaration de gratitude aux familles des soldats morts dans l'opération déclenchée immédiatement après notre capture pour nous libérer.

— Je n'ai aucun message à envoyer. Merci tout de même.

Je tournai les talons et rentrai dans la cage suivie de Clara qui me tenait par le bras, furieuse de ma réponse.

— Écoute, si tu veux le faire, fais-le. Tu n'as pas besoin de moi pour envoyer un message à ta famille. D'ailleurs, tu devrais le faire, ce serait très bien que tu le fasses.

Elle ne me lâchait pas. Elle tenait absolument à savoir pourquoi je me refusais à envoyer une preuve de survie.

— C'est très simple. Ils me retiennent prisonnière. Soit, je ne peux rien y faire. Ce que je n'admets pas, c'est qu'en plus ils s'approprient ma voix et mes pensées. Je n'ai pas oublié leur manipulation de la dernière fois. Des vingt minutes que nous avons enregistrées, ils en ont envoyé dix, en choisissant arbitrairement ce qui les arrangeait. Raúl Reyes fait des déclarations en parlant à ma place. C'est inadmissible. Je ne me prête pas à leurs simagrées.

Après une longue pause, Clara s'adressa à la grande brune :

— Moi non plus, je n'ai pas de message à envoyer.

Andrés arriva, quelques jours plus tard, un matin, en proie à une vive excitation.

— Il y a quelqu'un de votre famille qui veut vous parler par radio.

Je n'aurais jamais cru cela possible. L'appareil était installé sur une table et sous un montage sophistiqué de gros câbles disposés en pyramide. L'opérateur radio, un jeune guérillero blond aux yeux clairs qu'ils appelaient Caméléon, répéta une série de codes et changea les fréquences.

Au bout d'une heure, on me passa le micro.

— Parlez ! me lança Caméléon.

Je ne savais pas quoi dire :

— Allô, oui ?

— Ingrid ?

— Oui ?

— Bien, Ingrid, on va vous mettre en liaison avec quelqu'un d'important qui va vous parler. Vous n'entendrez pas sa voix, nous vous répéterons ses questions et nous lui transmettrons vos réponses.

— Allez-y.

— Pour vérifier votre identité, la personne veut que vous lui donniez le nom de votre amie d'enfance qui habite à Haïti.

— Je veux savoir qui est mon interlocuteur. Qui me pose cette question ?

— C'est quelqu'un lié à la France.

— Qui ?

— Je ne peux pas vous répondre.

— Bien. Alors, moi non plus je ne vous réponds pas.

Je me sentais manipulée. Pourquoi ne déclinaient-ils pas l'identité de mon interlocuteur ? Et si ce n'était qu'un montage pour obtenir des informations qu'ils utiliseraient contre nous par la suite ? Pendant quelques minutes, j'avais effectivement cru à la possibilité d'entendre la voix de Maman, de Mélanie ou de Lorenzo…

## 20

## *Une visite de Joaquín Gómez*

Quelques semaines plus tard, alors que j'entamais la quatrième des ceintures que j'avais prévu de tisser à raison d'une pour chacun des membres de ma famille, j'entendis le bruit du moteur annonçant l'arrivée des provisions. La débandade qui s'était produite dans le campement, chacun allant se coiffer, se mettre en uniforme, se placer où il devait, me fit deviner qu'avec les provisions, un gros poisson venait d'arriver.

C'était Joaquín Gómez, chef du Bloc Sud, membre adjoint du « Secretariado », l'autorité la plus importante de l'organisation qu'ils aient jamais rencontrée. Il est né dans la région de la Guajira, et il avait le teint foncé des indiens *wayu* du nord de la Colombie.

Il traversa à grandes enjambées le campement, le dos courbé comme le font ces hommes qui portent sur eux des responsabilités bien lourdes, et m'ouvrit les bras en marchant vers moi avant de m'embrasser longuement, comme une très vieille amie.

J'étais étrangement émue de le voir. La dernière fois que nous nous étions rencontrés c'était lors du débat télévisé des candidats à la présidentielle, en présence des négociateurs du gouvernement et des membres des FARC, pendant le processus de paix de Pastrana, justement à San Vicente del Caguán, quinze jours avant mon enlèvement. De tous les membres du « Secretariado », il était mon préféré. Il se montrait toujours détendu, souriant, affable, drôle même, loin de cette attitude sectaire et renfrognée qui était d'usage entre les communistes colombiens de la ligne stalinienne à laquelle les FARC prêtaient allégeance.

Il fit apporter deux chaises et s'assit avec moi à l'arrière de la cage, sous l'ombre d'une immense *ceiba*, version amazonienne du baobab africain. Il sortit de sa poche, en catimini, une boîte de noix de cajou et me la mit sans façon entre les mains, sachant que cela me ferait plaisir. Il riait de mon allégresse et, comme pour m'épater encore plus, il me demanda si j'aimais la vodka. Même si ce n'avait pas été le cas, j'aurais dit oui : dans la jungle, on ne refuse rien. Il donna des instructions pour que l'on aille fouiller dans son équipage, et une bouteille d'Absolut au citron vert et citron vint finalement atterrir entre mes mains. C'était un début de conversation prometteur. J'en fis un usage parcimonieux, car je me méfiais des effets que l'alcool pouvait avoir sur mon organisme sous-alimenté.

— Comment tu vas ?

Je haussai les épaules malgré moi. J'aurais voulu être plus courtoise, mais à quoi bon formuler une réponse qui était tellement évidente ?

— Je veux que tu me racontes tout, continua-t-il, sentant que je me retenais.

— Combien de temps comptes-tu rester parmi nous ?

— Je partirai après-demain. Je veux avoir le temps

263

de fixer des choses dans le campement, et surtout je veux que nous parlions.

Nous nous attelâmes à la tâche dans la seconde. Il voulait comprendre pourquoi la France s'intéressait à moi et pourquoi l'ONU souhaitait intervenir dans la négociation pour notre libération.

— De toute façon, nous ne ferons rien avec l'ONU. Ce sont des agents des *gringos* !

Son commentaire me surprit. Il ne savait rien de l'ONU.

— Vous auriez intérêt à accepter les bons offices de l'ONU. C'est un partenaire indispensable dans un processus de paix…

Il éclata de rire et rétorqua :

— Ce sont des espions ! Tout comme les Américains que nous venons de capturer.

— Qui sont-ils ? Tu les as vus ? Comment vont-ils ?

J'avais entendu la nouvelle à la radio. Trois Américains qui survolaient un campement des FARC avaient été capturés et retenus en otages quelques jours auparavant.

— Ils sont en pleine forme, ce sont de grands gaillards costauds. Un petit séjour chez nous leur fera le plus grand bien ! Le camarade Jorge les fait garder par les hommes les plus petits que nous ayons. Juste une leçon d'humilité pour leur rappeler que la taille n'est pas proportionnelle au courage !

Il éclata de rire. Il y avait dans ses propos un sarcasme qui me blessa. Je savais que ces hommes souffraient. Joaquín dut sentir ma réserve, car il ajouta :

— De toute façon, c'est bon pour tout le monde : si les Américains font pression sur Uribe pour obtenir la libération des *gringos*, tu seras plus vite dehors.

— Vous vous êtes trompés avec moi, vous êtes en train de rendre un grand service à tous ceux qui me trouvaient trop dérangeante pour le système. L'establishment ne bougera pas le petit doigt pour me faire sortir d'ici.

Joaquín me regarda longuement, avec une mélancolie qui eut pour effet de m'apitoyer sur mon propre sort. Je m'étais mise à grelotter malgré la chaleur.

— Allez, viens, on va se faire une petite marche péripatéticienne !

Il me prit par les épaules et m'entraîna du côté de la piste de jogging en riant d'un air espiègle.

— Mais d'où sors-tu ça ! Péripatéticienne ! demandai-je, incrédule.

— Quoi ! Tu crois que je suis un illettré ? Ma pauvre fille, j'ai lu tous les classiques russes ! Rappelle-toi que je suis passé par la Lumumba[1] !

— Bien, tovarich ! Remercions Aristote, alors, car j'ai vraiment envie de vider mon sac avec toi. Et avec tous tes gardes autour, c'est impossible !

On s'éloigna tranquillement en suivant le sentier sablonneux de la piste athlétique. On marcha pendant des heures, faisant des tours et des tours sur la même piste jusqu'au crépuscule. Je lui racontai tout. Tout ce que nous endurions entre les mains de ces hommes insensibles et souvent cruels, les humiliations constantes, le mépris, les punitions stupides, les harcèlements, la jalousie, la haine, le machisme, ces détails du quotidien qui empoisonnaient ma vie, les toujours plus nombreuses interdictions d'Andrés, l'absence de communication et d'information dans laquelle nous vivions, les abus, la violence, la mesquinerie, le mensonge.

1. L'université communiste de Lumumba, à Moscou. Patrice Lumumba (1925-1961) a été l'une des principales figures de l'indépendance du Congo.

Et je lui narrai jusqu'aux détails les plus stupides, comme l'histoire des œufs de ce poulailler qu'Andrés avait fait construire pour nous narguer en face de notre cage, qu'ils mangeaient la semaine entière et dont l'odeur depuis la *rancha* venait nous chatouiller les narines chaque matin sans que jamais il n'y en ait eu pour nous. Je racontai tout, ou presque. Car il m'était purement et simplement impossible d'évoquer certaines choses.

— Ingrid, je vais faire de mon mieux pour améliorer les conditions dans lesquelles tu vis. Tu as ma parole. Mais maintenant, il faut que tu me dises très sincèrement pourquoi tu refuses d'enregistrer une preuve de survie.

Joaquín Gómez revint me chercher à ma cage le lendemain matin. Il avait donné l'ordre de tuer des poules et dans la *rancha* les cuisiniers s'affairaient à les préparer « au pot », ce qui me fit saliver toute la matinée. Il voulait que l'on déjeune tous ensemble, avec Fabián Ramírez, son lieutenant, que j'avais vu très peu car il s'était exclusivement occupé de Clara. Je l'avais cependant déjà rencontré lorsque j'avais parlé avec Manuel Marulanda avant ma séquestration. C'était un jeune homme de taille moyenne, blond avec une peau blanc lait, qui visiblement souffrait de l'exposition continuelle au soleil implacable de la région. J'en déduisis qu'il ne devait pas vivre sous couvert comme nous, et qu'il se déplaçait probablement beaucoup en hors-bord sur les innombrables rivières de l'Amazonie.

Joaquín avait l'air préoccupé.

— Est-ce que ta compagne t'a parlé de la requête qu'elle nous a présentée ?

Je ne savais pas du tout de quoi il parlait. De fait, Clara et moi communiquions peu.

— Non, je ne suis pas du tout au courant, de quoi s'agit-il ?

— Écoute, c'est quelque chose de très délicat, elle revendique ses droits en tant que femme, elle parle de son horloge biologique, qu'elle n'aurait pas le temps de devenir une mère, bref, je crois qu'il faudrait que nous en parlions avant que je ne soumette sa demande au « Secretariado ».

— Joaquín, je te remercie de ta démarche. Mais je veux être très claire là-dessus : je n'ai aucune opinion à émettre. Clara est une femme adulte. Sa vie privée ne concerne qu'elle.

— Bien, si tu crois que tu n'as rien à dire, je le respecte. Par contre, je veux qu'elle répète devant nous deux ce qu'elle a dit à Fabián. Je vais donc te prier de me suivre.

On s'installa à une petite table et Fabián alla chercher Clara qui était toujours dans la cage. Elle s'assit à côté de moi, devant Fabián et Joaquín, et répéta mot pour mot ce que Joaquín m'avait annoncé. Il était clair que Joaquín tenait non seulement à ce que je sois informée mais aussi à ce que je serve de témoin.

La demande de Clara me laissa perplexe. Je décidai que j'avais le devoir de m'entretenir avec elle. Je m'étais posé la question de savoir quel aurait été le conseil de mon père si j'avais pu le consulter. Je m'efforçai de lui parler le plus sincèrement possible, en faisant table rase de toutes les difficultés que nous avions rencontrées dans notre vie de tous les jours, pour lui apporter une réflexion désintéressée qui l'aiderait à soupeser correctement les conséquences de sa requête. Nous étions toutes les deux acculées à un destin terrible. Nous avions, chacune de notre côté, fait appel aux ressources psychologiques que nous avions à portée de main pour continuer à vivre. Je puisais dans une énorme réserve de souvenirs, rendant grâce pour l'incroyable bonheur que j'avais accumulé durant des années et pour la force que je tirais de mes enfants. Je savais que jamais je ne renoncerais à ma lutte pour revenir vivante à la maison, parce qu'ils m'attendaient.

Le cas de Clara était différent. Rien ne la retenait dans son passé. Mais j'étais aussi convaincue que son plan était déraisonnable. Je fis de mon mieux pour trouver les mots adéquats et le ton correct, je ne voulais pas la froisser. Je fis la liste de toutes les raisons qui, de mon point de vue, pouvaient la dissuader de persister dans sa requête, lui parlant de la possibilité qu'elle aurait, à sa libération, d'adopter un enfant, évoquant ce que serait la vie d'un bébé né dans des conditions de si grande précarité, ne sachant pas si les FARC accepteraient de libérer son enfant avec elle une fois le moment venu. Je lui parlais, comme ultime ressource, comme j'aurais aimé qu'on me parle à moi ou à ma fille. Elle écouta avec attention chacun de mes mots : « Je vais y réfléchir », finit-elle par conclure.

Joaquín était de retour en fin d'après-midi. Il était inquiet pour cette histoire de preuve de survie. Je devinais bien qu'il était sous pression et que son organisation devait avoir un plan qui nécessitait que l'on sache que j'étais vivante.

— Si tu peux me garantir que la totalité de mon message sera remis à ma famille, que vous n'allez rien supprimer, alors on pourra en reparler.

— Bien, je ne te promets rien. Ce que je peux te dire à l'avance, c'est qu'il y aura des règles du jeu. Tu ne pourras pas mentionner d'endroits, tu ne pourras pas donner les noms de ceux qui te gardent, tu ne pourras pas faire référence à tes conditions de détention, car l'armée, par déduction, pourrait te retrouver.

— Je suis prisonnière, mais je peux encore dire non.

Un diable passa dans ses yeux. Bien sûr, ils avaient les moyens de me filmer sans mon consentement. Je compris qu'il y pensait et j'ajoutai :

— Vous ne ferez pas cela... Ce serait de très mauvais goût... Et cela se retournerait tôt ou tard contre ton organisation !

Il m'embrassa affectueusement et me dit :

— Ne t'inquiète pas. Je veille sur toi. Tant que je serai là, il y a des choses que je ne laisserai pas faire.

Je souris tristement, il était trop loin et trop haut dans la hiérarchie pour pouvoir véritablement me protéger. Il m'était inaccessible tout comme je le devenais pour lui à cause de la distance et du blocage de ses subordonnés. Il le savait lui aussi. Il partait déjà, je le voyais s'éloigner le dos courbe comme il était venu. Il allait disparaître de ma vue quand, soudain, il se retourna, revint vers moi et me dit :

— Au fait, je crois que le mieux, c'est que je vous fasse une petite maison à chacune, qu'est-ce que tu en penses ?

Je soupirai : cela voulait bien dire que notre liberté n'était pas prévue pour demain. Il avait compris ma pensée et, avant que je réponde, il me dit gentiment :

— Allez, comme dit Ferney, au moins tu auras la paix !

Mon Dieu, cela me faisait plaisir d'avoir des nouvelles de Ferney. Mon visage s'illumina.

— S'il te plaît, dis-lui bonjour de ma part.

— Je le ferai, promis !

269

— Il est avec toi ?

— Oui.

Comme Joaquín l'avait annoncé, il fit construire deux maisons séparées à une distance raisonnable l'une de l'autre et sans vis-à-vis. Le modèle était identique à la maison en bois que nous avions déjà eue, mais en plus petit. J'avais une chambre avec une porte en bois qui fermait et qui n'était jamais cadenassée. Je pouvais donc m'y retirer en privé sans avoir l'impression d'être en prison. Nous partagions la salle d'eau où ils avaient installé le sanitaire en porcelaine, au milieu de nulle part, dans un cagibi emmuré de palmes et fermé avec la toile d'un sac de riz ouvert en longueur. Il y avait aussi une grande citerne en plastique qu'ils remplissaient avec une pompe à moteur d'eau de la rivière et qui nous permettait de nous laver loin des regards indiscrets et à l'heure où cela nous chantait.

J'avais enfin la paix. Joaquín vint voir la maison terminée et dit aux gardes devant moi :

— Ici, Ingrid est chez elle. Aucun de vous n'a le droit de mettre un pied dans cette maison sans son autorisation. C'est comme une ambassade, ici elle jouit d'extraterritorialité !

Ma vie changea. Il m'était difficile de comprendre comment quelqu'un pouvait être gentil ou méchant sur commande. Pourtant, c'était bien ce dont j'étais témoin. La métamorphose s'était produite dans tous les détails de la vie quotidienne et, même si je comprenais bien que l'attitude envers moi était loin d'être spontanée, je me reposais et profitais de cette accalmie sans m'interroger davantage. Je m'appliquais à retrouver un équilibre émotionnel que j'avais perdu. Peu à peu le sommeil me revint. Je pouvais dormir quelques heures pendant la nuit et, surtout, je me surprenais à faire des siestes plus prolongées qui me faisaient, je le sentais, un bien réel.

J'avais eu l'idée de demander un dictionnaire encyclopédique et je l'avais reçu. Je n'avais pas conscience du luxe que cela représentait. J'en devins rapidement une accro. Je passais ma matinée assise à ma table de travail, avec vue imprenable sur la rivière, et voyageais dans le temps et dans l'espace au tournant de chaque page. Au début, j'avais obéi au caprice du moment. Mais, peu à peu, j'établis une méthodologie qui me permit de structurer mes recherches sur un thème préétabli avec la logique d'un jeu de pistes. Je ne pouvais pas croire à mon bonheur. Je ne sentais plus le temps filer. Lorsqu'on apportait l'assiette de riz et de flageolets, je mangeais tout, encore perdue dans mes déductions savantes, mettant au point la prochaine étape de mon exploration. Je m'intéressais à tout : à l'art, à la religion, aux maladies, à la philosophie, à l'histoire, aux avions, aux héros de guerre, aux femmes de l'histoire, aux acteurs, aux hommes d'État, aux monuments, aux pays. Je trouvais tout pour y assouvir ma soif d'apprendre. Et comme toutes les informations y étaient, par définition, distillées, ma curiosité n'en était que plus piquée, et je partais chercher ailleurs les détails manquants.

Ma solitude fut pour moi une sorte de libération. Non seulement parce que je n'étais plus assujettie aux sautes d'humeur de ma compagne, mais aussi et surtout parce que je pouvais être à nouveau moi-même, réglant ma vie selon les besoins de mon cœur. Après ma lecture du matin, je m'imposais dans l'après-midi un entraînement physique épuisant. Je fermais la porte de la chambre, poussais le lit que Joaquín m'avait fait confectionner debout contre le mur, et transformais l'espace libre en gymnase, où je m'exerçais à toutes les acrobaties que j'avais apprises étant enfant et que j'avais délaissées dans ma vie d'adulte. Peu à peu la mémoire des mouvements me revenait, j'apprivoisais la peur du risque et réapprenais à pousser toujours plus loin mes limites.

Je prenais ensuite mon bain, en regardant les oiseaux voler au-dessus de moi, et réussissais à les admirer sans leur en vouloir. Lorsque je revenais dans ma maison, je m'asseyais les jambes croisées dans la position du lotus et me laissais aller à une méditation qui n'avait rien de religieux mais qui aboutissait invariablement à une conscience indubitable de la présence de Dieu. Il était là. Ce Dieu partout, trop grand, trop fort. Je ne savais pas ce qu'Il pouvait attendre de moi et encore moins ce que j'étais en droit de demander. Je pensais Le supplier de me sortir de ma prison, mais je trouvais immédiatement que ma prière était trop petite, trop mesquine, trop tournée sur mon petit moi, comme si penser à mon propre bien-être ou solliciter Sa bienveillance était mal. Peut-être aussi que ce qu'Il voulait me donner, je n'en voulais pas. Je me souvenais d'avoir lu dans ma Bible, dans une Épître aux Romains, que l'Esprit saint nous secourait dans notre besoin de communication avec Dieu, sachant mieux que nous ce qu'il nous convenait de solliciter. J'avais pensé à ce moment-là, en le lisant, que je ne voulais pas que l'Esprit demande pour moi autre chose que ma liberté. Et l'ayant formulé ainsi, j'avais compris que je ratais l'essentiel, qu'il y avait probablement autre chose de supérieur à ma liberté qu'Il pourrait chercher à me donner et que j'étais pour le moment incapable d'apprécier.

J'avais des questions. Toujours pas de réponses. Elles me poursuivaient durant ma méditation. Et dans cette réflexion circulaire qui se prolongeait jour après jour, je voyais défiler les faits de la journée, que je décortiquais avec précision. Je m'arrêtais pour analyser certains moments. Je réfléchissais au sens du mot « prudence » ou du mot « humilité ». Tous les jours, dans un regard, dans l'intonation de la voix, dans ce mot utilisé de travers, dans le silence ou dans le geste, tous les jours je me rendais compte que j'aurais pu agir différemment et mieux faire. Je savais que la situation que je vivais était une opportunité que la vie m'offrait pour m'intéresser à des choses qui me rebutaient d'habitude. Je découvrais une autre façon de vivre, moins dans l'action et plus dans l'introspection. Incapable d'agir sur le monde, je déplaçais mon énergie pour agir dans « mon monde ». Je voulais me construire un moi plus fort, plus solide. Les outils que j'avais développés jusqu'à maintenant ne me servaient plus. Il me fallait une autre forme d'intelligence, une autre sorte de courage et plus d'endurance. Mais je ne savais pas comment m'y prendre. Il m'avait fallu attendre plus d'un an de captivité pour que je commence à me remettre en question.

Dieu avait sûrement raison, et l'Esprit saint devait bien le savoir, puisqu'Il s'obstinait à ne pas vouloir intercéder en faveur de ma liberté. J'avais encore beaucoup à apprendre.

## 21

## Deuxième preuve de vie

La dernière fois que je vis Joaquín Gómez, ce fut pour enregistrer la deuxième preuve de survie. Il était accompagné d'autres guérilleros, dont Ferney. Cela me fit plaisir de le revoir.

Je soupçonnais qu'il avait dû expliquer à son supérieur le traitement que je recevais et les situations que j'avais dû affronter et je le remerciai car il y avait eu un rappel à l'ordre. Andrés avait autorisé que j'aie de temps en temps du lait en poudre et Edinson, celui qui nous avait retrouvées après l'attaque des guêpes, m'apportait en cachette des œufs que je « cuisinais » dans de l'eau bouillante que l'on m'apportait sous prétexte de traiter un eczéma. Ce qui me satisfaisait le plus, cependant, c'était qu'Andrés m'ait à nouveau autorisée à passer du temps dans la *rancha*. J'aimais à être dans la cuisine. J'apprenais les techniques qu'ils avaient mises au point, notamment pour élaborer un ersatz de pain, leurs *cancharinas*, préparées à partir d'un mélange d'eau et de farine qu'ils faisaient frire dans de l'huile bouillante, délices dont je voulais détenir le secret. Joaquín avait eu la gentillesse de m'envoyer, entre deux de ses dernières visites, un sac noir plein de bonnes choses. Le mili-

cien qui conduisait le canot à moteur avait reçu l'instruction précise de ne pas ouvrir le sac noir et de me
le remettre en personne. C'était un clin d'œil de
Joaquín à mon intention, car le premier jour où nous
avions fait notre marche « péripatéticienne », je
m'étais plainte de la discrimination dont nous étions
victimes sur le terrain des choses de la table.
Lorsqu'on n'a rien, les possessions les plus élémentaires prennent une dimension insoupçonnée.

Quand Joaquín arriva, nous nous mîmes immédiatement au travail pour préparer l'enregistrement.
J'avais reçu sa parole d'honneur que le texte intégral
de mon message serait remis à ma famille sans aucun
changement. Il était convenu que l'intervention durerait entre quinze et vingt minutes, qu'elle serait fil-
mée dans la maisonnette, en installant un drap
comme toile de fond pour ne fournir aucune indication sur notre localisation, et que je serais seule.
Ma compagne aurait elle aussi le loisir d'envoyer
une preuve de survie. J'envisageais de trancher sur
un débat délicat dont j'avais eu quelques échos en
écoutant les commentaires à la radio. En effet, ma
famille s'opposait fermement à toute opération militaire de sauvetage.

Quelques mois auparavant, une dizaine de prisonniers, dont le gouverneur de la région d'Antioquia,
Guillermo Gaviria, et son conseiller pour la paix,
Gilberto Echeverri, avaient été assassinés lors d'une
tentative de libération par l'armée colombienne
dans la région d'Urrao[1]. Cela avait été un choc terrible pour moi. Je ne connaissais pas personnellement

1. Événement survenu le 5 mai 2003 et connu comme le massacre
d'Urrao.

Guillermo, mais j'avais trouvé courageux son engagement pour la paix dans la région d'Antioquia. J'admirais cet homme qui était allé jusqu'au bout de ses convictions.

Un jour, vers 4 heures de l'après-midi, alors que je jouais avec un poste de radio que Joaquín m'avait apporté en cadeau lors d'une de ses visites précédentes, je captai par hasard, sur ondes courtes, les informations de Radio-Canada. C'était un petit poste métallisé, guère puissant, que les gardes s'amusaient à dénigrer car il ne remplissait sa fonction que très tôt le matin ou à la nuit tombée. Il avait besoin d'un système d'antennes potentialisées, que les gardes eux-mêmes m'avaient aidée à mettre au point en utilisant le fil d'aluminium des éponges à récurer les casseroles. Il fallait le tendre jusqu'à la cime des arbres : l'une de ses extrémités y avait été envoyée à l'aide d'une fronde, tandis que l'autre était enroulée autour de la tête de l'antenne du poste. Le système marchait assez bien et je réussissais, surtout le soir, à suivre les nouvelles. C'était une fenêtre sur le monde. J'écoutais et, en imagination, je voyais tout. Je n'avais pas encore découvert la fréquence de Radio France internationale à laquelle je m'attacherais très particulièrement par la suite, au point de mémoriser les noms et les voix des journalistes, comme s'ils avaient été des amis de toujours, ou même la BBC que j'écouterais religieusement tous les jours, avec le même plaisir que j'avais eu « dans la civile » à aller au cinéma. Pour l'heure j'étais à la joie d'avoir découvert Radio-Canada, et d'entendre parler français.

Mais mon plaisir se transforma en épouvante lorsque, à propos d'otages colombiens qui avaient été massacrés par les FARC, j'entendis prononcer mon nom. Je ne savais pas de quoi ils parlaient mais je restai pétrifiée, le poste collé à l'oreille, essayant de comprendre, avec l'angoisse qu'une mauvaise manipulation du poste n'aille me faire perdre ma faible réception du programme. Je ne voulais surtout pas rater la suite du bulletin d'informations. Quelques minutes après, ils répétèrent l'intégralité de la dépêche, et je découvris avec horreur que Gaviria et Echeverri venaient d'être assassinés. Il n'y avait aucune autre information, pas plus de précisions. Ils changèrent de sujet, me laissant tremblante entre quatre murs. J'allai m'asseoir sur mon lit, les yeux gonflés, imaginant tout ce qui avait pu se passer pour qu'ils aient été exécutés. Et je me souvins alors de la menace des FARC. Au bout d'un an, ils commenceraient à nous liquider, les uns après les autres. Cela faisait effectivement un peu plus d'un an que nous avions été prises en otages. C'était donc ça : les FARC avaient commencé à mettre leur plan à exécution !

Je sortis de ma cabane comme si la foudre m'était tombée dessus. Je rompais une des règles que je m'étais imposée, celle de ne pas aller parler avec Clara sans la prévenir de ma visite au préalable. Je m'avançai sur le sentier, suivie de près par le garde qui m'y avait autorisée. Clara était en train de balayer chez elle. Elle fit mine d'être ennuyée par mon arrivée.

— Écoute, c'est très grave, les FARC viennent d'assassiner Gilberto et Guillermo...

— Ah bon ?

— C'est à la radio, ils viennent de...

— Bien. Merci pour l'information.

— Je... je...

— Qu'est-ce que tu veux ? On ne peut rien y faire. Voilà, tant pis. Qu'est-ce que tu veux que je te dise !

Je n'insistai pas, et revins meurtrie dans ma baraque. Je m'enfermai dans ma chambre. Je priai sans savoir comment, ni quoi demander à Dieu. J'imaginais leurs familles, leurs femmes, leurs enfants et souffrais viscéralement, physiquement, pliée en deux, sachant que ce pourrait être aussi le destin des miens. Avec la nuit, mon poste de radio s'était mis à recevoir avec puissance les stations colombiennes. Toutes les dix minutes la voix de Yolanda Pinto, la femme de Guillermo, était retransmise. Elle expliquait en détail la procédure pour récupérer les cadavres et les difficultés qu'elle affrontait car l'accès au site du massacre était sous contrôle militaire et il était interdit d'accès aux familles. Le garde qui était en poste m'appela, il voulait lui aussi être informé. Je lui dis qu'ils avaient commencé à exécuter les otages et que je savais que notre tour arriverait prochainement.

Andrés vint peu après.

— Ingrid, je viens d'apprendre la mort de Guillermo et de Gilberto. Je tiens à vous assurer que les FARC ne vont pas vous assassiner. C'est un accident, les FARC ont réagi à une attaque militaire.

Je ne le croyais pas. Après tous ces mois de captivité j'avais compris que mentir, pour les membres des FARC, était tout juste une tactique de guerre.

Pourtant, au fur et à mesure que les heures s'égrenaient, l'information semblait lui donner raison. Les militaires avaient tenté une opération de libération. Seulement deux des otages avaient survécu au massacre. Ils décrivaient comment, lorsque le commandant avait compris qu'ils étaient encerclés par les hélicoptères de l'armée colombienne, les prisonniers avaient été réunis pour être fusillés. Gilberto s'était mis à genoux en implorant clémence. Il avait été abattu de sang-froid par le commandant lui-même. Les survivants racontaient que Gilberto pensait qu'ils étaient amis et il le lui rappelait en l'implorant de ne pas le tuer.

J'imaginais la scène de l'assassinat dans les moindres détails, convaincue que nous étions promises au même sort à tout moment.

C'est pourquoi lorsque Joaquín vint pour la preuve de survie, je tins à exprimer mon soutien à une opération de libération par l'armée colombienne, sachant qu'après le massacre d'Urrao beaucoup de gens y seraient opposés. Je ne pouvais parler qu'en mon nom propre. Mais je tenais à souligner que, la liberté étant un droit, tout effort pour la récupérer était un devoir supérieur auquel je ne pouvais me dérober.

Je voulais aussi que le pays entame une réflexion profonde sur ce que la défense de ce droit impliquait. La décision devait se prendre au plus haut niveau et le président de la République assumer le coût politique d'un échec, ou les lauriers d'une opération réussie. Je craignais que, dans le labyrinthe des intérêts politiques du moment, nos vies n'aient plus aucune valeur et qu'il soit plus intéressant d'organiser un fiasco sanglant, pour pouvoir mettre notre mort sur le dos des FARC, plutôt qu'une véritable opération de sauvetage.

Une fois la preuve de survie enregistrée, il fallut attendre sa diffusion par la radio et la télévision colombiennes. Les mois qui s'écoulèrent entre les deux furent longs et tendus. J'avais suivi en particulier l'envoi d'un avion français au cœur de l'Amazonie brésilienne, avec l'espoir que la pression pour obtenir la preuve de survie ait été liée à cet événement. Quelques jours avant que la presse ne laisse filtrer l'information, un médecin des FARC était venu nous voir. C'était un gars qui avait fait quelques années de médecine à Bogotá sans obtenir son diplôme et qui avait été recruté dans le but d'être l'instructeur des infirmiers qui seraient envoyés dans les différents fronts, et d'assumer la direction d'un hôpital de brousse qui devait se trouver à courte distance de notre campement. Sa visite me fit miroiter la possibilité d'une libération. J'imaginais que les FARC avaient intérêt à libérer les otages dans des conditions qui leur permettraient de redorer leur blason aux yeux du monde. Peut-être aussi cette preuve de survie que les FARC avaient voulu obtenir avec une telle insistance était-elle une des conditions demandées par la France pour entamer des négociations qui, de toute évidence, devaient rester secrètes ? Lorsque l'avion était reparti sans nous, j'avais imaginé que l'exposition médiatique de l'affaire avait probablement fait échouer la mission. Mais l'espoir avait germé : la France était prête à prendre des risques réels pour me sortir de là. Je savais que la France continuerait à rechercher le moyen de me tirer des griffes des FARC et j'espérais que d'autres contacts auraient lieu, que d'autres émissaires seraient envoyés et que d'autres négociations seraient entamées.

Quand, quelques semaines plus tard, le milicien qui venait normalement avec les provisions arriva avec l'ordre de nous emmener, il ne pouvait s'agir pour moi que du succès de ces négociations. Nous allions partir le lendemain à l'aube, il fallait emballer nos affaires. Je triai mes affaires et pris juste le nécessaire pour les quelques jours de déplacement que, d'après mes calculs, nous mettrions à atteindre le point de rencontre avec les émissaires européens. Je donnai tout le reste aux filles et surtout je leur laissai le dictionnaire et une mappemonde que je venais de finir, toute en couleurs, sur laquelle j'avais travaillé pendant des semaines et dont j'étais bien fière.

Andrés avait organisé une petite réunion pour nous dire au revoir. Les guérilleros me serrèrent la main en me félicitant du succès des négociations et de ma liberté imminente. Je ne dormis pas de la nuit en savourant mon bonheur. Le cauchemar était fini. Je rentrais chez moi.

J'étais assise sur mon baluchon, prête à partir. La lune faisait miroiter ses reflets d'argent sur l'eau paresseuse de la rivière. On nous apporta vers 5 heures du matin une tasse de chocolat chaud et une *cancharina*. Ma compagne elle aussi était prête, assise sur les escaliers de sa cabane, avec un équipage double du mien : elle avait l'intention de ne rien laisser. Un étrange bonheur et une grande sérénité m'habitaient. Ce n'était pas l'euphorie que j'avais imaginé ressentir à l'annonce de ma libération, c'était un bonheur tranquille, un repos de l'âme. Je réfléchissais à ce que cette année de captivité avait signifié pour moi. Je me voyais moi-même comme un être étrange, comme une entité distincte de mon moi présent. Cette personne qui avait vécu dans la jungle pendant tous ces mois resterait derrière. Je redeviendrais moi-même. Un souffle de doute traversa mon esprit. Redevenir moi-même ? Était-ce là mon but ? Avais-je appris ce qu'il fallait que j'apprenne ? Je me débarrassai vite de ces idées imbéciles. Quelle importance maintenant !

## 22

## *La diseuse de bonne aventure*

22 août 2003. Un ciel immaculé se découpait au-dessus de nos têtes, entre les arbres des deux rives, comme un long serpent bleu. Nous n'allions pas vite, le cours d'eau sillonnait la jungle capricieusement et, dans les virages en épingle à cheveux, il fallait encore esquiver les bois morts qui s'y étaient échoués. J'étais impatiente. Malgré l'attente de cette libération si proche, mon ventre s'était crispé douloureusement. L'odeur du moteur, le parfum aigre-doux de cet univers de chlorophylle, l'absence de certitude qui m'obligeait à avancer en aveugle dans la vie, tout me ramena au moment précis où j'avais senti que le piège se refermait sur moi.

C'était une semaine après notre capture. On nous avait déplacées de campement en campement jusqu'à un endroit, sur les hauteurs d'une butte, où j'avais découvert pour la première fois l'océan vert de l'Amazonie remplissant l'horizon à perte de vue. El Mocho Cesar se tenait debout à côté de moi. Il savait déjà que cette immensité allait m'avaler.

Ils avaient organisé un campement de fortune sur la pente presque verticale de la butte. On s'était baignées dans un ruisseau transparent qui chantonnait en passant sur un lit de cailloux translucides. J'avais vu les premiers singes. Ils s'étaient attroupés au-dessus de nous, et s'étaient amusés à nous envoyer des bâtons du haut de leur perchoir pour nous faire sortir de leur territoire.

La forêt était très touffue, il était impossible de voir le ciel au travers. Ma compagne s'était étirée comme un chat, avait rempli ses poumons de tout l'air qu'ils pouvaient contenir, et m'avait choquée en disant : « J'adore cet endroit ! » J'étais tellement obsédée par notre fuite que je ne me permettais même pas de considérer la beauté qui nous entourait de peur que cela ne nous freine dans notre élan. De fait j'étouffais, et j'aurais étouffé pareillement si je m'étais retrouvée prisonnière sur une banquise. La liberté était mon unique oxygène.

Je n'attendais que la tombée de la nuit pour mettre notre plan à exécution. Je comptais sur la pleine lune pour faciliter notre fuite.

Un camion rouge déboucha derrière un virage. Comme des fourmis, en moins de deux minutes, les guérilleros chargèrent le camion. Ils avaient déjà démantelé le campement et nous ne nous en étions pas rendu compte.

On prit le chemin qui descendait en serpentant. Deux petites maisons aux cheminées fumantes se tenaient tristes au milieu d'un cimetière d'arbres. Un enfant jouait en courant derrière un ballon éventré. Une femme enceinte le regardait du pas de la porte, les mains sur les hanches, le dos visiblement endolori. Elle disparut vite à l'intérieur en nous apercevant. Puis plus rien. Des arbres immenses qui se succédaient, identiques, pendant des heures. À un moment la végétation changea. Les arbres firent place à des arbustes. Le camion quitta la route en terre battue et emprunta un sentier à peine visible entre les fougères et les arbrisseaux. Subitement, en face de nous, comme posé là par erreur, un pont robuste en ferraille, assez large pour permettre au camion rouge de passer. Le chauffeur freina dans un grincement pénible. Personne ne bougea. De l'autre côté du pont, sortant de la forêt noire, deux personnes en uniforme de camouflage, grands sacs à dos sur les épaules, s'avançaient résolument à notre rencontre. J'imaginais qu'ils monteraient dans le plateau et que nous traverserions le pont. Je n'avais pas remarqué le fleuve verdâtre aux eaux mauvaises qui se traînait au-dessous. Ni la grande barque qui nous attendait, le moteur déjà ronronnant, prête à partir.

C'est alors que la mémoire me revint. En novembre 2001, lors de ma campagne présidentielle, dans un joli petit village colonial de la région de Santander, j'avais été abordée par une femme qui insistait pour me parler de façon grave et urgente. Le capitaine du monoplan qui assurait notre transport avait accepté que l'on parte avec une demi-heure de retard sur notre programme initial pour que je puisse l'écouter. C'était une jolie jeune femme, l'air sérieux, habillée simplement, qui s'approcha en tenant sa fillette de cinq ans par la main. Elle me prit par le bras, après avoir demandé à l'enfant d'aller s'asseoir plus loin, et m'expliqua nerveusement qu'elle avait des visions et que ses visions se confirmaient toujours dans la réalité.

— Je ne veux pas vous embêter, et vous allez penser que je suis folle, mais je n'aurai de paix qu'une fois que j'aurai pu vous dire ce que je sais.

— Que savez-vous ?

Elle cessa de me regarder droit dans les yeux, mais

son regard se perdit. Je sentis qu'elle ne me voyait plus.

— Il y a un échafaudage, quelque chose qui tombe. Ne passez pas dessous. Éloignez-vous. Il y a un bateau, une embarcation sur l'eau. Ce n'est pas la mer. N'y montez pas. Surtout, écoutez-moi, c'est le plus important, ne prenez pas cette embarcation.

J'essayai de la comprendre. Cette femme ne faisait pas semblant. Mais ce qu'elle me disait me paraissait totalement incohérent. Je me laissai pourtant prendre au jeu.

— Pourquoi est-ce que je ne dois pas monter sur ce bateau ?

— Parce que vous n'en reviendrez pas…

— Je pourrais mourir ?

— Non, vous ne mourrez pas… Mais vous mettrez de longues années à revenir.

— Combien de temps ?

— Trois ans. Non, ce sera plus. Plus de trois ans. Beaucoup de temps, un cycle complet.

— Et après, quand je reviendrai…

— Après ?

Oui, après. Qu'est-ce qu'il y a après ?

Le capitaine vint me chercher. L'aéroport fermait avant le coucher du soleil, à 6 heures pile. Il fallait décoller immédiatement.

Je montai dans l'avion, et j'oubliai ce que cette femme m'avait dit.

Jusqu'à ce moment précis où je vis la *canoa*[1] sous le pont. Assise à l'avant du camion rouge, j'observais médusée le canot qui nous attendait en bas de la berge. Il ne fallait pas y monter. Il ne le fallait pas. Je regardais autour de moi, impossible de fuir, ils

1. *Canoa* : canoë.

étaient tous armés. J'avais le ventre noué, les mains moites, une peur irrationnelle s'était emparée de moi, je ne voulais pas y aller. Un des hommes me prit par le bras, croyant que j'hésitais à descendre la pente abrupte par peur de glisser. Les jeunes sautaient allègrement, ils étaient fiers de leur entraînement. Ils me poussaient, me traînaient. Je glissai le long du talus de sable noir jusqu'en bas et je mis un pied dans l'embarcation, puis l'autre. Je n'avais guère le choix. J'étais prise au piège. Pour beaucoup de temps, avait-elle dit. Un cycle complet.

Nous naviguâmes du crépuscule jusqu'à l'aube. C'était la fin de la saison sèche, le fleuve était à son niveau d'eau minimal, il fallait tenir l'embarcation bien au milieu du courant pour éviter de s'enliser. De temps en temps un des guérilleros sautait tout habillé et poussait l'embarcation, de l'eau jusqu'à la ceinture, pour la libérer. J'avais peur. Comment faire pour revenir ? Avec les heures, ma sensation de claustrophobie augmentait.

Au début, nous avions longé quelques maisonnettes qui regardaient aveugles le passage de notre convoi. Les arbres énormes qui les entouraient laissaient filtrer les derniers rayons du crépuscule, comme pour signifier que, juste derrière, la forêt avait été abattue pour céder la place à des cultures. Très vite, la densité de la forêt avait étouffé toute luminosité, et nous étions entrés dans un tunnel de végétation ténébreux. Il n'y avait plus aucun signe de vie humaine, plus aucune trace de civilisation. Les bruits de la forêt nous arrivaient en échos lugubres malgré le ronflement du moteur. Je me trouvais assise, les bras autour du ventre pour maintenir mes tripes en place. Des arbres morts, aux branches blanchies par le soleil, gisaient dans l'eau comme des cadavres calcinés aux membres tordus, attendant encore le secours de la Providence.

Le capitaine avait allumé une torche puissante pour éclairer les eaux noires que nous traversions. Sur les berges des feux rouges s'allumaient sur notre passage. C'était les yeux des crocodiles qui chassaient dans la tiédeur du fleuve.

« Un jour, il faudra que je nage dans ce fleuve pour revenir chez moi », pensais-je. La lune apparut tard dans la nuit, faisant du monde que nous pénétrions un espace fantasmagorique. Je tremblais. Comment faire pour sortir de là ?

Cette peur ne devait plus me quitter. Chaque fois que je montais dans une de leurs *canoas*, j'étais inexorablement ramenée aux sensations de cette première descente en enfer, sur ce fleuve noir du Caguán qui m'avait engloutie.

Là, pourtant, j'aurais dû me laisser aller à la contemplation de la luxuriante nature qui célébrait la vie par cette heureuse matinée du mois d'août 2003. Mais l'angoisse papillonnait dans mon ventre. La liberté ? Était-ce trop beau pour être vrai ?

## 23

## *Une rencontre inattendue*

Le 22 août 2003, le canot sortit du labyrinthe d'eau étroit et sinueux pour déboucher sur la grande rivière du Yarí. Il se dirigea à contre-courant en biais, vers la rive opposée, et mouilla l'ancre entre des arbres que la montée des eaux commençait à couvrir. On nous demanda de descendre là. Je croyais que nous étions seuls, au milieu de nulle part. À ma grande surprise, je découvris, caché entre les arbres, un groupe de guérilleros que je ne connaissais pas, affairés à replier leurs tentes et à remballer leurs effets personnels. Ils déplièrent un grand plastique noir à l'ombre d'une grosse *ceiba* et nous nous y installâmes, Clara et moi, entraînées que nous étions à attendre sans poser de questions. Une jeune fille s'approcha et nous demanda si nous voulions des œufs à manger. Je n'avais pas remarqué qu'un peu plus loin ils avaient effectivement installé une *rancha* avec son feu de bois sur lequel chauffaient des marmites. Des œufs ! Cela me mit de bonne humeur : je pensais qu'ils nous donnaient un traitement spécial en vue d'une libération proche.

Sur notre droite, un homme assis comme nous contre un arbre me regardait de loin. L'homme, probablement un commandant, se leva, il marcha de long en large, puis, prenant de l'élan, il se rapprocha.

— ¿ *Ingrid ? ¿ Eres Ingrid*[1] ?

C'était un homme mûr, une barbe plus sel que poivre lui couvrant le visage, de grands cernes noirs encadrant des yeux gonflés et humides comme si les larmes allaient lui échapper. Son émotion me secoua. Qui était ce guérillero ? L'avais-je déjà vu auparavant quelque part ?

— *Soy Luis Eladio, Luis Eladio Pérez. Fuimos senadores al mismo tiempo*[2]…

J'avais compris avant qu'il ne finisse sa phrase. Celui que j'avais pris pour un vieux guérillero n'était autre que mon ancien collègue, Luis Eladio Pérez, capturé par la guérilla six mois avant moi. J'étais au Congrès lorsque son enlèvement avait été annoncé publiquement. Les sénateurs en avaient profité pour lever la session en signe de protestation, et chacun était rentré chez soi, ravi d'avoir un après-midi libre. Lorsque sa capture avait fait la une des journaux, j'avais été incapable de me souvenir de lui. Nous étions cent sénateurs. J'aurais dû au moins reconnaître son visage sur les photos. Mais non, rien. J'avais l'impression de ne l'avoir jamais vu. J'avais demandé autour de moi pour me rafraîchir la mémoire. Tous me parlaient de Luis Eladio en termes élogieux. J'aurais dû savoir qui c'était.

— Mais si, rappelle-toi, il s'assied derrière nous, juste là. Tu l'as vu mille fois, il te dit toujours bonjour quand tu arrives…

1. « Ingrid ? Es-tu Ingrid ? »
2. « Je suis Luis Eladio, Luis Eladio Pérez. Nous avons été sénateurs en même temps. »

Je m'en voulais énormément. Je cherchais au fond de ma mémoire : blanc total ! Pire, je savais que je lui avais parlé !

En entendant son nom, en comprenant que c'était Luis Eladio, je sautai à son cou, l'embrassant et retenant mes larmes dans ses bras. Mon Dieu, j'avais tellement de douleur à le voir en si mauvais état ! Il avait l'air d'avoir cent ans. Je lui pris la tête entre mes mains pour bien le regarder. Ces yeux, ce regard, où les avais-je enfouis pour que je ne les retrouve nulle part ? C'était frustrant : je n'arrivais toujours pas à le reconnaître, ni à superposer une image du passé sur le visage que j'avais en face de moi. Pourtant je venais de retrouver un frère. Il n'y avait aucune distance entre cet inconnu et moi. Je lui prenais la main et lui caressais les cheveux comme si nous nous connaissions depuis toujours. Nous pleurions, sans savoir si c'était de joie d'être l'un avec l'autre ou de pitié de voir les ravages que la condition d'otage avait imprimés sur le visage de l'autre.

Avec la même émotion, Luis Eladio s'élança pour embrasser Clara.

— ¿ *Tu eres Clarita*[1] ?

Elle lui tendit une main et, sans bouger, lui répondit :

— Appelez-moi Clara, s'il vous plaît.

Luis Eladio s'assit avec nous sur le plastique noir, un peu décontenancé. Il me questionna des yeux. Je répondis par un sourire. Il commença à me parler sans s'arrêter pendant des heures et des heures, qui se transformèrent en journées entières, puis en semaines complètes d'un monologue intarissable. Il

1. « Tu es Clarita ? »

voulait tout me raconter. L'horreur de ses deux ans de confinement dans un silence strict (le commandant, qui ne l'aimait pas, avait interdit à la troupe de lui adresser la parole ou de lui répondre). La méchanceté de l'homme qui avait fait tuer à coups de machette un petit chien que Luis Eladio avait recueilli et adopté. La peur qui le hantait de finir ses jours dans la jungle, loin de sa fille, Carope, qu'il adorait, et dont l'anniversaire était justement ce jour-là, ce 22 août, jour de notre rencontre sur les rives du Yarí. La maladie, car il était diabétique et dépendait de ses injections d'insuline qu'il ne recevait plus depuis sa capture, craignant à tout instant de tomber dans un coma hypoglycémique qui le tuerait de façon fulgurante, ou pis qui lui brûlerait le cerveau, le laissant comme un légume pour le restant de ses jours. L'inquiétude quant aux besoins de sa famille qui, avec sa disparition, avait perdu les ressources financières nécessaires pour s'assurer une vie normale. L'angoisse de ne pas pouvoir être là pour guider son jeune fils Sergio dans ses études et dans le choix de sa carrière. La tristesse de ne pas être au chevet de sa mère vieillissante et dont il redoutait, plus que tout, la mort en son absence. Les regrets qui l'habitaient de ne pas avoir été plus présent dans son foyer, absorbé comme il l'avait été par son travail et son engagement politique. Le sentiment d'impuissance qui le hantait d'être tombé dans un guet-apens et capturé par les FARC. Il me raconta tout d'un jet, sous la pression d'une solitude qu'il avait exécrée.

Nous descendîmes le courant sous le soleil impitoyable de midi, et cela jusqu'à la tombée du jour. Pendant toutes les heures de la traversée, je n'avais pas placé un mot. On s'était assis côte à côte, et je l'écoutais, consciente du besoin vital qu'il avait de se décharger sur moi. Nous nous étions pris instinctivement les mains, lui pour mieux me transmettre l'intensité de ses émotions, moi pour lui donner le courage de continuer. Je pleurais quand il pleurait, m'enflammais d'indignation lorsqu'il décrivait la cruauté dont il avait été victime, et riais avec lui aux larmes, car Luis Eladio avait cette capacité extraordinaire de tourner en dérision les moments les plus tragiques de l'ignominie que nous subissions. Nous étions devenus instantanément inséparables. Ce premier soir en commun, nous avions continué à parler jusqu'à ce que le garde nous demande de nous taire. Le lendemain matin, nous nous étions levés ravis de pouvoir nous embrasser à nouveau, et nous étions partis main dans la main nous asseoir dans le canot à moteur. Peu nous importait où nous allions. Il devint vite « Lucho » pour moi, puis « mon Lucho » et finalement « mon Luchini ». Je l'avais adopté définitivement, sentant que le soulagement que lui produisait ma présence me donnait une puissante raison de vivre ou, mieux, donnait un but à ce destin que je n'avais pas choisi.

Nous étions arrivés au bout de plusieurs jours de navigation sur une plage, d'où partait une route en gravier particulièrement bien entretenue. Un camion couvert à l'arrière avec une bâche nous attendait. On ne s'était pas fait prier pour y monter, contents d'être ensemble pour continuer à parler.

— Écoute, je sais que tu vas dire non, parce que tu dois croire que je suis un politicien de la catégorie que tu n'aimes pas, mais, si un jour on sort d'ici, j'aimerais vraiment pouvoir travailler avec toi.

Cela me toucha plus que tout. Je n'étais pas du tout fière : sale, malodorante, habillée de haillons encrassés, honteuse d'être vue vieillie, enlaidie, réduite à si peu de chose. Que Lucho puisse penser à moi comme à cette femme que je n'étais plus.

Je baissai la tête car je ne tenais pas à ce qu'il devine mon trouble, et essayai de sourire pour me donner le temps de répondre.

Afin de me sortir de mon embarras, il ajouta :

— Mais je tiens à te prévenir, il faudra que l'on change le nom de ton parti : *Oxígeno Verde*, c'est trop me demander ! Je ne veux plus voir de vert dans ma vie !

Tout le monde éclata de rire. Les guérilleros, qui avaient tout entendu, applaudissaient. Clara riait elle aussi de bon cœur. J'étais pliée en deux. Cela faisait du bien de rire. Je le regardais. Et pour la première fois, derrière sa barbe blanche, derrière ses petits yeux brillants, je le reconnus. Je le voyais assis derrière moi dans l'hémicycle du Sénat, me saluant d'un air espiègle, après avoir lancé une boulette de papier sur la nuque du collègue assis devant lui qui se retournait, exaspéré. Il m'avait toujours fait rire, même si j'avais invariablement essayé de garder mon sérieux par respect pour notre fonction. Derrière son masque de bagnard, je venais de le retrouver.

## 24

## *Le camp de Giovanni*

Le camion s'arrêta des heures plus tard, au milieu de cette route qui traversait le cœur de la forêt vierge. Sur la gauche entre les arbres, un autre campement des FARC se laissait deviner. On nous fit descendre. Ma compagne et moi portions nos sacs à patates remplis de nos effets personnels. Lucho, lui, était déjà passé à l'échelon supérieur, il portait un sac à dos farquien, en toile imperméable verte, de forme rectangulaire, avec une grande quantité de courroies sur les côtés pour pouvoir y accrocher une multitude d'objets tels que l'écuelle, le plastique noir, la tente roulée en saucisson, et le reste. Il était équipé comme un guérillero.

Un homme à la mine bourrue, parqué sur l'accotement de la voie, les jambes écartées, tapait d'un geste impatient le haut de sa cuisse musclée avec la lame de sa machette. Il avait les cheveux très noirs et luisants, des yeux comme des vrilles et une petite moustache rattrapée par une barbe de trois jours. Il transpirait encore de tout son corps, il venait probablement de finir une intense activité physique.

Il nous adressa la parole d'une voix rude.

— Vous ! Approchez ! Je suis votre nouveau com-

mandant. Vous êtes maintenant sous la responsabilité du Bloc Oriental. Entrez là et attendez.

Il nous fit passer la barrière d'arbres qui cachait à
moitié le campement. C'était une vraie fourmilière.
Il devait y avoir beaucoup de monde car je voyais
des *caletas* dans tous les sens et des hommes et des
femmes occupés à installer leurs tentes en se pressant, sans nul doute pour être prêts avant la tombée
de la nuit.

On se regarda avec Lucho et instinctivement nos
mains se retrouvèrent :

— Il ne doit pas être commode, « notre » commandant...

— Il m'a tout l'air d'un assassin de grand chemin,
me susurra Lucho en réponse. Mais ne t'inquiète
pas. Ici il faut se méfier de ceux qui ont l'air gentil !
Pas des autres.

Le commandant revint nous chercher et on le suivit prudemment. Dix mètres plus loin, la construction à la file de trois *caletas* venait juste d'être achevée.
Le bois écorcé avec application suintait toujours.
Des hommes s'affairaient à finir une grande table,
avec un banc de chaque côté.

— Voilà, vous allez vous installer ici. Les *chontos*
sont juste derrière. Il est trop tard maintenant pour
prendre un bain, mais demain matin j'enverrai la
*recepcionista* pour qu'elle vous conduise au lavoir.
Je vais vous faire apporter à manger, si vous avez
besoin de quoi que ce soit vous me faites appeler.
Mon nom est Giovanni. Bonsoir.

L'homme disparut laissant deux gardes à chaque
angle du rectangle imaginaire où nous étions autorisés à nous déplacer.

— Garde ? Pour aller aux *chontos* ? demandai-je.

— Là-bas, suivez le sentier, derrière un écran de palmes. Faites attention, il y a des tigres…

— Oui, des tigres, et des tyrannosaures aussi !

Le garde fit mine d'étouffer un rire et Lucho me regarda ravi. Quel besoin avaient-ils de toujours vouloir nous faire peur !

On s'installa pour la nuit avec l'espoir d'être arrivés au point de rencontre avec les émissaires. Je regardais ce que Lucho déballait, il lorgnait de mon côté aussi. Il avait une couverture en laine à carreaux anglais qui me faisait envie. J'avais un petit matelas recouvert de toile imperméable qui pouvait se plier en trois et que Lucho avait l'air de convoiter. On se sourit :

— Tu veux que je te prête mon matelas ? chuchotai-je.

— Mais toi, comment vas-tu dormir ?

— Oh moi, ça va, ils ont mis des palmes sur la *caleta*, ce sera suffisant.

— Tu veux que je te passe une couverture ?

— J'ai ma veste, répondis-je sans conviction.

— Mais j'en ai deux de couvertures. D'ailleurs, cela m'irait bien que tu la prennes, j'aurais moins de choses à porter.

J'étais contente de notre échange et visiblement lui aussi.

On nous avait prêté des lampes de poche, une à chacun. Pour nous, c'était le faste. Je demandai la permission d'aller m'asseoir avec Lucho à la table et le garde acquiesça. Il faisait déjà nuit noire, c'était un moment privilégié pour se confesser.

— Qu'est-ce que tu crois ? me dit-il à voix basse.

— Je crois qu'ils vont nous libérer…

— Je ne crois pas. Moi, on m'a dit qu'ils nous

emmènent dans un autre campement avec tous les autres prisonniers.

Les gardes nous avaient laissés parler sans chercher à nous déranger. Il faisait bon, une brise tiède décoiffait les arbres. J'avais un réel plaisir à écouter cet homme. Tout ce qu'il disait m'intéressait et me semblait structuré et réfléchi. Je savais que sa présence me faisait beaucoup de bien. C'était une sorte de thérapie que de pouvoir partager avec quelqu'un d'autre tout ce qui bouillonnait dans ma tête. Je n'avais pas réalisé à quel point le fait de me confier à une autre personne m'avait manqué jusque-là.

Le réveil, à l'aube, comme d'habitude, fut égayé de façon inespérée par la venue d'une très jolie blonde qui se présenta comme notre *recepcionista*. Lucho s'était levé de très bonne humeur, et il avait entrepris de la bombarder de compliments. La fille lui répondait du tac au tac, allant chaque fois plus loin dans le ton piquant des commentaires. Tout le monde riait, mais c'était limite ! Lucho ne pouvait pas deviner que c'était la *socia* du commandant ! Lorsque Giovanni passa nous voir en fin de journée, c'était un autre homme. Il était décontracté et affable. Il nous salua en nous tendant la main et nous invita à le joindre à table. « Sa femme nous a rendu un grand service », pensai-je en l'observant. C'était un fin causeur. Il resta jusque tard dans la nuit à nous raconter sa vie.

— Nous sommes en pleine bataille. Les paramilitaires sont à trente mètres en face de nous, et cela fuse dans tous les sens. Il y a beaucoup de pertes des deux côtés. À un moment donné, alors que je suis en train de ramper pour m'approcher de la ligne ennemie, je reçois par la radio un message d'un de mes gars. Il est mort de trouille. Moi je suis là, allongé par terre, les balles sifflent en me rasant le crâne, j'essaie de lui parler le mieux que je peux, comme à un fils, pour qu'il avance sur l'ennemi avec moi, pour lui donner du courage. Tu vois la scène ? Ma radio à la bouche, je vois l'ennemi ! Il ne m'a pas vu, il est en face de moi, il parle lui aussi à la radio ! Je m'approche tout doucement, comme un serpent, il ne m'a pas senti venir et, ô stupeur, je l'entends parler et je comprends que c'est lui qui me parle à la radio. C'est terrible ! Je croyais que je parlais à un de mes gosses et il croyait qu'il parlait à son chef. Mais c'est à moi qu'il parlait, ce con ! Et maintenant je l'avais en face de moi et il fallait que je le tue ! J'étais fou ! Je ne pouvais plus le tuer, c'était un môme, tu comprends ? C'était plus l'ennemi pour moi ! Alors je l'ai roué de coups, j'ai pris son fusil et lui ai ordonné de se tailler. Il l'a échappé belle, l'imbécile ! S'il est vivant, je suis sûr qu'il s'en souvient encore !

Giovanni était très jeune. Il n'avait pas trente ans. C'était un gars très rapide, doué d'un grand sens de l'humour et jouissant d'un talent inné pour commander. Il faisait l'adoration de sa troupe. J'observais son comportement avec intérêt. Il était très différent d'Andrés. Il faisait confiance à ses hommes, mais exigeait et contrôlait. Il déléguait donc avec plus de facilité qu'Andrés, et ses gars se sentaient valorisés. Avec ce groupe, je n'avais plus la sensation d'être épiée. Il y avait une surveillance, certes, mais l'attitude des gardes était différente. Entre eux aussi, l'ambiance était tout autre. Je ne percevais pas de méfiance comme celle que j'avais observée auparavant. Ils ne se sentaient pas espionnés par leurs camarades. Tout le monde respirait mieux sous l'autorité de ce jeune commandant.

Giovanni avait pris l'habitude de venir jouer tous les après-midi avec nous à un jeu que Lucho avait mis au point, et qui consistait à avancer sur un tableau, avec des haricots, des lentilles et des pois en guise de pions, à les aligner en éliminant ceux des autres au passage. Je n'avais jamais réussi à gagner. Le véritable duel commençait lorsqu'il ne restait que Lucho et Giovanni face à face. C'était un spectacle à ne pas manquer. Ils se fustigeaient avec des commentaires mordants, récupérant tous les préjugés politiques et sociaux sur lesquels ils pouvaient mettre la main pour attaquer l'autre. C'était hilarant. La troupe venait suivre le match comme qui va au spectacle.

La compagnie de Giovanni nous devint vite familière et agréable. Nous lui avions demandé ouvertement s'il pensait que nous allions être libérés, et il nous avait répondu qu'il le croyait. Il disait que cela prendrait quelques semaines encore car il fallait mettre au point « les derniers détails », et que cela était exclusivement du ressort du « Secretariado ». Mais il déclarait franchement qu'il fallait nous préparer pour notre libération. Cela était devenu bien vite le thème privilégié de nos conversations.

En peu de temps, nous avions appris le nom de tous les guérilleros du groupe. Il y en avait une trentaine. Giovanni avait fait de son mieux pour nous intégrer, allant même jusqu'à nous inviter « au salon » pour les activités nocturnes qu'ils avaient l'habitude d'organiser. Cela m'avait beaucoup surprise car, dans le campement précédent, Andrés évitait strictement que nous puissions, même de loin, écouter ce qu'il s'y disait. C'était une heure de détente, où les jeunes s'amusaient à des jeux collectifs. Il fallait chanter, inventer des consignes révolutionnaires, deviner des énigmes, etc. Tout cela dans une ambiance très bon enfant. Un soir, à la sortie du salon, un des guérilleros m'aborda :

— Vous allez être libérée dans quelques jours. Qu'est-ce que vous allez raconter sur nous ?

Je le regardai surprise, puis, essayant de sourire, je répondis :

— Je dirai ce que j'ai vu.

La question me laissa un arrière-goût pénible. Je doutais aussi que ma réponse ait été la meilleure.

Nous étions en train de prendre la collation du matin, lorsque j'entendis un bruit de moteurs. Je fis signe à Lucho.

Une grande agitation s'empara des lieux et, avant même que nous ayons pu réagir, Jorge Briceño, alias Mono Jojoy, peut-être le plus connu des chefs des FARC après Marulanda, faisait son entrée. Je faillis en cracher ma boisson. Il s'avança lentement, le regard d'aigle, et s'abattit sur Lucho en le prenant dans ses bras et en l'étouffant contre sa poitrine. Le Mono Jojoy était un homme redoutable. Probablement le plus sanguinaire des chefs des FARC. Il s'était fait, à juste titre, une réputation d'homme dur et intransigeant. C'était le grand guerrier, le militaire, le combattant d'acier, qui faisait l'admiration de toute cette jeunesse que les FARC recrutaient à la pelle dans les régions pauvres de Colombie.

Mono Jojoy devait avoir une cinquantaine d'années bien vécues. C'était un homme de taille moyenne, corpulent, avec une grosse tête et pratiquement pas de cou. Il était blond, le visage congestionné et rouge, toujours sous pression, avec un ventre proéminent qui lui donnait une démarche de taureau lorsqu'il se déplaçait.

Je savais qu'il m'avait vue, mais il ne vint pas vers moi immédiatement. Il prit son temps pour parler avec Lucho, sachant que ma compagne et moi l'attendions debout devant nos *caletas*, presque au garde-à-vous. Qu'étais-je devenue ! La psychologie du prisonnier biaisait nos comportements les plus simples.

La dernière fois que je l'avais rencontré, il était aux côtés de Marulanda. Il n'avait pas tenu à me dire bonjour, je l'avais à peine remarqué. Et je ne l'aurais pas du tout remarqué, si ce n'avait été le commentaire désagréable qu'il avait lancé à ses camarades :

— Ah ! Vous êtes avec les politiques ? Vous perdez votre temps ! Ce que nous avons de mieux à faire, c'est de les prendre en otages pour l'« échange humanitaire ». Au moins, comme cela, ils éviteront de nuire. Et je parie que, si nous capturons des politiques, ce gouvernement sera bien forcé de nous rendre nos camarades !

Je m'étais tournée vers Marulanda et l'avais interpellé en riant :

— Eh bien ! Vraiment ? Vous seriez capable de me kidnapper comme cela au milieu d'une route ?

Le vieux avait fait un geste de la main, comme pour écarter la mauvaise idée que le Mono Jojoy venait de lui suggérer.

Mais voilà, tout juste quatre ans après, en ce mois d'août 2003, je ne pouvais que constater que Jorge Briceño avait mis sa menace à exécution. Il se tourna finalement vers moi et me serra contre lui comme s'il voulait me broyer.

— J'ai vu votre preuve de survie. Elle me plaît. Elle va sortir prochainement.

— Au moins il est clair que je ne souffre pas du syndrome de Stockholm...

Il se retourna vers moi et me fixa avec une méchanceté qui me glaça le sang. Je compris dans la seconde que je venais de me condamner. Qu'est-ce qui lui avait déplu ? Probablement le fait que je ne voulais pas de son approbation. J'aurais dû me taire. Cet homme me détestait sans appel, j'étais sa proie, il ne me lâcherait jamais.

— Comment êtes-vous traitées ?

Il regarda Giovanni qui s'approchait.

— Très bien. Giovanni est vraiment très prévenant.

Là encore, je sentis que j'avais donné la mauvaise réponse.

— Bien, faites votre liste et dictez-la à Pedro, je veillerai à ce que tout vous soit envoyé rapidement.

— Merci.

— Je vais vous laisser en compagnie de mes infirmières. Elles vont faire un rapport sur votre état de santé. Dites-leur tout ce qui ne va pas.

Il repartit, me laissant plongée dans une inquiétude inexplicable. Tout le monde s'accordait à dire combien le commandant Jorge était courtois et généreux. Je voulais bien l'admettre, mais je savais par instinct que sa visite était un très mauvais présage.

Je m'assis près de Pedro, pendant que Lucho passait sa visite médicale, et m'employai à lui dicter ma liste de besoins, suivant l'ordre précis du Mono Jojoy. Le pauvre homme transpirait à grosses gouttes, incapable d'épeler le nom des produits dont j'avais besoin. Lucho, qui m'écoutait, se tordait de rire sous les stéthoscopes des infirmières, ne pouvant pas croire que j'ose mettre dans ma liste des articles de soins.

— Demande la lune pendant que tu y es ! chahutait-il.

J'y ajoutai une Bible et un dictionnaire. Le lendemain une des infirmières revint. Elle avait pris l'engagement de se présenter régulièrement pour masser le dos de Lucho, qui souffrait affreusement. Lui était aux anges et se laissait faire, en extase devant la jeune femme.

Un grincement de freins sur la route me fit tendre l'oreille. Tout alla très vite. Quelqu'un beugla des ordres. Giovanni arriva précipitamment, l'air blême.

— Il faut tout emballer. Vous partez.

— On part où ? Et vous ?

— Non, moi je reste. Je viens d'être relevé de ma mission.

— Giovanni...

— Non, n'ayez pas peur. Tout se passera bien.

Un gars vint en courant, il chuchota quelque chose à l'oreille de Giovanni. Celui-ci ferma les yeux et se frappa les cuisses avec les poings fermés. Puis, se reprenant, il nous dit :

— Je suis obligé de vous bander les yeux. Je suis désolé. Je suis vraiment désolé. Ah ! Merde !

Le monde bascula pour moi : les cris, les gardes courant tout autour. On me poussait, on me tirait. On me couvrait les yeux d'un bandeau épais, je ne voyais rien. Sauf, dans ma tête, le regard fielleux du Mono Jojoy qui était resté gravé dans ma mémoire et qui me poursuivait, présent sous mes yeux clos comme une malédiction.

## 25

## Dans les mains de l'ombre

1er septembre 2003. J'étais aveugle et ligotée. Du coup, je perdais toute mon assurance. La peur de ne savoir où je mettais les pieds instinctivement me bloquait. Deux hommes me tenaient, un à chaque bras. Je faisais l'effort de me tenir droite et de marcher normalement, mais je trébuchais tous les deux pas et me retrouvais soulevée par mes gardiens, avançant malgré moi, dépossédée de mon équilibre et de ma volonté.

J'entendis la voix de Lucho juste devant moi. Il parlait fort pour que je sache qu'il n'était pas loin. Il y eut aussi la voix de Giovanni quelque part vers ma droite. Il parlait avec quelqu'un et j'étais certaine qu'il n'était pas content. Il me sembla l'entendre dire qu'il devait rester avec nous. Puis il y eut des hurlements et des ordres qui fusaient de partout. Un bruit sourd. Je rentrai la tête entre les épaules dans l'attente d'un coup ou d'un choc contre quelque chose.

Nous fûmes très vite sortis sur la route. Je le sentis au contact du gravier sous mes pieds et à la chaleur immédiate du soleil sur mon crâne. Un vieux moteur vrombissait tout près, pétant des gaz acides qui m'irritaient la gorge et le nez. Je voulus me gratter mais les gardiens crurent que je cherchais à enlever le bandeau. Ils réagirent avec une violence démesurée et mes protestations ne réussirent qu'à les énerver davantage.

— Dépêchez-vous ! Montez la cargaison !

L'homme qui venait de parler avait une voix tonitruante qui me fit mal. Il devait se tenir juste derrière moi.

L'instant d'après, je me trouvai hissée dans les airs et balancée sur ce qui devait être la plate-forme d'un camion. J'atterris au milieu de vieux pneus parmi lesquels je tentais de m'installer tant bien que mal. Lucho me rejoignit quelques secondes plus tard, ainsi que ma compagne et une demi-douzaine de guérilleros qui nous poussaient chaque fois davantage vers le fond du camion. Je cherchai à tâtons les mains de Lucho.

— Ça va ? me demanda-t-il dans un souffle.

— Taisez-vous ! gueula quelqu'un assis en face de moi.

— Oui, ça va, chuchotai-je en lui serrant les doigts, m'agrippant à lui.

Quelqu'un bâchait l'arrière du camion, une portière fut verrouillée dans un bruit de cliquetis et de grincements, le véhicule toussa avant de s'ébranler comme s'il allait se désassembler définitivement, puis démarra dans un tintamarre grotesque à toute petite vitesse. Il faisait très chaud et les exhalaisons du moteur inondaient notre espace. Les gaz malodorants s'accumulaient, nous soumettant à la torture. Le mal de tête, l'envie de vomir et l'angoisse nous envahirent. Au bout d'une heure et demie, le camion s'arrêta dans un crissement de freins irritant. Les guérilleros sautèrent du véhicule et nous laissèrent, je le crus, seuls. Nous devions être arrivés dans un petit village, car j'entendais de la musique populaire en provenance de ce que j'imaginais être une *tienda*, sorte de troquet de fortune où l'on trouve de tout, en particulier des boissons.

— Qu'est-ce que tu crois ?

— Je n'en sais rien, me répondit Lucho, effondré.

Essayant de m'accrocher au dernier espoir, je m'aventurai à dire :

— Et si c'était ici le point de rencontre avec les émissaires français ?

— Je ne sais pas. Ce que je peux te dire, c'est que je n'aime pas ça. Rien de tout cela ne me plaît.

Les hommes étaient remontés dans le camion. Je reconnus la voix de Giovanni. Il disait adieu et annonçait qu'il restait dans le village. Il avait donc fait une partie de la route avec nous. Le camion traversa un village, les voix des femmes, des enfants et des jeunes qui jouaient au football s'éloignèrent et finalement disparurent. Il ne restait plus que les explosions du moteur et l'horreur des gaz qui nous prenaient à la gorge sortant tout droit du pot d'échappement. On continua ainsi pendant plus d'une heure. La soif était venue s'ajouter à notre malaise. Mais c'était l'incertitude, ne pas savoir ce qu'il adviendrait de nous, qui me causait la plus grande angoisse. Les yeux bandés, les mains ficelées, je me torturais l'esprit à essayer de faire fuir de ma tête les indices qui nous annonçaient que notre captivité se prolongerait encore et indéfiniment. Et si notre libération venait d'avorter ? Ce n'était pas possible, ils nous avaient tous assuré que nous marchions vers la Liberté ! Que s'était-il passé ? Est-ce que le Mono Jojoy était intervenu pour faire échouer les négociations ? Après tout, l'idée de prendre des personnages politiques en otages pour obtenir la délivrance des guérilleros en prison était la stratégie qu'il avait imaginée, défendue et imposée à son organisation. Lorsque nous avions quitté le Bloc Sud, sous l'égide de Joaquín Gómez, pour passer au Bloc Oriental, nous étions tombés dans la toile qu'il avait patiemment tissée autour de nous depuis notre capture. Il voulait nous avoir sous sa coupe, maintenant c'était fait.

Le camion s'arrêta d'un coup sec, sur une pente, le nez en avant. On nous enleva les bandeaux des yeux. Nous étions à nouveau au bord d'une puissante rivière. Deux canots solidement amarrés à la rive tanguaient sur les flots tumultueux.

Mon cœur fit un bond. Monter à nouveau dans une barque était devenu pour moi le signe de cette malédiction qui me poursuivait. Un petit homme, le ventre en tonneau, les bras courts et les mains de boucher, la moustache en brosse et le teint de cuivre, était assis dans une des barques. Il y avait de gros sacs de provisions entassés à l'avant de chacune d'elles. Il nous fit signe de nous dépêcher, et lança d'une voix autoritaire :

— Les femmes ici avec moi. Le monsieur dans l'autre barque.

Nous nous regardâmes tous les trois, blêmes. L'idée d'une séparation me rendit malade. Nous étions des épaves humaines, nous accrochant les uns aux autres pour ne pas couler. Incapables de comprendre ce qui nous arrivait, nous sentions que, quel que soit le sort qui nous attendait, s'il était partagé, il serait moins douloureux.

— Pourquoi nous séparez-vous ?

Il me regarda de ses yeux ronds et, comme s'il comprenait subitement tout le tourment qui nous rongeait, nous dit :

— Non, non ! Personne ne va vous séparer ! Le monsieur va dans l'autre barque pour que nous puissions répartir les poids. Mais ils vont être à côté de nous pendant tout le trajet, n'ayez aucune inquiétude.

Puis il ajouta en souriant :

— Je m'appelle Sombra, Martín Sombra. Je suis votre nouveau commandant. Je suis très honoré de faire votre connaissance. Je vous ai suivie à la télévision.

Il m'avait tendu la main sans se lever de son siège et me la secouait énergiquement, sous l'emprise d'une véritable excitation que je ne partageais pas. Puis, se tournant vers la troupe, il hurla des instructions qui paraissaient insensées à tout son monde. Il y avait là une quinzaine d'hommes, tous très baraqués et très jeunes. C'était la troupe du Bloc Oriental, réputée pour son entraînement et sa combativité. C'était l'élite des FARC, la fine fleur de cette jeunesse révolutionnaire. Il rudoyait son escouade et les jeunes s'empressaient de lui obéir avec respect.

En moins de deux minutes, nous étions tous embarqués, naviguant sur des flots violents, poussés par de vigoureux moteurs en lutte avec le courant impétueux. Nous descendîmes le fleuve, cela signifiait que nous nous enfoncions encore plus dans l'Amazonie.

Martín Sombra n'arrêta pas, durant tout le trajet, de me poser des questions. Je faisais attention à chacune de mes réponses, essayant de ne pas tomber dans les mêmes erreurs que j'avais commises auparavant et pour lesquelles je continuais à me mortifier. Je voulais également établir un contact qui me permettrait de parler facilement avec celui qui serait notre commandant pour les prochaines semaines, peut-être même les prochains mois, ou, qui sait, les prochaines années.

Ouvert et cordial avec moi, je comprenais, à le voir à l'œuvre avec sa troupe, qu'il pouvait être méchant, abusif, sans l'ombre d'un remords. Comme me l'avait dit Lucho, il fallait se méfier de ceux qui avaient l'air gentil.

Pour échapper à un soleil de plomb, les barques s'arrêtèrent au creux d'un virage, à l'ombre d'un saule pleureur. Les hommes se mirent debout contre le canot et s'amusèrent à qui pisserait le plus loin. Je demandai à débarquer pour les mêmes raisons, mais avec l'intention d'être plus discrète. La jungle était plus touffue que jamais. L'idée de partir en courant et de me perdre me traversa l'esprit. Mais, bien sûr, c'était pure folie.

Je me tranquillisai en me disant que l'heure vien drait pour mon évasion, mais qu'il faudrait la préparer dans les moindres détails pour ne plus échouer. Je trimbalais dans mes affaires une machette rouillée qu'El Mico avait égarée près de l'embarcadère après une session de pêche dans le campement d'Andrés, quelques jours avant notre départ. Croyant que j'allais être libérée, j'avais tenu à la garder comme une sorte de trophée. Je l'avais enroulée dans une serviette et personne ne l'avait découverte jusqu'à maintenant. Mais ce nouveau groupe ne semblait pas commode, il faudrait redoubler de précautions. Rien que d'y penser, mon cœur battait la chamade.

Je revenais vers la barque toujours inquiète. Sombra était en train de distribuer des boissons gazeuses et des boîtes de conserve qui s'ouvraient en tirant sur une languette et qui contenaient un *tamal*, sorte de repas complet à base de poulet, de riz et de légumes typique du département colombien de Tolima. Tous se jetèrent dessus affamés. Je ne pouvais même pas ouvrir ma boîte. Je donnai ma ration à Clara qui l'ouvrit, ravie. Lucho me regardait. Il aurait voulu que je la lui donne, mais il était trop loin.

Nous reprenions la navigation, une barque derrière l'autre, sur un fleuve qui changeait à chaque virage, s'élargissant démesurément à certains endroits et devenant très étroit à d'autres. L'air était lourd, je me sentais au bord du malaise.

Après un tournant, je discernai entre les arbustes qui obstruaient les rives un énorme tonneau en plastique bleu roi qui tanguait attrapé dans la mangrove. C'était un de ceux qui servaient à transporter les produits chimiques utilisés par les laboratoires de cocaïne. Il devait donc y avoir des gens dans ces parages. Plus loin, on en croisa un autre identique, qui semblait lui aussi perdu dans les flots. Toutes les vingt minutes, on en croisait un à la dérive. Je scrutais les berges dans l'espoir de voir des maisons d'habitation. Rien. Pas âme qui vive. Que des tonneaux bleu roi dans le vert général. « La drogue, malédiction de la Colombie. »

Nous avions dû parcourir plus de deux cents kilomètres en zigzaguant sur une bande d'eau interminable. Sombra regardait fixement devant lui, scrutant chaque virage d'un œil de connaisseur.

— Nous venons de passer la frontière, dit-il d'un air entendu au pilote.

L'autre lui répondit par un grognement, et j'eus comme l'impression que Sombra avait jeté ce morceau d'information pour me fourvoyer.

Au détour d'un méandre, le moteur de l'embarcation stoppa.

Devant nous, surgissait un campement des FARC. Il était construit au bord de l'eau. Des canots et des pirogues se balançaient sagement, amarrés à un énorme palétuvier. Aussi loin qu'il était possible de voir, le campement était noyé dans une immense mare de boue. Le trafic incessant de la troupe transformait le sol de la jungle en bourbier. « Ils devront faire des chemins en planches », pensai-je. Les barques glissèrent le nez en avant s'ouvrant un passage jusqu'à la rive. Des filles, en uniforme de camouflage et bottes de caoutchouc noir crasseuses jusqu'aux genoux, sortirent une à une de dessous les tentes en entendant le bruit des moteurs. Elles se placèrent dans un alignement parfait et au garde-à-vous. Sombra se leva rapidement, enjamba la proue de l'embarcation, et de ses courtes pattes sauta à terre, éclaboussant de boue celles qui étaient venues le saluer.

— Dites bonjour à la *doctora* ! leur intima-t-il.

Elles répondirent en chœur :

— Bonjour, *doctora*.

J'avais quinze paires d'yeux braqués sur moi. « Mon Dieu, faites que l'on ne reste pas ici longtemps ! » priais-je dans mon cœur, observant l'endroit sinistre dans lequel nous venions d'échouer. Deux grandes marmites traînaient par terre mal lavées, et des cochons s'approchaient, agressifs, le groin en avant, avec l'intention de fouiner dedans.

Par contraste avec la saleté de l'endroit, les filles étaient toutes coiffées de façon impeccable, les cheveux tirés en arrière et tressés habilement en nattes épaisses qui pendaient comme des grappes noires et luisantes sur leurs épaules. Elles avaient aussi des ceintures aux couleurs vives et aux motifs géométriques qui attirèrent mon attention. C'était une technique que je ne connaissais pas. Je me laissai aller à penser que, même au fin fond de ce trou sordide, il y avait une mode entre les filles des FARC. Je les observais sans retenue, et elles faisaient de même, nous dévisageant sans complexe. Elles se réunissaient par petits groupes pour chuchoter en nous observant et pouffaient de rire.

Sombra cria de nouveau, et le commérage fut instantanément dissous, chacune partant s'affairer dans son coin. On nous fit asseoir sur des bonbonnes de gaz rouillées qui roulaient dans la vase, et on nous apporta à manger dans des écuelles énormes. C'était une soupe de poisson. Le mien y flottait tout entier avec des yeux morts qui me fixaient au travers d'une nappe de graisse jaunie. Ses grosses nageoires velues pendaient en dehors de l'écuelle. Il fallait manger, mais je n'en avais pas le courage.

Sombra donna l'ordre de nous préparer des *caletas* pour la nuit. Deux filles furent délogées provisoirement pour nous céder leurs paillasses. Quant à Lucho, il fut installé en plein milieu de la vase : deux bonbonnes de gaz en guise de socle, deux planches en bois de travers faisant office de lit et une tente au-dessus en cas d'orage.

La nuit était tombée. La vase bouillait d'une chaleur souterraine. Des gaz de nourriture et de fermentation crevaient les poches de boue et faisaient surface. Le bruissement maladif de millions de moustiques avait empli l'espace, et leur vibration d'ultrasons transperçait mes tempes comme l'annonce douloureuse d'une crise de folie. Il faisait très chaud. J'étais arrivée en enfer.

## 26

# La sérénade de Sombra

Le lendemain, avant l'aube, le campement s'agita d'une activité fébrile. Une trentaine d'hommes bien armés embarquèrent avant le lever du jour dans les deux canots à moteur qui nous avaient transportés jusque-là. Toutes les femmes étaient restées dans le campement, et Sombra régnait sur elles comme sur un harem. De ma paillasse, je pouvais l'observer, vautré sur un vieux matelas éventré, se faisant servir comme un sultan.

J'eus l'intention d'aller lui dire bonjour, mais la fille qui assurait la garde s'interposa. Elle m'informa que je ne pouvais pas bouger de ma *caleta* sans l'autorisation de Sombra. Je demandai à lui parler. Mon message lui fut transmis de garde en garde. Il fit un signe de la main que j'interprétai facilement : il ne voulait pas être dérangé. La réponse suivit le même trajet de retour, et la garde me communiqua finalement le résultat de ma requête : Sombra était occupé.

Je souris. De là où je me trouvais, je le voyais parfaitement. Il était en effet bien occupé avec une grande brune aux yeux chinois qu'il tenait assise sur ses genoux. Il savait que je le regardais.

Pour l'heure, je ne voyais aucun espace libre dans

ce campement pour nous loger. À moins de construire les *caletas* sur pilotis, là où vivaient les cochons, dans le marécage à gauche du campement. Cette option paraissait invraisemblable. Pourtant, c'est bien ce qu'ils firent. Trois filles, mandatées à la tâche, se ruèrent sur le talus avec des pelles, mordirent la pente avec acharnement, creusant la terre pour en dégager une corniche suffisamment large, comme un balcon sur la mare aux cochons. Elles y enchâssèrent les trois *caletas*, alignées contre le talus, les pieds dans la vase. Deux poteaux furent plantés à chaque extrémité pour soutenir un grand plastique noir qui nous servirait d'abri. On nous expédia dans nos nouveaux logements avant la fin de la matinée. Des effluves de putréfaction arrivaient par vagues.

Mes relations avec Clara étaient à nouveau tendues. Elle fut soupçonnée d'avoir subtilisé des cordons des *equipos*[1] appartenant à une guérillera. Ma compagne savait que je cachais la machette d'El Mico et que, s'il y avait fouille, j'aurais du mal à en expliquer la provenance.

Sombra vint nous voir. Il fit mine de vérifier notre installation et inspecta nos affaires. J'étais soulagée d'avoir pris des précautions. Puis, sur un ton autoritaire, il déclara :

— Il faut vous entendre entre prisonniers. Ici, je ne tolère pas la discorde !

J'avais compris. Il devait être au fait des tensions entre moi et ma compagne, et venait s'immiscer, heureux de jouer le rôle de juge de paix.

— Sombra, je vous remercie de votre intérêt et je suis convaincue que vous avez déjà été amplement

1. *Equipo* : sac à dos.

informé de notre situation. Mais je tiens à vous dire que les différends entre ma compagne et moi ne regardent que nous. Je vous prie de ne pas essayer d'intervenir.

Sombra s'était allongé sur la *caleta* de Lucho. Il était en uniforme, sa chemise à moitié déboutonnée ne parvenant pas à contenir son énorme ventre. Il me regardait les yeux à demi clos, sans expression, jaugeant chacune de mes paroles. Les filles qui étaient de garde suivaient la scène avec attention. La grande brune aux yeux chinois était venue écouter et se tenait adossée à un jeune arbre à quelques mètres de nous. Le silence se fit pesant.

Sombra éclata soudain d'un grand rire et vint me prendre par les épaules :

— Mais il ne faut pas vous fâcher comme ça ! Je veux seulement vous aider. Personne ne va intervenir dans quoi que ce soit ! Tenez, pour la peine, je vais vous donner une sérénade. Cela va vous détendre. J'enverrai quelqu'un vous chercher !

Il partit de bonne humeur, entouré d'une cour de filles. Je restai interdite. Une sérénade ? Quelle idée ! Il se moquait de moi, c'était évident.

Quelques jours après, alors que nous avions déjà conclu, Lucho et moi, que Sombra était fou, nous fûmes surpris par l'arrivée d'une escouade de filles nous invitant à les suivre jusqu'à la *caleta* du commandant.

Sombra nous attendait, étendu sur son matelas délabré, le même gros ventre rond à l'étroit dans une chemise kaki dont les boutons semblaient prêts à céder. Il s'était rasé.

À côté de lui se tenait Milton, un guérillero d'un certain âge que j'avais remarqué le jour de notre arrivée. C'était un gars maigre avec des os saillants.

Sa peau blanche était fortement atteinte de coupe-rose. Assis inconfortablement sur un coin du matelas, comme s'il avait peur de prendre trop de place, il tenait entre ses jambes une jolie guitare bien vernie.

Sombra ordonna qu'on nous apporte des bonbonnes de gaz vides en guise de siège. Une fois que nous fûmes installés comme sur un banc d'église, il se tourna vers Milton :

— Allez, démarre.

Milton prit sa guitare nerveusement avec ses doigts gonflés et sales dont les ongles noirs s'allongeaient comme des griffes. Il resta les mains suspendues en l'air, ses yeux roulant dans tous les sens, dans l'attente d'un signal de Sombra qui ne venait pas.

— Mais, vas-y, commence ! beugla Sombra énervé. Joue n'importe quoi. Je te suis !

Milton était bloqué. Je crus qu'il ne pourrait tirer aucun son de son instrument.

— Ah ! Mais il est vraiment con ! Tiens, joue-moi le *Tango de Noël*... Oui, c'est ça. Plus lentement. Recommence.

Milton s'appliqua de son mieux, grattant les cordes de la guitare, les yeux vrillés sur le visage de Sombra. Il jouait incroyablement bien, actionnant ses doigts aux ongles écaillés avec une dextérité qui me stupéfia. On commençait à encourager Milton et à le féliciter spontanément, ce qui n'eut pas l'heur de plaire à Sombra.

Agacé, il se mit à chanter d'une grosse voix de tavernier. C'était une chanson d'une tristesse infinie qui racontait l'histoire d'un orphelin qui n'aurait pas de cadeaux de Noël. Entre les couplets, Sombra en profitait pour gueuler sur le pauvre Milton. La scène était vraiment comique. Lucho faisait des efforts surhumains pour ne pas éclater de rire.

— Arrête-toi ! C'est bon ! Ça va comme ça !

Milton stoppa net, de nouveau pétrifié, la main en l'air. Sombra se tourna ensuite d'un air satisfait vers nous. Nous nous exécutâmes tous les trois avec empressement : il nous fallait applaudir le plus fort possible.

— Bien, ça suffit.

On s'arrêta net.

— Milton ! On va chanter celle que les filles aiment. Allez, dépêche-toi, bon Dieu !

Et le voilà qui partit à nouveau de sa voix grasse et puissante, à deux doigts de chanter faux et prêt à taper sur le pauvre Milton toutes les deux minutes, par caprice ou par énervement. Le spectacle des deux, l'un s'acharnant sur la guitare, l'autre s'égosillant, à moitié enfoncés dans la boue, me faisait penser à Laurel et Hardy.

Derrière l'ogre qui faisait peur à tout le monde, je découvrais un homme qui m'attendrissait car j'étais incapable de le prendre au sérieux. Je ne pouvais donc pas en avoir peur et encore moins le haïr. Je comprenais bien que cet homme était capable d'une grande méchanceté. Mais sa méchanceté était son bouclier, non pas sa nature profonde. Il était méchant pour ne pas être pris pour un imbécile, pour assurer son autorité sur sa troupe et pour obtenir l'admiration de ses pairs qui, dans ce monde de guerre et de violence, était proportionnelle à sa capacité de sévir.

## 27

## *Les barbelés*

L'activité du campement m'inquiétait. Tous les matins, à l'aube, une équipe d'une vingtaine de gaillards partaient en canot à contre-courant et revenaient juste avant le crépuscule. Une autre équipe disparaissait dans la forêt derrière le campement, au-delà du talus. Je les entendais travailler à la tronçonneuse et au marteau. En allant aux *chontos*, je voyais des constructions en bois qui commençaient à prendre forme à travers les arbres, et qui s'élevaient à une cinquantaine de mètres derrière nos *caletas*. Je ne voulais pas poser de questions. J'avais trop peur des réponses.

Un matin, Sombra vint nous voir. Il était suivi de sa grande brune, la Boyaca, et d'une grosse fille sympathique qui s'appelait Martha. Elles remorquaient de gros sacs en toile cirée qu'elles flanquèrent dans nos *caletas* :

— C'est le Mono Jojoy qui vous l'envoie ! Faites votre inventaire, s'il manque quoi que ce soit, vous me le dites.

Tout ce que nous avions demandé était arrivé. Lucho ne pouvait pas en croire ses yeux. Le jour où nous avions fait la liste, voyant que j'incluais des objets qui nous étaient jusqu'alors interdits, comme des lampes de poche, des fourchettes et des couteaux, ou des seaux en plastique, il s'était aventuré à demander de la mousse à raser et de la lotion après-rasage. Il riait comme un enfant découvrant que son audace avait payé. De mon côté, je m'extasiais devant une petite Bible, reliée en cuir avec une fermeture Éclair sur le pourtour. En prime, le Mono Jojoy nous avait envoyé des friandises que nous partageâmes après de longs débats entre nous, ainsi que des tee-shirts aux couleurs difficiles que personne ne chercha à se disputer.

J'étais surprise de voir l'approvisionnement qui arrivait au campement. J'en fis la remarque un jour à Sombra. Il souleva un sourcil en me regardant du coin de l'œil, avant de dire :

— Les *chulos* peuvent dépenser tout ce qu'ils veulent en avions et en radars pour vous chercher. Tant qu'il y aura des officiers corrompus, nous serons toujours plus forts ! Regardez, cette zone où nous sommes est sous contrôle militaire. Tout ce qui s'y consomme doit être justifié, on doit indiquer qui sont les récipiendaires, le nombre de personnes par famille, les noms, les âges, tout. Mais il suffit qu'il y en ait un qui veuille arrondir sa fin de mois, et tout leur plan tombe à l'eau.

Il finit par ajouter d'un air malicieux :

— Il n'y a pas que les petits gradés qui le font ! Il n'y a pas que les petits...

Son commentaire me laissa perplexe. Si l'armée faisait des efforts pour nous retrouver, il était vrai que l'existence d'individus corrompus pouvait représenter pour nous des mois, voire des années supplémentaires de captivité.

Nous avions bien compris le message que le Mono Jojoy nous avait envoyé en nous approvisionnant comme il l'avait fait. Il fallait se préparer à tenir longtemps : les FARC considéraient qu'il n'y avait pas de négociation possible avec Uribe. Cela faisait un an qu'il avait été élu et il menait une campagne agressive contre la guérilla. Tous les jours, il enflammait les esprits avec des discours incendiaires contre les guérilleros, et sa cote de popularité était au zénith. Les Colombiens s'étaient sentis bernés par les FARC. Les négociations de paix du gouvernement Pastrana avaient été interprétées comme une faiblesse de l'État colombien face à la guérilla, qui en avait profité pour se consolider. Les Colombiens, dépités par l'arrogance du « Secretariado », voulaient en finir une bonne fois pour toutes avec une insurrection qu'ils rejetaient, car elle s'attaquait à tout le monde et semait la terreur dans le pays. Uribe, interprétant le sentiment national, était inflexible : il n'y aurait aucune négociation pour notre libération.

Le soir, j'allais parler avec Lucho dans sa *caleta*. Il mettait la radio suffisamment fort pour couvrir nos voix, et nous nous installions pour jouer aux échecs sur un petit échiquier de voyage que nous avait prêté Sombra.

— Qu'est-ce que tu crois qu'ils vont faire de nous ?

— Ils sont en train de construire un gros truc, là, derrière !

— C'est peut-être leur baraquement.

— En tout cas, c'est trop grand pour nous trois.

C'était « L'heure des boléros », une émission qui diffusait de la musique des années 1950. Je l'aimais bien. Je connaissais par cœur les paroles des chansons qu'ils transmettaient car Maman les chantait toutes à longueur de journée depuis que j'étais née. C'était l'heure de la déprime, des analyses pessimistes et de la comptabilité cafardeuse du temps perdu. On se confessait à tour de rôle avec Lucho, découvrant les abîmes insondables de notre tristesse.

— J'ai peur de mourir ici, me répétait-il.

— Tu ne vas pas mourir ici, Lucho.

— Tu sais, je suis très malade.

— Pas du tout. Tu es en pleine forme.

— Arrête de te moquer de moi, c'est sérieux. Je suis diabétique. C'est grave. Je peux tomber dans le coma à n'importe quel moment.

— Comment ça, tomber dans le coma ?

— Oui, c'est comme un évanouissement, mais c'est beaucoup plus grave, tu peux y perdre ton cerveau, devenir un légume.

— Arrête ! Tu me fais peur !

— Je veux que tu saches, car j'aurais besoin de toi. Si jamais tu me vois pâlir ou tomber dans les pommes, tu dois me donner du sucre immédiatement. Si je fais des convulsions, il faut que tu me tiennes la langue…

— Personne ne peut tenir ta langue, mon Lucho ! rétorquai-je en riant.

Non, c'est sérieux, écoute-moi. Il faut que tu fasses attention que je ne m'étouffe pas avec ma propre langue.

J'écoutais attentivement.

— Quand je reprends connaissance, il faut que tu m'empêches de dormir. Il faut que tu me parles toute la journée et toute la nuit, jusqu'à ce que tu contrôles que j'ai récupéré la mémoire. En général, après une crise d'hypoglycémie, on veut dormir, et on peut ne plus jamais se réveiller.

J'écoutais avec attention. Il était insulinodépendant. Avant sa capture, il était obligé de se piquer tous les jours dans le ventre pour avoir sa dose d'insuline.

Cela faisait deux ans qu'il n'en avait pas. Il se demandait par quel miracle il continuait à vivre. Je connaissais la réponse. Je la voyais dans ses yeux. Il s'accrochait à la vie avec hargne. Il n'était pas vivant parce qu'il avait peur de mourir. Il était vivant parce qu'il aimait passionnément la vie.

Il était en train de m'expliquer que les bonbons que nous avions reçus pouvaient lui sauver la vie lorsque le garde nous appela.

— Eh ! Arrêtez d'écouter de la musique, vous êtes en train de louper les infos !

— Et alors ? répondîmes-nous en chœur.

— Et alors ! Ils viennent de diffuser vos preuves de survie !

Nous bondîmes de nos sièges comme si nous avions reçu une décharge électrique. Lucho manœuvrait à toute vitesse pour syntoniser Caracol Radio. La voix du journaliste étoile de la chaîne nous arrivait, puissante et claire. Il faisait un récapitulatif de nos messages qui venaient d'être retransmis à la télévision. Je ne parvins à écouter que des extraits de mon allocution, sans pouvoir vérifier si mon enregistrement avait été ou non trafiqué. Mais j'entendis la voix de ma mère, et les déclarations de Mélanie. Leur exultation me surprenait. D'une certaine façon, elle me faisait mal. Je leur en voulais presque d'être heureuses pour si peu. Il y avait quelque chose de monstrueux dans ce soulagement qui ne leur était procuré par mes ravisseurs que pour prolonger d'autant plus notre séparation. J'avais le cœur serré de douleur en constatant que nous étions tous tombés dans le piège : cette preuve de survie n'était pas une condition de notre libération. Il n'y avait pas de négociations avec la France. Elle annonçait cruellement une prolongation de notre captivité. Ils réussissaient à faire pression sans aucune intention de nous libérer. Nous étions un trophée entre les mains de la guérilla.

Comme pour faire écho à mes pensées, la grosse Martha, qui était de garde, s'approcha de moi :

— Ingrid... ils sont en train de construire une prison.

— Qui construit une prison ?

— *Los muchachos*[1].

— Pour quoi faire ?

— Ils vont tous vous enfermer dedans.

Je refusais de me rendre à l'évidence. Comme prise de vertige au bord d'un précipice, je m'avançai davantage dans le vide :

— Qui ça, « tous » ?

— Tous les prisonniers qui sont dans le camp à trente minutes d'ici et vous trois. Il y a les politiques : trois hommes et deux femmes, tous les autres sont des soldats et des policiers. C'est ceux qui font partie de l'« échange humanitaire ». Ils vont tous vous réunir ici...

— Quand ?

— Très vite. La semaine prochaine probablement. Ils vont mettre les barbelés demain.

Je devins blême.

— *Mamita*[2], cela va être très dur pour vous, me dit Martha avec compassion. Il faut que vous soyez très forte, que vous vous prépariez.

Je m'assis dans ma *caleta*, vidée. Je tombais, comme Alice, dans un puits sans fin. Sans que rien ne puisse me retenir, je dégringolais. Le trou noir, c'était ça. J'étais happée par les entrailles de la terre. Je n'étais

1. *Los muchachos* : les gars, les jeunes gens.
2. *Mamita* : petite mère. Terme familier, populaire et affectueux entre Colombiens.

vivante que pour me voir mourir. C'était donc cela, mon destin ? J'en voulais mortellement à Dieu de m'avoir abandonnée. Une prison, des barbelés ? Je souffrais à chaque respiration, incapable de continuer. Pourtant, je devais continuer. Il y avait les autres, tous les autres, mes enfants, Maman. Je fermai les poings sur mes genoux, furieuse contre moi et contre Dieu, et je m'entendis Lui dire : « Ne me laisse jamais m'éloigner de Toi ! Jamais ! »

La tête vide, je me levai comme un automate pour annoncer à mes compagnons l'effroyable nouvelle.

Chaque fois que nous allions aux *chontos*, nous guettions l'avancée des travaux. Comme la grosse Martha l'avait annoncé, ils installèrent un maillage en acier, doublé de fil de fer barbelé, tout autour de l'enceinte sur quatre mètres de haut. Dans ce qui semblait être un angle de la construction, ils avaient bâti un mirador, surplombant le tout, avec des escaliers pour accéder à sa plate-forme. On pouvait deviner entre les arbres trois autres tourelles qui s'élevaient de façon identique. C'était un camp de concentration en plein milieu de la jungle. J'en faisais des cauchemars et me réveillais en sursaut, couverte de sueur, au milieu de la nuit. Je devais crier, car Lucho m'avait réveillée une nuit en mettant sa main sur ma bouche. Il avait peur qu'il y ait des représailles. Je recommençai donc à perdre le sommeil et à me réfugier dans mes insomnies pour ne pas être saisie au dépourvu. Lucho n'arrivait pas à dormir, lui non plus. On s'asseyait dans nos *caletas* pour parler dans l'espoir d'éloigner les fantômes de la nuit.

Il me racontait les Noëls de son enfance, quand sa mère, originaire de la région du Tolima, cuisinait des *tamales*[1]. La recette incluait des œufs durs que Lucho enfant dérobait à son grand dam. Il la voyait le lendemain, en robe de chambre, comptant ses œufs et se demandant pourquoi il en manquait toujours ! Il riait jusqu'aux larmes en s'en souvenant. De mon côté, je retournais aux Seychelles et aux souvenirs heureux de la naissance de ma fille. Je revenais donc à l'essentiel : j'étais mère avant tout.

La construction de cette prison m'avait profondément ébranlée. Il m'était indispensable de me répéter que je n'étais pas prisonnière, mais séquestrée. Que je n'avais rien fait de mal, que je ne payais pas pour un délit. Que ceux qui m'avaient dépossédée de ma liberté n'avaient aucun droit sur moi. J'en avais besoin pour ne pas me soumettre. Pour ne pas oublier que j'avais le devoir de me rebeller. Ils appelaient cela « une prison ». Et, comme par un acte de prestidigitation, je devenais une criminelle et eux l'autorité. Non, je ne plierais pas.

Malgré mes efforts, notre quotidien devint sombre. Je remarquais l'humeur morose de mes compagnons, nous étions tous déprimés. Lucho prit l'habitude de partager le moment de la collation du matin avec Clara, sur une plate-forme en bois qui avait dû servir à emmagasiner des provisions et qui maintenant, rattrapée par les eaux du marais, paraissait une île flottante sur la mare aux cochons. Il s'y rendait tous les matins en y emmenant les biscuits qu'il avait eus. Il les partageait sans se soucier d'en garder pour plus tard, et en offrait à Clara. Un jour, il cessa d'aller sur la plate-forme et prit sa collation assis dans sa *caleta*.

---

1. *Tamales* : du porc et du poulet cuits avec du riz et du maïs, mélangés à des œufs durs et des carottes, le tout réchauffé dans des feuilles de bananier.

— Que s'est-il passé, Lucho ?

— Rien.

— Allez, dis-moi. Je vois bien qu'il y a quelque chose qui te fait mal.

— Rien.

— Bon, si tu ne veux pas me le dire, c'est que ce n'est sûrement pas important.

Alors que je revenais de la rivière après avoir pris mon bain, je vis que Lucho argumentait fort avec Clara autour des seaux en plastique que la guérilla nous avait fournis. Lucho s'était offert à remplir les seaux dans la rivière. Il s'agissait d'avoir de l'eau propre pour nous laver les dents, les mains et nettoyer les écuelles après chaque repas. La corvée était difficile, car il fallait porter les deux seaux remplis et les monter en suivant un chemin en pente raide, boueux et glissant.

C'était l'après-midi, la nuit ne tarderait pas à tomber. Lucho avait déjà rempli sa tâche pour la journée, pris son bain, il était propre et prêt pour la nuit. Mais Clara avait utilisé l'eau des seaux pour y laisser tremper son linge sale. Il n'y avait plus d'eau pour laver les écuelles, faire notre toilette avant de dormir, nous laver les dents. Lucho était exaspéré.

Ces incidents mineurs de notre quotidien nous empoisonnaient la vie, probablement parce que notre monde était devenu si petit. Je regardais Lucho dans sa colère et ne pouvais que le comprendre. Moi aussi, je m'étais emportée maintes fois. Moi aussi, j'avais eu les mauvaises réactions et les mauvaises attitudes. Parfois cela me surprenait, ignorante que j'étais des rouages de mon propre caractère. La nourriture, par exemple, ne m'intéressait pas. Pourtant, un matin, je m'étais levée et avais été honteusement fâchée parce que le plus grand morceau dans la ration qu'on nous avait apportée n'avait pas été pour moi. C'était ridicule. Cela ne m'était jamais arrivé auparavant. Mais en captivité j'avais découvert que mon ego souffrait si j'étais dépossédée de ce que je désirais. La faim aidant, c'était autour de la nourriture que les combats silencieux entre prisonniers avaient lieu. J'observais une transformation de moi-même que je n'aimais pas. Et je l'aimais d'autant moins que je ne la supportais pas chez les autres.

Ces petites choses du quotidien nous empoisonnaient l'existence, probablement parce que notre univers s'était rétréci. Dépossédés de tout, de notre vie, de nos plaisirs, de nos proches, nous avions le réflexe erroné de nous accrocher à ce qui nous restait, presque rien : un bout d'espace, un morceau de biscuit, une minute de plus au soleil.

## 28

## *L'antenne satellite*

Octobre 2003. La prison semblait achevée. Nous comptions les jours où nous resterions sur notre talus, comme des condamnés à mort en sursis. Sombra vint me voir un matin. Il avait l'intention d'installer une antenne parabolique. Il y avait une télévision dans le campement. Une partie des instructions était en anglais, il avait besoin de mon aide.

Je lui dis que je n'y connaissais rien. Il tint tout de même à ce que je l'accompagne vérifier les équipements. Deux énormes baraquements en bois avaient été construits. Dans un troisième bâtiment, plus petit que les deux autres, des bancs et des dizaines de chaises en plastique étaient empilés sur les côtés. Les guérilleros de ce camp étaient bien approvisionnés, cela ne faisait aucun doute. Les boîtes d'appareils électroniques trônaient au milieu du salon, avec les modes d'emploi bien rangés au-dessus. Je m'avançai. Je vis alors, derrière l'empilement des chaises, la prison dans son intégralité. C'était un spectacle sinistre, hérissé de fil de fer barbelé et entouré de boue.

Je fis mine de lire les manuels de fonctionnement, tripotai quelques boutons, puis déclarai, vaincue :

— Je n'y comprends rien, je suis désolée.

J'étais incapable de me concentrer sur autre chose que l'enfer qu'ils avaient construit. Je retournai, la mort dans l'âme, le décrire à mes compagnons.

Sombra, lui, ne s'était pas déclaré vaincu. Le lendemain, avant midi, une des barques qui sillonnaient le fleuve revint avec un des prisonniers du campement situé en amont du nôtre. C'était un petit homme maigre, les cheveux coupés à ras, les yeux enfoncés dans les orbites, le visage cadavérique. Nous étions tous les trois postés sur notre talus, curieux de savoir à qui Sombra avait fait appel pour installer son antenne. Il passa devant nous, suivant le sentier utilisé par la guérilla, ignorant probablement que d'autres prisonniers logeaient dans le campement de Sombra. Est-ce qu'il sentit nos regards accrochés à lui ? Il se retourna et s'arrêta net. Pendant quelques secondes on se dévisagea. Nous faisions tous le même cheminement mental. Nos visages reflétaient successivement la surprise, l'horreur puis l'apitoiement. Nous avions chacun en face de nous une loque humaine.

Lucho réagit le premier.

— Alan ? Alan Jara ? C'est toi, Alan ?

— Bien sûr ! Bien sûr ! Excusez-moi, je ne vous aurais pas reconnus. Vous êtes bien différents sur les photos !

— Comment vas-tu ? demandai-je après un silence.

— Bien, bien.

— Et les autres ?

— Bien aussi.

Le garde lui enfonça le canon de son fusil dans le dos. Alan sourit tristement, nous fit un signe d'adieu de la main et se dirigea vers les baraquements.

On se regarda tous les trois, atterrés. Cet homme était un cadavre ambulant. Il portait un maillot à moitié en loques, ainsi qu'un bermuda crasseux. Ses jambes d'une maigreur extrême flottaient dans des bottes en caoutchouc trop grandes. C'était comme si on venait de nous retirer un bandeau des yeux. Nous nous étions habitués à ne pas nous voir tels qu'Alan nous montrait que nous étions. Sauf que nous venions de recevoir des provisions. Nous n'hésitâmes pas une seconde. Nous allâmes chercher ce qui nous restait dans notre stock pour l'envoyer aux camarades de l'autre campement.

Il nous restait aussi un morceau du gâteau que je venais de faire pour fêter l'anniversaire de Lorenzo et celui du fils de Lucho.

— On devrait le leur envoyer, me dit Lucho, c'est l'anniversaire de Gloria Polanco et de Jorge Gechem.

— Attends, comment sais-tu que c'est leur anniversaire ?

— Dans les messages à la radio, leurs familles leur ont souhaité leur anniversaire. C'est le 15 ou le 17 octobre, je ne sais plus. Mais c'est dans quelques jours.

— Quels messages à la radio ?

— Mon Dieu, ce n'est pas possible, je rêve ! Tu ne sais pas que, tous les jours, il y a une émission de radio sur RCN, « La carrilera », présentée par Nelson Moreno, qui transmet des messages de toutes nos familles pour chacun de nous ?

— Quoi ?

— Oui ! Ta famille n'appelle pas sur celle-là. Mais ta mère t'envoie des messages tous les samedis sur Caracol, « Las voces del secuestro » ! C'est un journaliste, Herbin Hoyos, qui a eu l'idée de créer un contact radio pour les séquestrés. Ta mère appelle et elle te parle, je l'entends tous les week-ends !

— Mais comment ! C'est seulement maintenant que tu me le dis !

— Écoute, je suis désolé, je pensais que tu savais, j'étais convaincu que tu écoutais le programme comme moi !

— Luchini, c'est merveilleux !… Je pourrai écouter Maman après-demain !

Je lui sautai au cou, il venait de me faire le plus beau cadeau qui soit et il voulait s'excuser !

Nous avions préparé un paquet de bonbons, de biscuits, ainsi que le morceau de gâteau que nous avions réservé pour Gloria et Jorge Eduardo. Je demandai au garde de transmettre notre requête à Sombra. La réponse ne se fit pas attendre :

— Ingrid, vous avez trente minutes pour parler à Alan et pour remettre votre colis.

Je ne me fis pas prier et suivis le guérillero jusqu'au salon des chaises empilées. Alan m'y attendait. On se jeta dans les bras l'un de l'autre comme si nous nous connaissions depuis toujours.

— Tu as vu la prison ? lui demandai-je.

— Oui… Je crois que je vais être dans ton groupe.

— Comment ça ?

— Sombra va mettre les militaires d'un côté et les civils de l'autre.

— Ah bon ! Comment le sais-tu ?

— Les gardes… Il y en a certains qui balancent de l'info en échange de cigarettes.

— Ah !… Il y a combien de civils ?

— Il y en a quatre, deux hommes et deux femmes. Moi, je préfère être avec les militaires. Mais bon, si je suis avec toi, on s'organisera. J'ai envie d'apprendre le français.

— Tu peux compter là-dessus.

— Écoute, Ingrid, on ne sait pas ce qui va se passer, on ne sait jamais avec eux. Mais quoi qu'il arrive, sois forte. Et fais attention. La guérilla a ses mouchards partout.

— Qu'est-ce que tu veux dire ?

— Je veux dire qu'il faut se méfier même entre prisonniers. Il y en a qui sont prêts à balancer les compagnons pour un briquet ou du lait en poudre. Ne fais confiance à personne. C'est mon meilleur conseil.

— ... O.K. ! Merci.

— Et merci pour les friandises. Cela fera plaisir à tout le monde.

On nous donna trente minutes exactement. Pas une de plus. Je revins songeuse. Les paroles d'Alan m'avaient fait une forte impression. Je sentais qu'il fallait effectivement se préparer à vivre une expérience difficile. Je voyais l'enceinte, les barbelés, les guérites. Mais je ne pouvais pas encore imaginer le monde à l'intérieur de la prison : le manque d'espace, la promiscuité, la violence, les délations.

## 29

## *Dans la prison*

18 octobre 2003. Au matin, des guérilleros s'approchèrent de notre tente. L'un d'eux, grand et maigre, à la moustache fine et au regard venimeux, qui portait un chapeau de ranger — de ceux qui étaient en usage chez les paramilitaires —, mit sa botte crottée sur ma paillasse et aboya :

— Emballez vos affaires ! Tout doit avoir disparu dans cinq minutes.

Il ne m'intimidait pas, je le trouvais ridicule avec son accoutrement de cow-boy tropical, mais je tremblais quand même. C'était nerveux, une sorte de dédoublement. J'avais la tête froide et lucide dans un corps trop émotif. Cela m'agaçait. Il fallait faire vite, plier, enrouler, caser, nouer. Je savais par où commencer et par où finir, mais mes mains ne suivaient pas. Les gestes que je répétais tous les jours, et qui ne prenaient qu'une seconde, ne me revenaient plus sous le regard énervé du moustachu. Je le savais en train de penser que j'étais une gourde et n'en étais que plus maladroite. Je m'obstinais à vouloir faire les choses à la perfection, comme pour me prouver que ma gaucherie n'était que transitoire. Je recommençai donc à replier, enrouler, recaser et renouer comme une maniaque. Le moustachu pensait que je faisais cela exprès pour retarder l'exécution de son ordre. Il n'en fallait pas plus pour qu'il me prenne en grippe.

Lucho observait et s'alarmait, sentant les menaces s'amonceler sur nos têtes. Je n'avais pas fini d'attacher mon pauvre vieux sac à provisions que le moustachu me l'arrachait, visiblement irrité, et me donnait l'ordre de le suivre. Nous partîmes en file indienne dans un silence douloureux, encadrés par des hommes armés à la mine patibulaire. Je gravais chaque pas dans ma mémoire, chaque accident de terrain, chaque particularité de la végétation qui pourrait me servir d'indicateur pour mon évasion future. J'avais le nez rivé par terre. C'est peut-être pour cela que j'eus l'impression que la prison me tombait dessus. Lorsque je la vis, j'étais sur le point de m'écraser contre le grillage et le fil de fer barbelé. La surprise fut d'autant plus grande qu'il y avait déjà du monde dedans. Bêtement, j'avais présumé qu'étant détenus si près de la prison, nous serions les premiers à y emménager. Mais Sombra avait fait en sorte que d'autres y soient installés avant nous, soit pour que nous ayons moins peur d'y entrer, soit pour nous signifier que nous n'étions pas les maîtres des lieux. Le moustachu nous fit faire une petite déviation inutile qui nous permit de comprendre que la prison était divisée en deux, avec un bâtiment bien petit et un autre plus grand, adossés l'un à l'autre, séparés par un petit corridor juste assez large pour permettre le passage de la ronde des gardiens. L'entrée dans le petit bâtiment se faisait par une cour en terre battue. Toute la végétation avait été éliminée sauf quelques jeunes arbres qui jetaient leur ombre sur le toit des baraquements pour soustraire les toits en zinc au regard des avions militaires. Tout l'espace était fermé par un gros grillage en acier. Une lourde porte en métal, doublée d'une chaîne imposante, et un cadenas massif en interdisaient l'accès.

Le moustachu sortit les clefs de son pantalon, tripota le cadenas pour bien nous faire comprendre que la manœuvre n'était pas simple et la porte s'ouvrit avec un grincement médiéval. Les quatre personnes qui se trouvaient à l'intérieur firent quelques pas en arrière. Le guérillero lança mon ballot à l'intérieur comme s'il avait eu des fauves en face de lui. Depuis que nous étions apparus dans leur champ de vision, les quatre otages nous dévoraient des yeux.

Ils étaient tous abîmés physiquement, les traits tirés, la mine famélique, les cheveux blancs, les rides profondes, les dents jaunies. Mais, plus que par leur apparence physique, j'étais émue par leur attitude, à peine perceptible à la position de leur corps, au mouvement du regard, à l'inclinaison de la nuque. On pouvait presque croire que tout était normal. Et pourtant quelque chose n'était plus pareil. Comme lorsqu'un nouveau parfum apporté par la brise emplit l'atmosphère, et que l'on doute l'avoir véritablement perçu, car il vous échappe déjà, alors même qu'il a imprégné votre mémoire.

Ils étaient derrière les barreaux. Pour quelques secondes, j'étais encore dehors. C'était presque indécent à regarder, car leur humiliation était mise à nu et ne pouvait être masquée d'aucune façon. Ces êtres étaient dépossédés d'eux-mêmes, soumis au bon vouloir d'autrui. Je pensai à ces chiens galeux rejetés et poursuivis, qui ne parent plus les coups, dans l'espoir de se faire oublier de ceux qui les harcèlent. Il y avait de cela dans leurs regards. J'avais connu deux d'entre eux, nous avions partagé l'hémicycle. Je les revoyais maintenant devant moi, habillés misérablement, mal rasés, les mains sales, se tenant droits, cherchant à sauver une contenance et une dignité, malgré la peur.

J'avais mal de les voir ainsi et qu'ils se sachent vus. Eux, à leur tour, avaient mal pour moi, conscients que je partagerais leur sort dans quelques minutes, et ils lisaient l'horreur sur mon visage.

La porte était ouverte. Le moustachu me poussa à l'intérieur. Jorge Eduardo Gechem s'avança le premier et me reçut dans ses bras. Il tremblait, les yeux baignés de larmes :

— Ma madame chérie, je ne sais pas si je dois être heureux de te revoir, ou en être bien triste.

Gloria Polanco, elle aussi, m'embrassa chaleureusement. C'était la première fois que nous nous rencontrions, mais c'était comme si nous étions amies depuis toujours.

Consuelo s'approcha, ainsi qu'Orlando. Nous pleurions tous, soulagés sûrement d'être ensemble, de nous savoir vivants, mais combien plus accablés par le malheur commun. Orlando prit nos baluchons et nous emmena dans le baraquement. C'était une construction en bois, dont l'intérieur, murs et plafond, était entièrement tapissé par un grillage métallique. Il y avait quatre lits superposés si rapprochés les uns des autres qu'il fallait se glisser de biais pour y accéder. Sur un des côtés, les planches en bois du mur avaient été découpées aux trois quarts, ce qui ouvrait une sorte de grande fenêtre vers l'extérieur de l'enceinte, elle aussi revêtue dans sa totalité par le grillage. L'endroit baignait dans la pénombre et les lits du fond étaient carrément plongés dans le noir. Une odeur de moisi piquait le nez dès l'entrée, et tout était couvert d'une sciure rougeâtre qui flottait

dans l'air, preuve de la construction récente du baraquement.

— Ingrid, on va te charger de distribuer les lits.
Choisis d'abord le tien !

L'idée me surprit et me mit sur mes gardes. Il
était inconvenant d'attribuer un rôle de chef à qui
que ce soit. Je me souvins des paroles d'Alan et pensai que le mieux était de me tenir en retrait.

— Non, ce n'est pas mon rôle. Je prendrai le lit
qui restera lorsque vous aurez pris les vôtres.

Il y eut un malaise immédiat. La nervosité des uns
et la raideur des autres nous firent comprendre très
vite que, sous les bonnes manières, une véritable
guerre sévissait entre nos camarades. On se retrouva
tous les trois placés stratégiquement, de façon à servir de paravent entre nos quatre compagnons, Clara
au fond du baraquement, entre Orlando et Consuelo,
Lucho et moi entre les deux autres et eux. Cela semblait satisfaire tout le monde, et chacun commença
à s'installer.

J'expliquai à Sombra que nous avions besoin de
balais pour nettoyer le logement, et qu'il serait sou-
haitable d'ouvrir une grande fenêtre sur la façade
du baraquement pour permettre aux lits du fond de
recevoir plus de lumière. Sombra m'écouta en inspectant le logement et partit en m'assurant qu'il enverrait
un de ses gars avec le balai et la tronçonneuse.

Mes camarades s'étaient attroupés autour de moi.
Pour eux, l'attitude de Sombra était inhabituelle :

— Il dit toujours « non » à toutes nos requêtes !
C'est une chance qu'il t'écoute. Il faudrait voir encore
s'il va tenir parole.

Du coup, emballés par la perspective d'une nouvelle fenêtre, nous nous étions mis à faire des projets :
les planches qui allaient être enlevées deviendraient

des étagères. Il faudrait en demander d'autres pour construire une grande table, où nous pourrions déjeuner tous ensemble, et une tablette près de la porte d'entrée pour recevoir les marmites avec les repas.

L'idée que nous puissions concevoir des projets et les réaliser en commun m'enthousiasmait. Une atmosphère de fraternité dont nous avions tous besoin s'était créée. Plus détendus, nous nous réunîmes dans la cour, sous les quelques arbres qui avaient été épargnés, pour nous raconter nos différents parcours. Orlando avait été capturé le premier et avait été immédiatement placé avec la cinquantaine d'officiers et de sous-officiers que les FARC gardaient en otages depuis des années. Consuelo avait été capturée en second. Enfermée avec les militaires et les policiers, elle gardait un souvenir amer des mois où elle avait été la seule femme dans le camp des FARC. Gloria avait été prise avec ses deux fils, puis subitement séparée d'eux et mise dans le groupe des « interchangeables ». Jorge avait été kidnappé dans un avion, trois jours avant ma capture. La guérilla avait réuni Gloria et Jorge quelques semaines auparavant avant de les enfermer à leur tour avec le reste du groupe.

Les tentatives d'évasion et les trahisons avaient blessé les uns et mis les autres à distance. La suspicion s'était infiltrée entre eux et la méfiance régnait. Les rapports avec la guérilla étaient hasardeux. Ils étaient dans les mains de Sombra depuis plus d'un an. Ils le craignaient et le détestaient, mais n'osaient même pas le dire de peur d'être cafardés. La troupe de Sombra faisait régner la terreur entre les prisonniers. Ils racontaient qu'un des sous-officiers, après une bagarre avec un autre prisonnier, avait été abattu.

Mes compagnons avaient envie de parler, de se confier, mais les expériences terribles qu'ils avaient vécues les obligeaient au silence. Je le comprenais sans difficulté. Dans le partage des souvenirs, une évolution se produit. Certains faits sont trop douloureux pour être racontés : en les dévoilant, on les vit à nouveau ; en les taisant, on a l'espoir que, le temps passant, la douleur disparaîtra, qu'il sera possible ensuite de partager ce que l'on a vécu avec d'autres et de s'exonérer de son propre silence. Mais souvent, bien qu'il n'y ait plus de souffrance attachée au souvenir, c'est par respect d'autrui que l'on s'abstient d'en parler : on ne ressent plus le besoin de se libérer d'un poids, mais plutôt celui de ne pas abîmer l'autre avec les souvenirs de ses propres malheurs. Raconter certaines choses, c'est leur permettre de rester vivantes dans l'esprit des autres, alors qu'il nous paraît finalement plus convenable de les laisser mourir à l'intérieur de nous-mêmes.

## 30

## *L'arrivée des Américains*

Fin octobre 2003. Le balai arriva comme Sombra l'avait promis. Mais pas la tronçonneuse. Les gardes postés dans les tourelles nous étaient inaccessibles. Pour toute requête, il fallait attendre l'approche du « réceptionniste » qui, pour la première fois en ce qui me concernait, n'était pas une fille. Seuls les hommes avaient l'autorisation d'approcher la prison. Et, comme pour rendre les choses plus simples, c'était le grand moustachu au chapeau de ranger, Rogelio, qui avait été nommé au poste. Il ouvrit la lourde porte métallique dès le matin et déposa la marmite avec la collation par terre, sans dire un mot. Nos camarades se ruèrent sur lui pour lui parler avant qu'il ne disparaisse, et il les rejeta violemment vers l'intérieur, refermant la porte à la hâte en tempêtant : « Plus tard, plus tard ! »

Durant la journée, il passa à plusieurs reprises devant notre grille, faisant fi des appels pressants et des sollicitations de mes camarades. Rogelio riait en s'éloignant, satisfait du pied de nez qu'il leur faisait.

Ma situation venait de changer. J'avais eu jusqu'à maintenant un accès somme toute aisé au commandant du campement, chargé de résoudre mes problèmes. Ici, c'était apparemment ce jeune guérillero qui allait assurer notre contact avec l'extérieur. Il devenait donc le seul homme à qui présenter nos requêtes. Lorsque mes camarades faisaient des efforts pour lui être agréables, il leur répondait avec dédain.

Les rapports humains s'étaient transformés dans la seconde où nous étions entrés dans la prison. L'étau s'était resserré sur nous de plusieurs tours de vis supplémentaires. Nous étions devenus des quémandeurs. Je me voyais mal accrochée à la grille, miaulant pour obtenir son attention. Me forcer à lécher les bottes de ce personnage à coups de faux sourires ou d'un copinage hypocrite m'était franchement insupportable.

L'homme aimait à être flatté. Très vite, il établit des relations hiérarchisées avec nous. Il y avait ceux qui lui étaient sympathiques, à qui il répondait plus vite, qu'il écoutait avec plus de patience et même avec intérêt parfois. Et puis il y avait nous, les autres, envers qui il se faisait un devoir d'être discourtois. Je me retrouvais donc rembarrée de façon grossière devant mes camarades chaque fois que j'avais besoin de quelque chose, alors qu'il s'empressait de satisfaire la demande de celui qui avait la cote avec lui. Durant les heures qui suivirent notre confinement, je vis avec consternation comment cet échafaudage de relations complexes se mettait en place. Ceux qui avaient eu la présence d'esprit de jouer, toute honte bue, le rôle de courtisan avaient pris de l'ascendant sur nous, car c'était par leur intermédiaire qu'il était possible d'obtenir certaines faveurs qui, parfois, pouvaient nous sembler indispensables.

Cette situation produisit, séance tenante, une grave et intense division entre nous tous. Au début, elle n'était apparue que comme un embarras car, se sentant observés et jugés par les autres, ceux qui avaient opté pour la servilité faisaient de leur mieux pour subvenir aux besoins des autres. Tout le monde y trouvait son compte et, dans le fond, aucun de nous ne pouvait être sûr qu'il ne finirait pas par agir de la sorte à un moment ou à un autre.

Ce fut le besoin, pour Lucho et pour moi, de nous prémunir contre nous-mêmes et d'essayer de maintenir l'union du groupe qui nous poussa à convoquer nos camarades pour écrire une lettre de protestation aux membres du « Secretariado ». Il y avait très peu de chances pour que notre missive parvienne à Marulanda. Mais nous comptions par ce biais ouvrir une voie qui nous mette en rapport direct avec les chefs, ne fût-ce qu'avec Sombra. Il fallait court-circuiter le réceptionniste. Et puis je voulais qu'il y ait une déclaration écrite, un témoignage de notre révolte face au traitement auquel nous étions soumis. Les FARC n'avaient pas le droit de nous enfermer dans un camp de concentration, même au nom de leur doctrine révolutionnaire. Je ne voulais pas qu'ils s'installent tranquillement dans la bonne conscience. Je redoutais aussi que nous finissions nous-mêmes par nous y faire.

Lucho pensait aussi, et nous en avions longuement discuté, qu'un de nous serait libéré prochainement et qu'il fallait écrire une lettre secrète à Uribe lui demandant d'autoriser une opération militaire pour notre libération. Il croyait que je sortirais la première grâce aux bons offices de la France.

Nous nous étions réunis tous en conciliabule à l'intérieur du baraquement. Il s'était mis à pleuvoir des cataractes : nos voix seraient couvertes par le bruit de la pluie sur le toit de zinc. Ceux qui avaient noué des contacts avec le réceptionniste craignaient que notre lettre ne soulève des représailles. Mais, sentant qu'ils pouvaient être accusés de lâcheté ou de compromission avec l'ennemi, ils présentèrent des objections sur la forme, non sur le fond.

Le message secret pour Uribe créa moins de problèmes. En principe, tout le monde était prêt à le signer, jugeant probablement qu'il n'avait aucune chance d'arriver jusqu'à son destinataire. Gloria fut la seule à s'abstenir. Elle avait été kidnappée avec ses deux fils aînés, puis brutalement séparée d'eux. Elle ne voulait pas que son autorisation pour une opération militaire de sauvetage puisse mettre en danger la vie de ses propres enfants encore otages des FARC. Nous comprenions tous ses motivations.

La rédaction de la lettre au « Secretariado » nous occupa tout l'après-midi. Lucho, en bon négociateur, faisait la navette entre les uns et les autres pour ajouter ceci ou supprimer cela, de façon à donner satisfaction à chacun. La pluie cessa et je vis l'un des nôtres parler à travers les grillages avec le « réceptionniste ». Je crus déceler chez lui une attitude de délateur, mais décidai d'éviter toute émotion qui aurait pu nuire à l'harmonie du groupe. Je vis ensuite cette même personne s'entretenir longuement avec Clara. Le soir, alors que nous nous apprêtions tous à signer la lettre aux commandants, Clara annonça qu'elle s'y refusait car elle ne voulait pas avoir de problèmes avec Sombra. Je n'insistai pas. Ceux qui étaient frileux à l'idée de poursuivre notre action de protestation déclarèrent, profitant de cette porte de sortie, que nous devions être tous unis et que, si ce n'était pas le cas, ils s'abstiendraient également. La lettre au « Secretariado » tomba à l'eau.

Celle pour Uribe fut signée secrètement par la moitié de notre jeune société sans que les autres, qui s'y refusaient, ne le sachent. Ceux qui avaient été jusqu'au bout du projet couraient le risque que la lettre ne tombe entre les mains des FARC et qu'ils en soient punis. La division du groupe semblait scellée. On me confia la mission de cacher la lettre, ce que je fis durant de longues années, la gardant longtemps, même après que nous fûmes tous séparés et dispersés dans des camps différents. Personne ne la trouva jamais malgré les innombrables fouilles. Je l'avais pliée, enveloppée dans du plastique, et je l'avais cousue à l'intérieur du renforcement du coude de ma veste. Je la relisais quelquefois, bien des années après que nous l'avions écrite et signée, toujours avec un pincement au cœur : à ce moment-là, nous étions encore capables d'espérer.

Alors que nous étions encore meurtris par notre insuccès et par les fissures qui s'étaient installées dans le groupe, la prison se réveilla en sursaut. Nous entendions des bruits de moteurs. Plusieurs embarcations rapides venaient d'arriver. Tous les gardes avaient endossé leur uniforme de parade. Rogelio portait un gilet bardé de munitions, un béret de parachutiste lui tombant sur l'oreille avec l'écusson des FARC. Il était tellement fier de lui ! L'information ne fut pas difficile à lui soutirer : c'était le Mono Jojoy qui venait faire un tour…

On se mit tous rapidement d'accord sur ce qu'il faudrait lui dire lorsqu'il viendrait nous saluer, pensant que ce serait l'opportunité d'exprimer l'indignation de notre fameuse lettre inachevée. On installa les hamacs dans la cour, selon la disposition dont nous étions convenus, car l'espace avait été distribué au millimètre près la veille entre nous, et l'on se mit à attendre le Mono Jojoy.

L'espace était peut-être l'unique avantage que les autres prisonniers du baraquement « militaire » avaient sur nous et que nous leur enviions. Le jour de notre arrivée à la prison, je les avais vus pour la première fois. J'avais échangé les premiers mots avec Gloria. Je m'étais retournée, alertée par un cliquetis métallique et par des cris agressifs derrière moi. Je crus un instant que des guérilleros poursuivaient des cochons évadés, comme je les avais déjà vus faire.

Des buissons surgirent une quarantaine d'hommes en haillons, les cheveux longs, le visage envahi par la barbe, une grosse chaîne autour du cou les reliant les uns aux autres. Flanqués par des gardes armés, ils marchaient en file indienne, portant de lourds sacs à dos, caparaçonnés de vieilles marmites énormes, avec des matelas moisis et à moitié éventrés enroulés sur la nuque, des poules attachées par les pattes se balançant à leur ceinture, des morceaux de carton et des bidons d'huile vides coincés entre les sangles de leurs ballots, des radios cabossées et rafistolées de partout pendant à leur cou comme un joug supplémentaire. Ils avaient l'air de bagnards. Je ne pouvais pas en croire mes yeux.

Des guérilleros leur tournaient autour, vociférant des ordres stupides pour qu'ils continuent à marcher. Je regardais le cortège terrifiant, agrippée aux barreaux de la porte métallique de ma prison, asphyxiée, les yeux exorbités, muette. Je reconnus Alan. Il se retourna et, me voyant, me sourit, mal à l'aise :

— Hola, Ingrid…

Les autres soldats se retournèrent tous, les uns après les autres :

— C'est Ingrid ! C'est la *doctora*…

La marche s'arrêta. Les uns me saluaient de loin d'un geste amical, d'autres levaient le poing en signe de résistance, certains me posaient des questions en rafale, auxquelles je ne pouvais pas répondre. Les plus audacieux s'approchaient de la porte pour me tendre la main au travers des barreaux. Je les touchais, dans l'espoir que le contact de mes mains pourrait leur transmettre ma tendresse et leur apporter un peu de réconfort. Ces « poilus » de la jungle, persécutés, suppliciés, avaient le cran de sourire, de s'oublier, de se comporter avec une dignité et un courage qui forçaient mon admiration. Leur seule réponse digne était le détachement de soi.

Les gardes les avaient insultés et menacés pour qu'ils ne nous parlent plus. Ils avaient été vite réenfermés dans le baraquement adossé au nôtre. Nous ne pouvions pas les voir, mais nous pouvions les entendre. De fait, il y avait déjà eu des conversations entre nos deux groupes : nous parlions à voix basse, collant la bouche entre les fentes des planches en vis-à-vis, qui donnaient sur le couloir où les gardes effectuaient leur ronde. La communication entre les deux baraquements était interdite.

Nous avions ainsi appris que Sombra avait eu la largesse de leur accorder un espace pour faire du sport, privilège que nous n'avions pas. Dans l'immensité de cette jungle, où tout faisait défaut, excepté l'espace, la guérilla avait voulu nous confiner dans un lieu exigu et insalubre, qui ne favorisait que la promiscuité et la confrontation. Les quelques heures de cohabitation que nous venions de vivre avaient déjà mis en évidence les tensions qui naissaient du besoin de défendre chacun son espace. Comme dans les sociétés primitives, l'espace redevenait pour nous la propriété essentielle, celle dont la valeur fondamentale était de réconforter l'amour-propre blessé. Celui qui en avait plus se sentait plus important.

Installés dans nos hamacs comme dans un poste d'observation, nous suivîmes des yeux le tour de propriétaire du Mono Jojoy. Il marcha en se tenant à distance prudente des grillages, fit le tour de notre enceinte de telle façon que nos voix ne puissent pas l'atteindre et en évitant tout contact du regard. Il aurait fait l'inspection de son bétail qu'il n'aurait pas agi autrement. Puis il disparut.

Une demi-heure plus tard, venant de l'aile nord de la prison, un groupe d'inconnus fit son apparition. Trois hommes, deux grands blonds et un jeune homme brun, en short, le sac à dos léger, encadrés par une demi-douzaine de guérilleros armés jusqu'aux dents, longèrent notre grillage, marchant sur le chemin en planches que la guérilla venait tout juste de finir et qui faisait le tour complet de la prison, le long des barbelés. Ils regardaient droit devant eux et continuèrent ainsi jusqu'au baraquement des militaires :

— *Hey, gringos ! How are you ? Do you speak english ?*

Les militaires étaient enchantés de mettre en pratique leurs notions d'anglais. On se regarda tous, déconcertés. Bien sûr ! Ce ne pouvait être que les trois Américains, ceux qui avaient été capturés un an auparavant et qui faisaient, eux aussi, partie du groupe pour *el intercambio*[1] !

Un de nos compagnons, de ceux qui étaient dans la confidence avec Rogelio, déclara en connaisseur :

— Oui, ce sont les Américains. Ils vont les parquer chez nous…

— Ici ?

1. *Intercambio* : échange. Nom donné à la négociation pour la libération des otages contre celle des guérilleros prisonniers.

— Je ne sais pas, chez les militaires ou chez nous. Je crois que ce sera chez nous.

— Mais comment ? Ici il n'y a plus de place !

Mon compagnon me regarda d'un air méchant. Puis, comme s'il avait trouvé de quoi faire mal, il assena d'une voix lente :

— Ce sont des prisonniers comme nous. On t'a bien accueillie quand tu es arrivée. Tu dois faire pareil avec les autres.

Je me sentais prise en faute. Oui, bien sûr, il fallait les accueillir du mieux possible.

## 31

## La grande dispute

Novembre 2003. La porte métallique s'ouvrit, les trois Américains entrèrent, la mâchoire crispée, le regard inquiet. On se serra la main, se présenta, et on fit de la place pour qu'ils puissent s'asseoir. Le compagnon qui m'avait sermonnée les prit sous son aile et leur montra les installations. Tout le monde se mit à spéculer sur ce que ferait la guérilla. La réponse nous fut donnée dans l'heure.

Brian, un des guérilleros les plus costauds du groupe, fit son apparition avec la fameuse tronçonneuse à l'épaule. Deux autres hommes le suivaient, portant des planches en bois et des poutres grossièrement taillées. Ils nous demandèrent de retirer toutes nos affaires et de sortir. En quelques minutes, une des couchettes fut coupée de son socle et poussée sur un côté, collée à la maille d'acier en dessous de l'ouverture qui faisait office de fenêtre. Dans l'espace restant, à notre grande surprise, ils réussirent à encastrer une nouvelle couchette, coincée entre les deux autres, avec juste assez de place pour y accéder d'un seul côté. Nous regardions tous la manœuvre sans dire un mot. Le baraquement était de nouveau couvert d'une sciure rougeâtre qui collait aux narines. Brian se retourna vers moi baigné de sueur :

— Bien, c'est quoi la fenêtre que vous voulez qu'on vous ouvre ?

J'étais soufflée. J'étais persuadée que Sombra avait oublié notre requête.

— Je crois qu'il faudrait ouvrir ici, répondis-je en essayant de reprendre contenance.

Je dessinai avec mon doigt un grand rectangle imaginaire sur le mur en bois qui donnait sur notre cour intérieure. Keith, l'un des trois qui étaient entrés en premier dans la prison, murmura derrière moi. Il n'avait pas l'air content du projet et râla dans son coin. Un de nos compagnons essaya de le calmer, mais la communication n'était pas simple, Keith ne parlant pas bien l'espagnol. Il faisait comprendre qu'il voulait que le mur reste en l'état. Il avait peur d'avoir froid la nuit.

— Alors, mettez-vous d'accord ! récrimina Brian.

— Ouvrez, ouvrez ! s'exclamèrent les autres, inquiets que Brian ne fasse demi-tour et ne nous laisse plantés là.

L'incident avait laissé une gêne dans l'air. Keith vint me voir dans l'espoir d'arrondir les angles. Il me parla en anglais :

— Savez-vous que, lorsque vous avez été enlevée, nous avons reçu la mission de vous rechercher ? Nous avons survolé pendant des jours toute la région... Qui nous aurait dit que nous allions finir par vous retrouver, mais de cette façon !

C'était du nouveau. J'ignorais que l'ambassade américaine avait contribué à ma recherche. On se mit à parler avec un certain entrain. Je lui racontai que Joaquín Gómez se vantait que les FARC avaient réussi à descendre un avion.

— C'est tout à fait faux. Ils ne nous ont pas descendus. Nous avons eu une panne de moteur. C'est tout.

Puis, comme me faisant une confession, il me dit en se penchant à mon oreille :

— En fait, ils ont eu beaucoup de chance, car nous sommes les seuls prisonniers à compter vraiment ici, nous trois et vous. Nous sommes les joyaux de la Couronne !

Je restai silencieuse. Cette réflexion me troublait. Je répondis en pesant mes mots :

— Nous sommes tous des prisonniers, nous sommes tous pareils.

Le visage de l'homme se transforma. Il me dévisagea, irrité. Il supportait mal ce qu'il avait pris pour une remontrance. Pourtant, je ne voulais surtout pas avoir l'air d'une donneuse de leçons. Je lui fis un sourire et ajoutai :

— Il faut que vous me racontiez en détail votre histoire. J'ai vraiment envie de savoir ce que vous avez vécu jusqu'ici.

Lucho était derrière moi, je ne l'avais pas vu arriver. Il me tira par le bras, et la conversation s'arrêta là. Nous allions commencer à construire les étagères. Orlando s'était procuré des clous et un marteau. Il fallait faire vite, ils ne nous les prêtaient que jusqu'à la fin de l'après-midi. On se mit au travail.

Ce soir-là, le baraquement vibra du ronflement de tous. On aurait dit le bruit d'une usine. La journée avait été intense et chacun s'était couché exténué. Je regardais le plafond et surtout le grillage accolé à deux doigts de mon nez. Ils avaient tout construit tellement à la hâte que, pour accéder aux couchettes supérieures et s'y coucher, il fallait ramper et rouler sur soi-même, tant l'espace entre les lits et le plafond était réduit. Il était impossible de s'asseoir, et descendre de la couchette vous obligeait à vous laisser glisser petit à petit dans le vide, jusqu'au sol, en s'accrochant à la grille comme un singe. Je ne me plaignais pas trop. Au moins c'était un lieu abrité, avec un plancher en bois qui nous maintiendrait au sec. La nouvelle fenêtre était une réussite. Une brise tiède pénétrait dans le baraquement et nettoyait l'air lourd de la respiration des dix qui étaient entassés à l'intérieur. Une souris traversa en courant la poutre que j'avais au-dessus des yeux. Combien de temps nous faudrait-il vivre les uns sur les autres, avant de retrouver notre liberté ?

Au matin, je me levai pour découvrir avec Lucho que les étagères dont la construction nous avait demandé tant d'efforts étaient toutes occupées par les affaires des autres. Il n'y avait plus de place ! Orlando riait dans son coin en nous regardant :

— Allez, ne faites pas cette tête-là. C'est très simple, on va demander d'autres planches et on fera d'autres étagères dans le coin là-bas, derrière la porte. Ce sera mieux pour vous, vous les aurez en face de vos couchettes.

Gloria s'approcha. L'idée lui paraissait excellente.

— Et on pourrait faire aussi une autre étagère de ce côté du grillage !

Je n'étais pas contente, tout simplement parce que je trouvais très improbable que la guérilla nous fournisse d'autres planches. De nombreuses démarches seraient nécessaires, qui m'épuisaient à l'avance. À ma grande surprise, sur la demande d'Orlando, les planches arrivèrent le jour même :

— Tu auras une belle étagère, non, que dis-je ! Je vais te faire un bureau, comme pour une reine !

Orlando continua à se moquer de moi mais j'étais

soulagée et ma bonne humeur était revenue. Avec Lucho, ils conçurent un meuble qui servirait à la fois de table et d'étagère. Ils comptaient aussi assembler une petite bibliothèque pour garnir le coin de Gloria. Je voulus aider. Mais je sentis que je gênais leurs mouvements.

Je me repliai vers la cour, avec l'intention d'installer mon hamac, le temps qu'ils aient fini de travailler. La place qui m'avait été assignée avait été prise par Keith qui ignorait qu'avant leur arrivée il y avait déjà eu des accords passés entre nous. Il restait un seul arbre auquel je pouvais accrocher mon hamac mais, dans ce cas, l'autre extrémité devait nécessairement être suspendue à la maille en acier de l'enceinte. Cela posait deux problèmes. Un : que l'on me refuse l'autorisation de le pendre à la grille extérieure. Deux : que la corde de mon hamac ne soit pas assez longue. Coup de chance, Sombra faisait le tour des baraquements et je pus lui poser la question directement. Il accepta et me fournit la rallonge de corde nécessaire. Mes compagnons me regardaient du coin de l'œil. Tous se disaient que, si j'avais dû passer par Rogelio, je n'aurais rien eu. C'étaient de petites choses. Mais nos vies n'étaient plus faites que de ces petites choses. Lorsque Rogelio apporta la marmite du soir et qu'il me vit installée dans un hamac qui pendait au grillage, un voile passa sur ses yeux. Je savais que j'étais sur sa liste noire.

Tom, le plus âgé de nos nouveaux compagnons, qui s'était d'abord installé près de Keith, avait émigré de mon côté quelques minutes après. Il était visiblement brouillé avec son compatriote. Voyant Lucho s'ajouter à nous, il éleva la voix, maugréant un commentaire désagréable. Il faudrait partager entre nous trois le même arbre pour accrocher nos hamacs.

J'essayai de lui expliquer que nous devions tous faire un effort pour nous accommoder d'un espace restreint et qu'il n'y avait pas assez d'arbres. Excédé, il me répondit brutalement. Lucho prit ma défense en haussant le ton à son tour. Tom, qui vivait une guerre froide avec son compagnon, était facilement irritable. Je compris qu'il voulait s'en éloigner. C'était aussi dans l'intérêt de Keith que de voir Tom prendre ses distances. Pendant que Tom et Lucho se faisaient front, Keith s'approcha de la grille et chuchota quelque chose à Rogelio.

La porte métallique s'ouvrit d'un coup et Rogelio entra en trombe :

— Ingrid, c'est vous qui foutez le merdier ?! Ici, tout le monde est pareil. Il n'y a pas de prisonnier plus important que les autres.

Je me tus immédiatement, comprenant qu'il ne s'agissait pas seulement d'un malentendu à propos des hamacs.

— Je ne veux rien savoir. Vous n'êtes pas la reine ici. Vous obéissez, un point c'est tout.

— ...

— Je vais vous enchaîner pour vous apprendre. Vous allez voir !

Je voyais ceux de mes compagnons qui avaient intoxiqué Rogelio se tenir les côtes en riant. Rogelio, lui aussi, était ravi. Ses camarades des tourelles le regardaient avec admiration. Il cracha par terre, se recoiffa avec son chapeau de ranger, et sortit comme un paon.

Lucho me prit par l'épaule et me secoua tendrement :

— Allez, on en a vu d'autres. Où est ton sourire ?

C'était vrai. Il fallait sourire, même si c'était dur. Puis il ajouta :

— Ils viennent de nous passer la facture. J'ai

entendu ce que tu as répondu au gars lorsqu'il te disait que vous étiez les joyaux de la Couronne... Je ne pense pas que tu t'en sois fait un ami.

Les choses avaient pourtant bien commencé. Au début, chacun voulait donner le meilleur de soi-même. Nous partagions tout, même les corvées, que nous nous étions distribuées le plus équitablement possible. Nous avions décidé de balayer tous les jours le baraquement, ainsi que la passerelle en bois qu'ils venaient d'achever et qui permettait d'accéder aux toilettes. Le plus critique, pourtant, était le nettoyage des latrines. Nous nous étions confectionné des brosses à l'aide de bouts de tee-shirt. Chaque jour, le nettoyage des installations se faisait par équipes de deux.

Lorsque c'était notre tour, Lucho et moi nous levions à l'aube. Nous avions commencé par nous disputer, car Lucho ne voulait absolument pas que je participe au nettoyage des latrines. Il tenait à laver le cagibi qui nous servait de salle de bains à lui tout seul. Or ce travail nécessitait de s'y employer avec vigueur, et je ne voulais pas que Lucho, à cause de l'effort, ait une crise de diabète. Il n'y avait rien eu à faire. Il simulait une fâcherie contre moi et m'interdisait le passage. Je m'étais donc retranchée dans le baraquement et le nettoyais avec empressement, car je savais que, dès qu'il aurait fini sa corvée, il viendrait me prendre le balai des mains pour continuer à ma place. Cette affaire n'amusait que Lucho et moi. C'était une sorte de jeu pour rivaliser d'affection.

Je désirais plus que tout maintenir une harmonie à l'intérieur de notre groupe. Voilà une tâche qui devenait tous les jours plus laborieuse. Chacun arrivait avec son histoire de douleur, de rancœur ou de dépit. Il n'y avait rien de bien grave. Juste des petites choses qui prenaient une importance démesurée car nous étions tous écorchés vifs. Tout regard de travers ou mot mal placé était pris pour une grave offense et devenait une source de rancœur, ruminée de façon maladive.

À cela s'ajoutait la façon dont nous percevions le comportement de chacun vis-à-vis de la guérilla. Il y avait ceux qui « se vendaient » et ceux qui « restaient dignes ». Cette perception était biaisée, car il suffisait que quelqu'un parle avec le réceptionniste pour que l'on fustige son comportement et l'accuse de compromission avec l'ennemi, trop souvent par jalousie, car finalement, à un moment donné ou à un autre, nous devions tous demander ce dont nous avions besoin. Le fait d'« obtenir » ce qui avait été sollicité excitait chez les autres une convoitise pathologique et nourrissait l'amertume de ne pas en avoir eu autant. On s'observait tous avec méfiance, coincés malgré nous dans des divisions absurdes. L'ambiance était devenue lourde.

Un matin, après le petit déjeuner, un de nos nouveaux compagnons vint me voir avec un air des mauvais jours.

Je venais juste à ce moment-là d'entamer une discussion animée avec Lucho, Gloria et Jorge. Ils voulaient que je leur donne des cours de français et nous étions en train de nous organiser. L'interruption irrita mes amis mais je le suivis, sachant que nous aurions tout loisir de continuer à discuter notre projet plus tard.

Il avait « entendu » qu'à leur arrivée je ne les voulais pas avec nous. Était-ce la vérité ?

— Qui vous a dit cela ?

— Peu importe.

— Si, cela importe, car c'est une version malveillante et déformée.

— Vous l'avez dit, oui ou non ?

— Lorsque vous êtes arrivés, j'ai demandé comment ils feraient pour nous loger tous ensemble. Je n'ai jamais dit que je ne voulais pas que vous veniez nous rejoindre. Donc la réponse est non, je n'ai jamais dit cela.

— Bien, cela est important, car, quand nous l'avons appris, cela nous a mis très mal à l'aise.

— N'écoutez pas tout ce que l'on vous raconte. Croyez plutôt ce que vous voyez. Vous savez que, depuis votre arrivée, nous avons tous fait de notre mieux pour vous accueillir. Quant à moi, c'est un plaisir de parler avec vous. J'apprécie votre conversation et je voudrais que nous soyons amis.

Il se leva rasséréné, me tendit la main dans un geste de cordialité et s'excusa auprès de mes compagnons de m'avoir accaparée pendant quelques instants.

— C'est comme cela que ça marche : ils veulent diviser pour régner, dit Jorge, le plus prudent d'entre nous.

Puis il me tapota la main :

— Allez, madame, on va commencer nos cours de français et cela nous obligera tous à penser à autre chose !

## 32

## *La numérotation*

Je commençais ma journée par une heure de gymnastique dans l'espace compris entre les lits superposés de Jorge et Lucho. Cet espace étant situé à l'extrémité du baraquement, je ne gênais personne. J'allais ensuite faire ma toilette dans le cagibi, à l'heure précise qui m'avait été accordée dans le planning que nous avions établi ensemble pour l'utilisation de la « salle de bains ». L'entrée était recouverte d'un plastique noir, seul endroit où nous pouvions nous déshabiller sans être vus. Nous nous réunissions avant le déjeuner, Lucho, Jorge, Gloria et moi, assis en tailleur sur un des lits du bas, dans la bonne humeur, à travailler nos cours de français, à jouer aux cartes et à inventer des projets que nous réaliserions ensemble lorsque nous serions libérés.

Quand la marmite du déjeuner arrivait, c'était la débandade. Au début, il y avait eu des réflexes de courtoisie. On s'approchait l'écuelle à la main et on s'aidait les uns les autres. Les hommes cédaient la place aux dames, on y mettait des formes. Mais les choses changèrent imperceptiblement. Un jour, quelqu'un exigea que l'on fasse la queue. Ensuite, quelqu'un d'autre, en entendant le déclic du cadenas qui s'ouvrait, se rua pour se servir avant les autres. Lorsqu'un des hommes les plus costauds insulta Gloria, lui reprochant injustement de jouer des coudes pour se servir, les rapports entre tous étaient déjà bien dégradés. Ce qui devait être un moment de détente devint une méchante bousculade, chacun accusant l'autre de vouloir prendre le meilleur d'une pitance infecte. La guérilla avait des douzaines de cochons. Souvent, l'odeur de porc rôti montait jusqu'à notre baraquement, mais il n'y en avait jamais pour nous. Lorsque nous l'avions mentionné à Rogelio, il était revenu content, balançant sa marmite à bout de bras, avec un crâne de cochon dedans, posé sur un fond de riz. Il avait tellement de dents, ce crâne, qu'il avait l'air de sourire. « Un cochon qui rit », avais-je pensé. Un essaim de mouches vertes virevoltant autour de la marmite l'avait suivi comme son escorte personnelle. C'était franchement repoussant et c'était pour cela que nous nous battions. Nous avions faim, nous avions mal, nous commencions à nous comporter comme des moins que rien.

Je ne voulais pas participer à cet état de choses. Il m'était tout à fait pénible d'être poussée par les uns et surveillée par les autres, comme s'ils étaient prêts à mordre chaque fois que quelqu'un s'approchait de la marmite ! Je voyais les mouvements, les réactions, les regards en coin. Lucho conclut qu'il était plus sage que je n'approche plus la marmite.

Je restais donc dans le baraquement et Lucho portait mon écuelle et ramenait mon riz et mes flageolets. Je regardais de loin nos comportements en me demandant pourquoi nous réagissions ainsi. Ce n'était plus les règles de la civilité qui guidaient nos rapports. Nous avions établi un autre ordre qui, sous les apparences d'un traitement méticuleusement égalitaire, permettait aux caractères les plus belliqueux et aux constitutions les plus fortes de s'imposer au détriment des autres. Les femmes étaient des cibles faciles. Nos protestations, exprimées dans le cadre de l'irritation et de la douleur, étaient aisément ridiculisées. Et si, par mégarde, il y avait des larmes, la réaction était instantanée : « Elle veut nous manipuler ! »

Je n'avais jamais été victime d'une guerre entre les sexes. J'étais arrivée sur l'arène politique au bon moment : il était mal vu de discriminer les femmes et notre action était vue comme un apport rénovateur dans un monde pourri par la corruption. Cette agressivité contre les femmes ne m'était pas familière.

C'est par la peur irraisonnée du sexe opposé que je m'expliquais, par exemple, pourquoi l'Inquisition avait condamné tant de femmes au bûcher.

Un matin, d'une aube encore mauve, alors que personne n'était encore levé, le réceptionniste se plaça en face de la fenêtre latérale, en compagnie d'un autre guérillero placé juste derrière lui, comme pour le seconder dans une mission qui, à en juger par leur rigidité, devait être sensible.

Rogelio tonitrua d'une voix qui fit sursauter le baraquement tout entier :

— ¡ *Los prisioneros* ! ¡ *Se numeran, rápido*[1] !

Je ne comprenais pas. Se numéroter ? Que nous demandait-il de faire au juste ? Je me penchai pour parler avec Gloria qui dormait au-dessous, dans l'espoir d'obtenir d'elle une explication. Elle avait passé plus de temps que nous avec le groupe de Sombra, et j'imaginais qu'elle devait savoir ce que Rogelio demandait :

---

1. « Les prisonniers ! Numérotez-vous, vite ! »

— C'est pour nous compter. Jorge qui est tout contre la grille commencera en disant « un », ensuite ce sera mon tour, je dirai « deux », Lucho viendra en troisième, il dira « trois », et ainsi de suite, m'expliqua Gloria en chuchotant rapidement de peur d'être rappelée à l'ordre par les gardes.

Nous devions nous numéroter !... Je trouvais cela monstrueux. Nous perdions notre identité, ils refusaient de nous appeler par notre nom. Nous n'étions plus qu'une cargaison, que du bétail. Le réceptionniste et son acolyte s'impatientaient devant notre confusion. Personne ne voulait s'exécuter. Quelqu'un au fond du baraquement cria :

— Mais merde ! Commencez ! Vous voulez qu'ils nous fassent chier toute la journée ou quoi !

Il y eut un silence. Puis, d'une voix forte, comme s'il était dans une caserne au garde-à-vous, quelqu'un cria : « Un. » La personne à côté de lui cria : « Deux. » Les autres suivirent : « Trois », « Quatre »... Quand finalement ce fut mon tour, le cœur battant et la gorge sèche, je dis d'une voix qui ne me semblait pas aussi forte que je l'aurais voulu : « Ingrid Betancourt. »

Et devant le silence panique qui s'ensuivit, j'ajoutai :

— Lorsque vous aurez envie de savoir si je suis encore là, vous pourrez m'appeler par mon nom, je vous répondrai.

— Allez, continuez, je n'ai pas de temps à perdre, hurla le réceptionniste comme pour intimider les autres.

J'entendis un murmure dans le fond : certains de mes compagnons maugréaient contre moi. Mon attitude les avait insupportés, ils l'interprétaient comme une expression d'arrogance.

Rien de tel. Je ne pouvais seulement pas accepter d'être traitée comme un objet, d'être dénigrée devant les autres, mais surtout à mes propres yeux. Pour moi, les mots avaient un pouvoir magique, surnaturel, et je craignais pour notre santé mentale, pour notre équilibre, pour notre esprit. J'avais déjà entendu les guérilleros nous appeler « la cargaison », « les paquets », et j'avais frémi. Ce n'était pas des expressions anodines. Bien au contraire. Elles avaient pour fonction de nous déshumaniser. Il est plus aisé de tirer sur un colis que sur un être humain. Cela leur permettrait de vivre sans culpabilité l'horreur qu'ils nous faisaient subir. Que la guérilla employât ces termes pour parler de nous était déjà bien difficile. Mais que nous tombions dans le piège de les utiliser nous-mêmes, cela me paraissait effroyable. J'y voyais le début d'un processus de dégradation qui leur convenait et auquel je voulais m'opposer. Si le mot dignité avait un sens, alors il était impossible que l'on accepte de se numéroter.

Sombra vint me voir durant la matinée. Il avait été averti de l'incident.

Il expliqua que la numérotation était une « procédure de routine », pour vérifier que personne ne s'était échappé durant la nuit. Mais il dit qu'il comprenait bien ma réaction et avait donné des instructions pour que l'on nous appelle par nos noms.

J'étais soulagée, la perspective de devoir livrer cette bataille tous les matins étant assez déplaisante. Mais quelques-uns de mes compagnons n'apprécièrent pas. Ils refusaient de reconnaître qu'il y avait de la valeur à ne pas se soumettre.

## 33

## *La misère humaine*

Je m'étais découvert alors un besoin d'isolement qui m'amenait à me retrancher dans un mutisme presque absolu. Je comprenais que mon silence pût exaspérer mes compagnons, mais j'avais observé aussi qu'il y avait des moments dans nos discussions où le rationnel n'avait plus de prise. Toute parole était comprise de travers et déformée.

J'avais été au début de ma captivité assez prolixe. Mais j'avais essuyé des rebuffades autant que j'en avais fait subir aux autres, et cela m'avait laissée meurtrie. J'étais en particulier constamment abordée par un de mes camarades, qui avait l'art de m'imposer sa présence aux moments les plus importuns, lorsque j'avais le plus besoin de silence pour trouver une paix intérieure.

Keith racontait, bien haut pour que les autres entendent, qu'il avait des amis très fortunés et qu'il passait ses vacances à chasser avec eux dans des endroits auxquels le reste des mortels ne sauraient avoir accès. Il ne pouvait s'empêcher de parler de la richesse des autres. C'était une sorte d'obsession. Ses sentiments étaient échelonnés selon un barème qui lui était particulier : il avait demandé la main de sa fiancée apparemment parce qu'elle avait un bon carnet d'adresses. Son sujet de conversation favori était son salaire.

J'avais honte. En général je le lâchais au milieu de son discours et me réfugiais à ma table de travail. Je ne comprenais pas comment, au milieu d'un drame comme le nôtre, quelqu'un pouvait continuer à vivre dans sa bulle, convaincu que les êtres avaient du poids en fonction de ce qu'ils possédaient. Le destin que nous partagions n'était-il pas la meilleure occasion de prouver le contraire ? Nous n'avions plus rien.

Parfois, cependant, je perdais ce recul. Un jour, alors que les gardes avaient mis un magnétophone à plein volume, et qu'une voix nasillarde s'en échappait chantant des refrains révolutionnaires sur une musique discordante, je me plaignis. Les FARC tenaient à développer une culture musicale pour accompagner leur révolution, tout comme l'avaient fait les Cubains avant eux avec beaucoup de succès. Malheureusement, faute d'avoir réussi à séduire de véritables talents, les chansons des FARC étaient souvent plates et sans musicalité.

À ma grande surprise, mes compagnons rétorquèrent, exaspérés, qu'ils n'avaient pas à écouter mes lamentations. Cela me froissa. Ils me faisaient subir leurs monologues et m'interdisaient d'exprimer mes propres plaintes.

Dans des conditions normales, ce genre de réaction m'aurait fait rire. Mais dans la jungle, la moindre déconvenue produisait en moi des douleurs indicibles. Ces mécomptes qui s'étaient accumulés par couches, jour après jour, mois après mois, m'avaient remplie de lassitude.

Lucho me comprenait, et il me savait la cible de toutes sortes de commentaires. Mon nom revenait souvent sur les ondes et cela ne faisait que nourrir l'acrimonie de certains de mes compagnons. Si je me tenais à l'écart, c'était parce que je les méprisais. Si je participais, c'était parce que je cherchais à m'imposer. Dans leur irritation contre moi, ils allaient même jusqu'à baisser le son des radios lorsque mon nom était prononcé.

Un soir, alors qu'il était question d'une démarche du Quai d'Orsay pour obtenir notre libération, quelqu'un gronda :

— Il y en a marre de la France !

Il éteignit d'un coup la « brique » qui nous servait de radio communautaire, suspendue à un clou au centre du baraquement. Tout le monde rit, sauf moi.

Gloria s'approcha et m'embrassa en disant :

— Ils sont jaloux, il faut en rire…

J'étais trop meurtrie pour me rendre compte que nous traversions tous une sérieuse crise d'identité. Nous avions perdu nos repères et ne savions plus qui nous étions, ni quelle était notre place dans le monde. J'aurais dû réaliser combien dévastateur était pour eux le fait de ne pas être mentionnés à la radio : ils le vivaient comme une négation pure et simple de leur existence.

J'avais toujours lutté contre la stratégie des FARC de créer des divisions entre nous. Chez Sombra, mes réflexes étaient restés les mêmes. Un matin, alors que notre groupe était déjà au complet, nous bénéficiâmes d'un arrivage de matelas en mousse : c'était un luxe auquel nous ne pouvions croire ! Il y en avait de toutes les couleurs, avec tous les motifs et chacun eut le droit de choisir le sien. Sauf Clara. Le guérillero qui les apporta lui attribua un matelas gris et sale qu'il fourra de force par l'entrebâillement de la porte métallique. Lucho et moi avions observé la scène de loin. J'essayai d'intercéder en faveur de ma compagne.

Le guérillero allait revenir sur sa décision lorsque Rogelio fit son apparition. Croyant que j'exigeais quelque chose pour moi, il relança son discours préféré à mon encontre : « Vous n'êtes pas la reine ici, vous faites ce que l'on vous dit. » La question fut ainsi réglée sans appel.

Clara ramassa son matelas gris et tourna les talons sans même un regard de mon côté. Elle partit immédiatement dans le logement pour essayer de l'échanger contre celui d'un autre. Lucho me prit par le bras pour me dire :

— Tu n'aurais pas dû intervenir. Tu as déjà assez de problèmes avec la guérilla comme cela. Et personne ne va te remercier !

De fait, Orlando, qui avait fini par céder de mauvaise grâce à l'échange avec Clara, se retourna contre moi :

— Si tu avais envie de l'aider, tu n'avais qu'à lui donner le tien !

Lucho me sourit d'un air entendu :

— Tu vois, je te l'avais bien dit !

Je mis du temps à apprendre à me taire et ce temps me coûta cher. Face à l'injustice, il m'était pénible de me résigner. Pourtant, un matin, je compris qu'il y avait de la sagesse à ne pas essayer de résoudre les problèmes des autres.

Sombra arriva furax. Des militaires envoyaient des messages à une de nos compagnes en violation des règles qu'il avait établies. En effet, Consuelo recevait des boules de papier qui lui étaient envoyées du baraquement adossé au nôtre. Nous participions tous à la réception des missives, car elles pouvaient tomber n'importe où, en particulier sur nos têtes lorsque nous étions dehors installés dans nos hamacs. Nous étions complices, et faisions attention de ramasser la boulette sans alerter les gardes postés en haut des miradors.

Sombra interpella Consuelo.

La voyant en difficulté, je demandai à Sombra d'assouplir les règles qu'il avait instituées, car nous voulions tous parler à nos camarades de l'autre baraquement.

Il se retourna contre moi avec une violence qui me désarçonna :

— On m'avait bien dit que c'était vous qui foutiez la pagaille ici !

Il me prévint que, s'il me reprenait à échanger des messages avec mes camarades d'à côté, il m'enfermerait dans un trou pour m'enlever l'envie de faire la maligne.

Personne n'était venu à ma rescousse. Cet épisode ouvrit un débat passionné pendant les cours de français :

— N'essaie plus ! tu ne feras qu'aggraver ta situation, déclara Jorge qui partageait l'avis de Lucho.

— Ici, c'est chacun pour soi, renchérit Gloria : chaque fois que tu interviens, tu te fais des ennemis supplémentaires.

Ils avaient raison, mais je détestais ce que nous étions forcés de devenir. Je sentais que nous courions le risque de perdre le meilleur de nous-mêmes, de nous diluer dans la mesquinerie et la bassesse. Tout cela ne faisait qu'accroître mon besoin de silence.

Sous les cieux mornes de notre quotidien, la guérilla avait, en plus, semé les germes d'une zizanie profonde. Les gardes entretinrent la rumeur que les trois Américains étaient infectés de maladies vénériennes. Pendant que l'information se discutait entre nous, la guérilla prit nos trois nouveaux compagnons à part pour les prévenir des propos que nous étions censés tenir dans leur dos, et qui n'étaient autres que les histoires qu'ils avaient fait circuler. Les guérilleros les accusaient d'être des mercenaires et des agents secrets de la CIA, prétendant qu'ils avaient trouvé des émetteurs microscopiques dans la semelle de leurs chaussures et des puces de localisation camouflées dans leur denture. Enfin, ils firent courir le bruit que nos compagnons voulaient négocier leur libération avec Sombra en la monnayant contre l'envoi de chargements de cocaïne qu'ils s'offraient à faire passer aux États-Unis en utilisant les avions du gouvernement américain.

Il n'en fallait pas plus pour susciter une défiance généralisée. Un soir, la crise éclata. Un mot de travers et les accusations fusèrent de toutes parts : les uns étaient accusés d'espionnage, les autres de trahison. Lucho demanda que les femmes du campement soient respectées. En retour, Keith l'accusa de vouloir le tuer avec les couteaux du Mono Jojoy ! Des conciliabules eurent lieu pendant la nuit, du côté de la grille, avec le réceptionniste.

Le lendemain matin, il y eut une fouille. Ceux qui étaient à l'origine de cette inspection acquiescèrent avec satisfaction.

Ce n'était pas les couteaux qui m'inquiétaient. Ceux-là, nous les avions obtenus « légalement ». C'était la machette que nous avions dissimulée dans la boue sous le plancher du baraquement.

— Il faut changer la machette de place aujourd'hui même, me dit Lucho une fois la fouille terminée. Si nos compagnons apprennent où elle se trouve, ils nous dénonceront immédiatement.

## 34

# La maladie de Lucho

Mon second Noël en captivité approchait. Je n'avais pas perdu l'espoir d'un miracle. La cour de notre prison, qui au début n'était qu'une mare de boue, commençait à sécher. Ce mois de décembre 2003 amenait, avec la tristesse et la frustration d'être loin de la maison, un ciel bleu immaculé et une brise tiède de vacances, qui amplifiaient notre mélancolie. Ce fut le temps des regrets.

Gloria avait réussi à se procurer un jeu de cartes et nous avions pris l'habitude, après la toilette du matin, de nous installer dans un coin du baraquement pour jouer au bridge. Nous comprîmes, dès les premières parties, qu'il était impératif de laisser gagner Gloria et moi si nous voulions assurer la bonne humeur du groupe. Nous nous étions divisés en deux équipes, celle des femmes et celle des hommes. Une règle tacite fut instaurée, qui consistait à laisser Jorge et Lucho jouer pour nous sans que nous nous en rendions compte. Gloria et moi faisions tout pour gagner, Lucho et Jorge tout pour perdre. Cette situation incongrue dévoila le meilleur du caractère de chacun et, à maintes reprises, je crus mourir de rire en voyant les coups de génie de nos adversaires pour nous faire gagner. Lucho devenait un véritable artiste du comique et de la dérision, allant même jusqu'à faire semblant de tomber dans les pommes sur les cartes pour pouvoir ainsi demander une nouvelle donne qui nous favoriserait. Dans la logique du qui perd gagne, nous réussissions à nous moquer de nos ego meurtris, à nous défaire de nos réflexes d'accaparement et, somme toute, à accepter avec plus de tolérance notre destinée. Jorge, lui, s'amusait à entasser des erreurs subtiles, dont nous ne remarquions les effets qu'un ou deux coups plus tard, et qui déclenchaient chez Gloria et chez moi, une fois le résultat mis en évidence, des danses et des cris de guerriers sioux.

Depuis mon enlèvement, le rire avait été absent de ma vie, et — oh ! combien — il m'avait fait défaut. À cause de cela, à la fin de nos parties, j'avais mal aux mâchoires, tellement les muscles de mon visage s'étaient raidis. C'était le meilleur traitement contre la dépression.

Je m'étais regardée pendant des heures dans un petit poudrier qui avait survécu à toutes les fouilles. Dans la glace ronde du couvercle, où je ne pouvais observer qu'un morceau de moi-même à la fois, j'avais découvert une première ride d'aigreur à la commissure des lèvres. Son existence m'avait terrorisée, ainsi que la détection d'un jaunissement des dents dont je n'étais pas entièrement certaine, car le souvenir de leur couleur originale avait disparu. La métamorphose qui s'opérait subrepticement en moi ne me plaisait aucunement. Je ne voulais pas sortir de la jungle comme une vieille femme rabougrie, rongée par l'amertume et par la haine. Il fallait que je change, non pas pour m'adapter, ce qui m'aurait semblé être une trahison, mais pour m'élever au-dessus de cette boue épaisse de mesquineries et de bassesses dans laquelle nous avions fini par patauger. Je ne savais pas comment m'y prendre. Je ne connaissais aucun mode d'emploi pour atteindre un niveau supérieur d'humanité et une plus grande sagesse. Mais je sentais intuitivement que le rire était le *début* de la sagesse qui m'était indispensable pour survivre.

Nous nous installions dans nos hamacs, aux endroits qui ne faisaient plus l'objet de disputes, et nous nous écoutions avec indulgence, patients lorsque l'un de nos camarades répétait pour la vingtième fois la même histoire. Conter aux autres un morceau de notre vie nous mettait face à nos souvenirs comme face à un écran de cinéma.

Un après-midi, à la radio, les chansons de Noël se mélangeaient à la musique tropicale propre aux fêtes de décembre. Ces airs que l'on écoutait invariablement tous les ans à la même époque évoquaient pour chacun de nous des souvenirs précis.

J'étais à Cartagène, j'avais quinze ans, la lune immense se renversait paresseusement sur l'eau de la baie, faisant scintiller la crête des vagues en clapotis. J'étais avec ma sœur, nous avions été invitées à une fête de fin d'année. Nous avions fui lorsqu'un Adonis bronzé, aux yeux verts de chat, nous avait fait des avances indécentes. Nous étions parties, prenant nos jambes à notre cou, traversant la ville en fête comme si nous avions le diable à nos trousses pour nous blottir dans les bras de Papa jusqu'au Nouvel An, riant, encore essoufflées d'avoir laissé là notre charmant et dangereux cavalier.

— Vous êtes bêtes d'être parties, déclara Lucho. *Nadie le quita a uno ni lo comido, ni lo bailado*[1].

1. « Personne ne peut vous reprendre ce que vous avez mangé ou dansé. »

Et, disant cela, il se mit à danser et nous l'imitâmes, car nous n'avions aucune envie de le laisser s'amuser seul.

Nous passâmes le reste de l'après-midi, comme ceux des jours précédents, dans nos hamacs. Lucho se leva pour aller aux toilettes, et revint couvert de sueur. Il était fatigué et, disait-il, désirait rentrer dans le baraquement se coucher. Je ne voyais plus son visage car il faisait sombre, mais quelque chose dans sa voix me mit en alerte :

— Tu te sens bien, Lucho ?

— Oui, ça va, grogna-t-il.

Puis, se ravisant, il ajouta :

— Passe devant moi, je vais m'appuyer sur ton épaule, tu vas me guider jusqu'à ma couchette, j'ai du mal à marcher.

Dès que nous franchîmes le pas de la porte, Lucho s'effondra sur une chaise en plastique. Il était vert, le visage creusé, baigné de sueur, le regard vitreux. Il ne réussissait plus à articuler les mots et avait du mal à tenir sa tête droite. Exactement comme il m'en avait averti, son diabète était en train de lui jouer un tour.

Lucho avait gardé une réserve de sucreries et je me dépêchai de fouiller dans son *equipo* pour mettre la main dessus. Pendant ce temps, Lucho s'affaissait dangereusement et glissait dans sa chaise, risquant à tout moment de tomber la tête en avant par terre.

— Aidez-moi ! criai-je sans savoir s'il valait mieux le tenir, l'allonger par terre, ou lui administrer d'abord les bonbons que je venais de trouver.

Orlando arriva dans la seconde. Il était grand et musclé. Il prit Lucho entre ses bras et l'assit par terre, pendant que j'essayais de lui faire sucer un des bonbons que j'avais dans la main. Mais Lucho n'était plus là. Il s'était évanoui et ses yeux tournaient au blanc. Je mâchai les bonbons moi-même pour les lui mettre triturés dans la bouche.

— Lucho, Lucho, est-ce que tu m'entends ?

Sa tête roulait dans tous les sens, mais il grognait des sons qui m'indiquaient que, quelque part dans sa tête, ma voix lui parvenait encore.

Gloria et Jorge tirèrent un matelas par terre pour pouvoir l'y installer. Tom vint lui aussi et, avec un morceau de carton qu'il avait déniché Dieu sait où, il commença à éventer fortement le visage de Lucho.

— Il me faut du sucre, vite, les bonbons ne font pas d'effet !

Je parlais fort, tout en prenant le pouls de Lucho qui était devenu très faible.

— Il faut appeler l'infirmier ! On est en train de le perdre, cria Orlando, qui lui aussi venait de contrôler les battements du cœur.

Quelqu'un sortit un petit sachet en plastique avec une dizaine de grammes de sucre. C'était un trésor, cela pourrait lui sauver la vie ! Je lui mis un peu de sucre sur la langue et mélangeai le reste du sachet avec un fond d'eau, et on le lui fit boire par petites gorgées. La moitié dégoulina sur les commissures de ses lèvres. Il n'y avait pas de réaction.

L'infirmier, Guillermo, nous héla de derrière la grille :

— Qu'est-ce qui vous prend de faire tout ce tapage !

— Lucho a une crise de diabète, il est dans le coma. Il faut que vous veniez nous aider !

— Je ne peux pas entrer !

— Comment ça, vous ne pouvez pas entrer ?

— Il me faut une autorisation.

— Allez la chercher ! Vous ne voyez pas qu'il est en train de crever ? Merde !

Orlando avait pratiquement hurlé.

L'homme partit sans se presser, en nous lançant de loin d'une voix blasée :

— Arrêtez de faire du bruit, vous allez nous foutre les *chulos* aux fesses !

Tenant le visage de Lucho sur mes genoux, j'avais peur et j'étais morte de rage. Comment cet « infirmier » pouvait-il partir sans essayer de nous aider ? Ils le laisseraient mourir sans bouger le petit doigt.

Mes compagnons s'étaient attroupés autour de Lucho, voulant se rendre utiles d'une façon ou d'une autre. On lui avait enlevé ses bottes, les uns lui massaient énergiquement la plante des pieds, les autres se relayaient pour actionner le carton qui l'éventait.

De la vingtaine de bonbons que Lucho avait en réserve, il ne restait plus qu'un. Je lui avais fait avaler le reste. Il m'avait pourtant dit que deux ou trois seraient largement suffisants pour le faire revenir.

Je le secouai fortement :

— Lucho, je t'en prie, réveille-toi ! Tu n'as pas le droit de partir, tu ne peux pas me laisser ici, Lucho !

Un silence terrible venait de s'installer entre nous tous. Lucho gisait comme un cadavre entre mes bras, et mes compagnons avaient ralenti leurs gestes pour le regarder.

Orlando remuait la tête avec consternation :

— Ce sont des porcs ! Ils n'ont rien fait pour le sauver.

Jorge s'approcha et mit sa main contre la poitrine de Lucho. Il hocha la tête et dit :

— Courage, madame chérie, tant que le cœur bat, il y a de l'espoir !

Je regardai l'ultime bonbon qui me restait. Tant pis, c'était notre dernière chance. Je le lui triturai de mon mieux et le lui mis dans la bouche.

Je vis que Lucho avait dégluti.

— Lucho, Lucho, tu m'entends ? Si tu m'entends, bouge la main, je t'en prie.

Il avait les yeux fermés, la bouche entrouverte. Je ne sentais plus sa respiration. Pourtant, après quelques secondes, il bougea un doigt.

Gloria poussa un hurlement :

— Il t'a répondu ! Il a bougé ! Lucho, Lucho, parle-nous ! Dis-nous quelque chose !

Lucho fit un effort surhumain pour réagir. Je lui fis boire un peu d'eau sucrée. Il ferma la bouche et avala avec difficulté.

— Lucho, tu m'entends ?

D'une voix rauque qu'il faisait revenir des rivages de la mort, il répondit :

— Oui.

J'allais lui donner plus d'eau. Il me freina d'un mouvement de la main :

— Attends.

M'ayant préparée à faire face à l'éventualité d'un coma lié à son diabète, Lucho m'avait avertie que le plus grand danger était la lésion cérébrale qui pouvait s'ensuivre.

« Ne me laisse pas tomber dans le coma, car je ne reviendrais pas. Et si je m'évanouis, il est important que tu me réveilles et que tu me maintiennes éveillé pendant les douze heures qui suivront. Ce sont les heures les plus importantes pour ma récupération, il faudra que tu m'obliges à parler en me posant toutes sortes de questions pour que tu puisses vérifier que je n'ai pas perdu complètement la mémoire. »

Je commençai immédiatement, selon les instructions qu'il m'avait données.

— Comment te sens-tu ?

Il bougea la tête d'un signe affirmatif.

— Comment te sens-tu ? Réponds-moi !

— Bien.

Il avait du mal à répondre.

— Comment s'appelle ta fille ?

— ...

— Quel est le nom de ta fille ?

— ...

— Quel est le nom de ta fille, Lucho, fais un effort !

— ... Carope.

— Où sommes-nous ?

Lucho ne répondait pas.

— Où sommes-nous ?

— ... À la maison.

— Est-ce que tu sais qui je suis ?

— Oui.

— Quel est mon nom ?

— ...

— As-tu faim ?

— Non.

— Ouvre les yeux, Lucho, est-ce que tu nous vois ?

Il ouvrit les yeux et sourit. Nos compagnons se penchèrent pour lui tendre la main, lui souhaiter la bienvenue, lui demander comment il se sentait. Il répondait lentement, mais son regard était toujours vitreux, comme s'il ne nous reconnaissait pas. Il revenait d'un autre monde et avait gagné cent ans.

Mes compagnons se relayèrent la nuit entière pour nouer avec lui des conversations artificielles et le maintenir dans un état de conscience active. Orlando avait réussi à ce que Lucho lui explique tout ce qu'il fallait savoir sur l'exportation des crevettes quand je vins le remplacer de minuit jusqu'à l'aube. Pendant ces heures de tête-à-tête, je découvris que Lucho avait retrouvé la mémoire des faits relativement récents : il savait que nous étions séquestrés. Mais il avait complètement perdu le souvenir des événements de son enfance et ceux du présent immédiat. La journée précédant son coma s'était effacée totalement. Quant au *tamal*, le plat que sa mère préparait religieusement à Noël, il n'existait plus. Lorsque je lui posais la question, sentant bien que quelque chose clochait, il me regardait avec des yeux apeurés d'enfant qui craint d'être grondé, et inventait des réponses.

J'en souffrais plus que tout, car mon Lucho, celui que j'avais connu, qui me racontait des histoires pour me faire rire, mon copain et mon confident, ce Lucho-là était absent et me manquait épouvantablement.

Pendant des mois, nous avions travaillé sur un projet politique qui nous permettait de rêver et que nous comptions mettre en œuvre dès notre libération. Après sa crise, il ne savait absolument plus de quoi je lui parlais. Ce qui était peut-être le plus atroce, c'était que Lucho oubliait immédiatement ce qu'on venait de lui dire. Pis, il oubliait ce qu'il venait de faire ! Ayant déjà pris sa ration du déjeuner, il se plaignait parce qu'il croyait ne pas avoir eu à manger de la journée et, d'un coup, se sentait mourir de faim.

Noël approchait. Nous étions tous dans l'attente des messages de nos familles car, plus que jamais, la séparation nous torturait. Mais Lucho continuait d'être absent. La seule chose qu'il n'oubliait jamais, c'était l'existence de ses enfants. Curieusement, il en mentionnait trois, alors que je ne lui en connaissais que deux. Il voulait savoir s'ils étaient venus le voir. Je lui expliquais que personne ne le pouvait, mais que nous recevions leurs messages radio. Il devenait impatient de capter l'émission et d'écouter les prochains messages, mais s'effondrait de sommeil et, au réveil, le matin suivant, avait tout oublié.

L'émission la plus longue passait les samedis à minuit. J'avais le cœur serré : il n'y avait pas eu de messages pour lui. Incapable de le lui avouer, j'avais inventé :

— Qu'est-ce qu'ils ont dit ?

— Qu'ils t'aiment et qu'ils pensent à toi.

— D'accord, mais dis-moi de quoi ils ont parlé.

— Ils ont parlé de toi, combien tu leur manques...

— Attends, mais Sergio, est-ce qu'il a parlé de ses études ?

— Il a dit qu'il a très bien travaillé.

— Ah ! ça c'est bien, c'est très bien... Et Carope, elle est où ?

— Elle n'a pas dit où elle était, mais elle a dit que ce serait le dernier Noël sans toi, et...

— Et quoi ? Dis-moi exactement !

— Et qu'elle rêvait d'être avec toi pour ton anniversaire, et qu'elle...

— Et que quoi ?

— Et que... elle va t'appeler pour ton anniversaire.

Mon Dieu ! Cela lui faisait tellement plaisir que je n'avais même plus honte de lui avoir menti !

« De toute façon, me disais-je pour me donner bonne conscience, il oubliera ce que je viens de lui dire dans deux secondes. »

Mais Lucho ne l'oublia pas. Cette histoire que je venais de lui raconter l'accrocha au présent et, bien plus, le sortit de son labyrinthe. Il vécut dans l'attente de cet appel. Le jour de son anniversaire, il était de retour parmi nous et nous comblait tous avec sa bonne humeur. Keith, qui avait provoqué l'affaire des couteaux, semblait chercher à se faire pardonner : il vint l'embrasser et lui expliqua en détail tout ce qu'il avait entrepris pour le sortir du coma. Lucho le regarda et lui sourit. Il avait perdu beaucoup de poids, paraissait fragile, mais avait retrouvé son ironie.

— Oui, maintenant je me souviens t'avoir vu ! C'est pour ça que j'avais si peur de revenir.

La prison avait pour effet de fausser notre juste appréciation des choses. Les querelles qui éclataient entre nous étaient des soupapes qui nous soulageaient de tensions trop fortes. Après plus d'un mois à vivre entassés dans la prison de Sombra, il y avait quelque chose d'une réunion de famille à se retrouver pour bavarder comme le faisaient Keith et Lucho.

Je pensais parfois à Clara en ces termes : « Nous sommes comme des sœurs car, quoi qu'il arrive, nous sommes obligées de faire ce trajet de vie ensemble. » Nous ne nous étions pas choisies, c'était une fatalité, nous devions apprendre à nous supporter. Cette réalité était dure à accepter. Au début, j'avais eu l'impression d'avoir besoin d'elle. Mais la captivité avait usé jusqu'à ce sentiment d'attachement. J'avais cherché son appui, désormais elle m'était un poids. Paradoxalement, renouer des contacts devenait aussi plus facile dans la mesure où je n'attendais plus rien d'elle.

Voilà bien ce que j'observais chez Lucho et Keith, et, d'une façon générale, entre nous tous. L'acceptation de l'autre nous donnait la sensation d'être moins vulnérables et donc plus ouverts. Nous avions appris à mettre de l'eau dans notre vin.

J'étais allée chercher les cadeaux que j'avais préparés pour Lucho. Gloria et Jorge avaient fait de même : une boîte de cigarettes (grand sacrifice pour Gloria qui était devenue une fumeuse insatiable) et une paire de chaussettes « presque neuves » dont se séparait Jorge. On se mit à chanter tous les trois autour de Lucho avec nos cadeaux dans les bras. Un à un, tous les autres arrivèrent, chacun avec un petit quelque chose à offrir.

Le fait de voir que les autres s'intéressaient à lui, la sensation d'être important pour le reste du groupe, tout cela alimenta l'envie de vivre de Lucho. Il retrouva complètement sa mémoire, et ne fut que plus impatient d'écouter les messages que sa famille lui avait promis. Je restais incapable de lui avouer mon petit mensonge.

Le samedi suivant, il resta debout toute la nuit, l'oreille collée à son poste de radio. Mais, de nouveau, comme le samedi précédent, il n'y eut pas de message à son intention. Il alla chercher sa tasse de café noir au petit matin, et revint la tête basse. Il s'assit près de moi, et me regarda longuement :

— Je savais, me dit-il.

— Tu savais quoi, Lucho ?

— Je savais qu'ils n'allaient pas appeler.

— Pourquoi dis-tu cela ?

— Parce qu'en général c'est comme ça.

— Je ne comprends pas.

— Si, regarde, quand tu désires très fort quelque chose, ça n'arrive pas. Il suffit que tu n'y penses plus et vlan ! Cela te tombe dessus.

— Ah bon ?…

— Oui et, de toute façon, ils m'avaient prévenu qu'ils voyageaient pendant les fêtes… Ils n'ont pas appelé, n'est-ce pas ?

Je ne savais pas quoi lui répondre. Il me sourit avec affection et renchérit :

— Allez, je ne suis pas fâché. J'étais avec eux dans mon cœur, comme dans un rêve. C'était mon plus beau cadeau d'anniversaire !

## 35

# Un triste Noël

Décembre 2003. Quelques mois avant ma capture, j'avais visité la prison du Bon Pasteur à Bogotá. C'était un centre de réclusion pour femmes. J'avais été bluffée par ces femmes qui se maquillaient et voulaient vivre normalement dans leur monde cloisonné. C'était un microcosme, une petite planète. J'avais remarqué les draps qui pendaient derrière les barreaux et le linge qui séchait à tous les étages du bâtiment. Je les avais plaintes, touchée par l'angoisse avec laquelle elles me demandaient de petites choses comme si elles me demandaient la lune : un rouge à lèvres, un Bic, un livre. J'avais dû promettre et j'avais sûrement oublié. Je vivais dans un autre monde, je pensais que je faisais plus pour elles en accélérant les procédures judiciaires. Combien m'étais-je trompée. C'était le rouge à lèvres et le Bic qui auraient pu changer leurs vies.

Après l'anniversaire de Lucho, je me promis d'être attentive aux anniversaires des autres. Je m'écrasai contre un mur d'indifférence. Pour le mois de décembre, trois autres d'entre nous étaient sur la liste d'attente. Lorsque je suggérai qu'on fête l'anniversaire des prochains, mes compagnons refusèrent. Certains parce qu'ils n'aimaient pas la personne, d'autres « parce qu'il n'y avait pas de raisons », et les derniers levaient les yeux avec méfiance : « Voudrait-elle nous donner des ordres ? » Lucho riait de mon insuccès : « Je te l'avais dit ! » Je décidai d'agir seule.

Une semaine après la fête de Lucho, j'entendis à mon réveil, sur les radios qui s'allumaient en même temps pour écouter le même programme, la voix de la femme d'Orlando qui lui souhaitait son anniversaire. Impossible de prétendre ne pas avoir entendu. Je fus peinée de voir Orlando faire la queue pour prendre sa tasse de café, tandis que les autres faisaient semblant d'ignorer l'événement qui aurait pu changer notre routine. C'était écrit comme un panneau clignotant sur son front : il attendait que quelqu'un le congratule. J'hésitais. En réalité, je n'étais pas très proche d'Orlando.

— Orlando ? Je voudrais te souhaiter un bon anniversaire.

Une lumière brilla dans ses yeux. C'était un homme costaud. Il m'embrassa comme un ours et me regarda pour la première fois différemment. Les autres firent pareil.

Les jours qui précédaient Noël étaient différents. La « brique » était allumée toute la journée pour nous permettre d'écouter notre musique traditionnelle. Écouter les classiques de la saison était pour nous une véritable session de masochisme. Tous, nous connaissions les airs et les paroles par cœur. Je vis Consuelo qui, sur la grande table, jouait aux cartes avec Marc, un des trois derniers venus, et qui essuyait des larmes furtives avec un coin de son tee-shirt. Les notes de *La Piragua* jaillirent du poste. À mon tour d'être sentimentale. Je revoyais mes parents danser du côté du grand sapin de Noël chez ma tante

Nancy. Leurs pieds glissaient sur le marbre blanc dans une synchronisation parfaite. J'avais onze ans, je voulais faire pareil. Impossible de se soustraire aux souvenirs qui nous sautaient dessus. D'ailleurs, personne ne voulait s'y dérober. Cette tristesse était notre seule satisfaction. Elle nous rappelait que, dans le passé, nous avions eu droit au bonheur.

Gloria et Jorge avaient installé leurs hamacs dans un coin que personne ne leur avait jamais disputé, entre deux arbrisseaux sans ombre. Lucho et moi essayâmes de nous approcher d'eux, en accrochant un hamac pour deux dans l'angle du grillage. Ce n'était pas très confortable mais nous pûmes bavarder pendant des heures. Un soir, il y eut un bruit sec. Jorge et Gloria venaient de tomber de leurs hamacs et se tenaient, assis par terre comme ils avaient atterri, raides et endoloris, avec toute la dignité qu'ils avaient pu rassembler pour atténuer le ridicule. Les rires fusèrent. Nous finîmes par tous enrouler nos hamacs, laissant l'espace libre pour esquisser quelques pas de danse, au son de cette musique qui nous appelait irrésistiblement à la fête. Était-ce la brise tiède soufflant à travers les arbres, la superbe lune au-dessus de nos têtes, la musique tropicale ? Je ne voyais plus ni les barbelés ni les gardes, seulement mes amis, notre joie, nos rires. J'étais heureuse.

Il y eut un bruit de bottes, quelqu'un s'approcha en courant : un beuglement, des menaces, le faisceau des torches sur nous.

— Où vous croyez-vous ? Éteignez cette putain de radio, tout le monde dans le baraquement, pas un bruit, pas une lumière, compris ?

Le lendemain à l'aube, le réceptionniste vint nous avertir que Sombra voulait parler avec chacun de nous, séparément.

Orlando s'approcha de moi :

— Fais gaffe, il y a un complot contre toi !

— Ah bon ?

— Oui, ils vont dire que tu accapares la radio et que tu les empêches de dormir.

— Ce n'est pas vrai. Ils peuvent inventer ce qu'ils veulent. Je m'en fous.

J'en parlai à Lucho et nous décidâmes de prévenir Gloria et Jorge :

— Laisse-les dire ce qu'ils veulent et attache-toi à demander ce dont tu as besoin, ce n'est pas tous les jours que le vieux Sombra décide de nous recevoir !

Comme toujours, Jorge était plein de bon sens.

Tom fut appelé le premier. Il revint avec un grand sourire, et déclara que Sombra avait été très aimable et lui avait offert un cahier. Les autres suivirent. Tous revenaient ravis de leur entretien avec Sombra.

Je le trouvai assis au fond d'une espèce de fauteuil à bascule, dans un coin de ce qu'il appelait son bureau. Sur une planche faisant office de table, il y avait un ordinateur et une imprimante, d'un blanc sale. Je m'assis en face de lui, là où il me l'indiquait. Il sortit une boîte de cigarettes et m'en offrit une. J'allais la refuser, car je ne fumais pas, mais me ravisai. Je pouvais la garder pour mes compagnons. Je la pris et la mis dans la poche de ma veste.

— Merci, je la fumerai plus tard.

Sombra éclata de rire et sortit de sous la table un paquet de cigarettes tout neuf qu'il me tendit.

— Prenez ça. Je ne savais pas que vous vous étiez mise à fumer !

Je ne répondis pas. La Boyaca était à côté de lui. Elle m'observait en silence. J'avais l'impression qu'elle lisait à travers moi.

— Va lui chercher une boisson. Qu'est-ce que vous voulez, un Coca ?

— Oui, merci, un Coca-Cola.

À côté de son bureau, Sombra avait fait construire une pièce complètement grillagée, fermée par un cadenas. Apparemment, il y enfermait ses trésors. Je pouvais y voir de l'alcool, des cigarettes, des friandises, du papier toilette et du savon. Par terre, à côté de lui, un grand panier en osier contenait une trentaine d'œufs. J'en détournai les yeux. La Boyaca réapparut avec la boisson, la déposa en face de moi, et s'en alla immédiatement après.

— Elle voulait vous dire bonjour, dit Sombra en la regardant partir. Elle vous aime bien.

— C'est gentil. Merci de me le dire.

— C'est les autres qui ne vous aiment pas.

— Qui, « les autres » ?

— Ben, vos compagnons de prison !

— Et pourquoi ne m'aiment-ils pas ?

— Ils pensaient peut-être qu'ils allaient faire la fête… (Il l'avait dit d'un air espiègle.) Je plaisantais. Je crois qu'ils sont irrités de n'entendre parler que de vous à la radio.

J'avais tellement de choses sur le cœur. Son commentaire déclencha une franchise que je n'avais pas prévue :

— Je ne sais pas, je crois qu'il y a beaucoup d'explications, mais je pense surtout qu'ils sont envenimés par Rogelio.

— Qu'est-ce qu'il a à voir dans tout cela, le pauvre Rogelio ?

— Rogelio a été très grossier, il est entré dans la prison et m'a insultée.

— Pourquoi ?

— Je défendais Lucho.

— Je pensais que c'était Lucho qui vous défendait.

— Oui, aussi. Lucho me défend tout le temps. Et je suis très inquiète pour lui. Lorsqu'il a eu sa crise de diabète, vous vous êtes conduits comme des monstres.

— Qu'est-ce que vous voulez que je fasse ! On est dans la jungle !

— Il faut lui procurer de l'insuline.

Sombra expliqua qu'il n'avait pas de réfrigérateur où la stocker.

— Alors, donnez-lui une nourriture différente : poisson, thon en boîte, saucisses, oignons, n'importe quel légume, je sais que vous en avez. Des œufs, par exemple !

— Je ne peux pas faire de préférences entre les prisonniers.

— Vous en faites tout le temps. S'il meurt, il n'y aura pas d'autre responsable que vous.

— Vous l'aimez, pas vrai ?

— Je l'adore, Sombra. La vie dans cette prison est infâme. Les seules douceurs de la journée me viennent des mots de Lucho, de sa compagnie. S'il lui arrivait quoi que ce soit, je ne pourrais jamais vous le pardonner.

Il resta en silence un long moment puis, comme s'il venait de prendre une décision, ajouta :

— Bon, je vais voir ce que je peux faire.

Je lui souris et lui tendis la main :

— Merci, Sombra…

Je me levai pour partir, puis, sur une impulsion soudaine, lui demandai :

— Au fait, pourquoi n'avez-vous pas voulu m'autoriser à faire un gâteau pour Lucho ? C'était son anniversaire il y a quelques jours.

— Vous ne m'avez pas prévenu.

— Si, je vous ai envoyé un message par Rogelio.

Il me regarda, surpris, avant de s'exclamer avec une soudaine assurance :

— Ah oui ! C'est moi qui ai oublié !

Je lui rendis sa mimique, les lèvres en cul-de-poule, les yeux bien serrés, et lui lançai en m'éloignant :

— C'est sûr, je sais que vous oubliez tout !

Il éclata de rire et hurla :

— Rogelio ! Raccompagnez la *doctora* !

Rogelio sortit de derrière la maison, me jeta un regard assassin, et m'intima l'ordre de me dépêcher.


Deux jours avant Noël, Sombra fit parvenir à Lucho dix boîtes de conserve, cinq de thon et cinq de saucisses, ainsi qu'un sac d'oignons. Ce n'était pas Rogelio qui les avait apportés. Il avait été remplacé par Arnoldo, un jeune gars souriant, qui faisait bien comprendre qu'il tenait à garder ses distances avec tout le monde.

Lucho ramassa ses boîtes et arriva les bras chargés dans le baraquement. Il déposa le tout sur le bureau et vint m'embrasser, rouge de plaisir :

— Je ne sais pas ce que tu lui as dit, mais cela a marché !

J'étais aussi contente que lui. Il me lâcha comme pour mieux me regarder, et ajouta d'un air coquin :

— De toute façon, je sais que tu l'as fait plus pour toi que pour moi, parce que maintenant je vais être obligé de t'en donner !

On éclata de rire. L'écho en résonna dans le baraquement. Je me repris vite, gênée d'être si contente devant les autres.

Gênée surtout devant Clara. C'était son anniversaire. J'avais écouté les messages, il n'y en avait pas eu pour elle. Pendant deux ans, jamais sa famille ne lui avait adressé le moindre mot. Maman la saluait lorsqu'elle m'envoyait des messages, et lui racontait parfois qu'elle avait vu sa mère, ou qu'elle lui avait parlé. J'avais demandé à Clara un jour pourquoi elle ne recevait pas d'appels de sa mère. Elle m'avait expliqué qu'elle vivait à la campagne et que c'était difficile pour elle.

Je me tournai vers Lucho :

— C'est l'anniversaire de Clara…

— Oui. Tu crois que cela lui ferait plaisir si on lui offrait une boîte de saucisses ?

— J'en suis certaine !

— Vas-y, toi.

Lucho préférait limiter au minimum ses contacts avec Clara. Certains de ses comportements l'avaient choqué, et il était inflexible sur sa décision de ne pas la fréquenter. Mais il était avant tout généreux et avait bon cœur. Clara fut touchée par son geste.

Le jour de Noël arriva enfin. Il faisait très chaud et sec. Nous multipliions les siestes, bon moyen de tuer le temps. Les messages de Noël nous parvinrent à l'avance, car l'émission de radio transmettait uniquement du samedi minuit au dimanche à l'aube. Or, ce Noël tombait en plein milieu de la semaine. Le programme, enregistré, avait été décevant car le président Uribe, qui avait promis d'envoyer un message aux otages, n'en avait rien fait. Nous avions eu par contre le chef des armées et celui de la police qui s'étaient adressés aux officiers et aux sous-officiers, otages comme nous des FARC, pour leur demander de tenir. Rien de plus déprimant. Quant à nos familles, elles avaient passé des heures à attendre pour pouvoir s'exprimer à l'antenne, dans une émission organisée par le journaliste Herbin Hoyos qui les avait réunies place Bolívar. C'était une nuit glaciale que nous n'avions pas de mal à imaginer, car nous entendions le vent dans les micros, et la voix déformée de ceux qui essayaient d'articuler quelques mots dans le froid de Bogotá.

Il y avait eu l'appel des fidèles, en particulier de la famille de Chikao Muramatsu, un industriel japonais kidnappé quelques années auparavant et qui recevait religieusement des messages de sa femme, lui parlant en japonais, sur un fond de musique zen, mettant encore plus en relief la douleur de ces paroles que je ne comprenais guère évidemment, mais que je saisissais pleinement. Il y avait aussi la mère de David Mejía Giraldo, cet enfant qui avait été enlevé lorsqu'il avait treize ans et devait maintenant en avoir quinze. Sa mère, Beatriz, lui demandait de prier, de ne pas croire ce que la guérilla lui disait, et de ne pas devenir comme ses ravisseurs. Récemment, la famille de la petite Daniela Vanegas s'était unie aux fidèles. La mère pleurait, le père pleurait, la sœur pleurait. Et moi, je pleurais tout autant.

Les uns après les autres, je les écoutai tous, pendant toute la nuit. J'attendis l'appel de la fiancée de Ramiro Carranza. Elle avait un nom de fleur et ses messages étaient tous des poèmes d'amour. Elle ne manquait jamais un rendez-vous et, ce Noël-là, elle était comme à son habitude, avec nous tous. Les enfants de Gerardo et Carmenza Angulo étaient là aussi, refusant d'envisager que leurs parents, âgés, puissent ne plus être en vie. Il y avait enfin les familles des députés de la vallée du Cauca. Je suivais avec un particulier attendrissement les messages d'Erika Serna, l'épouse de Carlos Barragan. Carlos avait été enlevé le jour de son anniversaire et le jour de la naissance de son petit garçon qui avaient curieusement coïncidé. Le petit Andrés avait grandi à travers la radio. Nous avions écouté ses premiers balbutiements et ses premiers mots. Erika était follement amoureuse de son mari, et elle avait transmis cet amour à son petit bébé, qui avait appris à parler à un père inconnu, comme s'il venait de le quitter. Il y avait aussi la petite Daniela, la fille de Juan Carlos Narvaez. Elle devait avoir trois ans quand son père avait disparu de sa vie. Mais elle s'accrochait à son souvenir avec une ténacité désespérée. J'étais soufflée par cette petite fille de quatre ans et demi qui, à la radio, se racontait à elle-même leurs derniers dialogues, comme si son papa était le seul à pouvoir l'entendre à l'autre bout des ondes.

Et puis, il y avait les nôtres, les messages pour nous, les otages de Sombra. Il m'était déjà arrivé de m'endormir pendant les heures interminables de cette émission. M'étais-je assoupie une minute, ou peut-être une heure ? Je n'en savais rien. Mais, lorsque cela m'arrivait, j'étais prise d'angoisse et de culpabilité à la pensée que j'avais peut-être raté le message de Maman. C'était la seule qui m'appelait sans faute. Mes enfants me surprenaient parfois. Lorsque je les écoutais, je me mettais à trembler sous le choc.

Des années plus tard, le Noël avant ma libération, je les eus tous les trois, Mélanie, Lorenzo et Sébastien, pour mon anniversaire, qui était aussi la soirée du réveillon. Je me sentis très chanceuse d'être encore vivante, car ceux dont j'écoutais les messages auparavant, les otages de la vallée du Cauca, l'industriel japonais, la petite Daniela Vanegas, Ramiro Corranza, les Angulo, étaient morts en captivité. Mes enfants étaient alors en France avec leur papa. Ils chantèrent pour moi, puis chacun me dit un petit mot, d'abord

Méla, ensuite Sébastien, Lorenzo passa en dernier. Ils venaient enfin d'apprendre, après tant d'années, que je les entendais.

Pour ce Noël 2003, ils ne savaient pas comment je pouvais les entendre ni comment s'y prendre. J'eus le message de Maman attendant son tour stoïquement dans le froid sépulcral de la place Bolívar. J'eus ma sœur Astrid et ses enfants. J'eus ma meilleure amie, María del Rosario, venue elle aussi place Bolívar avec son petit garçon Marcos qui ne protestait pas contre le froid et l'heure très avancée, malgré son jeune âge, et ma fidèle amie du parti Oxígeno, Marelby. Je n'eus pas de message de mon mari. M'étais-je endormie un instant sans m'en rendre compte ? Je vérifiai auprès de Lucho, qui était resté éveillé. Mes autres compagnons ne me l'auraient pas dit. Cette attitude n'était pas exclusivement dirigée contre moi. Je voyais que, même entre « copains », ils réagissaient ainsi, faisant semblant de ne pas avoir entendu et refusant de le répéter à l'intéressé. La jungle nous métamorphosait en cancrelats, et nous rampions sous le poids de nos frustrations. J'avais décidé de contrer cette tentation en apprenant par cœur les messages destinés aux autres et de m'assurer au matin qu'ils les avaient bien reçus. Parfois cependant, je constatais que ma démarche exaspérait le bénéficiaire, peut-être parce qu'il ne voulait pas être redevable. Cela m'était égal. Je voulais casser les cercles vicieux de notre bêtise humaine.

C'est ainsi qu'un matin je me décidai à aborder Keith après avoir entendu un message en espagnol qui lui était adressé. Les Américains ne recevaient que très rarement des nouvelles de chez eux. Ils écoutaient les émissions sur ondes courtes en provenance des États-Unis, en particulier la diffusion pour l'Amérique latine de *The Voice of America* qui parfois enregistrait des messages de leurs familles et les leur transmettait. Celui-ci était d'une nature différente. Il devait être, je l'imaginais, très important. La voix féminine annonçait la naissance de deux petits garçons, Nicolas et Keith, dont il était le père.

Il avait lui aussi entendu le message mais n'était pas sûr d'avoir tout compris. Son vocabulaire espagnol était encore réduit. Je lui répétai ce que j'avais retenu. Il paraissait très heureux et très inquiet à la fois. Finalement, il s'assit à califourchon à l'envers sur une des chaises en plastique et avoua :

— Je me suis fait piéger !

Oui, je pouvais comprendre. Moi aussi, je me sentais enchevêtrée dans mes obsessions : mon mari n'avait effectivement pas appelé, même le jour de mon anniversaire. En fait, il n'appelait plus du tout.

Après la sortie du réceptionniste avec les marmites du petit déjeuner, je me réfugiai sur ma couchette : j'allais fêter une année de plus dans le vide.

La veille de Noël, à minuit, je me réveillai en sursaut. J'avais une lampe de poche braquée sur moi, j'étais aveuglée, je ne voyais rien. J'entendis des rires, quelqu'un compta jusqu'à trois et je les vis tous, en face de ma couchette, debout et alignés comme dans une chorale : ils se mirent à chanter. C'était une de mes chansons préférées, un numéro du trio Martino, *Las Noches de Bocagrande*, avec tous les effets de voix, les silences et les trémolos. « Nuits de Bocagrande, sous la lune argentée, et la mer brodant des étoiles sur le fil de la plage, je te jurerai mon amour éternel, au va-et-vient de notre hamac. »

Comment ne pas les adorer tous, en shorts et tee-shirts, les cheveux ébouriffés, les yeux gonflés par le sommeil, se faisant du coude pour rappeler à l'ordre celui qui chantait faux ? C'était tellement ridicule que c'en était magnifique. Ils étaient ma nouvelle famille.

Quelqu'un tapa sur les planches du côté du dortoir des militaires :

— Fermez-la ! Merde ! Laissez dormir !

À l'instant, un garde se pointa au travers du grillage :

— Ça ne va pas ? Vous êtes malades ou quoi ?

Non, nous étions tout simplement nous-mêmes.

## 36

## *Les querelles*

Clara avait réussi à faire l'unanimité contre elle. Son comportement crispait notre entourage bien plus qu'il ne me contrariait, probablement parce que la présence des autres faisait filtre entre nous. Il y eut un problème un matin car, ayant utilisé la salle d'eau, elle l'avait laissée dans un état innommable. Orlando réunit tout le monde en conseil, pour s'accorder sur la « marche à suivre ».

Je haussai les épaules, il n'y avait aucune « marche à suivre », sauf celle d'aller nettoyer. J'avais suffisamment vécu avec elle pour savoir qu'essayer de la raisonner avait le même effet que de parler à un mur. Effectivement, lorsqu'ils allèrent protester, Clara les ignora royalement.

Un soir, Clara s'empara du poste de radio communautaire qui pendait à un clou et l'emporta dans son coin. Cela arrivait parfois que l'un d'entre nous, particulièrement intéressé par une émission, se l'approprie pendant quelques minutes. Mais là, de nouveau, elle laissa la « brique » crépiter, ne captant que le grésillement du néant. Au début, personne ne fit mine d'y prêter attention, le bruit se fondant dans les conversations. Lorsque tout le monde fut couché et silencieux, cette nuisance devint invivable. Il y eut des signes d'inconfort généralisé, puis des marques d'impatience. Une voix sollicita que la radio soit éteinte, suivie quelques minutes plus tard d'une nouvelle demande qui, bien que très pressante, resta sans réponse. Puis on entendit un bruit fracassant, suivi de la voix rude de Keith hurlant :

— La prochaine fois que je vous prends à jouer à ce jeu-là, je vous casse l'appareil sur la tête.

Il lui avait arraché le poste des mains et venait de l'éteindre. Il le suspendit à nouveau au clou et le grésillement des cigales prit le relais.

L'incident ne se répéta plus jamais. Je me souvins d'un professeur de français, en classe de seconde, pour qui, nous disait-il, la réaction la plus appropriée est parfois l'emploi de la force, certaines personnes cherchant le contrôle de soi dans l'autorité de l'autre. J'y réfléchissais. Dans cette cohabitation forcée, tous mes paramètres de comportement étaient en crise. J'étais instinctivement contre la brutalité. Mais je devais admettre que, dans cette circonstance, la menace avait été utile.

Dans la jungle, on ne pouvait pas contrer le manque de considération d'autrui. Il n'y avait pas d'antidote à l'agressivité du « sans-gêne ». J'avais cru au début qu'il était possible de s'expliquer. Mais j'avais vite compris que raisonner était vain lorsque l'autre tenait à imposer son bon vouloir. Nous vivions en huis clos, sans lois et sans juges.

Lucho était arrivé à la conclusion que l'enfer c'était les autres. Et il envisagea de demander à Sombra d'être isolé du groupe. Il me racontait qu'il avait beaucoup souffert de la solitude, passant deux ans comme un fou à parler à un chien, aux arbres, aux fantômes.

Cela n'était rien, disait-il, comparé au supplice de cette coexistence obligatoire.

Chacun réagissait face aux autres de façon inattendue. Il y eut, par exemple, l'affaire de la lessive. Nous la faisions en laissant tremper nos affaires d'un jour sur l'autre et à tour de rôle dans les seaux en plastique que le Mono Jojoy nous avait envoyés. La rumeur commença à courir qu'un de nos compagnons pissait dedans, rien que pour nuire, jaloux de ne pas avoir un seau pour lui tout seul.

Un autre jour, on retrouva la banquette de la salle d'eau couverte d'excréments. L'indignation fut unanime.

Dans les groupes qui se formaient, chacun désignait son « coupable », chacun avait sa tête de Turc. C'était l'occasion de vider son sac : « Je crois que c'est Une-telle, qui se lève à 3 heures du matin pour bouffer de la nourriture pourrie qu'elle garde dans un bocal. » Ou : « Le matelas d'Untel est plein de cancrelats », « Untel est de plus en plus sale. »

Dans l'ambiance tendue de ce début d'année 2004, Clara vint me parler un matin. J'étais allongée par terre entre deux couchettes à faire mes abdominaux. J'avais installé un semblant de rideau avec la couverture que Lucho m'avait donnée. Elle l'écarta et se tint debout devant moi. Elle souleva alors son tee-shirt et me montra son ventre :

— Qu'est-ce que tu en penses ?

C'était tellement évident. Je tombai des nues. J'avalai de la salive pour me remettre de ma surprise avant de répondre :

— C'est ce que tu voulais, non ?

— Oui, je suis très heureuse ! Tu crois que j'ai combien de semaines ?

— Ce ne sont pas des semaines, ce sont des mois. Je crois que tu dois tourner autour de ton cinquième mois.

— Il va falloir que j'en parle à Sombra.

— Exige que l'on t'emmène dans un hôpital. Demande à voir le jeune médecin que nous avions rencontré dans le campement d'Andrés. Il doit être dans le coin. Sinon, il faudrait que tu aies l'aide au moins d'une sage-femme.

— Tu es la première personne à le savoir... Est-ce que je peux t'embrasser ?

— Bien sûr. Je suis heureuse pour toi. C'est le pire des moments et le pire des endroits, mais un enfant, c'est toujours une bénédiction du ciel.

Clara s'assit près de moi, me prit les mains et me dit :

— Elle va s'appeler Raquel.

— Bien. Mais pense aussi à des prénoms de garçon, au cas où...

Elle resta songeuse, les yeux perdus dans le néant :

— Je serai père et mère à la fois.

— Cet enfant a un père, il faudra que tu lui en parles.

— Non ! Jamais.

Elle se leva pour partir, fit un pas et se tourna à nouveau :

— Ingrid ?

— Oui.

— J'ai peur...

— N'aie pas peur. Tout se passera bien.

— Est-ce que je suis belle ?

— Oui, Clara, tu es belle. Une femme enceinte est toujours belle...

Clara s'en alla annoncer la nouvelle aux autres.

Son histoire fut accueillie froidement. L'un d'eux vint me voir :

— Comment peux-tu lui avoir dit que cet enfant est une bénédiction du ciel ! Tu ne te rends pas compte ! Imagine ce que cela va être avec en plus les cris d'un nourrisson dans cet enfer !

Lorsque nos compagnons lui demandèrent qui était le père, Clara refusa d'en parler, laissant planer un flou qui les incommoda. Son attitude fut considérée comme une menace par les hommes de la prison, qui la soupçonnèrent de vouloir taire l'identité du guérillero pour faire endosser à l'un d'eux la paternité de l'enfant. Keith exigeait le nom du père.

— Ce serait dramatique que nos familles le sachent et qu'on puisse croire qu'un d'entre nous est le père.

— Ne t'inquiète pas. Personne ne va croire que tu es le père. Je suis sûre que Clara dira que c'est l'enfant d'un des gardes. Mais elle n'a pas à donner de nom si elle ne le veut pas ! Elle n'aura qu'à confirmer que le père n'est aucun d'entre vous.

Mes propos ne réussirent pas à le calmer. Son histoire personnelle le rendait trop sensible à la situation. Il venait d'avoir des jumeaux qu'il n'avait pas programmés et sentait qu'en cas de scandale tous les yeux se tourneraient vers lui. Il alla voir Clara. Il voulait qu'elle lui dévoile le nom du père, comme garantie de ses bonnes intentions. Elle lui tourna le dos :

— Je me fous de tes problèmes de famille, j'ai les miens à affronter, lui lança-t-elle pour clore définitivement le sujet.

Quelques jours plus tard, Keith était en train de s'opposer à Clara au sujet d'un détail, lorsqu'il explosa :

— Tu es une pute, tu es la salope de la jungle !

Clara recula livide et s'enfuit dans la cour. Il la poursuivit, hurlant ses insultes après elle.

Lucho et Jorge me retenaient, me demandant de les écouter pour une fois et de ne pas intervenir. La scène nous glaça. Clara avait trébuché dans la boue, s'accrochant de justesse aux chaises en plastique qui traînaient dans la cour. Le lendemain, tout redevint normal. Clara parla avec Keith comme si de rien n'était. Nous avions tous dû apprendre par la force. Cela n'avait pas de sens de continuer à cultiver des rancunes. Nous étions condamnés à vivre ensemble.

Après cela, Sombra prit des mesures. Un garde vint donner l'ordre à Clara d'emballer ses affaires. Son ventre avait jailli tout d'un coup et, lorsqu'elle quitta la prison, elle ne tenait plus à le cacher.

La vie continua pour nous tous comme avant avec un peu plus d'espace dans la prison. Les nouvelles que nous écoutions à la radio faisaient l'objet de grands débats. Mais il y avait très peu d'informations sur nous ou sur nos familles. Les mesures qui pouvaient éventuellement nous affecter étaient passées au peigne fin : l'augmentation du budget militaire, la visite du président Uribe au Parlement européen, l'augmentation de l'aide des États-Unis dans la guerre contre les trafiquants de drogue, le lancement du « plan patriote[1] ». Chacun interprétait les nouvelles selon son état d'âme plus qu'en fonction d'une analyse rationnelle des données.

J'étais toujours optimiste. Même face à l'information la plus sombre, je recherchais une lueur d'espoir.

---

1. Plan mis en place par le président Uribe pour capturer les chefs des FARC.

Je voulais croire que ceux qui luttaient pour nous trouveraient le moyen de nous faire sortir de là. Ma disposition d'esprit irritait Lucho :

— Chaque jour passé dans ce trou augmente de façon exponentielle nos chances d'y rester. Plus notre captivité se prolonge, plus notre situation se complique. Tout est mauvais pour nous. Si les comités en Europe se battent pour nous, les FARC bénéficient de leur propagande et n'ont aucun intérêt à nous libérer ; mais si les comités ne se battent pas, on nous oublie et nous restons dix ans de plus enfermés dans la jungle.

Dans nos controverses, je trouvais toujours des alliés inespérés. Nos compagnons américains cherchaient, tout comme moi, des raisons de garder confiance. Ils me surprirent un jour en m'expliquant pourquoi, selon eux, Fidel Castro avait tout intérêt à faire avancer notre libération, hypothèse que je ne demandais qu'à accepter. Nous étions divisés quant à la stratégie à suivre pour obtenir notre liberté. La France avait fait de notre libération la première priorité de ses relations diplomatiques avec la Colombie, alors que les États-Unis, eux, tenaient à maintenir à tout prix un profil bas sur l'affaire des otages américains, afin d'éviter qu'ils ne deviennent des trophées que les FARC se refuseraient à libérer. Uribe menait sa guerre frontale contre les FARC, excluant toute négociation pour notre liberté, et misait sur une opération militaire de sauvetage.

Souvent, pour des détails, des poussières, la polémique devenait âpre. On se séparait avant que tout cela ne tourne au vinaigre, dans l'espoir que, le lendemain, un autre petit bout d'information nous permettrait de consolider notre argumentation et de reprendre avec un avantage la controverse que nous avions abandonnée la veille : « Il est têtu comme une mule », disait-on de l'autre, pour éviter d'être accusé du même travers.

Nous défendions chacun à notre façon une attitude de survie : il y avait ceux qui voulaient se préparer au pire et ceux, comme moi, qui voulaient croire au meilleur.

Un vent d'harmonie souffla. Nous avions appris peut-être à nous taire, à laisser passer, à attendre. L'envie de faire des choses ensemble nous reprit. On dépoussiéra des projets que nous avions délaissés lorsque la confrontation était à son paroxysme. Marc et Consuelo passaient leur vie à jouer aux cartes, Lucho et Orlando à parler politique, je lisais pour la vingtième fois le roman de John Grisham[1] que m'avait prêté Tom, dans le cadre des leçons d'anglais qu'il avait commencé à me donner depuis peu.

Un matin, nous nous mîmes d'accord avec Orlando pour faire des tasses en plastique en coupant des pots de flocons d'avoine Quaker qu'il était possible de se procurer en passant par les gardes. Je tenais la technique de Yiseth qui m'en avait fabriqué une à l'occasion du dernier Noël passé dans le campement d'Andrés. C'était facile, mais il fallait se procurer une machette pour entailler le pot et le retourner de façon à dégager les anses de la tasse.

Orlando obtint ce dont nous avions besoin : le pot en plastique et la machette. C'était déjà une authentique performance. Nous nous installâmes sur la grande table, à l'extérieur, dans la cour. J'étais déjà assise, le pot dans une main, la machette dans l'autre, lorsqu'un hurlement derrière nous nous fit sursauter.

---

1. Titre original : *Street Lawyer*.

C'était Tom qui, allongé dans son hamac, était pris d'une soudaine crise de colère. Je continuai mon ouvrage, sans comprendre qu'en fait j'étais l'objet de sa fureur. Je ne m'en rendis compte que lorsque je vis Lucho en pleine altercation avec lui. Il s'était emporté parce que le garde m'avait prêté une machette et qu'il considérait cela comme une preuve de favoritisme. Impossible de le raisonner. Il était en fait ravi du tapage qu'il avait déclenché, attendant peut-être que le réceptionniste de faction entre dans l'enceinte pour m'insulter.

La porte de la prison s'ouvrit effectivement. Deux gardes baraqués entrèrent et me prirent par le bras :

— Emballez vos affaires, vous partez !

Cela arriva si soudainement que je n'eus que le temps de regarder Lucho, dans l'espoir d'une explication :

— Ils avaient demandé que tu sois séparée du groupe. Je ne voulais pas t'en parler, je ne pensais pas qu'ils réussiraient.

Je ne comprenais rien de ce qui m'arrivait, d'autant plus que tous mes compagnons se levaient un à un pour m'embrasser, émus avant mon départ.

## 37

## L'enclos aux poules

Mars 2004. Pendant un instant, en sentant cette porte d'acier se refermer derrière moi, j'eus un moment d'espoir : « Et si c'était... » Je portai mon baluchon à l'épaule, suivant le garde dans un sentier de boue qui faisait le tour du campement. Je m'imaginais déjà dans une barque, à remonter le courant. Mais, avant d'arriver à la rivière, le garde tourna à gauche, traversa un petit pont construit sur la tranchée, et me fit entrer dans l'enclos des poules.

Derrière l'enclos, dans un coin, d'une cahute au toit en plastique, une femme sortit. Elle sursauta autant que moi en me voyant. C'était Clara.

— Vous serez entre amies, nous jeta le garde d'un air narquois.

On se regarda sans savoir quoi se dire. Nous étions ennuyées de nous revoir, mais, au fond, peut-être pas. Elle était installée dans sa petite cabane, avec tout juste un lit et une petite table. L'endroit était très réduit. Je ne savais pas ce qu'ils voulaient faire de moi et surtout je ne voulais pas la déranger, elle, dans son espace. Elle m'invita à déposer mes affaires dans un coin. Les formules de politesse qui surgirent spontanément nous mirent à l'aise. Je retrouvais la Clara d'avant la jungle. J'étais très surprise de la savoir encore dans le campement, j'avais imaginé qu'ils l'avaient emmenée loin, là où elle aurait accès à des soins. Elle était à un mois du terme de sa grossesse.

—J'accoucherai ici, sur ce lit, me dit-elle en inspectant les lieux pour la centième fois. Il y a une fille qui vient tous les jours me masser le ventre. Je crois que le bébé est mal placé.

C'était évidemment un accouchement à risque. À quoi bon en parler, le mieux était de créer un climat de confiance, pour ne pas ajouter l'angoisse à la longue liste d'éléments perturbateurs.

—J'ai reçu les vêtements que tu as faits pour le bébé. Je les adore. Je les garderai toujours avec moi, merci !

En parlant, elle sortit d'un sac les petites affaires que j'avais cousues pour son bébé. Il y avait un petit sac de couchage, une petite chemise à col rond, des moufles minuscules, des chaussons assortis et, ce dont j'avais été le plus fière : un sac kangourou pour porter le bébé tout en gardant les mains libres.

Le drap de tissu vichy bleu ciel que j'avais utilisé appartenait à un de mes compagnons. Lucho m'avait aidée à l'acquérir en m'apportant la monnaie d'échange nécessaire à mon troc. Ce drap était une véritable aubaine en plein milieu de la jungle. J'avais fait de mon mieux pour le découper sans trop de chutes et avais obtenu d'Orlando le fil et l'aiguille nécessaires pour me mettre à l'ouvrage. Je l'avais montré à Gloria avant de l'envoyer. Elle m'avait donné des conseils judicieux pour me procurer des petits boutons et des fermetures Éclair, et j'avais fini le tout avec un pourtour festonné en fil blanc censé décorer l'ensemble. Je l'avais fait envoyer à ma compagne par Arnoldo. J'imaginais que ma compagne était loin, dans un hôpital de brousse, et que mon envoi ferait des heures de canot avant de lui parvenir.

Le reste de la journée passa sans que nous nous en rendions compte. Ce fut pour moi l'occasion de l'entretenir de sa maternité et de la préparer à ce qui allait venir. Je lui dis qu'il était important de parler à son enfant pour qu'il ait une relation tissée de mots avec elle, antérieure à sa naissance. En fait, je cherchais à l'initier aux réflexions de Françoise Dolto, car elles avaient été fondamentales pour moi. J'essayais de lui rapporter de mémoire les cas cliniques qui m'avaient le plus frappée en lisant ses livres et qui illustraient le mieux, à mon sens, l'importance de cette relation de parole entre la mère et l'enfant. Je l'encourageai aussi à écouter de la musique pour stimuler l'éveil de son bébé. Et surtout à être heureuse.

Le lendemain, je la vis s'asseoir pour lire à haute voix, à l'ombre de la grande *ceiba*, en caressant son ventre proéminent, et j'eus le sentiment d'avoir accompli quelque chose de bien. Comme la veille, j'installai mon hamac entre une des poutres d'angle de la cahute et un arbre à l'extérieur. J'avais la moitié du corps dehors mais, comme il ne pleuvait pas depuis des jours, j'avais des chances de passer une nuit correcte. Clara s'approcha de moi et, d'une manière un peu formelle, me dit :

— J'y ai beaucoup réfléchi ; je veux que tu sois la marraine de mon enfant. S'il m'arrive quoi que ce soit, je veux que tu t'en occupes.

Ces paroles me prirent au dépourvu. Il y avait eu tellement de choses entre nous. Ce n'était pas un engagement à prendre à la légère.

— Laisse-moi y réfléchir. C'est une décision que je voudrais mûrir car elle est importante.

J'y pensai toute la nuit. Accepter, c'était me lier à elle et à son enfant pour la vie. Mais refuser, c'était me dérober. Pouvais-je assumer ce rôle ? Avais-je suffisamment d'amour à donner à cet enfant qui allait naître ? Pourrais-je l'adopter pleinement si la situation le demandait ?

Au petit matin, une idée m'assaillit : j'étais la seule à connaître le père de cet enfant. Est-ce que cela constituait une obligation morale ?

— Alors, as-tu pris ta décision ? me demanda-t-elle.

Un silence se fit. Je respirai à fond pour répondre.

— Oui, j'ai pris ma décision. J'accepte.

Elle m'embrassa.

Elle avait droit à une soupe de poisson pour son petit déjeuner. Elle riait en me racontant que tous les jours sa réceptionniste partait à la pêche par ordre exprès du commandant. La cage aux poules était en fait le moyen qu'avait trouvé Sombra pour améliorer la situation de ma compagne sans être accusé de favoritisme. Mais cela ne lui donnait pas accès aux soins médicaux, pourtant indispensables. J'espérais qu'ils feraient appel à l'infirmier qui était prisonnier dans l'autre groupe.

J'entendis un bruit de pas derrière moi. C'était Sombra qui passait furtivement derrière des buissons, un fusil de chasse en bandoulière. Je lui fis signe.

— Chut ! répondit-il en regardant avec effroi autour de lui. Ne dites pas que vous m'avez vu !

Il s'éloigna sans même que j'aie pu lui parler. Quelques minutes plus tard, Shirley, une jolie guérillera qui faisait office d'infirmière, passa du même côté avec le même air de baroudeur. Elle s'approcha et me demanda :

— Avez-vous vu Sombra ?

Puis, voyant que j'avais tout compris, elle ajouta en riant :

— J'ai rendez-vous avec lui, mais si la Boyaca nous voit, elle nous tuera !

Elle s'éloigna, ravie.

Je restai là, la regardant se faufiler comme un fauve dans la végétation, si jeune et si jolie, en me demandant comment ils pouvaient vivre dans une telle insouciance alors qu'ils tiraient parallèlement les ficelles du drame de nos vies.

J'étais perdue dans mes rêveries, lorsque j'entendis que l'on m'appelait. Je sursautai et me retournai : c'était la voix de Lucho. Je le vis s'approcher avec un grand sourire, le visage illuminé, portant un sac à dos rempli à craquer, le garde, l'air méchant, derrière lui.

— Il y a eu une bagarre à ta sortie, je me suis fait extrader moi aussi !

Il vint s'asseoir avec Clara et moi, et nous fit une narration détaillée des derniers événements à l'intérieur de la prison.

— Je ne veux pas revenir dans cette prison, dit Clara.

— Moi non plus, répondions-nous en chœur.

On éclata de rire, puis, en guise de réflexion, Lucho conclut :

— Nous voilà comme au début, juste nous trois, c'est mieux ainsi.

Pendant que nous bavardions, une équipe de guérilleros était venue et s'employait avec zèle à monter une cahute identique à celle de Clara. En moins de deux heures, nous avions tous un lit et un toit pour passer la nuit. La jolie Shirley vint en fin d'après-midi, mandatée par Sombra pour inspecter les lieux. Elle venait d'être nommée réceptionniste du poulailler. Elle était la seule guérillera autorisée à entrer dans l'enclos. Elle regarda notre cahute en faisant la moue :

— C'est trop triste comme ça, laissez-moi faire, dit-elle en tournant les talons.

Dix minutes plus tard, elle apparut, chargée d'une table ronde et de deux petites chaises en bois. Elle refit un autre voyage et rapporta des étagères. Je l'embrassai tellement cela me faisait plaisir. Elle avait transformé nos cabanes en maisons de poupée.

On s'assit sur les chaises, les coudes sur la table, comme de vieilles amies. Shirley me raconta sa vie en dix minutes et ses amours avec Sombra pendant des heures.

— Comment peux-tu être avec ce vieux, ventripotent et laid ! Ne me dis pas que toi aussi tu es une *ranguera*.

*Ranguera* était le terme péjoratif utilisé par les guérilleros pour désigner la fille qui couche avec un commandant pour avoir les avantages dus « au rang ».

Shirley éclata de rire.

— La Boyaca est une *ranguera*, c'est elle qui a la bonne part du gâteau. Moi, je n'ai droit à rien. Mais j'aime le vieux. De temps en temps, il a l'air tellement paumé, il m'attendrit. J'aime être avec lui.

— Attends, tu es amoureuse de lui ?

— Je crois bien que oui.

— Et... que fais-tu de ton *socio*[1], vous êtes encore ensemble ?

1. *Socio* : partenaire, terme utilisé pour désigner le petit ami.

— Oui, bien sûr, il ne sait rien !

— Il est très mignon, pourquoi le trompes-tu ?

— Je le trompe parce qu'il est trop jaloux !

— Alors là, tu exagères !

— Bon, tu veux tout savoir ? C'est moi qui lui ai sauvé la vie, au vieux Sombra. C'était pendant un bombardement, je l'ai trouvé la tête dans la boue, effondré par terre. Il était complètement saoul. Les gens couraient autour de lui, personne ne l'aidait. Je l'ai mis sur mes épaules et je l'ai porté. Une minute de plus et la bombe lui tombait en plein dessus. Depuis, on est devenus très copains. Il m'aime beaucoup, tu comprends ? Il est tendre avec moi, il me fait beaucoup rire aussi.

On passa une bonne partie de la nuit ensemble. Elle avait été à l'école, elle avait bouclé ses études secondaires, ce dont elle était très fière, et elle avait été à deux doigts de présenter son bac. Mais elle était tombée amoureuse d'un gars qui l'avait convaincue de rejoindre les FARC. Elle était une exception : en général, le niveau scolaire des guérilleros était bas. Peu d'entre eux savaient lire et écrire. Lorsque je lui demandais de m'expliquer les fondements de son engagement révolutionnaire, elle changeait habilement de sujet. Elle devenait alors méfiante et prenait ses distances. Pourquoi une fille comme Shirley avait-elle fini par intégrer les FARC ? Il y avait chez elle un besoin d'aventures, d'intensité de vie, que je ne trouvais pas chez ses pairs. Les autres étaient entrés dans les rangs de la subversion parce qu'ils avaient faim.

Le lendemain, Shirley se pointa tôt avec une télévision dans les bras. Elle la posa sur la table, brancha le lecteur de DVD, et nous fit voir *Como agua para chocolate*, d'après le roman de Laura Esquivel.

— Je sais que c'est l'anniversaire de la mort de ton père, me dit-elle. Cela te fera penser à autre chose.

Cela me fit penser à Maman, qui m'avait suppliée, quelques mois avant ma capture, de l'accompagner voir ce film. J'avais refusé. Je n'avais pas le temps. Maintenant, du temps, j'en avais trop. Je n'avais pas Maman et je n'aurais plus jamais Papa. En regardant ce film, je me fis à moi-même deux promesses : si jamais je m'en sortais, j'apprendrais à cuisiner pour ceux que j'aime. Et j'aurais du temps, tout mon temps, à leur consacrer.

Lucho était ravi d'être dans le poulailler. L'absence de tensions lui avait rendu tous ses moyens. Il s'arma d'une pelle pour faire des *chontos* tellement grands qu'ils serviraient pour un mois ! Il finit avec de grosses ampoules aux mains.

— Je ne veux même pas penser à revenir dans la prison ! dit-il.

— Tais-toi. Ne verbalise pas tes peurs !

Comme pour faire écho à mes craintes, Shirley vint me voir :

— Vos compagnons de prison se sont plaints car un de vos gardes leur a dit que vous aviez de meilleures conditions qu'eux. Ils souhaitent votre retour.

Je restai bouche bée.

Cette nuit-là, j'eus l'impression que je venais de fermer les yeux lorsque je sentis que quelqu'un me sautait dessus. Une Shirley tendue me secouait vigoureusement.

— Les hélicos sont sur nous. Il faut partir sur-le-champ. Prenez vos affaires et filons !

Je m'exécutai. J'enfilai mes bottes, prenant mon baluchon à la volée. Shirley me l'enleva aussitôt des mains :

— Suivez-moi de près. Je vais porter vos affaires, nous irons plus vite.

On avançait dans le noir, les hélicoptères rasant les arbres au-dessus de nos têtes. Comment avais-je pu dormir sans les entendre ? Ils allaient et venaient le long de la rivière en faisant un bruit du diable. Nous arrivâmes près de l'*economato*, un hangar au toit de zinc, clôturé entièrement d'un épais grillage en acier, avec des sacs de provisions empilés jusqu'au plafond. Lucho et Clara étaient déjà là, avec une expression mêlée d'angoisse et de contrariété sur le visage.

On nous obligea à suivre une file de guérilleros qui s'enfonçaient dans la jungle.

— Tu crois que nous allons marcher toute la nuit ?

— Avec eux, tout est possible ! assura Lucho.

Shirley marchait devant nous en silence. Pendant un moment, l'idée de lui proposer de s'évader avec nous m'effleura l'esprit. C'était impossible, nous avions une femme enceinte. Comment pouvais-je même y penser ?

Il fallait prendre notre mal en patience. Au bout d'une heure de marche, on s'arrêta. On nous fit attendre assis sur nos baluchons jusqu'à l'aube. Avec le jour, les hélicoptères repartirent, et l'on nous fit regagner le poulailler.

Après la première collation du matin, une équipe de garde fit son apparition. En quinze minutes, ils démantelèrent notre cahute. On se regarda la mort dans l'âme. Nous savions ce que cela signifiait pour nous.

Clara me prit par le bras :

— J'ai un service à te demander. Ne dis à personne que je suis là. Ne dis pas que nous nous sommes vues. Je préfère qu'ils croient que l'on m'a emmenée à l'hôpital… tu comprends ?

— Ne t'inquiète pas. Je ne dirai rien. Lucho non plus.

Je l'embrassai avant de la quitter, le cœur serré.

## 38

## *Le retour à la prison*

Mars 2004. Tout alla très vite. En quittant le poulailler, je vis Shirley au passage : elle voulait que je
sois tranquille, me dire que tout se passerait bien.

La porte en acier grinça en s'ouvrant et j'eus
l'impression physique d'être aux portes de l'enfer.
Je pris mon courage à deux mains et m'avançai. La
satisfaction morbide sur le visage d'un de mes compagnons me frappa comme une gifle :

— Vous n'êtes pas restés longtemps, siffla-t-il avec
méchanceté.

— On vous a sûrement manqué, répondit Lucho
sèchement. Ce n'est pas toi qui insistais pour qu'on
revienne vite ?

L'homme ricana :

— Eh, nous aussi, nous avons nos influences…

Son rire tourna au vinaigre, lorsqu'il vit que les
gardes nettoyaient l'espace à côté des toilettes. Un
toit en plastique fut installé. Shirley avait fait envoyer
la petite table ronde, les deux chaises et l'étagère. Ils
étaient en train de construire une cahute comme celle
du poulailler dans la cour de la prison.

Brian et Arnoldo commandaient l'opération. Je
regardais en silence. Quand ils eurent fini leur tra-

vail, ils ramassèrent leurs outils et partirent. Brian se tourna vers moi et parla fort pour que tout le monde entende.

— Le commandant tient à ce qu'il n'y ait plus de problèmes ici. Vous dormirez ici, personne ne vous embêtera. Au moindre manque de courtoisie, vous ferez appel au réceptionniste.

Je me mis à organiser mes petites affaires, pour ne pas avoir à faire face aux regards hargneux. J'entendis dans un sifflement :

— C'est très bien ! Qu'elle vive dans cette odeur de merde.

Je m'en voulais. Pourquoi cela continuait-il à me faire de la peine ? J'aurais dû être blindée. Je sentis un bras qui m'entourait les épaules. C'était Gloria :

— Ah non ! Tu ne vas pas te mettre à pleurer. Tu ne vas pas leur faire cette joie ! Allez, viens, je vais t'aider. Tu sais, je suis triste pour toi qu'ils t'aient fait revenir. Mais je suis si contente pour moi, tu m'as beaucoup manqué ! Et puis, sans Lucho, on ne riait plus dans cette prison !

Jorge vint, lui aussi, toujours plein de courtoisie, me fit un baisemain et utilisa les quelques mots de français qu'il avait appris pour me souhaiter la bienvenue. Puis, il ajouta :

— Maintenant, je n'ai plus d'endroit où mettre mon hamac. J'espère que tu nous inviteras chez toi, madame chérie.

Marc s'approcha timidement. Nous n'avions parlé que rarement lui et moi, et toujours en anglais. Je l'avais souvent observé, car il se tenait toujours à l'écart du groupe et était le seul d'entre nous à n'avoir jamais eu de confrontation avec qui que ce soit. J'avais aussi remarqué que ses deux compagnons le respectaient et l'écoutaient. Ils étaient constamment en conflit

entre eux, passant d'un silence rancunier où ils s'igno-
raient, aux explosions verbales, courtes et cinglantes.
Marc faisait la navette, cherchant l'apaisement. Je sentais qu'il gardait ses distances, en particulier vis-à-vis
de moi. Je n'avais pas de difficultés à imaginer ce
qu'on avait pu lui dire, et espérais qu'avec le temps
il pourrait se faire une autre idée.

Je fus surprise de le voir planté là, alors que nous
bavardions, Lucho, Jorge, Gloria et moi, de façon
animée. Les gestes de chacun étaient très calculés
dans la prison. Personne ne voulait avoir l'air de qué-
mander quoi que ce soit, ou d'espérer quelque
chose, car cela vous plaçait en position d'infériorité.
Il était là pourtant, attendant qu'un espace s'ouvre
qui lui permette de s'introduire dans notre conversation. Nous nous retournâmes tous. Il esquissa un
sourire triste et nous dit, dans un espagnol balbutiant,
où les verbes restaient tous à l'infinitif, qu'il était
bien content de nous revoir, Lucho et moi.

Ses mots m'arrivèrent droit au cœur. Je ne pus
sortir qu'un merci protocolaire, coincé par des émotions trop vives, que je tenais à cacher. D'une certaine façon, son geste me rappelait trop cruellement
l'animosité des autres, et je m'apitoyais sur moi-
même. J'étais trop vulnérable et je me sentais ridicule. En enfer, on n'a pas le droit de montrer que
l'on a mal.

— Mais, je rêve, tu t'es mis à parler espagnol ! Il suffit que je m'en aille trois semaines, et tu nous fais un
enfant dans le dos.

Lucho l'avait pris à son compte.

Tout le monde riait, car Marc répondait du tac au
tac avec les trois mots d'espagnol qu'il baragouinait.
Il traduisait littéralement des expressions américaines
qui, miraculeusement, se teintaient, en passant à

l'espagnol, d'un humour qui faisait notre bonheur. Il prit ensuite congé de nous poliment, et repartit vers le baraquement.

Le lendemain, un fait inattendu se produisit. Les otages du camp des militaires nous envoyèrent un paquet de livres. J'appris alors que, lorsqu'ils étaient retenus prisonniers dans la « zone de détente », pendant les pourparlers avec le gouvernement Pastrana, leurs familles avaient réussi à leur faire parvenir des bibliothèques entières. Quand le processus de paix avait avorté, au moment de la fuite devant l'armée, chacun avait pris un ou deux livres dans son sac à dos et ils se les échangeaient. Les marches avaient été difficiles et certains, accablés par le poids, avaient dû délester leur bagage du plus lourd et du moins nécessaire. Les livres étaient partis en premier. Et les « rescapés » venaient d'arriver jusqu'à nous. C'était un véritable trésor. Il y avait de tout, des romans, des classiques, des livres de psychologie, des témoignages de l'Holocauste, des essais philosophiques, des livres spirituels, des manuels d'ésotérisme, des histoires pour enfants. Ils nous donnaient deux semaines pour les lire, après quoi il faudrait les leur renvoyer.

Notre vie changea. Nous étions tous dans notre coin à dévorer autant de livres que possible. Je commençai avec *Crime et châtiment*, qui n'avait pas eu grand succès auprès de mes compagnons, tandis que Lucho lisait *La Mère* de Maxime Gorki. Je découvris plus tard que quelqu'un avait *Le Roi de fer* de Maurice Druon, et nous nous mîmes avec Gloria sur liste d'attente pour avoir une chance de le lire avant la date limite.

Pour accélérer la rotation des livres, nous proposâmes de faire une étagère derrière la porte du baraquement, de façon que les volumes y soient rangés lorsque leurs lecteurs ne les avaient pas en main. Cela nous permit de feuilleter la plupart d'entre eux pour établir nos propres priorités. Il y avait des livres quasiment inaccessibles, car tout le monde les attendait. Je me souviens en particulier de *La Novia oscura* de Laura Restrepo et de *El Alcaraván* de Castro Caycedo. Mais celui que j'aurais voulu lire et qu'il me fut impossible même de toucher fut *La Fête au bouc* de Mario Vargas Llosa.

Un matin, Arnoldo vint et rafla tout le lot. C'était quelques jours avant la date limite. Un des nôtres avait tenu à tout renvoyer à l'autre camp, sur un coup de tête et sans consulter les autres. J'étais particulièrement frustrée, me sentant trahie. Je lui en voulais à mort.

J'en parlai à Orlando qui avait pris l'habitude de venir bavarder avec Lucho et moi, le soir, après l'extinction des feux. Orlando était très habile pour soutirer de l'information aux gardes. C'était, de fait, le mieux informé de nous tous, celui qui décelait ce que nous autres ne voyions pas.

Je l'avais pris en affection car j'avais compris que, derrière son air balourd, il y avait de la place pour un grand cœur, qu'il ne dévoilait qu'à certains moments, comme s'il en avait honte. Mais c'était surtout son sens de l'humour qui rendait sa compagnie particulièrement agréable. Lorsqu'il s'asseyait à la petite table ronde, et que nous écoutions ensemble la radio, nous savions, Lucho et moi, que notre sens de la repartie serait mis à l'épreuve et nous attendions, enchantés, qu'il lance ses premiers dards. Il n'était jamais tendre dans ses commentaires, ni sur nous ni sur nos compagnons, mais il analysait si lucidement notre situation, nos attitudes et nos défauts, que nous ne pouvions qu'en rire et lui donner raison.

Quelques-uns de nos compagnons s'inquiétaient de notre amitié avec Orlando. Ils se méfiaient de lui et lui prêtaient tous les défauts du monde. Certains en particulier, qui avaient été proches de lui au départ, vinrent me mettre en garde. Mais je n'avais plus envie d'écouter ce genre de commentaires. Chacun avait son propre agenda. Je voulais laisser les portes ouvertes à tous et arriver seule à mes propres conclusions.

Le retour à la prison m'avait obligée à faire le point sur moi-même. Je me découvrais dans le miroir des autres. La haine, la jalousie, l'avarice, l'envie, l'égoïsme, c'était en moi que je les observais. J'avais été choquée de m'en rendre compte et je n'aimais pas ce que j'étais devenue. Maintenant, lorsque j'écoutais les commentaires et les critiques contre les autres, je me taisais. Moi aussi, j'avais couru aux marmites dans l'espoir d'avoir un meilleur morceau, moi aussi j'avais attendu exprès que les autres se servent pour tomber pile sur la plus grosse *cancharina*, moi aussi j'avais envié une paire de chaussettes plus jolie ou une écuelle plus grande et, moi aussi, j'avais accumulé des stocks de nourriture pour assouvir ce qui ne peut s'apparenter qu'à de l'avarice.

Un jour, les provisions en boîtes de conserve de Gloria éclatèrent. Les boîtes étaient trop vieilles et la température ambiante était montée trop haut. Tout le monde se moqua. La majorité fut ravie qu'elle ait perdu ce qu'ils avaient déjà consommé et qu'elle avait tenu à mettre patiemment de côté. Nous étions tous pareils, enchevêtrés dans nos petites laideurs.

Je pris la décision de me contrôler. Pour ne pas faire pareil. L'exercice me parut éprouvant. Parfois, ma raison me tirait d'un côté, mon ventre de l'autre. J'avais faim. J'allais à l'encontre de mes bonnes résolutions. Au moins, me disais-je, j'avais réussi à en prendre conscience.

J'observais également avec consternation notre attitude vis-à-vis de nos proches, en particulier les critiques acerbes et les commentaires méchants que certains de mes compagnons réservaient aux membres de leurs propres familles. Il y avait, dans notre psychologie de prisonnier, une tendance masochiste à croire que ceux qui luttaient pour notre liberté le faisaient pour des raisons opportunistes : nous ne pouvions pas croire que nous étions encore dignes d'être aimés pour nous-mêmes.

Je refusais pourtant de croire que nos proches aient fait de notre drame un mode de subsistance.

Les hommes souffraient de penser que leurs femmes dépensaient leurs salaires. De notre côté, nous, les femmes, vivions dans l'angoisse de ne pas retrouver de foyer à notre retour. Le silence prolongé de mon mari donna lieu à des commentaires doulou reux : « Il n'appelle que lorsqu'il y a des journalistes autour », me disaient-ils.

L'attitude d'Orlando changea elle aussi. Il s'adoucit, cherchant de plus en plus à se rendre utile. Il était doué pour trouver une solution rapide aux petits problèmes.

Quand j'exposai à Orlando la frustration que j'avais ressentie lors du retrait des livres, il me rassura :

— J'ai des amis dans l'autre campement. Je demanderai qu'ils nous envoient d'autres livres. Je crois qu'ils ont toute la série des *Harry Potter*.

Les livres arrivèrent alors que j'étais aux toilettes. Ils avaient tous été distribués et les *Harry Potter* étaient partis en premier. C'était Marc qui lisait *La Chambre des secrets*. Je ne pus résister à la tentation d'aller voir la couverture du livre. Il souriait en observant l'état d'excitation dans lequel je me trouvais. J'avais honte et me forçai à le lui rendre.

— Ne vous inquiétez pas, moi aussi je suis très impatient de le lire.

— En fait, je suis émue parce que ce sont les premiers livres que mon fils Lorenzo a lus ! Je crois que je sens que je me rapproche de lui, dis-je pour m'excuser. Et puis, c'est vrai que j'ai dévoré le premier de la série, finis-je par avouer.

— Eh bien, moi, c'est le premier livre que je vais lire en espagnol ! Il y a des mots difficiles, mais c'est déjà passionnant… Écoutez, si vous voulez, on peut le lire en même temps : je le lis le matin, je vous le passe à midi et vous me le rendez le soir.

— C'est vrai ? Vous feriez cela ?

— Bien sûr, mais à une condition… À 18 heures pile, vous le déposez sur mon étagère. Je ne veux pas avoir à vous le demander tous les jours.

— Ça marche !

## 39

# La rafle des radios

Avril 2004. L'arrangement que nous avions conclu m'enchanta. Je programmai mes journées de façon à consacrer tous mes après-midi à la lecture et prenais un soin particulier à déposer le livre à 18 heures précises sur son étagère. J'avais appris que c'était sur ces tout petits détails que nous nous jugions entre nous et, plus encore, que se bâtissaient les amitiés ou que s'allumaient les conflits. La promiscuité à laquelle nous étions condamnés nous exposait au regard incessant d'autrui. Nous étions sous la vigilance des gardes, certes, mais surtout sous la surveillance impitoyable de nos compagnons de captivité.

Si j'avais tardé une minute, je savais que Marc m'aurait cherchée des yeux dans la cour pour connaître la raison de mon retard. Si le motif était trivial, il en aurait pris ombrage et une tension se serait installée entre nous. Nous fonctionnions tous de la sorte. À midi pile, je levais le nez. J'avais eu le temps de faire ma gymnastique, de me laver, et attendais patiemment qu'il sorte du baraquement avec le livre. C'était mon moment de gratification, j'allais me plonger dans l'univers de Poudlard et, pendant quelques heures, je m'évaderais loin de cette enceinte entourée de fil de fer barbelé, de guérites et de boue, et je retrouverais l'insouciance de mon enfance. Mais mon évasion faisait des jaloux. Je sentais que certains auraient voulu m'arracher le livre des mains. Aucune faute ne me serait autorisée.

Un après-midi, les gardes apportèrent le poste de télévision que Shirley avait fait venir dans le poulailler. Nous étions tous enthousiastes à l'idée de voir un film. Mais ce qu'ils nous présentèrent n'avait rien d'un moment de détente : c'était la preuve de survie de nos trois compagnons américains, enregistrée bien avant leur arrivée dans notre prison. L'auditoire s'émut de leurs messages et des réponses de leurs familles qui faisaient partie d'une émission de télévision diffusée aux États-Unis quelques mois auparavant. Nos compagnons se collèrent d'abord à l'écran, comme si cela pouvait leur permettre de toucher ceux qu'ils aimaient. Ils se reculèrent peu à peu : cette proximité les brûlait. Nous restions derrière, debout, observant douloureusement à la télévision ces familles qui, comme les nôtres, étaient déchirées de douleur et d'angoisse. Mais j'observais surtout mes compagnons, leurs réactions d'écorchés vifs, sans pudeur, comme sur une place publique.

Il y avait quelque chose de voyeuriste à contempler la nudité de leur drame. Mais je ne pus me détacher de ce spectacle, de ce hara-kiri collectif qui me renvoyait à ce que je vivais moi-même.

Je venais finalement de mettre des visages sur les noms de ces inconnus, qui m'étaient devenus familiers à force d'écouter parler d'eux. J'avais scruté leurs expressions à la télévision, les regards qui fuyaient la caméra, le tremblement des lèvres, les mots toujours révélateurs. J'avais été atterrée par la puissance de l'image et par l'idée que nous sommes tous tellement prévisibles. Je les avais vus tout juste deux secondes et j'avais l'impression d'avoir tout compris. Ils s'étaient tous trahis, incapables de masquer face à la caméra ni le meilleur ni le pire de leurs sentiments. J'en étais embarrassée mais, voilà, nous n'avions plus du tout droit à l'intimité.

J'observais mes compagnons. Les comportements étaient si différents, les réactions tellement opposées. L'un d'entre eux commentait à haute voix chaque image, et se retournait pour s'assurer que le groupe suivait ses explications. Il fit un commentaire qui ne passa pas inaperçu quand il dit de sa fiancée : « Je sais, elle n'est pas très jolie, mais elle est intelligente. » Tous les regards se braquèrent sur lui. Il devint rouge, et je crus deviner que ce n'était pas parce qu'il regrettait ce qu'il avait dit. De fait, il ajouta : « Je lui ai offert une bague qui m'a coûté dix mille dollars. »

Un autre était tapi dans son coin, il grattait son menton poilu, douloureusement. Ses yeux bleus immenses étaient remplis de larmes et il répétait à voix basse : « Mon Dieu, qu'est-ce que j'ai été con ! » Il s'était décomposé en une seconde. Sa douleur m'était insoutenable, ses mots étaient ceux que j'entendais en moi, car je portais comme lui une croix faite de regrets.

J'aurais voulu l'embrasser. Mais je ne pouvais pas. Cela faisait longtemps que nous ne nous parlions plus. Marc se tenait à côté de moi. Je n'osais pas me retourner pour le regarder car j'imaginais que cela ne serait pas très délicat. Je le sentais immobile. Pourtant, quand l'émission se fut achevée et que je fis demi-tour pour sortir du baraquement, je vis son expression, qui me glaça. Une douleur intérieure avait pris possession de lui. Il avait le regard vide, la nuque cassée, le souffle chaud, incapable de bouger, comme attaqué par une maladie foudroyante qui lui aurait gonflé les articulations et broyé le cœur. Il n'y eut aucune pensée en moi, aucune discussion intérieure sur la convenance ou l'inconvenance de mon geste. Je me vis le prendre dans mes bras, comme si j'avais pu ainsi contrer la malédiction qui lui avait été jetée. Il s'effondra en larmes, larmes qu'il essayait de tarir en se pinçant la base du nez et en répétant, cachant le visage contre moi : « ça va, ça va ».

Ça irait. Nous n'avions pas le choix.

Quelques heures après, il vint me dire merci. C'était surprenant. J'avais imaginé un homme froid, peut-être même insensible. Il avait une grande maîtrise de lui-même, et donnait très souvent l'impression d'être absent. Je le regardai avec de nouveaux yeux, intriguée, cherchant à comprendre qui il était.

Il venait de temps en temps parler avec Lucho, Orlando et moi, à la tombée de la nuit, et nous faisait rire avec son espagnol qui s'enrichissait de jour en jour, mais pas forcément avec les mots les plus recommandables. Il me demandait de petits services, je lui en demandais aussi. Il s'était mis à broder le nom de ses enfants et de sa femme sur sa veste en toile de camouflage. Il était obsédé par son ouvrage, s'appliquant la journée entière à remplir de fil noir les lettres qu'il avait soigneusement dessinées sur la toile. Il donnait l'impression de ne pas avancer sur sa tapisserie de Pénélope. Je voulais voir ce qu'il faisait et j'avais été surprise par la perfection de son travail.

Un matin, alors que j'essayais de fatiguer mon corps à monter et descendre de l'escabeau, j'entendis ses compagnons américains le féliciter pour son anniversaire. J'imaginai que tout le monde, comme moi, avait entendu. Mais personne d'autre ne vint le saluer.

Nous nous étions endurcis, essayant probablement de nous isoler de tout pour avoir moins de mal à vivre. Je décidai quand même d'y aller. Il fut surpris et heureux de ma démarche, et je crus que nous étions devenus amis.

Jusqu'au jour où Sombra ordonna une rafle de tous nos postes de radio. Nous fûmes tous pris au dépourvu, sauf Orlando qui avait eu vent d'une opération en écoutant ce qui se disait dans le baraquement des militaires. Il avait collé son oreille aux planches situées en vis-à-vis de leur logement et avait compris qu'il s'agissait d'une confiscation générale des postes. Il fit la tournée des prisonniers et nous avertit un à un de ce qui nous attendait.

Mon sang ne fit qu'un tour. Lucho était aussi blême que moi. Leur remettre les postes, c'était se couper définitivement de nos familles.

— Tu vas remettre le tien et je cacherai le mien.

— Mais, Ingrid, tu es folle, ils vont s'en rendre compte.

— Non. Le mien, ils ne l'ont jamais vu. On utilise toujours le tien parce qu'il marche mieux, c'est celui-là dont ils se souviennent.

— Mais ils savent que tu en as un.

— Je dirai que cela fait longtemps que je l'ai jeté car il ne marchait plus.

Arnoldo fit irruption dans l'enceinte avec quatre de ses acolytes. J'eus à peine le temps de jeter mon petit appareil, celui que m'avait donné Joaquín Gómez, sous le plancher de la salle d'eau, et de me rasseoir comme si de rien n'était. Je tremblais. Lucho était vert, de la sueur perlait sur son front. Il n'y avait plus de marche arrière possible.

— On va se faire prendre, me répétait Lucho plein d'angoisse.

Arnoldo se planta au milieu de la cour, tandis que les quatre autres gardes prenaient possession des lieux.

Il n'y avait rien de plus important pour un prisonnier que son poste de radio. C'était tout : la voix de sa famille, la fenêtre sur le monde, notre soirée de spectacle, notre thérapie à l'insomnie, l'ameublement de notre solitude. Je vis mes compagnons remettre les leurs à Arnoldo. Lucho déposa sa petite Sony noire en grognant :

— Il n'a plus de piles.

Je l'adorai rien que pour cela. Il me rendit mes forces.

Arnoldo compta les postes et déclara :

— Il en manque un.

Puis, m'apercevant, il aboya :

— Le vôtre.

— Je n'en ai pas.

— Si, vous en avez un.

— Je n'en ai plus.

— Comment ça ?

— Il ne marchait pas, je l'ai jeté.

Arnoldo leva un sourcil. J'eus l'impression qu'il détaillait mes intestins.

— Vous êtes sûre ?

Maman avait toujours dit qu'elle était incapable de mentir et que cela se voyait sur son visage. J'avais cru que c'était une espèce de tare providentielle qui nous obligeait génétiquement à être honnêtes. C'en était au point que je rougissais en disant la vérité, à la seule idée que l'on puisse croire que je mentais, si bien qu'il m'était arrivé de penser qu'il fallait que je m'entraîne à mentir pour être capable de dire la vérité sans rougir. Dans « la civile », cela allait encore. Mais ici je savais qu'il fallait que je le regarde dans les yeux. Je ne devais surtout pas détourner mon regard. Il était impératif que, pour une bonne cause, une fois pour toutes, j'apprenne à mentir. Cette idée me sauva. J'étais la seule à avoir planqué ma radio. Je n'avais pas le droit de flancher.

— Oui, j'en suis sûre, lui dis-je en soutenant son regard.

Il classa l'affaire, ramassa les postes et les piles qu'on avait entassés devant lui, et partit satisfait.

Je restai pétrifiée, incapable de faire un pas, m'appuyant sur la table, à deux doigts de m'effondrer par terre, baignée d'une sueur maladive.

— Lucho, est-ce qu'on voyait que je mentais ?

— Non, personne n'a rien vu. S'il te plaît, parle normalement, ils t'observent de toutes les guérites. Allons nous asseoir à la petite table ronde.

Il me prit par la taille et m'aida à faire les quatre pas qui nous séparaient des petites chaises, comme si nous causions familièrement.

— Lucho ?

— Quoi ?

— J'ai le cœur qui va m'échapper du corps.

— Oui, et je vais courir après !

Il éclata de rire et ajouta :

— Bon, maintenant, on est dans de beaux draps. Sois prête à ce qu'un de nos marchands de tapis aille vendre la mèche. Ils nous couperont en petits morceaux si l'un d'eux nous trahit.

J'eus l'impression que la mort me caressait l'échine. Les gardes pouvaient entrer à n'importe quel moment pour fouiller ma cahute. Je changeai mille fois la radio de cachette. Orlando, qui était aux aguets, me coinça à l'entrée du baraquement :

— Tu as gardé ta radio, pas vrai !

— Non, je n'ai rien gardé du tout.

J'avais répondu instinctivement. Les paroles d'Alan Jara faisaient écho dans ma tête : il ne fallait se confier à personne. Lucho vint me voir :

— Jorge et Gloria demandent si nous avons gardé une radio.

— Qu'est-ce que tu leur as dit ?

— Je n'ai pas répondu, je suis parti.

— Orlando m'a posé la même question. J'ai dit que non.

— Il faudra attendre quelques jours avant de l'écouter. Tout le monde est à l'affût, c'est trop risqué.

Gloria et Jorge arrivèrent à ce moment-là.

— Il faut qu'on vous parle. Il y a une très mauvaise ambiance dans le baraquement. Les autres se sont rendu compte que vous n'aviez pas remis une des radios, ils vont vous dénoncer.

Le lendemain, Marc appela Lucho. J'imaginai facilement le sujet de leur conversation, rien qu'à l'air de circonstance qu'ils avaient pris soudainement. Lorsque Lucho revint, sa nervosité était au paroxysme :

— Écoute, il faut que l'on se débarrasse de cette radio. Ils nous font un chantage monstrueux : soit on leur donne le poste, soit ils nous dénoncent. Ils veulent que l'on se réunisse tous dans dix minutes.

Dans le baraquement, les chaises avaient été disposées en demi-cercle, et il semblait bien qu'on m'avait réservé le banc des accusés. J'imaginais que j'allais passer un très mauvais quart d'heure, mais j'étais décidée à ne pas céder à leur chantage.

Orlando ouvrit la discussion. Son ton serein et bienveillant me surprit :

— Ingrid, nous croyons que tu as gardé un poste

de radio. Si tel est le cas, nous voudrions avoir la possibilité d'écouter nous aussi des nouvelles, et surtout les messages de nos familles.

Cela changeait tout ! Il était évident que c'était l'idéal. S'il n'y avait pas de menaces, s'il n'y avait pas de chantage, si nous pouvions avoir confiance les uns dans les autres… Je réfléchis intensément : cela pouvait aussi être un piège. Une fois que j'aurais admis avoir effectivement caché ce poste, ils pourraient aller me dénoncer.

— Orlando, je voudrais pouvoir te répondre. Mais je ne peux pas parler en toute confiance. Nous savons tous qu'il y a parmi nous un ou des compagnons qui sont des délateurs au service de la guérilla.

Je regardai le visage de mes compagnons, un à un. Certains baissaient les yeux, Lucho, Gloria et Jorge approuvaient de la tête. Je continuai :

— Chaque fois que nous avons essayé de faire des actions de groupe, quelqu'un d'entre nous est allé prévenir la guérilla, comme le jour où nous avons voulu écrire une lettre aux commandants, ou le jour où nous avons envisagé une grève de la faim. Il y a parmi nous des *sapos*[1]. Quelle garantie pouvons-nous avoir que ce qui sera dit dans cette réunion ne sera pas rapporté à Sombra dans la demi-heure ?

Mes compagnons avaient les yeux cloués par terre, la mâchoire serrée. Je continuai :

— Supposons qu'un d'entre nous ait gardé une radio. Quelle garantie y a-t-il qu'il n'y aura pas une nouvelle fouille commanditée par un mouchard ?

Consuelo s'agita, et intervint pour dire :

— C'est peut-être vrai, il y a sûrement des *sapos*

---

1. *Sapo* : crapaud. Dans l'argot des écoliers colombiens, ce mot désigne un mouchard.

ici, mais je tiens tout de suite à dire que ce n'est pas moi.

Je me tournai vers elle.

— Tu as donné ta radio, tu l'as remise à Arnoldo, tu es tranquille. Mais si jamais l'un d'entre nous avait un poste qui te serve pour recevoir les messages de tes filles, et qu'il y ait une fouille, serais-tu prête à assumer une responsabilité collective pour cette radio clandestine ?

— Non ! Pourquoi devrais-je assumer des responsabilités ? Ce n'est pas moi qui l'ai dissimulée.

— Admettons que, à l'occasion de cette fouille hypothétique, le poste soit définitivement confisqué. Serais-tu disposée à donner le tien si on te le rend, en remplacement de celui qui aura été confisqué ?

— Pourquoi moi ? Non, pas question ! Je n'ai pas à payer les pots cassés pour tout le monde.

— Bien, je voulais tout simplement illustrer comment « tout le monde » aimerait bien profiter d'une radio clandestine, mais sans avoir à en courir le risque. Et le point est là : si vous voulez une radio, il faudra partager les risques !

Un autre de mes compagnons intervint :

— Nous n'avons pas à rentrer dans tes jeux. Tu es une politique et tu crois que tu vas nous berner avec tes beaux discours. On t'a posé une seule question, on veut une seule réponse : oui ou non, as-tu un poste planqué dans ta *caleta* ?

Ses mots me fouettèrent comme une insulte. J'aurais voulu évacuer le sang qui bouillonnait en moi. Je demandai à Lucho de me donner une cigarette. C'était la première cigarette que je fumais en captivité. Tant pis, je voulais rester calme et je croyais qu'en aspirant cette fumée qui me raclait la gorge, je pourrais réussir à me maîtriser. Je me fermai comme une huître et répondis :

— Débrouillez-vous tout seuls. Je n'ai pas à me soumettre à vos pressions, à vos insultes et à votre cynisme.

— Ingrid, c'est très simple : tu nous donnes cette radio, ou je te jure que j'irai moi-même te dénoncer à l'instant.

Keith s'était levé et me menaçait en agitant son doigt devant moi.

Je me levai à mon tour, tremblante et livide :

— Tu ne me connais pas. Je n'ai jamais cédé au chantage. Pour moi, c'est une question de principe. Tu n'as pas eu le courage de planquer ta radio. Ne viens pas me donner des leçons. Vas-y, dis à la guérilla ce qui te plaira. Je n'ai plus rien à faire ici.

— Allez, on s'en va, dit Keith, en ralliant sa troupe. On va tout de suite parler à Arnoldo.

Marc se leva, me regardant avec haine :

— Tant pis pour vous, vous l'aurez voulu.

Je lui répondis en anglais :

— Mais de quoi vous parlez ! Vous n'avez rien compris, vous ne parlez même pas l'espagnol !

— Vous nous prenez pour des imbéciles, pour moi c'est suffisant.

Je me levai à mon tour. S'ils allaient nous balancer, il faudrait se préparer. Lucho était aussi blême que moi, Jorge et Gloria avaient l'air inquiets :

— On t'a prévenue, ce sont des monstres ! me dit Gloria. Qu'est-ce que tu vas faire maintenant ?

Orlando se leva et, avant que j'aie pu sortir du logement, me barra le passage, tout en retenant Keith par le bras :

— Arrête, ne fais pas de conneries. Si tu la balances, personne n'aura de nouvelles de quoi que ce soit !

Et, se tournant vers moi, il me dit :

— Ne t'en va pas, viens, on va parler.

Il m'emmena à l'autre extrémité du baraquement, on s'assit :

— Écoute, j'ai bien compris ta préoccupation. Et tu as raison : un d'entre nous va tout raconter à la guérilla. Sauf que ce con, quel qu'il soit, a bien besoin de toi en ce moment car tu es la seule à pouvoir lui donner accès à ses messages. Voilà. Personne ne va trahir, je te le garantis. Je te propose un pacte : le soir, je passerai prendre ta radio. J'écouterai les messages pour tout le monde et j'en informerai le groupe. Je te la rendrai à 7 heures du matin, après le programme des messages et les bulletins d'info. Au moindre problème avec la guérilla, c'est moi qui assume tout avec toi. Ça te convient ?

— Oui, cela me convient.

— Merci, me dit-il en me serrant la main avec un grand sourire. Maintenant, il faut que j'aille convaincre ces gars !

Je mis Lucho au courant de notre pacte. Il n'en fut pas satisfait :

— Tu parles, au moindre pépin ce sera la débandade !

Gloria et Jorge n'avaient pas l'air content non plus :

— Pourquoi est-ce Orlando qui doit écouter nos messages, pourquoi pas nous ?

Je me rendais compte qu'il serait impossible de combler l'attente de tout le monde. Pourtant, je pensais que la proposition d'Orlando avait le mérite de débloquer la situation. Je regardai vers la cour. Orlando et les autres étaient assis autour de la grande table. Keith fulminait :

— Hors de question ! On lui donne deux heures

pour nous remettre la radio. Si elle n'est pas dans mes mains à midi pile, j'en informe le réceptionniste !

En prévision d'une fouille, je m'inquiétai d'une meilleure cachette. J'imaginais qu'en cas de délation ce serait sur mes affaires qu'ils concentreraient leur recherche. Mais midi arriva et personne ne se leva. Marc non plus. La journée s'écoula lentement, dans une grande tension, sans qu'il y eût, par fortune, ni représailles ni mouvements suspects du côté des gardes. Je soufflai, Lucho aussi.

Orlando arriva à la tombée de la nuit, et s'assit à la petite table, entre Lucho et moi, comme toujours :

— Il faut que l'on se procure des écouteurs, lança-t-il, sinon on risque de se faire piéger.

— La réception de mon poste est exécrable, lui dis-je. Je crois qu'il faut que l'on s'emploie à lui construire une antenne, sinon on aura fait tout ça pour rien. En ce moment, même les écouteurs ne serviraient à rien.

— Bon, alors, tu le sors ton poste ou quoi !

— Tu n'y penses pas, ce n'est pas le moment.

— Mais si, justement : Lucho et moi, nous allons parler normalement. Nos voix couvriront le bruit de la radio. Tu te la colles à l'oreille, au volume le plus bas, et on va la tester pour savoir ce qu'il lui faut !

Les jours suivants furent consacrés à essayer d'améliorer la qualité de la réception, tout en faisant le nécessaire pour ne pas éveiller les soupçons. Il était clair que mes compagnons n'allaient pas exécuter leurs menaces. Le reste du groupe considérait que leur chantage avait été honteux. Je regrettais qu'une fois de plus nos querelles aient créé des murs permanents entre nous.

Malgré tout, une routine s'installa. Nous écoutions la radio tous les soirs et commentions toutes les informations que nous recevions. Orlando avait installé un pôle à terre en enfonçant une vieille pile dans la boue ; il l'avait entourée d'un fil de fer aussi gros que la maille du grillage, lui-même raccordé à un fil métallique plus fin qui allait s'enfoncer dans le trou de la prise pour écouteurs du poste. L'effet fut surprenant : le volume et la clarté de l'écoute devenaient presque parfaits. Pendant la matinée, il fallait changer la connexion et brancher le poste à un fil d'aluminium si fin qu'il devenait pratiquement invisible, et qu'on avait entortillé dans les branchages d'un des arbres de la cour en guise d'antenne aérienne. À l'aube, à partir de 4 heures du matin, la réception était excellente mais, très vite, elle déclinait, pour devenir franchement mauvaise à 8 heures du matin.

Il n'y avait que deux moments pour écouter confortablement : au crépuscule et à l'aube. Orlando m'attendait à la première heure, impatient, debout dans le baraquement. Nous avions finalement établi une procédure : j'écoutais les messages jusqu'à ce que Maman passe à l'antenne et je lui cédais le poste juste après.

Depuis le début de ma captivité, Maman m'avait appelée seulement les week-ends, sur l'émission de Herbin Hoyos, qui transmettait des messages pour les otages, toute la nuit, du samedi soir au dimanche matin. Elle venait juste de découvrir « La carrilera », de Nelson Moreno, un présentateur chaleureux de la Valle del Cauca, qui transmettait tous les jours de la semaine, de 5 heures à 6 heures du matin. Elle était devenue la plus fidèle des participantes et se faisait un devoir d'être à l'heure, au premier tour.

Cela arrangeait tout le monde car, lorsque je remettais le poste à Orlando, les messages de nos autres compagnons n'étaient pas encore passés. Nos compagnons étrangers et Clara recevaient très peu de messages.

Ceux donc qui attendaient quotidiennement leurs messages avaient organisé entre eux une rotation, chacun à tour de rôle écoutant une partie de l'émission. Cela avait eu finalement pour effet de détendre l'atmosphère, car il était clair que nous étions tous tenus par le même secret.

Orlando vint me voir un matin. Il souhaitait savoir s'il pouvait donner le poste à nos autres compagnons. Ils voulaient écouter les bulletins d'information.

— Oui, prête-leur le poste, mais assure-toi qu'ils n'iront pas le remettre à Arnoldo, répondis-je mi-figue, mi-raisin.

Je n'avais pas fini de faire mon commentaire que je m'en voulais déjà. La plaie n'était pas cicatrisée. J'avais encore du ressentiment contre eux. Ce qui était encore moins honorable, c'était la sensation de pouvoir pardonner plus facilement à ceux qui me retenaient dans cette prison — car, d'une certaine façon, je n'attendais rien d'eux — qu'à mes propres frères de captivité, mes camarades d'infortune, car, d'eux, j'avais toujours espéré plus.

La division dans le campement réapparut avec une nouvelle intensité. Mais je n'étais plus isolée et je n'avais plus envie de l'être. Nous continuions nos cours de français, nous jouions aux échecs et nous refaisions le monde tous les soirs. Je buvais religieusement les bulletins d'information qui s'égrenaient dès l'extinction des feux et mes compagnons prenaient le relais et me remplaçaient à l'écoute pendant une grande partie de la soirée. Lorsqu'une information ou un commentaire attiraient notre attention, nous en informions les autres et le sujet de conversation déviait instantanément sur l'élément le plus récent.

## 40

## *Les enfants de Gloria*

13 juillet 2004. Un soir, alors que j'écoutais d'une oreille distraite, tout en essayant de suivre la conversation entre Lucho et Orlando, mon cœur fit un bond : il était question de Jaime Felipe et de Juan Sebastián, les enfants de Gloria. Je m'éloignai et m'accroupis dans un coin de ma cahute en mettant les mains en coquille sur les oreilles. Je voulais être sûre d'avoir bien entendu. Les enfants de Gloria avaient été kidnappés en même temps que leur mère. La guérilla avait pris d'assaut leur immeuble et avait fait sortir tout le monde en pyjama. Son benjamin, qui ne s'était pas réveillé, avait été épargné par le coup de filet, ainsi que le père, qui était en voyage. La guérilla demandait une rançon grotesque pour leur libération. Le père, croyant bien faire, avait fait élire — en son absence — sa femme députée de son département. À ce moment-là, l'impression générale était que les prisonniers dits « politiques » avaient plus de chances de s'en sortir que les séquestrés « économiques », et surtout plus vite, car la guérilla était engagée dans des pourparlers de paix avec le gouvernement colombien et la « zone de détente » avait été finalement cédée aux FARC. Son calcul

s'était révélé néfaste lorsque le processus de paix avait échoué. Gloria avait alors été séparée de ses enfants. On lui avait fait croire qu'elle les retrouverait le lendemain, mais elle ne les avait plus jamais revus. Pendant tous ces mois de cohabitation, j'avais plus de mille fois bercé Gloria dans mes bras, car l'idée de ses enfants aux mains des FARC, loin d'elle, la rendait folle. Nous avions pris l'habitude de prier ensemble tous les jours. C'était elle qui m'avait expliqué comment utiliser correctement mon chapelet, avec les stations et les dévotions de chaque jour.

C'était une femme formidable au grand cœur et au caractère fort, qui ne se laissait pas marcher sur les pieds et savait remettre les gens à leur place. Je l'avais vue tenir tête à certains de nos compagnons qui l'insultaient. Elle ne faisait pas marche arrière, même si je la voyais pleurer de rage par la suite, cachée dans sa couchette.

La speakerine répéta la nouvelle. De fait, elle faisait la une sur toutes les stations : les enfants de Gloria venaient d'être libérés. Leur père était déjà avec eux. Ils avaient été relâchés à San Vicente del Caguán, l'endroit où je me rendais lorsque j'avais été prise en otage.

Mon cœur se mit à battre à toute allure. La journaliste annonça que les enfants feraient leurs premières déclarations à la presse dans les minutes suivantes. Je partis en courant dans le baraquement la chercher. Lucho et Orlando me regardèrent comme si j'étais devenue folle, et, voulant leur expliquer mon agitation, je ne réussis qu'à leur dire « Gloria, Gloria ! » en secouant les mains, ce qui eut pour effet de les paniquer eux aussi :

— Quoi Gloria, quoi, mais parle, bon Dieu !

Impossible d'en dire plus. Je partis en trébuchant,

essayant d'ajuster mes sandalettes sur le chemin, au risque de m'étaler à chaque pas.

Gloria était assise dans le noir et je ne la vis pas. J'arrivai haletante, la radio cachée sous mon tee-shirt. Elle s'avança vers moi, épouvantée :

— Qu'est-ce qui t'arrive ?

Je m'accrochai à son cou et lui chuchotai à l'oreille :

— Les enfants, les enfants, ils ont été libérés.

Elle amorça un cri que j'étouffai de mes deux mains et je pleurai comme elle, essayant comme elle de dissimuler mes émotions déchaînées. Je lui collai le poste à l'oreille, en la tirant vers l'angle le plus sombre du baraquement. Et là, blotties dans le noir, nous écoutâmes ses enfants. Accrochées l'une à l'autre, insensibles à la douleur des ongles que nous nous enfoncions dans la peau jusqu'au sang. Je pleurais encore, alors qu'elle ne pleurait plus, transportée par le bonheur d'écouter leurs voix et les mots doux qu'ils avaient tout spécialement préparés pour elle. Je lui caressais les cheveux en lui répétant : « C'est fini, c'est fini. »

On suivit la voix des enfants sur toutes les fréquences jusqu'à ce qu'il n'y eût plus rien. Gloria me prit par le bras et se colla à moi pour me dire :

— Je ne dois pas avoir l'air heureux. Je suis censée ne rien savoir ! Oh, mon Dieu, si jamais ils viennent m'informer demain, comment vais-je faire pour dissimuler mon émotion !

Je l'embrassai avant de revenir à mon logement, en faisant attention de ne pas éveiller la curiosité des gardes.

— Attends, tu oublies ta radio.

— Tu auras besoin de l'écouter toute la nuit. Ils vont sûrement retransmettre les interviews des enfants continuellement et demain matin tu auras leurs messages sur « La carrilera ». Garde-la.

Bizarrement, le bonheur des uns semblait affliger les autres. La souffrance d'un compagnon pouvait apaiser celle d'un autre qui paraissait se réjouir à l'idée d'être mieux traité par le destin. De même, le bonheur de Gloria semblait embêter certains.

Le lendemain, ce fut Guillermo, l'infirmier, qui vint lui annoncer la nouvelle. Gloria fit de son mieux pour avoir l'air surpris. Mais elle était surtout soulagée de pouvoir parler de l'événement à haute voix et d'exprimer sa joie sans restriction.

## 41

## Les petites choses de l'enfer

Après la libération de ses enfants, Gloria devint le centre de petites attaques mesquines. On se moquait d'elle, on l'imitait grossièrement lorsqu'elle avait le dos tourné, on lui en voulait parce qu'elle fumait trop. Les cigarettes arrivaient de temps en temps et chacun avait un paquet dont il pouvait disposer librement. Nous, les « non-fumeurs », donnions nos provisions aux fumeurs En tout cas, ce fut comme cela au début. Peu à peu l'attitude changea et je remarquai que, parfois, ceux qui ne fumaient pas gardaient leurs cigarettes en monnaie d'échange pour se procurer des effets auprès des gardes, ou pour obtenir des services de leurs compagnons. L'idée me répugnait. Sitôt la répartition faite, je remettais mon paquet à Gloria et à Lucho. C'était eux qui en consommaient le plus.

Un de nos compagnons eut l'idée un jour de demander à la guérilla de *ne pas* remettre de cigarettes aux non-fumeurs. Ils voyaient une forme de favoritisme à ce que certains bénéficient finalement d'une double ration grâce à l'apport des autres. Gloria et Lucho étaient directement visés. Le réceptionniste adopta la suggestion sur-le-champ : les paquets restants seraient pour lui ! À la répartition suivante, il demanda que seuls les fumeurs s'approchent. Je réclamai mon paquet, il me le refusa. Je fus obligée de fumer devant lui pour l'obtenir. Il me menaça de représailles si jamais je cherchais à le duper. On se mit d'accord avec Gloria et Lucho pour que, de temps en temps, je fume une cigarette dans la cour, de façon ostensible, afin d'éviter les polémiques. Le résultat fut absurde. Au bout de quelques semaines, je m'étais remise à fumer à leur rythme. Au lieu d'être une source de cigarettes pour eux, je devenais une concurrente encombrante !

Les boîtes de conserve que recevait Lucho pour pallier son diabète firent aussi des jaloux. Une bouchée de thon était un luxe enviable. Lucho avait décidé de partager toute boîte qu'il ouvrait avec un de nos compagnons en procédant par rotation pour que tous en aient un peu de temps en temps. Il privilégiait Jorge, parce qu'il était malade. Quant à moi, il ne m'oubliait jamais. Certains en étaient ulcérés. Nous les observions sortir du baraquement avec rage lorsque Lucho dépliait son coupe-ongles pour s'attaquer à sa boîte de conserve. Leur attitude contrastait avec celle de Marc. Pendant les derniers mois de notre séjour dans la prison de Sombra, probablement en prévision d'un départ — car le « plan patriote » avait déjà été lancé —, il y eut une série d'abattages de poulets. La marmite nous arrivait avec l'animal coupé en morceaux, dépecé sur le riz, ou flottant dans un bouillon de graisse douteux, la tête et les pattes émergeant du pot. Le spectacle était rebutant, d'autant plus qu'en général le cou avait été mal déplumé et que l'oiseau gardait son œil grand ouvert, encore surpris par l'assaut soudain de la mort. Quoi qu'il en soit, c'était pour nous l'équivalent d'une bacchanale et nous nous alignions tous pour recevoir notre ration. Curieusement, Marc recevait invariablement la tête et le cou du poulet. Au début, personne n'y avait prêté attention. Mais, parce que l'événement se répéta, à la troisième fois nous ouvrîmes des paris. Qu'il fût placé au début ou à la fin de la queue, que ce fût Arnoldo ou un autre qui se mît à servir, Marc recevait toujours la tête de l'animal, avec sa crête mauve tremblotante et ses yeux ouverts. Il regardait son assiette avec étonnement, soupirait en disant « Encore moi », et allait s'asseoir. J'admirais sa résignation et trouvais noble son détachement. Je savais que tous les autres, moi incluse, aurions cherché à obtenir une compensation.

Son comportement m'aida à adoucir mon ressentiment contre lui. Je lui en avais beaucoup voulu pour l'affaire de la radio. Après cela, je m'étais fait un devoir de maintenir mes distances. Mais je ne tenais plus à couver des sentiments qui m'encombraient l'existence.

Lorsque j'appris dans un message de Maman que la mère de Marc était à Bogotá, et qu'elle essaierait de lui envoyer des messages durant la semaine, je mis ma rancune au placard. Je considérais que cette information était sacrée et qu'il fallait tout faire pour qu'il réussisse à entendre la voix de sa mère. Mais je pensais aussi que, comme toutes ces situations où la vie nous renvoie à nous-mêmes, c'était pour lui un clin d'œil du destin : sans mon poste de radio, il n'aurait pas su qu'elle était venue se battre pour lui jusqu'en Colombie.

Je lui annonçai la nouvelle. Il ne fit aucun commentaire, mais prit la radio, après la ronde des messages des autres. Effectivement, la présence de Jo Rosano avait été signalée. Elle comptait parler avec les autorités et notamment avec l'ambassadeur des États-Unis en Colombie. Elle considérait que son fils avait été abandonné par son gouvernement, qui faisait de son mieux, disait-elle, pour le condamner à l'oubli. Marc était gêné par ses déclarations. Il croyait que les autorités américaines travaillaient dans la discrétion à obtenir sa libération. Cependant, les indices que nous captions n'allaient pas dans ce sens. Le gouvernement des États-Unis avait réaffirmé son refus de négocier avec les terroristes : sa réponse à l'enlèvement de ses ressortissants avait été l'augmentation de l'aide militaire à la Colombie. Au début, j'avais espéré que leur présence parmi nous accélérerait la libération de tous les otages, comme l'avait suggéré Joaquín Gómez. J'avais réagi comme mes compagnons l'avaient fait lorsque j'avais été moi-même capturée. Mais, avec le temps, nous nous étions rendus à l'évidence : la situation des otages n'en était devenue que plus compliquée. Nous sentions tous qu'ils seraient les derniers à récupérer leur liberté, et chacun souhaitait penser que son destin n'était pas lié au leur. Cette idée avait pénétré les esprits. De temps à autre, un de mes compagnons américains commentait : « Au moins, toi, tu as la France qui se bat pour toi. Mais, chez nous, tout le monde ignore ce qui nous est arrivé. »

La visite en Colombie de Jo Rosano leur donna du courage. On s'accordait à dire qu'elle était la seule à faire bouger les choses du côté des Américains. Maman et Jo s'étaient rencontrées et elles étaient immédiatement tombées dans les bras l'une de l'autre. Elles se comprenaient sans trop savoir comment, car Jo ne parlait pas l'espagnol et l'anglais de Maman était un souvenir d'un séjour à Washington au début de son mariage. Mais elles étaient toutes deux d'origine italienne. Cela expliquait tout.

Marc était venu durant la semaine, à l'aube, et on s'était assis ensemble pour écouter les messages de « La carrilera » dans l'espoir d'entendre Jo, mais cela n'avait pas été le cas. Les bribes d'information nous arrivaient par Maman. Elles avaient déjeuné ensemble. Elles s'étaient retrouvées pour planifier des actions conjointes. Jo était sortie frustrée de sa conversation avec l'ambassadeur américain. Il avait été dur et grossier, disait-elle. Maman me racontait dans son message que cela ne l'avait pas étonnée : « Lorsque je suis allée le voir pour lui demander d'appuyer l'"accord humanitaire[1]", il m'a répondu que ce n'était pas une priorité pour son gouvernement, qu'ils considéraient les otages comme des malades terminaux et qu'il n'y avait rien à faire sinon attendre ! » Maman était outrée.

Marc était à côté de moi. Nous avions collé nos oreilles au poste et écoutions ensemble ce que Maman disait. Mais il ne comprenait pas tout, car Maman parlait vite et l'espagnol de Marc était encore rudimentaire. J'en étais soulagée car je n'avais pas envie qu'il entende tout ce que j'avais moi-même compris :

— Maman dit que votre mère est venue déjeuner chez elle, elles vont faire des actions conjointes. Votre mère a vu l'ambassadeur américain.

— Et alors ?

— Et alors rien. Elle va sûrement appeler samedi, sur « Las voces del secuestro ». C'est très long. Si on a

---

1. Nom donné aux négociations avec les FARC pour l'échange de prisonniers.

un peu de chance, elles passeront à l'antenne tôt et on n'aura pas à attendre toute la nuit.

Je m'assoupissais en général entre 10 heures et minuit. J'avais très peur de ne pas me réveiller à temps. Faute de montre, j'avais pris l'habitude de me repérer au déroulement des programmes. J'identifiais celui qui précédait immédiatement notre émission : c'était une heure dédiée aux tangos. Je savais alors qu'il fallait rester à l'écoute et je me pinçais fort pour ne pas me rendormir.

Ce soir-là, je sortis d'un sommeil inquiet, comme tous les samedis. J'allumai la radio, et cherchai les tangos dans le noir. Marc n'était pas encore arrivé. Je me sentais bien éveillée. Erreur : je tombai dans un sommeil fulgurant sans m'en apercevoir.

Marc arriva un peu plus tard. Il entendit le chuchotement de la radio et pensa que j'écoutais l'émission allongée sur ma couchette et que je lui passerais le poste si sa mère appelait. Il attendit ainsi, assis dans le noir, pendant des heures.

Je me réveillai en sursaut. Ils venaient de donner l'heure à la radio. Il était 2 heures du matin. J'avais raté la moitié du programme ! Je me levai en vitesse et poussai un cri en voyant Marc dans le noir, qui attendait sagement. J'étais confuse.

— Pourquoi ne m'avez-vous pas réveillée ?

— Mais je pensais que vous écoutiez le programme !

— On a dû manquer tous les appels.

Je m'en voulais terriblement. Nous nous installâmes de part et d'autre de la petite radio, nos têtes collées l'une contre l'autre. Les messages se succédaient toutes les deux minutes. J'écoutais attentivement dans l'espoir d'apprendre, par un indice, si Maman avait ou non appelé. Le programme était lent et des participants protestaient parce que certaines familles monopolisaient le temps d'antenne. Herbin Hoyos, le directeur du programme, s'excusa de toutes les façons et demanda à ceux qui attendaient de préparer des messages en style télégraphique pour accélérer le programme. Il nomma ceux qu'il avait sur sa liste : Maman et Jo étaient en tête !

Marc somnolait. L'attente avait été très longue et ses yeux se fermaient malgré lui. Je lui pressai le bras :

— Ça y est, elles vont passer dans quelques minutes.

En effet, la voix de Maman me parvint, avec beaucoup d'interférences, mais encore compréhensible. Elle était émue. Elle m'annonça un prochain voyage en Hollande, où elle recevrait un prix en mon nom. Le message fut interrompu et quelqu'un d'autre prit la parole. Il y eut encore une longue attente avant que ce ne soit le tour de Jo. Marc s'était pratiquement endormi sur sa chaise. Je le réveillai au moment où sa mère commençait à parler. L'émotion le raidit, agrippé au poste de radio. Je lui pris l'autre main et la lui caressai. C'était un geste de Maman. Je l'avais reproduit d'instinct pour le rassurer, pour lui faire comprendre que j'étais là pour lui, pour partager cet instant que je devinais si intense. Ce geste, que j'avais aussi avec mes enfants, m'aidait à me concentrer sur les mots de Jo, à les enregistrer. Par l'intensité de notre écoute, nous étions liés, Marc et moi. Nos querelles n'avaient plus aucune importance. Je savais exactement ce qu'il était en train de vivre. Je me souvenais de l'effet sur moi du premier message de Maman. Sa voix veloutée, son timbre, sa chaleur, tout le plaisir charnel que j'avais eu à en retrouver l'intonation, la sensation de sécurité et de bien-être qui m'avait envahie. Lorsqu'elle avait fini de me parler, alors que j'étais toujours dans cette bulle magique que sa voix avait construite autour de

moi, j'avais réalisé que j'étais incapable de me rappeler ce qu'elle venait de me dire.

Alors que Marc écoutait sa mère, je vis à son
expression que la douleur de l'absence s'était transformée en béatitude, je reconnus ce besoin d'absorber chaque mot comme une nourriture essentielle,
cette reddition finale pour replonger sans retenue
dans ce bonheur éphémère. Lorsque la voix eut disparu, Marc s'accrocha à mon regard avec des yeux
d'enfant. Je compris dans la seconde qu'il avait fait le
même voyage que moi. Puis, comme s'il se réveillait
soudainement, il me demanda :

— Attendez, qu'est-ce qu'elle a dit, Maman ?

Je repris, un à un, chaque moment du message,
la forme qu'elle avait utilisée pour s'adresser à lui par-
delà la distance, les mots tendres dont elle l'avait
couvert, son appel à la force et au courage face à
l'adversité, sa certitude qu'il était en vie et luttait, et
sa foi absolue en Dieu, lui demandant d'accepter
Sa volonté comme une épreuve de croissance spirituelle. C'était Dieu qui le ferait revenir au foyer, avait-
elle dit. Marc ne m'écoutait pas, il entendait la voix
de sa mère en lui, dans sa tête, comme un enregistrement auquel il aurait eu accès à travers moi.
Pendant quelques instants, il refit le même voyage.
Lorsque j'eus fini, il était revenu illuminé et sa
mémoire à nouveau absente.

— Excusez-moi, je sais que j'ai l'air bête, est-ce
que vous pouvez me répéter son message une nouvelle fois ?

J'étais prête à le faire cent fois s'il l'avait demandé.
J'étais en présence d'une expérience fondatrice, où les
mots d'une mère sont magiques et nous pénètrent
intimement, même malgré nous. Ah ! Si je l'avais
compris avant ! Combien moins exigeante, combien

plus patiente, combien plus rassurante j'aurais été dans mon rapport avec mes propres enfants... L'idée que les mots dits à mes enfants devaient les avoir touchés d'une façon tout aussi intense m'apaisait. Pendant la semaine Marc me demanda de lui répéter le message de Jo, et je le fis chaque fois avec le même bonheur. Je remarquai, après cela, que son regard s'était adouci : non seulement celui qu'il portait sur le monde, mais aussi celui qu'il portait sur moi.

## 42

# Le dictionnaire

Guillermo, l'infirmier, arriva un matin de ce mois de juillet 2004 avec le gros dictionnaire encyclopédique Larousse illustré dont je rêvais. Il m'appela, me le mit entre les mains et me dit :

— Sombra vous envoie cela.

Il tourna les talons et sortit.

J'en restai bouche bée. Je l'avais demandé de façon incessante. Mon meilleur argument avait toujours été que le Mono Jojoy me l'avait promis. Mais j'étais persuadée que ce luxe était inaccessible. J'imaginais que nous étions cachés dans les confins de la terre et qu'il était impensable d'y faire venir un dictionnaire encyclopédique. Je ne pus donc pas contenir ma joie et mon excitation lorsque enfin je l'eus entre les mains. Et, en effet, il transforma ma vie, chassant l'ennui et me permettant d'utiliser de façon productive ce temps que j'avais en trop et dont je ne savais que faire.

J'avais gardé mes cahiers du campement d'Andrés et voulais compléter mes recherches, retrouver des informations perdues et apprendre. Si je pouvais « apprendre », alors je ne perdais pas mon temps. C'était cela qui m'angoissait le plus dans mon état de détention : perdre mon temps était pour moi le plus cruel des châtiments. J'entendais la voix de Papa qui me poursuivait : « Notre capital de vie se compte en secondes. Une fois que ces secondes sont écoulées, on ne les récupère plus ! »

Lorsque j'étais en campagne présidentielle, il s'était assis un soir avec moi pour m'aider à faire un planning et à tracer les grandes lignes des transformations que je rêvais d'accomplir. Il sortit son calepin, gribouilla quelque chose et déclara :

— Tu auras seulement cent vingt-six millions cent quarante-quatre mille secondes pendant ton mandat. Réfléchis bien, tu n'en auras pas une de plus !

Sa réflexion me hantait. Lorsqu'on m'avait privée de ma liberté, j'avais surtout été dépossédée du droit de disposer de mon temps. C'était un crime irréparable. Il me serait impossible de récupérer ces millions de secondes à tout jamais perdues. Le dictionnaire était donc pour moi le meilleur des palliatifs. Il devenait une sorte d'université en boîte. Je m'y promenais au gré de mon caprice et trouvais des réponses à toutes les questions que j'avais placées en liste d'attente dans ma vie. Ce livre était pour moi vital, car, en me donnant un but à court terme, il me dédouanait de la culpabilité, sous-jacente à mon état, d'être en train de dilapider les meilleures années de ma vie.

Mais mon bonheur fit des jaloux. À peine l'eus-je reçu, un de mes compagnons de prison vint me signifier que, puisque la guérilla me l'avait fourni, ce dictionnaire ne m'appartenait pas et qu'il faudrait le mettre à disposition de tout le monde. J'étais d'accord sur le principe. Alors que nous étions réunis à attendre les marmites, j'invitai le reste de mes camarades à utiliser le dictionnaire :

— Il sera disponible pendant la matinée. Je m'en servirai l'après-midi. Vous n'aurez qu'à le prendre et à le remettre à sa place.

Lucho m'avertit :

— Attends-toi qu'ils fassent l'impossible pour te l'enlever.

Pourtant, au cours des jours suivants, la tension diminua. Le dictionnaire servait aux uns et aux autres. Orlando avait eu l'idée de confectionner une couverture imperméable pour le dictionnaire. Gloria m'avait fourni la toile cirée d'un vieux sac à dos qu'elle se préparait à recycler. Ce fut à ce moment-là que Guillermo fit sa réapparition.

— Donnez-moi le dictionnaire, j'en ai besoin.

Le ton sur lequel il me parla me laissa perplexe.

— Oui, bien sûr, combien de temps en avez-vous besoin ?

— Une semaine.

— Écoutez, je travaille dessus. Prenez-le pendant le week-end si vous voulez.

Il me toisa méchamment, puis finit par céder. Il rapporta le livre le lundi suivant, en me disant :

— Ne l'abîmez pas. Je reviendrai le prendre vendredi prochain.

Il revint la semaine suivante avec une nouvelle tactique.

— Les militaires ont besoin du dictionnaire.

— Oui, aucun problème. Prenez-le et demandez-leur de me le renvoyer par le réceptionniste, s'il vous plaît.

Mais, cette fois-ci, il ne me le rendit pas.

Il y avait un nouveau commandant au campement. C'était un homme mûr, la quarantaine passée, les cheveux blanchissants et le regard dur. Il s'appelait Alfredo. Tout le monde croyait que Sombra allait être limogé, mais finalement ils s'installèrent dans une cohabitation qui, malgré d'évidentes tensions, sembla devoir durer.

Le commandant Alfredo voulait rencontrer les prisonniers. Ils nous reçurent ensemble, Sombra et lui, pendant tout un après-midi, dans ce que Sombra appelait son « bureau ». J'abordai le sujet immédiatement :

— Je voulais savoir si je peux disposer du dictionnaire comme je l'entends. Guillermo me fait comprendre que non. De fait, c'est lui qui l'a, et il ne me l'a pas rendu.

Sombra parut gêné. Alfredo le regarda sévèrement, comme un oiseau de proie survolant sa future prise.

— Ce dictionnaire est à vous, déclara Sombra tranchant dans le vif.

J'en déduisis qu'il ne voulait pas donner de motifs à Alfredo d'adresser des rapports au Mono Jojoy.

Cela me suffisait. Le lendemain, Guillermo m'apporta le dictionnaire. Il sourit en me le remettant :

— *El que ríe de últimas, ríe mejor* [1].

Son avertissement ne réussit pas à atténuer ma satisfaction. Je replongeai dans des heures de lecture envoûtantes, cherchant à connaître, à comprendre, à trouver, comme dans un jeu d'énigmes.

1. « Rira bien qui rira le dernier. »

## 43

## Mon ami Lucho

Août 2004. Lucho et moi étions devenus inséparables. Plus je le connaissais, plus je l'aimais. C'était un être sensible, doué d'une grande sagacité et d'un sens de l'humour à toute épreuve. Son intelligence et son esprit étaient pour moi aussi vitaux que l'oxygène. Il était de surcroît l'être le plus généreux qui soit, ce qui faisait de lui une perle rare dans la prison de Sombra. J'avais déposé en lui toute ma confiance, et avec lui nous ne cessions de cogiter à la façon de nous évader.

Orlando nous avait posé la question un soir. Il nous proposait de nous évader ensemble. Nous savions, Lucho et moi, que cela était impossible. Nous étions convaincus qu'il n'oserait jamais et nous n'étions pas non plus certains d'oser nous-mêmes. Mais, en plus, Orlando était un homme de grande taille et lourd. Nous l'imaginions mal passer inaperçu sous la maille d'acier et les fils de fer barbelés.

Cependant, à force d'en parler, nous nous étions mis à analyser des hypothèses et à faire des plans. Nous étions arrivés à la conclusion qu'il nous faudrait des mois, voire des années, pour sortir de cette jungle et que, d'ici là, nous devrions apprendre à y vivre sans autre recours que notre ingéniosité.

Nous décidâmes alors de fabriquer des *equipos* semblables à celui de Lucho. Sombra avait installé dans le campement un atelier de maroquinerie qui travaillait à la conception et à la réparation de sacs à dos et d'équipements pour la troupe. Lorsque nous présentâmes notre requête, elle tomba donc en terrain fertile : Sombra disposait du matériel nécessaire et voyait d'un bon œil que nous ayons, en cas d'évacuation, de quoi transporter nos affaires.

Mais nous avions dans l'idée que chacun ait deux sacs : le premier, de taille normale, pour tout porter en cas d'évacuation. Le second, nettement plus petit, qu'Orlando appelait *mini-crucero*, pour notre évasion. Orlando, qui avait des notions de maroquinerie, nous guida dans la technique de base. Bien vite, toute la prison nous emboîta le pas. Non seulement parce que nous sentions qu'un jour ou l'autre il nous faudrait partir (des avions survolaient quotidiennement le campement), mais aussi parce que la confection de bons sacs à dos était attrayante en soi.

Le soir, Orlando venait s'asseoir dans ma cahute avec un fil de fer qu'il avait récupéré d'un coin de grillage et une grosse lime que je m'étais procurée, profitant d'un moment d'inattention d'un des réceptionnistes. Il voulait fabriquer des hameçons :

— Avec ça, nous ne mourrons pas de faim ! disait-il fièrement en brandissant un crochet tordu fait à la main.

— Avec ça, tu ne pourras attraper que des baleines, se moquait gentiment Lucho.

J'avais obtenu de Sombra une réserve de sucre pour faire face aux crises de Lucho. Elle pourrait nous être utile lors de notre fuite. Le manque de sucre m'inquiétait : je n'en avais que très peu et en avais de plus en plus souvent besoin, car Lucho était toujours à deux doigts du malaise glycémique. J'avais appris à reconnaître les symptômes avant qu'il ne les sente lui-même. Cela arrivait toujours l'après-midi. Son visage se creusait soudain, et la couleur de sa peau virait au gris. Je lui disais de prendre un peu de sucre. En général, il me répondait qu'il allait plutôt s'allonger, que ça lui passerait. Mais lorsqu'il réagissait brusquement, me criant que je l'embêtais et que, non, il ne prendrait pas de sucre, je savais que, dans les prochaines secondes, il allait être pris de convulsions. C'était alors une véritable bataille : j'usais de toutes les ruses pour qu'il avale sa dose de sucre. Inévitablement, à un moment donné, il basculait de l'agressivité à l'apathie. Il perdait tous ses moyens, et je pouvais alors lui mettre le sucre dans la bouche. Il restait assis, hébété, pendant de longues minutes, puis redevenait Lucho et s'excusait de ne pas m'avoir écoutée.

Cette dépendance mutuelle était notre force mais aussi notre vulnérabilité. De fait, nous souffrions doublement, d'abord de nos propres peines, ensuite, avec la même intensité, des afflictions de l'autre.

C'était un matin. Mais je ne suis plus si sûre, peut-être était-ce à l'aube, car la tristesse nous tomba dessus comme une éclipse, et j'ai gardé à l'esprit l'idée d'une longue journée d'ombres. Nous étions assis côte à côte, en silence, partageant l'écoute de notre petite radio. Cela aurait dû être un jour comme les autres, mais ce ne le fut pas. Nous attendions le message de ma mère, et pas de messages pour lui, car sa femme l'appelait tous les mercredis sur une autre fréquence, et nous n'étions pas mercredi. Lorsqu'il entendit la voix de sa sœur, son visage s'illumina. Il adorait sa sœur Estela. Il remua de contentement sur sa chaise, comme pour s'installer plus confortablement, pendant que sa sœur, d'une voix douce et avec une infinie tendresse, lui dit : « Lucho, sois fort, notre petite mère est morte. » L'asphyxie que j'avais ressentie en découvrant dans un vieux journal le décès de mon père me revint avec violence. Lucho éprouvait la même suspension accablante du temps, la respiration en arrêt. Sa souffrance réactiva la mienne et je me recroquevillai sur moi-même. Je ne pouvais pas l'aider. Il essayait de pleurer, comme pour retrouver sa respiration, pour se défaire de sa tristesse, la laisser s'échapper du corps, l'évacuer. Mais il pleurait à sec, et c'était encore plus atroce. Il n'y avait rien à faire, rien à dire.

Cette éclipse dura des jours, jusqu'à ce que la porte de la prison s'ouvre et que la voix d'Arnoldo se fasse entendre :

— Prenez juste l'indispensable, hamac, moustiquaire, brosse à dents. On se taille. Vous avez deux minutes.

On nous demanda de nous aligner les uns derrière les autres, et nous sortîmes. J'avais pris mon dictionnaire, je n'étais pas nerveuse. Je me réveillais de cette longue tristesse, de ce silence sans pensées. J'avais envie de sortir, j'avais envie de mots :

— Ça va nous faire du bien.

— Oui, ça va nous faire du bien.

— Elle était déjà morte.

— Oui, elle était déjà partie. Elle avait oublié que je n'étais plus là.

— Je m'y attendais.

— On s'y attend, mais on n'est jamais prêts.

Nous franchîmes lentement l'enceinte extérieure de la prison. Devant nous, les otages militaires marchaient enchaînés, deux par deux. Ils nous avaient vus et nous saluaient avec de larges sourires sur leurs visages cadavériques.

— Tu crois que nous sommes pareils ?

— Je crois que nous sommes pires.

On sortit du campement, marchant au-delà des tranchées, pendant vingt minutes, sur le petit sentier que nous avions emprunté de nuit avec Shirley, le soir du raid.

On s'assit par terre sur nos plastiques noirs, loin des militaires qu'on ne voyait plus mais qu'on entendait à travers les arbres.

— Orlando, as-tu pris la radio ?

— Oui, je l'ai, ne t'inquiète pas.

Gloria alla installer son hamac. L'attente s'annonçait longue. Elle s'allongea dedans et tomba comme un fruit mûr. Cette fois-ci, cela ne la fit pas rire, mais nous, si. Nous avions besoin d'être légers et bêtes. J'allai l'embrasser.

— Laisse-moi, je suis de mauvaise humeur.

— Allez !

— Laisse-moi. Je n'aime pas que tu te moques de moi. Je suis sûre que c'est Tom qui a défait les nœuds pour que je tombe.

— Mais pas du tout ! Arrête d'être bête. Il n'a rien fait le pauvre Tom !

— Laisse-moi.

On nous donna l'ordre de monter les tentes. On dormirait à trois sous chacune, Lucho, Orlando et moi sous la nôtre.

— Je te préviens, je ronfle horriblement, me dit Orlando.

À ce moment-là, un rugissement croissant nous fit dresser l'oreille. On arrêta tout.

— Ce sont des hélicoptères, dit l'un.

— Il y en a au moins trois, dit l'autre.

— Ils volent en rase-mottes, ils viennent sur nous.

La forêt se mit à frissonner. Nous avions tous le nez en l'air. Je sentais le battement du moteur dans ma poitrine.

— Ils sont tout près !

Le ciel devint sombre. Les oiseaux métalliques passaient, immenses, au-dessus de nos têtes.

Orlando, Lucho et moi avions pensé tous les trois en même temps à la même chose. Nous venions de mettre nos *mini-cruceros* sur le dos. Je pris la main de Lucho. Avec lui, je pouvais faire face à tout.

## 44

## L'enfant

Les gardes chargèrent leurs fusils et se rapprochèrent. Nous étions encerclés. Je priai pour un miracle, un événement imprévu. Un bombardement qui créerait la panique et nous permettrait de décamper. Un débarquement de troupes, même si cela signifiait la mort. Je le savais. L'ordre était de nous tuer. Avant toute manœuvre ou déplacement, un guérillero était affecté à cette mission : il avait ordre de me protéger, de me sauver en cas d'échanges de tirs, et de m'exécuter si je risquais de tomber aux mains des *chulos*.

Des années plus tard, lors de l'une de ces très longues marches qui furent le calvaire des otages des FARC, une jeune guérillera m'expliqua crûment ma situation.

Elle s'appelait Peluche et, en vérité, toute petite et mignonne comme elle l'était, son surnom lui allait très bien. Je l'aimais bien. Elle avait un grand cœur. J'avais du mal à marcher et à suivre le rythme des autres. On l'avait désignée pour être ma garde, à mon grand soulagement. Mais ce jour-là, alors que nous faisions une halte pour boire de l'eau, entendant un mouvement dans la broussaille, elle arma son revolver et le pointa sur moi. Son regard s'était transformé, j'avais du mal à la reconnaître. Elle était devenue si laide et froide.

— Qu'est-ce qui t'arrive ?

— Tu fais ce que je te dis ou je te descends. Passe devant moi. Tu cours droit devant tant que je ne te dis pas d'arrêter.

Je me mis à trotter devant elle, encombrée par un sac à dos trop lourd pour moi.

— Accélère ! dit-elle agacée.

Elle me poussa brutalement derrière des rochers, et nous restâmes cachées comme ça pendant quelques minutes. Un *cajuche*[1] fonçait en ligne droite, tête baissée, passant à quelques mètres de nous. La totalité du troupeau suivait derrière, une vingtaine de bêtes, nettement plus grandes que le premier. Peluche prit position, visa, tira et toucha un des sangliers. La bête s'effondra devant nous, un sang noir et bouillonnant coulait de l'arrière de son crâne.

— On a eu de la chance, c'était des *cajuches* ! Mais cela aurait pu être l'armée et, dans ce cas-là, il aurait fallu que je t'exécute. Ce sont les ordres.

Elle m'expliqua que si les *chulos* nous voyaient, ils ne feraient pas la différence entre elle et moi, et qu'ils me descendraient. Et que, si je ne courais pas assez vite, elle me descendrait pareil.

— Donc, tu n'as pas le choix, ou mieux, ton meilleur choix, c'est moi !

Je restai derrière Lucho. Les hélicoptères passèrent sur nous en rase-mottes, s'éloignèrent, revin-

1. *Cajuche* : sanglier, ou cochon sauvage, très apprécié par la guérilla pour sa viande.

461

rent encore sur nous, firent un tour et repassèrent de nouveau au-dessus de nos têtes sans nous voir. Ils s'éloignèrent et disparurent au loin.

La journée touchait à sa fin, nous avions quelques minutes de lumière encore devant nous. Nous eûmes tout juste le temps de monter notre tente, d'étendre nos plastiques, d'installer nos moustiquaires et de nous allonger pour la nuit.

Orlando me passa la radio.

— Écoute les infos ce soir. Fais attention, ils sont tout près de nous, on parlera fort avec Lucho pour couvrir les bruits de l'émission.

Le lendemain, avec les premières lueurs du jour, je lui passai la radio, après les messages de Maman et d'Angela, la femme de Lucho. Je me levai pour aller me laver les dents et me dégourdir les jambes, en attendant la collation du matin. Orlando sortit de la tente en dernier, bien après nous. Le sang s'était retiré de son visage. Il avait l'air d'un cadavre ambulant. Lucho me prit le bras :

— Mon Dieu, il lui est arrivé quelque chose !

Orlando nous regarda sans nous voir et s'en alla chercher de l'eau à la rivière comme un automate. Il revint les yeux rouges et gonflés, le visage vidé de toute expression.

— Orlando ? Qu'est-ce qui se passe ?

Après un long silence, il ouvrit la bouche.

— Ma mère est morte, dit-il dans un soupir et en évitant de nous regarder.

— Merde ! Merde ! vociféra Lucho en tapant du pied par terre. Je hais cette jungle, je hais les FARC ! Jusqu'à quand le Seigneur va-t-il s'acharner contre nous ? cria-t-il en regardant le ciel.

Début décembre, c'était la maman de Jorge qui nous avait quittés, puis celle de Lucho, et maintenant celle d'Orlando. La mort nous poursuivait. Sans mères, mes compagnons se sentaient à la dérive, comme s'ils perdaient les archives de leurs vies, étaient projetés dans un espace où être oublié des autres devenait la pire des prisons. Je tremblais à l'idée que je puisse être la prochaine victime de cette malédiction.

Comme si le destin voulait se moquer de nous, la vie, comme la mort, était elle aussi présente dans ce campement de fortune. Du moins, c'est ce que je pensais. Pendant la nuit, entre le silence des arbres, j'avais entendu des cris de nourrisson et en avais conclu que Clara avait enfanté. Je m'étais levée pour en parler à mes compagnons, mais personne n'avait rien entendu. Lucho se moquait de moi :

— Ce n'est pas un bébé que tu as entendu, ce sont des chats. Les militaires en ont plusieurs, je les ai vus les porter lorsqu'ils nous ont devancés.

Les hélicos ne revinrent pas. Nous rentrâmes à la prison de Sombra retrouver nos affaires. Durant les quelques jours de notre équipée, elles avaient été colonisées par les fourmis et les termites et, comme pour confirmer les propos de Lucho, des chats aussi avaient fait leur apparition. Un gros matou au pelage de fauve et aux yeux jaune feu, qui attirait tous les regards, sans doute un hybride de chat et de jaguar, était le roi de la bande, avec des chattes aussi extraordinaires que lui et bien plus belliqueuses. Il fut immédiatement adopté par notre groupe, et chacun se faisait un devoir de contribuer à son bien-être. C'était un animal magnifique, blanc de la poitrine ainsi que des pattes, ce qui lui donnait l'air d'être élégamment ganté.

— Je vais l'emmener chez moi, déclara un de mes

compagnons. Tu imagines ce que je pourrais vendre comme chatons ? On m'en donnera une fortune !

Mais Tigre — c'était son nom — était un être libre. Il n'avait aucun maître et nous traitait tous avec indifférence, disparaissant pendant des jours. Une des chattes de son harem, tout aussi farouche, avait décidé de venir loger avec nous. Lucho, dès le premier instant, avait gagné son cœur. Elle s'était lancée sur ses genoux et s'y était installée en ronronnant, griffant sans compassion quiconque tentait de s'approcher. Lucho, intimidé, décida d'attendre qu'elle veuille bien partir pour se lever de sa chaise. Les jours suivants, elle recommença. C'était la chatte qui avait apprivoisé Lucho, et non le contraire. C'était une chatte mal aimée, sans nom, qui avait un œil malade. Elle venait le soir en miaulant pour le chercher : il ouvrait ses boîtes de conserve non plus pour se nourrir, ni pour partager avec nous, mais pour nourrir sa chatte, qu'il avait prénommée Sabba.

Sabba effectivement miaulait comme un enfant pleure. Je crus pendant un temps que je m'étais trompée et que les cris de nourrisson que j'avais cru entendre dans la forêt étaient les siens. Mais, un soir, alors que la chatte dormait près de moi, j'entendis de nouveau les vagissements. Je n'eus plus de doutes. À son arrivée, le lendemain, avec les marmites, j'assaillis Arnoldo de questions. Il me répondit que Clara n'avait pas encore accouché, et qu'elle n'était plus dans le campement.

Je sus qu'il mentait et mon imagination s'enflamma. Je fis un rêve atroce ce soir-là, l'imaginant morte et l'enfant perdu.

Au matin, je racontai à mes camarades mon rêve, en leur assurant qu'elle devait être en danger. Nous interrogeâmes tous les gardes, chacun de notre côté, mais la consigne avait été donnée de ne rien nous dire. Sombra et Alfredo vinrent un après-midi. Ils restèrent derrière la grille, nous parlant comme à des pestiférés. La discussion tourna au vinaigre, car Alfredo traita nos compagnons américains de mercenaires et d'agents de la CIA, et l'ambiance se tendit à l'extrême.

Avant de partir, Alfredo déclara :

— Au fait, votre amie a accouché. C'est un garçon et il s'appelle Emmanuel. Elle vous reviendra dans quelques jours.

J'étais soulagée, contrairement à mes compagnons.

— Cela va être terrible d'avoir un bébé ici dans cette prison, hurlant toute la nuit ! me dit celui-là même qui m'avait fait la leçon à l'arrivée de nos compagnons américains.

— Je te réponds avec tes propres mots : il faut souhaiter la bienvenue à tout le monde.

Quelques jours après, Guillermo nous raconta la naissance. Il s'était préparé à l'accouchement sur un programme d'ordinateur. Il dit avoir sauvé la vie de l'enfant, qui était déjà presque mort lorsqu'il était intervenu pour le réanimer. Il expliqua ensuite qu'il avait recousu Clara et qu'elle était déjà sur pied.

Clara arriva effectivement, un matin, en marchant, avec son petit bébé emmailloté dans les bras. Nous l'accueillîmes tous avec émotion, attendris par ce petit être né dans notre jungle, dans notre prison, dans notre malheur. Il dormait en plissant ses yeux, ignorant tout du monde affreux dans lequel il avait atterri.

Clara déposa son bébé sur ma couchette et nous nous assîmes ensemble à le regarder. Elle me raconta en détail ce qu'avait été sa vie depuis que nous nous étions quittées, et ajouta :

— J'ai été très malade après l'accouchement. Ce sont les guérilleros qui ont pris soin du petit. Je ne l'ai jamais allaité et je ne le voyais qu'une fois par jour, j'étais incapable de m'en occuper. Je ne lui ai jamais donné de bain.

— Eh bien, tant mieux, on va le faire ensemble, tu vas voir, c'est un moment merveilleux.

Je pris le bébé pour le démailloter et découvris son bras gauche bandé.

— Que lui est-il arrivé ?

— Quand ils l'ont sorti, ils lui ont tiré un peu fort sur le bras et le lui ont cassé.

— Mon Dieu, cela doit lui faire terriblement mal !

— Il ne pleure presque pas. Il ne doit pas sentir.

J'étais profondément émue. Il faisait beau, l'air était tiède. Nous remplîmes d'eau une cuvette que Lucho avait récupérée lorsque nous étions dans la mare aux cochons. En le déshabillant, je revécus le moment où Maman m'avait initiée avec Mélanie. Je copiai un à un ses faits et gestes, posant le nourrisson sur mon avant-bras, lui tenant la tête dans ma main, et plongeant son petit corps doucement dans l'eau, en lui parlant, en le regardant dans les yeux, en lui fredonnant un petit air de bonheur pour que ce premier contact avec l'eau devienne pour lui une référence de plaisir, comme je lui avais vu faire. Je pris de l'eau dans le creux de mon autre main :

— Tu vois, comme ça, tu verses l'eau sur sa tête en prenant soin que l'eau ne vienne pas sur ses yeux, car cela pourrait l'effrayer. Et tu lui parles, et tu lui caresses le corps, car c'est un moment spécial et, chaque fois, il faut que ce soit un instant d'harmonie entre lui et toi.

Les mots de Maman m'étaient revenus. Accroupie au-dessus de la cuvette avec le bébé de Clara dans les bras, je compris toute la signification qu'ils avaient : je vivais avec Clara ce que je savais que sa mère aurait souhaité partager avec elle. Clara était fascinée, comme j'avais dû l'être moi-même en suivant les gestes sûrs et expérimentés de Maman. En fait, je ne transmettais rien. Mon rôle consistait à la libérer de ses peurs et de ses appréhensions, pour qu'elle découvre en elle-même son mode particulier de communication avec son enfant.

## 45

## *La grève*

J'avais demandé qu'on installe une autre cahute à côté de la mienne, serrée contre la maille, pour Clara et son enfant. Je voulais être près d'elle, surtout le soir, pour l'aider à prendre soin du bébé sans déranger les autres. J'avais essayé de présenter ma requête au bon moment, avec les mots adéquats, sur un ton qui ne laissait place à aucune suspicion. Mais la réponse avait été négative et Clara reprit sa place au fond du baraquement, avec son enfant.

Cela me désola d'autant plus que, très vite, Clara refusa mon aide et évita que j'aie un contact avec l'enfant. Mes compagnons se mobilisèrent autour d'elle à leur tour, mais elle déclina leur aide. Nous observions avec abattement les maladresses de cette mère débutante qui repoussait tous les conseils. Du coup, l'enfant pleurait pendant toute la journée, et le réceptionniste venait le prendre pour le confier à une guérillera quelconque en dehors de la prison.

— Vous ne savez pas vous en occuper, lui jetait-il au visage avec énervement.

J'entendais mes compagnons lui faire la leçon :

— Le biberon était brûlant, il faut le tester avant de le lui donner !

— Tu vas irriter encore plus ses fesses si tu continues à le frotter avec du papier toilette ! Pour lui,
c'est du papier de verre !

— Il faut lui donner son bain tous les jours, mais
son bras ne doit pas bouger, sinon il ne guérira pas.

Quand le bébé revenait de chez la guérillera, il
semblait calme, en effet. Trop calme. Je l'observais de
loin. J'en parlai avec Gloria et Consuelo. Elles avaient
remarqué, elles aussi, que quelque chose n'allait
pas. L'enfant ne suivait pas les objets du regard. Il
réagissait aux sons, mais pas à la lumière.

Nous observions avec douleur. Ce n'était pas la
peine d'en parler à la mère. Nous avions des doutes,
nous pensions que l'enfant était malade, mais
l'exprimer n'aurait pas aidé. S'ils n'avaient pas fait
accoucher Clara dans un hôpital, il était certain qu'ils
ne feraient rien pour apporter un soin médical quelconque à l'enfant. Nous n'en étions que trop
conscients : ils nous laisseraient crever à l'intérieur de
notre prison sans nous apporter le moindre secours, et
notre sort serait aussi celui du nouveau-né.

Je me souvenais de l'indifférence de l'infirmier
alors que Lucho convulsait à terre, et de l'attitude
des guérilleros quand Jorge avait été victime d'un
infarctus du myocarde. Lucho l'avait ranimé en prati-
quant sur lui les gestes de massage cardiaque que lui
avait enseignés sa sœur médecin. Nous avions supplié qu'on nous donne de l'aspirine pour lui fluidi-
fier le sang et diminuer ainsi son risque d'infarctus.
En vain. Ils avaient fini par le sortir de la prison,
non sans nous avoir accusés de l'avoir étouffé et
d'avoir contribué par nos soins à aggraver son mal.
Il avait passé une semaine dans l'atelier de maroquinerie, tout seul, allongé par terre. Nous avions espéré
qu'il bénéficiait d'une surveillance médicale mais,

quand il revint, il nous révéla qu'il avait eu plusieurs autres infarctus sans que le garde ne fasse rien pour le secourir.

Être vivant, pour chacun d'entre nous, tenait de plus en plus du miracle. Plongés dans ce monde gouverné par le cynisme, où la vie dont on nous avait dépossédés ne valait plus rien, nous assistions à une inversion des valeurs à laquelle je n'arrivais toujours pas à me résigner.

Le soir, allongée dans ma cahute, je suivais avec tristesse le commerce que certains de mes compagnons avaient établi, collés contre la maille d'acier qui nous encerclait. Tout ce qui pouvait faire l'objet d'une transaction y passait pour obtenir un médicament ou un peu de nourriture. J'avais surpris des attouchements osés, car certains gardes, profitant du désarroi et du besoin qui étaient les nôtres, poussaient toujours un peu plus loin leurs exigences et le désir de nous humilier.

Le comportement des détenus qui avaient fait de la compromission un système de vie m'ébranlait. Ils la justifiaient en la présentant comme une tactique pour gagner la confiance des guérilleros et améliorer leurs chances de survie. Quelle qu'en fût la véritable raison, ils avaient choisi d'être les amis de nos bourreaux. En conséquence de quoi, ils s'efforçaient de donner des preuves d'allégeance chaque fois que l'opportunité s'en présentait.

Lorsqu'un arrivage de vêtements avait lieu, ce qui était rare — une fois par an, ou peut-être deux, avec un peu de chance —, et qu'un article particulièrement convoité se détachait du lot, il n'était pas rare que celui à qui il était échu déclare qu'il n'en voulait pas. Mais, au lieu de l'offrir à l'un des nôtres, qui étions tous dans le besoin, il en faisait cadeau au guérillero à qui il voulait plaire. Son geste était apprécié et il recevait en échange des faveurs de toutes sortes : nourriture plus copieuse et meilleure dans l'écuelle, médicaments, etc.

Cette attitude faisait tache d'huile, avec ce résultat que les mentalités se conditionnaient à voir dans les guérilleros des figures d'autorité et à les excuser de toutes les cruautés et abus qu'ils perpétraient contre nos compagnons. Les relations étaient inversées : les prisonniers se voyaient comme des rivaux, auxquels ils vouaient de l'aversion et de l'animosité.

Nous commencions à nous comporter comme des serfs devant de grands seigneurs : on essayait de leur plaire pour obtenir une faveur, on tremblait devant eux, ne voyant que la supériorité de la charge plutôt que la réalité humaine de la personne. Nous empruntions l'obséquiosité des courtisans.

La souffrance de l'enfant de Clara eut l'effet d'un catalyseur de révolte dans notre petite communauté. Le bébé passait d'un comportement pseudo-hystérique, dû en réalité à la douleur insupportable de son bras cassé, à l'apathie dans laquelle le plongeaient les sédatifs que la guérilla lui donnait sans retenue. Tom, qui avait refusé auparavant de mener une grève de la faim pour protester contre le traitement que la guérilla nous infligeait, accepta cette fois-ci d'exiger avec nous que l'enfant reçoive des soins pédiatriques. Nous nous déclarâmes en grève. Lucho se fit un bonnet d'âne et une pancarte sur laquelle il avait écrit : « À BAS LES FARC ! » Nous le suivions à la queue leu leu, en scandant des slogans de protestation, tout en faisant le tour de la cour. Orlando eut la bonne idée de faire fermenter de la *panela*, un morceau de sucre brun de canne qu'il gardait en réserve depuis longtemps, pour en faire de l'alcool domestique appelé *chicha*.

— On ne sentira pas la faim et cela nous donnera de l'entrain.

L'effet ne se fit pas attendre : diarrhée généralisée et ivresse commune ! Nos slogans dégénérèrent. Au lieu d'exiger un traitement pour l'enfant de Clara, voilà que nous protestions contre le manque de nourriture :

— À bas les FARC, nous avons faim, nous voulons des conserves !

Le spectacle était tellement grotesque, et nous tellement gris, que nous finîmes par nous écrouler par terre, ne pouvant contrôler une crise de fou rire chaque fois que l'un de nous devait courir aux latrines pour se vider.

Les gardes nous regardaient de l'extérieur avec consternation. Nous entendions les commentaires de nos voisins : les prisonniers militaires voulaient faire comme nous, eux aussi voulaient se mettre en grève.

La porte de la prison s'ouvrit. Nous attendions tous les représailles. Arnoldo entra, suivi de deux gardes qui traînaient un sac en chanvre noir de poussière.

Déjà certains s'approchaient pour s'excuser, pour ne pas tomber en disgrâce.

— Arnoldo, je suis désolé, vous devez comprendre, dit l'un.

Le guérillero l'arrêta net d'un geste de la main :

— Le commandant Sombra vous fait dire que les prisonniers ont le droit de protester et que les FARC vous garantissent ce droit. Il vous demande de le faire à voix basse, car vos cris pourraient alerter les *chulos*, des fois qu'il y en aurait dans le coin. Voici des boîtes de thon à distribuer entre vous. Le commandant Sombra ordonne que l'enfant soit évacué de la prison, car ce n'est pas un prisonnier. Il vivra librement parmi nous et viendra voir sa mère de temps en temps. Nous allons le soigner et bien le nourrir. Vous pourrez en témoigner.

Il déposa le sac en chanvre sur la table, alla chercher l'enfant avec toutes ses affaires et repartit en fermant la porte à double tour, nous laissant cois.

L'enfant grandissait et grossissait à vue d'œil. Clara le recevait, jouait avec lui pendant quelques instants et le remettait dans les bras du réceptionniste dès que l'enfant se mettait à pleurer. Un soir, ce fut Guillermo, l'infirmier, qui l'amena. Nous lui demandâmes comment ils pensaient soigner son petit bras. Il affirma que l'enfant était guéri, alors que nous savions que c'était faux. Clara arrêta la discussion. Elle remercia Guillermo de tout ce qu'il avait fait pour l'enfant et déclara :

— J'aurais voulu que vous en soyez le père.

Je pensais souvent à l'enfant. D'une certaine façon, et dans la mesure où j'avais accepté d'en être la marraine, je me sentais liée à lui. Quand Arnoldo venait, je passais quelques minutes à le questionner. Je voulais savoir comment ils traitaient l'irritation des fesses du bébé, les boutons de chaleur qui lui couvraient le corps, et, plus que tout, je m'informais du régime alimentaire qu'ils lui avaient réservé.

— On va en faire un homme, m'avait une fois répondu Arnoldo : on lui donne du bon café noir le matin et il adore ça.

J'en avais des frissons. Je savais que c'était une coutume assez répandue en Colombie. Les familles les plus pauvres, ne pouvant acheter du lait en poudre pour les nourrissons, remplissent leurs biberons de café.

Je me souvenais de cette petite fille que j'avais trouvée dans une boîte en carton à l'intérieur d'une poubelle dans le nord de Bogotá. Je revenais du Congrès. Je regardais distraitement à travers la vitre de ma voiture lorsque je vis une petite main sortir d'un tas d'ordures. Je sautai hors de la voiture et trouvai cette petite chose, emmaillotée dans un lainage crasseux qui puait l'urine. Elle s'était endormie avec un biberon dans la bouche plein de café noir.

Son grand frère jouait à côté d'elle, et il m'a dit que sa sœur s'appelait Ingrid. Il m'aurait suffi de bien moins pour y voir un signe du destin. J'avais appelé tout de suite Maman pour lui demander si elle avait de la place dans ses foyers d'enfants pour deux petits qui dormaient dans la rue…

Un biberon de café noir pour un nourrisson, c'était le résultat de l'extrême misère, certes, mais aussi de l'ignorance. J'expliquai à Arnoldo que le café était une substance forte, inappropriée pour un bébé, et qu'il fallait surtout lui procurer du lait. Il me regarda d'un air offensé, et me lança :

— Ça, c'est les conneries de la bourgeoisie ! On a tous été élevés comme ça et on se porte à merveille.

Arnoldo en faisait un sujet politique : dans ma position, je savais qu'il était inutile d'insister. Pour les petites comme pour les grandes choses, je dépendais de l'humeur des gardes. Ferney m'avait bien prévenue : il fallait choisir le bon moment, trouver le ton juste et les mots adaptés.

J'avais échoué lamentablement.

## 46

## *Les anniversaires*

Avec septembre, c'était à nouveau l'amorce du cycle pénible qui me verrait, ce à quoi je n'arrivais pas à me résigner, célébrer un troisième anniversaire de mes enfants en leur absence. À la radio, la musique tropicale annoncerait bientôt l'approche des fêtes de Noël.

Je souhaitais, comme les fois précédentes, qu'un gâteau vienne commémorer l'anniversaire de Mélanie, mais redoutais ma tendance à commettre des impairs. Je guettais l'humeur d'Arnoldo, espérant qu'il accepte de transmettre mon message à Sombra. Mais Arnoldo était tous les jours plus despotique et humiliant, refusant même de s'attarder une seconde pour échanger trois mots. Pourtant je sentais, de façon irrationnelle, que réussir à célébrer les dix-neuf ans de ma fille serait un bon présage. Cette idée m'habitait. J'étais à l'affût.

C'est alors que ma frustration connut un répit. Sombra ordonna un contrôle de notre état dentaire. Shirley, qui avait suivi un cours d'infirmière, fut nommée dentiste. J'en profitai pour lui demander son aide.

—Je ne te promets rien. Mais je vais essayer de vendre l'idée que tu viennes cuisiner un après-midi avec nous. C'est quand, l'anniversaire de ta fille ?

Mais les jours passèrent et on ne me fit pas venir à la *rancha*.

Je me réveillai ce 6 septembre 2004 avec devant les yeux l'image de ma fille que j'avais embrassée en rêve. Je me félicitai de n'avoir parlé à personne de mon idée, pour éviter les moqueries de circonstance. « Apprendre à ne rien désirer », me répétais-je pour atténuer ma déception.

Pourtant, après le déjeuner, le grincement des charnières m'alerta.

Derrière Arnoldo venait la Boyaca, l'air fermé. Elle tenait un énorme gâteau dans ses bras. Arnoldo hurla mon nom :

— C'est pour vous. Le commandant Sombra vous l'envoie.

Le gâteau était décoré, avec la légende de rigueur : « Bon anniversaire Mélanie, de la part des FARC-EP ». Je sautai de joie comme une gamine et me retournai pour partager mon émotion avec mes compagnons. Keith avait fait demi-tour, furieux. Je me souvins d'une conversation que j'avais eue avec lui des mois auparavant : nos filles étaient nées à deux jours d'intervalle. Tout le monde apporta les écuelles et je l'appelai avec insistance.

Il nous restait de la *chicha* de notre grève, tellement forte qu'elle faisait peur. C'était l'occasion rêvée pour nous accorder ce plaisir.

Avant de couper le gâteau, je levai mon verre en disant :

— Aujourd'hui, nous fêtons deux événements importants : la naissance de Lauren et celle de Mélanie. Que Dieu leur donne le courage d'être heureuses en notre absence.

Lorsque notre petite célébration fut finie, Keith m'embrassa. Il me regarda, les yeux humides, et, la voix pleine d'émotion, me dit :

— Je n'oublierai jamais ce que tu viens de faire.

À la radio, les nouvelles sur le déploiement de troupes en Amazonie dans le cadre du « plan patriote » faisaient la une. Les généraux poursuivaient le Mono Jojoy, ils étaient à ses trousses, il était malade et il avait du mal à suivre le rythme. Maman était interviewée. Elle demandait au président Uribe de suspendre les opérations et d'accepter de négocier avec la guérilla. Elle avait peur que nous nous fassions massacrer.

J'entendis aussi mon ex-mari sur Radio France internationale. Cela me fit plaisir. Fabrice était depuis toujours le meilleur des pères. Je savais que son opiniâtreté aidait à faire tenir nos enfants. Pourtant, ce Jour-là, il me sembla bien triste. Il réclamait son droit à nous défendre, à un moment où une démarche comme la sienne pouvait être perçue comme une ingérence dans les affaires colombiennes. Il voulait s'adresser à moi. Il voulait me donner de l'espoir mais, au moment de parler, il fondit en larmes. J'eus le cœur brisé. Je compris alors que notre situation était pire que ce que j'avais pu imaginer.

Chacun des prisonniers se mit à trier et à choisir dans ses affaires. Avec le « Plan Patriote », si les militaires approchaient, on nous ferait marcher dans la jungle pour les semer.

Je n'avais jamais fait de véritables marches. Orlando, lui, avait déjà marché pendant des semaines. Il racontait qu'on les avait obligés à avancer, enchaînés au cou deux par deux. Lorsque l'un tombait sous le poids et la fatigue, il entraînait l'autre dans sa chute. Les *equipos*, excessivement lourds au départ, s'allégeaient à mesure qu'ils jetaient leurs trésors. Mais leur plus grande angoisse était de devoir passer sur les troncs d'arbres qui servaient de ponts : si l'un faisait un faux pas, les deux couraient le risque de mourir étranglés ou noyés.

Lucho et moi, nous décidâmes donc de nous préparer de notre mieux, et surtout d'être en forme pour fuir au cas où nous serions pris sous le feu croisé des militaires et des guérilleros. Nous étions convenus de signaux pour détaler ensemble à la moindre alerte, dans l'espoir de rejoindre l'armée si l'occasion se présentait.

Je passai ma matinée à monter sur mon escabeau et à en descendre, portant sur le dos mon *equipo* chargé des affaires que je pensais emporter avec moi. Je n'avais pas privilégié ce dont j'avais besoin, car je savais que tout m'était nécessaire. Par contre, j'avais fait la liste de ce qui avait une grande valeur affective, de ces objets qui m'aidaient à tenir. Il y en avait plusieurs auxquels je m'accrochais comme à ma vie.

Le premier était une enveloppe contenant une série de lettres que Sombra m'avait apportées par l'intermédiaire de l'Église. Dans mon paquet, j'avais une longue lettre de Maman que je relisais quotidiennement.

Maman l'avait écrite dans la précipitation après un coup de fil de Mgr Castro qui lui annonçait la possibilité d'un contact avec les FARC. Elle me racontait : « J'étais fâchée avec la Sainte Vierge, car elle ne m'écoutait pas, et je lui avais dit : Si tu ne me donnes pas de nouvelles de ma fille avant samedi, c'est fini, je ne prierai plus. » On l'avait prévenue que les preuves étaient arrivées samedi avant midi. En regardant la vidéo qui lui était parvenue, elle avait sursauté car, justement, je lui demandais de prier avec moi le chapelet, tous les samedis, à midi pile ! Elle voyait dans ces coïncidences un signe, une réponse, une présence protectrice et agissante. Pour ma part, j'avais fait de ce chapelet du samedi à midi le point culminant de ma semaine. Consuelo et Gloria ne manquaient jamais de me le rappeler.

La lettre de Maman avait pris place dans cette routine presque mystique grâce à laquelle j'essayais de faire fuir les démons qui avaient envahi mon espace. En la lisant, j'entrais dans l'univers du bon, du repos, de la paix. Je pouvais alors entendre sa voix, qui résonnait dans ma tête au fur et à mesure que je parcourais les mots formés de sa belle écriture. Je pouvais suivre les pauses de sa pensée, l'intonation de sa voix, ses soupirs, ses sourires, et elle m'apparaissait, là, devant moi, et je pouvais la voir, dans la splendeur de son caractère généreux, toujours belle, toujours heureuse Elle avait réussi sur ce bout de papier à attraper le temps. Je l'avais pour moi, toute à moi, à chaque relecture.

Je tenais à cette lettre, plus qu'à tout. Je l'avais enveloppée dans du plastique que j'avais récupéré du dernier arrivage de dotations, après une lutte forcenée et ridicule avec un de mes camarades qui le voulait aussi. Je l'avais scellée à l'aide d'étiquettes autocollantes de déodorants, pour la maintenir à l'abri s'il m'arrivait de tomber dans une rivière. J'avais fait pareil avec les photos de mes enfants qu'elle m'avait glissées avec sa lettre, et avec les dessins de mon neveu de quatre ans, Stanislas : il avait imaginé mon sauvetage par l'armée colombienne, dans un hélicoptère qui m'enlevait alors que je dormais toujours et que, évidemment, il pilotait. Il y avait aussi un poème d'Anastasia, la fille aînée de ma sœur Astrid, avec son orthographe créative d'enfant, dans laquelle elle demandait à sa grand-mère de ne pas pleurer, de sécher ses larmes, car sa fille lui reviendrait un jour, « par un coup de folie, un coup de magie, un coup de Dieu, dans un jour ou dans trois ans, ce n'est pas important ! ».

Assise en tailleur sur mon lit, je déployais mes trésors en face de moi. Je regardais longuement chacune des photos de mes enfants. J'observais leurs visages, l'expression de leurs yeux, leur coupe de cheveux, leurs traits parfois si ressemblants à ceux de leur père, parfois tellement pareils aux miens. J'analysais l'instant qui était resté figé, et j'avais toujours du mal à en décoller mon regard. Cela faisait mal, comme une déchirure. Ce luxe-là ne pesait rien. Je l'avais plié de telle façon qu'il puisse épouser la forme de la poche de ma veste : « Si jamais je dois partir en courant en laissant mon sac, j'aurai sauvé mes lettres. Et s'ils me tuent, au moins ils sauront qui je suis. »

Il y avait aussi le jean de Mélanie, trop lourd, mais que je refusais d'abandonner. Lorsque je le portais, je redevenais moi-même. À travers lui, c'était l'amour de ma fille que je retenais. Je ne pouvais pas m'en défaire. Pis, il y avait aussi ma veste ! Elle était légère, certes, mais tellement encombrante. Enfin, il y avait mon dictionnaire. Il pesait une tonne.

Lucho avait décidé de porter ma veste pour que j'aie de la place pour mon dictionnaire. Orlando acceptait de porter mon jean. Marc prendrait la Bible.

J'étais prête. Pourtant, les semaines se succédèrent sans nouveautés. Les rumeurs semblaient n'être que des rumeurs. Peu à peu, nous nous réinstallâmes dans notre ennui, qui nous semblait maintenant, avec la perspective angoissante d'une marche, être une forme de bonheur.

L'anniversaire de mon fils arriva. Lorsque, ce vendredi 1er octobre 2004, la porte de la prison s'ouvrit, je m'avançai prestement, convaincue qu'Arnoldo venait me chercher pour m'amener à la *rancha*. Mais il s'agissait de tout autre chose.

Il nous demanda de préparer un bagage le plus léger possible, et nous informa que nous allions marcher jusqu'à Noël… Nous pouvions prendre des provisions : il n'y aurait pas beaucoup de nourriture.

— Sombra vous envoie en plus ces bouteilles de vodka. Profitez-en, c'est la dernière fois que vous en verrez. Buvez-en avant de partir, cela vous donnera un coup de pouce pour commencer la marche. Je vous préviens : ça risque d'être très dur. On devra marcher vite et longtemps. Pour vous consoler, une bonne nouvelle : il y aura du porc à midi. Vous allez vous régaler avant de partir.

Au loin, j'entendis les cochons brailler. Pauvres bêtes ! Ils préféraient nous gaver plutôt que de les laisser aux militaires.

## 47

## Le grand départ

1$^{er}$ octobre 2004. Je croyais être prête mais, au moment de partir, je remettais toutes mes décisions en cause. Je n'étais pas la seule. Le désordre gagnait. Au dernier moment, chacun rajoutait d'autres objets à son chargement. L'idée d'emporter les matelas se répandit. Lucho me convainquit d'emmener le mien sous le bras, en le ficelant ferme, et j'acceptai, inconsciente du fardeau que cela représentait.

Je refis mon bagage de fond en comble et, une fois le sac à dos fermé, Lucho le souleva pour en évaluer le poids :

— Il est trop lourd. Tu vas craquer.

Trop tard, Arnoldo était déjà là avec une marmite regorgeant de nourriture :

— Vous avez trente minutes pour manger, laver vos écuelles et vous tenir avec les *equipos* fermés, prêts à partir.

On ne mangea pas, on se goinfra. Obsédés par l'idée de se remplir le ventre, nous ingurgitions sans rien goûter. On avala les bouteilles de vodka de la même façon, pour ajouter des calories, nous n'avions pas le temps de savourer ne serait-ce qu'un instant la boisson qui descendait tout droit en nous brûlant la gorge : j'eus la sensation de recevoir un coup en plein sur les côtes. Pendant que je rinçais mon écuelle, des frissons me parcoururent la colonne vertébrale. « Je vais tomber malade », eus-je le temps de penser.

Lucho avait mis son chapeau sur la tête, son *equipo* sur le dos. Les autres étaient déjà dehors en formation. J'entendis Orlando dire : « Ils vont nous enchaîner ces salauds, tu vas voir ! »

Lucho me regarda avec angoisse :

— Ça va ? Il faut partir tout de suite ! Viens que je t'aide à enfiler ton sac à dos.

Lorsque le poids de mon *equipo* tomba derrière mes épaules, je crus que Lucho venait de suspendre un éléphant à mon cou.

Je me penchai instinctivement vers l'avant, position difficile à maintenir en marchant :

— Je te l'ai dit : ton *equipo* est trop lourd.

Bien sûr, il avait raison, mais il était trop tard, les autres partaient déjà.

— Ne t'inquiète pas, je suis bien entraînée, je tiendrai le coup.

Arnoldo donna l'ordre du départ. Des gardes se glissèrent entre nous, armés jusqu'aux dents, avec sur le dos des sacs deux fois plus volumineux que ceux que j'avais vus chez les gars du Bloc Sud. Je partis la dernière, jetant un coup d'œil derrière moi. La prison était jonchée d'objets sans vie, de détritus divers. Cela ressemblait à un bidonville de Bogotá : des habits sales pendus sur des bouts de cordes oubliées entre les arbres, des morceaux de carton, des bidons vides traînant dans la boue.

« Voilà ce que les militaires trouveront quand ils arriveront jusqu'ici. Un camp de concentration tropical », pensai-je. Le garde qui était resté pour m'escorter avait dû lire dans mes pensées, car il s'exclama :

— Il y a une équipe qui reste pour tout ramasser. On va tout enterrer, des fois que vous auriez laissé vos noms gravés sur les planches.

J'aurais dû y penser, bien sûr, il aurait fallu laisser des indices pour aiguiller les recherches de l'armée. Il comprit que, pensant me deviner, c'était lui qui s'était découvert. Il se mordit les lèvres, et d'une voix rauque, en ajustant son chapeau sur la tête, il aboya :

— Allez, magnez-vous ! On est à la traîne.

Je sursautai, et obéis en déployant un effort surhumain pour faire une dizaine de pas. Je ne comprenais pas ce qui m'arrivait. J'étais pourtant bien entraînée, en forme physiquement. L'orgueil m'obligea à continuer comme si de rien n'était. Je passai devant le groupe qui n'était pas encore parti : « Sûrement, l'équipe de nettoyage », pensai-je. Une des filles était accoudée à une sorte de balustrade qu'ils avaient probablement installée récemment. Elle jouait avec un des petits chatons de Sabba, fruit de ses amours avec Tigre.

— Qu'allez-vous faire des chats ? demandai-je à la jeune fille en passant.

— J'emmène les petits, me répondit-elle en soulevant son chapeau pour me montrer la cachette du second chaton.

— Et les parents ?

— Eux, ils se débrouilleront tout seuls ici. Ce sont des chasseurs.

Je regardai les chatons avec tristesse : ils ne survivraient pas.

Sur ma droite, je voyais la mare aux cochons et l'emplacement de nos premières *caletas* accrochées à la pente. Devant, il y avait la rivière qui avait grossi avec les eaux de pluie et dont le courant s'était extrêmement accéléré. Ils avaient aussi construit un pont qui n'existait pas auparavant. Sombra y était accoudé et me regardait venir :

— Vous êtes trop chargée. Nous allons camper à quelques mètres d'ici. Il faudra vider votre sac à dos. Ne pensez même pas à emporter ce matelas !

J'avais mis le matelas sous le bras, machinalement. Je me sentis ridicule. Je transpirais excessivement. Je me sentais envahie d'une fièvre poisseuse.

Je traversai le pont en titubant. Le garde me demanda de m'arrêter, me débarrassa de mon sac à dos et le plaça au-dessus du sien, derrière sa nuque, comme s'il venait de soulever une plume :

— Allez, suivez-moi. On va accélérer, la nuit va bientôt tomber.

Au bout d'un quart d'heure, au petit trot, j'aperçus mes compagnons. Ils étaient tous assis sur leurs *equipos* en rang d'oignons. À quelques mètres, sur la droite, les militaires avaient déjà installé leur campement : les tentes, les hamacs et les moustiquaires remplissaient l'espace.

Mon garde laissa tomber mon *equipo* par terre et partit sans demander son compte. Lucho m'attendait :

— Qu'est-ce qui t'est arrivé ?

— Je suis malade, Lucho. Je crois que c'est une crise de foie. J'ai eu les mêmes symptômes après une hépatite aiguë il y a quelques années.

— Ce n'est pas possible, pas maintenant, tu ne vas pas me faire ça !

— Je crois que c'est la viande de porc et la vodka. C'est exactement ce qu'il ne fallait pas que je mange.

La nouvelle de mon état se répandit. Guillermo était inquiet. Ce n'était décidément pas le moment de tomber malade. Il me donna une boîte de silymarine et je pris les cachets aussitôt.

— Demain, je viens inspecter votre *equipo*, me dit-il sur un ton menaçant. Personne ne va le porter pour vous !

Je faillis m'évanouir. Avant de partir, j'avais caché dans mon *equipo* la machette que j'avais enfouie sous les planches du baraquement.

## 48

## La crise de foie

Guillermo nous avait réunis pour nous informer que, pendant la marche, il serait chargé de notre groupe. Il employa son nouveau pouvoir à nous rendre la vie impossible. Il commença par nous entasser les uns sur les autres, distribuant l'espace avec avarice. Dans cette jungle immense, il avait trouvé le moyen de nous tourmenter. Ensuite, il fit de son mieux pour m'éloigner de Lucho. Notre réaction fut immédiate et, face à nos protestations, il accepta de faire marche arrière. Un argument de Lucho l'en convainquit : « Si elle est malade, c'est moi qui m'occuperai d'elle ! » En effet, ce fut lui qui installa ma tente, mon hamac et ma moustiquaire. Quand ils nous appelèrent pour le bain, je luttai pour me lever et me changer. La nuit tombait déjà. Une seule torche, celle du garde, nous guidait. J'étais la dernière, j'avançai à tâtons. Nous devions nous baigner à dix dans un filet d'eau qui coulait dans une gorge étroite et profonde. Le talus tombait à pic. Il fallait se laisser glisser tant bien que mal en s'accrochant à des ronces pour ralentir la chute. Lorsque j'atterris près du filet d'eau, j'étais déjà couverte de boue. Mes camarades s'étaient tous placés en amont du courant. L'eau claire au départ me parvenait chargée de boue. J'avais la sensation de me salir avec, plus que de me laver. De plus, c'était l'heure des moustiques.

Guillermo aboya pour nous sommer d'en finir alors même que je n'avais pas commencé. Ce qui devait être un moment de détente se transforma en calvaire. Le retour fut encore pire. J'arrivai à ma *caleta* plus sale que je n'en étais partie, prise de démangeaisons, et grelottant de fièvre. La nuit était noire, nous étions tous affairés à déballer nos habits de rechange, à suspendre ceux que nous avions enlevés et qui étaient trempés de sueur et lourds de boue, et à tordre les maillots et les shorts que nous utilisions pour aller au bain. Je profitai de la pagaille pour glisser la machette sous ma serviette et j'allai voir Lucho :

— Guillermo a dit qu'il fouillerait mon sac avant de partir demain.

— Oui, je sais. Comment te sens-tu ?

— Mal. Écoute-moi : avant de partir, j'ai glissé la machette dans mes affaires.

— C'est de la folie, il faut s'en défaire tout de suite, tu ne peux pas garder ça dans ton *equipo* !

— Je ne peux pas la jeter non plus, il y a des gardes partout. Et puis, elle pourrait nous servir.

— Non, je ne vais pas la porter !

— S'il te plaît. Toi, ils ne te fouilleront pas, tu me la repasseras après.

— Non, non et non !

— Que veux-tu qu'on fasse, alors ?

— Je ne sais pas, jette-la quelque part.

— Bon, je vais voir comment je peux me débrouiller.

— ... Ah ! Quelle poisse ! Passe-la-moi, je m'en

occupe. Va dormir. Demain, il faut que tu sois en forme.

Quand j'ouvris les yeux, je vis le visage de Guillermo collé à ma moustiquaire. Il faisait déjà jour. Je sursautai, je savais que nous devions lever le camp à l'aube.

— Il faut partir ? demandai-je angoissée.

— Non, le départ est reporté à demain. Je vais vous mettre sous perfusion. Asseyez-vous.

Il avait en effet dans la main un kit d'aiguilles, de tuyaux et de compresses. Il me demanda de tenir le sac de sérum au-dessus de ma tête, pendant qu'il me piquait l'autre bras dans le creux du coude à la recherche d'une veine. Je serrai les dents en regardant dégoûtée les mains de Guillermo, ses ongles longs et noirs. Il fit plusieurs tentatives avant de trouver une veine qui le satisfît, me laissant un bras couvert de bleus qui s'alignaient depuis le poignet.

— Montrez-moi votre sac à dos, on va sacrément l'alléger !

Il étendit un plastique noir par terre, vida le contenu du sac dessus et s'arrêta net en voyant le dictionnaire. Ses yeux brillèrent méchamment. Il se retourna vers moi et, d'un ton autoritaire, déclara :

— Le dictionnaire, il reste !

— Non, je préfère tout laisser. Pas le dictionnaire !

J'avais répondu du tac au tac, surprise moi-même par le ton sans appel que j'avais utilisé. Il se mit alors à fouiller consciencieusement l'amas d'objets répandus par terre.

Finalement, tous les livres que nous avions voulu emporter y passèrent, sauf ma Bible, le livre de García Márquez que Tom refusa de laisser et mon dictionnaire. Orlando me rendit le jean de Méla :

— Je suis désolé, je suis trop chargé. Maintenant, tu as de la place dans ton sac à dos.

Je m'attendais que Marc fît pareil. Mais il réorganisa son *equipo* et rangea ma Bible dans ses affaires. Lucho, pour sa part, était très angoissé :

— Si jamais ils me fouillent, ils me tueront. C'est trop dangereux de nous balader avec ça.

Il continua quand même à porter la machette dans son sac à dos.

Le mien était toujours trop lourd. Ou c'était moi qui étais trop faible. Au moment de mettre mon sac à dos pour partir, mes jambes se dérobèrent sous le poids. Je tombai à genoux sans forces.

Guillermo fit son apparition, l'air triomphant. Il se campa au milieu du groupe et cria :

— Suivez-moi, en silence, un par un, chacun avec son garde derrière. Vous avez de la chance, il n'y a pas de chaînes pour vous. Le premier qui fait une connerie, je l'abats. Ingrid, vous marchez en dernier. Laissez votre sac, on va le porter pour vous.

J'étais soulagée qu'ils prennent mon sac, mais quelque chose me disait que ce n'était pas bien. J'avais mon chapelet enroulé au poignet. Je pris la place qu'il m'avait assignée et me mis à suivre celui qui allait devant en priant mécaniquement.

L'heure de marche dans la jungle avait été très pénible. Je m'emmêlais les pieds dans toutes les racines, dans toutes les lianes. Je trébuchais tous les deux pas et faisais un effort inouï pour m'ouvrir un passage dans la végétation. J'avais pris du retard par rapport au groupe et, n'ayant plus personne devant moi, j'avais les plus grandes difficultés à retrouver un chemin qu'il me fallait deviner en regardant la ligne d'arbrisseaux coupés çà et là, de part et d'autre d'une piste imaginaire.

Mon garde, énervé, avait décidé de passer devant moi, violant les consignes qu'il avait reçues. Je n'avais aucune intention de fuir. Mon cerveau était bloqué. J'avais déjà assez de mal à mettre un pied devant l'autre et à le suivre. Je m'efforçais de rester près de lui pour m'éviter l'effort de le rattraper. Il suffisait que le garde prenne une avance de deux pas sur moi pour que la végétation me le rende invisible. Si je restais trop près de lui, je prenais en plein visage les branches qu'il écartait et qui me revenaient comme un fouet après son passage : « Apprenez à garder vos distances ! » m'avait-il beuglé.

J'avais la sensation de m'être abêtie. Mon corps était en déséquilibre constant et je pensais mal. Je venais de perdre le peu de confiance en moi qui me restait. Je me sentais à leur merci. Au bout d'une demi-heure, je retrouvai le reste de mes compagnons assis en rond dans une petite clairière. Un bruit de tronçonneuse nous parvenait d'assez près. Mais le feuillage tout autour était très dense, impossible de voir quoi que ce soit. La pause fut brève et j'étais vidée. Gloria vint me voir, elle me mit les bras autour des épaules et m'embrassa :

— Tu as une mine de chien, me dit-elle.

Puis, en secret, elle ajouta :

— Nos compagnons sont fous de rage, ils disent que tu fais semblant. Ils sont jaloux parce qu'on te porte ton *equipo*. Attends toi qu'ils te rendent la vie impossible.

Je ne répondis rien.

L'ordre de repartir ne surprit personne. Chacun se leva et réintégra sagement la place qui lui avait été attribuée durant la marche. On avança lentement, jusqu'à ce que, à un détour, le fleuve nous apparaisse, bouillonnant, coulant dans une gorge profonde à toute allure. Ils avaient scié un arbre immense qui, tombant d'une berge sur l'autre, était devenu un pont majestueux. Je vis des guérilleros le traverser et j'eus le vertige rien qu'à les regarder. Lucho était juste devant moi, il se retourna, me pressa la main et souffla :

— Je ne pourrai jamais faire ça.

Je regardai une des guérilleras traverser, les bras tendus de chaque côté, cherchant son équilibre comme un funambule, avec son énorme *equipo* sur le dos.

— Si, on va y arriver, on le fera ensemble, tout doucement, un pas après l'autre, on y arrivera.

Tout le monde passa. Les guérilleros transportèrent d'une rive à l'autre les *equipos* de ceux qui avaient le plus de mal à traverser. Brian revint de notre côté lorsque ce fut notre tour. Il me prit par la main et me demanda de ne pas regarder vers le bas. Je passai dans un brouillard d'écœurement, le foie de plus en plus gros, aveuglée.

Je regardai derrière moi, pour voir Lucho tremblant de tout son corps, paralysé au milieu du tronc, portant lui-même le sac à dos qu'il s'était refusé à remettre à la guérilla de peur que celle-ci n'ait l'idée de l'inspecter. Brusquement, son pied s'étant mal posé sur une échancrure du tronc, il perdit l'équilibre, tandis que le poids de son *equipo* le tirait en arrière, comme au ralenti. La bile à la gorge, je murmurai :

— Il va se casser le cou.

Nos regards se croisèrent à cet instant précis, et il se jeta vers l'avant dans un effort désespéré pour conserver son équilibre. Brian sauta sur l'arbre comme un félin et courut le prendre par le bras pour l'aider à finir de traverser.

Mes muscles semblaient s'être enroulés et tordus

comme sous l'effet d'une crampe. Je sentis une masse qui jaillissait de sous la cage thoracique. Si c'était mon foie, il avait pratiquement doublé de volume. Je me sentis mourir. Le moindre geste provoquait de fortes douleurs. J'entendis la voix de Maman. Était-ce un message qu'elle aurait prononcé à la radio et qui me revenait comme un enregistrement ? Ou l'avais-je inventé, comme une forme de divagation ? « Ne fais rien qui te mette en danger. Nous te voulons vivante. »

Je m'efforçai de marcher pendant dix minutes. Le gros de la troupe n'attendait que nous pour reprendre la marche. J'arrivai pliée en deux, une main sur la poitrine pour maintenir la boule à l'intérieur des côtes.

Un de mes compagnons me dévisagea :

— Arrête de nous prendre pour des cons. Tu n'es pas malade, tu n'es même pas jaune !

J'entendis Lucho derrière moi qui ripostait :

— Elle n'est pas jaune, elle est verte. Fous-lui la paix !

Sombra s'était placé juste à l'avant du groupe. Je venais de l'apercevoir, il avait tout observé. Il s'approcha en boitant. Jusque-là, je n'avais pas remarqué qu'il boitait :

— Qu'est-ce qu'il y a ? me jeta-t-il d'un air incrédule.

— Rien.

— Allez, soyez courageuse, il faut y aller maintenant.

— …

— Regardez-moi, m'ordonna-t-il.

Je détournai mon regard.

Sombra appela d'une voix forte un des guérilleros qui se tenait à l'avant.

— L'Indien ! Viens ici.

L'homme se mit à trottiner jusqu'à nous comme si son énorme sac à dos ne pesait rien.

— Laisse ton *equipo* ici.

C'était un jeune gars, plus petit que moi, tout en largeur, avec un torse énorme et des bras surdimensionnés. Il avait la carrure d'un buffle.

— Tu vas la transporter sur ton dos. J'enverrai quelqu'un rechercher ton *equipo*.

L'Indien déploya un grand sourire aux belles dents blanches et me dit :

— Cela ne va pas être très confortable, mais allons-y.

Je partis sur le dos de cet homme qui courait à travers la forêt, en sautant comme un cabri, à toute allure. Je me cramponnais à son cou, sentant la transpiration de son corps traverser mes vêtements, essayant de tenir et de ne pas glisser, en me disant à chaque secousse : « Mon foie ne va pas éclater, demain ça ira mieux. »

## 49

## Le vol de Guillermo

Mon foie n'éclata pas mais, le lendemain, cela n'allait pas mieux. J'étais arrivée au site du campement avant les autres, mais n'avais repris possession de mon *equipo* qu'à la nuit noire. Je venais juste de nouer mon hamac à un des arbres quand le déluge s'abattit sur nous. J'eus à peine le temps de sauter dedans pour ne pas être trempée. Je vis un torrent d'eau se former en quelques minutes et descendre rapidement en emportant tout sur son passage, y compris la *caleta* de Gloria et celui de Jorge. Mes compagnons durent passer une partie de la nuit debout, avec leurs affaires dans les bras, sous une des tentes qui se trouvait à proximité, en attendant qu'il s'arrête de pleuvoir et que l'inondation tarisse.

Le lendemain, à l'aurore, je me rendis compte que Guillermo avait fouillé mon *equipo* tout à loisir, raison pour laquelle il m'avait été rendu si tard la veille. Il avait pris mon dictionnaire et le jean de Méla. J'étais effondrée. Il avait réussi à mettre la main sur ce qu'il avait toujours brigué. Lorsque je lui en fis la réclamation, il ne prit même pas le temps de s'expliquer :

— Allez vous plaindre chez Sombra, me répondit-il

avec arrogance, après m'avoir dit qu'il avait tout jeté dans la nature.

Je savais que ce n'était pas vrai. Les ceintures que j'avais tissées pour ma famille avaient été distribuées parmi la troupe. J'avais vu Shirley porter celle de Maman. Il m'avait bernée. Je m'en voulais de ne pas avoir pris davantage de précautions. Mais je me rendais compte aussi que, dans l'état où j'étais, j'avais perdu d'avance. Personne d'ailleurs n'aurait eu l'idée de trimballer un dictionnaire de deux mille pages dans la jungle, sauf lui et moi qui y tenions plus qu'à tout. Cela m'aida à contenir la haine que je lui vouais : s'il utilisait le dictionnaire avec autant de passion que moi, alors, il valait mieux que ce soit lui qui l'ait, car il pouvait le porter, et pas moi.

Je me détachai moins facilement du jean de Méla. J'éprouvais un cruel sentiment de culpabilité comme si, en acceptant que l'on porte mon sac à dos, j'avais trahi l'amour de ma fille.

Pourtant, peu à peu, le temps fit son travail. Cette blessure aussi se referma. Je décidai que l'important n'était pas de réussir à conserver ce pantalon avec moi, mais que le geste de ma fille (car je l'avais imaginée cherchant quoi m'offrir pour ce dernier Noël) m'ait accompagnée durant mes années d'affliction et m'ait rendu le sourire.

Le matin suivant, ce ne fut pas l'Indien qui vint me chercher. Sombra avait mandaté Brian pour me transporter. Il était considéré par tous comme le plus costaud de la troupe. J'aimais bien Brian. Il avait toujours été aimable avec tout le monde. J'imaginais qu'avec lui les choses ne pouvaient que s'améliorer.

Je me retrouvai à califourchon sur son dos, lui s'éloignant au pas de course et laissant le reste de mon groupe derrière. Dès les premières minutes je sentis que quelque chose n'allait pas. Sa démarche était brusque et les à-coups de chaque pas m'entraient violemment dans le foie. Je glissais. Pour éviter de tomber, il fallait que je me cramponne à son cou, au risque de l'étouffer. Au bout d'une heure, le pauvre Brian était claqué. Il était aussi surpris que moi, et ne comprenait pas comment l'Indien avait pu courir la veille pendant des heures sans se fatiguer, alors que lui n'en pouvait plus à peine démarré.

Son orgueil allait être blessé, son manque de résistance ferait l'objet de sarcasmes. Il me prit en grippe, se plaignant de mon manque de collaboration et faisant son possible pour m'humilier chaque fois que nous croisions un autre guérillero sur le sentier.

— Attendez-moi ici, dit-il, m'abandonnant au milieu de la forêt.

Il partit en courant pour chercher son sac à dos qu'il devait ramener jusque-là où nous étions. J'étais seule au milieu de nulle part. Brian m'avait jetée là, sachant que je ne bougerais pas. Le transport à dos d'homme était devenu un calvaire. Il me faisait payer son effort en me secouant comme un prunier. Je me sentais mourir et m'allongeai à même le sol en attendant qu'il revienne.

J'étais couchée par terre. Des abeilles noires, attirées par la sueur, prirent d'assaut mes vêtements et me couvrirent tout entière. Je crus mourir de peur. Terrassée de fatigue et d'épouvante, je perdis connaissance. Dans mon inconscience ou dans mon sommeil, j'entendais le bourdonnement de ces milliers d'insectes que je transformai en l'image d'un poids lourd avançant à toute allure pour m'écraser. Je me réveillai en sursaut, et ouvris les yeux sur la nuée d'insectes. Je me levai en hurlant, ce qui les excita davantage. Elles étaient partout : emmêlées dans mes cheveux, à l'intérieur de mes sous-vêtements, accrochées aux chaussettes au fond de mes bottes, cherchant à rentrer par mes narines et mes yeux. J'étais comme folle, essayant de leur échapper, donnant des coups dans le vide, battant des pieds et des mains de toutes mes forces, sans réussir à les faire fuir. J'en tuai un grand nombre, en assommai beaucoup. Le sol en était jonché, et elles ne m'avaient pas piquée. Épuisée, je finis par me résigner à cohabiter avec elles, et m'effondrai à nouveau, abattue par la fièvre et la chaleur.

Par la suite, la compagnie des abeilles noires devint habituelle. Mon odeur les attirait à des kilomètres à la ronde et, quand Brian me laissait quelque part, elles finissaient toujours par me retrouver. Elles transformaient l'horrible odeur qui m'imprégnait en parfum. En emportant le sel, elles laissaient le miel sur mes vêtements. C'était comme une halte dans une station de nettoyage. J'avais aussi l'espoir que leur présence massive inhiberait d'autres bestioles moins conviviales, et que leur compagnie me permettrait de m'assoupir en attendant que l'on revienne me chercher.

## 50

### *Un soutien inespéré*

Lors d'une de ces étapes, je m'étais effondrée comme un clochard sous un pont. Je sentais terriblement mauvais, j'étais sale, avec mes vêtements de plusieurs jours, toujours humides de la sueur de la veille et crottés. J'avais soif : la fièvre me déshydratait tout autant que la chaleur et que l'effort pour m'accrocher au dos de mon porteur. J'avais l'impression que ma tête me jouait des tours.

Lorsque je vis la colonne d'hommes enchaînés les uns derrière les autres qui avançait sur moi, je fus convaincue que je rêvais. Allongée par terre, j'avais d'abord senti la vibration de leurs pas sur le sol. Je crus qu'un troupeau de bêtes sauvages s'approchait de moi et j'eus juste le temps de me redresser sur les coudes pour les voir surgir derrière moi. Ils progressaient en écartant la végétation qui me séparait d'eux. Je m'attendais qu'ils ne m'aient pas vue et me marchent dessus. En même temps, j'eus honte qu'ils ne me découvrent comme j'étais, les cheveux en bataille, exhalant une odeur repoussante même pour moi. Mais j'oubliai ces réflexions sitôt que je les vis de plus près, avec leur teint cendreux d'hommes portant la mort, leur pas cadencé de bagnards, courbés sous le poids de leurs calamités. J'eus envie de pleurer.

Quand ils me découvrirent l'un après l'autre, trébuchant pratiquement sur moi, leur visage s'éclaira :

— *Doctora* Ingrid ? C'est vous ? Tenez bon, on va s'en sortir !

Ils me tendirent la main, me caressèrent les cheveux, m'envoyèrent des baisers à la volée, me firent des signes de victoire et de courage. Ces hommes, infiniment plus malheureux que moi, qui avaient accumulé de bien plus longues années de captivité, enchaînés par le cou, malades, affamés, abandonnés par le monde, ces policiers et soldats colombiens pouvaient encore penser à autrui.

Le souvenir de cet instant fut gravé dans ma mémoire. Ils avaient transformé cet enfer vert et poisseux en un jardin d'humanité.

Nous croisâmes l'Indien sur le sentier et il me sourit, comme s'il pouvait lire les pensées des uns et des autres. Avec humilité, timidité presque, il proposa de me porter sur un bout de chemin. Brian hésita. Il ne voulait pas s'avouer vaincu. Mais l'offre était d'autant plus tentante que nous étions arrivés dans une zone à la géographie délirante. Ils appelaient ça les *cansaperros*, les « crève-chiens ». C'était une succession de montées et de descentes à pic, d'une trentaine de mètres de dénivelé, comme si une main géante avait retroussé le tissu de la Terre, produisant des plis en série collés les uns aux autres. J'avais imaginé la jungle amazonienne comme une étendue plate. C'est ainsi qu'elle apparaissait dans mes livres de géographie. Rien de plus éloigné de la réalité. Le relief de ce monde était comme ce monde lui-même : imprévisible. Au fond de chaque descente, dans cette rigole coincée entre les deux plis du relief, coulait un cours d'eau. On le traversait d'une enjambée, pour escalader aussitôt l'autre versant. Arrivés au sommet, les gars dévalaient la pente pour aller boire à la prochaine source. Mais le changement climatique avait fait des siennes. La moitié des sources était asséchée, il n'y avait plus moyen de se désaltérer.

Brian n'en pouvait plus de m'avoir sur son dos. J'essayai de marcher pour le soulager un tant soit peu, mais je dégringolai la descente sur mes fesses. Le passage de la troupe qui nous devançait avait fait du sentier un toboggan de boue. J'atterris avec violence dans la rigole remplie d'eau. J'étais couverte de boue. Il y avait en face de nous une montée raide qu'il faudrait escalader en s'accrochant des mains et des pieds à la paroi. Brian enleva son maillot, le plongea dans l'eau tout en se lavant la figure. Avant de le remettre, il lança un regard en coin à l'Indien et lui dit :

— Prends-la, je prends ton *equipo*.

L'Indien fit un mouvement d'épaules et laissa tomber son énorme sac à dos.

— *Tengo todo el parque*[1].

— *¡ No interesa, camarada, páselo !*

Brian préférait porter un sac plein de munitions plutôt que moi. Il enfila les sangles et les ajusta, puis commença son escalade sans regarder en arrière, portant l'*equipo* de l'Indien sans efforts. Cinq minutes après, il parvint au sommet, jeta un coup d'œil vers nous, visiblement ravi, et se volatilisa dans la nature.

— À nous deux, me dit l'Indien.

Je sautai sur son dos, en essayant de me faire le

1. « J'ai toutes les munitions. — Pas d'importance, camarade, passez-le-moi ! »

plus légère possible. Il escalada la paroi aussi vite que l'avait fait Brian et partit à toute allure, dévalant la pente en un instant. Il remontait, sautait d'un dénivelé à l'autre, redescendait de sorte que j'avais l'impression de rebondir dans les airs, ses pieds frôlant à peine le sol.

Brian nous attendait, adossé contre un arbre, fumant une cigarette, l'air fier. Nous étions à deux pas du site.

— On est les premiers, dit-il en offrant une cigarette à son compagnon.

Il ne me regarda même pas. L'Indien prit la cigarette, l'alluma, en aspira une bonne bouffée et me la passa sans un mot.

Je n'avais aucune envie de fumer. Mais le geste de l'Indien me toucha. Brian avait retrouvé son ascendant. Il se retourna alors vers moi, et aboya :

— *Cucha, tírese allá, detrás de los que están cortando varas. No se mueva hasta que le den la orden*[1].

Ces mots furent comme une gifle. Mes yeux étaient humides lorsqu'ils croisèrent le regard de l'Indien. Il esquissa un sourire puis détourna vite la tête ; il s'affairait déjà à réajuster les sangles de son *equipo*. Je me sentais idiote de réagir de cette façon, c'était sûrement la fatigue. J'étais habituée à être traitée comme cela. C'était la norme. Si j'avais été seule avec Brian, j'aurais gobé son mépris sans aucun état d'âme. Mais, avec l'Indien, je redevenais une personne : sa compassion m'autorisait à me plaindre. Je n'en devenais que plus faible, plus fragile.

Nous avions devancé la caravane des militaires. Le cliquetis de leurs chaînes me fit tourner la tête. On

---

1. « La vieille ! Foutez-vous là-bas, derrière les gars qui coupent du bois. Ne bougez pas de là jusqu'à ce qu'on vous en donne l'ordre. »

leur cria des ordres sur un ton puant d'arrogance. Ils s'installèrent une vingtaine de mètres plus loin, par petits groupes, toujours enchaînés les uns aux autres, et se mirent à attendre et à parler avec animation et bonne humeur.

L'un d'eux s'aperçut de ma présence. Il y eut des conciliabules. Deux d'entre eux s'avancèrent tout près et s'accroupirent pour me parler derrière un buisson qui faisait écran.

— Ça va ? chuchota l'un d'eux.

— Oui, ça va.

— Je m'appelle Forero. Lui, c'est Luis, Luis Beltran.

Luis enleva son chapeau avec courtoisie.

— *Doctora*, on a un petit cadeau pour vous. On vous a fait un *ponche*. Mais il faut vous approcher jusqu'ici. Ne vous inquiétez pas ! On a le garde dans la poche.

La dernière fois que j'avais entendu parler de *ponche*, je devais avoir cinq ans. C'était dans la cuisine de la maison de ma grand-mère. Elle avait annoncé qu'elle en préparerait un et tous mes cousins avaient sauté de joie. Je ne savais pas ce que c'était. La cuisine était ouverte sur un patio intérieur. L'aînée de mes cousines s'était installée par terre, avec une bassine pleine de jaunes d'œufs qu'elle battait énergiquement. Mama Nina avait versé des choses dedans, d'un air entendu, pendant que ma cousine continuait de battre. L'idée me fit saliver. Mais, bien sûr, leur *ponche* à eux devait être tout autre chose, il n'y avait pas d'œufs dans cette jungle !

À ma grande surprise, ils me tendirent une écuelle remplie de jaunes d'œufs fraîchement battus.

— D'où avez-vous sorti ça ? demandai-je en extase.

— C'est difficile à transporter, mais on y arrive. Il ne nous en reste plus beaucoup, on a tout mangé pendant la marche. On avait quatre poules dans la prison, elles ont été généreuses, elles nous ont donné plein d'œufs. On les a transportés toute une journée. Mais il a fallu les passer à la casserole dès le premier soir. Elles n'auraient jamais survécu aux *cansa-perros* !

Je les écoutais, ébahie. Comment ? Des poules dans la prison ? Des œufs ?

Pendant une demi-seconde, l'idée que ces œufs pourraient me rendre malade me traversa l'esprit. Je rejetai cette pensée instantanément : « Si mon corps n'en est pas écœuré, ça ne peut pas lui faire de mal. » J'avalai tout en fermant les yeux. J'avais à nouveau cinq ans, j'étais assise à côté de ma cousine, ma grand-mère était là. J'ouvris les yeux avec satisfaction. Forero m'observait avec un grand sourire, il poussa Luis Beltran du coude.

Le soldat nommé Luis sortit de sous son maillot un sac de lait en poudre.

— Cachez-le vite, me dit-il. S'ils le voient, ils vont vous le confisquer. Mélangez ça avec du sucre, c'est bon pour votre hépatite.

Je pris les mains de Forero et de Luis et les embrassai en les serrant très fort dans les miennes. Puis, je revins m'accroupir à ma place, heureuse de raconter à Lucho ce qui venait de se passer.

Guillermo ouvrait la marche, mes compagnons suivaient. En le voyant, le sourire que j'avais gardé sur mon visage s'effaça.

— Il vous est interdit de parler avec les militaires. Celui que j'attrape à manigancer, je l'enchaîne, menaça-t-il.

Il me fallut attendre que le campement soit construit pour pouvoir échanger trois mots avec Lucho. On se prépara à la hâte pour le bain. Les militaires avaient déjà fini toutes leurs corvées. Ils avaient fait appeler Sombra, et celui-ci était venu sans se faire attendre.

Un jeune gars parla au nom de tous.

— C'est le lieutenant Bermeo, m'expliqua Gloria.

Nous suivions tous la scène, les yeux rivés sur Sombra. Les militaires avaient empilé un tas de provisions qu'ils avaient sorties de leurs sacs.

— On ne porte plus rien, déclara Bermeo.

On entendait des bribes de conversation. Mais l'attitude de Sombra était sans équivoque. Il voulait calmer la rébellion.

— Nous devrions faire pareil, dit Lucho. Nous sommes mal nourris, ils nous traitent comme des chiens, et en plus on doit leur porter la nourriture !

Keith intervint :

— Moi, je tiens à manger. Je porterai ce qu'ils me demanderont de porter.

Il regarda ostensiblement le garde qui suivait notre conversation avec grand intérêt, puis alla s'adosser contre l'arbre de sa tente en croisant les bras.

— Nous devons faire comme les militaires, par solidarité, dit Tom, et il commença à sortir les sacs de riz qu'il transportait dans son sac à dos.

Les autres en firent autant. Puis un silence : nous prêtions l'oreille à ce qui se passait chez les militaires.

Bermeo continuait à parler, il disait :

— Vous n'avez pas le droit de la transporter comme cela. Vous allez la tuer. Si c'était l'un d'entre vous, vous l'auriez transporté en hamac.

Je ne pouvais pas en croire mes oreilles. Ces hommes prenaient ma défense ! Je me retournai, la gorge serrée, cherchant le regard de Lucho.

## 51

# Le hamac

Nous ne sûmes pas quel fut le résultat du boycott des militaires. Un serpent était entré dans notre espace et, aux cris de Gloria, tout le monde partit à sa recherche. Il avait disparu derrière des *equipos* posés à même le sol, et pouvait réapparaître durant la nuit, entortillé à l'intérieur de l'un d'eux. Ces battues me mettaient mal à l'aise. À l'exception des mygales, qui ne suscitaient chez moi aucune pitié, je prenais toujours le parti des bêtes que nous persécutions. Je souhaitais que l'animal nous échappe, autant que j'aurais voulu moi-même leur échapper. Face aux serpents, j'avais une réaction qui m'étonnait moi-même. J'étais loin d'éprouver les sentiments d'aversion que je voyais chez les autres, avec ce besoin de les anéantir, de les tuer. Ma foi, je devais admettre que je les trouvais beaux. Dans le campement d'Andrés, j'avais découvert un collier rouge, blanc et noir par terre contre un des pilotis de la cabane. J'allais le ramasser lorsque Yiseth avait crié :

— Ne le touchez surtout pas ! C'est un « vingt-quatre heures ».

— C'est quoi un « vingt-quatre heures » ?

— Il vous tue en vingt-quatre heures.

Les FARC portaient en permanence des antidotes sur eux, mais ceux-ci n'étaient pas toujours efficaces. Ils confectionnaient aussi des contrepoisons artisanaux, en séchant la vésicule biliaire d'un rongeur qu'ils appelaient *lapa*. Ils considéraient que ce produit était plus performant que les sérums de laboratoire. Peut-être parce que je me sentais à l'abri avec leurs contrepoisons, peut-être parce que je me croyais protégée d'une façon surnaturelle, je m'approchais des serpents sans appréhensions. Même le monstre que les gardes avaient tué dans le campement d'Andrés, attrapé alors qu'il guettait une des guérilleras à l'heure du bain, m'avait paru fascinant. Les jeunes avaient étendu au soleil son énorme peau pour la sécher, étirée entre des piquets. Elle avait fait le bonheur des milliers de mouches vertes qui lui tournoyaient autour, attirées par l'odeur immonde qui s'en dégageait. La peau était restée là, faisant face aux intempéries pendant des semaines. Elle avait pourri et ils avaient fini par la jeter dans le trou aux ordures. J'avais pensé à tous ces sacs de luxe perdus à cette occasion. L'idée m'avait hantée : il me parut obscène d'y avoir seulement pensé.

La bête que Gloria avait vue était une *casadora*, une « chasseuse ». Elle était longue et fine, d'une attrayante couleur vert pomme. Elle m'arriva droit dessus, affolée. Sans trop y réfléchir, je songeai à la prendre pour l'emmener plus loin, hors de portée de mes compagnons. Je savais qu'elle n'était pas venimeuse. Surprise par le contact de ma main, elle me fit face en position d'attaque, ouvrant grand la gueule et sifflant pour me tenir à distance. Je n'avais pas envie de lui faire peur. Je suspendis mon mouvement pour qu'elle reprenne confiance, ce qu'elle fit, se retournant pour affronter mes compagnons qui s'approchaient, comme si elle avait senti que je n'étais pas une menace pour elle. Le garde riait dans son coin en observant la scène. Je la déposai sur les premiers rameaux d'un arbre colossal, et nous la vîmes disparaître en grimpant de branche en branche jusqu'au sommet.

Je retournai dans ma *caleta* me préparer une mixture de lait en poudre sucré avec un peu d'eau, suffisamment pour en obtenir deux cuillerées, une pour Lucho et une pour moi. La marche avait été très dure pour lui. Il avait la peau collée aux os. J'avais peur qu'il ne déclenche un coma diabétique.

Le lendemain matin, deux nouveaux gardes arrivèrent avec une longue perche. Je compris que l'intervention du jeune lieutenant avait réussi. J'allais leur remettre mon hamac, mais Lucho m'arrêta :

— Prends le mien, il est plus solide. Et puis le tien reviendra noir de poussière. Tu ne pourras plus dormir dedans.

— Et toi ?

— Moi, je dormirai par terre, cela me fera du bien, je commence à avoir mal au dos.

C'était un mensonge.

Les gardes collèrent son hamac à la barre. Ils déposèrent le tout par terre pour que je puisse m'y glisser. En deux mouvements, la barre fut déjà sur leurs épaules et ils partirent en courant comme s'ils avaient vu le diable.

L'ardeur initiale de mes porteurs fut mise à rude épreuve par la traversée d'une série de marécages profonds, où l'eau leur arrivait au-dessus des cuisses. Miraculeusement, je passai à sec, ce qui eut pour effet d'irriter tout le monde. Les porteurs d'abord, courroucés par mon confort, oublièrent que j'étais malade. Ils se sentaient humiliés de me porter comme une princesse. Mes compagnons, trempés jusqu'à la moelle, des ampoules aux pieds, crevés par des journées de marche de plus en plus longues, m'en voulaient aussi. Ceci envenimait les relations. J'entendis l'un d'entre eux en discuter avec les gardes, leur assurant que c'était une stratégie de ma part pour ralentir le groupe tout entier ; il soutenait que je l'avais avoué à Orlando qui le lui aurait rapporté.

Les ragots de mes compagnons avaient eu l'effet d'un venin distillé avec précision. Tous les jours, un nouveau couple d'hommes était affecté à mon transport, tous les jours ils arrivaient plus hargneux contre moi. Finalement, ce fut le tour de Rogelio et du jeune guérillero dont nous nous moquions tous, car il avait l'air d'un Zorro, avec son chapeau plat attaché par une ficelle et ses pantalons trop cintrés.

— Ça va danser, aujourd'hui ! avaient-ils dit en clignant de l'œil entre eux.

J'avais senti qu'ils ne me voulaient aucun bien et m'étais signée avant de partir, m'attendant au pire.

La forêt s'était resserrée et la végétation avait changé. Au lieu des fougères et des arbrisseaux à l'ombre des *ceibas* gigantesques, nous traversions maintenant des espaces sombres et humides habités par des concentrations de palmes et de bananiers. Ceux-ci étaient tellement rapprochés les uns des autres qu'il était difficile de se faufiler entre eux. La perche, trop longue, n'était pas adaptée aux tournants qu'imposait le terrain. Les porteurs devaient faire marche arrière pour se replacer dans l'axe, face à un tournant, et amorcer une courbe. Chaque pas était une négociation entre l'homme de devant et celui qui suivait, et ils se disputaient, chacun cherchant à imposer sa stratégie à l'autre. Fâchés, ils transpiraient et se fatiguaient.

Les troncs des bananiers grouillaient de fourmis de toutes sortes, grandes ou minuscules, rouges, blondes ou noires. L'apparition de l'homme dans leur territoire les rendait folles. Comme nous étions obligés de frôler les bananiers, elles sautaient sur nous pour nous attaquer, ou s'accrochaient à nous au passage pour nous mordre ou nous pisser dessus. Leur urine était de loin ce qu'il y avait de pire. Elles sécrétaient un acide puissant qui brûlait la peau et faisait saillir des cloques suintantes. Coincée dans mon hamac comme dans une capsule, j'étais incapable d'aucun mouvement. Je devais demeurer les bras le long du corps, subissant stoïquement l'assaut de ces bestioles qui envahissaient les zones les plus intimes de mon corps. Je ne pouvais rien dire : les gardes souffraient plus que moi, avec leur torse découvert et le fardeau qui leur entaillait l'épaule.

Après les bananiers, ce fut le tour des ronces. Nous traversions une forêt dense de palmes touffues qui se protégeaient du monde extérieur par un barbelé d'épines entortillé tout autour de leur tronc. À nouveau, elles étaient tellement proches les unes des autres qu'il était difficile de ne pas heurter les pointes acérées qui les recouvraient. Rogelio était excédé. Il se vengeait en balançant le hamac plus que nécessaire, de façon que je sois projetée à chaque oscillation contre les épines. Elles s'enfonçaient profondément, d'abord dans toute la couche de tissus qui m'enveloppait, ensuite dans ma chair. J'étais sortie de cette forêt de palmes comme un hérisson, couverte de piquants.

Ce ne fut pas tout. Il y eut de nouveaux marais, encore plus profonds que les précédents, au milieu desquels survivait une végétation hirsute d'épines. Mes porteurs marchaient de mauvaise humeur, mouillés pendant des heures, avançant à tâtons sans savoir ce que leurs pieds trouveraient au fond de cette eau noirâtre. Ils perdaient souvent l'équilibre, avec moi maintenant baignant dans ces eaux tiédasses, donc beaucoup plus lourde pour eux. Chaque fois qu'ils trébuchaient, leur réflexe était de trouver appui sur l'arbre le plus proche. Ils avaient, à la fin de la journée, les mains lacérées jusqu'au sang.

Ça n'alla pas vite ce jour-là, ni les jours qui suivirent, ni les semaines qui s'enchaînèrent. Nous avions tous fini par perdre le compte des heures où nous avions erré dans cette jungle sans fin, à avancer quoi qu'il arrive et à n'importe quel prix. Il n'y avait plus rien à manger, ou presque. Guillermo venait le matin avec une marmite de riz, chaque jour moins remplie. La ration devait nous faire tenir jusqu'au soir, où, une fois le nouveau campement installé, les *rancheros* s'inventaient des soupes d'eau bouillie avec ce que l'on avait trouvé sur le chemin.

La marche s'arrêtait vers 5 heures du soir. Chacun arrivait avec l'obsession de construire son refuge pour la nuit et de panser ses blessures. Nous avions à peine une heure pour monter les tentes, installer les hamacs, prendre un bain, laver le linge que l'on remettrait sur nous trempé le lendemain et revenir nous effondrer sous la moustiquaire avant la tombée de la nuit.

À l'aube, lorsqu'il faisait encore nuit et froid, nous nous rhabillions dans les uniformes lourds et mouillés. C'était un vrai calvaire pour moi. Si je devais choisir entre les vêtements crasseux et mouillés et des vêtements propres et mouillés, je préférais laver mon uniforme tous les jours. Même si l'effort de le faire m'épuisait.

Il n'y avait pas de temps pour les autres, c'était chacun pour soi. Sauf Lucho qui se faisait un devoir de m'aider dans les moindres détails pour m'éviter un maximum de problèmes. Mon état n'avait fait qu'empirer. J'avais supplié Guillermo de me donner de la silymarine, il m'avait répondu :

— Pour vous, il n'y a pas de médicament.

## 52

## Vente d'espoir

On nous réveillait toujours avant l'aube. Un matin,
l'ordre de se mettre en marche ne vint pas. Toutes sortes de spéculations nous assaillirent. Certains disaient
que notre groupe allait être divisé. On nous fit avancer dans une clairière. Les arbres étaient plus espacés,
un tapis épais de feuilles mortes jonchait le sol. Il
faisait gris. L'endroit était sinistre. On nous donna
l'ordre de nous asseoir en rond. Les gardes se placèrent autour de nous en pointant leurs fusils sur nous.

— Ils vont nous tuer, me dit Lucho.

— Oui, lui répondis-je, ils vont nous assassiner !

Mon cœur battait la chamade. Je transpirais lourdement, comme tous mes compagnons, bien que nous
soyons immobiles, assis sur nos *equipos*, tournant le
dos aux gardes. Je changeai de position :

— Ne bougez pas ! me cria un des gardes.

— Si vous devez nous tuer, je veux regarder la
mort en face !

Le garde haussa les épaules et alluma une cigarette. L'attente se prolongea. Nous n'avions aucune
idée de ce qui se tramait. Il était presque midi. J'imaginais nos corps ensanglantés sur ce lit de feuilles. On
raconte qu'avant de mourir on voit sa vie défiler

devant ses yeux. Rien ne défilait devant les miens. J'avais envie d'aller aux toilettes.

— Garde ! Les *chontos*.

Maintenant je parlais comme eux, je sentais aussi mauvais qu'eux, et je devenais aussi insensible qu'eux.

On me donna la permission de m'éloigner. Lorsque je revins, Sombra était là. Il demanda qui d'entre nous savait nager. Je levai la main, Lucho aussi, pas Orlando. Est-ce qu'il mentait ? Peut-être Orlando savait-il quelque chose ? Peut-être valait-il mieux dire qu'on ne savait pas nager ?

On nous fit passer devant, et on se remit à marcher. Vingt minutes après, nous arrivâmes sur la berge d'un fleuve immense. Ils nous ordonnèrent de nous déshabiller pour ne garder que nos sous-vêtements et nos bottes. Une corde avait été tendue de part et d'autre des deux rives. Devant moi, une jeune guérillera s'apprêtait à se mettre à l'eau avec son *equipo* solidement emballé dans du plastique noir. Je regardai tout autour. Le fleuve faisait une courbe juste après et s'élargissait au triple. Là où nous nous situions il faisait deux cents mètres de large.

La guérillera prit la corde et se mit à avancer en plaquant une main devant l'autre. Ce serait bientôt mon tour. L'entrée dans l'eau me parut vivifiante. Elle était juste assez fraîche pour revigorer le corps. À dix mètres le courant devenait puissant. Il fallait faire attention pour qu'il ne vous emporte pas. Je laissais mon corps flotter sans opposer de résistance et j'avançais uniquement en déplaçant les mains sur la corde. Ma technique était bonne. Arrivée sur l'autre rive, je dus attendre mes vêtements et mon sac à dos, assiégée par une nuée de moustiques. Ils avaient une barque pour faire traverser le gros Sombra ainsi que le bébé, mais elle faillit couler sous le poids de tous les *equipos*. Je passai le reste de l'après-midi à sécher mes affaires, en essayant de sauvegarder les seuls habits plus ou moins secs qui me restaient pour la nuit. Je remerciais le ciel que Sombra ait décidé d'installer le campement sur place et de nous épargner des heures de marche supplémentaires.

Chacun en profita pour réorganiser son sac à dos et pour jeter tout ce qui pouvait l'alléger. Marc s'approcha : il voulait me rendre ma Bible, il était trop chargé. Puis ce fut au tour de Clara : elle voulait venir dans ma *caleta* avec son bébé. On lui accorda une heure. J'installai vite un plastique par terre et ma serviette pour pouvoir l'y coucher. Une guérillera aux seins immenses amena l'enfant. Elle le portait sur son ventre grâce au kangourou que j'avais confectionné pour sa naissance. Le bébé était souriant, éveillé : il suivait bien nos doigts des yeux, il écoutait attentivement les chansons que nous lui chantions. Il avait l'air en forme, mais son bras n'était toujours pas guéri. Clara joua avec lui. Au bout d'un moment l'enfant se mit à pleurer. La guérillera aux gros seins apparut à la seconde et l'emmena sans mot dire. Ce fut la dernière fois que je vis le fils de Clara dans la jungle.

La nuit tomba d'un coup. Je n'eus pas même le temps de ramasser le hamac que m'avait prêté Lucho pour mon transport et que j'enroulais normalement sur mon sac à dos pour la nuit. Je m'endormis en écoutant un petit bruit de pluie fine. « Je retrouverai mes affaires trempées demain matin, pensai-je. Tant pis, je suis trop fatiguée pour bouger. »

Vers minuit, le campement fut réveillé par des hurlements. Le garde alluma sa torche. La *caleta* de Clara était envahie de fourmis. Les *arrieras* bouffaient tout sur leur passage. Son hamac était en loques, ainsi que les vêtements de marche qu'elle avait suspendus à une corde. Une mer de fourmis couvrait sa moustiquaire. Le garde fit de son mieux pour les disperser, mais beaucoup s'étaient déjà infiltrées à l'intérieur. Clara voulait descendre de son hamac pour s'en débarrasser, mais le sol aussi bouillonnait d'insectes et elle n'avait pas ses bottes. Je réalisai trop tard que le bruit de pluie fine n'était autre que le son produit par le déplacement des *arrieras*. Elles avaient envahi le campement et étaient déjà passées chez moi.

La lumière du jour nous permit de constater les dégâts : personne n'avait été épargné. Le hamac que Lucho m'avait prêté était devenu une passoire. Les courroies de mon *equipo* avaient disparu. De la veste d'Orlando il ne restait plus que le col et les tentes avaient toutes été trouées. Il fallut rapiécer à toute allure. Je rafistolai mon *equipo* de mon mieux, raccommodai le hamac comme je pus. Il fallait partir.

Une troupe de guérilleros était venue avec des provisions d'un campement voisin. C'est eux qui avaient amené la barque de Sombra et du bébé. Nous vîmes de nouveaux visages. Nous espérions tous que la fin de la marche était proche. De fait, malgré une meilleure nourriture, nous marchions lentement. Les guérilleros se plaignaient. Tout le monde avait du mal à continuer. Ce jour-là, nous fîmes halte après 2 heures. Sombra était fou de rage. Il s'approcha de moi en tempêtant :

— Dites à ces Américains de ne pas me prendre pour un imbécile. Je comprends tout ce qu'ils disent. S'ils veulent foutre le bordel, je vais les enchaîner tous les trois !

Je le regardai, effarée. Une demi-heure plus tard, je voyais arriver Orlando et Keith enchaînés l'un à l'autre par le cou. Jorge marchait derrière avec

Lucho. Les autres arrivaient à la traîne. Guillermo les devança dès qu'il me vit.

— Allez-vous asseoir plus loin, aboya-t-il pour éviter que je ne parle à mes compagnons.

Keith était excessivement nerveux, accroché des deux mains à la chaîne qui lui pendait au cou. Orlando vint s'asseoir à côté de moi, poussé par les autres qui s'étaient installés dans l'espace que Guillermo nous avait alloué. Orlando faisait semblant de jouer avec ses pieds :

— Cet idiot s'est mis à donner des coups de pied dans son sac à dos. Guillermo a cru qu'il ne voulait plus porter ses affaires… Il a dit à Sombra que nous voulions entraver la marche… C'est moi qui trinque maintenant.

Pendant ce temps, Keith s'était levé et parlait à Sombra en nous tournant le dos. Sombra se mit à rire et lui enleva la chaîne en la jetant sur Orlando :

— Vous, vous la garderez plusieurs jours ! Cela vous apprendra à faire le malin avec moi.

Keith s'éloigna en se frottant le cou, sans oser regarder Orlando. Guillermo revint avec une grande marmite remplie d'eau. Il en distribua à tout le monde, laissa boire, puis hurla :

— Dans l'ordre de marche, avancez !

Mes compagnons sautèrent sur leurs pieds comme des automates, renfilèrent leurs sacs à dos et reprirent le sentier, s'enfonçant dans la jungle en file indienne. Il me faudrait attendre le retour des porteurs. Je resterais seule en attendant. Sombra hésita. Puis, se décidant à me quitter, il me dit :

— Ne vous inquiétez pas pour le dico. Là où vous allez, ce sera facile de vous en procurer un autre.

— Sombra, vous devez enlever les chaînes d'Orlando.

— Ne vous occupez pas de ça. Pensez plutôt à ce que je vous dis : les Français sont en train de négocier. Vous serez libre bien avant ce que tous imaginent.

— Je ne sais rien de tout cela. Ce que je sais, c'est qu'Orlando porte une chaîne au cou et que vous devez la lui enlever.

— Allez, tenez bon ! Cela va bientôt finir, me lança-t-il, dissimulant mal son irritation.

Il s'éloigna en trottinant et disparut. Mes porteurs arrivèrent. Il y en avait un nouveau, car celui qui m'avait portée pendant la matinée s'était luxé l'épaule. Il avait été remplacé par l'Indien, toujours aussi souriant et aimable. Dès que nous fûmes seuls une seconde, il me dit :

— Il va y avoir une libération. Nous croyons que ce sera toi.

Je le regardai, incrédule, je n'avais pas cru un mot de ce que Sombra m'avait raconté :

— Comment ça, de quoi me parles-tu ?

— Oui, certains vont aller à La Macarena[1], d'autres vont partir avec le premier front. Mais toi, tu vas aller chez les chefs.

— Quels chefs ? Mais qu'est-ce que tu racontes !

— Si tu veux plus d'infos, tu me donnes ta chaîne en or.

J'éclatai de rire :

— Ma chaîne en or ?

— Oui, c'est un gage !

— Un gage de quoi ?

— Que tu ne me balanceras pas. Si jamais quelqu'un apprend que je t'ai parlé, je passerai en conseil de guerre et je serai fusillé.

1. La Macarena : élévation au milieu des Llanos, entre les Andes et la jungle.

— Je n'ai pas de chaîne en or.

— Si ! celle que tu as dans ton *equipo*.

Je sursautai.

— Elle est cassée.

— Donne-la-moi et je te raconterai tout.

Son coéquipier arriva. Je me glissai à nouveau dans le hamac. La chaîne avait appartenu à ma grand-mère. Je l'avais cassée, je l'avais perdue, je l'avais retrouvée miraculeusement et l'avais soigneusement rangée entre les pages de ma Bible. La fouille avait donc été très minutieuse.

En arrivant au site, alors que nous montions les tentes pour la nuit, j'en parlai à Lucho.

— Ils fouillent tout… Tu ne peux pas continuer à porter la machette.

— Qu'est-ce qu'on fait ? me répondit-il, nerveux.

— Attends, j'ai une idée.

Le campement des militaires était à nouveau collé au nôtre. Je cherchai mes amis. Ils continuaient enchaînés deux à deux et devaient se mettre d'accord pour se déplacer. Ils étaient contents de me voir et m'offrirent du lait et du sucre.

— Je viens avec une mission délicate. J'ai besoin de votre aide.

Ils s'installèrent pour m'écouter attentivement, accroupis à côté de moi.

— Je garde une machette avec moi, car je vais essayer de m'enfuir. Il y aura une fouille, probablement demain. Je ne veux pas la jeter dans la nature. Est-ce que vous pouvez la cacher dans vos affaires pendant quelques jours, le temps de la fouille ?

Les hommes se regardèrent en silence, le teint blême.

— C'est dangereux, dit l'un.

— Très dangereux, dit l'autre.

Un garde hurla. Il fallait revenir. Je les regardai avec angoisse, nous n'avions que quelques secondes.

— Tant pis, on ne peut pas vous laisser dans le pétrin. Comptez sur nous, déclara l'un.

— Prenez cette serviette. Enroulez-la dedans après le bain. Vous nous la repasserez quand il fera sombre. Vous direz que je vous ai prêté ma serviette et que vous devez me la rendre, renchérit l'autre.

J'avais les yeux pleins de larmes. Je les connaissais à peine, et pourtant j'avais une totale confiance en eux.

Je revins tout raconter à Lucho.

— C'est moi qui irai la leur remettre. Je tiens à les remercier personnellement, me dit-il, profondément ému.

Nous connaissions trop bien le risque qu'ils prenaient.

Le lendemain à l'aube, il y eut fouille. Nos amis démarraient leur marche et ils nous firent un signe de la main avant de s'éloigner. On pouvait être tranquilles. Quand ce fut mon tour, Guillermo ouvrit ma Bible. Il prit la chaîne, joua avec elle pendant un moment, puis la remit entre les pages de la Bible et referma soigneusement la fermeture Éclair de l'écrin en cuir qui la protégeait. « Il n'osera pas ! »

L'Indien m'avait été de nouveau affecté. Il tenait visiblement à me parler et cherchait le moment propice. De mon côté, j'étais de plus en plus intriguée par son histoire. J'avais soif de bonnes nouvelles. Même si ce n'était pas vrai, j'avais envie de m'accrocher à un beau rêve. Je me disais que, de toute façon, si Guillermo avait lorgné sur la chaîne de ma grand-mère, il trouverait bien le moyen de me la soutirer. De sorte que, lorsque l'Indien m'approcha, j'étais prête à lui acheter ses mensonges.

L'Indien s'assit près de moi, sous le prétexte que je ne devais pas rester seule car nous approchions des zones où patrouillaient les militaires. Son coéquipier ne se fit pas prier et décampa pour aller « remorquer » son *equipo*.

— Je vais tout vous dire, je laisse le reste à votre conscience, me déclara-t-il en guise d'introduction.

Il m'expliqua que j'allais être remise à un autre commandant qui aurait pour mission de nous emmener chez Marulanda, et que j'allais recouvrer ma liberté.

— Le Mono Jojoy tient à faire une grande cérémonie avec tous les ambassadeurs et plein de journalistes. Il vous remettra aux mains des émissaires européens. Votre compagne sera remise au front premier du Bloc Oriental. Emmanuel ira vivre avec une famille de miliciens qui prendront soin de lui jusqu'à ce qu'il soit grand.

Il déclara que, quand il en aurait l'âge, il deviendrait guérillero. Il serait envoyé dans un hôpital pour être opéré de son bras. Puis, il ajouta :

— Les trois Américains iront à La Macarena. Les autres seront divisés en groupes et partiront en Amazonie. Voilà, vous savez tout. J'espère que vous tiendrez parole.

— Je ne vous ai rien promis.

— Vous avez tout écouté, je vous ai tout raconté. Maintenant vous êtes seule avec votre conscience.

Je savais que l'Indien me mentait. Je savais qu'entre eux mentir était considéré comme une des qualités du guerrier. Cela faisait partie de leur apprentissage, c'était un instrument de guerre qu'ils étaient encouragés à maîtriser. Ils savaient s'y prendre. Ils avaient acquis la sagesse de l'ombre, qui s'utilise pour faire le mal.

Mais l'Indien m'avait fait rêver. En prononçant le mot « liberté », il avait ouvert la boîte que je maintenais fermée à double tour. Je ne pouvais plus contenir le flot de divagations qui me submergeait. Je voyais mes enfants, ma chambre, mon chien, mon plateau du petit déjeuner, les vêtements repassés, l'odeur de parfum, Maman. J'ouvrais le frigo, je fermais la porte des toilettes, j'allumais ma lampe de chevet, je portais des talons. Comment fourrer tout cela à nouveau dans l'oubli ? J'avais tellement envie de redevenir moi-même.

Le doute était pour moi une source d'espoir. Sans cela, j'avais devant moi une captivité éternelle. Alors, oui, le doute était un sursis, un instant de repos. Je lui en savais gré.

Je pris la décision de lui remettre la chaîne, non pas en récompense de ses informations, mais parce qu'il avait eu un sourire, un mot, un regard. Je voulais donner une apparence louable à ma défaillance.

J'adorais ma grand-mère. C'était un ange qui s'était égaré sur cette terre. Je ne lui avais jamais entendu un commentaire méchant sur personne. C'était d'ailleurs pour cela que nous venions tous lui rapporter nos querelles familiales. Elle écoutait en riant et finissait toujours par dire : « Ne fais pas attention à tout cela, oublie ! » Elle avait le don de soigner notre ego meurtri, on avait toujours l'impression qu'elle prenait parti pour nous. Mais elle facilitait le pardon, car elle relativisait les fautes et enlevait de l'importance à notre ressentiment. Nous avions une grande complicité, elle connaissait tous mes secrets. Elle avait toujours été importante dans ma vie et son amour avait été constructeur. Elle n'était pas exigeante dans son amour, et cela était probablement une des plus belles leçons de vie qu'elle nous ait laissée. Il n'y avait pas de marchandage avec elle, elle donnait tout sans rien espérer en retour. Il n'y avait pas de manipulation, ni de culpabilisation dans son amour. Elle excusait tout. Nous étions une myriade de petits-enfants, chacun convaincu d'être son favori. Maman m'avait donné la chaîne comme mon héritage. Ma grand-mère l'avait portée jusqu'à sa mort et je l'avais toujours portée depuis, jusqu'à ce que je la casse.

En la donnant à un homme qui avait eu de la compassion pour moi, j'avais l'impression de faire honneur à la bonté de ma grand-mère. Je savais que, de là-haut, elle était d'accord. Je me disais aussi que ma chaîne avait déjà été repérée, et qu'elle avait de grandes chances de disparaître avant la fin de la marche. Mais je n'étais pas dupe. L'Indien m'avait vendu de l'espoir en boîte. J'allais flotter pendant des jours dans la béatitude. L'attente du bonheur était plus délicieuse que le bonheur lui-même.

Après un jour particulièrement difficile, avec une série de « crève-chiens » élevés et raides, j'aperçus l'Indien qui, l'air de rien, flânait dans notre section. Il venait chercher sa récompense. Je la sortis de sa cachette et la mis furtivement dans sa grande main calleuse. Il ferma à la hâte le poing et disparut comme un voleur.

Les jours suivants, il m'évita. Je le rencontrai tout de même un soir ; il aidait Gloria à construire sa *caleta*. Je le hélai. Il baissa les yeux, incapable de soutenir mon regard.

Je n'avais rien raconté de cette histoire à Lucho.

Ce qui me fit le plus de peine finalement, ce n'est pas que la libération annoncée n'ait été qu'une pure et simple chimère, c'était que l'Indien ne cherchât plus à m'aider ni à me sourire, et qu'il soit devenu comme les autres.

## 53

## Le groupe des dix

Un après-midi, Milton[1] m'ordonna de marcher et réexpédia les porteurs à l'arrière de la troupe. Je me traînais dans cette jungle comme un zombie, avec Milton à mes côtés. Il essayait d'être ferme et haussait le ton dans l'espoir que cela me déciderait à accélérer le pas. Mais ma volonté n'y était pour rien. C'était mon corps qui s'obstinait à me faire défaut. Quand la nuit commença à tomber, j'étais encore à des heures de marche du campement.

Un groupe de filles nous rattrapa. Elles étaient parties très en retard du campement précédent. Leur mission était de faire en sorte qu'il ne reste aucune trace de notre passage : elles enterraient les empreintes de toutes sortes que les prisonniers laissaient dans l'espoir d'être repérés par l'armée colombienne. Elles étaient contentes. Elles avaient mis cinq heures au petit trot, avec leurs *equipos* sur le dos, pour parcourir une distance qui nous avait demandé neuf heures de marche.

Je m'étais assise par terre et tenais ma tête entre

1. Celui qui accompagnait Sombra à la guitare pendant la sérénade, le troisième commandant après Alfredo et Sombra.

mes genoux pour essayer de rassembler mes forces. Sans attendre qu'on leur en donne l'ordre, elles décidèrent de me porter. La fille qui avait pris l'initiative s'accroupit derrière moi, passa sa tête entre mes jambes et me souleva d'un coup, à califourchon sur ses épaules.

— Elle ne pèse rien.

Elle partit en courant comme une flèche. Elles se relayèrent, toutes les vingt minutes. Deux heures après nous arrivâmes près d'un cours d'eau qui serpentait silencieusement entre les arbres. Une buée semblait monter de la surface de l'eau qui reflétait encore les derniers rayons de lumière. On entendait déjà les bruits des machettes. Le campement devait être tout près.

Sombra était assis un peu plus loin sur le sentier, entouré d'une demi-douzaine de jeunes qui l'adulaient. La fille qui me portait s'approcha au trot et me déposa aux pieds de Sombra. Elle ne fit aucun commentaire et le regarda longuement. Le groupe était sous le choc, et je ne savais pas trop pourquoi. Ce fut Sombra qui me donna la réponse.

— Vous avez une mine terrible, me dit-il.

Guillermo était dans le groupe. Il comprit aussitôt qu'il devait prendre la situation en main.

Il essaya de me prendre sous le bras, et je me dégageai.

Ils revenaient tous du bain. Lucho m'accueillit, inquiet :

— Il faut que tu te soignes. Sans médicaments tu vas finir par crever et ce sera de leur faute ! dit-il, haut et fort pour être sûr que Guillermo l'entende.

Orlando s'approcha lui aussi. Il m'entoura avec son bras, toujours la chaîne au cou.

— Ce sont des salauds. Tu ne vas pas leur faire le plaisir de crever. Viens, je vais t'aider.

J'étais déjà sous la moustiquaire lorsque Guillermo réapparut. Il portait un tas de boîtes. Il alluma en me braquant la torche électrique en plein visage.

— Mais, arrêtez ! protestai-je.

— Je vous apporte de la silymarine. Prenez-en deux après chaque repas.

— Quel repas ? répondis-je, croyant qu'il se moquait de moi.

— Prenez-en chaque fois que vous mangerez quelque chose. Cela devrait vous faire tenir encore un mois.

Il repartit. Je m'entendis dire :

— Mon Dieu, faites que dans un mois je sois à la maison.

Le lendemain, il y eut un remue-ménage indescriptible du côté des guérilleros. Il était 6 heures du matin et on ne décelait aucun signe de départ. J'étais arrivée trop tard la veille pour remarquer que les militaires campaient juste derrière nous. Mes compagnons en profitaient pour parler avec eux de façon animée, et les gardes laissaient faire. Lucho revint très pâle de sa conversation avec nos deux nouveaux amis :

— Ils vont nous diviser, rapporta Lucho. Je crois que nous deux nous allons partir avec un autre groupe.

C'était bien ce que l'Indien m'avait confié. Mon cœur fit un bond.

— D'où tiens-tu cela ?

— Les militaires sont bien informés. Certains ont des potes dans les rangs de Sombra… Regarde !

Je me tournai pour voir un grand gars, jeune, à la peau cuivrée, petite moustache bien rasée, uniforme impeccable, qui s'avançait vers nous. Avant qu'il soit à notre hauteur, Gloria l'avait accosté, le bombardant de questions. L'homme souriait, ravi de l'importance qu'on lui donnait.

— Venez tous ! cria-t-il sur un ton mi-aimable, mi-autoritaire.

Lucho s'approcha, méfiant, moi derrière.

— C'est vous, la Betancourt ? Vous avez une mine effroyable. Vous avez été très malade à ce que l'on me dit !

J'hésitai, ne sachant pas trop quoi répondre. Gloria intervint :

— C'est notre nouveau commandant. Il va donner de nouvelles radios à tout le monde !

Le groupe se resserra autour de lui, tout le monde voulait en savoir plus, et surtout tous essayaient de donner bonne impression.

L'homme reprit la parole avec l'air de quelqu'un qui sait mesurer le poids de ses mots :

— Pas à tout le monde. Je serai le commandant d'une partie de ce groupe. La *doctora* Ingrid et le *doctor* Pérez iront ailleurs.

Je sentis une contraction au niveau de mon foie. Par orgueil, je me refusai la permission de poser les mille et une questions qui me traversaient l'esprit. Heureusement, Gloria les posa toutes pour moi en l'espace d'une demi-minute. C'était clair, Lucho et moi allions être séparés des autres. Qui sait, probablement pour toujours.

Jorge traversa toute notre section pour me prendre dans ses bras. Il me serra très fort et me laissa sans souffle. Il avait les yeux remplis de larmes, et d'une voix entrecoupée, essayant de cacher son visage dans mon épaule, il me dit :

— Ma madame chérie, prends bien soin de toi. Tu vas beaucoup nous manquer.

Gloria arriva derrière lui, et le gronda.

— Pas ici. Pas devant eux !

Jorge se ressaisit et alla embrasser Lucho. Je faisais de mon mieux, moi aussi, pour ravaler mes larmes. Gloria me prit le visage entre les mains et me regarda droit dans les yeux.

— Tout va bien se passer. Je prierai tout le temps pour toi. Sois tranquille.

Clara s'approcha.

— Je voulais rester avec toi !

Puis, comme pour atténuer la charge dramatique de ses mots, elle se mit à rire et conclut :

— Ils nous remettront sûrement ensemble d'ici quelques mois !

Guillermo était revenu nous chercher.

On traversa notre section, puis une partie du campement de la guérilla. On longea le cours d'eau pendant deux minutes, pour déboucher sur un endroit couvert de poussière de bois où, visiblement, ils avaient installé leur scierie provisoire. Je m'assis sur un tronc dès que Guillermo nous donna l'ordre d'attendre. Il y avait déjà un guérillero placé là pour la garde.

Je réfléchissais. Qu'est-ce que cela pouvait vouloir dire ?

Je n'eus pas le temps de répondre. Un groupe de huit militaires enchaînés deux par deux s'avançait vers nous. On leur donna l'ordre d'attendre. Je me levai pour leur souhaiter la bienvenue, et les embrassai un à un. Ils étaient souriants et gentils, et nous regardaient avec curiosité.

— J'imagine que nous allons faire partie du même groupe maintenant ! dit Lucho en guise de présentation.

La discussion commença immédiatement. Chacun avait sa thèse, son opinion, sa façon de voir. Ils parlaient avec prudence, s'écoutant les uns les autres avec courtoisie, et faisaient attention aux mots qu'ils employaient pour éviter toute forme de malentendu.

— Cela fait combien de temps que vous êtes prisonniers ? demandai-je.

— Moi, j'ai plus de temps dans les FARC que la plupart de ces gamins, répondit un jeune homme agréable, et se tournant vers le garde, il lui lança : Toi, l'ami, ça fait combien de temps que t'es enrôlé ?

— Ça fait trois ans et demi, répondit l'adolescent avec fierté.

— Vous voyez ? renchérit-il, c'est ce que je vous disais ! Cela va faire cinq ans que je pourris ici.

En disant cela, ses yeux devinrent rouges et brillants. Il avala son émotion, éclata de rire et se mit à chanter : *La vida es una tómbola, tómbola, tómbola*[1]. C'était un air qui passait constamment à la radio. Puis, reprenant son sérieux, il ajouta :

— Je m'appelle Armando Castellanos, pour vous servir, je suis intendant de la police nationale.

Notre nouveau groupe comptait donc huit membres de l'armée ou de la police : John Pinchao, policier, était enchaîné à un officier de l'armée, le lieutenant Bermeo, celui-là même qui avait demandé que je sois transportée en hamac, Castellanos l'était au sous-lieutenant Malagon, le caporal Arteaga à Flórez, autre caporal de l'armée, l'infirmier et caporal William Pérez au sergent José Ricardo Marulanda, visiblement l'aîné de tous.

Leur présence me rasséréna. La séparation d'avec mes anciens compagnons m'apparaissait maintenant comme un moindre mal. Je décidai de prendre du

---

1. « La vie est une tombola, tombola, tombola. »

temps pour créer des rapports personnels avec tous, et d'éviter toute situation qui pourrait susciter des tensions entre nous. Ils étaient ouverts et curieux de faire notre connaissance. Eux aussi avaient eu des expériences difficiles et en avaient tiré les leçons. Leur attitude envers Lucho et moi était radicalement différente de celle de nos anciens compagnons.

Lucho restait méfiant :

— Nous ne les connaissons pas, il faut attendre.

— Je me sentirais mieux si nous pouvions aussi changer de commandant, chuchotai-je à Lucho.

Sans que je m'en aperçoive, le garde s'était rapproché et se tenait juste derrière nous. Il avait entendu ma remarque, car il nous dit, comme en secret :

— Pas de chance, vous aurez Sombra encore longtemps !

Et il éclata de rire.

Effectivement, Sombra vint nous chercher. Il se planta devant nous, les jambes écartées, les mains sur les hanches.

On se réveilla le lendemain sous une pluie torrentielle. Il fallut remballer nos affaires sous l'orage et commencer à marcher trempés. Nous devions escalader une pente raide.

J'étais trop lente et surtout très faible. Passé la première demi-heure, mes gardes jugèrent préférable de me porter plutôt que d'attendre. Je me retrouvai emprisonnée pendant des heures dans un hamac qui se gonflait d'une eau de pluie que les guérilleros évacuaient en me secouant par terre lorsque le terrain s'y prêtait. La plupart du temps ils me hissaient en me traînant, l'un tirant à l'avant, l'autre poussant à l'arrière. À plusieurs reprises ils me lâchèrent et je glissai, prenant dangereusement de la vitesse, pour aller m'écraser contre un arbre qui arrêtait ma chute. Je rabattis la toile du hamac sur mes yeux pour ne rien voir. J'étais trempée, rouée de coups. Je répétais des prières dont j'oubliais le sens mais qui m'évitaient d'avoir à penser à quoi que ce soit et de céder à la panique. Celui qui pouvait écouter mon cœur savait que j'appelais au secours.

Dans les descentes, mes porteurs sautaient comme des cabris, atterrissant en équilibre sur les racines des arbres, avec mon poids sur leurs épaules. Mon hamac se balançait à grande volée et me cognait contre tous les arbres qu'ils n'essayaient même plus d'esquiver.

Le lendemain, mes compagnons quittèrent le campement avant l'aube. Je restai seule, attendant les instructions. Les porteurs étaient partis à l'avant déposer leurs *equipos*, ils reviendraient me chercher dans la matinée. Sombra avait affecté une fille à ma garde. Elle s'appelait Rosita.

Je l'avais remarquée pendant la marche. Elle était grande, avec une démarche élégante et un visage d'une beauté raffinée. Elle avait les yeux noirs, radieux, une peau cuivrée et un sourire parfait.

Je réorganisai les quelques affaires qui me restaient, sous une petite pluie fine et éreintante. Rosita m'observait en silence. Je n'avais pas envie de parler. Elle vint près de moi, s'accroupit et se mit à m'aider.

— Ingrid, ça va ?

— Non, pas du tout.

— Moi non plus.

Je levai les yeux. Elle était sous l'emprise d'une vive émotion.

Elle voulait que je lui demande pourquoi. Je n'étais pas sûre de vouloir le faire. Je finis de sangler mon *equipo* en silence. Elle se leva, confectionna un abri au-dessus d'un tronc d'arbre qui pourrissait par terre. Elle déposa les sacs à dos dessous en m'invitant à m'asseoir avec elle sous le couvert.

— Tu veux me raconter ? me résignai-je à lui demander.

Elle me regarda avec des yeux pleins de larmes, me sourit, et me dit :

— Oui, je crois que si je ne parle pas avec vous, je vais mourir.

Je lui pris la main et chuchotai :

— Vas-y, je t'écoute.

Elle parlait lentement, en évitant de me regarder, plongée dans ses souvenirs. Elle était née d'une mère *paisa*, des habitants d'origine espagnole de la région d'Antioquia, et d'un père des Llanos. Ses parents travaillaient dur et n'arrivaient pas à subvenir aux besoins de tous leurs enfants. Comme ses frères et sœurs aînés, elle avait quitté la maison familiale dès qu'elle avait eu l'âge de travailler. Elle s'était enrôlée dans les FARC pour éviter de finir dans une maison close.

Dès qu'elle avait été intégrée, un petit chef, Obdulio, avait eu la prétention d'en faire sa compagne. Elle avait résisté, car elle n'était pas amoureuse de lui. Je connaissais Obdulio. C'était un homme d'une trentaine d'années, avec des chaînes d'argent qui lui pendaient au cou et aux poignets, déjà chauve et à moitié édenté. Je ne l'avais vu qu'une seule fois, mais je me souvenais de lui car j'avais pensé que ce devait être un homme cruel.

Obdulio avait été envoyé en appui aux unités de Sombra. Il faisait partie d'un autre front et recevait ses ordres d'un autre commandant. Dans le groupe qu'il avait constitué pour l'occasion, il avait inclus

Rosita, avec l'espoir de vaincre sa résistance. Elle avait fini par accepter de coucher avec lui.

Dans les FARC, refuser les avances d'un chef était très mal vu. Il fallait faire preuve de camaraderie et d'esprit révolutionnaire. On attendait des femmes en uniforme qu'elles assouvissent les désirs sexuels de leurs compagnons d'armes. Dans la pratique, il y avait deux jours pendant la semaine, le mercredi et le dimanche, où les guérilleros pouvaient demander au commandant à partager leur *caleta* avec quelqu'un d'autre. Les filles avaient la liberté de refuser une ou deux fois, mais pas trois, sous peine d'être rappelées à l'ordre pour « manque de solidarité révolutionnaire ». Le seul moyen d'échapper à cette obligation était de se constituer officiellement en couple et d'obtenir la permission de vivre sous le même toit. Mais si le chef avait jeté son dévolu sur une des filles, il y avait peu de chances pour qu'un autre guérillero ose s'interposer.

Rosita avait donc cédé. Elle était devenue une *ranguera*, c'est-à-dire une fille qui « s'associait » avec un haut gradé –– quelqu'un qui avait du « rang ». Elle accédait par ce biais au luxe version FARC : meilleure nourriture, parfums, petits bijoux, petits appareils électroniques et plus beaux vêtements. Rosita se moquait de tout cela. Elle était malheureuse avec Obdulio. Il était violent, jaloux et mesquin.

En arrivant chez Sombra, Rosita rencontra un jeune qui s'appelait Javier. Il était beau et courageux. Ils tombèrent fous amoureux l'un de l'autre. Javier demanda à partager sa *caleta* avec Rosita. Sombra accéda à la demande du jeune couple et déclencha la colère d'Obdulio. Celui-ci n'étant pas le chef de Javier, il ne pouvait s'en prendre qu'à Rosita. Il la submergea de corvées. Les travaux les plus fatigants, les plus durs ou les plus dégoûtants lui étaient systématiquement destinés. Rosita n'en devenait que plus amoureuse de Javier. Celui-ci se dépêchait de finir son travail et courait aider sa compagne à terminer ses corvées.

Pendant notre marche, j'avais vu Javier courir comme un dératé pour arriver le premier au bivouac. Il avait jeté son *equipo* et était reparti aussi sec pour chercher celui de Rosita. Puis, lui portant son sac et la tenant par la main, ils avaient pris en riant le chemin du campement.

Le lendemain, on divisa les groupes de prisonniers. Javier partit avec son unité d'un côté et Obdulio récupéra Rosita. Il voulait la forcer à retourner avec lui.

— Dans les FARC, c'est comme cela ! J'appartiens à un front différent du sien, je ne le reverrai plus jamais, disait Rosita en pleurant.

— Pars avec lui, abandonnez tous les deux les FARC.

— Nous n'avons pas le droit de quitter les FARC. Si on le fait, ils iront tuer nos familles.

Nous n'avions pas entendu arriver les porteurs. Ils étaient déjà devant nous quand nous les vîmes. Ils nous regardaient méchamment.

— Tire-toi de là, beugla l'un d'eux à l'intention de Rosita.

— Allez, montez dans le hamac, on n'a pas de temps à perdre, nous autres ! me dit le second, plein de haine.

Je me retournai vers Rosita. Elle était déjà debout, son fusil Galil à l'épaule.

— Taille-toi vers le campement. Et ne traîne pas si tu ne veux pas finir avec une balle dans la tête.

Puis, se tournant vers moi :

— Et vous aussi, faites gaffe, je suis de très mauvaise humeur et je me ferais un plaisir de vous loger une balle entre les deux yeux.

Je pleurai durant tout le reste de la journée à cause de Rosita. Elle avait l'âge de ma fille. J'aurais voulu lui donner du réconfort, de la tendresse, de l'espoir. Au contraire, je l'avais quittée dans la peur des représailles. Pourtant, je pense encore souvent à elle. Une de ses phrases m'est restée poignardée dans le cœur. « Vous savez, avait-elle dit, ce qui me fait le plus horreur, c'est de savoir qu'il va m'oublier. »

Je n'avais pas eu l'esprit assez vif pour lui dire que cela était impossible, parce qu'elle était tout simplement inoubliable.

## 54

## *La marche interminable*

Le 28 octobre 2004. Nous étions partis en dernier et nous arrivâmes les premiers au site du campement, devant Lucho et mes nouveaux compagnons. On me disait qu'ils s'étaient perdus mais, en écoutant les conversations, ou tout du moins les bribes de chuchotements que je pouvais entendre, j'appris qu'ils avaient frôlé la catastrophe. Ils étaient passés à quelques mètres d'un escadron de l'armée.

Il tombait une petite pluie fine et têtue qui ne s'arrêtait jamais. Il faisait froid. Juste assez pour me mortifier, mais pas suffisamment pour m'obliger à me secouer. Ici, le temps s'étirait à l'infini, devant moi il n'y avait rien. Il y eut un remue-ménage au-dessus de ma tête. Un groupe d'une cinquantaine de singes traversa l'espace. C'était une colonie bien fournie, avec les grands mâles devant, et les mères avec leurs bébés à l'arrière. Ils m'avaient vue d'en haut et me regardaient avec curiosité. Certains mâles devenaient agressifs, poussant des cris et se laissant tomber au-dessus de moi, accrochés par leur queue, pour me faire des grimaces. Je souris. Ces rares moments où j'entrais en contact avec les animaux me redonnaient envie de vivre. Je savais que c'était un privilège que d'habiter parmi eux, que de pouvoir les observer d'égal à égal, sans que leur comportement soit affecté par la barbarie de l'homme. Ils me pissaient dessus, me bombardaient de branches cassées, en toute innocence, en toute ignorance. Dès que la guérilla sortirait ses fusils, l'enchantement disparaîtrait. L'histoire de la petite Cristina se reproduirait.

Les gardes les avaient repérés eux aussi. À travers les arbustes, j'observais leur excitation, j'entendis l'ordre de charger les carabines. Je ne voyais plus rien, je n'entendais que les voix et les cris des singes. Et puis, la première détonation, une deuxième et une dernière encore. Le bruit sec des branches qui cassent et le plouf sur le tapis de feuilles. J'en comptai trois. Avaient-ils tué les mères pour capturer les bébés ? Cette satisfaction perverse de détruire me dégoûtait. Je savais qu'ils avaient toujours des excuses pour se donner bonne conscience. Nous avions faim, nous n'avions pas mangé de viande depuis des semaines. Tout cela était vrai, mais ce n'était pas une raison suffisante. La chasse m'était devenue difficile à supporter. Avais-je toujours eu le même sentiment ? Je n'en étais plus sûre. J'avais été profondément touchée par l'histoire de la *guacamaya* qu'Andrés avait abattue par plaisir, et par la mort de la mère de Cristina. Elle était tombée de son arbre, la balle lui avait traversé le ventre. Elle mettait son doigt dans la plaie et regardait le sang qui en sortait.

— Elle pleurait, je suis sûr qu'elle pleurait, m'avait dit William en riant. Elle me montrait le sang avec ses doigts, comme si elle voulait que je fasse quelque chose, elle remettait les doigts dans la plaie et me montrait à nouveau. Elle a fait ça plusieurs fois et elle est morte. Ces bêtes-là, elles sont comme des humains », avait-il conclu.

Comment tuer un être qui vous regarde dans les yeux, avec qui vous établissez un contact ? Bien sûr, cela n'a plus aucune importance lorsqu'on a déjà tué un être humain. Pourrais-je moi-même tuer ? Oh ! Oui, je pourrais ! J'avais toutes les raisons pour me dire que j'en avais le droit. J'étais remplie de haine contre ceux qui m'humiliaient et qui prenaient tant de plaisir à ma douleur. À chaque mot, à chaque ordre, à chaque affront, je les poignardais de mon silence. Oh, oui ! Je pourrais tuer moi aussi ! Et je pourrais sentir du plaisir à les voir, eux, mettant leurs doigts dans leur plaie, regardant leur sang, prenant conscience de leur mort, attendant que je fasse quelque chose, et ne pas bouger et les voir crever. Cet après-midi-là, sous cette pluie maudite, recroquevillée sur mon malheur, je compris que je pouvais être comme eux.

Mes compagnons arrivèrent exténués. Ils avaient fait un long détour qui les avait obligés à traverser un marécage infesté de moustiques et à franchir un col aux pentes abruptes pour venir nous rejoindre. On leur avait dit qu'ils étaient perdus, mais ils entendaient des tirs croisés à peu de distance. Il y avait eu contact avec l'armée. La guérilla avait réussi à les « sauver » du guêpier.

Nous commençâmes à chercher un emplacement pour monter nos tentes.

— Ne vous en faites pas, *doctora*, me dit un des militaires, entre Flórez et moi on va vous installer cela en deux minutes. (C'était Miguel Arteaga, le jeune caporal au sourire avenant.) Nous avons mis au point notre technique, Flórez coupe les barres et moi je les enfonce, expliqua-t-il.

Effectivement, ils avaient développé une extraordinaire dextérité à l'ouvrage. En les observant, on avait l'impression que c'était facile. Je ne pouvais qu'admirer leur habileté et leur générosité. Ils m'ont aidée à monter ma tente pendant les quatre années que nous avons été ensemble.

Le garde arriva en traînant deux grosses marmites.

— Les assiettes ! beugla-t-il. Aujourd'hui, vous êtes gâtés, vous avez du *mico* et du riz !

— Arrête de mentir, lui lança Arteaga. Invente quelque chose de mieux, personne ne va gober ton histoire de singe !

Je me penchai sur la marmite. C'était bel et bien du singe. Ils l'avaient pelé et dépecé mais les membres restaient identifiables, bras, avant-bras, cuisses, etc. Les muscles étaient calcinés sur l'os tellement la viande avait été cuite, probablement sur du charbon de bois.

Je fus incapable d'en manger. J'avais l'impression de me soumettre à une expérience d'anthropophagie. Quand j'annonçai que je n'en mangerais pas, je soulevai un tollé général.

— Tu nous agaces avec ton côté Greenpeace ! lança Lucho. Avant de t'occuper des bêtes en voie de disparition, tu ferais mieux de t'occuper de nous qui sommes quasiment disparus.

— Je ne pense pas que ce soit du singe, dit un autre, il est trop maigre. Je crois que c'est l'un d'entre nous.

Et il fit mine de compter.

La viande était une de ces rares choses dont nous rêvions le plus. Personne ne voulait savoir d'où elle venait, et encore moins s'embarrasser de questions existentielles sur la convenance ou l'inconvenance qu'il y avait à en consommer.

Ma situation était différente. J'étais effrayée par mes pulsions de meurtre. Si j'étais capable d'agir comme eux, alors je courais le risque de devenir comme eux. Le plus grave n'était pas de mourir, mais de devenir ce qui me dégoûtait le plus. Je voulais ma liberté, je tenais à ma vie, mais je décidai que je ne deviendrais pas une meurtrière. Je ne tuerais pas, même pour m'évader. Je ne mangerais pas non plus de viande de singe. Je ne savais pas pourquoi cela s'était lié dans mon esprit, mais cela avait un sens.

Depuis ce 1ᵉʳ octobre où nous étions sortis de la prison de Sombra, c'était notre premier jour de repos. Les hommes passèrent la journée à coudre et à réparer leur *equipo*. Je passai la mienne à dormir. Guillermo vint. Je n'eus aucun plaisir à le voir, bien qu'il m'apportât de nouvelles boîtes de médicaments. Je fis l'inventaire de mes possessions. Il avait tout raflé. Il ne m'avait laissé que ma Bible.

Je m'étais déprise plus facilement des objets que j'affectionnais que de la rancune que je lui portais. J'avais espéré ne plus le revoir, qu'il reste avec l'autre groupe. Il sentit le désagrément que sa présence me causait et fut piqué dans son orgueil. Curieusement, sa réaction ne fut pas le mépris et l'insolence qu'il me réservait habituellement. Au contraire, il devint gentil et charmeur, et s'assit au pied de mon hamac pour me raconter sa vie. Il avait travaillé de longues années pour la mafia chargée des finances d'un narcotrafiquant qui manœuvrait quelque part dans les Llanos colombiens. Il me décrivait le luxe dans lequel il avait vécu, les femmes et l'argent qui étaient passés entre ses mains.

Je l'écoutai en silence. Il continua en m'expliquant qu'il avait perdu une somme importante d'argent et que son chef avait mis sa tête à prix. Il était entré dans les FARC pour lui échapper. Infirmier, il l'était devenu par besoin, pour remplir les exigences d'études des

FARC. Il avait suivi un cours de formation. Quant au reste, il l'avait appris tout seul, en lisant et en cherchant sur Internet.

Rien de ce qu'il disait ne m'attendrissait. Pour moi, c'était un barbare. Je savais qu'il m'aurait mis le canon sur la tempe et aurait appuyé sur la détente sans hésiter.

Je ne pus me retenir de lui détailler la liste de ce qu'il m'avait dérobé. Je le voyais rapetisser à chaque seconde, surpris que j'aie pu faire mon inventaire si vite.

— Gardez tout cela, lui dis-je, car décidément vous ne savez pas vous faire obéir.

Il me quitta irrité et, pour la première fois depuis longtemps, je m'en moquais. Dans la prison de Sombra, la pression du groupe avait été telle que j'avais dérapé vers une prudence qui tournait parfois à l'obséquiosité. Je n'aimais pas le voir chez les autres, et encore moins chez moi. J'avais souvent eu peur de Guillermo, de sa capacité à discerner mes besoins, mes envies et mes faiblesses et à utiliser son pouvoir pour me faire mal. Lorsque je devais lui faire face, ma voix tremblait, et je m'en voulais de ne pas être capable de me maîtriser. Il m'arrivait de préparer, pendant des journées entières, la phrase que je lui adresserais pour lui demander un médicament, ou un peu de coton. Cet exercice me plaçait dans une attitude qui suscitait chez Guillermo des réactions d'impatience, d'abus et de domination.

La roue de la vie avait tourné. Je me souvenais de María, une secrétaire qui avait travaillé avec moi pendant des années. Je l'intimidais et sa voix se cassait lorsqu'elle voulait me parler. Je me sentais devenir comme María, troublée par le pouvoir, paralysée par la conscience que j'avais de devoir plaire à l'autre pour obtenir ce qui, à un moment donné, me paraissait essentiel. Combien de fois avais-je été Guillermo ? Avais-je moi aussi répondu avec impatience, agacée par la frayeur de l'autre, croyant que j'étais véritablement supérieure parce que quelqu'un d'autre avait besoin de moi ?

J'avais le cœur endurci en écoutant Guillermo, car je condamnais en lui ce que je n'aimais pas en moi. J'ouvrais les yeux à l'importance de s'exercer à rester humble où que la roue de la fortune vous ait placé. Il avait fallu que je sois en bas pour le comprendre.

Le lendemain, Sombra vint me voir. Il avait l'air de vouloir parler, d'avoir du temps. Il s'installa sur un tronc d'arbre et m'invita à m'asseoir avec lui.

— J'étais petit lorsque votre Maman était reine de beauté. Je me souviens bien d'elle, elle était magnifique. C'était un autre temps. Avant, les reines étaient vraiment des reines…

— Oui, Maman était très belle. Elle l'est toujours, lui répondis-je plus par politesse que par envie d'en parler.

— Votre mère est du Tolima, comme moi.

— Ah bon ?

— Oui, c'est pour cela qu'elle a ce caractère fort. Je l'écoute tous les matins à la radio, elle a raison dans ce qu'elle vous dit, le gouvernement ne fait rien pour votre libération. En fait, pour Uribe, le mieux, c'est que vous ne sortiez pas.

— …

— Elle s'occupe toujours des orphelins ?

— Oui, bien sûr, c'est sa vie…

— Moi aussi j'ai été orphelin. Mes parents ont été massacrés pendant *La Violencia*. J'étais parti pour être une teigne. À huit ans, j'avais déjà assassiné. C'est Marulanda qui m'a recueilli, je l'ai suivi partout depuis, jusqu'à maintenant.

— …

— J'ai toujours été l'homme de confiance de Marulanda. Pendant longtemps, c'est moi qui ai gardé le trésor des FARC. Il est caché au fond d'une caverne dans le Tolima. Il n'y a qu'un seul accès, que je suis seul à connaître. C'est impossible de le voir de l'extérieur, il donne sur un ravin. On y accède par des rochers. Les FARC y ont entassé des montagnes d'or, c'est fabuleux.

Je me demandais s'il était fou, ou si l'histoire qu'il me racontait était une fable montée à mon intention. Il était très excité et ses yeux brillaient plus que d'habitude.

— Il y a un château tout près. C'est un endroit très connu, je suis sûr que votre mère y est allée. Ces terres appartenaient à un homme richissime. Il a été tué, à ce que l'on dit. Tout cela est abandonné aujourd'hui. Plus personne n'y va…

Il y croyait, à son histoire. Peut-être l'avait-il inventée il y a longtemps et, à force de la répéter, ne savait-il plus si c'était vrai ou faux. J'avais aussi l'impression que cette fiction était tissée de souvenirs d'enfance. L'avait-il écoutée petit, la faisant sienne à présent ? J'étais fascinée de le voir perdu dans ce monde mythique qui lui appartenait en propre. J'avais appris, très jeune, qu'en Colombie le réel n'était jamais contenu dans les limites du possible. Mais il y avait des barrières étanches avec l'imaginaire, si bien que tout cohabitait le plus naturellement du monde.

L'histoire de Sombra, ses montagnes d'or, ses passages secrets, la malédiction qu'il assurait s'abattre sur quiconque essaierait de s'emparer d'une partie du trésor, tout me projetait au cœur de l'imaginaire collectif du folklore colombien. Je lui posai donc des questions saugrenues, et il me répondait, ravi de mon intérêt, oubliant, l'un comme l'autre, qu'il était mon geôlier, que j'étais sa victime.

J'aurais voulu le détester. Je savais qu'il était capable du pire, qu'il pouvait être cruel et cynique, et que, parmi les prisonniers, il était exécré. Mais j'avais aussi découvert, à travers les failles de sa personnalité, une sensibilité qui me touchait. J'avais appris par exemple, dans le ramassis de potins qui parvenaient jusqu'à la prison, que la Boyaca était enceinte. Lorsqu'il était revenu de son petit voyage en rapportant les lettres de ma mère, je l'avais félicité, imaginant qu'il devait être heureux de devenir papa. Il avait reçu mes paroles comme un coup de poignard et je m'étais excusée, effrayée par la douleur que je lui avais causée :

— C'est que… hésita-t-il, les commandants n'ont pas jugé opportun que la Boyaca soit enceinte. Les militaires sont partout… elle a dû avorter.

— C'est terrible, lui avais-je répondu.

Il avait acquiescé en silence.

L'enfant de Clara était né quelques mois plus tard. Je l'avais souvent vu jouer avec le petit et le promener dans ses bras autour du campement, heureux de dorloter un bébé.

J'avais accumulé contre lui d'innombrables griefs mais, lorsque je l'avais en face de moi, il m'était difficile de lui en vouloir. Force m'était d'avouer que cet être grossier et despotique m'était au fond sympathique. Et je devinais qu'il vivait à mon sujet un conflit similaire. Je devais être la représentation de tout ce qu'il avait haï et combattu toute sa vie, les gardes l'avaient alimenté de tous les commérages possibles et imaginables et sans doute se méfiait-il de moi tout autant que moi de lui. Je sentais pourtant que, chaque fois qu'on se reparlait, notre boussole nous montrait un nord différent.

Nous en étions là lorsqu'un des gardes l'appela. Il leva le nez. Deux hommes que je n'avais jamais vus l'attendaient. Il s'entretint un long moment avec eux, puis revint en boitant vers nous :

— Votre temps avec moi est fini. Je vous présente vos nouveaux commandants, c'est à eux que vous devez obéir dès à présent. Vous connaissez les consignes, je n'ai pas eu de problèmes avec vous, j'espère qu'ils n'en auront pas non plus.

Il devait y avoir de la joie dans ma voix lorsque je tendis la main à Sombra pour lui dire :

— J'imagine que nous ne nous reverrons plus jamais.

Il se retourna comme un serpent sur lequel on aurait mis le pied et siffla :

— Détrompez-vous, je serai à nouveau votre commandant d'ici trois ans.

Le poison œuvra instantanément. Je n'avais jamais considéré la possibilité de rester aux mains des FARC pendant cinq ans. Lorsque Armando avait révélé que cela faisait un lustre qu'il était en captivité, je l'avais regardé comme un sinistré de Tchernobyl, avec une sensation tout à la fois d'horreur, de commisération et de soulagement à la pensée que j'avais un meilleur destin que le sien. Les paroles de Sombra furent un détonateur puissant d'angoisse. Tout au long de la marche, il m'avait fait miroiter la possibilité d'une libération. Lorsqu'il avait parlé des Français et des négociations qu'ils avaient entamées avec les FARC, ce n'était qu'un stratagème pour que je tienne le coup, que mon état ne s'aggrave pas et que je marche. En une seconde, je revis le film de cette marche sans fin, les marais envahis de nuages de moustiques, les montagnes russes des « crève-chiens », les ravins, les fleuves infestés de piranhas qu'il fallait traverser, les journées entières sous un soleil cuisant, sous des orages diluviens, la faim, la maladie. Sombra m'avait habilement leurrée et il en était sorti gagnant.

Deux hommes furent chargés de prendre la relève pour assurer mon transport. Sombra et le nouveau commandant surveillaient l'opération. Je restai debout devant eux :

— Non, je ne veux pas être transportée en hamac. À partir de maintenant, je marche.

Les yeux de Sombra faillirent lui sortir de la tête. Il avait tout prévu, sauf ça. Il me regarda courroucé, d'autant plus que je lui faisais perdre la face. Il décida finalement de se taire. La troupe de Sombra s'était postée sur le chemin pour nous voir partir. J'étais fière de les quitter en marchant, de les laisser derrière moi, avec eux, la prison, les humiliations, la haine et tout ce qui avait empoisonné notre existence durant cette année. Je prenais une revanche : c'était eux qui restaient. Je n'avais pas la force de porter mon sac à dos, même le fait de mettre un pied devant l'autre me donnait encore le tournis, mais je me sentais avoir des ailes car c'était moi qui partais.

## 55

## Les chaînes

Début novembre 2004. Dès les premières minutes
de contact avec Jeiner, le jeune commandant qui
avait pris la relève de Sombra, je me sentis dans un
autre monde. Il marcha depuis le début à mes côtés,
prenant ma main pour m'aider à traverser le plus
petit ruisseau, et arrêtant le groupe tout entier pour
que je puisse reprendre mon souffle. Avant la fin de
la deuxième journée, Jeiner détacha un contingent
de jeunots pour ramener des provisions. Ils nous
attendaient sur le chemin avec de la *cuajada* fraîche
et des *arepas*[1]. Je mâchai religieusement chaque morceau, pour en extraire tout le jus et toute la substance.
Cela faisait très longtemps que nous ne mangions que
de petites portions de riz. J'eus la sensation de découvrir à nouveau le goût des aliments. La jouissance à
leur contact fut comme un feu d'artifice. L'effet se
prolongea pendant des heures, les papilles gustati-
ves en effervescence et les tripes en folie, grinçant
indiscrètement comme un rouage qui se serait remis
à fonctionner sans avoir été huilé.

Il faisait beau et la jungle s'était parée de magnifi-

---

1. *Cuajada* : fromage paysan frais ; *arepa* : galette de farine sans levure.

cence. Nous traversions un nouveau monde. La lumière perforait le feuillage et se dispersait en faisceaux de couleurs, comme si nous pénétrions à l'intérieur d'un arc-en-ciel. Des cascades d'eau cristalline, bondissant sur des rochers polis et luisants, se succédaient en chapelet. Les chutes d'eau libéraient au passage des poissons qui s'envolaient du torrent pour atterrir frétillants à nos pieds. L'eau serpentait, s'ouvrant une voie entre les arbres sur des lits de mousse vert émeraude, dans lesquels nous nous enfoncions jusqu'aux genoux. Nous avancions sans nous presser, presque en flânant. Nous campâmes quelques jours autour d'une piscine naturelle d'eau bleu turquoise, au fond tapissé de sable fin doré. Elle s'était formée sous la chute d'eau d'un torrent qui s'enfuyait ensuite en zigzaguant pour se perdre mystérieusement dans la forêt. J'aurais voulu y rester pour toujours.

L'équipe que commandait Jeiner était composée d'enfants, dont les plus jeunes avaient à peine dix ans. Ils portaient leurs fusils comme s'ils jouaient à la guerre. La plus âgée des filles, Katerina, une Noire pas encore sortie de l'adolescence, avait été affectée à la préparation de mes repas, avec des recommandations bien précises qui devaient, selon Jeiner, accélérer mon rétablissement. J'étais interdite de sel, et tout devait être bouilli dans des herbes infâmes dont la propriété la plus évidente était de ruiner le goût des aliments. Katerina fut blâmée un soir parce que je n'avais pas mangé les pâtes qu'elle avait préparées. Je m'en voulus beaucoup. Je compris par la suite que le sous-commandant, un jeunot qu'ils appelaient « l'Âne », lui passait la facture pour avoir refusé ses avances. Ses copines furent particulièrement dures contre elle, demandant qu'elle soit immédiatement remplacée par quelqu'un d'autre. Le monde des enfants pouvait être parfois plus cruel que celui des adultes. Je la vis pleurer dans un coin. Je m'efforçais de lui sourire et de lui parler chaque fois que je la croisais sur mon chemin pendant la marche.

Nous arrivâmes ainsi près d'une maison enfouie au milieu de la forêt vierge, où des arbres fruitiers énormes enlaçaient leurs branches à celles d'une jungle tenue à distance avec soin par la main de l'homme. Sur un des côtés de la maison s'élevait une énorme antenne parabolique, pareille à un gros champignon bleu qui aurait poussé là sous l'effet d'une radiation ionisante.

Je fis alors la connaissance d'Arturo, un des commandants du premier front du Bloc Oriental, et le chef de Jeiner. C'était un colosse noir au regard intelligent et à la démarche assurée. Lorsqu'il me vit, il se lança sur moi et m'étouffa dans ses bras pour me dire :

— On s'en est fait du mauvais sang pour vous ! Est-ce que mes gars vous traitent comme il faut ?

Il distribuait des ordres précis et faisait la moitié du travail lui-même. Sa troupe d'enfants s'agglutinait autour de lui, et il les pressait dans ses bras comme si c'étaient les siens. « Si ces enfants cherchaient un père, ils l'ont sûrement trouvé », pensai-je en imaginant ce qui avait pu se produire dans leurs vies pour qu'ils finissent comme chair à canon dans les rangs des FARC.

— Détrompez-vous, m'avait fait remarquer le lieutenant Bermeo. Ces enfants ont plus de chance de survivre dans la guerre que les adultes. Ils sont plus audacieux, plus habiles et parfois plus cruels. Ils ne connaissent rien d'autre que les FARC. Il n'y a pas de frontière entre les jeux et la réalité pour eux.

C'est après que ça se complique, quand ils se rendent compte qu'ils ont perdu leur liberté et qu'ils veulent fuir. Mais alors, c'est trop tard.

Mes nouveaux compagnons observaient la guérilla et ils n'étaient dupes de rien. Lorsque j'avais confié combien je me sentais mal avec l'histoire de Katerina, Bermeo m'avait mise en garde :

— N'extériorisez pas vos sentiments. Plus ils vous connaîtront, plus ils vous manipuleront. Ils ont réussi à faire pression sur vous et vous vous êtes mise à marcher. C'est ce qu'ils voulaient : que vous vous sentiez coupable d'être transportée en hamac, alors que c'est leur boulot. Ils prennent des otages et il faudrait en plus qu'on leur dise merci !

Quelques jours plus tard, je m'approchai d'Arturo. Il avait l'air ravi de s'entretenir avec moi. On s'assit l'un à côté de l'autre sur un arbre mort et nous parlâmes de nos vies « dans la civile ». Il me raconta son enfance, là-bas sur la côte du Pacifique, dans les *esteros*[1] du Río Timbiquí. La jungle y était aussi épaisse que celle-ci. Je connaissais bien la région.

Arturo en vint à parler de ses origines africaines. Des siècles auparavant, des hommes comme lui avaient été amenés en esclavage pour travailler dans les mines et les plantations de canne à sucre du pays.

— Mes ancêtres se sont enfuis. Ils ont préféré la jungle à la chaîne autour du cou. Moi je suis pareil, je choisis la jungle pour ne pas être asservi par la misère.

Je ne réfléchis pas, cela sortit comme un bouchon sous pression :

— Toi, tu n'as jamais eu de chaîne autour du cou, mais tu parles encore de celles qu'ont portées tes

1. *Estero* : estuaire.

ancêtres. Comment peux-tu supporter de voir des soldats subissant le même sort par ta faute ?

Il resta coi, immobile, encaissant le coup. Mes compagnons étaient en face de nous, suffisamment loin pour ne rien entendre. Ils se traînaient avec leurs chaînes, gênés dans leurs mouvements, obligés de faire toutes sortes de manœuvres pour éviter de s'étrangler chaque fois que l'un s'éloignait de l'autre un peu trop. Arturo avait l'air de les découvrir, alors que cela faisait des jours que nous étions ensemble.

Je poussai mon avantage :

— Je ne comprends pas comment une organisation révolutionnaire peut finir par se comporter plus mal que ceux qu'elle combat.

Arturo se leva en se frottant les genoux. Ses muscles parfaitement dessinés lui donnaient l'air d'un félin. Il me tendit la main pour clore notre discussion et s'éloigna.

Après le repas du soir, Jeiner arriva avec une poignée de clefs, celles que lui avait remises Sombra. Il ouvrit un à un chaque cadenas jusqu'à ce que toutes les chaînes soient enlevées. Deux hommes l'aidèrent à les transporter tellement elles étaient lourdes. Elles furent remises à Arturo.

## 56

# La lune de miel

Sans les chaînes, nous nous sentions tous plus légers. L'ambiance dans le campement était bonne. Arturo marchait devant et les gamins se comportaient comme des enfants. Ils jouaient, se battaient entre eux, se poursuivaient, se roulaient dans la mousse en s'embrassant. Nous avions l'air d'une tribu de nomades.

Je parlais beaucoup avec Lucho. Durant les heures de quiétude, lorsque la marche s'arrêtait, nous discutions des réformes et des projets dont nous rêvions pour la Colombie.

J'étais obsédée par l'idée d'un train à grande vitesse, une de ces machines à l'allure supersonique qui trancherait l'espace comme un bolide en se faufilant entre les montagnes de mon pays, suspendue dans le vide par un rail aérien défiant les lois de la gravitation. Je le voulais unifiant la côte nord de la Colombie, s'engouffrant dans les Páramos[1] et les vallées pour desservir ces villages inaccessibles et oubliés qui mouraient de solitude, serpentant vers l'ouest

---

1. Montagnes de haute altitude dans les Andes, au climat très froid et humide.

en cherchant une sortie, pour finir par s'ouvrir une voie sur la vallée de Cauca et atteindre le Pacifique magnifique et abandonné. Je voulais en faire le moyen de transport de tous, riches et pauvres, pour rendre le pays accessible à chacun, convaincue qu'il n'était possible d'être grand que dans un esprit de rassemblement et de partage. Lucho me disait que j'étais folle. Je lui répondais que j'étais libre de rêver :

— Imagine seulement un instant que tu puisses, sur un coup de tête, prendre un train et être, deux heures après, à danser la salsa sur les plages de Juanchaco. En toute sécurité.

— Dans un pays bourré de guérillas, c'est impensable !

— Pourquoi impensable ? La conquête de l'Ouest aux États-Unis s'est faite avec des bandits de grand chemin partout, et cela ne l'a pas freinée. C'est tellement important qu'on pourrait même se payer le luxe de disposer d'hommes armés tous les cinq cents mètres. Tu voulais du travail pour les guérilleros démobilisés, pourquoi pas cela ?

— La Colombie est surendettée, on ne peut même pas se payer un métro à Bogotá ! Et tu veux un train à grande vitesse ! C'est fou. Mais c'est génial ! dit Lucho.

— C'est un chantier immense qui donnerait du travail aux professionnels, ingénieurs et autres, mais aussi à cette jeunesse qui n'a d'autre issue que de se mettre à la disposition du crime organisé.

— Et la corruption ? ajoutait Lucho.

— Il faut que les citoyens s'organisent pour surveiller les financements à tous les niveaux, et que la loi les protège.

C'était l'heure du bain. On alla à un grand marécage né dans les débordements du fleuve. Ils avaient installé deux barres parallèles au ras de l'eau, entre les branches d'arbres à moitié inondés, sur une cinquantaine de mètres. Il fallait marcher en équilibre dessus pour accéder à l'endroit qui nous avait été alloué pour nous laver et faire notre lessive. Nous étions tous étalés de part et d'autre de ces barres, guérilleros et prisonniers confondus, à nous décrasser.

C'était l'heure préférée de mes camarades, car les filles se lavaient en petite culotte et soutien-gorge et défilaient sur la passerelle pour aller s'habiller sur la terre ferme. La compagne de Jeiner, Claudia, était la plus admirée. Elle était blonde aux yeux verts, avec une peau de nacre qui paraissait luminescente. Elle était par ailleurs d'une coquetterie spontanée, qui s'affirmait quand elle se savait regardée. Le jour où le chef du front vint, personne ne s'empressa de remonter au camp. Arturo, comprenant la cause de ce manque d'entrain, ordonna à Claudia de sortir et d'aller s'habiller ailleurs.

Le nom de guerre du commandant du premier front était à nouveau Cesar[1]. Il était debout, en grande tenue kaki, béret tombant à la Chávez, et grand sourire blanc chimique qui fit des envieux. Lorsqu'il nous demanda, en grand seigneur, ce dont nous avions besoin, nous répondîmes en chœur que nous voulions un dentiste. Il promit qu'il s'en occuperait, d'autant que le gros sergent Marulanda avait tenu à lui montrer les dégâts de cinq années de captivité, en lui ouvrant grand la bouche sous le nez et en lui montrant l'énorme trou qu'avait laissé une prothèse dentaire perdue au cours d'une marche. Cesar jugea l'illustration suffisante.

_____

1. J'ai rencontré trois commandants qui s'appelaient Cesar : El Mocho Cesar, qui assista à ma capture ; le jeune Cesar, le premier commandant qui nous fut attribué ; et celui-ci.

Il s'inquiéta aussi de notre approvisionnement et nous autorisa à faire une liste. Je récitai de mémoire celle que j'avais adressée, quelque seize mois auparavant, au Mono Jojoy en y ajoutant un poste de radio pour tous, car nous en avions grand besoin. Depuis la constitution de notre groupe, nous avions vécu entièrement sur ma petite radio délabrée, qui était devenue bien capricieuse, ne transmettant que ce qu'elle voulait et sans aucune fiabilité.

L'excitation des militaires à l'idée de passer une commande contrasta avec l'abattement de Lucho.

— Ils ne vont pas nous libérer, me dit-il la mort dans l'âme, avouant ainsi qu'il s'était nourri un peu de mon espoir.

— Les soldats m'ont raconté que, lorsque les recrues ont été libérées[1], les FARC les ont habillées d'habits neufs de la tête aux pieds, répondis-je, têtue.

— J'ai besoin de partir, Ingrid. Je ne peux plus rester ici. Je vais mourir.

— Non, tu ne vas pas mourir ici.

— Écoute-moi. Promets-moi quelque chose.

— Oui.

— Si on ne nous libère pas d'ici à la fin de l'année, on s'évade.

— ...

— Oui ou non ?

— C'est très dur...

— Oui ou non, réponds-moi.

— ... Oui.

Cesar avait fait installer une tente et, sous la tente, une table construite avec des troncs de jeunes arbres. Bientôt sortait de son sac un ordinateur portable métallisé et ultraléger. C'était le premier Vaio que je

1. Les FARC ont libéré un groupe en juin 2001.

voyais de ma vie. J'eus le même émerveillement qu'un enfant devant l'ouverture du sac de Mary Poppins. La scène me paraissait incongrue et fascinante. Nous avions une petite merveille technologique en face de nous, un appareil d'avant-garde, à la pointe de l'innovation, posé sur une table digne du néolithique. Comme en écho à ma pensée, on nous apporta des rondins de bois pour nous asseoir. Cesar avait eu l'amabilité de nous apporter un film, la séance allait commencer. Il voulait que nous soyons tous assis devant le petit écran, ce que nous fîmes sans aucune arrière-pensée. Puis il se mit à tripoter les commandes de l'ordinateur avec une certaine nervosité.

Je reçus un coup de coude de Bermeo qui me chuchota ce que j'étais moi-même en train de penser :

— Attention, il essaie de nous filmer !

L'alerte se propagea comme une traînée de poudre. Nous nous dispersâmes dans la seconde, n'acceptant de revenir nous asseoir qu'une fois le film démarré. Cesar riait, bon perdant, mais la méfiance s'était installée. Rien de ce qu'il nous demanda par la suite n'obtint de réponses spontanées. Ce que je retins de ce dialogue de sourds venait de l'information périphérique que j'avais pu capter au passage. Cesar était le commandant du premier front. Il était un homme riche, ses affaires allaient pour le mieux. La production de cocaïne emplissait ses caisses à profusion. « Il faut bien financer la révolution », avait-il dit en riant. Sa compagne s'occupait des finances, c'était elle qui ordonnait les dépenses et qui autorisait, entre autres, l'achat de gadgets, comme cet ordinateur portable dont Cesar était si fier. Je compris aussi, à l'entendre nommer cette jeune Adriana chaque fois qu'il en avait l'occasion, qu'il en était très amoureux.

Je n'étais pas la seule à l'avoir pensé. Pinchao m'avait chuchoté, l'air espiègle :

—J'espère qu'Adriana sera de bonne humeur lorsqu'elle recevra notre liste !

Deux jours après (un temps record), nous reçûmes notre commande. Tout sauf mon dictionnaire.

Ce soir-là, Arturo nous présenta un autre commandant.

—Jeiner a été appelé sur une autre mission. C'est Mauricio qui s'occupera de vous désormais.

Mauricio était un gars élancé, avec un regard d'aigle, une fine moustache soigneusement travaillée au-dessus de lèvres minces, et un poncho en coton léger — comme celui que Marulanda portait en écharpe — qu'il utilisait pour cacher le bras qui lui manquait.

À la différence de Jeiner, il était arrivé comme un chat, faisant le tour des *caletas* d'un air suspicieux. Les soldats descendirent des hamacs pour parler avec lui, et nous appelèrent pour les rejoindre :

—Tu le trouves comment ? me demanda Lucho quand Mauricio fut parti.

—Je préfère Jeiner, répondis-je.

—Oui, les bonnes choses ne durent jamais avec eux.

Au matin, nous eûmes la visite d'un groupe de jeunes guérilleras très espiègles. Dans le même style que Mauricio, elles musardèrent autour des *caletas*, riant entre elles en regardant de biais les prisonniers. Elles finirent par passer la tête sous ma tente. L'une d'entre elles, une fille voluptueuse aux seins proéminents sous un maillot échancré, avec de longs cheveux noirs tressés jusqu'en dessous de la ceinture, des yeux en amande, ombrés de cils épais et interminables, me dit d'une voix d'enfant :

— C'est vous, Ingrid ?

Je ris et, voulant les mettre tout de suite à l'aise, j'appelai mes camarades pour les présenter.

Zamaidy était la compagne de Mauricio. Elle l'appelait Pata-grande (« Jambe longue »), et profitait visiblement de la promotion de son petit ami pour régner sur une cour de fillettes qui la suivaient avec adulation. Le débardeur fluorescent qui mettait en valeur ses courbes faisait l'envie de ses copines. Elles voulaient visiblement s'habiller pareil, sans pour autant obtenir le même résultat, ce qui avait pour effet de rehausser l'ascendant de Zamaidy sur le reste du groupe. Si Zamaidy marchait, elles la suivaient, si elle s'asseyait, elles faisaient de même, et si Zamaidy parlait, elles se taisaient.

L'apparition de Zamaidy avait paralysé notre campement. Les soldats se poussaient pour pouvoir lui parler. Elle répétait son nom sans se faire prier, expliquant qu'il s'écrivait avec un « z ». Cela lui permettait de bien mettre au clair qu'elle savait lire et écrire.

Lorsque l'infirmier, celui qui venait d'être désigné, entra pour se présenter, il n'y eut que Lucho et moi pour nous occuper de lui. Camilo était un jeune garçon, intelligent et rapide, avec un visage sympathique qui l'aidait à se faire aimer. Il nous plut d'emblée, surtout lorsqu'il nous avoua qu'il n'aimait pas combattre et que sa vocation avait toujours été de soulager la douleur d'autrui.

À minuit, après quelques minutes de marche dans le noir et dans le silence le plus complet, nous découvrîmes le fleuve dans toute sa majesté. Une brume fine flottait sur la surface et cachait à moitié une énorme embarcation qui attendait appuyée à la berge. Nous allions entreprendre un interminable voyage. La lune se cacha et les vapeurs d'eau s'épaissirent. Camilo largua les amarres et le *bongo*[1] tressaillit de tous ses fers avec un bruit de vieux sous-marin qui nous laissa deviner les profondeurs abyssales des eaux que nous pénétrions.

Chacun alla s'installer dans un coin pour finir la nuit, tandis que le *bongo* s'engouffrait dans les entrailles d'une jungle chaque fois plus dense, avec son chargement d'enfants armés jouant sur le pont et de prisonniers fatigués, recroquevillés dans leurs regrets. Mauricio s'était installé à la proue, avec un projecteur énorme coincé entre les genoux, ciblant le tunnel d'eau et de végétation qu'il avait devant lui. De son seul bras, il donnait des instructions au capitaine qui se trouvait debout à la poupe, et je ne pus m'empêcher de penser que nous étions entre les mains de pirates d'une nouvelle espèce.

Au bout d'une heure, Camilo retourna un seau en ferraille qui traînait sur le pont, l'installa entre ses jambes et le transforma en timbale. Son rythme endiablé réveilla les esprits et alluma la fête. Les chansons révolutionnaires se mêlèrent aux chansons populaires. Il était tout simplement impossible de ne pas participer à l'ivresse collective. Les filles improvisaient des *cumbias*[2] déhanchées et tournaient sur elles-mêmes comme prises du vertige de vivre. Les voix s'époumonaient et les mains frappaient vigou-

1. *Bongo* : sorte de péniche de l'Amazonie.
2. *Cumbia* : danse folklorique des régions andines de la Colombie. Musique dansée à l'origine par les esclaves du haut Magdalena (dans la ville de Mompox), elle s'inspire de chansons africaines et se joue avec des instruments indiens et espagnols.

reusement la cadence. Camilo avait chassé le froid et l'ennui, ainsi que la peur. Je regardai ce ciel sans étoiles, ce fleuve sans fin et ce chargement d'hommes et de femmes sans futur, et je chantai de plus belle, cherchant dans l'apparence de la joie un arrière-goût de bonheur.

Une fois que nous eûmes accosté pendant la nuit près d'un ancien campement fantasmagorique, une voix nasillarde nous héla du haut des arbres :

— Bonjour, gros bêta, qui mange seul, meurt seul, ja ja.

Puis, plus près :

— Je te vois, mais pas toi, ja ja.

C'était un perroquet affamé qui n'avait pas oublié ce qu'il avait appris. Il accepta qu'on lui donne à manger mais garda ses distances. Il tenait à sa liberté. Je me dis en l'observant qu'il avait tout compris. Quand il fut temps de partir, le perroquet disparut. Rien ne le fit descendre de la cime de son arbre.

Plus bas sur le fleuve, Pata-grande prit ses dispositions pour construire un campement permanent. L'endroit était accoudé au fleuve, entre des maisons paysannes que nous avions aperçues du *bongo*. À nouveau, il s'agissait d'un campement abandonné. Nous y arrivâmes en pleine nuit, sous un orage violent. Les jeunes montèrent nos tentes en un clin d'œil, en utilisant une partie des vieilles installations qui tenaient toujours debout. Quand il s'arrêta de pleuvoir, je remarquai un petit garçon, tout blond, les cheveux en brosse, l'air d'un chérubin, mal à l'aise avec son fusil entre les mains.

— Comment t'appelles-tu ? lui demandai-je poliment.

— Mono Liso, murmura-t-il.

— Mono Liso ? C'est ton surnom ?

— Je suis de garde, je ne peux pas parler.

Katerina, qui passait par là, se moqua de lui et lança à mon intention :

— Ne faites pas attention à Mono Liso, c'est une vraie teigne.

Mon envie d'établir des relations avec mes ravisseurs avait disparu. Cela faisait des jours que je méditais sur la question. Le départ de Jeiner avait affecté l'ambiance bon enfant qui avait prédominé pendant quelques jours. L'attitude de la troupe était calquée sur le comportement du chef. J'étais convaincue qu'avec le temps le dérapage vers l'abus était inévitable. Quelques mois avant ma séquestration, j'avais allumé la télévision et j'étais tombée sur un documentaire passionnant. Dans les années 1970, l'université de Stanford avait entrepris de simuler une situation carcérale pour étudier le comportement de personnes ordinaires. Le résultat fut étonnant : l'expérience révéla que des jeunes, équilibrés, normaux, qui se déguisaient en gardiens, qui avaient le pouvoir de fermer et d'ouvrir des portes, pouvaient devenir des monstres. D'autres jeunes, aussi équilibrés et normaux qu'eux, mis dans le rôle de prisonniers, se laissaient maltraiter. Un gardien avait traîné un prisonnier dans un placard où il ne pouvait se tenir que debout. Il l'avait laissé là pendant des heures, jusqu'à son évanouissement. C'était un jeu. Pourtant, une seule personne avait su s'opposer à la pression du groupe et sortir de son rôle pour demander l'arrêt de l'expérience.

Je savais que les FARC jouaient avec le feu. Nous étions dans un monde clos, sans caméras, sans témoins, à la merci de nos geôliers. J'avais, durant les dernières semaines, observé l'attitude de ces enfants forcés de se comporter en adultes, à qui on avait mis un fusil entre les mains. Je voyais déjà tous les symptômes d'une relation qui pouvait se détériorer et pourrir. Je croyais qu'il était possible de lutter contre, en préservant sa propre identité. Mais je savais aussi que la pression du groupe pouvait faire de ces enfants les gardiens de l'enfer.

J'étais perdue dans mes élucubrations lorsque je vis un petit homme, avec des lunettes bien enfoncées sur le nez et les cheveux coupés court. Il marchait comme Napoléon, les bras croisés dans le dos. Sa venue m'indisposa. Il y avait une présence sombre tout autour de lui. Il s'approcha de moi par-derrière pour me dire, d'une petite voix susurrante :

— Bonjour, je suis Enrique, votre nouveau commandant.

## 57

## Aux portes de l'enfer

Il devint très vite évident pour tous que l'arrivée d'Enrique changerait bien des choses. Il avait été envoyé pour chapeauter Pata-grande et celui-ci en avait été visiblement blessé. Une guerre froide entre eux devint manifeste. Ils s'évitaient et la communication entre eux se limitait au strict nécessaire. Mauricio passait beaucoup de temps avec les otages militaires. Il était apprécié par mes camarades. Nous avions reçu une petite radio à bandes multiples avec notre commande, puis une grande « brique » offerte par César. Finalement, une troisième « brique » était arrivée avec de grands haut-parleurs, que Mauricio nous prêtait pour mettre des vallenatos à tue-tête à longueur de temps. Il égayait les journées des soldats et en profitait pour semer en eux les germes de l'antipathie qu'il ressentait contre Enrique.

Enrique, lui, semblait travailler à se faire détester. Le premier ordre qu'il avait donné avait été d'interdire aux filles de parler aux prisonniers. Celle qui s'approchait de nous était sanctionnée. Puis il avait obligé les gardes à rapporter aux chefs la moindre conversation qu'ils avaient avec nous. Toutes nos demandes devaient passer par lui. En quelques semaines, les enfants avaient pris des visages d'adultes. Ils s'étaient rembrunis. Je ne les voyais plus se rouler dans la mousse en s'embrassant. Les grands éclats de rire ne transperçaient plus l'air. Zamaidy avait perdu sa cour de fillettes. C'était Lili, la *socia* d'Enrique, qui les lui avait raflées.

Le jour même de son arrivée au campement, Enrique l'avait mise dans son lit. Lili était une belle plante, sans aucun doute. Sa peau légèrement cuivrée mettait en valeur un sourire aux dents parfaites. Elle était brune avec des cheveux lisses et soyeux qu'elle secouait au vent avec grâce. Elle était coquette et espiègle, et ses yeux brillaient lorsqu'elle parlait aux soldats, pour bien faire comprendre qu'elle ne se sentait pas tenue d'obéir aux ordres d'Enrique, qu'elle appelait « Gafas » avec une familiarité notoire. Elle avait tout de suite assumé avec joie son rôle de *ranguera*.

La rivalité des hommes avait déteint sur les filles. Zamaidy se tenait à l'écart, évitant elle aussi de se trouver trop près de sa concurrente. Celle-ci était devenue, du jour au lendemain, un petit tyran et prenait plaisir à donner des ordres à tout le monde. Du coup, le traitement qui nous était réservé commença à se dégrader. Les gardes, qui nous parlaient avec respect, se permirent des familiarités que je recevais avec froideur. Les soldats n'y voyaient pas de mal, ils aimaient à être traités avec les lourdeurs d'une franche camaraderie. Je redoutais pour ma part que la perte de certaines formes de courtoisie n'ouvre la porte à des rudoiements semblables à ceux qui avaient sévi dans la prison de Sombra. Mes craintes se révélèrent fondées. Très vite le ton passa de la plaisanterie à l'aboiement. Les jeunots sentaient qu'ils prenaient de l'ascendant sur leurs pairs s'ils osaient nous donner des ordres à tout bout de champ. Ils étaient bien conscients qu'il y avait une rivalité meurtrière entre Gafas et Pata-grande. Le rapprochement entre Pata-grande et les soldats avait permis à Enrique d'édicter des directives précises qui, indirectement, le dénonçaient. Les gamins étaient suffisamment fins pour saisir que toute sévérité envers les prisonniers serait encouragée par Enrique.

Pata-grande, de son côté, voulait jouer les médiateurs. Il croyait qu'en gardant le contrôle des prisonniers il convaincrait Cesar que la présence d'Enrique était inutile. Il avait fait pression pour que nous soyons invités aux « heures culturelles ». Les jeunes adoraient cela et notre présence les stimulait. Ils nous asseyaient sur des troncs fraîchement pelés. Il y avait des devinettes, des récitations, des chansons, des imitations, et nous étions tous appelés, à tour de rôle, pour participer. Je n'avais aucune envie d'y aller.

Je me voyais avec mes cousins, préparant un spectacle pour nos parents, dans la vieille maison de ma grand-mère. Nous montions en courant le vieil escalier en bois qui menait au grenier, ce qui faisait un bruit de tonnerre. J'entendais ma grand-mère, restée en bas, hurler que nous allions faire tomber la maison. Il y avait dans le grenier un coffre où Maman gardait ses robes de bal et les couronnes qu'elle avait reçues du temps où elle était reine, avec lesquelles nous nous déguisions tous. Nous récitions, chantions et dansions, tout comme on le faisait dans cette jungle. Invariablement, un de mes cousins criait : « Une souris, une souris », et c'était la débandade en sens inverse pour nous jeter dans les bras de ma grand-mère avant qu'elle ne nous gronde. Cette madeleine de Proust était là pour me rappeler ce que j'avais perdu. Ce temps qu'ils me volaient, où j'étais loin des miens, ne pouvait pas être maquillé en heure culturelle. Mes camarades considéraient que mon attitude était méprisante et que j'empêchais le monde de tourner rond. Le seul qui comprenait était Lucho.

— Nous ne sommes pas obligés d'y aller, me dit-il en me tapotant la main.

Puis, avec une pointe d'humour, il ajouta :

— Oui, on peut rester à s'embêter. On peut même faire un concours pour savoir qui s'embêtera le plus de nous deux !

Je ne m'obstinai pas mais ma réserve avait été rapportée à la guérilla. Pata-grande vint nous prévenir :

— Tout le monde participe ou personne n'y va.

Un jour, un arrivage exceptionnel de salade de fruits nous parvint d'un hameau voisin. Il y avait donc une route qui desservait le campement et je me sentis soulagée à la pensée que la civilisation ne nous était pas tout à fait inaccessible. Cette salade de fruits fut distribuée entre les membres de la guérilla exclusivement mais, parce que j'étais convalescente, Gafas autorisa que l'on m'en réserve un gobelet. Je n'avais rien mangé d'aussi bon de ma vie. Les fruits étaient frais et juste mûrs. Il y avait de la mangue, de l'abricot, des prunes, de la pastèque, des bananes et des nèfles. Leur chair était ferme et juteuse, tendre et fondante, assaisonnée d'une crème sucrée et onctueuse qui collait au palais. Je perdis la parole à la première bouchée et, à la seconde, je me concentrai à rouler ma langue dans ma bouche pour en extraire toutes les saveurs. J'allais entamer ma troisième cuillerée lorsque je freinai net, la bouche encore ouverte. « Non, le reste sera pour Lucho. »

Un de mes camarades m'avait vue lorsque je lui passai mon gobelet. Il se leva d'un bond de son

hamac, comme sous l'effet d'un ressort, et appela
Mauricio. Il tenait à se plaindre du traitement de
faveur que je recevais. Nous étions tous prisonniers,
je n'avais pas à manger plus qu'eux. Le lendemain
même, je sentis qu'on me donnait un tour de vis supplémentaire. Depuis Jeiner, nous avions pris l'habitude
d'aller aux *chontos* sans en demander la permission.
J'allais m'y rendre quand le garde m'interpella
sèchement :

— Où allez-vous ?

— D'après vous ?

— Vous devez me demander l'autorisation, compris ?

Je ne répondis rien, sentant que les choses pouvaient se gâter. Ce fut le cas, mais pour d'autres
raisons. Une escadrille d'hélicoptères passa en rase-
mottes au-dessus du campement, fit demi-tour à quelques kilomètres et vola à nouveau au-dessus de nous,
nous couvrant d'ombre pour quelques instants.

Aussitôt, Mauricio donna l'ordre de lever le campement et de nous cacher avec nos *equipos* dans la
*manigua*. On attendit, accroupis dans la végétation.
Du crépuscule jusqu'à minuit, je me fis dévorer par
des tiques microscopiques qui investirent chaque
pore de ma peau. J'étais incapable de penser, aux
prises avec une démangeaison qui me mettait au
supplice.

Ángel, un jeune guérillero, voulait absolument
bavarder avec moi. Il était beau garçon, pas méchant,
pensais-je, bien que plutôt lent d'esprit. Il écoutait la
radio, assis sur ses talons, l'air impatient :

— Vous avez entendu la nouvelle ? me lança-t-il
en ouvrant de grands yeux pour m'appâter.

Je continuais à me gratter avec désespoir, sans
comprendre ce qui s'acharnait sur moi.

— Ce sont des tiques. Arrêtez de vous gratter, vous les nourrissez plus vite. Il faut les enlever avec une aiguille.

— Des tiques ! Quelle horreur ! Mais elles sont partout !

— Elles sont minuscules.

Il alluma sa lampe de poche et envoya un faisceau lumineux vers son bras.

— Tenez, ce point qui bouge, c'en est une.

Il s'enfonça l'ongle dans la peau jusqu'au sang et déclara :

— Elle s'est échappée !

Une voix à l'avant cria :

— Éteignez les lumières ! Vous tenez à ce qu'on se fasse bombarder ? Passez la consigne…

La voix se répéta en écho, chaque guérillero la reproduisant identique, l'un après l'autre, tout au long de la colonne, jusqu'à ce qu'elle arrive au niveau d'Ángel, qui la récita avec le même ton de reproche à son voisin, comme s'il n'était pas concerné. Il avait tout de même éteint la torche électrique et riait comme un enfant pris en faute.

Il reprit en chuchotant :

— Alors ! vous avez entendu la nouvelle ?

— Quelle nouvelle ?

— Ils vont extrader Simón Trinidad.

Simón Trinidad était présent lors de la réunion aux Pozos Colorados[1] entre les candidats à la présidence et les chefs des FARC. Je me souvenais bien de lui, il n'avait pas ouvert la bouche, se contentant de prendre des notes et de passer des petits papiers à Raúl Reyes qui officiait en tant que chef du groupe.

1. Près de San Vicente del Caguán.

Il avait déclaré pendant les négociations de paix que le droit international humanitaire était un concept « bourgeois ». Son discours était d'autant plus étonnant qu'il était lui-même issu d'une famille bourgeoise de la côte, ce qui lui avait permis de faire des études à l'école suisse de Bogotá, et de prendre des cours d'économie à Harvard. Je m'étais levée avant la fin de la conférence pour prendre l'air. La session avait été interminable et il faisait très chaud. Simón Trinidad s'était levé derrière moi et m'avait suivie. Il avait eu la galanterie d'ouvrir la porte pour moi et de la tenir pendant que je passais. Je l'avais remercié et nous avions échangé trois mots. J'avais trouvé que l'homme avait quelque chose de dur et de cassant. Puis je l'avais oublié.

Jusqu'au jour où il avait été capturé dans un centre commercial de Quito, en Équateur. Il était sans papiers. Les FARC avaient immédiatement réagi sur un ton menaçant. La capture de Trinidad signifiait, selon elles, l'échec des pourparlers avec l'Europe pour ma libération. Elles prétendaient qu'il était à Quito pour rencontrer des représentants du gouvernement français.

J'étais convaincue pour ma part que des négociations secrètes avaient lieu. Mais chaque fois que la radio annonçait l'arrivée d'émissaires européens, le gouvernement colombien ressortait du placard l'« accord humanitaire », et les FARC se désintéressaient du contact avec l'étranger. Cet enthousiasme s'achevait toujours dans la déception, à cause de l'incapacité qui était la leur de s'engager dans des pourparlers.

La capture de Trinidad était, selon Lucho, l'élément de blocage central empêchant notre libération. Pour ma part, je la voyais comme une pièce supplémentaire sur l'échiquier de futures négociations. Les FARC avaient très vite annoncé qu'il faudrait inclure Simón Trinidad dans la liste des prisonniers contre lesquels ils prétendaient nous échanger. Vue sous cet angle, la révélation de sa possible extradition concrétisait notre plus grande crainte : « Si Trinidad est envoyé aux États-Unis, les Américains ne sortiront jamais d'ici. Et toi non plus ! » m'avait lancé Lucho des mois auparavant, dans la prison de Sombra, alors que nous analysions tous les cas de figure.

Nous étions assis en rang d'oignons dans l'obscurité. Deux autres guérilleros s'étaient glissés entre Lucho et moi. Gafas avait donné l'instruction que des gardes soient intercalés entre les prisonniers. Lorsque Ángel me communiqua la nouvelle de l'extradition de Trinidad, je me retournai instinctivement pour parler à Lucho :

— Tu as entendu ?

— Non, de quoi parles-tu ?

— Ils vont extrader Simón Trinidad.

— Oh ! C'est la merde ! s'exclama-t-il spontanément dans le plus grand désarroi.

Le guérillero qui était entre nous intervint :

— Le camarade Trinidad est un de nos meilleurs commandants. Gardez vos insultes pour vous-même. Ici, on n'aime pas l'emploi de mots grossiers.

— Mais vous vous trompez. Personne n'insulte Simón Trinidad, dis-je.

— Il a dit que c'était de la merde, répliqua Ángel.

## 58

## *La descente aux enfers*

L'énorme *bongo* arriva vers minuit. On nous fit descendre en silence. Les guérilleros attachèrent leurs hamacs à des barreaux métalliques qui soutenaient le toit du *bongo* et s'endormirent. Un peu après 4 heures du matin, le *bongo* fut ébranlé et la percussion de l'accostage réveilla la troupe. La voix d'Enrique annonça le débarquement. Une immense maison regardait le fleuve et semblait nous attendre. Je priais Dieu pour qu'on nous y fasse passer le reste de la nuit et pour que j'aie le temps d'y installer l'antenne. Je voulais écouter la voix de Maman. Il n'y avait qu'elle pour me rasséréner. Ma petite radio marchait difficilement. Elle avait besoin d'une antenne, impossible à mettre en place ailleurs que dans un campement fixe. Les autres radios avaient été rangées et étaient inaccessibles. Les *equipos* sur le dos, nous prîmes en file indienne un sentier qui longeait la maison, puis qui s'en éloignait pour traverser des pâturages immenses, clôturés à la perfection avec des pieux impeccablement peints en blanc. Il était déjà 4 h 45. Où étions-nous ? Où allions-nous ?

Le ciel avait pris une teinte ocre, annonciatrice de l'aube. L'idée que Maman allait me parler dans quelques minutes me paralysa. J'eus l'impression de ne plus savoir marcher, trébuchant sur un terrain plat qui ne présentait aucune difficulté, hormis la boue qui s'accrochait aux bottes et les ombres allongées qui modifiaient l'aspect du relief. Ángel marchait à mes côtés et se moqua de moi :

— *¡ Parece un pato !*[1]

Cela suffit pour que je glisse et finisse de tout mon long dans la boue. Il m'aida à me relever en riant, d'un rire forcé et excessif, regardant autour de lui comme s'il craignait que quelqu'un ne nous ait vus.

Je fis mine de lisser mes vêtements couverts de boue, m'essuyai les mains sur le pantalon, et sortis ma radio. Il était 4 h 57.

Ángel me regarda, excédé :

— Ah non ! Il faut qu'on avance, on est à la traîne.

— Maman va me parler dans trois minutes.

Je m'acharnai sur mon appareil, le secouant dans tous les sens. Il pointa son fusil sur moi et, d'une voix transformée, gueula :

— Vous marchez ou je vous descends.

On progressa toute la journée sous un soleil cuisant. Je restai murée dans un silence sans appel en traversant des propriétés richement tenues qui se succédaient les unes aux autres avec du bétail à perte de vue, délimitées par la forêt vierge.

— Tout ceci appartient aux FARC, commenta Ángel avec arrogance, avant d'entrer dans le sous-bois.

Il s'arrêta sous un arbre immense pour ramasser des fruits étranges, gris et veloutés, qui jonchaient le sol. Il m'en tendit un :

— C'est le chewing-gum de la jungle, annonça-t-il,

1. « Vous avez l'air d'un canard ! »

tout en pelant le fruit avec ses dents, pour sucer la chair cotonneuse. On l'appelle *juansoco*.

Le goût était aigre et doux à la fois, et, dans la bouche, la chair devenait résineuse et agréable à mâcher. Ce fut pour nous une source d'énergie, arrivée très à point.

On s'enfonça dans une véritable muraille végétale, faite de lianes du diamètre d'un homme, qui s'enroulaient entre elles pour former une maille impénétrable. Des heures auparavant, des éclaireurs nous avaient précédés pour nous ouvrir une voie à la machette. Il nous fallut à nous-mêmes des heures pour retrouver leurs pas et sortir du labyrinthe, ce qui ne fut possible que grâce à la concentration d'Ángel, qui reconnaissait les endroits par où nous étions déjà passés, alors que l'enchevêtrement de plantes ne permettait la prise d'aucun repère.

Nous débouchâmes stupéfaits sur une véritable autoroute, assez large pour qu'y circulent trois gros camions de front, et nous la suivîmes sans nous arrêter jusqu'au crépuscule, franchissant des ponts grandioses faits d'arbres millénaires qu'ils avaient éventrés à la tronçonneuse.

— C'est l'œuvre des FARC, précisa Ángel avec fierté.

Sept heures plus tard, je vis les autres assis loin devant. Ils buvaient du Coca-Cola et mangeaient du pain. Lucho avait enlevé ses bottes et ses chaussettes, qui séchaient posées sur son sac à dos, couvertes de mouches vertes. Ses orteils étaient violets, et la peau de la plante de ses pieds partait en lambeaux. Je ne fis aucun commentaire. Je tremblais devant la possibilité d'une amputation, trop fréquente conséquence du diabète.

Une Jeep blanche apparut. Elle nous emporta sur des kilomètres de boue et de poussière pendant des heures. On traversa un village fantôme, avec de jolies maisons vides disposées en cercle autour d'une petite arène, avec ses gradins en bois et son aire sablée pour les corridas. Les phares de la voiture illuminèrent une pancarte à l'entrée du village. On y lisait : *Bienvenidos a La Libertad*[1]. Je savais que ce village était situé dans le département du Guaviare.

Les miliciens qui conduisaient avaient franchi La Libertad avec le même contentement que l'avait fait El Mocho Cesar en pénétrant dans La Unión-Penilla. Lucho était assis à côté de moi. Il me sourit tristement pour me chuchoter :

— La Libertad… Le sort nous fait un pied de nez.

Ce à quoi je répondis :

— Mais non, c'est un bon présage !

La voiture stoppa sur un embarcadère au bord d'un immense fleuve. La guérilla avait déjà monté des tentes tout autour. Il faisait froid et ça sentait l'orage. Gafas nous refusa l'installation de nos hamacs. On attendit jusqu'à l'aube sous une pluie fine, trop exténués pour même écarter les mouches, en regardant la guérilla s'abriter et dormir. Avec les premiers rayons du jour, un *bongo* accosta. Nous dûmes nous entasser à la poupe, dans un espace trop petit pour nous tous, qui étions serrés les uns contre les autres, asphyxiés par les effluves de pétrole qui nous arrivaient directement du moteur. Les guérilleros avaient pour eux la totalité du pont. Au moins, nous pouvions dormir.

La traversée dura presque deux semaines, chaque fois plus loin dans les entrailles de la jungle. Nous naviguions pendant la nuit. À l'aube, le *motorista*[2],

1. « Bienvenue à La Liberté. »
2. *Motorista* : mécanicien chargé du moteur.

qui n'était pas le capitaine, cherchait un endroit pour accoster, selon les indications précises de Gafas. Nous avions alors le droit d'installer nos hamacs, de prendre un bain et de laver nos vêtements. J'avais écouté Maman religieusement. Elle n'avait fait aucun commentaire sur Simón Trinidad, elle se préparait à passer Noël avec mes enfants.

Une nuit, le *bongo* s'arrêta et on nous fit descendre. Sur l'autre berge, les lumières d'un grand village nous firent l'effet d'une apparition magique. Le fleuve était parsemé d'étoiles. Tout nous était inaccessible.

On marcha le long de la berge, sautant sur les rochers, au-delà des rapides que nous venions de découvrir et qui expliquaient la manœuvre. Un autre *bongo* nous attendait plus bas. Il nous emmena séance tenante loin du village, loin des lumières et des hommes.

Mais de nouvelles *cachiveras*[1] nous attendaient. Celles-ci étaient impressionnantes, elles barricadaient le fleuve et se prolongeaient sur des centaines de mètres, dans un tumulte d'eaux furieuses. On répéta l'opération.

Des enfants jouaient sur l'autre rive. Il y avait une petite maison paysanne en face des rapides, avec un canot au-delà. Un chien courait autour des enfants en aboyant. Ils ne nous avaient pas vus. Nous étions cachés derrière les arbres.

Un bruit de moteur se fit entendre : un bateau.

Nous le vîmes surgir à notre droite, remontant le courant à grande vitesse. C'était un hors-bord, conduit par un jeune gars en uniforme ; deux autres personnes étaient adossées à la poupe, l'une habillée en civil, l'autre en tenue kaki. Ils foncèrent droit devant,

---

1. *Cachivera* : cascade, rapide.

comme si l'idée de remonter les *cachiveras* leur paraissait naturelle. L'embarcation sauta sur la première ligne de rochers, rebondit sur la deuxième et explosa en percutant la troisième. Les occupants volèrent dans les airs, propulsés comme des projectiles, et disparurent dans les courants tumultueux qui écumaient.

Gafas était assis en face de moi. Il ne sourcilla pas. Je me précipitai en même temps que Lucho au bord du fleuve. Les enfants avaient déjà sauté dans leur canot et ramaient de toutes leurs forces pour s'approcher des bouts d'épaves que le fleuve crachait. Le chien dressé à la proue aboyait, excité jusqu'au paroxysme par les cris des enfants.

Une tête fit surface. Le chien bondit dans l'eau et lutta contre le courant avec désespoir. La tête disparut à nouveau dans les remous du fleuve. Les enfants criaient de plus belle en appelant leur chien. Celui-ci, désorienté, tourna sur lui-même, puis, emporté par le courant, nagea courageusement pour rejoindre le canot. Gafas ne bougea pas. Mauricio sillonnait déjà la rive avec une perche qu'il venait de couper à la machette avec sa dextérité de manchot, scrutant le fleuve avec obstination. La troupe regardait en silence. Finalement, Gafas ouvrit la bouche :

— Ça leur apprendra à faire les imbéciles.

Puis, il ajouta :

— Récupérez le moteur !

Lucho se prit la tête entre les mains, mes camarades regardaient le fleuve avec horreur. Autour de nous, la vie reprit sans transition. Une *rancha* de fortune fut dressée et chacun s'affaira à sortir son écuelle et à chercher sa cuillère.

La nuit venue, nous embarquâmes à bord d'un canot semblable à celui des enfants, sur lequel le moteur récupéré avait été installé. On se laissa porter par le courant pendant des heures, jusqu'à l'aube. On ne voyait plus d'habitations, ni de lumières, ni de chiens.

Le matin suivant, alors que le soleil était déjà haut dans le ciel et que nous naviguions toujours, Gafas donna l'ordre de s'arrêter et tout à coup se précipita à l'avant comme un fou.

— Mon fusil ! cria-t-il à l'intention de Lili.

C'était un tapir.

— Visez les oreilles, dit quelqu'un.

C'était une bête magnifique. Elle était plus grosse qu'un taureau et nageait avec puissance en traversant le fleuve. Sa peau chocolatée luisait au soleil. Elle sortait sa trompe hors de l'eau en découvrant des lèvres rose fuchsia, d'une coquetterie tout à fait féminine. L'animal s'approcha de l'embarcation, inconscient du danger, nous regardant paisiblement sous ses cils recourbés, souriant presque dans sa curiosité ingénue.

— S'il vous plaît, ne le tuez pas, suppliai-je. Ce sont des animaux en voie de disparition. Nous avons beaucoup de chance d'en avoir un devant nous.

— Il y en a partout, cria Lili.

— C'est votre bifteck, dit Enrique en haussant les épaules.

Puis, s'adressant à mes compagnons :

— Si vous n'avez pas faim…

Nous avions tous faim. Cependant, personne n'ouvrit la bouche et Enrique interpréta cela comme un désaveu.

— Très bien, fit-il en rangeant son arme. Nous savons protéger la nature.

Il souriait de toutes ses dents mais son regard était meurtrier.

## 59

## Le diable

Nous étions arrivés sur une berge qui tombait à pic dans le fleuve. C'était la saison sèche et les eaux étaient fortement descendues. Nous nous trouvions à une intersection. Un affluent venait se jeter à angle droit dans le fleuve. Nous ne voyions que la gorge du cours d'eau secondaire, profonde et étroite, avec un filet d'eau qui y serpentait. C'était devenu une constante : partout où nous allions, le débit d'eau s'était vertigineusement réduit. Je demandai aux Indiens de la troupe si cela avait toujours été comme cela. « C'est le changement climatique ! » répondaient-ils.

Gafas annonça que ce serait notre campement permanent. Je frémis. Vivre en nomade était odieux mais, au moins, je pouvais me bercer de l'illusion que nous avancions vers la liberté.

Nos *cambuches*[1] furent construits à l'intérieur des terres, à cinq cents mètres de la rive du fleuve, et tout près d'un *caño*[2], sur lequel la retenue d'eau d'un minibarrage faciliterait notre toilette et le lavage de

---

1. *El cambuche* désigne l'habitation (tente, plus lit). La *caleta* s'utilise pour désigner le lit planté au sol. Parfois, *caleta* et *cambuche* s'emploient indistinctement.
2. *Caño* : petit cours d'eau.

notre linge. Lucho et moi demandâmes des palmes en guise de matelas pour nos *caletas*, et Tito, un petit homme avec un œil de travers, prit le temps de nous enseigner à les tisser.

Pendant qu'il travaillait, nous écoutions la « brique » qui restait accrochée à un clou dans la *caleta* d'Armando. Nous entendîmes le président Uribe faire une proposition aux FARC, qui eut pour effet d'ajourner tous les travaux d'installation. Il se disait prêt à suspendre l'extradition aux États-Unis de Simón Trinidad, si les FARC libéraient les soixante-trois otages qu'elles détenaient avant le 30 décembre. Une fébrilité s'empara de tout le campement, geôliers et otages confondus. La proposition était audacieuse et les guérilleros la trouvaient attractive. Tous sentaient que l'extradition de Trinidad serait un coup douloureux pour l'organisation.

Pata-grande vint discuter avec les otages militaires, il prétendait que les chefs des FARC avaient une attitude positive face à la proposition d'Uribe. Des mois auparavant, les FARC avaient déclaré dans un communiqué de presse que « l'heure de négocier était arrivée », mais avaient mis comme condition aux pourparlers la création d'une zone démilitarisée. Uribe avait été inflexible : il n'en était pas question. Pendant les négociations de paix avec le gouvernement précédent, les FARC avaient obtenu un énorme territoire sous prétexte de garantir leur sécurité, qu'elles avaient transformé en sanctuaire où elles menaient des opérations criminelles.

Pourtant, la carte que jouait Uribe pouvait débloquer les choses. J'avais pensé jusqu'alors que seule la guérilla avait fait des efforts pour négocier notre libération et qu'elle s'était heurtée à la volonté du gouvernement d'Uribe de faire avorter toute tentative en ce sens. Même la capture de Simón Trinidad m'avait paru vouloir contrarier une éventuelle négociation. L'offre de ne pas extrader Trinidad changea mon point de vue. Je me demandais maintenant si ce n'était pas les FARC qui n'avaient jamais eu l'intention de nous libérer. D'une certaine façon, nous étions devenus leur carte de visite. Ils avaient besoin de nous garder car nous leur étions plus utiles comme trophée que comme monnaie d'échange.

La tension dans le campement monta. La rivalité entre Mauricio et Gafas était à son comble. J'avais demandé du sucre pour Lucho et cela avait fait toute une histoire. Mauricio vint me voir avec un grand paquet qu'il me remit devant tout le monde :

— Je vous ai apporté ma propre réserve de sucre parce que Gafas refuse de vous en donner. Il faudra que vous en parliez à Cesar !

La relation avec les gardes était devenue elle aussi tendue. Gafas avait durci notre régime. Celui qui tenait à avoir la cote comprenait qu'il se ferait applaudir s'il sévissait.

Des guérites avaient été construites aux quatre coins de notre secteur. Le jeune Mono Liso, au visage d'ange, était de garde un matin. Il prenait très au sérieux sa fonction de vigile. Un de mes camarades était parti aux *chontos* en oubliant de le prévenir. Ce n'était d'ailleurs pas nécessaire, les *chontos* étant visibles du poste de garde.

— Où allez-vous ? hurla Mono Liso de son perchoir.

Mon compagnon se retourna, pensa qu'il s'adressait à quelqu'un d'autre et continua. Mono Liso sortit son revolver, visa et tira trois fois dans les jambes de mon compagnon.

Un silence sépulcral s'abattit sur le campement.

Mono Liso était un bon tireur. Les balles avaient écorché les bottes, sans occasionner de blessure.

— La prochaine fois, je vous en loge une dans la cuisse pour vous apprendre à respecter les consignes.

Nous étions tous livides.

— Il va falloir penser à partir, me chuchota Lucho.

Certains guérilleros s'offraient à nous procurer ce qui nous manquait en échange de travaux de couture, de rafistolage de postes de radio ou de cigarettes. Or il ne se passait pas de jour où nous n'ayons besoin de quelque chose. Les gardes, qui au début s'étaient montrés disposés à nous aider, prirent conscience du pouvoir qu'ils détenaient sur nous et devinrent toujours plus grossiers et irritables.

Lucho et moi souffrions plus que les autres. L'ordre avait été donné de nous mettre à l'écart et de nous humilier. Toute demande nous était systématiquement refusée.

— C'est parce que nous n'acceptons pas de travailler pour eux, m'avait averti Lucho.

Des cas de leishmaniose firent leur apparition au sein de la guérilla, ensuite chez nous. Je n'avais jamais vu les effets de la maladie de mes propres yeux. Bien que nous en parlions souvent entre prisonniers, je n'avais pas non plus compris sa gravité. On l'appelait aussi la lèpre de la jungle, car elle produisait une dégénérescence d'abord de la peau, puis des autres organes, comme s'ils pourrissaient sur place. Cela commençait comme un petit bouton d'acné, auquel, en général, on ne prêtait pas attention. Mais la progression de la maladie était implacable. J'en avais vu les dégâts sur une jambe et sur un avant-bras d'Armando. C'était un gros trou de peau ramollie, comme si on y avait versé de l'acide. On pouvait y enfoncer tout un doigt sans éprouver aucune douleur. Quand Lucho me montra un petit bouton qui venait d'apparaître sur sa tempe, je haussai les épaules, loin d'imaginer que c'était le fameux *pito*[1].

Lorsque Pata-grande vint nous informer qu'il y aurait une célébration de Noël, Lucho et moi sentîmes qu'on nous tendait un piège. On en parla avec Bermeo et avec les autres. Nos compagnons étaient eux aussi sur leurs gardes, nous avions peur que la guérilla organise une mise en scène pour nous filmer en cachette dans le but de montrer aux yeux du monde combien elle prenait bien soin de nous. Mais l'idée d'une fête était trop attrayante pour être refusée.

La guérilla avait bâti un espace rectangulaire délimité par des troncs d'arbres. Le sol avait été parfaitement aplani et sablé. Ils avaient posé une caisse de bière dans un coin et toutes les filles de la troupe étaient assises les unes à côté des autres à nous attendre. Il n'y avait pas de garçons autour de ce qui avait tout l'air d'être une piste de danse.

On nous fit asseoir en face des filles, et les bières commencèrent à circuler. J'avais à peine goûté la mienne que j'étais prise de tournis. Malgré mon trouble, je ne perdis pas l'esprit et me tins sur mes gardes.

Il arrive parfois qu'on fasse le contraire de ce qu'on a prévu de faire. Ce fut mon cas ce soir-là. La sonorisation était puissante. La musique fit tressaillir les arbres autour de nous. Les filles se levèrent toutes en même temps et invitèrent les soldats à danser. Il leur était impossible de refuser. Lorsque Ángel traversa tout le campement, entra sur la piste et m'offrit son bras, je me sentis stupide. Je cherchai Lucho des yeux.

---

1. *Pito* : autre nom de la leishmaniose.

Il était assis une bière à la main et m'observait. Il haussa les épaules et hocha la tête. Il pensait que refuser serait très mal pris par tout le monde. Tous les yeux étaient braqués sur moi. Je ressentis brutalement la pression et hésitai quelques secondes. Je me levai finalement et acceptai de danser. J'avais fait deux tours de piste tout au plus lorsque je le vis. Enrique avait une caméra vidéo digitale, ultralégère, qu'il braquait sur moi. Il se cachait derrière un arbre. La petite lumière rouge qui s'allumait pour indiquer que la caméra fonctionnait l'avait trahi. Mon cœur fit un bond et je m'arrêtai net. Je lâchai Ángel et le laissai seul sur la piste pour aller me rasseoir en tournant le dos à Enrique. Je m'en voulais d'avoir été si bête. Ángel était déjà parti en riant, ravi d'avoir si bien accompli sa mission.

Dans la jungle, l'éducation que j'avais reçue était un handicap. Je me retenais souvent de dire ou de faire ce que je croyais devoir dire ou faire par peur de froisser les susceptibilités. Immédiatement après je me persuadais qu'il fallait que j'oublie les codes de la courtoisie, car personne ne laissait passer, personne ne cédait sa place, personne ne tendait la main. Une fois la vexation dissipée, je me reprenais : non, il fallait au contraire essayer d'être chaque fois plus polie. Le piège de Gafas remit en cause toutes mes bonnes intentions. Transposer les rituels et les codes du monde extérieur à ma vie présente était une erreur. J'étais kidnappée. Comment m'étais-je laissée aller à croire que ces femmes et ces hommes puissent obéir à d'autres règles que celles que leur dictait le monde dans lequel ils vivaient, où le mal était le bien ? Tuer, mentir, trahir faisait partie de ce que l'on attendait d'eux. Je m'approchai de Lucho qui était hors de lui :

— Nous devons parler avec Enrique. Il n'a pas le droit de nous filmer sans notre consentement.

La musique s'arrêta au milieu d'une chanson. Les filles disparurent et les gardes armèrent leurs fusils. On nous poussa avec brutalité vers notre cantonnement. Notre Noël venait de prendre fin.

Enrique nous rendit visite le lendemain. Lucho avait insisté pour qu'il vienne nous parler. La discussion tourna au vinaigre. Enrique nia au début qu'il s'était agi d'une mise en scène, mais il finit par dire que la guérilla faisait ce que bon lui semblait, ce qui était évidemment un aveu. Lorsque Lucho exprima son indignation devant son attitude, Enrique l'accusa à son tour d'être un homme grossier et d'avoir insulté le commandant Trinidad.

Ils se séparèrent en très mauvais termes. Nous en conclûmes que nous pouvions attendre le pire d'Enrique. Effectivement, le pire arriva. Les gardes reçurent la consigne de nous infliger des sévices. Lucho se leva un matin, soucieux :

— Nous ne pouvons pas rester ici. Il faut qu'on s'échappe. Si au 30 décembre les FARC n'ont pas accepté la proposition d'Uribe… on se prépare à partir.

Le 30 décembre, les FARC restèrent silencieuses. L'après-midi du 31 décembre, Simón Trinidad fut embarqué dans un avion pour les États-Unis, sous l'inculpation de trafic de drogue. De longues années de captivité nous attendaient. Il fallait remplir la journée et ne pas penser au futur.

L'angoisse aidant, les cas de leishmaniose s'exacerbaient. Le petit bouton sur la tempe de Lucho n'avait pas disparu. On décida de prendre l'avis de William, qui avait été infirmier dans l'armée et était le seul à avoir un jugement fiable. Son diagnostic fut catégorique :

— Il faut commencer le traitement immédiatement, avant que la maladie n'atteigne l'œil ou le cerveau.

Enrique se vengea en interdisant que Lucho reçoive des soins. Nous savions que la guérilla avait des provisions importantes de Glucantime. Elle achetait les ampoules au Brésil ou au Venezuela, car en Colombie, à cause justement de la guerre contre les FARC, le médicament était soumis à un embargo : l'armée savait que la guérilla, parce qu'elle opérait dans les zones où la maladie était endémique, en était la principale consommatrice.

Chargée des soins, Gira était une femme sérieuse et prudente qui, à la différence de Guillermo, n'avait pas transformé la distribution de médicaments en un marché noir. Elle vint examiner Lucho et déclara :

— Le traitement sera long. Il faut compter au moins trente ampoules de Glucantime à raison d'une injection par jour. On commencera demain.

Le lendemain, Gira ne vint pas, ni les jours suivants. Elle nous soutint qu'il n'y avait plus de Glucantime alors qu'elle en administrait quotidiennement aux autres prisonniers. Je suivais la progression de l'ulcère avec inquiétude et je priais. Un soir, Tito, le garde qui nous avait appris à tisser des matelas de palmes, alors qu'il était de faction, s'approcha :

— C'est le *cucho*[1] qui ne veut pas autoriser votre traitement. Nous avons des caisses de Glucantime et nous en attendons de nouvelles. Dites à Gira que vous savez qu'il y a des ampoules dans la pharmacie, elle sera obligée d'en parler dans l'*aula*.

---

1. *Cucho* : commandant (dans ce cas Enrique, alias Gafas).

Nous suivîmes le conseil de Tito. Gira se montra embarrassée devant notre insistance :

— C'est un crime contre l'humanité, avais-je déclarée, offusquée.

— La notion de crime contre l'humanité est une notion bourgeoise, rétorqua Gira.

## 60

## Maintenant ou jamais

Janvier 2005. Je commençai à préparer sérieusement notre évasion. Mon plan de sortie était simple.
Il fallait quitter le campement en partant par les
*chontos* et rejoindre la rivière. Lucho n'était pas à
l'aise à l'idée de devoir nager pendant des heures.
J'avais donc entrepris la confection de bouées de sauvetage en utilisant les *timbos* que nous avions réussi à
nous procurer. En fait, j'avais récupéré les vieux
bidons d'huile que mes compagnons jetaient car ils
en avaient obtenu des neufs.

Je m'étais aussi procuré une machette. Tigre, un
Indien qui nous avait pris en grippe car nous n'avions
pas voulu lui céder la montre de Lucho en échange
d'herbes censées guérir la leishmaniose, l'avait laissé
traîner lorsqu'il construisait la *caleta* d'Armando.
Enrique menaça d'appliquer des sanctions sévères si
la machette n'était pas retrouvée. Je l'avais cachée
dans les *chontos*. Ils fouillèrent le campement de
fond en comble et je vécus un supplice en sentant
que tous les soupçons se concentraient sur moi.

Il y eut, à la fin de janvier, l'annonce très étonnante
d'une « balade ». Enrique voulait nous emmener

nous baigner en amont du fleuve. Le niveau des eaux avait monté, si bien que les *cachiveras* étaient maintenant un endroit idéal pour nager. Les soldats étaient tous enthousiastes à cette idée. Quant à moi, j'appréhendais un stratagème pour nous éloigner des *caletas* et pouvoir effectuer une perquisition minutieuse. L'ordre fut péremptoire : tout le monde devait y aller. Les jours qui précédèrent furent une torture pour Lucho et pour moi. Nous nous attendions à chaque instant à être découverts. Je croyais que ce serait la fin du monde.

Mes compagnons partaient heureux comme des enfants, Lucho et moi, méfiants. Pourtant, l'exercice fut utile. J'observai les accidents de terrain, la végétation, les distances parcourues en un temps donné, et j'intégrai le tout à mon plan.

On nous autorisa à pêcher, en nous fournissant le matériel nécessaire : hameçons sur un bout de fil de nylon. J'observai comment Tigre trouvait les appâts et comment il lançait la ligne. Je me mis en tête d'apprendre et y réussis avec un certain succès.

— C'est la chance des débutants, ricana Tigre.

Le plus important était pourtant que nous avions réussi à garder quelques hameçons et des mètres de fil, en prétextant que notre ligne avait cassé.

Tigre avait trouvé des œufs de tortue en explorant entre les rochers. Il en goba deux tout cru devant moi, sans tenir compte de mes exclamations de dégoût. Je l'imitai. Ils avaient une odeur forte de poisson et un goût qui n'était pas celui du poisson et qui n'aurait pas été désagréable sans la texture du jaune et son côté sablonneux, difficile à avaler.

Sur le chemin du retour, je pris la décision de rendre la machette. La végétation en bordure de fleuve était peu dense, nous n'aurions pas à traverser des forêts de bambou ou à nous battre contre des murs de lianes semblables à ceux que j'avais déjà connus. En fait, je ne pouvais plus continuer à vivre dans une paranoïa qui m'exténuait. Pour prendre la fuite, pour réussir notre évasion, nous aurions besoin de beaucoup de sang-froid. La sortie nous avait donné du champ et nous avait permis d'apprécier notre situation en cas de fuite : il était possible de survivre.

Il était alors d'autant plus important de ne pas risquer de nous faire prendre à cause de la machette de Tigre. Je profitai des travaux que les hommes faisaient derrière nos *chontos*. Ils avaient reçu mission de couper le plus possible de palmes pour faire une *maloka*[1]. Je laissai la machette là où ils étaient. Ángel la trouva et la porta chez Enrique avec un air de défiance qui en disait long sur le fait qu'il n'était pas dupe. À mon grand soulagement, l'affaire fut close.

J'eus l'impression d'être en présence d'un signe du destin lorsque Gafas vint me voir pour me demander de lui traduire les instructions en anglais d'un GPS qu'il venait de recevoir. C'était un petit appareil jaune et noir avec réception satellite, une boussole électronique et un altimètre barométrique.

— Oui, bien sûr, je comprends ce qui est écrit, lui répondis-je, mais je dois m'occuper de Lucho. Il est très angoissé par sa leishmaniose : faute de Glucantime, elle progresse.

Le lendemain, Gira arriva avec un sourire d'oreille à oreille. Elle venait de recevoir un nouvel approvisionnement de médicaments.

— C'est bizarre, commenta Pinchao. Je n'ai pas entendu de moteur.

Nous ne fîmes aucune réflexion. Gira prenait la

1. *Maloka* : hutte indigène, ronde, avec un toit de palmes.

peine de désinfecter avec de l'alcool la zone où elle injectait la Glucantime, précaution que d'autres infirmiers considéraient comme superflue. La piqûre était particulièrement douloureuse : le médicament ayant la consistance de l'huile, sa pénétration dans les tissus provoquait une brûlure extrême.

La maladie avait beaucoup avancé et Gira se sentait concernée. Elle opta pour un traitement de choc. Elle décida d'injecter une portion de l'ampoule directement sous la peau du furoncle. L'effet fut immédiat. Lucho perdit connaissance et, surtout, il perdit la mémoire.

Lorsque Enrique revint à la charge pour demander la traduction de son mode d'emploi, j'obtempérai dans l'espoir qu'il accepte de donner à Lucho une nourriture adéquate. Je savais que les guérilleros partaient tous les jours à la pêche. Ils avaient fait des *potrillos*, sorte de canoës taillés dans le tronc d'un arbre, le balsa[1], ressemblant par son écorce au bouleau et qui avait la particularité de flotter comme du liège. C'était idéal pour naviguer sur le fleuve et atteindre ses zones d'eaux profondes, là où la pêche était abondante. Il y avait des tonnes de poissons. Mais Enrique s'opposait à ce qu'on nous en donne.

Lucho revint de son inconscience en ayant perdu, non seulement ses souvenirs d'enfance, mais, plus grave, la mémoire de nos projets. William disait que faire une injection à la tempe avait été une erreur. Je voulais croire, pour ma part, qu'en traitant son diabète on lui permettrait de récupérer pleinement, car le plus important était de le retrouver, lui.

Enrique envoya du poisson et je me mis au travail sur son GPS Garmin. J'eus l'appareil entre les mains

1. *Ochroma lagopus.*

pendant toute une matinée et pris note de l'information qu'il contenait. Il y avait en particulier un lieu qui avait été enregistré sous le nom de *Maloka*, avec les repères suivants : N 1 59 32 24 W 70 12 53 39. *Maloka* était peut-être le nom qu'Enrique avait donné au camp. J'étais surprise qu'ils m'aient donné accès à cette information mais, bien sûr, ils devaient penser que je n'y connaissais rien, ce qui était vrai, sauf que j'avais gardé en mémoire les bases des leçons de cartographie reçues à l'école.

Forte de ma trouvaille, j'allai parler avec Bermeo.

On convint qu'il faudrait trouver le moyen de mettre la main sur une carte, avec l'indication des parallèles et des méridiens. Cette information secrète était essentielle pour nous tous. Il croyait se souvenir avoir vu, dans un petit agenda que gardait Pinchao, une minuscule carte de la Colombie avec l'indication des latitudes et des longitudes. Je me souvins alors que j'avais moi-même un jeu de cartes du monde que je gardais avec l'agenda que je portais sur moi le jour de mon enlèvement.

Je l'avais conservé pour voir la série de rendez-vous programmés pour les jours, les semaines et les mois suivants, et que j'avais ratés. Ce même agenda était devenu un instrument essentiel pour pallier l'ennui. J'avais résolu d'apprendre le nom de toutes les capitales de tous les pays du monde, leur extension et le nombre de leurs habitants. Je jouais parfois avec Lucho, pour tuer le temps : « Quelle est la capitale du Swaziland ? — Facile : banane ! » me répondait Lucho en se moquant de nos techniques de mémorisation si bêtes.

J'avais donc une carte d'Amérique latine, avec une petite Colombie, sur laquelle apparaissaient évidemment la ligne équatoriale, quelques parallèles et méridiens référencés de façon incomplète. La carte de Pinchao était beaucoup plus petite, mais bien mieux quadrillée. Il y avait en plus, sur le bord, une minuscule règle, que nous avions reproduite sur un carton de cigarettes pour avoir la meilleure des approximations. Il suffisait de diviser la distance entre deux lignes parallèles pour savoir où se trouvait le parallèle recherché. Un petit peu plus haut que l'équateur, nous avions une bonne position de la coordonnée N1°59 nord. Les méridiens apparaissaient de droite à gauche à partir du 65 qui traversait le Venezuela et le Brésil, le 70 en plein sur la Colombie et le 75 à l'ouest de Bogotá. W70°12 nous plaçait quelques millimètres à gauche du soixante-dixième méridien. Nous étions donc vraisemblablement dans le Guaviare.

Je passai des heures absorbée par la petite carte de Pinchao. Si nos calculs étaient corrects, nous devions nous trouver dans une petite corne du département du Guaviare qui suivait le cours du fleuve Inírida à la frontière du département du Guainía. Ce fleuve appartenait au bassin de l'Orénoque. Si nous nous trouvions sur un de ses affluents, le courant devait nous transporter jusqu'au Venezuela. J'en rêvais. Avec ma petite règle de fortune, je mesurais la distance entre ce petit point imaginaire que nous appelions la Maloka et Puerto Inírida, la capitale du Guainía où nous devions nécessairement arriver. Il y avait un peu plus de trois cents kilomètres en ligne droite, mais le fleuve suivait un cours sinueux qui pouvait facilement tripler la distance à parcourir. À bien y réfléchir, Puerto Inírida n'était pas le but de notre périple. Il nous suffisait de croiser sur notre chemin un être humain qui n'appartienne pas à la guérilla et qui accepte de nous guider pour sortir de ce labyrinthe.

J'eus la sensation d'être maîtresse du monde. Je savais où nous nous trouvions, cela changeait tout. J'étais consciente que nous devions nous préparer à tenir très longtemps dans cette jungle. Les distances étaient énormes. Ils avaient bien choisi leur cachette. Il n'y avait aucun secours assuré à moins de cent kilomètres à la ronde, au travers de la plus épaisse des jungles. La ville la plus proche était Mitú, au sud, à exactement cent kilomètres. Mais aucune voie navigable pour l'atteindre. Entreprendre de marcher à travers la forêt, sans boussole, me semblait une folie plus grande que celle que j'envisageais. Était-il possible de se lancer dans une expédition pareille avec un homme malade ? La réponse était que je ne partirais jamais sans lui. Il faudrait apprendre à vivre de ce que nous trouverions et courir le risque. Cela valait bien mieux que d'attendre d'être tué par nos ravisseurs.

Le copain de Gira vint un jour creuser des *chontos*. C'était un Indien immense, au regard profond. J'espérais échanger quelques mots avec lui. Il me dit sans détour :

— Les FARC ne vous aiment pas. Vous êtes ce que nous combattons. Vous ne sortirez d'ici que dans vingt ans. Nous avons toute l'organisation nécessaire pour vous garder aussi longtemps que nous le voudrons.

Je me souvins alors d'Orlando parlant d'un de nos compagnons de captivité : « Regarde, il se comporte comme un cancrelat ! Ils le balayent pour le foutre dehors, et il rampe pour entrer à nouveau. » Je me vis, cherchant à me lier d'amitié avec l'Indien, comme un cancrelat. « Rien de plus stimulant pour consolider la décision de s'évader », pensais-je.

Le poisson fit des merveilles sur Lucho. Deux semaines plus tard, ses souvenirs reprirent leur place dans son cerveau. Pendant ses journées d'absence, j'avais eu l'impression de parler à un étranger. Lorsqu'il eut retrouvé son état normal, et que je pus lui confier combien son état m'avait fait souffrir, il s'amusa à me faire peur, en feignant de nouveaux trous de mémoire qui me paniquaient. Il éclatait alors de rire en m'embrassant, tout penaud, mais ravi de voir combien je tenais à lui.

Tout était prêt. Nous avions même décidé de partir sans Glucantime : ce traitement devenait interminable, Lucho ne guérissait toujours pas. Nous aurions pu encore améliorer nos provisions, mais nous voulions partir le plus légers possible et comptions nous nourrir de ce que la nature nous offrirait. On se mit donc à attendre le moment propice : un terrible orage à 18 h 30. Nous l'attendions tous les soirs. Curieusement, dans cette forêt tropicale où il pleuvait chaque jour, l'année 2005 fut d'une sécheresse insolite. L'attente fut très longue.

## 61

## L'évasion

Pour nous occuper, nous décidâmes de reprendre nos cours de français. Seul John Pinchao, qui avait été pris en otage encore jeune, à peine recruté par la police, décida de s'y joindre. Il semblait convaincu qu'il était né avec la poisse et, selon lui, l'enchaînement d'événements qui l'avait mené jusqu'à la Maloka était la preuve que sa vie entière était vouée à l'échec. Il en tirait un sentiment d'injustice qui le portait à se fâcher avec le monde entier. Je l'aimais bien. Bien qu'aigri, il était intelligent et généreux, et j'avais du plaisir à bavarder avec lui, même si, la plupart du temps, je le quittais énervée en déclarant : « Tu vois ! C'est impossible de discuter avec toi ! »

Il était né à Bogotá, dans le quartier le plus pauvre de la ville. Son père était maçon et sa mère travaillait où elle pouvait. Il avait eu une enfance misérable, enfermé avec ses sœurs dans une chambre louée dans un taudis. Faute de pouvoir s'occuper d'eux, sa mère les y cloîtrait durant la journée. Sa grande sœur, dès l'âge de cinq ans, préparait pour la fratrie le déjeuner sur un réchaud que la mère laissait à même le sol. Il se souvenait de la faim et du froid.

Il adorait son père et révérait sa mère, qui, à force

de courage et d'un labeur intense, avaient réussi à construire de leurs mains une petite maison et à leur donner une éducation convenable. Pinchao avait passé son bac et était entré dans la police, le manque d'argent l'ayant empêché de continuer ses études.

Dès le début des cours, j'avais remarqué qu'il apprenait très vite. Il posait toutes sortes de questions et avait une grande soif de connaissances que j'essayais d'assouvir de mon mieux. Il était ravi lorsque, après qu'il m'eut pressée comme un citron pendant toute la journée, je rendais les armes et lui avouais que j'ignorais la réponse.

Il m'avait accordé sa confiance et voulait que je l'introduise dans ce qu'il appelait « mon univers ». Il désirait que je lui raconte comment étaient les autres pays, ceux que j'avais visités et ceux dans lesquels j'avais vécu. Je l'emmenais se promener avec moi dans mes souvenirs, et lui faisais découvrir ces différentes saisons dont il ignorait tout. Je lui expliquais que je préférais l'automne avec sa splendeur baroque, bien qu'il fût si court, que le printemps dans les jardins du Luxembourg était un conte de fées, et je décrivais la neige, et les délices de la glisse qu'il croyait que j'inventais rien que pour lui faire plaisir.

Après les leçons de français, nous nous plongions dans une autre matière d'étude. Pinchao voulait tout apprendre des règles de l'étiquette. Lorsqu'il en formula le souhait, je pensai tout de suite que je n'étais pas la personne indiquée pour remplir cette tâche.

— Décidément, mon pauvre Pinchao, tu n'as pas de chance ! Si ma sœur était là, elle te donnerait le meilleur entraînement qui soit. Je ne m'y connais presque pas en étiquette. Mais je veux bien te montrer ce que j'ai appris de ma mère.

Il était très excité par le projet :

— Je me dis que je paniquerais si je devais m'asseoir un jour devant une table avec des tas de fourchettes et plein de verres alignés devant moi. J'ai toujours eu honte de demander.

Nous profitâmes d'un arrivage de planches pour nous construire une table, en prétextant que nous en avions besoin pour nos cours de français. Puis je demandai à Tito de me tailler à la machette des bouts de bois pour simuler les fourchettes et les couteaux, et nous jouâmes à la dînette. Lucho, qui prenait très au sérieux nos cours de savoir-vivre, se faisait un plaisir de me reprendre tous les deux mots :

— Les fourchettes à gauche, le couteau à droite.

— Oui, mais à droite tu peux aussi placer la cuillère à soupe ou la pince à escargots.

— Attendez, c'est quoi, une pince à escargots ?

— Ne l'écoute pas, il veut t'épater.

— Mais comment faire pour deviner ce que je dois utiliser ? insistait Pinchao, affolé.

— Tu n'as pas à deviner ! Les couverts sont placés dans leur ordre d'utilisation.

— Et si tu hésites, tu regardes ton voisin, intervenait Lucho à nouveau.

— C'est un très bon conseil. D'ailleurs, on doit toujours attendre que l'hôte donne l'exemple. Tu ne dois jamais faire quoi que ce soit avant lui.

— Car il pourrait t'arriver ce qui est arrivé à ce chef d'État africain, et d'ailleurs je ne sais pas s'il était africain, invité chez la reine d'Angleterre. Ils avaient placé des rince-doigts sur la table et l'homme a cru que c'était une coupelle pour boire. Il l'a bue. La reine pour éviter qu'il ne soit embarrassé a bu le rince-doigts elle aussi.

— C'est quoi un rince-doigts ?

Nous passions des après-midi entiers à parler de la

597

façon de mettre la table, de servir le vin, de se servir, de manger, et nous étions partis dans le monde de la courtoisie, des plaisirs raffinés.

Je m'étais dit que le jour où je serais de retour, je ferais attention aux détails, j'aurais toujours des fleurs chez moi, et du parfum, et que je ne m'interdirais plus ni les glaces ni les pâtisseries. Je comprenais que la vie m'avait donné accès à trop de bonheurs que j'avais délaissés avec insouciance. Je voulais l'écrire quelque part, pour ne pas oublier, car je devinais que cette insupportable légèreté de vivre, une fois que je serais dehors, risquait de prendre le pas sur ce que j'avais vécu, pensé et senti en captivité. Je l'ai écrit mais, comme tout ce que j'ai écrit dans la jungle, je l'ai brûlé, pour éviter que ça ne tombe dans les mains des FARC.

Je réfléchissais à tout cela, assise dans ma *caleta*, à préparer les cours de français pour le lendemain lorsque, tout à coup, il y eut un long grincement, douloureux, effroyable, qui prenait de l'ampleur et nous obligea à lever les yeux. Je vis un frémissement de feuilles du côté des *chontos*, puis Tigre prendre les jambes à son cou et décamper en abandonnant son poste de garde, traversant notre cantonnement comme une flèche.

Le plus grand arbre de la forêt avait choisi cet instant-là pour mourir. Il s'effondra comme un géant. Notre surprise était égale à celle de ces jeunes arbres qu'il emportait dans sa chute et qui cassaient dans un bruit de foudre pour s'abattre définitivement sur nous en levant dix mètres de poussière au-dessus du sol. Des perroquets s'envolèrent, affolés. Mes cheveux furent balayés en arrière sous l'onde de choc, et mon visage reçut sa part d'une vague de particules qui couvrit la totalité des tentes et du feuillage avoisinant.

Le ciel s'ouvrit de part en part, dévoilant des nuages jaunes effrangés qui s'étiraient dans l'infini d'un crépuscule incendiaire. Tout le monde avait couru se mettre à l'abri. Cela ne m'avait même pas traversé l'esprit.

— J'aurais pu mourir, me dis-je, hébétée, en réalisant qu'une branche du géant s'était écrasée à deux centimètres de mon pied.

Mais ç'aurait été trop beau.

Je fus ravie à l'idée que cette ouverture providentielle nous permettrait de regarder les étoiles.

— Oublie ! me dit Lucho, tu vas voir qu'ils vont nous changer de campement.

Quelques jours plus tard, Mauricio donna le signal : il fallait emballer.

L'endroit où ils nous installèrent était en retrait du fleuve. Comme dans le campement de la Maloka, il y avait un *caño* à la gauche de notre cantonnement. Il était beaucoup plus large et il s'ouvrait en fourche avant d'arriver dans la rivière. La branche la plus importante desservait le campement de la guérilla. Mauricio nous attendait déjà sur le nouveau site.

Très vite, chacun reprit ses habitudes. Nous nous affairâmes à lancer nos antennes en fil d'aluminium dans les arbres pour nous connecter avec le monde. Je ne perdis plus aucun des messages de Maman. Après l'extradition de Trinidad, elle s'était donné pour tâche d'entrer en contact avec toutes les personnalités qui pourraient avoir la possibilité de parler à l'oreille du président Uribe. Elle avait maintenant l'intention de convaincre l'épouse du Président. Maman racontait tout cela en public, à l'antenne, comme s'il n'y avait qu'elle et moi face à face.

— Je ne sais plus quoi inventer, me disait-elle. Je

me sens terriblement seule. Ton drame ennuie les gens, j'ai l'impression que toutes les portes se ferment. Mes amies ne veulent plus me recevoir. Elles m'accusent de les déprimer avec mes pleurs. Et c'est vrai, ma chérie, que je ne parle que de toi, parce que c'est la seule chose qui m'intéresse, et que tout le reste me paraît superficiel et banal. Comme si je pouvais perdre mon temps à batifoler alors que je sais que tu souffres.

Je pleurais en silence, en lui répétant tout bas :

— Tiens bon, ma petite Maman, je vais te faire une surprise. Dans quelques jours, j'arriverai quelque part, à un village, au bord d'un fleuve. Je chercherai une église, parce que la guérilla sera partout à me traquer, et j'aurai peur. Mais je verrai de loin le clocher et je trouverai le prêtre. Il aura un téléphone et je composerai ton numéro.

C'est le seul que je n'aie pas oublié : *Dos doce, veintitrés, cero tres*[1]. J'entendrai la sonnerie retentir une fois, deux fois, trois fois. Tu es toujours en train de faire quelque chose. Tu décrocheras enfin. J'écouterai le son de ta voix et le laisserai résonner quelques instants dans le vide, pour avoir le temps de rendre grâce ensuite. Je dirai « Maman » et tu répondras « Astrica ? », parce que nos voix se ressemblent et que ce ne pourrait être qu'elle. Je te dirai alors : « Non, mamita, c'est moi, Ingrid. »

Mon Dieu ! Combien de fois ai-je imaginé cette scène.

Maman préparait un appel, avec le soutien de toutes les ONG du monde, qui demanderait au président Uribe de nommer un négociateur pour l'« accord humanitaire ». Elle comptait sur le soutien

---

1. « Deux douze, vingt-trois, zéro trois. »

de l'ancien président López, qui du haut de ses quatre-vingt-dix ans continuait d'influer sur le destin de la Colombie.

Durant mes années d'engagement politique, je m'étais tenue distante du président López. Il incarnait pour moi la « vieille classe ». Quelques jours avant mon enlèvement, j'avais reçu une invitation pour aller le voir. J'étais arrivée chez lui tôt, un samedi matin, avec le seul de mes agents de sécurité en qui j'avais pleinement confiance. J'avais sursauté en sonnant à sa porte car elle s'était ouverte instantanément et c'était lui, en personne, qui m'avait accueillie.

Il était très grand. Bel homme malgré son grand âge, il avait des yeux d'un bleu d'eau qui changeait selon son humeur et portait avec élégance un col roulé en cachemire, un blazer bleu foncé et des pantalons de flanelle gris impeccablement repassés. Il me demanda de le suivre dans sa bibliothèque où il s'installa dans un grand fauteuil, le dos contre la fenêtre. Je n'ai pas le souvenir d'avoir ouvert la bouche pendant les deux heures que dura notre entretien. J'étais conquise. Lorsque je l'avais quitté, j'avais dû constater qu'il avait mis à bas tous mes préjugés.

Il s'était déplacé à Neiva, une ville étouffante comme le chaudron du diable, pour participer à la manifestation organisée en notre faveur. Il avait brandi les photos des otages durant le trajet, accompagné de sa femme, qui s'était soumise au même supplice. Maman était là, avec toutes les familles des autres otages. L'intolérance était à son paroxysme. Demander notre libération était considéré par beaucoup, en Colombie, comme un soutien aux exigences de la guérilla et un acte de trahison à la patrie.

Le président López mourut pendant que j'étais encore attachée à un arbre. Avant de mourir il avait réussi à convaincre que la lutte pour la libération des otages était une cause « politiquement correcte ». Ce fut sa voix que j'entendis en premier, avec celle de ma mère narrant le succès de la manifestation, lorsque nous fûmes descendus du *bongo*.

Le nouveau campement avait été conçu de façon bizarre. Nous étions isolés des baraquements que les guérilleros construisaient pour eux et nous n'avions plus que deux gardes à chaque extrémité de notre cantonnement. J'échafaudai un plan qui me semblait parfait. Par ailleurs, le traitement de Lucho venait de finir. Il avait reçu en tout cent soixante-trois piqûres de Glucantime sur six mois, cinq fois plus que la normale. Les effets secondaires l'avaient beaucoup fait souffrir, notamment des douleurs de dents et d'ossature. Mais la lésion à la tempe s'était résorbée. Il ne restait qu'un léger affaissement de peau qui témoignerait à vie de la lutte prolongée qu'il avait dû mener contre la leishmaniose.

Nous attendions toujours cet orage providentiel, à 18 heures et 15 minutes, qui nous permettrait de nous évader. Tous les soirs, nous nous endormions déçus de n'avoir pas pu partir, mais secrètement soulagés de pouvoir dormir un jour de plus au sec.

Un matin, Mono Liso et un groupe de cinq autres guérilleros se pointèrent tôt, avec des poutres carrées énormes qu'ils avaient taillées à la base pour en faire des pieux. Ils les dressèrent tous les cinq mètres autour de notre cantonnement. Simultanément, on nous déplaça tous pour être logés à l'intérieur de ce qui serait vraisemblablement une enceinte. Je crus que j'allais mourir. Ils n'eurent pas le temps de finir le jour même. La maille et les barbelés seraient posés le lendemain.

— C'est notre dernière chance, Lucho. Si nous voulons partir, il faut le faire ce soir.

17 juillet 2005. C'était la veille de l'anniversaire de ma sœur. Je préparai les *mini-cruceros* et posai le tout sur un angle de ma *caleta*, à l'intérieur de la moustiquaire. Mono Liso passa à cet instant et nos regards se croisèrent. Malgré le voile noir de la moustiquaire, il me regarda et je compris à la seconde qu'il avait tout deviné. Je fis la queue avec mon écuelle à la main pour mon dernier repas chaud en me disant que je délirais, qu'il ne pouvait pas avoir lu dans mes pensées et que tout irait bien. Je m'assurai que Lucho était, lui aussi, prêt, et lui demandai d'attendre que je vienne le chercher. J'avais confiance. De gros nuages noirs s'agglutinaient dans le ciel, l'odeur d'orage était déjà là. Effectivement, de grosses gouttes de pluie commencèrent à tomber. Je fis mon signe de croix à l'intérieur de ma *caleta* et demandai à la Vierge Marie de me protéger car je tremblais déjà. J'eus l'impression qu'elle m'avait ignorée lorsque je vis s'approcher Mono Liso. Ce n'était pas l'heure du changement de garde. Mon cœur se serra. Le garçon avait emprunté une passerelle en bois sur pilotis que la guérilla venait d'achever et qui reliait leur campement au nôtre. Elle faisait le tour du cantonnement et passait juste trois mètres devant ma tente. Il pleuvait déjà de façon considérable. Il était 18 heures exactement. Mono Liso s'arrêta à ma hauteur et s'assit sur la passerelle, les pieds ballants, me tournant le dos, indifférent à l'orage.

C'était ma faute, j'étais trop nerveuse, j'avais donné l'alerte. Demain, ils nous enfermeraient dans une prison de fil de fer barbelé et je ne sortirais de cette jungle que dans vingt ans. Je tremblais, les mains moites, terrassée par la nausée. Je me mis à pleurer.

Les heures passaient et Mono Liso restait assis, montant la garde devant moi sans bouger. Il y eut deux relèves, il n'abandonna pas son poste. Vers 11 heures et demie, El Abuelo, un autre guérillero plus âgé, le remplaça. Il continuait de pleuvoir. Mono Liso partit trempé jusqu'à la moelle. Le nouveau alla s'asseoir sous une tente provisoire, là où ils déposaient les marmites avant de nous servir. Il était placé sur ma diagonale et contrôlait tous les angles de ma *caleta*. Il me regardait sans me voir, perdu dans ses songes.

Je m'étais tournée vers Marie, car j'imaginais que Dieu serait bien difficile à atteindre. Je priai longtemps, avec la force du désespoir. « Ma Marie, je t'en supplie, toi aussi tu es mère, tu connais le vide qui me brûle les entrailles. Il faut que j'aille voir mes enfants. Aujourd'hui, c'est encore possible, demain, ce sera fini. Je sais que tu m'écoutes. Je voudrais te demander quelque chose de plus spirituel, que tu m'aides à devenir meilleure, plus patiente, plus humble. Tout cela, je te le demande aussi. Mais là, je t'en prie, viens me chercher. »

Maman me racontait qu'un samedi, folle de douleur, elle s'était révoltée contre Marie : on lui annonça le jour même que la guérilla lui avait remis ma seconde preuve de survie.

Je ne croyais plus aux coïncidences. Depuis mon enlèvement, dans cet espace de vie hors du temps, j'avais eu la possibilité de réviser les événements de ma vie avec la distance et la sérénité propres à ceux qui ont des jours en trop. J'en avais conclu que la coïncidence n'était que l'aveu de l'ignorance du futur. Il fallait être patient, attendre, pour que la raison d'être des choses devienne visible. Avec le temps les événements prenaient place dans une certaine logique et sortaient du chaos. Alors la coïncidence cessait d'exister.

J'avais parlé avec elle, comme une folle, pendant des heures, utilisant le chantage affectif le plus bas pour venir à bout de son indifférence, la boudant, me mettant en colère, et me jetant à ses pieds à nouveau. Marie, celle à qui je m'adressais, n'était pas une image d'Épinal. Ce n'était pas non plus un être surnaturel. C'était une femme qui avait vécu deux mille ans avant moi, mais qui, par une grâce exceptionnelle, pouvait m'aider. Frustrée et exténuée par ma plaidoirie, je m'étais effondrée dans un sommeil sans rêves. Mon esprit planait, convaincu qu'il continuait à veiller. Je croyais que j'étais assise, toujours aux aguets. Je sentis alors qu'on me touchait l'épaule, puis, devant mon absence de réponse, on me secoua. C'est alors que je compris que je dormais profondément, car le retour à la surface fut lourd et douloureux, et je me retrouvai d'un bond, décalée dans mon temps, assise, les yeux grands ouverts, le cœur battant la chamade. « Merci », dis-je par politesse. Rien de divin, juste cette sensation d'une présence.

Je n'eus pas le temps de me poser plus de questions. El Abuelo s'était levé et regardait fixement dans ma direction. Je retins mon souffle, car je venais de comprendre qu'il en avait marre et qu'il avait pris la décision de partir. Je restai immobile, misant sur le fait que la pénombre ne lui permettrait pas de voir que j'étais assise. Il resta immobile pendant quelques secondes, comme un fauve. Il s'éloigna en faisant le tour de la passerelle, puis revint sur ses pas. « Marie, je t'en prie ! » Il inspecta de nouveau l'obscurité environnante, souffla, rassuré, et coupa à travers bois pour rejoindre son cantonnement.

Je fus submergée de gratitude. Sans attendre, je sortis de ma moustiquaire à quatre pattes en répétant à voix basse « Merci, merci ». Les deux autres gardes étaient placés derrière l'alignement de tentes et de hamacs où dormaient mes compagnons. Ils auraient pu voir mes pieds en regardant par en dessous, mais ils étaient enroulés dans leur plastique noir, à grelotter de froid et d'ennui. Il était 1 h 50 du matin. Nous avions à peine deux heures et demie pour nous éloigner du campement. C'était suffisant pour nous perdre dans la jungle et les semer. Mais il restait tout juste dix minutes avant le prochain changement de garde.

Je me dirigeai à tâtons vers les tentes des militaires. Je m'emparai de la première paire de bottes que je trouvai sur mon chemin et, m'aventurant plus près des gardes, en dérobai une autre. Je savais que la consigne avait été donnée de nous surveiller de près, Lucho et moi. La première chose que ferait la relève serait de vérifier la présence de nos bottes à côté de nos paillasses. Ils y verraient celles que j'avais prises aux militaires et partiraient rassurés.

J'allai ensuite m'accroupir près de la *caleta* de Lucho pour le réveiller.

— Lucho, Lucho, ça y est.

— Hein, quoi, qu'est-ce qui se passe ?

Il dormait profondément.

— Lucho, on part, dépêche-toi !

— Quoi ? Tu n'y penses pas, on ne va pas partir maintenant !

— Il n'y a plus de gardes ! C'est notre unique chance.

— Zut ! Tu veux qu'ils nous tuent ou quoi ?

— Écoute, cela fait six mois que tu me parles de cette évasion...

— ...

— Tout est prêt. J'ai même les bottes des militaires, ils n'y verront que du feu.

Lucho venait d'être projeté face à son destin et aussi face à moi. Il transforma sa frayeur en colère :

— Tu veux qu'on parte, soit ! On va se faire flinguer. Mais, de toute façon, c'est peut-être mieux que de crever ici !

Il fit un mouvement brusque et la pile de casseroles, écuelles, gobelets, cuillères, qu'il avait adossés en équilibre contre un pieu, dégringola dans un fracas de timbales ahurissant.

— Ne bouge pas, lui dis-je, pour le retenir dans son élan suicidaire.

On resta accroupis derrière la paillasse, masqués par la moustiquaire. Un faisceau lumineux passa au-dessus de nos têtes, puis s'éloigna. Les gardes riaient. Ils avaient dû croire que c'était un rat qui nous avait visités.

— C'est bon, j'y vais ! Je suis prêt, j'y vais ! me dit Lucho en prenant ses deux bidons d'huile, son minuscule sac à dos, son bob et les gants que j'avais confectionnés pour l'occasion.

Il s'éloigna à grandes enjambées.

J'allais faire pareil, mais me rendis compte que j'avais perdu un gant. Dans la panique, je revins à tâtons près des militaires. « C'est stupide ! Il faut partir maintenant ! » me dis-je. Lucho était déjà en train d'enjamber la passerelle et il marchait, furieux, droit devant, piétinant toutes les plantes sur son passage.

Les feuilles grinçaient horriblement, et froufroutaient contre le pantalon en polyester qu'il portait. Je me retournai. Il était impossible que les gardes n'aient pas entendu le raffut que nous faisions. Pourtant, derrière moi, une quiétude totale régnait. Je regardai ma montre. Dans trois minutes, la relève arriverait. Ils étaient sûrement déjà en chemin. Nous avions juste le temps de sauter par-dessus la passerelle, de courir pour traverser le terrain défriché devant nous et de nous cacher dans la broussaille.

Lucho y était déjà. J'avais peur qu'il n'oublie nos consignes. Il fallait virer à angle droit vers la gauche pour piquer dans le *caño* et nager jusqu'à la berge d'en face. S'il continuait tout droit, il atterrirait dans les bras de Gafas. Je fis le signe de la croix et m'élançai en courant, certaine tout à coup que les gardes ne me verraient pas. J'arrivai essoufflée derrière les arbustes, attrapai la main de Lucho et le tirai vers le sol. Accroupis l'un contre l'autre, nous nous mîmes à observer ce qui se passait à travers les branches. La relève venait d'arriver, ils avaient dirigé les faisceaux de leurs lampes d'abord vers nos bottes et nos moustiquaires, puis vers nous, balayant le terrain vide dans tous les sens.

— Ils nous ont vus !

— Non, ils ne nous ont pas vus.

— Allons-y, on ne va pas attendre qu'ils viennent nous chercher.

J'avais disposé mes bidons d'huile dans leur housse, accrochée à mon cou et attachée à ma ceinture. Ils me bloquaient pour avancer. Il fallait enjamber un enchevêtrement de grosses branches et d'arbustes, amoncelés à cet endroit après le déblayage de notre campement. J'étais empêtrée dans mes affaires. Lucho me prit d'une main, ses bidons dans l'autre et fonça droit vers le *caño*. Les bidons en plastique semblaient exploser en heurtant les arbres morts, le bois craquait péniblement sous notre poids.

Nous étions à deux pas de la berge. Avant de glisser sur le talus, je regardai en arrière. Personne. Les faisceaux lumineux se baladaient encore du côté des tentes. Le temps de me retourner et je butai sur Lucho pour atterrir en contrebas, sur la plage de sable fin où nous allions tous les jours faire notre toilette. Il ne pleuvait presque plus. Notre bruit ne serait plus couvert par l'averse. Sans réfléchir une seconde de plus, nous nous jetâmes dans l'eau comme du bétail pris de panique. J'essayai de garder le contrôle de mes mouvements, mais très vite je fus happée par le courant.

— Il faut traverser, vite, vite !

Lucho semblait partir à la dérive, entraîné vers le segment de rivière qui desservait le cantonnement d'Enrique. Je nageais d'un bras, en tenant Lucho par les bretelles de son sac à dos de l'autre. Nous étions emportés par plus puissant que nous, tétanisés de peur, et cherchions, tout au plus, à ne pas nous noyer.

Le courant nous aida. Nous fûmes aspirés sur la gauche, dans l'autre bras de l'affluent, vers une courbe où l'eau prenait de la vitesse. Je perdis de vue les tentes de la guérilla et eus, un instant, la sensation que c'était possible. Nous nous éloignâmes en nous enfonçant dans les tiédeurs des eaux amazoniennes. Le *caño* se refermait sur lui-même, chaque fois plus étroit, touffu, sombre, feutré, comme un tunnel.

— Il faut sortir du *caño*, il faut sortir de l'eau, ne cessais-je de répéter à Lucho.

Nous prîmes pied, laborieusement, sur un lit de

feuilles épaisses, nous ouvrant un passage entre les ronces et les fougères.

« C'est parfait. Pas de traces », pensai-je pour moi-même.

Je savais instinctivement dans quelle direction marcher.

— C'est par ici, dis-je à Lucho qui hésitait.

Nous nous enfoncions dans une végétation de plus en plus dense et haute. Nous découvrîmes, au-delà d'un mur de jeunes arbustes aux ronces affûtées, une clairière de mousse. Je m'y jetai dans l'espoir de diminuer la résistance de la végétation pour avancer plus vite, mais je tombai dans une énorme fosse que la mousse couvrait comme un filet tendu au-dessus d'une trappe. La fosse était profonde, la mousse m'arrivait au cou et je ne voyais rien de ce qu'il y avait en dessous. J'imaginai que toutes sortes de monstres devaient y habiter, à l'affût d'une proie qui leur tomberait dans la gueule comme je venais de le faire. Prise de panique, j'essayai de sortir de là, mais mes mouvements étaient maladroits et ineffi-caces. Lucho se laissa tomber dans le même fossé et me tranquillisa.

— Ne t'inquiète pas, ce n'est rien. Continue à marcher, on va s'en tirer.

Un peu plus loin, les branches d'un arbre nous permirent de nous hisser au-dehors. Je voulais courir. Je sentais que les gardes étaient à nos trousses et je m'attendais à les voir jaillir d'entre les broussailles pour nous tomber dessus.

D'un coup, la végétation changea. Nous abandon-nions les arbustes de ronces et d'épines pour pénétrer dans la mangrove. Je vis le miroir de l'eau briller à travers les racines des palétuviers. Une plage de sable gris faisait antichambre à l'épanchement du fleuve. Une dernière ligne d'arbres, en partie immergée et qu'il nous faudrait atteindre à la nage, et, plus loin, l'immense surface argentée qui semblait nous attendre.

— Nous y sommes ! dis-je à Lucho, sans savoir si je me sentais soulagée ou si, au contraire, la perspective de l'épreuve qui nous attendait me terrorisait.

J'étais hypnotisée. Cette eau qui courait rapidement devant nous, c'était la liberté.

De nouveau, je regardai en arrière. Pas de mouvements, pas de bruits, excepté mon cœur qui cognait bruyamment contre ma poitrine.

Nous nous aventurâmes prudemment dans l'eau jusqu'à hauteur de poitrine. Nous sortîmes nos cordes. Je fis consciencieusement les gestes que je connaissais par cœur pour m'être exercée quotidiennement durant les longs mois de notre attente. Chaque nœud avait une raison d'être. Il nous fallait être solidement attachés l'un à l'autre. Lucho avait du mal à tenir en équilibre dans l'eau.

— Ne t'inquiète pas, une fois que nous serons en train de nager, tu pourras te stabiliser.

Nous étions prêts. Nous nous prîmes par la main pour avancer jusqu'à perdre pied. On se laissa flotter, en pédalant doucement jusqu'à la dernière ligne d'arbres. Devant nous, le fleuve s'ouvrait grandiose sous la voûte des cieux. La lune immense éclairait comme un soleil d'argent. J'eus conscience qu'un courant puissant allait nous aspirer. Il n'y avait pas de marche arrière possible.

— Attention, ça risque d'aller vite, dis-je à Lucho.

En une seconde, une fois la barrière végétale franchie, nous nous trouvâmes propulsés à toute allure au milieu du fleuve. La rive défila à grande vitesse devant nos yeux. Je vis s'éloigner l'embarcadère de la guérilla, et je fus envahie par une sensation de plénitude, aussi vaste que l'horizon que nous venions de retrouver.

Le fleuve entama un virage, l'embarcadère disparut pour de bon. Il n'y avait plus rien derrière nous, nous étions seuls, la nature avait conspiré en notre faveur, mettant sa force au service de notre fuite. Je me sentais protégée.

— Nous sommes libres ! criai-je de toute la force de mes poumons.

— Nous sommes libres ! hurlait Lucho en riant les yeux dans les étoiles.

## 62

## *La liberté*

Nous avions réussi. Lucho ne luttait plus, il se laissait emporter paisible et confiant, tout comme moi. La peur de nous noyer s'éloigna. Le courant était très fort mais il n'y avait pas de remous, il coulait rapide vers l'avant. De chaque côté, une centaine de mètres nous séparait du rivage.

— Comment allons-nous faire pour atteindre le bord ? me demanda Lucho.

— Le courant est fort, cela va prendre du temps. On va commencer à nager doucement pour atteindre la rive opposée. S'ils nous cherchent, ils inspecteront d'abord de leur côté. Ils ne peuvent pas imaginer qu'on ait pu traverser ça.

Nous commençâmes à nager la brasse à un rythme lent mais soutenu. Il fallait éviter de se fatiguer et que le corps ne se refroidisse, et glisser peu à peu vers notre droite pour nous affranchir de l'effet de succion qui nous poussait vers le milieu du fleuve. Lucho restait un peu derrière moi, la corde entre nous toujours tendue, ce qui me rassurait car je pouvais avancer sans le regarder, sachant qu'il était là.

Notre plus grosse difficulté dans l'eau serait l'hypothermie. J'en avais toujours souffert. Je me souvenais de Maman me sortant de la piscine lorsque j'étais enfant, m'enroulant dans une couverture, me frottant vigoureusement tandis que je grelottais sans contrôle, fâchée d'avoir été interrompue dans mes jeux d'enfant. « Tu as les lèvres bleues », me disait-elle comme pour s'excuser. J'adorais l'eau. Sauf quand je commençais à claquer des dents. Je faisais tout alors pour passer outre, mais je n'ignorais pas que j'avais perdu la partie et qu'il me faudrait sortir.

En plongée, même dans les eaux tropicales, je m'arrangeais toujours pour porter une combinaison épaisse car j'aimais à rester au fond de la mer longtemps. Je m'attendais donc à claquer des dents. Je ne pensais pas aux anacondas, imaginant qu'ils restaient près des berges à guetter leur proie et que j'étais à l'abri dans l'eau. Les *guios* ne manquaient pas de nourriture plus accessible que nous. Les piranhas m'inquiétaient davantage. Je les avais vus à l'œuvre sans parvenir à faire la part entre le mythe et la réalité. Il m'était arrivé à plusieurs reprises de me baigner dans un *caño* alors que j'étais indisposée : je n'avais eu d'autre préoccupation que de ne pas me faire remarquer des hommes qui m'entouraient.

En captivité, j'avais toujours souffert de l'attitude condescendante de la guérilla à l'égard des impératifs féminins. L'approvisionnement en cigarettes et leur distribution étaient bien mieux assurés que ceux des serviettes hygiéniques. Le garde qui avait été chargé de me les remettre se faisait toujours un plaisir de hurler sous le regard amusé de mes compagnons : « Vous avez intérêt à ne pas les gaspiller, elles doivent tenir quatre mois ! » Elles ne duraient jamais si longtemps. Encore moins en cas de marche, car mes compagnons m'en demandaient en guise de semelle dès que les ampoules les torturaient. Lorsque j'avais

614

préparé notre évasion, l'idée d'avoir à nager dans cette situation m'avait persuadée de confectionner une protection personnelle, mais j'étais certaine qu'elle ne fonctionnerait pas.

Là, dans ce courant fuligineux, je brassais les eaux autant pour avancer que pour écarter toute bête que notre présence aurait attirée.

Poussés par l'élan de notre euphorie, nous nageâmes pendant trois heures. La luminescence de cet espace conquis par la lune se transforma à l'approche de l'aube. Le ciel s'enveloppa de nouveau dans son manteau de velours noir, l'obscurité tomba sur nous et, avec elle, le froid qui précède le lever du jour.

Je ne m'étais pas aperçue que je claquais des dents. Lorsque je voulus parler à Lucho, je me rendis compte que je pouvais à peine articuler.

— Tu as les lèvres bleues, me dit-il avec inquiétude.

Il fallait sortir de la rivière.

Nous nous approchâmes de la rive, ou plutôt de la frondaison qui bordait le fleuve. Le niveau des eaux avait tellement monté que les arbres en bordure étaient entièrement recouverts. Seule leur cime était encore visible. La berge avait donc reculé vers l'intérieur des terres mais, pour y accéder, il fallait pénétrer sous la végétation.

J'hésitai. S'engouffrer dans cette nature secrète m'effrayait. Qu'y avait-il sous ce feuillage silencieux que seule la puissance du courant faisait trembler ? Était-ce là que l'anaconda nous attendait, enroulé à la plus haute branche de cet arbre à moitié submergé ? Combien de temps nous faudrait-il nager vers l'intérieur avant de trouver la terre sous nos pas ?

Je me résignai à ne pas choisir l'endroit le plus propice, car il n'y en avait aucun.

— Rentrons ici, Lucho, lui dis-je en passant la tête sous les premières branches qui faisaient surface.

Le sous-bois était sombre mais on en distinguait les contours. L'œil s'ajustait. J'avançais lentement, laissant Lucho me rattraper pour lui prendre le bras.

— Ça va ?

— Oui, ça va.

Les sons étaient tamisés. Le grondement de la rivière avait fait place au calfeutrement des eaux quiètes. Un oiseau vola au ras de la surface et nous évita de peu. Mes gestes avaient perdu instinctivement de leur amplitude, j'anticipais une mauvaise rencontre. Pourtant, rien de ce que je voyais n'était différent de ce que j'avais vu mille fois. Nous nagions entre les branches des arbres comme le *bongo* qui pénétrait et s'ouvrait un chemin jusqu'à la rive. Un clapotis proche nous annonça la berge.

— Là-bas ! chuchota Lucho à mon oreille.

Je suivis du regard. À ma gauche, un lit de feuilles et plus loin les racines d'une *ceiba* majestueuse. Mes pieds venaient d'entrer en contact avec le sol. Je sortis de l'eau, lourde d'émotion, grelottante, ravie d'être debout sur la terre ferme. J'étais exténuée, j'avais besoin de trouver un endroit où m'écrouler. Lucho sortit en remontant la pente douce en même temps que moi et me tira entre les racines de l'arbre.

— Il faut se cacher, ils peuvent surgir à n'importe quel moment.

Il ouvrit le plastique noir qu'il gardait dans ses affaires et m'enleva mon sac à dos.

— Passe-moi tes vêtements un par un, il faut les essorer.

Je m'exécutai. Je fis instantanément l'objet d'une attaque de *jejenes*, minuscules moucherons, particulièrement voraces, qui se déplaçaient en nuages compacts et qui m'obligèrent à effectuer une danse primitive pour les tenir à l'écart.

Il était presque 6 heures du matin. La forêt était tellement dense, là où nous étions, que la lumière du jour tardait à percer. Nous avions décidé d'attendre, car nous ne voyions pas ce qu'il y avait autour de nous. « Mon Dieu, aujourd'hui c'est l'anniversaire de ma sœur ! » me dis-je, heureuse de ma découverte. Le jour filtra dans le sous-bois au même instant et se répandit comme de la poudre.

Nous n'étions pas au bon endroit. Notre emplacement, au pied des racines de la *ceiba*, l'« arbre de vie », était le seul lieu sec dans un marécage qui nous encerclait. À quelques mètres, une boule de terre sèche, suspendue à la branche d'un jeune arbre, me renvoya aux moments difficiles où Clara et moi avions été poursuivies par un essaim de frelons.

— Il faut s'éloigner tout de suite vers l'intérieur des terres, déclara Lucho. En plus, quand il pleuvra, tout sera recouvert d'eaux stagnantes.

Quelqu'un avait dû l'entendre de là-haut, car il se mit à pleuvoir instantanément. Nous nous éloignâmes de la ruche avec précaution en nous enfonçant dans la forêt. Il se mit à pleuvoir plus fort. Nous restâmes debout à porter nos affaires avec les plastiques en guise de parapluie, trop fatigués pour réfléchir. Lorsque finalement la pluie nous accorda une trêve, je lançai mon plastique par terre et m'effondrai dessus.

Je me réveillai en sursaut. Des hommes criaient autour de nous. Lucho était déjà accroupi, en alerte.

— Ils sont là, murmura-t-il, les yeux hors de la tête.

Nous étions dans une clairière, exposés à la vue, avec très peu d'arbres pour nous dissimuler. C'était le seul endroit sec au milieu des marécages. Il fallait se blottir derrière quelque chose, s'il était encore temps. Je cherchai des yeux une cachette. Le mieux était de s'aplatir par terre et de se couvrir de feuilles. Lucho et moi avions pensé la même chose au même moment. Il me sembla que le bruit que nous faisions à ramener des feuilles vers nous était aussi fort que leurs cris.

Les voix s'étaient rapprochées. Nous entendions distinctement la conversation. C'était Ángel et Tigre, avec un troisième, Oswald. Ils riaient. J'en eus la chair de poule. C'était une chasse à l'homme. Ils nous avaient sûrement vus.

Lucho était immobile à côté de moi, camouflé sous son tapis de feuilles mortes. J'aurais voulu rire si je n'avais pas eu tellement peur. Et pleurer aussi. Je ne voulais pas leur donner le plaisir de nous remettre la main dessus.

Les guérilleros riaient toujours. Où étaient-ils ? Du côté de la rivière, sur notre gauche. Mais là, la végétation devenait très dense. Puis, un bruit de moteur, encore l'écho métallisé de voix d'hommes qui embarquent sur un *bongo*, le cliquetis des fusils, le moteur à nouveau, qui s'éloigne cette fois, et le retour des arbres au silence. Je fermai les yeux.

La nuit tomba très vite. J'étais surprise d'être à l'aise dans mes vêtements mouillés. La chaleur de mon corps y restait emprisonnée. J'avais mal aux doigts mais j'avais réussi à maintenir mes ongles propres et la cuticule, qui souvent me faisait souffrir, n'était pas atteinte. J'avais coiffé mes cheveux en une tresse bien serrée que je n'avais pas l'intention de toucher avant longtemps. Nous avions décidé que nous mangerions toujours quelque chose avant de reprendre le fleuve et, pour cette première journée, nous nous étions autorisé un biscuit chacun et un morceau de *panela*. Ils reprendraient leur chasse à l'aube, juste au moment où nous quitterions le fleuve pour nous cacher entre les arbres. Nous devions partir à 2 heures du matin pour avoir trois heures de navigation avant l'aurore. Nous voulions regagner le rivage avec les premières lueurs de l'aube, parce que nous redoutions de nous engouffrer dans la végétation en aveugles.

Nous nous étions mis d'accord sur tout cela, accroupis entre les racines de notre vieil arbre, quand nous attendions, la pluie s'arrêtant, de pouvoir nous recroqueviller sur nos plastiques et dormir encore un peu. Mais la pluie n'avait pas cessé de tomber et nous nous étions quand même endormis l'un sur l'autre, incapables de lutter plus longtemps contre le sommeil.

Je fus réveillée par un bruit retentissant. Puis, plus rien. À nouveau, quelque chose se tordait dans le marécage et frappait l'eau avec violence. Je ne voyais que du noir. Lucho chercha la lampe électrique et, faisant une exception à notre règle, l'alluma une seconde.

— C'est un *cachírri*[1], m'écriai-je, horrifiée.

— Non, c'est un *guio*, répliqua Lucho. Il emmène sa proie vers le fond pour la noyer.

Il avait probablement raison. Je me souvenais du *guio* qui avait étranglé le coq du campement d'Andrés. Depuis la petite maison en bois, je l'avais entendu

1. *Cachírri* : grand caïman d'Amazonie.

tomber dans la rivière, emportant sa proie avec lui dans les tréfonds de la rivière. C'était le même bruit.

On garda le silence. Dans quelques minutes il faudrait nous engloutir dans ces mêmes eaux noires. Il était déjà 2 heures du matin.

Nous attendîmes. Une paix funèbre s'était installée.

— Allez, il faut partir, déclara Lucho en attachant les cordes autour de ses bottes.

Nous pénétrâmes dans le fleuve avec appréhension. Je me cognais contre les arbres en avançant. De nouveau, le courant nous aspira brusquement, nous tirant de sous la voûte de végétation pour nous projeter à ciel ouvert au milieu du fleuve. Le courant était plus rapide que la veille, et nous glissions en tournant sur nous-mêmes, sans contrôle.

— On va se noyer ! cria Lucho.

— Non, on ne va pas se noyer. C'est normal, il a plu toute la nuit. Laisse-toi aller.

J'eus l'impression de dégringoler tellement nous allions vite. Le fleuve était devenu sinueux ct s'était rétréci. Les berges étaient plus hautes et parfois la ligne des arbres s'interrompait pour laisser la place à un escarpement, comme si le rivage avait été mordu. La terre sanguine mise à nu s'ouvrait comme une plaie béante au milieu des ténèbres crépues de la végétation.

Lorsque je sentis mes premiers frissons et que le besoin de quitter le fleuve se fit pressant, le flux devint moins agressif et nous permit de nager vers la rive opposée, du côté où la végétation nous semblait moins dense. Nous n'avions pas encore atteint l'autre berge qu'il se fit jour. Affolée, je pressai la cadence. Nous devenions une proie facile pour toute équipe lancée à notre recherche.

Nous nous enfonçâmes avec soulagement, à

l'abri de la pénombre. En haut, le terrain était très sec et les feuilles mortes craquaient sous nos pas.

Je m'effondrai sur un plastique en claquant des dents, et m'endormis très profondément.

J'ouvris les yeux en me demandant où j'étais. Il n'y avait pas de gardes. Pas de tentes, pas de hamacs. Des oiseaux aux couleurs de carnaval se chamaillaient sur une branche au-dessus de mon nez. Lorsque je réussis, au travers d'un dédale de souvenirs épars, à reprendre place dans la réalité, une félicité de temps immémoriaux me combla. Je ne voulus plus bouger.

Lucho n'était pas là. Je l'attendis paisiblement. Il était parti inspecter les lieux.

— Crois-tu qu'il y ait du transport de civils sur ce fleuve ? demanda-t-il à son retour.

— J'en suis sûre. Rappelle-toi la barque qui nous a croisés lorsque nous avions tout juste quitté le campement de la Maloka !

— Si on essayait d'en intercepter une ?

— Tu n'y penses pas ! On a une chance sur deux de tomber sur des guérilleros.

Je connaissais les périls de notre évasion. Mais celui que je redoutais le plus était notre propre défaillance. Après la montée d'adrénaline au moment de l'évasion, le risque était que le sentiment d'être hors de danger n'induise une baisse de la vigilance. C'était lors de ces heures de relâchement que survenaient les idées noires et qu'on perdait de vue l'importance de l'enjeu, la faim, le froid, la fatigue devenant alors plus présents que la liberté même.

— Allez, on va manger, on va se faire plaisir.

— Nous avons des provisions pour encore combien de temps ?

— On verra bien. Mais nous avons nos hameçons.

Ne t'inquiète pas, chaque jour qui passe nous rapproche de nos familles !

Le soleil était au rendez-vous. Nos vêtements avaient séché et cela contribua à nous redonner de l'entrain. Nous passâmes l'après-midi à imaginer comment réagir si la guérilla approchait.

Nous partîmes plus tôt, dans l'espoir d'effectuer un plus long trajet. Nous nous bercions de l'illusion que notre parcours nous ferait croiser des signes de présence humaine.

— Si nous trouvions une barque, nous pourrions avancer toute la nuit à sec, me disait Lucho.

Nous avions choisi un terrain qui nous avait semblé propice, car la berge, visible au travers du feuillage, s'allongeait sur une plage d'une trentaine de mètres. Nous y étions arrivés à l'aurore et l'avions choisie à cause d'un arbre dont les branches s'avançaient horizontalement au-dessus de l'eau et nous offraient, pensions-nous, un observatoire idéal pour surveiller le fleuve.

Le soleil de la veille nous avait remis d'aplomb, et la journée s'annonçait elle aussi chaude. Nous décidâmes de nous exercer à la pêche, dans le but de nous redonner le moral. Il faudrait tenir longtemps, des semaines, des mois peut-être.

Pendant que Lucho cherchait la meilleure des tiges dont il ferait une canne, je me mis en quête d'une amorce. J'avais repéré un tronc qui pourrissait à moitié dans l'eau. D'un coup de pied, comme je l'avais vu faire aux guérilleros, je l'éventrai. À l'intérieur, une colonie de vers de terre mauves se tortillaient. Plus loin, des oiseaux de paradis poussaient en abondance. Une de leurs feuilles me servit à confectionner un cône que je remplis avec quelques-unes de ces malheureuses bestioles. J'attachai le fil de nylon à la canne de Lucho et accrochai consciencieusement l'appât toujours vivant à l'hameçon, avant de le lancer à l'eau. Lucho me regarda, à la fois dégoûté et fasciné, comme si le rituel que j'exécutais me rendait détentrice d'un pouvoir occulte.

À peine l'appât s'était-il enfoncé dans l'eau que je tirai un beau *caribe* (nom plus rassurant du piranha). Je cherchai une fourche que je plantai près de moi et sur laquelle j'empalai ma prise, confiante qu'après cette aubaine la chance continuerait à nous sourire. Au-delà de toute attente, cette pêche fut miraculeuse. Lucho riait à gorge déployée. Nous avions rempli trois fourches de poissons en un rien de temps. Toutes nos angoisses s'étaient volatilisées. Nous pourrions manger tous les jours jusqu'à notre sortie.

Sans nous en rendre compte, nous avions commencé à parler fort. Nous n'entendîmes le moteur que lorsqu'il fut devant nous. C'était une barque, lourdement chargée, qui naviguait à ras de l'eau, emportant une dizaine de personnes, toutes entassées en rangs d'oignons, des femmes, l'une avec un bébé, des hommes, des jeunes, tous des civils, habillés de couleurs bariolées. Mon cœur fit un bond. Je criai à l'aide lorsque la barque était déjà passée, comprenant qu'ils ne pouvaient plus nous voir, encore moins nous entendre. Ils avaient été si près de nous, le temps de quelques secondes ! Nous les avions vus défiler sous nos yeux, retenant tous les détails de cette apparition, d'abord tétanisés par la peur et la surprise, frustrés ensuite de voir s'échapper la plus belle occasion de nous en sortir.

Lucho me regarda avec l'expression d'un chien battu. Des larmes gonflaient ses paupières.

— Nous aurions dû surveiller le fleuve, me dit-il avec amertume.

— Oui, il faudra que nous soyons plus vigilants.

— C'était des civils, assena-t-il.

— Oui, c'était des civils.

Je n'avais plus envie de pêcher. Je récupérai le fil de nylon et l'hameçon pour les ranger.

— Faisons un feu et essayons de cuire les poissons, dis-je pour masquer notre déconvenue.

Le ciel avait tourné. Des nuages s'entassaient au-dessus de nos têtes. Il pleuvrait tôt ou tard, il fallait faire vite.

Lucho ramassa quelques branches. Nous avions un briquet.

— Tu sais faire du feu ? me demanda Lucho.

— Non, mais j'imagine que ce ne doit pas être difficile. Il faut qu'on trouve un *bizcocho*[1], l'arbre qu'ils utilisent dans la *rancha*.

Nous passâmes deux heures à essayer. Je me souvenais avoir entendu les gardes dire qu'il fallait peler le bois lorsqu'il était humide. Nous avions des ciseaux et, malgré tous nos efforts, il nous fut impossible d'écorcer ne fût-ce qu'une branche. Je me sentis ridicule avec mon briquet et tout ce bois autour, incapable de faire jaillir la moindre petite flamme. Nous n'en parlions pas, mais nous étions engagés dans une course contre la montre. La maladie de Lucho ne tarderait pas à se manifester d'une façon ou d'une autre. Je guettais tous les signes précurseurs. Jusque-là, je n'avais rien observé d'alarmant chez lui, hormis l'expression de tristesse après le passage de la barque, car parfois, avant une de ses crises, il tombait dans un semblable état d'affliction.

---

1. *Bizcocho* : nom d'un bois qui brûle même mouillé.

Dans ces cas néanmoins, sa morosité n'avait aucune cause spécifique. Elle apparaissait comme un symptôme des dérèglements de son métabolisme, alors que l'abattement que je venais d'observer chez lui avait une cause évidente. Je me demandai alors si la déception qui l'habitait n'était pas suffisante pour déclencher sa maladie, et cette idée me tortura plus que la faim ou la fatigue.

— Bon, écoute, ce n'est pas un problème. Si on n'arrive pas à allumer un feu, on mangera nos poissons crus.

— Alors ça, jamais ! cria Lucho, plutôt crever.

Sa réaction me fit rire. Il partit en courant comme s'il pensait que j'allais le poursuivre pour le forcer à avaler les *caribes* tout crus, avec leurs petites dents pointues et leurs yeux fixes et luisants.

Je pris les ciseaux et, sur une feuille d'oiseau de paradis, je découpai la chair des *caribes* en petits filets translucides que j'alignai méticuleusement dessus. Je prenais bien soin de jeter à l'eau les restes, qui étaient instantanément reçus dans un éclaboussement de poissons voraces.

Lucho revint méfiant, mais déjà amusé en observant mon occupation.

— Hum ! C'est absolument délicieux, dis-je la bouche pleine sans le regarder. Tu as tort, c'est le meilleur sushi de ma vie !

Sur la feuille, il n'y avait plus de poissons morts. Juste des lamelles finement découpées de viande fraîche. Cette vision rassura Lucho qui, poussé par la faim, en mangea une, puis une deuxième, enfin une troisième.

— Je vais vomir, finit-il par m'annoncer.

J'étais déjà rassérénée. Je savais que la prochaine fois nous en mangerions sans difficulté.

C'était notre premier vrai repas depuis notre fuite du campement. L'effet psychologique avait été instantané. Nous nous préparâmes immédiatement pour notre prochaine étape, ramassant toutes nos petites affaires, faisant l'inventaire de nos trésors et du reste de nos provisions. Le solde de la journée était favorable. Nous avions fait l'économie de deux biscuits et nous nous sentions en forme.

Lucho avait coupé des palmes qu'il avait entrelacées au pied d'un arbre, il avait étendu les plastiques et rangé nos sacs et nos bidons dessus. Nous allions nous allonger, lorsque l'orage se déversa sur nous sans crier gare. Nous eûmes juste le temps de prendre nos affaires dans nos bras pour nous couvrir avec les plastiques installés au sol, observant avec résignation comment nos efforts pour rester secs étaient déjoués par un vent latéral impitoyable. Vaincus par la bourrasque, nous nous assîmes sur les restes de tronc pourri, à attendre que la pluie cesse. Il était 3 heures du matin lorsque l'orage se calma. Nous étions épuisés.

— On ne peut pas prendre la rivière dans cet état, ce serait dangereux. Essayons de dormir un peu, on partira demain à pied.

Les quelques heures de sommeil avaient été réparatrices. Lucho partit en avant d'un pas déterminé.

Nous tombâmes sur un tracé qui contournait la rive et qui devait avoir été ouvert des années auparavant. Les arbustes qui avaient été tranchés de part et d'autre de la voie étaient déjà secs. J'imaginai qu'il devait y avoir eu un camp de la guérilla dans les environs et cela m'inquiéta, car je ne pouvais pas avoir la certitude qu'il ait été abandonné définitivement. Nous marchions comme des automates et, à chaque pas, je me disais que nous étions en train de prendre trop de risques. Nous avançâmes tout de même, car l'envie d'arriver quelque part nous empêchait d'être raisonnables.

Sur le chemin, je reconnus un arbre que Tigre m'avait signalé un jour. Les Indiens disaient que, si l'on passait devant, il fallait revenir sur ses pas et le maudire trois fois de suite pour éviter que ce ne soit l'arbre qui vous maudisse. Lucho et moi n'avions évidemment pas respecté le rituel, sentant qu'il ne s'appliquait pas à nous.

Nous fîmes halte en fin de journée sur une plage minuscule de sable fin. Je lançai mes hameçons et ramenai suffisamment de poissons pour un repas convenable. Lucho mangea le poisson cru avec effort, mais finit par admettre que ce n'était pas mauvais.

La lune fit son apparition, sa clarté fut suffisante pour nous permettre de réagir lorsqu'une fourmilière nous attaqua.

Cette nuit, une autre plaie nous attendait : la *manta blanca*. Elle nous couvrit comme de la neige et se traîna sous nos vêtements jusqu'à la peau pour nous infliger des piqûres douloureuses auxquelles nous ne réussîmes pas à nous soustraire. La *manta blanca* était une nuée compacte de moucherons microscopiques, couleur perle, aux ailes diaphanes. Il était difficile de croire que ces petites choses fragiles, volant maladroitement, pouvaient faire si mal. J'essayais de les tuer avec la main, mais ces moucherons déjouèrent ma riposte, car la légèreté de leur nature les rendait impossibles à écraser contre la peau. Il fallut battre en retraite et prendre le chemin de la rivière avant l'heure. Nous nous y plongeâmes avec soulagement, griffant nos visages avec les ongles pour essayer de nous libérer des ultimes spécimens qui s'accrochaient à nous.

À nouveau, le courant nous aspira vers le milieu du fleuve, cette fois à temps ! Derrière Lucho, les yeux ronds d'un caïman venaient de faire surface. Peut-être pensa-t-il que nous étions une proie trop grosse pour lui ? Ou ne voulait-il pas s'éloigner de la berge ? Je le vis jouer de la queue et faire demi-tour. Lucho était mal à l'aise, essayant d'accommoder ses bidons pour retrouver un équilibre qu'il perdait constamment dans les remous du courant. Je ne lui dis rien. Mais je pris la décision de partir la prochaine fois munie d'un bâton.

Pendant des heures, le courant nous chahuta. Il était difficile de ne pas tourner l'un sur l'autre, et la corde qui nous reliait s'enroulait capricieusement, comme pour nous étouffer. Après un virage, le fleuve s'élargit dans une inondation des terres qui nous effraya. De grands arbres semblaient avoir été plantés au milieu du fleuve, et j'appréhendais qu'une mauvaise manœuvre ne nous envoie droit sur eux à la vitesse du courant.

Je fis de mon mieux pour nous dévier vers une des rives, mais le courant et le poids de Lucho semblaient tirer en sens inverse. Nous prenions de la vitesse et perdions le contrôle à proportion.

— Tu entends ? me demanda Lucho presque en criant.

— Non, quoi ?

— Il doit y avoir des chutes quelque part, je crois que j'entends des cascades !

Il avait raison, un nouveau bruit se superposait au grondement de la rivière auquel nous nous étions habitués. Si l'accélération que je sentais était due à des *cachiveras*, il fallait au plus vite regagner la berge.

Lucho l'avait compris lui aussi. Nous nous mîmes à nager énergiquement en sens inverse.

Un tronc d'arbre, emporté lui aussi par le courant, s'approcha dangereusement. Ses branches, blanchies au soleil, sortaient de l'eau comme des fers pointus. Il roulait et tanguait avec rage, chaque seconde plus près de nous. Si notre corde se prenait aux branches, le roulement du tronc suffirait à nous ligoter et à nous noyer. Il fallait tout faire pour l'éviter. Ce que nous fîmes avec succès, avant de nous écraser contre un arbre planté au milieu du fleuve. Lucho fut emporté d'un côté, moi de l'autre, retenue par la corde, à califourchon sur le tronc.

— Ne t'inquiète pas, ce n'est rien. Laisse-moi faire, je viens à toi.

Je réussis à revenir à côté de Lucho en tirant sur la corde. Celle-ci avait fait, de façon inexplicable, des tours et des nœuds sur une des branches immergées de l'arbre. Il était hors de question de nous détacher pour la récupérer. Le courant était trop fort. Il fallut plonger pour suivre à rebours le parcours de la corde et défaire tous les nœuds.

Lorsque nous nous libérâmes, il faisait jour depuis longtemps. Par chance, aucune embarcation de la guérilla n'était passée. Nous regagnâmes le couvert pour nous cacher. Je me rendis compte alors seulement que j'avais laissé mon hameçon sur la plage aux fourmis.

## 63

## *Le choix*

Ce fut un coup dur. Nous n'avions pas beaucoup d'hameçons. Il m'en restait un en tout point semblable à celui que j'avais perdu, un autre un peu plus grand, et une demi-douzaine d'hameçons rudimentaires, de ceux qu'avait confectionnés Orlando dans la prison de Sombra.

J'hésitai à en parler à Lucho et ne le fis que lorsque je me sentis suffisamment sereine pour annoncer la chose sans émotion. Je rajoutai que nous en avions d'autres en réserve.

Nous étions arrivés sur une petite plage, cachée par la mangrove, qui donnait accès à un terrain surélevé. Nous l'escaladâmes tout de suite, prévoyant qu'avec un orage la petite plage disparaîtrait complètement sous la montée des eaux.

Le terrain surélevé débouchait sur une clairière jonchée d'arbres abattus pêle-mêle en son milieu, comme si on avait voulu ouvrir une fenêtre dans l'épaisseur de la forêt. Un soleil cuisant s'y engouffrait. L'accès aux rayons de soleil, qui arrivaient droit, comme du laser, était pour nous une aubaine. Je décidai de laver nos vêtements en les frottant avec du sable pour leur enlever l'odeur de moisissure, et de les étendre sous le soleil implacable de midi. La joie de porter des vêtements secs et propres me permit d'oublier l'infortune de mon hameçon perdu. Comme pour nous discipliner, nous sacrifiâmes une journée de pêche et nous nous contentâmes de la poudre sucrée que l'on avait distribuée dans le campement un peu avant notre départ.

Nous rêvâmes tout l'après-midi, étendus sur nos plastiques, à regarder le ciel dégagé. Nous priâmes ensemble, avec mon chapelet. Pour la première fois, nous évoquâmes ouvertement le risque d'un coma diabétique :

— Si cela m'arrive, il faudra que tu continues seule. Tu pourras t'en sortir et, si on a de la chance, tu viendras me rechercher.

Je réfléchis avant de répondre. J'imaginai dans ma tête ce moment où j'aurais ma liberté dans une main et la vie de Lucho dans l'autre :

— Écoute-moi bien : nous nous sommes évadés ensemble. Nous sortirons ensemble ou nous ne sortirons pas.

Formulé de la sorte, cela devint un pacte. L'écho de ces paroles resta suspendu dans l'air, sous la voûte céleste qui semblait s'être ornée d'une poussière de diamants pour accompagner les constellations de nos pensées. La liberté, ce bijou convoité, pour lequel nous étions disposés à risquer nos vies, perdrait tout son éclat s'il devait être porté par une vie de regrets.

Certes, sans liberté, la conscience de soi se dégradait au point que nous ne savions plus qui nous étions. Mais là, étendue à admirer le déploiement grandiose des constellations, je sentais une lucidité venue de la liberté si durement reconquise.

L'image que la captivité m'avait renvoyée de moi-même m'avait rappelé tous mes échecs. Les complexes

que je n'avais pas résolus durant mes années d'adolescence comme ceux qui étaient nés de mes incapa-
cités d'adulte étaient remontés à la surface et ne se
laissaient plus ignorer. Je les avais combattus au
début, plus par désœuvrement que par discipline,
obligée de vivre dans un temps sans cesse recommencé, où l'irritation de me redécouvrir dans mes
petitesses inchangées me poussait à tenter une transformation inaccessible. Ce soir-là, sous un ciel étoilé
qui me ramenait aux années lointaines d'un bonheur
révolu, du temps où je comptais les étoiles filantes,
croyant qu'elles m'annonçaient la pléiade de grâces
qui combleraient ma vie, je compris qu'une d'elles
venait de m'arriver et qu'elle m'avait permis de
renouer avec le meilleur de moi-même.

Nous reprîmes le fleuve sous une pluie d'étoiles.
Il avait diminué sa cadence et le débit ralenti de ses
eaux nous fit espérer que les *cachiveras* étaient courtes
ou n'existaient plus. De chaque rive, des pans entiers
de terre s'écroulaient, laissant à nu les racines des
arbres qui ne s'étaient pas effondrés, accrochées à
une paroi écarlate qui n'attendait que la prochaine
crue pour partir à son tour.

Nous avions avancé sans difficulté, nous laissant
porter dans l'eau opaque et tiède. Au loin, un couple
de *chiens d'eau*[1] batifolait près du rivage, leurs queues
de sirène entrelacées dans les jeux de l'amour. Je
me tournai vers Lucho pour les lui montrer. Il déri-
vait dans le courant, la bouche entrouverte et les
yeux vitreux. Il fallait sortir tout de suite.

Je le tirai vers moi avec la corde, en cherchant nerveusement dans mes poches le flacon où j'avais

1. Loutres géantes d'Amazonie.

632

réservé le sucre pour les urgences. Il avala la poignée que je lui mis sur la langue. Puis une seconde, qu'il savoura avec application.

Nous atteignîmes la rive entre les racines d'un arbre mort. Il fallait escalader la paroi d'argile cramoisie pour nous hisser sur la berge. Lucho s'assit sur le tronc, les pieds dans l'eau, pendant que j'ouvrais un passage. Une fois tous les deux en haut, je m'attelai aux préparatifs de la pêche et laissai Lucho au repos.

De là où nous étions, la vue était magnifique. Il était possible d'observer tout mouvement sur le fleuve. J'étais redescendue m'installer sur le tronc pour pêcher. Lucho, toujours en haut, s'assit derrière un arbuste et se mit à regarder l'immensité du fleuve. Il avait la mine longue des mauvais jours. Il fallait qu'il mange, mais le poisson ne mordait pas. Je m'avançai donc en marchant sur le tronc, dans l'espoir de lancer l'hameçon là où l'eau, plus profonde, devait être plus poissonneuse. À ce moment-là, Lucho m'appela et j'entendis le bruit d'un moteur qui remontait le fleuve. Je calculai que j'avais le temps de me mettre à l'abri. Mais, lorsque je revins sur mes pas, le fil de nylon se tendit. L'hameçon avait dû se prendre dans le branchage du tronc sous l'eau. Nous ne pouvions pas nous offrir le luxe d'en perdre un second. Tant pis : je me jetai à l'eau et plongeai. Le bruit du moteur s'approchait. De mon côté, je persistais à vouloir récupérer l'hameçon qui m'apparut solidement accroché dans un enchevêtrement de branches. En désespoir de cause, je tirai et ramenai le fil de nylon écourté d'un quart. L'hameçon manquait. Je remontai à la surface, au bord de la suffocation, pour voir passer un homme debout à côté du moteur, dans une

633

embarcation remplie de caisses de bière. Il ne m'avait pas vue.

Lucho n'était plus là. Je montai, angoissée, et le trouvai effondré dans l'état second qui précédait ses crises d'hypoglycémie. Je sortis de mon sac toutes nos provisions de sucre et les lui donnai en priant pour qu'il ne perde pas conscience.

— Lucho, Lucho, tu m'entends ?

— Je suis là, ne t'inquiète pas, ça va aller.

Je le regardai pour la première fois depuis notre évasion, avec les yeux de la mémoire. Il avait beaucoup maigri. Les traits de son visage étaient marqués au canif et la lueur dans ses yeux s'était éteinte. Je le pris dans mes bras :

— Oui, ça va aller.

Ma décision était arrêtée.

— Lucho, nous allons rester ici. C'est un bon endroit parce que nous pourrons voir de loin les barques qui s'approchent.

Il me regarda avec une immense tristesse. Il avait compris. Le soleil était au zénith. Nous mîmes nos frusques à sécher et nous priâmes ensemble en regardant le fleuve majestueux qui serpentait à nos pieds.

Pendant toutes ces journées d'évasion, nous avions souvent évoqué la possibilité de faire appel aux embarcations qui croisaient sur le fleuve. Nous avions conclu que c'était de loin l'option la plus risquée. La guérilla dominait la région et contrôlait les fleuves. Il était probable que ceux qui nous recueilleraient fussent des miliciens à la solde des FARC.

L'option de continuer à descendre le fleuve n'était plus envisageable. Lucho avait besoin d'être nourri. Nos chances d'y arriver dépendaient, en tout premier lieu, de notre capacité à trouver des aliments. Il ne me restait plus qu'un hameçon et nous venions de finir nos réserves.

Nous nous mîmes donc à attendre, assis au bord du talus, les pieds ballants. Je ne voulais pas extérioriser mes angoisses, car je sentais que Lucho luttait contre les siennes.

— Je crois qu'il faut envisager de revenir sur nos pas pour récupérer l'hameçon que nous avons oublié dans le campement des fourmis.

Lucho émit un soupir d'assentiment et d'incrédulité.

Un bruit de moteur attira notre attention. Je me levai pour mieux voir. Venant de notre gauche, une barque remplie de paysans remontait le fleuve. Ils portaient des chapeaux de paille et des bonnets blancs.

Lucho me regarda, l'air paniqué.

— Allons nous cacher, je ne sais pas, je ne suis pas sûre que ce soient des paysans.

— Ce sont des paysans ! cria Lucho.

— Je ne suis pas sûre ! criai-je en retour.

— Moi, j'en suis sûr. Et de toute façon je n'ai pas le choix. Je vais crever ici.

Le monde s'arrêta de tourner. La vie me prenait au mot. Je me revis sous la poussière des étoiles. Il fallait faire un choix.

Dans quelques secondes la barque serait en face de nous. Elle traversait le fleuve vers la rive opposée. Nous n'aurions qu'un instant pour nous lever et nous faire voir. Après, la barque passerait et nous disparaîtrions du champ de vision de ses occupants.

Lucho s'accrocha à moi. Je lui pris la main. Nous nous levâmes ensemble, criant de toute la force de nos poumons, en brassant l'air avec énergie.

Du côté opposé de la rivière, la barque stoppa,

manœuvra rapidement, pointant la proue vers nous, et redémarrant.

— Ils nous ont vus ! s'exclama Lucho fou de joie.

— Oui, ils nous ont vus, répétai-je en découvrant avec horreur que les premiers visages sous les bonnets blancs étaient ceux d'Ángel, de Tigre et d'Oswald.

## 64

### *La fin du rêve*

Ils s'approchaient de nous comme un serpent de sa proie, fendant l'eau, le regard figé, dégustant l'effroi qu'ils nous causaient. Ils avaient tous un teint sombre violacé que je ne leur connaissais pas et des poches sous des yeux rouges qui accentuaient leur allure maléfique. « Mon Dieu », me signai-je, immobile. Je me raidis. La vision de ces hommes m'obligea à serrer les dents. Il fallait assumer et faire face. Je me tournai vers Lucho :

— Ne t'inquiète pas, murmurai-je. Tout se passera bien.

J'aurais pu m'en vouloir. J'aurais pu accuser le ciel de ne pas nous avoir protégés. Mais rien de cela ne trouvait place dans mon esprit. Toute mon attention se portait sur ces hommes et sur leur haine. J'avais sous mes yeux l'incarnation de la méchanceté. Maman disait : « Les personnes portent le visage de leur âme. » Il y avait dans cette embarcation, sous le masque des traits qui m'étaient familiers, des yeux fous d'orgueil et de colère, comme possédés par le diable.

— Le coup de nos chapeaux blancs a réussi, siffla Oswald avec perfidie.

Il porta son fusil Galil sur son épaule pour que je puisse le voir.

— Vous avez mis longtemps à venir ! lançai-je pour me donner de la contenance.

— La ferme ! Prenez vos affaires et montez ! siffla Erminson, un vieux guérillero qui essayait de monter dans la hiérarchie.

Il ajouta entre ses dents : « Dépêchez-vous, si vous ne voulez pas que je vous ramène par les cheveux. » Et il rit. Il me regarda du coin de l'œil pour guetter ma surprise. Je n'attendais pas cela de lui. Il avait toujours fait preuve auparavant d'une grande gentillesse. Comment un cœur comme le sien pouvait-il tomber dans l'insensibilité la plus noire ?

Lucho alla prendre nos affaires. J'aurais voulu qu'il les oublie. Avec nos *timbos* et nos sacs à dos, ils sauraient que nous avions descendu le fleuve à la nage, et je ne voulais leur donner aucune information.

Lorsque je mis le pied dans le canot, trouvant difficilement mon équilibre sous les yeux de nos ravisseurs, je me souvins de l'avertissement de la voyante, des années auparavant. Je m'assis à l'avant avec une envie folle de me jeter à l'eau et de déjouer le destin. Lucho, à côté de moi, était désespéré, la tête entre les mains. Je m'entendis dire : « Marie, aide-moi à comprendre. »

Je ne reconnus pas le fleuve que nous avions descendu. Derrière moi, les gars échangeaient des blagues, et leurs rires me blessaient. Plongée dans mes réflexions, à imaginer ce qui nous attendait, j'eus la sensation que le chemin du retour était extrêmement court.

— Ils vont nous tuer, me dit Lucho à bout de souffle.

— Malheureusement, nous n'aurons pas cette chance.

Il se mit à pleuvoir. Nous nous couvrîmes sous un plastique. Là, à l'abri de leurs regards, nous nous mîmes d'accord, Lucho et moi. Il ne fallait rien dire.

Sur l'embarcadère, les bras croisés supportant son AK-47, Enrique attendait immobile. Il nous regarda descendre de ses petits yeux fixes, les lèvres pincées. Il fit demi-tour et s'éloigna. Sur la passerelle en bois, je reçus un premier coup de crosse entre les omoplates, qui me projeta en avant. Je refusai d'accélérer le pas. La prison surgit d'entre les arbres. Le nouveau mur de barbelés s'élevait à plus de trois mètres. Mes compagnons devaient y mener leur vie. « Comme dans un zoo », pensai-je en apercevant l'un d'eux en train d'examiner le crâne d'un autre pour lui enlever des poux. Une porte de poulailler s'ouvrit devant moi au moment où un second coup me fit atterrir au milieu de la prison.

Pinchao vint m'embrasser en courant :

— Je croyais que vous étiez déjà à Bogotá ! Je comptais les heures depuis votre départ. J'étais tellement content que vous ayez réussi à nous fausser compagnie !

Puis, sur un ton de reproche, il ajouta :

— Certains parmi nous sont heureux que vous ayez été repris.

Je ne tenais pas à l'entendre. J'avais échoué. C'était suffisamment pénible comme cela. Le miroir que nous étions les uns pour les autres était trop immédiat et trop proche pour être supportable. Je le comprenais et je ne leur en voulais pas. La frustration d'être prisonnier était encore plus accablante quand d'autres réussissaient l'exploit dont tous avaient rêvé. Je ressentais un attendrissement inavoué pour ces gars qui accumulaient les années de captivité et qui trouvaient un soulagement à nous voir revenir, comme si cela pouvait alléger leur supplice.

Tous voulaient nous raconter ce qui s'était passé depuis la nuit de notre évasion, et leurs paroles nous aidaient à accepter notre défaite.

La porte de la prison s'ouvrit en coup de vent. Une escouade d'hommes en uniforme fit son apparition. Ils se lancèrent sur Lucho, lui attachèrent une grosse chaîne autour du cou, fermée par un lourd cadenas qui pendait sur sa poitrine.

— Marulanda ! lança l'un d'eux.

Le sergent se leva avec un regard méfiant. L'autre bout de la chaîne de Lucho fut attaché autour de son cou. Lucho et lui se regardèrent avec résignation.

Quant aux guérilleros, ils se tournèrent comme un seul homme vers moi, se déplaçant lentement pour m'encercler.

Je marchais à reculons, avec l'espoir d'avoir le temps de les raisonner. Je fus bien vite contre le grillage et le fil de fer barbelé. Ils se ruèrent sur moi, me tordant les bras pendant que des mains aveugles me tiraient par les cheveux en arrière et m'enroulaient la chaîne métallique autour du cou. Je luttai sauvagement. Pour rien, car je savais que j'avais perdu. Mais je n'étais pas là, en ce lieu et à cette heure. J'étais à un autre moment, ailleurs, avec des hommes qui m'avaient fait du mal et qui leur ressemblaient, et je me battais contre eux, pour rien et pour tout. Le temps avait cessé d'être linéaire, il était devenu étanche, avec un système de vases communicants. Le passé revenait pour être revécu, comme une projection de ce qui pouvait advenir.

La chaîne se fit lourde et brûlante à porter. Je me rappelais trop combien j'étais vulnérable. Et de nouveau, comme après mon évasion seule des années auparavant, près des marécages, j'eus la révélation d'une force de nature différente. Celle de subir. Dans une confrontation qui ne pouvait être que morale et qui était liée à l'idée que je me faisais de l'honneur. Une force invisible, enracinée dans une valeur futile et encombrante, mais qui changeait tout, puisqu'elle me préservait. Nous nous faisions face. Ils étaient gonflés de leur orgueil. J'étais drapée dans ma dignité. Ils m'attachèrent avec William, l'infirmier militaire. Je me tournai vers lui et je m'en excusai.

— C'est moi qui m'excuse... Je n'aime pas vous voir comme cela, répondit-il.

Bermeo s'approcha lui aussi. Il était gêné. La scène à laquelle il venait d'assister le mortifiait :

— Ne leur opposez plus de résistance. Ils ne rêvent que de ça, d'avoir l'opportunité de vous humilier.

Lorsque je retrouvai mon calme, je compris qu'il avait raison.

Gira, l'infirmière, poussa la porte de la prison. Elle venait faire une ronde des malades pour annoncer qu'il n'y avait plus de médicaments.

— Ce sont des représailles, murmura Pinchao presque imperceptiblement derrière moi. Ils vont commencer à nous serrer la vis.

Elle passa près de moi en m'observant avec des yeux de reproche.

— Oui, regardez-moi bien, lui dis-je. N'oubliez jamais l'image que vous avez devant vous. En tant que femme, vous devriez avoir honte de participer à ça.

Elle devint blême. Je voyais qu'elle tremblait de rage. Mais elle continua sa ronde, ne dit pas un mot et sortit.

Bien sûr, il aurait mieux valu que je me taise. L'humilité commence par tenir sa langue. J'avais beaucoup à apprendre. Si Dieu ne voulait pas que je sois libre, il fallait accepter l'idée que je n'étais pas prête pour la liberté.

Je sentais une douleur cruelle à observer mon Lucho. On nous avait interdit de nous approcher l'un de l'autre et, pis, l'ordre était de sévir si nous parlions entre nous. Je le voyais assis, enchaîné au gros Marulanda, regardant ses pieds et me regardant moi, alternativement. Je devais faire des efforts surhumains pour retenir mes larmes.

Le président Uribe avait fait une proposition que la guérilla avait refusée. Il s'agissait de relâcher cinquante guérilleros détenus dans les prisons colombiennes, en échange de la libération de quelques otages. Les FARC avaient conditionné pour leur part toute négociation à l'évacuation préalable des troupes des municipalités de Florida et de Pradera, collées aux jupes des Andes, là où la chaîne s'ouvre pour laisser passer le Río Cauca. Le gouvernement avait donné l'impression d'accepter, puis s'était rétracté en accusant les FARC de manipuler l'opinion publique avec des offres qui, en vérité, ne visaient que des avantages militaires tactiques. Les analystes politiques s'accordaient à dire que la guérilla cherchait à s'octroyer un passage pour débloquer des troupes coincées par l'avancée de l'armée colombienne.

Je n'avais plus envie d'écouter les commentaires sur la proposition du gouvernement qui faisait la une de la presse d'opinion. Le pays était divisé en deux. Tous ceux qui soutenaient la création d'une zone de sécurité pour faciliter l'ouverture d'un dialogue étaient immédiatement soupçonnés de collaborer avec la guérilla. On ne leur reconnaissait pas le droit de chercher à nous venir en aide. Pour le gouvernement comme pour les militaires, il n'était question que de bien se faire voir. Nos vies n'étaient que des bouchons qui tanguaient sur les océans déchaînés de la haine.

Je brûlais d'entendre les messages de Maman à nouveau. Je voulais qu'elle me raconte sa vie de tous les jours, ce qu'elle mangeait, comment elle s'habillait, avec qui elle passait son temps. Je ne voulais pas écouter les lamentations habituelles et les litanies vidées de leur sens à force d'être répétées sans cesse par nos proches.

Je m'assis inconfortablement sur les planches qui nous restaient. L'ordre avait été donné de tout ramasser. La guérilla avait confisqué une grande partie de mes affaires. J'avais réussi à préserver les lettres de Maman, la photo de mes enfants et la coupure du journal où j'avais appris la mort de Papa. Je pleurais sans larmes.

— Pensez à autre chose, me dit William sans me regarder.

— Je ne peux pas.

— Pourquoi vous grattez-vous ?

— ...

William s'était levé pour m'observer de plus près.

— Vous êtes envahie de *cuitibas*[1]. Après le bain, il faudra vous soigner.

Il n'y eut pas de bain, ni ce soir-là ni ceux qui suivirent. Les guérilleros avaient peur que l'écho des efforts déployés pour nous retrouver ne parvienne aux oreilles des militaires, qui risquaient alors de nous localiser. Enrique nous embarqua dans un *bongo* trois fois plus petit que ceux que nous avions connus auparavant. Il nous entassa à dix dans un espace de

---

1. *Cuitibas* : tiques microscopiques.

deux mètres sur deux, à côté du moteur, avec un bidon d'essence au milieu. Il était impossible de s'asseoir sans avoir la tête et les jambes des autres sous et sur soi. Il avait fait accrocher les chaînes de façon que l'on soit attachés à l'autre et au bateau en même temps. Si le bateau coulait, nous coulions avec. Il couvrit notre trou d'une bâche épaisse qui emprisonnait notre respiration et les gaz d'échappement du moteur. L'air devint irrespirable. Il nous obligea à rester ainsi nuit et jour, faisant nos besoins dans la rivière, accrochés à la bâche, devant tout le monde. Nous étions comme des vers qui se seraient tordus les uns sur les autres dans une boîte d'allumettes. Gafas avait de l'expérience. Il n'avait pas besoin de lever le ton ni la voix, ni de sortir le fouet. C'était un bourreau qui portait des gants.

Cet air raréfié, condensé, contaminé, qui nous brûlait la gorge et nous faisait tousser sur les autres, cette chaleur qui s'accumulait sous la bâche, ce soleil meurtrier, cette sueur de nos corps mijotant, ces exhalaisons qui nous menaient à l'agonie, tout cela, bien sûr, était le prix collectif à payer pour notre évasion.

Aucun de mes compagnons ne nous fit, jamais, un reproche.

## 65

## *Punir*

Fin juillet 2005. Je ne dormais pas. Comment dormir avec cette chaîne autour du cou qui se tendait douloureusement chaque fois que William faisait un mouvement ? J'avais les jambes de mes compagnons enchevêtrées autour de moi, un pied dans mes côtes, un autre coincé derrière ma nuque, j'étais écrasée par l'étau des corps qui ne trouvaient pas de place, recroquevillée pour éviter tout contact inconvenant.

Je levai prudemment un coin de la bâche. Il faisait déjà jour. Je sortis mon nez pour remplir mes poumons d'air frais. Le pied du garde me coinça les doigts pour punir mon audace. Il prit soin ensuite de fermer la bâche. J'avais mortellement soif, et une envie folle d'uriner. Je demandai la permission de me soulager. Enrique hurla depuis la proue :

— Dites à la *cucha* qu'elle n'a qu'à uriner dans un pot.

— Il n'y a pas de place, répondit le garde.

— Qu'elle en trouve ! rétorqua Gafas.

— Elle dit qu'elle ne peut pas faire devant les hommes.

— Dites-lui qu'elle n'a rien que les hommes n'aient pas déjà vu ! ricana-t-il.

Je rougis dans le noir. Je sentis une main qui cherchait la mienne. C'était Lucho. Son geste fit s'écrouler mon barrage intérieur. Pour la première fois depuis notre capture, j'explosai en larmes. Que devrais-je encore endurer, mon Dieu, pour avoir le droit de revenir à la maison !

Enrique avait fait enlever la bâche pour quelques secondes : mes compagnons avaient le visage déformé, sec, cadavérique. Nous regardions tout autour, le cou tendu et fripé, angoissés, ne sachant que croire, clignant des yeux, aveuglés par le soleil de midi. Nous avions eu pour un court instant la vision de l'étendue de notre désolation. Nous étions arrivés à un carrefour de quatre fleuves immenses. Une avalanche d'eau coupant en croix la forêt infinie, et nous, petit point chavirant dangereusement dans les remous violents de cette collision de courants.

Le *bongo* s'arrêta pesamment un matin, sur un caprice d'Enrique. Les gardes débarquèrent. Pas nous. Lucho troqua sa place pour être près de moi :

— Ça va aller mieux, tu verras, lui dis-je.

— Détrompe-toi, ça ne sera que pire !

Finalement, après trois jours, on nous fit descendre au milieu de nulle part. « S'il pleut, avait dit Armando, on sera tous mouillés. » Il avait plu. Mes compagnons étaient au sec sous leurs tentes. Enrique m'enchaîna à un arbre, à l'écart du groupe. J'eus l'orage sur moi pendant des heures. Les gardes refusèrent de me remettre les plastiques que mes compagnons m'envoyaient.

Trempée, frissonnante, j'étais à nouveau enchaînée à William. Il demanda la permission d'aller aux *chontos*. On lui enleva la chaîne. À son retour, je sollicitai l'autorisation d'y aller. Pipiolo, un petit homme ventru, les mains potelées, du groupe de Jeiner et de

Pata-grande, me regarda tandis qu'il replaçait lentement le cadenas au cou de William. Il garda un mutisme têtu. Et s'éloigna.

William m'observa, gêné. Il héla le garde :

— Garde ! Elle a besoin d'aller aux toilettes, vous n'avez pas entendu ?

— De quoi ! Ce ne sont pas tes affaires. Tu cherches des problèmes ? rétorqua l'autre, fielleux.

Il voulait plaire à Enrique. Cela signifiait la fin du règne de Pata-grande. Pipiolo coupa une brindille et l'utilisa comme cure-dent en me dévisageant.

— Pipiolo, j'ai besoin d'aller aux *chontos*, répétai-je, monocorde.

— T'as envie de chier ? Tu le fais ici, devant moi, accroupie à mes pieds. Les *chontos*, c'est pas pour toi ! hurla-t-il.

Oswald et Ángel passaient en portant des rondins sur l'épaule. Ils éclatèrent de rire et lui décochèrent un coup sur l'omoplate en guise de félicitations. Pipiolo fit semblant de se rattraper à son fusil, un Galil 5, 56 mm, ravi d'avoir un public.

J'attendrai le changement de garde.

William se mit à parler avec moi. Comme si de rien n'était. Il voulait que je fasse semblant d'ignorer Pipiolo, et je lui en savais gré. Pipiolo s'approcha. Il se planta devant moi :

— Tu fermes ta gueule, t'as compris. Maintenant, c'est moi qui m'amuse. Tant que je serai ici, tu n'ouvres pas la bouche.

Enrique laissa Pipiolo toute la journée à son poste. Il n'y eut pas de relève jusqu'au soir.

La troupe travailla à toute allure sur un chantier que nous observions à travers les arbres. En une journée, la prison fut aménagée : grillages, barbelés, huit *caletas* en rang serré sur une même ligne, et deux autres à l'écart, aux deux extrémités. Collées à l'une d'elles, ils montèrent des latrines fermées par un mur de palmes. De l'autre côté, un arbre. Au centre, un réservoir d'eau. Autour des *caletas*, une mare de boue.

On m'attribua la *caleta* située entre les latrines et l'arbre, auquel je fus enchaînée. J'avais assez de mouvement pour aller de mon hamac aux latrines, mais je m'étranglais pour atteindre le bassin d'eau. Lucho était de l'autre côté du réservoir, lui aussi enchaîné. On nous retira nos bottes, nous obligeant à marcher pieds nus.

La proximité des latrines était une punition raffinée. Je vivais dans les relents permanents de nos corps malades, témoin fâcheux de leurs soulagements. La nausée ne me quittait plus.

J'avais fait de ma moustiquaire ma bulle. Je m'y protégeais de l'assaut du *jejen*, de la *pajarilla*, de la *mosca-marrana*[1] et du contact des hommes. Je passais vingt-quatre heures sur vingt-quatre blottie dans mon cocon, recroquevillée dans mon hamac, cédant à un silence addictif, un silence sans fin.

J'allumai enfin la radio, je passai au peigne fin toute la bande des ondes courtes. Je tombai un jour sur un pasteur qui émettait depuis la côte ouest des États-Unis. Il prêchait la Bible comme qui enseigne la philo. J'étais passée dessus à plusieurs reprises, dédaigneuse, me disant que c'était un de ceux qui faisaient de Dieu leur vache à lait. Un jour, je pris le risque de l'écouter. Il analysait un passage de la Bible, qu'il disséqua en s'appuyant avec érudition sur les versions grecque et latine du texte. Chaque

---

1. *Jejen, pajarilla, mosca-marrana* : insectes volants friands de sang humain.

mot prit un sens plus profond et plus précis, j'eus l'impression qu'il taillait un diamant devant moi. Il s'agissait des derniers paragraphes d'une lettre de saint Paul aux Corinthiens. « Ma grâce te suffit : car ma puissance se déploie dans la faiblesse [...] car lorsque je suis faible, c'est alors que je suis fort[1]. » Elle devait se lire comme un poème, sans prévention. Je crus qu'elle était universelle et que quiconque cherchait un sens à la souffrance pouvait se l'approprier.

J'entrai en hibernation. Il n'y eut plus pour moi de jour ou de nuit, de soleil ou de pluie. Les bruits, les odeurs, les bestioles, la faim et la soif, tout disparut. Je lisais, écoutais, méditais, et repassais au tamis de mes nouvelles réflexions chaque épisode de ma vie. Ma relation avec Dieu changea. Je n'avais plus besoin de passer par d'autres pour avoir accès à lui, ni d'avoir de rituels. En lisant son livre, je voyais un regard, une voix, un doigt qui montrait, et bousculait. Je pris le temps de réfléchir à ce qui me gênait et je vis dans les misères humaines le miroir qui renvoyait mon propre reflet.

Ce Dieu-là me parut sympathique. Il parlait. Il choisissait ses mots. Il avait le sens de l'humour. Comme le Petit Prince séduisant sa rose, il faisait attention.

Un soir, alors que j'écoutais la retransmission nocturne d'une de ces conférences, j'entendis qu'on m'appelait. Il faisait nuit noire, impossible de voir quoi que ce soit. Je dressai l'oreille, la voix se rapprocha.

— Qu'est-ce que c'est ? criai-je, apeurée, craignant que ce ne soit une alerte pour décamper.

---

1. *Bástate mi gracia : porque mi poder se perfecciona en la debilidad* [...] *porque cuando soy débil, entonces soy fuerte*, II Corintios, 12, 7 à 10.

— Chut ! Restez tranquille.

Je reconnus la voix d'enfant de Mono Liso.

— Qu'est-ce que vous voulez ? demandai-je, méfiante.

Il avait passé sa main au travers du grillage et essayait de me toucher en me disant des obscénités qui paraissaient ridicules dans sa voix de gamin en culottes courtes.

— Gaaaaaarde ! je hurlai.

— Quoi ! me répondit une voix agacée depuis l'autre extrémité de la prison.

— Appelez le *relevante*[1] !

— C'est moi ! Qu'est-ce que vous voulez !

— J'ai un problème avec Mono Liso !

— On verra ça demain, coupa-t-il.

— Qu'il apprenne à respecter ! cria quelqu'un à l'intérieur de l'enceinte. On a tout entendu. C'est une ordure. C'est un voyou !

— Taisez-vous ! répliqua le garde.

Le *relevante* nous balaya de sa torche. Le faisceau attrapa Mono Liso qui s'était écarté du grillage et faisait semblant de nettoyer son AK-47.

Le lendemain, après le petit déjeuner, Enrique envoya Mono Liso avec les clefs de mon cadenas. Il arriva fier comme un paon.

— Venez ici ! me cria-t-il avec la suffisance d'une autorité trop récemment acquise.

Il ouvrit le cadenas et me serra encore plus la chaîne à la gorge. Je pouvais à peine avaler. Content de son travail, il ressortit en roulant les épaules. Une fois dehors, il donna des instructions inutiles à ceux qui étaient de garde. Il tenait à ce que nous sachions qu'il venait d'être promu en *relevante*.

1. *Relevante* : supérieur chargé des tours de garde, adjudant.

Je retournai dans mon hamac et ouvris ma Bible. Je ne me levai plus.

Au bout de quelques jours, Enrique se décida à faire une visite dans la prison. Il réunit les prisonniers militaires et joua les amis. Il fit semblant de prendre note des souhaits de chacun. À la fin, quand il lui parut que tout s'était déroulé pour le mieux, et que personne ne protestait, il demanda s'ils n'avaient pas de requêtes *spéciales*. Pinchao leva le doigt :

— J'en ai une à vous présenter, commandant.

— Dis-moi, mon garçon, je t'écoute, l'enjoignit Gafas d'une voix mielleuse.

— Je voudrais vous demander — Pinchao fit une pause pour s'éclaircir la gorge — je voudrais vous demander d'enlever les chaînes à mes compagnons. Cela fera bientôt six mois qu'ils sont attachés, et...

Gafas le coupa.

— Ils seront enchaînés jusqu'à leur libération ! rétorqua-t-il avec trop de hargne.

Se reprenant, il se leva en souriant et dit :

— J'imagine qu'il n'y a rien d'autre ? Bien. Bonsoir, *muchachos* !

Le lendemain, vers 6 heures du matin, des avions volèrent en rase-mottes au-dessus du campement. Quelques minutes plus tard, des explosions en série retentirent à une vingtaine de kilomètres.

— Ils bombardent !

— Ils bombardent !

Mes compagnons ne savaient rien dire d'autre.

La première chose que je rangeai dans mon *equipo* fut ma Bible. Je triai mes affaires dans l'angoisse ; je tenais juste à conserver ce qui me parlait de mes enfants. Ils venaient d'avoir vingt et dix-sept ans. J'avais raté toute leur adolescence. Se souvenaient-ils encore de mon visage ? Mes mains tremblaient. Il fallait jeter tout le reste : des pots recyclés, des vêtements rapiécés, mes sous-vêtements d'homme. Le contact permanent avec la boue, les bestioles, des mycoses plantaires : mes pieds me faisaient peur. Mes jambes s'étaient rabougries, j'avais perdu la plus grande partie de ma masse musculaire.

Lorsque le garde vint annoncer notre départ imminent, j'étais déjà prête à marcher.

## 66

## La retraite

Novembre 2005. Pendant que nous marchions en file indienne, en silence, courbés, je priais, mon chapelet à la main. Personne ne nous avait rien dit, mais j'imaginais que nous devions nous trouver dans les mêmes parages que nos anciens compagnons, Orlando, Gloria, Jorge, Clara, Consuelo, et son petit Emmanuel. Je priais pour que les bombes qui venaient de tomber n'aient trouvé aucun d'eux sur leur trajectoire.

Nous traversions une forêt changeante, où chaque pas représentait un risque. Ceux qui ouvraient le passage avaient le visage défiguré par les ronces et l'attaque des guêpes. « Ils sont chinois », disaient les autres en se moquant. Je marchais sous un bob, le visage couvert avec un voile de moustiquaire et des gants que j'avais confectionnés à partir de vieux uniformes de camouflage. « Je suis un astronaute » pensais-je, en me sentant comme un extraterrestre atterrissant sur une planète hostile.

J'étais absente, perdue dans mes prières, concentrée dans l'effort, et je ne vis pas la montagne approcher. Je regardai vers le haut : le mur de végétation se perdait dans les nuages. La montée était très dure, et j'étais incapable de garder le rythme. Mes compagnons allaient loin devant, absorbés par le défi, excités par l'épreuve physique : qui irait le plus vite, qui porterait le plus, qui se plaindrait le moins. Nous, les otages, n'étions pas indifférents à l'émulation. Chaque fois qu'on devait traverser un cours d'eau en équilibre sur un tronc d'arbre, je me répétais : « Je n'y arriverai pas. » Mais quand il fallait y aller, qu'on attendait de moi que je me décide, je respirais à fond, évitant de regarder dans le vide, et me répétais qu'il était hors de question de tomber. Si Lucho était passé devant, je me pinçais : « Moi aussi je peux. » S'il était derrière moi, je me répétais : « Si je passe, il passera. »

« Je n'y arriverai pas », me dis-je tout bas. Ángel s'impatienta. « Dépêchez-vous », cria-t-il en me poussant.

— Passez-moi votre *equipo*, dit derrière moi une voix qui se voulait résignée.

C'était Efren, un grand Noir musculeux qui ne parlait jamais. Il venait de nous rejoindre au petit trot. Il devait fermer la marche. Nous étions les derniers du groupe, il ne tenait pas à rester à la traîne à cause de moi.

Il prit mon *equipo*, le coinça derrière sa nuque et au-dessus de son sac à lui.

— Allez-y, me dit-il avec un sourire.

Je regardai une dernière fois vers le haut et commençai mon escalade en m'agrippant à tout ce que j'avais à portée de main. Trois heures plus tard, après avoir franchi des cascades, des murs de roche et avoir laissé derrière moi une étonnante esplanade de pierres superposées en pyramides comme les ruines d'un ancien temple inca, j'arrivai à la cime.

Assis, alignés sur la pente, mes compagnons mangeaient du riz. Lucho était lui aussi installé contre un arbre, les joues émaciées par la fatigue, incapable de bouger pour porter un aliment à la bouche. J'allai vers lui. Ángel s'agaça.

— Revenez ici ! Vous vous assoirez là où je vous dirai.

Enrique donna l'ordre de reprendre la marche. Nous n'avions même pas eu le temps de nous reposer un instant. Efren arriva derrière, épuisé, protestant contre la décision d'Enrique. Il se défit de mon *equipo* pour me le rendre. Il fut appelé devant et revint la queue entre les pattes. Enrique n'avait pas apprécié son mouvement d'humeur : il dut continuer à porter mon *equipo* comme sanction. Ángel aussi avait protesté. Il en avait marre de traîner avec moi et de n'avoir pas le temps de manger. Il fut relevé de sa mission et remplacé par Katerina, la fille noire qui s'occupait de moi lorsque j'avais quitté Sombra. Je fis de mon mieux pour ne pas rendre visible ma joie.

— Ne les laissons pas prendre de l'avance, me dit-elle, mi-autoritaire, mi-complice.

Nous traversâmes un plateau élevé et désertique dont le sol d'ardoise chauffait sous le soleil de midi. L'horizon dégagé dévoilait la jungle à l'infini. Une ligne verte coupait le ciel bleu sur les trois cent soixante degrés de notre champ de vision. À gauche, un immense fleuve s'étirait paresseusement en circonvolutions d'encre de Chine. « Ce doit être le Río Negro », me dis-je.

À l'extrémité du plateau, nous pénétrâmes dans un cloître d'arbres secs et rugueux, sans feuillage et sans ombre, qui croissaient là, agglutinés les uns aux autres pour barrer le passage à toute âme qui vive.

Ils m'arrachèrent mon chapeau de leurs branches griffues, me retinrent par les bretelles de mon sac à dos, tandis qu'un rameau tranchant, poussé au ras du sol, en croche-pied, me transperçait la botte. « J'aurai de l'eau dans mes chaussettes », maudissais-je. Ce fut une descente vertigineuse, sur un flanc construit en terrasses, et que nous dévalions en sautant, au risque de rater un palier et de rouler jusqu'en bas en chute libre. À la fin de la descente, une retenue d'eau de pluie, emprisonnée dans une accumulation de mousse et d'arbrisseaux, m'obligea à sauter de racine en racine pour éviter de mouiller ma botte trouée. Le lendemain, le terrain fut plat et sec. Une grande route de terre surgissant de nulle part vint à notre rencontre.

— On a trouvé la sortie, me dit Katerina.

On avait bien marché, sans se laisser distancer par les autres.

— On va s'arrêter ici, me dit-elle. Je suis fatiguée.

Je déposai mon sac à dos par terre.

— Qu'est-ce que vous aimez manger ? demanda-t-elle en allumant une cigarette.

— J'aime les pâtes, répondis-je.

Katerina fit la moue.

— Normalement, je les réussis bien. Mais là, sans rien, c'est difficile. Vous aimez les pizzas ?

— J'adore les pizzas.

— Quand j'étais petite, ma mère m'a envoyée vivre avec ma tante au Venezuela. Elle travaillait chez une dame très riche qui m'aimait beaucoup. Elle m'emmenait manger des pizzas avec ses enfants.

— Ils avaient ton âge ?

— Non, ils étaient plus âgés. Le garçon disait que, lorsqu'il serait grand, il se marierait avec moi. J'aurais bien voulu me marier avec lui.

— Pourquoi n'es-tu pas restée ?

— Ma mère me voulait près d'elle. Elle vivait à Calamar avec son nouveau mari. Moi, je ne voulais pas revenir. Et lorsque je suis revenue, il y a eu des problèmes. Nous n'avions pas d'argent et je ne pouvais plus repartir.

— Tu étais contente à Calamar ?

— Non, je voulais repartir chez ma tante, dans cette belle maison. Il y avait une piscine. On mangeait des hamburgers. Ici, ils ne savent pas ce que c'est.

— Tu faisais des études à Calamar ?

— J'allais à l'école au début. J'étais bonne à l'école. J'aimais beaucoup dessiner et j'avais une belle écriture. Ensuite, on a eu besoin d'argent, j'ai dû travailler.

— Travailler dans quoi ?

Katerina hésita une seconde avant de répondre :

— Dans un bar.

Je ne fis aucun commentaire. La grande majorité des filles avait travaillé dans un bar, et je savais ce qu'elles appelaient « bar ».

— C'est pour cela que je me suis enrôlée. Ici, au moins, si on a un compagnon, on n'est pas obligée de lui laver son linge. Femmes ou hommes, nous sommes égaux.

Je l'écoutais en pensant que ce n'était pas si vrai. Ce qui était vrai, en revanche, c'est que les filles étaient tenues de travailler comme des hommes. J'avais gardé l'image de Katerina en débardeur et pantalon camouflé, la hache à la main, roulant les bras en arrière dans une torsion spectaculaire de la taille pour assener un coup précis à la base d'un bel arbre qu'elle avait abattu sans difficulté. La vision de cette vénus noire déployant une adresse physique qui mettait en valeur chaque muscle de son corps avait tenu mes compagnons en haleine. Comment une fille comme elle pouvait-elle rester dans un endroit pareil ?

— J'aurais voulu être reine de beauté, me confessa-t-elle. Ou mannequin, ajouta-t-elle, l'air rêveur.

Ses paroles me déchirèrent. Elle portait son AK-47, comme d'autres portent un livre et un crayon.

La marche continua, chaque fois plus pénible. « Nous n'y serons pas pour le Nouvel An », avait lancé le compagnon de Gira. Je n'avais pas voulu le croire, je pensais qu'il disait cela pour qu'on accélère la cadence. Je n'imaginais pas pouvoir marcher plus vite. Cet effort aveugle, dans l'ignorance de notre destin, me minait.

Un jour, alors que notre progression avait été rendue particulièrement pénible par une succession de *cansa-perros* qu'une main invisible semblait avoir enfilés comme des perles, l'orage éclata. Il n'y eut qu'une consigne : avancer, et Ángel se fit un plaisir d'interdire que je me couvre. J'avançais donc, dégoulinante d'eau.

Je retrouvai Lucho, adossé à un arbre, au milieu d'une montée, le regard égaré :

— Je n'en peux plus, je n'en peux plus, me dit-il en regardant le ciel qui se déchaînait sur nous.

Je m'approchai pour l'embrasser, lui prendre la main.

— Continuez ! avait hurlé Ángel. Vous n'allez pas nous berner avec vos histoires. On connaît bien votre jeu, à tous les deux, pour ralentir la marche.

Je ne l'écoutai pas. J'en avais assez de ses insultes, de ses crises et de ses menaces. Je m'arrêtai, lançai mon sac à dos au loin, et sortis le sucre que je gardais en permanence sur moi.

— Tiens, mon Lucho, prends ça, on va continuer ensemble, doucement.

Ángel arma son M-16 et m'enfonça le canon dans les côtes.

— Laisse tomber, lui dit une voix que je reconnaissais. On est déjà arrivés, la troupe se repose à cinquante mètres d'ici.

Efren prit le sac à dos de Lucho et lui dit :

— Allez, monsieur, encore un petit effort.

Il sortit le plastique noir du côté de son *equipo* et le lui passa. Lucho s'enroula dedans, accroché à mon bras, répétant : « Je n'en peux plus, Ingrid, je n'en peux plus. » Il ne pouvait pas savoir que je pleurais avec lui car la déferlante d'eau maintenait mon visage ruisselant de pluie. « Mon Dieu, ça suffit ! » hurlai-je dans le silence de mon cœur, révoltée.

Lorsque j'arrivai au sommet, j'étais prête à m'évanouir. J'avais oublié de remplir la petite bouteille en plastique qui me servait de gourde. Ángel, lui, buvait de la sienne, l'eau dégoulinait sur son cou.

— J'ai soif, lui dis-je, la bouche pâteuse.

— Il n'y a pas d'eau pour toi, vieille enfoirée, brailla-t-il.

Il me regarda avec un œil froid de reptile. Il porta la gourde à sa bouche, et but longtemps en m'observant. Il la retourna ensuite, deux gouttes tombèrent. Il revissa le bouchon. Enrique faisait sa ronde. Il marchait le long de toute la colonne, l'œil mauvais. Il passa devant moi. Je gardai le silence.

— Préparez de l'eau, cria-t-il, lorsque le dernier fut arrivé.

Un bruit de marmites égaya le silence de la montagne. Deux gars portant avec peine un chaudron rempli d'eau s'arrêtèrent à quelques pas. Ils y jetè-

rent deux paquets de sucre, et des sachets en poudre au parfum de fraise. Ils remuèrent le tout avec
une branche qu'ils venaient de casser.

— Qui veut de l'eau ? Approchez-vous ! lança l'un
d'eux comme un vendeur ambulant.

Tout le monde se jeta dessus.

— Pas vous ! hurla Ángel, d'humeur massacrante.

Je m'accroupis sur moi-même, la tête entre les
genoux.

— J'ai moins soif que tout à l'heure. Bientôt, je
n'aurai plus soif du tout.

L'eau qui restait dans le chaudron fut jetée à
terre. On reprit la marche. Efren arriva en courant.

— Lucho vous envoie ceci !

Il me lança une bouteille remplie d'eau rouge,
qui atterrit à mes pieds.

## 67

## *Les œufs*

Le 17 décembre 2005, la marche s'arrêta à 10 heures du matin. Nous venions de sauter deux jolis cours d'eau au lit tapissé de petites pierres brillantes. Le bruit courut que nous ferions le campement en haut d'une colline qui s'élevait à quelques mètres.

« On s'est arrêtés avant Noël », me dis-je, soulagée.

Le campement fut installé en quelques heures. J'eus droit à mon arbre à l'une de ses extrémités et Lucho au sien de l'autre côté. On nous enchaîna sans attendre. Je reçus l'autorisation de construire des barres parallèles pour faire de la gymnastique : « Ils veulent que je sois en forme pour mieux marcher », pensai-je. On m'ouvrit le cadenas qui m'attachait à l'arbre, mais je gardai la totalité de la chaîne que j'enroulai autour de mon cou pour me hisser sur les barres. Je fis des pirouettes sous l'œil amusé des gardes. « Je vais tomber, la chaîne restera accrochée à la barre, je mourrai étranglée », m'amusais-je à penser.

J'avais une heure pour faire mes exercices et pour aller prendre mon bain. « Il faut vous muscler les bras », m'avait dit un jeune gars qui avait remplacé Gira comme infirmier. J'avais beaucoup de mal à faire des pompes et avais essayé de soulever le poids de mon corps suspendu à une des barres fixes, sans aucun succès. « Je le ferai tous les jours et j'y arriverai », m'étais-je promis à moi-même.

Mes compagnons me regardaient avec désolation. Arteaga fut le premier à rompre le silence que l'on m'avait imposé. Il parla sans me regarder, sous le nez des gardes. Tout en continuant à travailler à la casquette qu'il était en train de coudre, il me conseilla quels exercices réaliser et combien. Il n'y eut pas de commentaires, pas de réprimandes. Un à un, mes compagnons se mirent à me reparler, de plus en plus ouvertement, à l'exception de Lucho.

Un après-midi, alors que je revenais du bain, je vis que Lucho se sentait mal. Il avait son air de chien battu et son regard des mauvais jours. Il avait besoin de sucre. Je me dépêchai de le sortir de mes affaires, les mains tremblantes dans la conscience de l'urgence. Je remis à Lucho ma réserve de sucre et restai près de lui un moment pour m'assurer qu'il allait mieux. Derrière moi, Ángel tira avec violence la chaîne qui pendait à mon cou.

— Vous vous prenez pour qui ? hurla-t-il. Vous êtes stupide, handicapée mentale ou vous nous prenez pour des cons ! Vous n'avez pas compris que vous n'avez pas le droit de parler avec qui que ce soit ? C'est votre cerveau de vieille bourrique qui ne fonctionne pas ? Je vais vous le faire marcher avec une balle entre les deux yeux, vous allez voir ça !

Je l'écoutai sans sourciller, alors que je bouillais intérieurement. Il me traîna comme un chien jusqu'à mon arbre et m'enchaîna en jouissant de chaque seconde de ce spectacle.

Je savais que j'avais bien fait de me retenir et de me taire. Mais la rage que je sentais contre Ángel me détournait de mes bonnes intentions. Je m'en voulais presque. Pendant la nuit, je refis la scène et m'imaginai toutes les réponses possibles, y compris une gifle, et je me régalais en imaginant la déconfiture d'un Ángel que j'aurais remis à sa place. Je savais néanmoins que j'avais bien fait de me taire, malgré la brûlure au fer rouge que ses injures m'avaient infligée.

Ángel se fit un devoir de ne pas me permettre de le lui pardonner. Il me persécuta de son fiel et le partagea avec ceux qui, comme Pipiolo ou Tigre, se délectaient de s'attaquer à moi. Toutes ces petites infamies faisaient leurs délices. Ils savaient que j'attendais la boisson du matin avec impatience, car, à cause de mon foie, j'évitais le café noir du réveil. Ils refusaient de me servir autrement qu'après tout le monde et, lorsque je tendais mon écuelle, ils la remplissaient à peine ou jetaient par terre le reste en me regardant.

Ils savaient que j'aimais l'heure du bain. J'étais la dernière à y aller, mais celle aussi qu'ils pressaient le plus de sortir. Ils m'interdisaient de m'accroupir dans le ruisseau pour me laver. Je devais le faire debout car, selon eux, je salissais l'eau. Mes compagnons avaient installé un rideau de plastique pour que je puisse être tranquille à l'heure du bain. Tout le monde pouvait l'utiliser, sauf moi.

Un matin, alors que je faisais ma toilette, je remarquai un mouvement du côté de la forêt. Je continuai à me laver tout en observant ce qui bougeait derrière un arbre. Je découvris Mono Liso, les pantalons aux chevilles, se masturbant.

Je n'appelai pas le garde. Je ne fis rien. Sauf prendre mes affaires et retourner à ma *caleta*. Lorsque le garde vint attacher ma chaîne autour de l'arbre, je lui demandai d'appeler Enrique. Enrique ne vint pas. Mais le Nain, son nouveau second, accéda à ma demande.

Le Nain était un type curieux, d'abord parce qu'il mesurait deux mètres de haut, ensuite parce qu'il avait l'air d'un intellectuel perdu dans la brousse. Je n'avais jamais pu déterminer s'il m'était antipathique ou pas. Je le croyais faible et hypocrite, mais il aurait tout aussi bien pu être discipliné et prudent.

— Je tiens à vous dire que, si les FARC ne sont pas capables d'éduquer ce petit morveux, je m'en occuperai moi-même.

— La prochaine fois que ça arrive, vous nous prévenez, répliqua le Nain.

— Il n'y aura plus de prochaine fois. Si cela se répète, je lui flanque une raclée dont il rougira sa vie durant.


Le lendemain on ne m'ôta pas ma chaîne pour je puisse aller m'exercer aux barres à l'extérieur de ma *caleta*. J'en fus réduite à faire des pompes sous mon hamac.

Plusieurs mois s'étaient écoulés lorsque je vis la poule. Elle venait de sauter dans la *caleta* de Lucho et s'était installée sur la moustiquaire qu'il repliait au bout de son lit pendant la journée. Ce devait être un nid bien agréable. Elle y resta des heures, immobile, à l'insu de tout le monde, fermant un seul œil, toute droite, comme si elle faisait semblant de dormir. Elle était mouchetée de gris, coiffée d'une jolie crête rouge sang, et tout à fait consciente de la forte impression qu'elle produisait. « C'est une coquette », me dis-je en l'observant. Elle se leva, indignée, en gloussant, caqueta avec énergie en secouant sa boule de plumes et s'en fut sans demander son reste.

Tous les jours, à la même heure, la poule de Lucho

venait le voir. Elle lui laissait un œuf, en cachette de la guérilla. Au crépuscule, nous écoutions les gardes :

— Elle était dans le cantonnement cet après-midi.

— Elle a dû laisser son œuf par ici, entre les arbres.

L'œuf était déjà dans notre ventre. Il m'arrivait par des voies détournées pour que je le cuisine. J'avais mis au point une technique pour chauffer mon écuelle en brûlant le manche en plastique des rasoirs jetables qui arrivaient au campement. Je les gardais tous. Un seul me suffisait pour cuire un œuf, que Lucho distribuait à tour de rôle entre nos camarades.

Lorsqu'il pleuvait, je cuisinais en série : la pluie cachait la fumée, les odeurs et le bruit. Et nous mangions tous les œufs que nous avions gardés en réserve.

Lucho venait d'en découvrir un nouveau entre les plis de la moustiquaire. Il nous fit de grands signes à Pinchao et à moi, pour nous l'annoncer. Nous nous en fîmes une joie car c'était la fête de la Nativité et cela nous permettrait de la célébrer.

Nous ne pouvions pas imaginer que la date serait marquée d'une tout autre manière. Ils n'avaient pas fait de bruit : lorsque nous les entendîmes, ils étaient déjà sur nous.

## 68

## *Monster*

Mai 2006. Le Nain arriva aussitôt, essoufflé :

— Prenez vos *equipos* tels qu'ils sont, n'emportez rien de plus, on part tout de suite.

Les hélicoptères tournaient au-dessus de nos têtes, leurs pales brassaient l'air avec un bruit de cataclysme. William, l'infirmier, partit à l'instant. Il était toujours prêt. Nous autres cherchions tous à glisser à la dernière minute quelque chose de précieux dans notre bagage.

Je n'essayais pas d'aller plus vite. Papa disait toujours : « Habille-toi lentement, si tu es pressée. » Et la mort ? Je ne m'en souciais pas. Une balle, rapide, nette, pourquoi pas ? Mais je n'y croyais pas. Je savais que mon destin n'était pas celui-là. Un garde aboya férocement derrière moi. Je levai le nez. Tout le monde était parti. J'étais dans mon sous-marin, toutes les écoutilles fermées. Dans mon monde, je faisais ce que je voulais.

Le garde me poussa, prit mon *equipo* encore ouvert et partit en courant. Au-dessus de moi, un des hélicoptères faisait du surplace. Un homme assis à la portière, les pieds ballants, scrutait le sol. Je voyais son visage. Il portait de grosses lunettes d'opérateur et pointait son canon là où se posait son regard. Je voulais qu'il me voie. Comment pouvait-il ne pas me voir, j'étais là, au-dessous de lui ! C'était peut-être à cause de mon pantalon en toile de camouflage.

Il me prendrait pour une guérillera et me tirerait dessus. Je lui ferais comprendre que j'étais prisonnière. Je lui montrerais mes chaînes. Ce serait peut-être trop tard, ils me laisseraient étendue dans une flaque de sang, les patrouilles militaires découvriraient mon cadavre.

— *¿Vieja hijue'madre, quiere que la maten*[1] ?

C'était Ángel. Il était vert, courbé derrière un arbre avec mon *equipo* dans les bras. Le souffle de l'hélicoptère l'obligea à plisser les yeux et à baisser la tête de côté, comme s'il avait mal.

Une rafale fit trembler la forêt. Je sursautai. Je filai droit devant, arrachai au passage la moustiquaire de Lucho (l'œuf était toujours dedans) et atterris à côté de l'arbre pour me blottir contre Ángel.

La mitraille ne cessait pas. Juste à côté de nous, mais pas sur nous. Dans le campement, des voix hystériques perçaient le ronflement de l'acier. Je les vis courir, deux filles, un garçon, ils traversèrent notre champ de vision, courbés sous leurs *equipos*, à découvert pendant une fraction de seconde puis engloutis par la végétation. Ángel sourit, vainqueur.

L'hélicoptère continua de tourner. Ángel ne voulait pas bouger. Non loin devant, protégés par des arbres, d'autres guérilleros attendaient comme nous.

— Allons-y ! dis-je, pressée de déguerpir.

— Non, ils tirent sur ce qui bouge. Je vous dirai quand courir.

J'avais l'œuf dans la main. Je le glissai dans la

---

1. « Vieille pétasse, vous voulez qu'ils vous tuent ? »

poche de ma veste et essayai d'enrouler la moustiquaire pour la glisser dans mon *equipo*.

— Ce n'est pas le moment, grogna Ángel.

— Vous, vous vous rongez les ongles, moi je
range, chacun son truc ! répondis-je, agacée.

Il me jeta un coup d'œil surpris, puis sourit. Cela
faisait longtemps que je ne lui avais pas vu cette expression. Il prit l'*equipo* et le lança adroitement par-
dessus sa tête pour le caler sur son *equipo* à lui et
contre sa nuque. Il me prit la main en me regardant
dans les yeux.

— À trois, on part en courant, vous ne vous arrê-
terez que quand je m'arrêterai, pigé ?

— Pigé.

D'autres hélicoptères s'approchaient. Le nôtre
prit de la hauteur et amorça un virage. Je voyais la
semelle des bottes du soldat diminuer. Ángel se mit à
courir, le diable à ses trousses et moi avec. Trois
quarts d'heure après nous étions à nouveau à nous
frayer des chemins dans la brousse. Nous rattrapâ-
mes le reste du groupe. Je montrai l'œuf à Lucho.

— Tu es bête, me dit-il, ravi.

La forêt s'était parée de rose et de mauve. Cela
arrivait deux fois par an avec la floraison des orchi-
dées. Elles vivaient entortillées sur le tronc des arbres,
et se réveillaient toutes en même temps, dans une
fête de couleurs qui ne durait que quelques jours.
Je marchais en les cueillant pour les mettre dans
les cheveux, derrière les oreilles, les tisser entre les
nattes, et mes compagnons me les offraient, émus
de retrouver des gestes de galanterie.

Le *bongo* nous attendait à certains endroits et nous
déposait à d'autres. Nous marchions pendant des
jours et le retrouvions plus loin. Enrique nous entas-
sait toujours à la poupe, à côté des réservoirs de

combustible, mais nous étions trop fatigués par la marche pour le remarquer.

Derrière un petit bosquet, l'eau gris-bleu de la rivière semblait immobile. Peu à peu, la lumière vira. Les arbres se détachèrent, comme dessinés à l'encre noire sur un fond rose-rouge. Un cri préhistorique trancha l'espace. Je levai les yeux. Deux guacamayas fusaient dans le ciel dans une traînée de couleurs de fête et de poussière d'or. « Je les dessinerai pour Méla et Loli. » Le ciel s'éteignit. Il ne restait que les étoiles lorsque le *bongo* arriva.

C'était un vieux campement des FARC. Notre cantonnement fut dressé à l'écart, sur une pente qui dominait un cours d'eau étroit et profond. Celui-ci tournait à angle droit juste en face de nous, formant un bassin d'eau bleue sur un fond de sable fin.

Enrique eut la largesse d'autoriser que chacun se baigne à l'heure de sa convenance. Ma *caleta* avait été construite la première dans une rangée qui remontait la pente. J'avais une vue imprenable sur le bassin. Mon bonheur était complet. L'eau arrivait glacée et cristalline. Au petit matin, elle se couvrait de vapeurs, comme des eaux thermales. Je m'étais fixé d'y aller juste après le petit déjeuner parce que personne ne semblait tenir à me disputer cet horaire et que je voulais y rester longtemps. Le courant était fort, et un tronc d'arbre coincé dans le virage était l'appui idéal pour faire de la natation en surplace.

Le deuxième jour, Tigre était de garde et son regard méchant ne me quitta pas durant la totalité de mes exercices. « Il va m'empoisonner la vie », me dis-je. Le lendemain, Oswald le remplaça à la même heure.

— Sortez de là, cria-t-il.

— Enrique a dit que nous pouvions disposer de notre temps pour nous baigner.

— Sortez de là.

Lorsque le Nain vint faire sa ronde, je lui demandai la permission de nager dans le bassin.

— Je poserai la question au commandant, répondit-il, très farquien.

Chez les FARC, pas une feuille d'arbre n'était coupée sans que le chef l'autorise. Cette centralisation du pouvoir rendait la marche des affaires pesante. Mais elle servait à mettre des bâtons dans les roues des autres lorsque cela se révélait opportun. Quand un garde voulait nous refuser quelque chose, il répondait qu'il allait demander au chef. La réponse du Nain équivalait à une négation. Je fus donc surprise lorsqu'il revint le lendemain en déclarant :

— Vous pouvez rester dans l'eau et nager, mais faites attention aux raies.

Tigre et Oswald changèrent leur fusil d'épaule. S'ils étaient de garde à l'heure de mon bain, ils se tuaient à répéter : « Attention aux raies ! », rien que pour m'ennuyer.

J'avais pris l'habitude de tendre autour de mon hamac des draps, que j'avais récupérés auprès de mes compagnons, pour avoir la possibilité de me changer sans être regardée.

Monster arriva un après-midi en se présentant aux prisonniers d'un air affable. Je fus surprise par son nom et crus au départ que c'était une blague, me ressaisissant à temps lorsque je me souvins qu'ils ne parlaient pas l'anglais et que « Monster » ne devait pas avoir pour lui la même résonance que pour moi. Il me posa des questions, se voulant très avenant, et, lorsqu'il repartit, je me dis : « *Otro Enrique*[1]. »

Le soir même, Oswald, qui était de garde, m'interpella, hirsute, en montrant les draps qui me laissaient un peu d'intimité :

— Enlevez-moi toute cette merde d'ici.

Le coup était très dur pour moi. J'avais vraiment besoin de me soustraire aux yeux des autres.

Oswald, exaspéré, arracha lui-même mon installation. Je demandai à parler à Monster dans l'espoir qu'il ne serait pas encore contaminé. Ce fut pire. Il voulut se faire mousser devant la troupe.

De ce jour, Monster se mit à me détester avec la meilleure des consciences ! Sa réponse à toute demande de ma part était invariablement le refus. Je me morigénai : « Cela forme le caractère. »

J'avais supplié, avant l'arrivée de Monster, qu'ils nous construisent un paravent de feuilles devant les *chontos*. Ils les avaient ouverts juste à côté des *caletas* et je voyais tous mes compagnons s'accroupir. Pour ma part, blottie derrière un grand arbre dont les racines me cachaient, je faisais un trou avec le talon de ma botte, et me soulageais en priant que les gardes n'aient pas envie de m'obliger à utiliser le trou devant tout le monde. Un soir, alors que je revenais, je me pris le pied dans une racine que j'avais l'habitude d'enjamber. En tombant, je m'enfonçai un pieu dans le genou. Je compris ce qui m'était arrivé avant même de le sentir. Je me levai avec précaution, la pointe était baignée de sang et j'avais un trou comme une bouche en plein genou, qui s'ouvrait et se fermait par secousses spasmodiques. « Ça, c'est très méchant », diagnostiquai-je dans la seconde.

1. « Un Enrique de plus. »

Bien entendu, tous les médicaments me furent refusés. Je décidai alors de ne plus bouger de ma *caleta* jusqu'à ce que la plaie cicatrise, en priant le ciel qu'il n'y ait pas de raids d'ici là. Je calculai que j'en avais pour deux jours. Cela me coûta deux semaines d'immobilisation complète.

Lucho, inquiet, s'enquit autour de lui de savoir si quelqu'un avait de l'alcool. Un de nos compagnons en gardait une réserve en permanence, ainsi que la fin d'un tube de crème anti-inflammatoire, qui finirent par atterrir par miracle entre mes mains. Lucho obtint aussi la permission de Monster de me rapporter un bidon d'eau du ruisseau tous les jours pour ma toilette, ce qui nous donna la possibilité d'échanger quelques mots durant la journée, privilège qui me semblait suffisant pour combler tout le bonheur auquel je pouvais aspirer.

Je racontai rapidement à Lucho l'histoire qui me tenait en haleine. Tito était venu, une nuit avant l'incident du genou, me bousculer dans mon hamac, avec l'idée de me parler en grand secret. Croyant qu'il s'apprêtait à rééditer les avances de Mono Liso, je l'avais rejeté, offusquée. Il avait pris peur et était reparti à son poste de garde, non sans me dire, avant de disparaître :

— Je peux vous sortir d'ici, mais il faut faire vite !

Je ne lui avais pas prêté attention. Je savais que la guérilla tendait des pièges et j'imaginais qu'Enrique l'avait envoyé pour sonder mes intentions. Mais je ne revis plus Tito, après le jour où il partit en éclaireur avec une fille et un autre gars. Efren, lui, vint me voir. Il avait apporté un cahier tout neuf et des crayons de couleur. Il voulait que je lui fasse un dessin du système solaire.

— Je veux apprendre, me dit-il.

Je fouillai dans ma mémoire pour retrouver la place de Vénus et de Neptune, remplissant le papier d'un univers que je créai à mon caprice, rempli de boules de feu et de comètes géantes. Il adora et m'en demanda plus, revenant chaque jour chercher son cahier et ses nouveaux dessins. Il avait soif d'apprendre, j'avais besoin de m'occuper. J'inventais des subterfuges pour l'appâter sur des sujets que je maîtrisais bien, et il attrapait l'hameçon, ravi de revenir le lendemain. J'appris ainsi, au détour d'une conversation spontanée, que Tito s'était enfui avec deux autres de ses camarades. Ils avaient été repris et fusillés. Le visage de Tito, avec son œil de travers, vint me hanter dans mes cauchemars. Je regrettai de ne pas l'avoir cru.

La chaîne que je portais vingt-quatre heures sur vingt-quatre se fit encore plus pesante. Je me consolais seulement parce que Lucho n'en portait plus pendant la journée.


Je sortis de mon bain et me séchai en vitesse : la marmite du matin venait d'arriver. Nous mangions peu et le seul repas qui consolait ma faim était celui-là. Je me dépêchai, oubliant les bonnes manières, me demandant comment faire pour avoir la plus grosse des *arepas*. Marulanda était devant moi. Je jubilais : il prendrait la petite, la mienne, la grosse, venait derrière. Tigre servait. Il me vit arriver, regarda les galettes et comprit la raison de mon bonheur. Il prit la pile et la retourna. Marulanda eut la grosse galette, et moi la petite.

J'étais honteuse de m'être adonnée à un calcul si mesquin. Tant d'années à lutter contre mes instincts les plus primaires, sans aucun résultat. Je fis le serment de ne plus regarder la taille des aliments et de prendre tout simplement celui qui me revenait.

Pourtant, le lendemain, lorsqu'on ouvrit mon cadenas pour que j'aille chercher la première pitance de la journée, et malgré la résolution de me conduire en grande dame, mon démon s'agita à l'odeur de la galette et je me vis, avec horreur, les yeux vrillés sur la pile de *cancharinas*, prête à défendre mon tour à coups de dents.

Je pris la décision d'aller à la marmite la dernière. Il fallait employer les grands moyens. Malheureusement, lorsque la marmite arrivait, un autre « moi » prenait le dessus et me possédait avec la force bestiale d'un maléfice. « Ce n'est pas normal, me disais-je après coup, mon ego fait des siennes. » Rien n'y faisait : jour après jour, je ratais mon examen.

## 69

### *Le cœur de Lucho*

Octobre 2006. C'est un de ces matins-là, en rang devant la marmite, que je vis venir nos trois compagnons américains par le chemin qui nous reliait au campement de la guérilla. Contre toute attente, je fus heureuse de les revoir.

Marc, Tom et Keith étaient souriants. J'oubliai les *cancharinas*, les marmites et les gardes, et m'empressai de les recevoir, leur souhaitant la bienvenue. Tom m'embrassa affectueusement, et se mit à me parler dans la langue de Shakespeare, sachant que cela me ferait plaisir de renouer avec nos cours d'anglais.

Monster arriva derrière eux, avec la satisfaction du vainqueur. Il me jeta un regard mauvais au passage en m'entendant discuter avec Tom.

Le lendemain, il annonça d'un ton ravi :

— Les prisonniers peuvent parler entre eux. Sauf avec Ingrid.

Mais tout le monde avait oublié la règle, lorsqu'un jour une pauvre raie s'égara dans le bassin. Je la vis alors que je prenais mon bain, c'était une raie tigrée, comme celles que j'avais admirées parfois dans les aquariums chinois.

Armando donna l'alerte et le garde lui coupa la queue d'un coup de machette. Elle fut ensuite exhibée, non pas pour sa peau aux marbrures extraordinaires, mais parce que les guérilleros mangeaient ses organes génitaux, dotés de propriétés aphrodisiaques. Les prisonniers se rassemblèrent pour examiner le pauvre spécimen, et le spectacle frappa les esprits à cause de la ressemblance avec les organes génitaux de l'homme.

Ce jour-là, Enrique accepta de faire partager aux prisonniers les délices du cinéma en DVD.

Certains de nos compagnons, qui avaient la cote auprès de la guérilla, avaient insinué que cela pouvait être thérapeutique contre les dépressions qui se succédaient par vagues entre prisonniers. De fait, la nuit, nous avions l'habitude d'être réveillés par leurs cris. Ma *caleta* était voisine de celle de Pinchao et cela lui arrivait de plus en plus de hurler en dormant. Je l'arrachais de son rêve en l'appelant par son nom d'une voix de général, et il faisait surface, penaud et trempé de sueur. « J'avais le diable à mes trousses », me confessait-il, toujours en proie à une vive impression.

Je ne voulais pas m'avouer que nous étions tous aussi perturbés que lui. Cela m'arrivait aussi, et de plus en plus fréquemment. Pinchao me réveilla la première fois en connaisseur.

— On m'étranglait, lui dis-je, épouvantée.

— C'est comme ça, me chuchota-t-il pour me rassurer. On ne s'y fait jamais, c'est toujours pire.

Enrique n'avait jusque-là jamais voulu céder à la faiblesse de distraire ses « détenus », selon l'euphémisme qu'il aimait à utiliser. Peut-être avait-il changé d'avis pour épater les Américains. Peut-être se sentait-il concerné par notre santé mentale. Peu importe. La guérilla aimait les films de Jackie Chan et de Jean-Claude Van Damme. Mais ceux qu'ils connaissaient par cœur étaient ceux de Vicente Fernández, leur idole mexicaine. Je les observais tout en regardant les films, intriguée de constater qu'ils s'identifiaient toujours aux « bons » de l'histoire, et qu'ils avaient les larmes aux yeux en regardant les scènes d'amour à l'eau de rose.

On quitta le campement aux raies un après-midi, sans hâte et sans envie, et on s'enfonça à nouveau dans la *manigua*. Il m'arrivait parfois d'être à l'avant pendant les marches, car Enrique, sachant que je marchais plus lentement, me faisait partir plus tôt. J'étais vite rattrapée par certains de mes compagnons, prêts à me piétiner pour passer devant. Je me demandais pourquoi des hommes adultes se dépêchaient pour être à la tête d'une file de prisonniers.

Fin octobre, décembre 2006. Le nouveau campement avait la particularité d'offrir deux sites où se baigner : un sur le fleuve même — ce qui était rare dans la mesure où ils préféraient nous installer à l'écart des voies de circulation — et un en arrière sur un petit torrent aux eaux turbulentes.

Lorsque nous descendions au fleuve, je nageais à contre-courant et réussissais à remonter sur quelques mètres. Certains de mes compagnons avaient suivi mon exemple et le bain était devenu une sorte de compétition sportive. Les gardes ne s'en prirent qu'à moi. Je nageai alors en rond ou sur place, convaincue que mon corps en bénéficiait tout autant.

Lorsque, pour des raisons qui ne nous étaient pas révélées, l'ordre tombait de prendre le bain à l'arrière, il nous fallait passer à côté d'un terrain de volley-ball qu'ils avaient aménagé avec du sable de la rivière, et longer l'extérieur de leur campement à eux. Au passage, je voyais sur leurs *caletas* des papayes, des oranges et des citrons qui me faisaient envie.

Je demandai à Enrique l'autorisation de fêter l'anniversaire de mes enfants. Pour la deuxième année consécutive, il refusa. J'essayais d'imaginer la transformation de leurs visages. Mélanie venait d'avoir vingt et un ans et Lorenzo dix-huit. Maman disait qu'il avait changé de voix. Je ne l'avais jamais entendue.

La platitude de la vie, l'ennui, le temps sans cesse recommencé, identique à lui-même, faisaient l'effet d'un sédatif. J'observais les filles qui s'entraînaient pour une danse de fin d'année sur le terrain de volley-ball. Katerina était la plus douée. Elle dansait la *cumbia* comme une déesse. Ces activités bon enfant me remplissaient de tristesse. Le besoin de nous évader continuait à nous travailler. Armando s'excitait à me faire l'explication détaillée de la fuite qu'il programmait toujours pour le lendemain. Il soutenait même l'avoir déjà tentée une fois.

De mon côté, l'idée d'une nouvelle évasion me démangeait. Ils avaient sensiblement allégé mon régime. Je pouvais parler avec Lucho une heure par jour pendant le déjeuner, et avec les autres sans restriction, l'usage de l'anglais m'étant formellement interdit. Lorsque mon heure avec Lucho était finie, Pinchao venait s'asseoir près de moi. Prendre des rendez-vous entre prisonniers était devenu une habitude. Il y avait une sorte de fierté à faire savoir que nous ne voulions pas être dérangés. À force de vivre ensemble, vingt-quatre heures sur vingt-quatre, sans pratiquement rien à faire, nous avions pris l'habitude d'ériger des murs imaginaires. Pinchao vint me voir pour notre conversation quotidienne.

— Lorsque je serai grande, m'amusais-je à lui dire, je ferai une ville sur le Magdalena où les *desplazados*[1] auront de belles maisons avec les meilleures écoles pour leurs enfants, et Ciudad Bolívar, j'en ferai un Montmartre avec plein de touristes, de bons restaurants, et un lieu de pèlerinage à la Vierge de la Liberté.

— Tu veux vraiment être présidente de la Colombie ?

— Oui, lui répondais-je pour l'embêter.

Il m'interrogea un jour :

— Tu n'as pas peur ?

— Pourquoi me demandes-tu cela ?

— Hier, pour essayer, j'ai voulu sortir de la *caleta* sans demander la permission au garde. Il faisait tellement noir que je ne voyais pas ma main.

— Et alors ?

— J'ai eu trop peur. Je suis un couard. Je suis un moins que rien. Je n'aurais jamais pu m'évader comme toi.

Tout doucement, je m'entendis lui dire :

— Chaque fois que je suis sortie d'un campement, j'ai cru que j'allais mourir de peur. La peur est normale. Pour certains, la peur est un frein, pour d'autres, c'est un moteur. L'important, c'est de ne pas se laisser contrôler par elle. Quand tu prends la décision de t'évader, tu le fais froidement, rationnellement. La préparation est essentielle car, dans l'action, sous l'effet de la peur, il ne faut pas que tu penses, il faut que tu agisses. Et tu le fais par étapes. Il faut que je fasse trois pas en avant, un, deux et trois. Maintenant, je me baisse et passe sous la grosse

1. *Desplazados* : personnes déplacées à cause de la guerre entre les paramilitaires et la guérilla.

branche. Ensuite, je tourne à droite. Maintenant, je me mets à courir. Les mouvements que tu fais doivent absorber toute ta concentration. La peur, tu la sens, tu l'acceptes, mais tu la pousses de côté.

Quelques jours avant Noël, il fallut à nouveau partir. Curieusement, la marche dura moins d'une demi-heure. Un campement provisoire fut bâti à la hâte : pas de *caletas*, pas de hamacs, tout le monde sur des plastiques à même le sol. Dans l'improvisation, les gardes relâchèrent leur attention et il me fut possible de m'asseoir près de Lucho.

— Je crois que Pinchao a envie de s'évader, lui confiai-je.

— Il n'ira pas loin, il ne sait pas nager.

— À trois, nous aurions plus de chances de réussir.

Lucho me regarda, une lueur nouvelle dans le regard. Puis, comme s'il refusait de s'enthousiasmer, il dit d'un air renfrogné :

— Faudra y réfléchir !

Je ne m'étais pas rendu compte que, pendant toute notre conversation, il avait été mal à l'aise, changeant de position, soucieux, comme s'il avait du mal à se retrouver dans son corps.

— Ah ! J'ai une crampe, fit-il, le souffle coupé.

Son bras était tendu et je crus qu'il s'était fait mal.

— Non, pas là. C'est au centre de la poitrine. J'ai très mal, comme une grande pression, ici, en plein milieu.

Il était passé de blanc à gris. J'avais déjà vu cela. Chez Papa d'abord et, d'une façon différente, mais tout aussi aiguë, chez Jorge.

— Allonge-toi et ne bouge pas. Je vais chercher William.

— Non, attends, ce n'est rien. Ne fais pas de chahut.

Je me libérai de son emprise et le rassurai.

— Je reviens dans deux secondes.

William était toujours méfiant. Il lui était déjà arrivé de se précipiter au chevet d'un malade pour découvrir un grand comédien cherchant à obtenir plus de nourriture.

— Si je me rends complice par amitié, le jour où nous aurons vraiment besoin de médicaments, ils nous les refuseront, m'avait-il expliqué lorsque nous avions été enchaînés ensemble.

— Tu sais que je ne viendrais pas te chercher si ce n'était pas grave, lui avais-je dit.

Le diagnostic de William fut immédiat :

— Il nous fait un infarctus, il nous faut de l'aspirine immédiatement.

L'accueil d'Oswald fut glacial.

— Nous avons besoin d'aspirine, c'est urgent, Lucho vient d'avoir un infarctus.

— Il n'y a personne, tous les gars travaillent sur le chantier.

— Et l'infirmier ?

— Il n'y a personne. En ce qui me concerne, le vieux n'a qu'à crever.

Je fis un bond en arrière, horrifiée.

Tom avait suivi la scène. Lorsque je m'approchai, Lucho ouvrit un poing fermé pour me montrer son trésor : Tom lui avait offert sa réserve d'aspirine, qu'il gardait depuis la prison de Sombra.

Même lorsque l'infirmier était venu, il n'y avait pas eu d'aspirine pour Lucho. Comme pour s'excuser, le vieil Erminson me confia :

— Il a fallu préparer un terrain pour planter de la coca. Enrique va la vendre car nous n'avons plus d'argent et le « Plan Patriote » nous a coupés de nos pourvoyeurs. C'est pour cela qu'il n'y a plus rien et que nous sommes tous occupés.

En effet, depuis notre arrivée, les gars se plaignaient du travail contraignant qui leur était imposé. Nous avions été envahis par la fumée bleutée et rêche des brûlis, et nous avions remarqué que les tours de garde s'étaient réduits à deux par jour. Ils étaient tous très occupés.

Pourtant, deux jours avant Noël, nous revînmes au campement du fleuve, juste à temps pour installer nos antennes et nous préparer à l'écoute du programme consacré à nos familles. Le samedi 23 décembre 2006 fut une nuit étrange. Emmaillotée dans mon hamac et dans ma solitude, j'entendis la voix fidèle de Maman, et celle magique de mes enfants. Méla parlait d'une voix sage et maternelle, qui me fendait le cœur : « J'entends ta voix dans mon cœur et je me répète toutes tes paroles. Je me souviens de tout ce que tu m'as dit, Maman. J'ai besoin que tu reviennes. »

Je pleurai autant en entendant la voix de Lorenzo. C'était la sienne, la voix de mon petit garçon. Mais elle s'était transformée, doublée d'une seconde voix. C'était celle de mon père, avec ses accents graves et chauds comme du velours. En l'écoutant, je voyais mon enfant et je voyais Papa. Mais, plus que Papa, ses mains, ses grandes mains aux doigts carrés, sèches et lisses. C'était un si grand bonheur de pouvoir tout revoir, et cela faisait tellement mal. J'entendis aussi Sébastien. Il avait enregistré son message en espagnol, ce qui le rapprochait de moi encore davantage.

Je me sentais bénie en enfer. Je ne pourrais rien écouter de plus. Trop d'émotions pour mon cœur. « Ai-je dit à Sébastien combien je l'aime ? Seigneur, il ne le sait pas ! Il ne sait pas que le mauve est ma couleur préférée à cause de cet horrible paréo mauve qu'il m'a offert et que j'ai refusé de porter. » Je riais de mes souvenirs et cela me faisait mal. « J'attendrai, me répétai-je avec résolution. Je sortirai vivante pour être une meilleure mère. »

Malgré l'heure, les gardes étaient déjà saouls. Armando jura qu'il mènerait à bien son plan le jour même et je voulus y croire. La nuit fut claire et les gardes encore plus saouls. C'était une nuit parfaite mais Armando ne s'enfuit pas. Pinchao vint à ma rencontre le matin du jour suivant :

— Armando n'est pas parti, il n'en sera jamais capable.

— Et toi, tu serais capable ? demandai-je.

— Je ne sais pas nager.

— Je vais t'apprendre.

— Oh mon Dieu ! C'est mon rêve, car je veux apprendre à nager à mon fils. Je ne veux pas qu'il ait honte comme moi.

— On commence demain.

Pinchao me rendit la monnaie. Il avait décidé d'être mon entraîneur et avait élaboré pour moi un plan strict d'exercices qu'il faisait à mes côtés. Le plus dur, pour moi, était la traction à la barre fixe. Je ne pouvais pas monter d'un pouce le poids de mon corps. Au début, Pinchao me tenait les jambes. Mais, quelques semaines plus tard, mon corps se mit à monter et mes yeux passèrent par-dessus la barre. J'exultais. Je réussis à faire six tractions de suite à la barre.

Un matin, alors que nous faisions une série de pompes, loin des oreilles des gardes, je lui posai la question sans détour.

— Compte sur moi, me dit-il immédiatement. Avec toi et Lucho, j'irai jusqu'au bout du monde.

Nous nous mîmes instantanément à la tâche. Il fallait amasser des provisions.

— On va échanger nos cigarettes contre du chocolat noir et de la *farinhia*, leur proposai-je.

Je venais de découvrir cet aliment. On nous en avait distribué pendant la marche. C'était de la farine de manioc, grumeleuse et sèche. Mélangée avec de l'eau, elle triplait son volume et coupait la faim. Elle venait du Brésil, ce qui me portait à croire que nous devions être loin dans le sud-est de l'Amazonie.

Pinchao s'approvisionna facilement en fil de nylon et en hameçons : il aidait souvent les pêcheurs du campement et ceux-ci l'aimaient bien. Je m'occupai de confectionner les *mini-cruceros*, de me procurer les flotteurs et de récupérer toutes les cigarettes du groupe, avec d'autant plus de succès que Lucho, après son infarctus, ne fumait plus. Je faisais du troc avec Massimo, un vieux Noir de la côte Pacifique, un homme au bon cœur, qui aimait Lucho parce que sa famille avait voté pour lui depuis toujours.

Lorsque le bruit courut que les soldats approchaient, nous savions qu'il faudrait bientôt déplacer le camp. Nous nous réunîmes à la hâte pour déterminer comment répartir nos réserves d'aliments : quatre bons kilos de chocolat et de *farinhia*. Les transporter se transformait en supplice. Lucho ne pouvait pas s'engager à porter plus de poids que celui qu'il avait déjà. Ma capacité de charge était voisine de zéro.

— Tant pis, il faudra jeter le reste. On fera de nouvelles provisions au prochain campement, déclarai-je sans complexes.

— Non, hors de question. S'il le faut, je porterai tout, trancha Pinchao.

Enrique ordonna une nouvelle marche. Nous traversâmes pendant des jours un labyrinthe de lianes si bien emmêlées que l'ouverture à la machette pratiquée par l'éclaireur se refermait sur elle-même et qu'il était impossible de retrouver le passage. Il fallait constituer une chaîne humaine pour garder la voie ouverte et cela demandait une concentration constante de la part de chacun, sans aucun repos possible. Nous eûmes ensuite à dévaler un mur d'une cinquantaine de mètres et à le remonter vingt fois, car il longeait la rivière et, à certains endroits, c'était le seul moyen de passer.

Pinchao marchait comme une fourmi, furieux d'être aussi chargé, et je suppliais le ciel pour qu'il ne me balance pas les barres de chocolat sur la tête. Il arriva les pieds en sang et les sangles de son *equipo* incrustées dans les épaules.

— J'en ai marre, hurla-t-il, en colère, en jetant son sac à dos au loin.

Le garde annonça alors qu'un *bongo* viendrait nous chercher à la tombée de la nuit. À cette nouvelle, Pinchao accepta de garder nos précieuses provisions.

Nous accostâmes dans un endroit sinistre. Des marécages aux eaux marronnasses cohabitaient avec un fleuve chargé de sédiments. Les arbres se jetaient dans l'eau comme s'ils étaient poursuivis par une mousse verte et fétide. Le soleil ne passait guère à travers la canopée tropicale.

## 70

# L'évasion de Pinchao

Avril 2007. J'avais dit à Lucho : « Je n'aime pas cet endroit, il porte malheur. »

Nous tombions tous malades. Au crépuscule, engoncée dans mon hamac, je me sentis emportée par une force centrifuge qui m'aspirait tout entière et me faisait trembler des pieds jusqu'au cou, comme si j'étais dans une fusée prête au décollage. J'avais la malaria. Nous y avions tous succombé. Je savais que c'était une saleté. J'avais déjà vu mes compagnons pris de convulsions, la peau fripée sur les os.

Mais ce que le corps couvait et que j'attendais après les convulsions était encore pire. Une fièvre suraiguë tirait les ligaments comme des cordes, dans une stridence du corps seulement comparable à la torture d'une fraise dentaire sur un nerf à vif. Dans un état second, après avoir attendu dans le supplice que le garde donne l'alerte, que quelqu'un trouve les clefs et qu'un autre vienne ouvrir mon cadenas, j'avais dû me soulever agonisante et courir aux *chontos*, terrassée par une diarrhée torrentielle.

Après cela, je fus surprise d'être encore vivante. L'infirmier voulut douter que ce que j'avais fût bien du paludisme. Il n'accepta de me mettre sous traitement qu'au troisième jour, après trois crises identiques à la première, et lorsque je me sentis déjà morte.

Il arriva comme un sorcier avec des boîtes de médicaments différents. Je devais pendant deux jours prendre deux grosses dragées qui sentaient le chlore, puis des petites pilules noires, trois le troisième jour, deux le quatrième, trois à nouveau et enfin une seule pour compléter le traitement.

Cela me parut fou. Mais je n'avais aucunement l'intention de me soustraire à ses prescriptions. L'unique chose qui m'intéressait était qu'il me donne de l'ibuprofène, seul médicament capable de faire disparaître la barre douloureuse au-dessus des yeux, qui me traversait les sinus et qui m'empêchait de voir ou de penser clairement. Il m'en donna avec parcimonie, comptant chaque comprimé.

La convalescence fut lente. Mon premier geste de ressuscitée fut de laver mon hamac, mes vêtements, et le drap avec lequel je m'étais couverte. J'avais installé une corde au seul endroit où le soleil semblait percer. J'arrivais du bain avec mon fardeau trempé, trop lourd pour moi, décidée à m'en défaire au plus vite. Ángel me guettait de son poste de garde. Au moment où je déposais le linge sur la corde, il se rua sur moi.

— Enlevez ça de là. Vous n'avez pas le droit de mettre votre linge ici.

— ...

— Enlevez ça, je vous dis ! Vous ne pouvez pas sortir du périmètre du cantonnement.

— Quel périmètre, je ne vois aucun périmètre, tout le monde a mis des cordes à côté des *caletas*, pourquoi pas moi ?

— Parce que je vous le dis.

Je regardai la corde, me demandant comment

j'allais m'organiser avec tout ce linge dans les bras. Une voix acariâtre se fit entendre :

— Toujours à faire des problèmes ? Enchaînez-la !

C'était Monster qui arrivait au bon moment.

Massimo était de garde de l'autre côté du cantonnement et avait tout vu. Il vint après son tour de garde. Il cachait dans sa manche une tablette de chocolat qu'il me devait.

— Je n'aime pas qu'on vous traite comme cela, ça me fait beaucoup de peine. Moi aussi, je me sens prisonnier ici.

— Partez avec moi ! dis-je, en pensant à Tito.

— Non, c'est très dur, je me ferais tuer.

— Vous vous ferez tuer ici aussi. Réfléchissez-y, il y a une grande récompense. Vous ne verrez jamais autant d'argent réuni de votre vie. Et je vous aiderai à sortir du pays, vous viendrez vivre avec moi en France. C'est très beau la France.

— C'est très dangereux, très dangereux.

Il regardait autour de lui nerveusement.

— Réfléchissez-y, Massimo, et donnez-moi une réponse vite.

Le soir, alors que j'étais déjà enchaînée et dans mon hamac, Massimo s'approcha dans le noir :

— C'est moi, ne dites rien, chuchota-t-il ce soir-là. On part ensemble. C'est un pacte, serrez-moi la main.

— Il y a deux autres personnes avec moi.

— Trois c'est trop !

— À prendre ou à laisser.

— J'en prends deux, pas trois.

— Trois, on est trois.

— Il nous faut une barque et un GPS, laissez-moi voir.

— Je compte sur vous, Massimo.

— Ayez confiance, ayez confiance, chuchota-t-il en me serrant la main.

Avec un guide, la partie était gagnée. J'avais hâte que l'aube arrive pour partager la nouvelle.

— Il faut faire très attention. Il peut nous trahir. Il faut demander des garanties, me prévint Lucho.

Pinchao resta silencieux.

— Partir à trois, c'est difficile. Mais à quatre, c'est impossible, finit-il par dire.

— On verra. Pour l'instant, le plus important, c'est que tu apprennes à nager.

Il s'y consacra. Pendant l'heure du bain, je le tenais par le ventre pour lui donner la sensation de flotter, et lui montrais comment retenir sa respiration sous l'eau. Armando le prit ensuite sous son aile. Un matin, il m'appela, rouge de bonheur :

— Regarde !

Ce jour-là, Pinchao avait appris à nager et Monster donna l'ordre que l'on m'enlève les chaînes pendant la journée. J'avais repris du courage, s'enfuir était de nouveau possible.

La chance continua de nous sourire. Pinchao avait accepté de faire un dessin dans le cahier d'un des gardes. En le feuilletant, il avait trouvé, copiées avec une écriture d'enfant, les indications précises pour fabriquer une boussole. C'était simple. Il fallait aimanter une aiguille et la poser sur une surface d'eau. L'aiguille devait tourner pour s'aligner dans l'axe nord-sud. Le reste se déduisait de la position du soleil.

— Il faut essayer.

Nous nous installâmes sous ma tente, sous prétexte de confectionner une veste, projet que je caressais depuis quelque temps pour pouvoir m'enfuir avec quelque chose de plus léger et de plus adapté à la jungle. La couture était une activité générale. Personne n'y verrait rien d'anormal.

Nous remplîmes d'eau un flacon de déodorant vide, et nous aimantâmes notre aiguille en la laissant collée aux haut-parleurs de la « brique » de Pinchao. L'aiguille flotta sur la surface du liquide, tourna et pointa vers le nord. Pinchao m'embrassa.

— C'est notre clef de sortie ! me dit-il.

Le lendemain, il revint s'asseoir, toujours avec le prétexte de jouer aux tailleurs. J'avais dans l'idée de découdre deux pantalons identiques, un appartenant à Lucho, un autre que j'avais reçu en dotation. Je voulais récupérer les tissus et le fils pour faire ma veste. L'opération de récupération des fils suivait un processus que Pinchao avait mis au point et qui demandait une patience infinie. Alors que nous étions attelés à notre ouvrage, Pinchao me dit :

— J'ai cassé ma chaîne, ça ne se voit pas, je peux partir tout de suite, nous avons tout ce qu'il faut.

Le système qui nous permettrait, à Lucho et à moi, de nous libérer de nos chaînes pendant la nuit consistait à attacher les anneaux avec du fil de nylon de façon à les serrer entre eux et à raccourcir artificiellement la chaîne. Quand on sectionnerait les attaches, celle-ci s'allongerait suffisamment pour que la tête puisse passer au travers. Il fallait compter avec une certaine chance et espérer que le garde qui fermait le cadenas la nuit ne voie rien.

— Je vais faire l'essai, me promit Lucho.

Ce soir-là, alors que je me levais pour uriner, le garde, qui surveillait depuis le poste collé à ma *caleta*, m'insulta :

— Je vais vous enlever l'envie de vous lever la nuit. Je vais vous loger une balle dans la chatte !

J'avais souvent dû faire face à leur vulgarité. J'avais

essayé maintes tactiques pour les remettre à leur place, mais toute réaction de ma part ne faisait qu'exciter leur impertinence. C'était idiot, j'aurais dû les mépriser. Au lieu de cela, je me sentais blessée.

— Qui était de garde à côté de moi hier soir ? demandai-je au guérillero qui faisait la ronde, le matin, pour ouvrir les cadenas.

— C'était moi.

Je le regardai, incrédule. Jairo était un jeune gars, toujours souriant et toujours courtois.

— Savez-vous qui m'a crié des obscénités hier soir ?

Il gonfla les poumons, se déhancha comme pour me défier et, tout fier, répondit :

— Oui, c'est moi !

Il n'y eut aucune réflexion de ma part. Je le pris par le cou et le poussai en lui crachant au visage :

— Espèce de taré, tu te sens bien fort derrière ton fusil ? C'est moi qui vais t'apprendre à te conduire comme un homme. Je te préviens, tu recommences et je te tue.

Il tremblait. Ma colère avait disparu aussi vite qu'elle était montée. J'avais maintenant du mal à ne pas rire. Je le poussai encore :

— Allez, taille-toi.

Il prit soin de me laisser la chaîne autour du cou en guise de revanche. Tant pis. J'étais ravie. Je les avais prévenus maintes fois. Ils n'osaient jamais s'adresser aux hommes avec autant de muflerie, car un coup de poing était vite parti. Mais ils jouaient les costauds avec moi, la réaction d'une femme pouvant toujours être tournée en ridicule. La mienne était imprudente. J'aurais pu me retrouver avec un œil au beurre noir. J'avais eu de la chance, Jairo était un gamin petit de taille et court d'esprit.

Dès qu'il avait été hors de vue, j'avais commencé

à calculer toutes les mesures de rétorsion qui s'ensui-vraient. Je les attendais sans émotions. Rien de ce qu'ils pouvaient me faire n'était susceptible de m'affec-ter. Ils avaient réussi, à force de sévir, à me rendre insensible.

Je prenais ma collation du matin, adossée à mon arbre, lorsque Pinchao s'approcha. Il arborait un sourire de vainqueur qui voulait être remarqué. Il me tendit la main de loin, très cérémonieux, et me dit :

— *Chinita, estoy my orgulloso de ti*[1].

Il était au courant et j'avais hâte de découvrir ce qu'il avait à me dire.

— Ces chaînes que tu portes, porte-les avec fierté, car elles sont la plus glorieuse des médailles. Aucun de nous n'aurait osé faire ce que tu as fait. Tu viens de nous rendre justice.

Je le pris par la main, touchée par ses mots. Il ajouta en chuchotant :

— Il y a un arrivage de bottes. Fais un trou aux tiennes pour qu'ils t'en donnent des neuves. Avec les vieilles, on fera des bottines pour notre départ, nous dirons que nous en avons besoin pour la gym. Je vais prévenir Lucho.

En effet, Monster passa pour vérifier l'état des bottes de chacun et demander les pointures.

— Pour vous, il n'y en a pas, me dit-il.

Lorsque Massimo entra dans le cantonnement, je demandai la permission d'aller aux *chontos*. Il vint avec les clefs pour ouvrir le cadenas.

— Alors Massimo ?

— On part ce soir.

— O.K. Trouvez-moi des bottes.

---

1. « Gamine, je suis très fier de toi. »

— Je vous les apporte. Si on vous interroge, vous dites que ce sont vos vieilles bottes.

Il ne fallait pas qu'ils nous surprennent à discuter. À l'intérieur des FARC, tout le monde rapportait tout. Leur système de surveillance était fondé sur la délation.

Massimo avait très peur. Efren avait rapporté que nous parlions et avait trouvé notre attitude bizarre. Massimo fut appelé devant Enrique. Il soutint que nous bavardions du Pacifique, région que je connaissais bien, et Enrique goba son histoire. Mais Massimo se sentait espionné et était de moins en moins chaud pour partir.

Il arriva le soir près de ma *caleta*, en faisant craquer horriblement les branches sèches. Il avait bien les bottes. « C'est une garantie », pensai-je en l'écoutant me dire :

— La situation est très dure. Toutes les embarcations sont sous cadenas pour la nuit. Le GPS qu'Enrique nous passe de temps en temps est tombé en panne…

— Ce gars-là n'est pas sérieux, dit Pinchao. Il faut partir tout de suite, avant qu'il ne donne l'alerte.

— Je ne peux pas maintenant, répliqua Lucho. Mon cœur est trop faible, je ne crois pas que je tiendrais à courir dans les bois avec ces gars-là à nos trousses. Si Massimo part avec nous, c'est différent, il sait survivre, on s'en sortira.

Lorsque Pinchao vint me voir le soir suivant, le 28 avril 2007, avec sa pelote de fils impeccablement enroulés et le tissu des pantalons prêt à être coupé, une tristesse inexplicable m'envahit :

— Merci beaucoup, mon Pinchao, tu as fait un sacré boulot.

— Non, merci à toi, tu m'as confié une tâche, tu m'as aidé à tuer le temps.

Il me regarda droit dans les yeux, comme il le faisait chaque fois qu'il se laissait aller à un aveu.

— Si je devais partir, ce soir, je prendrais le chemin du *bañadero*[1] jusqu'à la barque qu'ils ont amarrée dans le petit étang et je descendrais la rivière, pas vrai ?

— Si tu devais partir ce soir, tu éviterais surtout de t'emparer de la barque qu'ils ont amarrée dans le petit étang, parce qu'ils ont un garde posté là, exprès. Tu devrais partir de ta *caleta* et traverser le chemin des gardes.

— Ils me verront.

— Oui, sauf si tu traverses au moment du changement de garde. Le *relevante* passera avec la relève, poste par poste, pour désigner l'emplacement de chaque garde. Mais le premier, celui qu'il assurera lui-même et qui se trouve en face de ta *caleta*, ce poste sera vide pendant les deux minutes où il fera le tour.

— Ensuite ?

— Ensuite, tu t'enfonceras tout droit dans la *manigua*. Pas trop, sinon, tu tomberas dans leur campement à eux. Disons une dizaine de mètres, pour que le bruit de tes pas soit couvert. S'il pleut, tu tournes très vite à gauche pour t'éloigner de notre cantonnement et encore à gauche, en nous contournant, pour atteindre le fleuve au-delà de leurs barques à eux et du petit étang.

— ...

— Ensuite, tu mets tes flotteurs et tu te laisses porter par le courant aussi loin que tu peux avant d'avoir

1. *Bañadero* : lavoir.

des crampes. Rappelle-toi de nager, de faire des mouvements, ça t'aidera.

— Et si j'ai des crampes ?

— Tu as tes flotteurs, tu te relaxes, tu laisses passer. Et tu t'approches de la rive pour sortir.

— Je sors et je marche droit devant.

— Oui, et tu fais attention où tu poses tes pieds. Essaie de sortir à un endroit tapissé de feuilles ou dans la mangrove. Ton idée fixe est de ne pas laisser de traces.

— D'accord.

— Tu essores tes vêtements, tu mets en place ta boussole et tu marches nord-nord.

— …

— Tu t'arrêtes toutes les quarante-cinq minutes et tu fais le point. Et tu en profites pour lancer un appel là-haut, pour qu'Il te donne un coup de main.

— Je ne crois pas en Dieu.

— Ça ne fait rien, Il n'est pas susceptible. Tu peux quand même l'appeler. S'Il ne répond pas, tu appelles la Vierge Marie, elle est toujours disponible.

Il souriait.

— Pinchillo[1], je n'aime pas cet endroit. Il me donne la chair de poule. J'ai même l'impression qu'il est maudit.

Il ne répondit rien. Il était déjà dans la tension de l'action, comme la corde d'un arc.

Pendant les deux ans et plus que nous venions de partager, il n'y avait pas eu entre nous de démonstrations d'affection. Cela ne se faisait pas. Probablement parce que, étant la seule femme parmi tant d'hommes, des remparts exagérés s'étaient levés entre mes compagnons et moi.

1. J'ai de nombreux surnoms pour Pinchao.

Pourtant là, devant ce gosse que j'avais appris à connaître et à aimer, comprenant que nous étions en train de nous dire adieu, consciente qu'il n'y aurait pas pour lui de seconde chance, parce qu'il était membre des forces armées et qu'il serait fusillé s'il était repris, j'eus très mal. Il avait besoin que je lui donne le dernier coup de pouce avant d'entreprendre son exploit. Je tendis les bras pour l'embrasser, sachant que mon geste attirerait l'attention. Je vis l'œil de Marulanda qui nous observait et je me retins :

— Que Dieu t'accompagne à chaque pas.

Pinchao fila, encore plus ému, encore plus tendu, encore plus tourmenté.

Soudain il y eut du raffut, des gardes aboyèrent, la tension dans le cantonnement était à nouveau à son paroxysme. « Il ne partira pas », me dis-je, au moment où la lampe de Monster m'aveugla, déjà blottie dans mon cocon nocturne.

L'orage éclata un peu avant 8 heures du soir. « S'il partait, ce serait le moment idéal, pensai-je. Mais, il a trop peur, il ne se décidera pas. » Je m'effondrai dans un profond sommeil, soulagée de ne pas avoir à affronter la colère des dieux sous un temps pareil.

Il était tard lorsqu'on vint enlever les chaînes de mes compagnons. Quand je sortis de ma tente avec ma brosse à dents et ma bouteille d'eau, ils regardaient tous le *relevante* qui partait en jurant.

— Que se passe-t-il ? demandai-je à Marc dont la tente avait été montée en face de la mienne.

— Pinchao n'est plus là, me chuchota-t-il sans me regarder.

— Oh ! mon Dieu, c'est génial !

— Oui, mais maintenant, c'est nous qui allons trinquer.

— Si c'est pour la libération d'un des nôtres, cela m'est égal.

## 71

## *La mort de Pinchao*

29 avril 2007. Les commentaires ne tardèrent pas. Tous spéculaient sur la manière dont Pinchao s'était enfui et personne ne donnait cher de sa réussite. « Il fait beau, il avance », pensai-je, rassurée.

Le bruit courut que la guérilla l'avait trouvé. Un des gardes avait laissé filtrer l'information à un des nôtres en qui il avait confiance. « Tant que je ne le verrai pas, je n'y croirai pas », m'étais-je dit. Mais l'ordre fut donné d'emballer, car nous partions. On me détacha de mon arbre, j'enroulai les mètres de chaîne autour de mon cou et rangeai mon attirail sans me presser en priant dans le silence de mes pensées : « Faites qu'il leur échappe. »

On nous fit attendre avec nos tentes ramassées debout devant nos pieux toute la matinée. Ensuite, on nous enjoignit de nous préparer pour le bain, et il fallut tout déballer à nouveau. On s'aligna en file indienne entre les gardes qui nous poussaient comme du bétail, sur le petit sentier qui descendait vers les marécages.

On croisa cinq hommes torse nu qui traversèrent notre cantonnement avec des pelles à l'épaule. Massimo était l'un d'eux. Il marchait avec énergie en faisant bien attention de ne pas dévier ses yeux du sol pour ne pas croiser les miens.

Une fois dans l'eau, le savon à la main, Lucho me chuchota :

— Tu as vu ?

— Les hommes et les pelles ?

— Oui, ils vont ouvrir une fosse.

— Une fosse ?

— Oui, pour y jeter le corps de Pinchao.

— Arrête de raconter des conneries !

— Ils l'ont exécuté, les gardes ont prévenu nos gars. Ils disent que c'est notre faute.

— Comment ça, *notre* faute ?

— Oui, ils disent que nous l'avons poussé à partir.

— Lucho !

— Et ils disent que, s'il est mort, c'est notre faute !

— Que leur as-tu répondu ?

— Rien... Et si jamais il était mort et que c'était notre faute ?

— Bon, mon Lucho, là, tu arrêtes. Pinchao est parti parce qu'il l'a voulu. Il a pris sa décision en adulte, comme nous l'avons fait, toi et moi. Ce n'est vraiment pas le moment, tu n'as rien à te reprocher et, moi, je suis très fière de ce qu'il a fait !

— Et s'ils le tuent ?

— C'est impossible qu'ils l'aient trouvé.

— Mais, ils l'ont trouvé. Tu vois bien qu'on part, bon sang !

Le retour du bain fut funèbre. Nous croisâmes les mêmes gardes, qui rentraient, baignés de sueur, les pelles sales. « Ils ont fait des trous pour enterrer la poubelle », me dis-je de moins en moins rassurée.

Une fois rhabillés, nous dûmes aller plus près de la rive, sur un terrain de sport qu'ils avaient aménagé pour eux. Les gardes ne réagirent pas lorsque je m'assis à côté de Lucho pour parler. Les heures passèrent dans une attente pénible.

Il y eut un mouvement de troupe derrière ce qui avait été notre cantonnement. Je pouvais entendre les voix qui nous arrivaient déformées par l'écho de la végétation. Je voyais le mouvement d'ombres par-delà les rangées d'arbres.

— Ils ont ramené Pinchao, me dit Armando. Ils vont lui faire passer un mauvais quart d'heure. Ensuite, on partira tous, le *bongo* est déjà prêt.

Je me retournai. En effet, là où nous avions pris notre bain quelques heures auparavant, se dressait un grand *bongo*, comme un monstre de ferraille. Je frissonnai.

— Pourquoi ne le font-ils pas venir ici ? me demanda Armando, lassé d'attendre.

Je regardai les bouts de ciel, au travers du dôme végétal, au-dessus. Le bleu avait fait place au mauve, et je sentais, de plus en plus inquiète, la fraîcheur du crépuscule se glisser jusqu'à nous. Lucho ne répondait que par des grognements lorsque quelqu'un s'adressait à lui.

Tout à coup, l'agitation à l'arrière de notre cantonnement reprit. Des ombres, des voix. Un coup de feu strident éclata, transperçant le calfeutrement du treillis végétal. Une nuée d'oiseaux noirs s'envola d'entre les arbres, montant vers le ciel en flèche et passant au-dessus de nos têtes. « Oiseaux de mauvais augure », dis-je en tressaillant. Un autre coup de feu, puis un troisième, un autre, et encore un autre.

— J'en ai compté sept, chuchotai-je à Lucho.

— Ils viennent de l'exécuter, dit-il, vidé, les lèvres sèches et tremblantes.

Je pris sa main en la serrant à blanc.

— Non, Lucho, non ! Ce n'est pas vrai !

Tout le monde pensa la même chose. Enrique ne vint pas. Monster non plus. Un guérillero, que nous avions vu quelquefois et dont nous ne connaissions pas le nom, s'approcha. Je l'appelais « El Tuerto », car il était borgne. D'une voix forte, pour nous intimider, les mains sur les hanches et les bottes en avant, il lança :

— Alors, ça vous enlève l'envie de vous enfuir, hein ?

Il sentit le poids de nos regards fixés sur lui. Nous retenions notre souffle.

— Je viens vous annoncer que ce fils de pute est mort. Il essayait de traverser les marécages à la nage. Il a été bouffé par un *guio*. On l'a vu quand il était déjà attrapé par la bête, beuglant à l'aide comme une femmelette. J'ai donné l'ordre qu'on le laisse se démerder tout seul, la bête l'a entraîné jusqu'au fond du bassin. Voilà ce que vous gagnez à jouer les héros, vous êtes prévenus.

Son histoire ne tenait pas debout. « Ils l'ont tué, ce sont eux qui l'ont tué ! » pensai-je avec effroi.

— Tant que je ne verrai pas le corps de Pinchao, je ne vous croirai pas, dis-je en rompant notre silence.

— Mais tu n'as pas écouté ce que le commandant a dit ? Il a été mangé par un serpent. Où veux-tu qu'on aille chercher son corps ? hurla Armando hors de lui.

Je lui en voulais de s'être interposé. Je voulais voir ce que ce commandant avait à me répondre. « Le corps est dans la fosse qu'ils viennent d'ouvrir, avec sept balles dans le crâne », me dis-je, épouvantée.

— *Equipos* au dos, vous me suivez en silence, nous somma l'homme, coupant court à la discussion. Ingrid, vous embarquez la dernière.

Je l'écoutais, comme si sa voix provenait d'un autre

701

monde. Au-dessus du fleuve, le ciel semblait s'être badigeonné de sang.

Je regardais mes compagnons qui montaient dans le *bongo*. Certains faisaient des blagues. Dans l'espace réservé à la guérilla, les jeunes filles se coiffaient, s'appliquant à se faire de jolies tresses les unes aux autres. Le commandant sans nom flirtait au milieu d'elles comme un sultan dans un harem. « Comment peuvent-ils continuer à vivre dans cette insouciance ? »

Je ne voulais pas regarder ce coucher de soleil spectaculaire, ni ces jolies filles, ni ce *bongo* qui fendait les eaux tranquilles comme du velours. Bientôt, la voûte étoilée recouvrit notre univers, et mon silence. Je me dissimulais derrière Lucho, et les larmes m'échappaient comme si mon cœur avait une fuite. Je gardais les mains sur les joues pour les essuyer avant qu'on puisse voir que je pleurais. « Mon Pinchao, j'espère que tu ne peux pas m'entendre et que tu n'es pas encore là-haut. »

Cela faisait des jours que nous naviguions dans ce *bongo*. Je ne voulais plus penser. Collée à ma douleur comme je l'étais à celle de Lucho, j'essayais de ne rien entendre.

— Bien fait pour lui, disait-on autour de nous.

— Avec ses dents en avant et son sourire de lapin, qu'est-ce qu'il croyait, qu'il était mieux que nous ?

Mes compagnons parlaient fort pour que la guérilla comprenne qu'ils n'étaient pas dans le coup. Je les haïssais pour cela !

— Il est mort parce qu'il l'a voulu, il avait qu'à ne pas écouter les mauvais conseils ! disait un autre, coincé à côté de Lucho.

Lucho était tourmenté et je ne l'aidais pas avec mes pleurs.

Le *bongo* s'enfonça dans la jungle, cassant la nature comme un brise-glace ; il s'ouvrait un passage dans les entrailles de l'enfer, de son étrave renforcée, sur des chenaux jusque-là vierges. Autour de nous, qui étions protégés par une bâche, le monde s'écroulait sous l'avancée têtue et lente du monstre d'acier. « Il doit pourrir à même la terre. Ils l'auront jeté là comme un morceau de viande », me torturais-je.

La fête des Mères nous surprit, cette année-là, à moisir dans les boyaux du *bongo*. Collée à ma radio, j'avais écouté à 4 heures du matin le message de la maman de Pinchao, ainsi que la voix claire et sage de ses sœurs. « Qui leur dira ? Comment l'apprendront-elles ? » Je souffrais terriblement de le savoir mort et d'écouter leur message pour lui.

Nous fîmes halte enfin à l'embouchure d'un chenal, sur une petite plage de sable fin. Nous débarquâmes pour nous déplier douloureusement de notre immobilité des dernières semaines devant une petite maison en bois, entourée d'un verger. On nous envoya vers l'arrière, sous un toit en tôle de zinc, soutenu par une vingtaine de poutres autour d'un carré en terre battue. Chacun s'empressa de prendre possession d'une poutre pour y tendre son hamac. Une marmite arriva avec du chocolat à l'eau bouillant. On fit tous la queue, chacun perdu dans ses pensées. Je me levai, secouée et endolorie, ouvrant mes yeux à la nouvelle réalité.

— Compagnons ! lançai-je avec une voix que j'aurais voulue plus forte, Pinchao est mort. Je voudrais vous demander d'observer une minute de silence en sa mémoire.

Lucho acquiesça d'un signe de tête. Le garde qui servait me poignarda du regard. Je me concentrai sur ma montre. Celui d'entre nous qui travaillait pour la guérilla s'approcha du garde en me frôlant et se mit à lui parler haut et fort. Keith fit pareil juste au moment où Enrique approchait. Chacun trouva le moyen de rompre le silence, les uns avec plus de préméditation que d'autres. Seuls Lucho et Marc allèrent s'asseoir à l'écart en refusant d'ouvrir la bouche. La minute s'allongea éternellement. Lorsque je constatai à ma montre qu'elle était finie, je m'entendis penser : « Mon pauvre Pinchillo, heureusement que tu n'es pas là pour voir. »

Nous reprîmes notre course vers nulle part, fuyant un ennemi invisible qui respirait sur notre nuque. Notre progression alternait des marches et des déplacements en *bongo*.

Les gardes se firent un devoir de me poursuivre de leur rancune. « C'est elle qui l'a aidé à s'enfuir », mâchonnaient-ils derrière mon dos, pour justifier leurs bassesses. Le soir, installés tout autour de nous, ils parlaient fort pour que nous les entendions :

— J'ai encore l'image de Pinchao avec les trous dans la tête et le sang partout. Je suis sûr que son fantôme nous poursuit, disait l'un.

— Là où il est il ne peut plus nous faire de mal, ricanait l'autre.

Un soir, alors que nous venions d'installer le campement sur un territoire infesté de *majiñas*[1], et alors que je souffrais des brûlures qu'elles m'avaient infligées, retranchée dans mon hamac, incapable de tendre le bras pour ramasser ma radio et écouter les nouvelles, j'entendis le rugissement de Lucho :

— Ingrid, écoute Caracol !

1. *Majiñas* : fourmis microscopiques très agressives qui projettent de l'acide pour se défendre.

Je sursautai.

— Quoi ? Qu'y a-t-il ? bafouillai-je en essayant de sortir de ma torpeur.

— Il a réussi ! Pinchao est libre, Pinchao est vivant !

— La ferme, bande d'imbéciles ! beugla un garde. Le premier qui ouvre la bouche, je le descends.

Trop tard. Je hurlais à mon tour sans pouvoir me contenir.

— Bravo, Pinchao, tu es mon héros ! Waoooooou !

Les radios s'allumèrent toutes en même temps. La voix de la journaliste annonçant la nouvelle fusait de tous les coins. « Après dix-sept jours de marche, l'intendant de la police John Fran Pinchao a retrouvé sa liberté et sa famille. Voici ses premières déclarations. »

J'entendis alors la voix de Pinchao, pleine de lumière dans cette nuit sans étoiles :

— Je voudrais envoyer un message à Ingrid. Je sais qu'elle m'entend en ce moment. Je veux qu'elle sache que je lui dois le plus beau cadeau de tous. Grâce à elle, j'ai retrouvé la foi. Ma petite Ingrid, ta Vierge était là quand je l'ai appelée. Elle a mis un peloton de la police sur mon chemin.

## 72

## *Mon ami Marc*

Mai 2007. Mis à nu dans leurs mensonges, les commandants n'en devinrent que plus agressifs. La rage que l'épopée de Pinchao avait fait naître en eux augmenta d'autant la haine qu'ils me vouaient. Cette exécration se doublait d'un rejet de toutes les petites choses qui me faisaient différente à leurs yeux. Ils m'avaient surnommée « le héron », parce que j'étais trop maigre et trop pâle. Ils se moquaient de moi, m'infligeant toutes les petites vexations qui pouvaient leur traverser l'esprit. Ils m'interdisaient de m'asseoir là où l'élan me poussait et m'obligeaient à le faire là où c'était sale ou mouillé. Ils me trouvaient précieuse et ridicule à vouloir un visage et des ongles propres.

J'avais toujours eu la réputation d'être une femme sûre de soi, équilibrée. Après des années de captivité, cette image était devenue floue et je ne savais plus si elle était juste. Durant la plus grande partie de ma vie, j'avais appris à vivre entre deux mondes. J'avais grandi en France, me découvrant par contraste. J'avais cherché à comprendre mon pays pour l'expliquer à mes amis d'école. De retour en Colombie, déjà adolescente, je m'étais sentie comme un arbre, les branches en Colombie et les racines en France. Très vite, j'avais réalisé que mon destin était de vivre en cherchant un équilibre entre mes deux mondes.

Lorsque j'étais en France, je rêvais de *pandeyucas*, d'*ajiaco* et d'*arequipa*. Je regrettais ma famille, les vacances entre cousins et la musique. Lorsque je revenais en Colombie, toute la France me manquait, l'ordre, le rythme des saisons, les parfums, la beauté, le bruit rassurant des cafés.

Entre les mains des FARC, ayant perdu ma liberté, j'avais aussi perdu mon identité. Mes geôliers ne me considéraient pas comme une Colombienne. Je ne connaissais pas leur musique, je ne mangeais pas ce qu'ils mangeaient, je ne parlais pas comme eux. J'étais donc française. Cette notion suffisait à justifier leur aigreur. Elle permettait de maquiller tous les ressentiments qu'ils avaient accumulés dans leur existence :

— Vous deviez vous habiller avec des vêtements de marque, m'avait glissé Ángel avec perfidie.

Ils me reprochaient jusqu'à mon avenir :

— Vous irez vivre dans un autre pays, vous n'êtes pas d'ici ! m'avait lâché Lili, la compagne d'Enrique, avec amertume, en parlant du jour, improbable, où je retrouverais ma liberté.

Ce ressentiment était aussi présent chez mes compagnons d'infortune. En 2006, nous avions suivi avec passion la coupe mondiale de football. On était tous branchés à nos radios que l'on syntonisait sur la même chaîne pour entendre en stéréo la transmission des matchs. La finale entre la France et l'Italie avait divisé le campement en deux. La guérilla avait d'emblée pris parti pour l'Italie, car la France, c'était moi. Parmi mes compagnons, ceux qui m'en voulaient d'avoir l'appui de la France avaient extériorisé leur aversion de façon agressive chaque fois que la France encaissait un but.

Ceux qui avaient de la gratitude pour la France avaient fêté en hurlant et en dansant chaque fois que la France en marquait un. Nous étions dans le campement des raies, j'étais attachée par le cou à mon arbre et j'avais failli m'étrangler lorsque Zidane avait été expulsé en finale. J'avais alors compris que, plus on m'en voulait d'être française, plus je le devenais.

La France m'avait ouvert les bras avec la générosité d'une mère. Pour la Colombie, au contraire, j'étais un embarras. Toutes sortes de légendes s'étaient tissées autour de moi pour justifier le besoin de m'oublier. « C'est sa faute, elle l'a cherché », disait une voix à la radio. « Elle est amoureuse d'un des chefs des FARC. » « Elle a eu un enfant de la guérilla. » « Elle ne veut plus revenir, elle vit avec eux. »

Toute cette médisance était orchestrée pour que la France cesse de s'occuper de nous. Cela me préoccupait, car je redoutais qu'en semant le doute, nos adversaires ne finissent par décourager ceux qui luttaient avec abnégation pour notre liberté. Quant à moi, je me sentais aussi française que colombienne. Mais, sans l'amour de la Colombie, je ne savais plus qui j'étais, ni pourquoi j'avais combattu, ni pourquoi j'étais en captivité.

Nous avions accosté à 3 heures du matin au milieu de nulle part, rompant à travers la mangrove pour toucher terre. La saison des pluies battait son plein. Nous attendions l'ordre de descendre pour installer nos tentes avant l'orage qui se déchaînait tous les jours à l'aube.

Monster vint, alors que toute la troupe était déjà descendue, pour nous informer que nous dormirions à l'intérieur du *bongo*. La bâche avait été descendue pour couvrir la *rancha*. Je les avais entendus lorsqu'ils l'avaient décidé.

— Avec quoi allons-nous nous abriter ? demandai-je.

Il était impossible de hisser les tentes sur le *bongo*.

— Il ne pleuvra pas, siffla Monster en tournant les talons.

Lucho et moi, nous nous mîmes à préparer nos affaires, pensant que nous pourrions installer nos hamacs l'un à côté de l'autre. Monster, comme s'il avait lu dans nos pensées, fit demi-tour et revint sur ses pas. Nous pointant du doigt, il dit :

— Vous deux ! Vous savez que vous n'avez pas le droit de parler entre vous. Lucho, installez votre hamac à la poupe. Ingrid, suivez-moi. Vous allez installer le vôtre à la proue, entre celui de Marc et celui de Tom.

Et il partit en ricanant, révélant à nouveau sa haine contre moi.

Depuis que l'on m'avait interdit de parler avec mes compagnons américains, j'avais senti que ceux-ci faisaient tout pour m'éviter, voulant avoir le moins de problèmes possible. J'étais une pestiférée. Monster avait flairé d'où venait le vent. Il m'avait installée là où je n'étais pas la bienvenue. Les hamacs avaient été attachés en rang d'oignons de tribord à bâbord, en utilisant de part et d'autre les agrafes qui servaient à assujettir la bâche. Marc et moi devions être les derniers à suspendre les nôtres. Il ne restait que trois crochets. Il faudrait donc utiliser la même attache pour nos deux hamacs. J'appréhendais cette première négociation. Je savais tout partage difficile entre prisonniers. Je devais avoir l'air confus, je ne voulais pas installer le mien en mettant mon compagnon devant le fait accompli.

Marc me devança :

— Nous pouvons suspendre nos deux hamacs au même crochet, proposa-t-il gentiment.

Je fus surprise. La politesse était devenue une denrée rare.

J'avais tendu le mien le plus possible pour que mon corps ne touche pas le pont du *bongo* quand je m'y coucherais. « S'il pleut, ce sera une mare. D'ailleurs, il pleuvra sûrement », me dis-je en sortant mon plus gros plastique en guise de toit. Il était assez grand pour retomber des deux côtés, mais trop court pour me couvrir de la tête aux pieds. J'allais être trempée. Je m'installai donc dans mon hamac, avec le plastique bien au-dessus de la tête, et les pieds dehors, et sombrai en soupirant dans un sommeil poisseux et profond.

Un terrible orage tropical nous arriva dessus, comme si les dieux s'étaient acharnés contre nous. J'attendis avec appréhension que l'eau mouillât mes chaussettes, puis mes jambes et me trempât tout entière dans mon hamac. Pourtant, les minutes passant, rien de tel ne se produisit. Je remuai les orteils, des fois que mes jambes se seraient endormies, mais ne trouvai que la chaleur de mon corps sous mon plastique. « Le plastique a dû glisser vers les pieds. L'eau va m'arriver par la nuque », avais-je déduit en avançant une main prudente, à tâtons, pour vérifier où se trouvait le bord de mon plastique. Mais tout était en place. « J'ai rétréci », finis-je par admettre en me rendormant, soulagée.

Il faisait déjà jour et l'orage continuait de gronder. Je m'aventurai à lever un pan de mon toit noir pour évaluer la situation et vis Tom toujours endormi, nageant dans une véritable piscine. Il n'avait pas de plastique et son hamac était engorgé d'eau. L'orage fit place à une pluie fine et le *bongo* s'agita. Chacun voulait sortir de son abri de fortune pour se dégourdir les jambes. Je découvris alors ce qui s'était passé : Marc avait eu l'idée de partager son plastique avec moi. Il m'en avait couvert les pieds.

J'étais là avec mon hamac ramassé en vitesse, sous mon plastique, debout, à attendre la fin de la pluie. J'avais la gorge serrée. Entre otages, ce n'était pas courant. Cela faisait longtemps que quelqu'un n'avait pas eu de geste à mon égard. « Il ne l'a pas fait exprès. Il ne s'est pas rendu compte qu'il me couvrait les pieds », pensai-je, blasée. Lorsque Marc sortit finalement de son hamac, je l'approchai.

— Oui, vous auriez été trempée sinon, me répondit-il presque en s'excusant.

Il avait un sourire doux que je ne lui connaissais pas. Je me sentis bien.

Lorsque la collation du matin arriva et qu'il fallut s'aligner pour recevoir la boisson, je me glissai entre les prisonniers pour dire deux mots à Lucho et le rassurer. Lui aussi avait réussi à bien dormir et il avait retrouvé son visage serein. La réapparition de Pinchao l'avait énormément soulagé. Nos compagnons s'empressaient pour lui parler, cherchant à faire oublier les remarques désagréables avec lesquelles ils l'avaient tellement blessé. Lucho n'avait aucune rancune.

Je retournai dans mon coin à la proue, et m'affairai à organiser mon sac à dos. La procédure était pénible mais indispensable, car l'orage avait tout trempé. Je sortis un à un mes rouleaux de vêtements, séchai les plastiques et les enroulai à nouveau, les fermant avec des élastiques à chaque extrémité pour maintenir l'emballage étanche. C'était la méthode FARC pour parer aux inconvénients d'une vie sous 80 % de taux d'humidité. Marc décida d'en faire autant.

Une fois ma corvée finie, je nettoyai consciencieusement la planche sur laquelle reposaient mes affaires et j'y rangeai ma brosse à dents et mon écuelle pour le prochain repas. Enfin, je sortis un chiffon pour nettoyer mes bottes afin qu'elles redeviennent luisantes.

Marc me regarda faire en souriant. Puis, comme s'il voulait partager avec moi un secret, il chuchota :

— Vous vous comportez comme une femme.

La remarque me surprit. Mais, très curieusement, elle me flatta. Se comporter comme une femme n'était pas un compliment chez les FARC. De fait, j'étais habillée comme un homme depuis cinq ans, et pourtant tout en moi se conjuguait au féminin, c'était mon essence, ma nature, mon identité. Je lui tournai le dos, pris ma brosse et mon écuelle et m'éloignai pour cacher mon trouble, avec l'excuse de me laver les dents. Quand je revins, il s'approcha, inquiet :

— Si j'ai dit quelque chose qui…

— Non, au contraire. Cela m'a fait plaisir.

Les gardes me suivaient du regard et me laissaient parler, comme si l'ordre leur avait été donné de ne pas intervenir.

Voilà plus de deux ans qu'il m'était interdit de m'adresser à mes compagnons. Je le faisais secrètement de temps en temps, pressée par la solitude. Avec Pinchao, nous avions réussi à déjouer la surveillance des guérilleros, car nos *caletas* étaient très souvent montées côte à côte et nous pouvions avoir l'air de nous occuper de nos affaires tout en parlant à voix basse. Le départ de Pinchao m'avait plongée dans un double isolement, dû à la réaction du groupe à son évasion, et à l'impossibilité de parler avec Lucho.

Lorsque Marc et moi commençâmes à avoir de véritables discussions, poussés par le désœuvrement et l'ennui, dans une attente sans but à la proue de ce *bongo*, je réalisai alors combien la peine que la guérilla m'avait imposée était cruelle et combien mon silence obligatoire m'était devenu pesant.

Curieusement, nous reprîmes des discussions qui étaient restées inachevées dans la prison de Sombra, comme si l'intervalle de temps qui s'était écoulé depuis n'avait pas existé.

« Le temps passé en captivité est circulaire », pensais-je.

Pourtant, il était clair, pour Marc et pour moi, que le temps avait bel et bien passé. Nous reprenions les mêmes arguments qui nous avaient opposés, des années auparavant, autour de thèmes aussi polémiques que l'avortement ou la légalisation de la drogue, et nous réussissions à trouver des ponts et des points de rapprochement là où il n'y avait eu dans le passé qu'irritation et intolérance. Nous finissions nos heures de délibération surpris de ne pas nous quitter remplis de dépit ou d'amertume, comme cela avait été le cas auparavant.

Comprenant que le *bongo* ne bougerait pas de sitôt, nous nous mîmes d'accord pour réaliser une activité ensemble. Marc appelait cela le « projet ». Il s'agissait d'obtenir la permission de couvrir le *bongo* en prévision des orages. Je l'entendis formuler sa requête dans un espagnol qui s'améliorait chaque jour, et fus surprise de constater qu'on y répondait favorablement.

Enrique envoya Oswald pour superviser le « projet ». Il coupa des barres et des fourches, qui furent placées à intervalles réguliers pour permettre à l'énorme plastique de la *rancha* et de l'*economato*, qu'ils n'utilisaient pas pour l'heure, de couvrir l'intégralité du *bongo*. Ma contribution fut minime, mais nous célébrâmes la réalisation du projet comme si c'était notre œuvre commune.

Lorsque le *bongo* reprit le fleuve, et que nous arrivâmes à destination, je ressentis une profonde tristesse. Le nouveau campement fut aménagé sur un terrain volontairement étroit. Deux rangées de tentes se faisaient face, serrées les unes contre les autres, séparées par un sentier. Une des extrémités aboutissait à une petite anse au bord du fleuve où serait aménagé le lavoir, l'autre à l'endroit où ils creuseraient les *chontos*.

Enrique distribua lui-même l'espace, et m'alloua deux mètres carrés de terrain pour installer ma tente, juste à l'endroit où se trouvait la sortie de la fourmilière d'une immense colonie de *congas*[1]. Elles étaient bien visibles, marchant à la queue leu leu sur leurs longues pattes noires comme des échasses. Les plus petites faisaient bien trois centimètres de long, et j'imaginai sans difficulté la douleur que leur dard venimeux était à même de m'infliger. J'avais déjà été piquée et mon bras avait fait quatre fois sa taille sous la douleur pendant quarante-huit heures. Je suppliai pour que l'on m'autorise à installer ma tente ailleurs, mais Gafas fut inflexible.

Les pieux de mon hamac furent enterrés de part et d'autre de l'ouverture de la fourmilière et mon hamac suspendu exactement au-dessus. Je cherchai Massimo pour qu'il m'aide mais, depuis l'évasion de Pinchao, il était transformé. Il avait eu très peur et il était maintenant absolument incapable d'envisager toute tentative de fuite. Voulant éviter des problèmes, il me fuyait. Il accepta tout de même, en assistant au ballet incessant des *congas* au-dessous de mon hamac,

1. *Congas* : fourmis géantes et venimeuses.

d'intercéder afin qu'on m'envoie un chaudron d'eau brûlante pour les tuer. Il me coupa aussi un petit bâton, pendant qu'il était de garde, qui me servirait à les embrocher une à une :

— Faites attention, si elles vous attaquent à plusieurs, leurs piqûres peuvent être mortelles.

Je n'eus pas de trêve, tuant toutes les *congas* qui m'approchaient, dans un combat que je croyais perdu d'avance. Je regardai mes compagnons avec envie. Ils finirent de s'installer, et chacun se détendait, reprenant son train de vie ; Arteaga et William cousaient, Armando tissait, Marulanda s'ennuyait dans son hamac, Lucho écoutait sa radio et Marc s'occupait : son dernier projet en date était la réparation de son sac à dos.

« J'aimerais bien lui parler », pensai-je, entourée d'un cimetière de *congas* dont l'odeur fétide s'accrochait à mon nez. Tel Gulliver aux prises avec les habitants de Lilliput, je ne pouvais pas m'accorder une seule minute d'inattention, tant que n'arriverait pas le chaudron d'eau bouillante promis par Enrique pour tuer les *congas*.

Marc passa devant ma *caleta* pour aller aux *chontos* et me regarda, étonné.

— J'ai des millions de *congas* dans ma *caleta*, lui expliquai-je.

Il rit, croyant que j'exagérais. Au retour, me voyant toujours absorbée par mon combat contre les *congas*, il s'arrêta :

— Que faites-vous ?

Je sortis de ma tente, lorsque je vis ses yeux s'agrandir d'effroi :

— Ne bougez surtout pas, me dit-il en articulant bien ses mots, fixant quelque chose sur mon épaule.

Il s'approcha lentement, le doigt en avant. Atterrée,

je suivis son regard et tournai la tête suffisamment pour voir une énorme *conga*, à la cuirasse luisante, les pattes velues, et les tenailles en avant, à quelques millimètres de ma joue. J'avais pris mon élan pour décamper et me retins à temps, comprenant que le plus sage était quand même d'attendre que Marc puisse placer sa chiquenaude pour me débarrasser du monstre. Ce qu'il fit sans se presser, malgré mon trépignement nerveux et mes gémissements. Le contact avec l'animal sonna creux, et la bestiole fut propulsée comme un projectile pour s'écraser finalement contre l'écorce d'un arbre géant, avec un bruit de noix.

Je suivis du coin de l'œil l'opération, au risque d'un torticolis, et sautai de joie. Marc riait aux larmes, plié en deux.

— Vous auriez dû voir votre tête ! J'aurais voulu vous prendre en photo ! Vous aviez l'air d'une petite fille.

Il m'embrassa ensuite, et dit fièrement :

— Heureusement, j'étais là !

Lorsque Enrique envoya finalement le chaudron d'eau brûlante, nous en avions déjà tellement tué que l'eau ramena plus de cadavres flottants que de survivantes. Notre amitié fut scellée avec notre victoire sur les *congas*.

## 73

# L'ultimatum

Je sortis de mon hamac un soir de nuit aveuglante pour soulager mon corps, ravie de pouvoir mettre les pieds dehors, sans la hantise d'être piquée par l'une de ces créatures infernales, lorsqu'un bruit de souffle traversa l'air en me décoiffant. Je restai tétanisée dans l'obscurité, sentant qu'une masse avait transpercé ma tente et était venue se planter lourdement à deux millimètres de mon nez. Le garde refusa de m'éclairer avec sa lanterne, et je préférai retourner à l'abri de ma moustiquaire plutôt que de m'aventurer près de cette chose qui ébranlait par saccades mon logement.

À l'aube, me levant, je réalisai que ma tente était en loques. Du palmier voisin était tombée une graine, de la taille d'une tête d'homme, enveloppée dans une feuille épaisse dont l'extrémité s'allongeait en une pointe acérée. Elle s'était détachée du tronc et avait fait une chute libre de vingt mètres pour venir se planter profondément dans le sol, à côté de moi. Dans sa trajectoire, elle avait ouvert mon toit de part en part. « Si j'avais fait un pas de plus… » pensai-je, sans que cette idée n'arrive à me consoler de voir ma tente abîmée. « Il faudra passer des heures à la réparer », me résignai-je.

Je dus demander à l'un qu'il me prête une aiguille, à l'autre du fil et, lorsque je fus enfin prête, il se mit à pleuvoir. Marc s'approcha. Il voulait m'aider. J'acceptai, étonnée. Entre prisonniers, toute demande d'aide était reçue avec humeur et dédain. Chacun voulait montrer qu'il n'avait besoin de personne. Moi, en revanche, j'avais toujours besoin d'aide, et Lucho — qui répondait toujours présent — n'avait pas le droit de m'approcher. Si je n'en demandais pas, c'était pour éviter des conflits. J'étais déjà débitrice du fil et de l'aiguille. C'était suffisant.

L'aide de Marc se révéla très opportune. Ses conseils accélérèrent la finition de l'ouvrage. Nous passâmes presque deux heures ensemble, absorbés par notre tâche, à rire de tout et de rien. Lorsqu'il partit, je le vis s'éloigner avec regret. Lucho me rappelait toujours qu'on ne devait s'attacher à rien. Le lendemain, Marc revint. Il voulait que je lui donne de la toile imperméable et que je l'aide à en coller des morceaux sur les trous que les *arrieras* avaient faits dans sa tente.

Asprilla, un grand Noir musclé, venait de prendre le sous-commandement du campement. Il partageait avec Monster la responsabilité de notre cantonnement qu'ils assumaient à tour de rôle. Il avait eu la bonne idée de me retirer les chaînes pendant la journée et avait apporté un grand pot de colle pour que Marc puisse réparer sa tente. Il revint l'après-midi et nous retrouva, comme des enfants, avec de la colle plein les doigts. Je remarquai son regard sur nous. « Je suis trop contente et cela se voit », me dis-je, inquiète.

Marc continuait à rire en mettant de la colle sur les bouts carrés des toiles que nous avions soigneusement découpés. « C'est ridicule, pensai-je pour chasser mes appréhensions, je deviens paranoïaque. »

Le lendemain, je vis Marc installé par terre avec toutes les pièces de sa radio devant lui. J'hésitai à m'approcher puis, décidant qu'il n'y avait pas de mal à le faire, je me décidai à lui apporter mon concours. La connexion de son antenne avec les circuits électroniques de sa radio avait été endommagée. J'avais suivi les réparations que mes compagnons avaient faites dans des cas similaires. Je me portai volontaire pour raccommoder sa radio.

Je réussis rapidement à rétablir la connexion sous l'œil admiratif de Marc. J'étais rouge de satisfaction. C'était bien la première fois que je pouvais réparer quoi que ce soit toute seule. Marc vint me chercher le jour suivant pour que je l'aide à couper ses plastiques. Il voulait pouvoir les enrouler dans sa botte, pour la prochaine marche.

Nous étions assis en silence afin de réussir l'exploit de les découper à angle droit. Il faisait chaud et nous transpirions au moindre mouvement. Marc lança sa main vers mon oreille et attrapa quelque chose dans le vide. Son geste l'avait tout autant surpris que moi. Il s'excusa, confus, m'expliquant avec une certaine timidité qu'il avait voulu enlever un moustique qui s'acharnait autour de moi depuis un moment. Son embarras me parut charmant et l'idée me troubla aussi. Je me levai rapidement pour rentrer chez moi. Il faudrait bien trouver une excuse pour revenir passer du temps avec lui. Cette amitié qui grandissait entre nous me surprit. Depuis des années, nos vies se croisaient sans que nous n'ayons eu l'idée de prendre le temps de nous parler. J'avais eu l'impression que nous avions fait tout notre possible pour nous éviter. Or, là, je devais me rendre à l'évidence que je me levais le matin en souriant, et que j'attendais l'occasion de lui parler avec une impatience d'enfant. « Peut-être que je deviens envahissante », avais-je pensé. Je m'étais alors retenue, et avais pris soin pendant quelques jours de ne plus m'approcher.

Il vint la semaine suivante et s'offrit à m'installer mon antenne radio. J'avais d'abord essayé de le faire moi-même, car Oswald et Ángel, qui étaient considérés comme les champions du lancer d'antennes, avaient refusé de me prêter main-forte. J'atteignais tout au plus cinq mètres, ce qui faisait rire tout le monde. Marc fit tourner la pile au bout d'une fronde. La pile partit dans les nues au troisième tir et mon antenne arriva plus haut que toutes les autres.

— C'est un coup de bol, m'avoua-t-il.

Ma radio avait rajeuni. J'entendais Maman à la perfection. J'avais l'impression d'être à côté d'elle lorsqu'elle parlait. De nouveau, elle évoqua un voyage pour rallier du soutien.

— Je n'aime pas quitter la Colombie. J'ai peur que tu sois libérée et de ne pas être là pour te recevoir.

Je l'adorais rien que pour cela.

Au matin, profitant de la queue pour la collation, nous en riions avec Lucho.

— Tu as entendu ta mère ? Elle ne veut pas partir, comme toujours.

— Et, comme toujours, elle partira, lui répondis-je, ravie.

C'était une de nos boutades favorites. Ensuite, je recevais les messages de Maman de l'autre bout du monde, car elle s'arrangeait pour être à notre rendez-vous radiophonique, où qu'elle se trouvât. Ses voyages nous faisaient du bien à toutes les deux. Je me disais que rencontrer d'autres personnes l'aiderait à patienter, tout comme entendre sa voix revitalisée dans l'action m'aidait, moi, à le faire. J'appréciais vraiment l'intervention de Marc.

Marc vint emprunter ma Bible un matin. Lorsque je la lui tendis, il me demanda :

— Pourquoi n'êtes-vous pas revenue parler avec moi ?

La question me prit au dépourvu. Je répondis en essayant de préciser mes pensées :

— D'abord parce que j'ai peur de trop vous imposer ma présence. Ensuite, parce que je crains d'y prendre goût et que la guérilla n'y voie un moyen de faire pression sur moi.

Il sourit avec beaucoup de douceur.

— Il ne faut pas penser à tout cela. Si vous avez un moment, j'aimerais beaucoup que nous parlions cet après-midi.

Il était parti et je m'étais dit, amusée : « J'ai un rendez-vous ! » L'ennui était un venin que les FARC nous inoculaient pour ramollir notre volonté, et que je redoutais plus que tout. Je souris. J'étais passée d'une vie remplie de trop de dates, d'heures, d'urgences à une autre où il n'y avait rien à faire. Pourtant, dans cette jungle éloignée du monde, la perspective d'en avoir un me plut.

— Un rendez-vous cet après-midi ? Quelle bonne idée !

Je me mis à tutoyer Marc naturellement.

— Je ne sais pas tutoyer, me dit-il dans son espagnol écorché.

Il avait l'air fasciné par cette tournure absente de sa langue maternelle. Il avait bien saisi les nuances et la familiarité conséquentes.

— *Quiero tutearte*, me dit-il.

— *Ya lo estás haciendo*, lui répondis-je en riant.

Nous ouvrîmes la Bible. Il voulut que je lui lise un de mes passages favoris. Finalement, je me décidai pour un extrait où Jésus demande à Pierre de manière insistante s'il a de l'amour pour lui. Je connaissais la version grecque du texte. C'était à nouveau une question de nuances. Jésus emploie le terme *agapé* lorsqu'il s'adresse à Pierre, lui indiquant une qualité d'amour supérieur, sans contrepartie, se suffisant à lui-même par l'action d'aimer. Pierre répond en utilisant le mot *philia* qui signale un amour en attente de rétribution, cherchant une réciprocité. La troisième fois que Jésus pose la question, Pierre semble avoir compris, et il répond en utilisant le mot *agapé* qui l'engage à un amour inconditionnel.

Pierre était l'homme qui avait trahi Jésus à trois reprises. Le Jésus qui formulait ces questions était le Jésus ressuscité. Pierre, homme faible et couard, était devenu, par la force de cet amour inconditionnel, l'homme fort et courageux qui mourrait crucifié pour l'héritage de Jésus.

Cela faisait cinq ans que je vivais en captivité et, malgré les conditions extrêmes que j'avais endurées, j'éprouvais une immense difficulté à changer de caractère.

Nous étions partis dans notre discussion, assis côte à côte sur son vieux plastique noir. J'étais incapable de me rendre compte quelle était la langue que nous utilisions, probablement les deux. Absorbée par notre discussion, je pris une fois du recul, intriguée par le silence du campement. Je réalisai, non sans en être gênée, que nos compagnons suivaient avec intérêt notre conversation.

— Tout le monde écoute, lui dis-je en anglais, en baissant la voix.

— On est trop heureux, ça attire leur attention, me répondit-il sans me regarder.

Je m'inquiétai :

— Regarde ce que nous sommes devenus dans ce campement, la difficulté que nous avons d'être unis face à une guérilla qui nous intimide et nous menace… Les apôtres ont eu peur et il n'y a eu que Jean au pied de la croix. Mais, après la résurrection, ils ne se sont plus comportés de la même façon. Ils vont partir aux quatre coins du monde et ils vont se faire tuer pour avoir raconté ce qu'ils ont vu. Ils seront décapités, crucifiés, écorchés vifs, lapidés en défendant leur histoire. Chacun a su se dépasser, vaincre sa peur de mourir. Chacun a choisi qui il voulait être.

Nous ouvrions peu à peu notre cœur pour parler de choses que nous n'osions même pas nous confesser à nous-mêmes. Cela faisait des années qu'il n'avait plus de nouvelles de personne, sauf de sa mère. Dans les messages qu'elle lui adressait, il n'y avait pas beaucoup d'informations sur sa famille ou sur la vie de ceux qu'il aimait. « J'ai l'impression de regarder mon monde à travers le trou d'une serrure, m'avait-il dit pour exprimer sa frustration. Je ne sais même pas si ma femme m'attend toujours. » Je ne pouvais que le comprendre. Cela faisait beaucoup de temps que la voix de mon mari avait disparu des ondes. Quand elle réapparaissait, occasionnellement, les commentaires de mes compagnons étaient acides. En revanche, personne n'avait osé me faire de remarques lorsqu'une journaliste de la « Luciernaga[1] », un des programmes que nous écoutions le soir, avait fait une réflexion, en ajoutant : « Je parle du mari d'Ingrid, ou plus précisément de son ex-mari, puisque nous le voyons depuis longtemps avec quelqu'un d'autre. » J'avais voulu tourner la page, mais les mots que j'avais entendus avaient réussi à me meurtrir le cœur.

1. *Luciernaga* : luciole.

Un matin, alors que j'attendais dans mon hamac que l'on me libère de mes chaînes, je sursautai en sentant que quelqu'un me secouait les pieds. C'était Marc en route pour les *chontos*.

— *Hi Princess !* chuchota-t-il en se penchant sur ma moustiquaire.

« Ce sera une belle journée », me dis-je.

Nous nous installâmes comme nous l'avions fait les jours précédents, côte à côte sur le plastique de Marc. Pipiolo était de garde, et son regard se posa sur moi comme celui d'un aigle sur sa proie. Je tressaillis, je savais qu'il mijotait quelque chose de mauvais. Nous venions de commencer à discuter lorsque la voix de Monster nous arriva comme un coup de canon :

— Ingrid !

Je sautai sur mes pieds et sortis sur l'allée centrale, cherchant à le voir au travers des tentes qui bloquaient ma vue. Il apparut finalement, les mains sur les hanches, les jambes écartées et le regard méchant.

— Ingrid ! hurla-t-il de nouveau, alors qu'il m'avait en face de lui.

— Oui ?

— Je vous ai dit que vous n'aviez pas le droit de parler avec les Américains. Si je vous reprends à communiquer avec eux, je vous enchaîne à l'arbre !

Il n'y avait pas de place pour les larmes, pour les mots, pour les regards. Je me cloisonnais, mon contact avec l'extérieur réduit au minimum. J'entendis, en provenance d'un autre monde, la voix de Marc. Mais je ne le voyais plus.

## 74

## Les lettres

« Ce sera comme toujours, il voudra éviter les problèmes », avais-je pensé en me retournant pour m'asseoir sur la racine du grand arbre qui traversait ma *caleta*. Il fallait que je m'occupe : coudre, laver, ranger, remplir l'espace de mouvements pour avoir l'air d'être vivante. « Je ne croyais pas que cela me ferait si mal », constatai-je après avoir entrevu le sourire carnassier de Pipiolo. Mon regard croisa celui de Lucho. Il me sourit et me fit signe de m'apaiser. Il était avec moi. Je lui souris en retour. Bien sûr, ce n'était pas la première fois qu'ils s'acharnaient contre moi. J'avais pris l'habitude d'être enchaînée ou relâchée selon les variations de leur humeur. J'attendais ce coup-là depuis longtemps, depuis que je parlais avec Marc.

D'une certaine façon, je ressentis un certain soulagement. Cela ne pourrait pas être pire.

— Est-ce que nous pouvons parler en espagnol, comme nous faisons avec les autres prisonniers ? demanda Marc à Monster qui se tenait debout, l'air hautain, devant sa tente.

— Non, l'ordre est formel, vous ne pouvez pas parler avec elle.

En route pour le bain. Je m'activai. Il fallait que je mette mon short et mon débardeur en polyester en me déshabillant enroulée dans ma serviette. J'étais toujours la dernière et les gardes en profitaient pour me harceler. Je n'avais pas remarqué que Marc avait été plus lent que moi. On prit le sentier vers le lavoir en file indienne. Il s'approcha derrière moi et me chuchota en anglais :

— J'aimerais beaucoup te parler. Il faut que l'on continue à communiquer.

— Comment ?

Je réfléchis à toute allure, vite, vite. Après, on ne pourrait plus se parler.

— Écris-moi une lettre, soufflai-je.

— Allez, avancez ! gueula un garde derrière nous.

Dans la rivière, pendant que je savonnais mes cheveux avec le bout de pâte bleue qui faisait office de shampoing, il se plaça de façon que les gardes ne puissent pas nous voir. Je compris qu'il m'écrirait pour le lendemain. Je dus me mordre la langue jusqu'au sang pour ne pas trahir ma joie. Lucho me regarda, étonné. Je lui passai mon savon pour égarer les gardes :

— Ça va mieux, réussis-je à lui dire.

Je ne pensais plus à rien d'autre qu'à cette lettre. J'étais certaine qu'il allait reprendre notre conversation exactement où Monster l'avait coupée. Et je me demandais surtout comment il ferait pour me la passer. De ma *caleta*, je pouvais le voir dans la sienne. Sitôt rhabillé, il se mit à écrire.

La nuit tomba vite. « La lettre sera courte », avais-je anticipé. La nuit, elle, me parut très longue. Je revécus dans ma tête mille fois la même scène : Monster, les mains sur les hanches, menaçant. J'avais peur à nouveau.

Marc me mit la lettre dans la main au moment où je m'y attendais le moins. Je revenais des *chontos* à l'aube, tout juste après que le garde m'eut relâchée. Marc était le troisième dans la file pour aller aux *chontos*, le sentier était étroit, il prit ma main et me mit le papier dedans. Je continuai à marcher, mais ma main resta en arrière. Je crus que tout le monde avait vu, et que j'allais m'évanouir.

En rentrant dans ma *caleta*, je fus surprise de constater que tout était normal, les gardes n'avaient rien vu, mes compagnons non plus.

J'attendis que la collation du matin arrive pour la lire. Juste une page et demie, d'une écriture d'enfant appliqué. Elle était écrite en anglais, avec tout le protocole et les formules de politesse de rigueur. Cela m'amusa. J'avais l'impression de lire la lettre d'un inconnu. Il me disait combien il était navré de l'interdiction qui nous avait été imposée, et enchaînait en me posant des questions courtoises sur ma vie.

« Je vais lui écrire une belle lettre, me dis-je. Une qu'il voudra relire plusieurs fois. »

Je regardai le stock de papier dont je disposais : il n'y en avait pas pour longtemps. J'écrivis ma lettre d'un jet, sans y mettre de gants, en faisant voler en éclats, d'entrée, le « cher Marc » qui s'imposait. Je lui écrivis comme je lui parlais. « *Hi Princess* », me répondit-il dans sa deuxième lettre, en redevenant lui-même.

Nous avions mis au point un langage secret fait de signes de la main qu'il me décrivait dans ses lettres et qu'il illustrait devant moi lorsqu'il voyait que j'avais fini de lire son message. Je lui en envoyai quelques-uns de mon propre cru et nous eûmes très vite un second moyen de communication efficace pour nous alerter mutuellement lorsqu'un garde nous observait ou lorsque nous allions déposer un nouveau message dans notre « boîte aux lettres ». Nous étions en effet convenus de déposer nos petits papiers au pied de la souche d'un arbre récemment coupé dans la zone des *chontos*. C'était un bon endroit, dans la mesure où nous pouvions y accéder seuls sans éveiller de soupçons. J'avais cousu des petits sachets en toile noire pour y glisser nos missives, afin de les préserver de la pluie et d'éviter que le blanc du papier n'attire les regards.

Les gardes avaient dû voir quelque chose car un matin, alors que je venais de ramasser ma lettre du jour, ils m'avaient suivie et avaient passé la zone au peigne fin. Nous décidâmes donc d'alterner la boîte aux lettres avec d'autres systèmes plus accessibles, mais tout aussi risqués. Parfois, Marc se mettait à côté de moi dans l'attroupement du déjeuner et il me glissait le sachet dans la main, parfois c'était moi qui lui faisais signe d'aller au lavoir, là où j'avais rempli ma bouteille d'eau pour qu'il y ramasse ma correspondance.

J'étais très inquiète. J'avais remarqué l'apparition de réactions complexes autour de nous. La joie que nous avions eue à être ensemble avait fait des jaloux. Il y en avait même qui avaient demandé que je sois séparée du groupe. Massimo m'avait avertie : l'un de nos camarades en avait fait la requête. J'en avais des cauchemars. Je m'étais retenue d'en parler à Marc, car je ne voulais pas nous porter malheur. Mais je souffrais de plus en plus, craignant que ce fil ténu qui me rattachait à la vie ne soit rompu.

Nous écrire était devenu la seule chose importante de la journée. Je gardais chaque lettre qu'il envoyait et la relisais en attendant la suivante. Au fur et à mesure, une étrange intimité s'était installée entre nous. Il était plus facile de se confesser en écrivant. Le regard de l'autre me gênait dans la mise à nu de mes sentiments et souvent ce que j'avais l'intention de partager restait dans un silence qu'il m'était impossible de vaincre. À l'inverse, en écrivant, je découvrais un recul qui me libérait. Je pouvais, me disais-je, ne pas lui envoyer ce que j'avais écrit, et cette possibilité me rendait audacieuse. Mais une fois que les secrets de mon esprit voyaient le jour, il me semblait qu'ils étaient simples et qu'il n'y avait pas de mal à les partager. Marc me surprenait car il jouait le jeu avec bien plus de maîtrise que moi et sa franchise me ravissait. Il y avait dans ses propos une grande élégance et l'être qu'il me dévoilait ne me décevait jamais. Il me semblait que la dernière de ses lettres était toujours la meilleure jusqu'à ce que je lise la suivante. Plus j'appréciais son amitié, plus je m'en inquiétais. « Ils vont nous séparer », pensais-je en imaginant le bonheur qu'aurait Enrique à savoir combien Marc était devenu important pour moi.

Il y eut une fouille organisée par Enrique avec ruse. Ils nous firent croire que nous quittions le campement pour une nouvelle marche. Les lettres de Marc étaient devenues mon plus grand trésor et je les avais mises dans la poche de ma veste avant de fermer mon *equipo*. Ils nous firent marcher une centaine de mètres jusqu'à l'endroit qu'ils utilisaient comme scierie. Là, ils nous demandèrent de vider nos sacs à dos. Marc était juste à côté de moi, livide. Avait-il réussi à cacher mes lettres ?

Il me jeta un regard appuyé, puis se retourna, annonça qu'il devait pisser et s'éloigna derrière un grand arbre. Il revint les yeux rivés sur ses chaussures, sauf pour un bref instant pendant lequel il me gratifia d'un sourire confiant, aussi rapide qu'un battement de paupières et que je fus seule à voir.

Je laissai passer quelques minutes et l'imitai. Une fois derrière l'arbre, je cachai les lettres à l'intérieur de mes sous-vêtements et revins pour ranger mes affaires dans mon *equipo* après la fouille. Je remarquai que le vieux flacon de talc dans lequel j'avais enroulé minutieusement mes documents les plus précieux pour les préserver de l'humidité avait disparu. Il y avait la lettre de ma mère, les photos de mes enfants, les dessins de mes neveux et les idées et projets auxquels nous avions travaillé pendant trois ans avec Lucho.

— Il faudra le réclamer à Enrique, me dit Pipiolo en dégustant chaque mot.

C'était un coup bas. La lettre de Maman était ma bouée de sauvetage. Je la relisais à chaque coup de cafard. Je regardais les photos de mes enfants rarement, car elles provoquaient une douleur physique insupportable. Mais savoir que je les avais à portée de main me sécurisait. Quant au programme, j'y tenais. Il représentait des centaines d'heures de discussion et de travail. Pourtant, le fait qu'ils n'aient pas trouvé les lettres de Marc m'emplit d'un bien-être indiscutable. Ils ne trouvèrent pas non plus mon journal — j'avais pris la précaution de le brûler depuis longtemps.

Alors que nous pensions en avoir fini, quatre autres gardes se présentèrent. Ils avaient été mandatés pour une procédure « personnalisée ». On demanda aux hommes de se déshabiller pendant que Zamaidy me fit signe de la suivre.

Elle se plaça devant moi, s'excusant par avance de devoir me fouiller. Elle trouva mes poches remplies de petits morceaux de tissu coupés en carré.

— Qu'est-ce que c'est ? s'enquit-elle, intriguée.

— Je n'ai plus de serviettes hygiéniques depuis longtemps. J'en ai demandé mais, apparemment, Enrique a donné l'ordre que l'on ne m'en fournisse plus.

— Je vais vous en faire parvenir, grogna-t-elle.

Du coup, elle suspendit sa fouille et m'envoya avec le reste du groupe. Je soufflais, je ne voulais pas imaginer ce que j'aurais dû inventer pour expliquer ce qu'elle aurait vraisemblablement trouvé.

Marc attendait que je revienne, angoissé. Je lui retournai son sourire. Il comprit que je venais de passer l'épreuve avec succès. Lucho, violant tous les interdits, me demanda si tout allait bien. Je le mis au courant de la confiscation par Enrique de mon flacon de talc.

— Il faut que tu le récupères ! gronda-t-il.

Cette mission me paraissait impossible. Après la peur que nous avaient causée les événements récents, nous redoublâmes de précautions et notre correspondance devint plus intense. Nous nous racontions tout, nos vies, nos relations, nos enfants. Et nos sentiments de culpabilité, comme si en les décrivant nous pouvions redresser tous nos torts.

Condamnés à la distance, nous devenions inséparables. Lorsque Marc s'approcha de moi un matin, alors que je faisais la première queue pour accéder aux *chontos*, et qu'il me chuchota qu'il voulait à tout prix me parler, une terreur irraisonnée s'empara de moi : « Il va me dire qu'il ne faut plus nous écrire ! » L'attente fut mortelle jusqu'à ce qu'il ne reste plus que nous deux dans la file.

Ce qu'il me confia me glaça. Il voulait qu'on demande à Enrique de lever la restriction imposée par Monster. Au même moment, le regard cuisant de Pipiolo me fit tourner la tête. Il avait vu que Marc m'avait parlé, il avait vu l'effet de ses mots sur moi. Nous avions enfreint l'interdiction. Il se ferait un plaisir de nous le faire payer.

Plus tard, je m'attelai à écrire une longue lettre à Marc. Je lui expliquai mes craintes qu'Enrique ne cherche à nous séparer et les commentaires de Massimo : certains de nos compagnons complotaient contre nous.

Je m'apprêtais à faire ma toilette matinale, lorsque je fus victime de l'agression d'un des hommes. C'était un gars qui vivait en proie à des obsessions, avec qui j'avais déjà eu des problèmes et qu'Enrique avait installé à côté de moi comme mortification supplémentaire. Lucho, qui passait aux *chontos*, traînant son bidon d'urine de la nuit précédente, le vit et comprit à la seconde. Les agressions avaient été déjà signalées à Enrique par les gardes, mais il avait répondu : « Tous les prisonniers sont au même régime, elle n'a qu'à se défendre toute seule. » Lucho le savait. Il jeta son bidon d'urine et sauta sur l'homme. L'autre lui envoya un coup de poing dans l'estomac et Lucho se déchaîna, le tabassant par terre sans se donner de trêve. Les gardes riaient, enchantés du spectacle. J'étais horrifiée. Cela pouvait leur donner un prétexte pour me mettre à l'écart.

Mais personne ne vint. Ni Enrique, ni Monster, ni Asprilla. Je me rassurai en me disant qu'Enrique appliquerait sa loi et que l'affaire serait close. La lettre de Marc ce jour-là fut plus tendre que d'habitude. Il ne voulait pas que je souffre pour ce qui s'était passé.

Lorsque j'entendis le message de Maman à la radio, à l'aube, je tremblai. J'avais été bouleversée par le comportement de mon agresseur. J'avais beau me dire qu'il était dérangé et que son attitude était le résultat de dix années de captivité, sa proximité me mettait mal à l'aise. Je détestais la façon qu'il avait de m'épier, plaçant un miroir devant ses yeux pour m'observer en me tournant le dos.

Maman avait sa voix tendre et sereine des beaux jours. Elle m'appelait de Londres, satisfaite des démarches entreprises pour rallier des appuis à la cause de notre libération : « Tiens bon, quoi qu'il arrive, tiens bon. Regarde vers le ciel et plane au-dessus de la méchanceté qui peut t'entourer. Tu sortiras très vite vers une nouvelle vie. » Je regardai donc vers le ciel. Il faisait beau, cette matinée de soleil ne pouvait apporter que du bon.

Mais le destin en avait décidé autrement. Nous apprîmes par la radio que onze des douze députés de l'Assemblée régionale de la Valle del Cauca, otages comme nous des FARC, avaient été massacrés. Je venais d'écouter le message que la sœur d'une des victimes lui avait envoyé alors qu'il était déjà mort et qu'elle se battait pour lui à Londres. Cette pensée me révolta. J'écoutais les messages qui leur étaient destinés tous les jours, en particulier à l'aube de ce 18 juin 2007. Leurs familles venaient probablement d'apprendre la nouvelle tout comme nous. Grâce aux messages quotidiens à la radio, la nouvelle m'affectait comme s'il s'agissait de membres de ma propre famille. J'avais cherché les yeux de Marc dans sa *caleta* et les avais trouvés, égarés par une douleur identique à la mienne.

Lorsque Asprilla me mit en demeure d'emballer mes affaires parce que je partais, j'étais déjà anéantie. Marc sollicita la permission de venir m'aider. Mais les démonstrations d'affection, glissées entre des gestes mécaniques que nous avions faits mille fois, nous étaient difficiles. Nous avions pris l'habitude d'être proches par nos lettres et ne savions pas comment nous comporter dans la proximité de l'autre.

— Envoie-moi ta Bible, je te la retournerai avec mes lettres, me dit-il en démontant ma tente.

Des gardes s'affairaient à nettoyer un espace près du lavoir. C'était là qu'ils allaient m'installer.

— Au moins, nous pourrons continuer à nous voir. Promets-moi que tu continueras à m'écrire tous les jours.

— Oui, je t'écrirai tous les jours, l'assurai-je, pliée en deux par la douleur.

Je venais d'être foudroyée et n'en prenais qu'à peine conscience.

Avant que les gardes ne viennent me chercher, il me glissa le petit sac noir dans la main. Quand avait-il eu le temps de m'écrire ? Il avait lui aussi le regard humide.

La voix d'Oswald se fit entendre :

— Allez, bougez !

J'en étais incapable.

## 75

## La séparation

Là où j'allais, je pourrais les voir de loin. Je m'accrochais à cette pensée, en remerciant le ciel de ne pas m'avoir imposé un fardeau plus lourd. Le silence m'était tombé dessus comme une pierre tombale, tout sonnait creux. La douleur qui me broyait le ventre m'obligeait à penser que je devais respirer. J'inspirais puis expirais dans un effort accablant. « Le diable vit dans cette jungle… »

J'avais organisé mes affaires sur une vieille planche qu'ils avaient bien voulu me fournir. Je ne leur devais rien, je ne voulais rien leur demander. Je me claquemurais. Personne ne verrait que je souffrais. Des filles furent mandatées pour m'aider. Je ne dis rien. Je m'installai sur un tronc pourri pour y contempler l'étendue de mon infortune.

Mon hamac devint mon refuge. Je voulais y rester toute la journée avec la radio collée à mon oreille, broyant ma solitude. Ce samedi soir, lorsque « Las voces del secuestro » retransmit la chanson de Renaud *Dans la jungle,* j'eus l'espoir que cela fût un signe du destin. Renaud était le plus aimé de tous les compositeurs français contemporains. L'écouter prononcer mon nom, en me disant qu'il m'attendait, provoqua en moi une soif soudaine de ciel bleu. J'allai nager dans l'étang sans que personne n'ose m'interrompre. Je vis Lucho et Marc de loin, entre les arbres.

Asprilla vint, tout sourire :

— Ce n'est que pour quelques semaines, vous reviendrez au campement après, m'expliqua-t-il sans que je le lui demande.

Marc déambula à travers les tentes et finit par repérer un angle d'où je pouvais le voir sans que les autres le remarquent. Par signes, il me fit comprendre qu'il irait aux *chontos* et que, de là-bas, il me lancerait un papier.

Je suivis ses indications. Avec un peu de chance, il était possible que sa missive parvienne jusqu'à moi. Son papier atterrit en dehors de l'aire qui m'était assignée. Mon garde me tournait le dos, faisant preuve d'une civilité qui ne leur était pas habituelle. Je plongeai dans la broussaille pour y récupérer le message de Marc. C'était une lettre remplie de mots qui s'entassaient en se chevauchant dans un espace trop petit.

Je la lus allongée dans mon hamac, à l'abri de ma moustiquaire. Elle était si triste et si drôle à la fois ! Je le voyais lui, debout, faisant le guet, attendant que j'eusse fini de la lire pour découvrir sur mon visage l'effet de ses mots.

Cette façon de communiquer devint vite un rituel, jusqu'à ce que la compagne d'Oswald, qui était de garde, la découvrît et rapportât instantanément l'affaire à Asprilla. Il fallut changer de système. Marc demanda à Asprilla que nous partagions la Bible, et celui-ci accepta. Ce fut notre nouvelle boîte aux lettres. Il passait prendre ma Bible le matin et me la rapportait le soir. Nous écrivions au crayon dans les marges des Évangiles et indiquions à l'autre où inscrire la réponse. Si Asprilla avait l'idée de parcourir les pages, il ne trouverait rien, sauf des mots dans les marges, parfois en espagnol, parfois en français et certains en anglais, fruits de cinq ans de réflexions sagement annotées.

Ce contact quotidien avait donné à Asprilla l'envie de se confier un peu à Marc. Il lui avait annoncé qu'Enrique allait nous diviser en deux et que nous ferions partie du même groupe que Lucho. Cette nouvelle me remplit d'espoir.

Je sollicitai la permission de parler à Lucho et à Marc. Asprilla me conseilla d'attendre patiemment : il ne voulait pas qu'Enrique refuse et décide de prolonger mon isolement. Il y eut un arrivage de chaînes. Les nouvelles étaient bien plus grosses et lourdes que celles de Pinchao. Je fus la première à étrenner l'énorme cadenas autour du cou et l'autre, tout aussi énorme, qui fixait ma grosse chaîne à l'arbre. Je fus témoin de l'angoisse de mes compagnons américains quand ils comprirent que, pour la première fois, eux aussi seraient enchaînés. Voir cette énorme chaîne briller autour du cou de Marc me rendit malade.

La lettre de cette journée fut agitée. Il m'expliquait comment faire sauter la serrure du cadenas en la rouillant avec du sel, ou comment ouvrir le loquet interne à l'aide d'une pince ou d'un coupe-ongles. Il m'expliquait qu'il fallait être près l'un de l'autre pour pouvoir prendre la fuite en cas d'opération militaire. Nous étions là, nus devant la peur de la mort, mais nous ne voulions plus l'affronter l'un sans l'autre.

Lorsque l'aube arriva et qu'il fut question de préparer notre départ du campement, j'emballai mes affaires avec empressement, impatiente d'être à nouveau auprès de Marc et de Lucho. Une journée aussi splendide était inhabituelle pendant la saison des pluies. J'étais prête avant tout le monde. Mais rien ne pressait. Assise sur mon tronc pourri, attachée par le cou, j'assistai au lent défilé des heures, tandis que les sons venant du campement de la guérilla annonçaient son démantèlement total, lent et organisé. Un bruit de ferraille creuse heurtant sourdement la berge nous révéla l'arrivée du *bongo*. « Ce ne sera pas une marche », conclus-je, soulagée.

Il était tard dans l'après-midi lorsque Lili, la compagne d'Enrique, fit son apparition. Sa gentillesse m'étonna. Mon désir de réintégrer le groupe m'avait comme désarmée. Elle se mit à parler de choses et d'autres, faisant des commentaires aimables sur Lucho. Elle parla ensuite des autres prisonniers et m'interrogea sur Marc. Quelque chose dans le ton de sa voix me mit en alerte, mais je n'arrivais pas à identifier le danger. Je réfléchis avant de répondre que, en effet, nous étions devenus amis. Elle n'attendit pas une seconde de plus, et partit sans même me saluer. Je fermai les yeux avec l'horrible impression d'être tombée dans un piège.

Je vis alors le vieil Erminson. Il s'approcha de moi avec une froideur de bourreau et essaya les clefs d'un lourd trousseau qu'il tenait avec affectation de l'autre main jusqu'à trouver celle qui ouvrait mon cadenas. Il sortit la clef de l'anneau et la brandit en vainqueur, hurlant à Asprilla et à Enrique que tout était prêt.

Les gardes donnèrent l'ordre d'enfiler les sacs à dos. Puis ils séparèrent mes compagnons en deux groupes. Celui de Lucho et de Marc fut appelé pour embarquer à l'avant, sans moi. « Non, ce n'est pas vrai ! Seigneur, faites que cela ne soit pas vrai ! » priai-je de toutes mes forces. Lucho s'arrêta pour m'embrasser, ce qui déclencha la fureur des gardes. Marc venait en dernier, il me prit la main et la serra avec force. Je le vis s'éloigner avec son *equipo* saturé d'objets inutiles, et je me dis que notre vie ne valait rien.

Lorsque le second groupe se mit en marche, on m'enjoignit de le suivre. Massimo était près du *bongo* et il me prit par le bras pour m'aider à monter. Je les cherchai des yeux. Ils étaient assis au fond de la cale, leurs têtes dépassant à peine le niveau de la rambarde. Enrique avait ordonné qu'on entasse nos *equipos* entre nous, comme une sorte de mur de séparation, et je devais prendre place de l'autre côté, avec le second groupe. Je m'attendais à tout instant à entendre la voix de Monster ou d'Asprilla m'indiquant qu'il fallait que je m'assoie avec les miens. Il n'y eut que celle d'Enrique, froide et cruelle, s'adressant à moi comme à un chien :

— Oust ! Au fond, de l'autre côté, dépêchez-vous !

Zamaidy était de garde, son fusil à bout de bras, me regardant descendre dans le trou où mes autres compagnons se disputaient déjà les meilleures places. Elle garda un silence buté au milieu des cris et du tapage de la troupe qui embarquait. La nuit tomba instantanément et le *bongo* s'ébranla comme un monstre qui s'éveille. Le moteur enfuma l'air d'un crachat bleuté et nauséabond, et le ronronnement de la machine s'imposa. Nous étions à nouveau sur la piste lisse des eaux du grand fleuve. Une lune immense montait dans le ciel comme l'œil d'un cyclope.

Je n'avais plus de doutes. Le sort s'acharnait contre moi, emportant comme une avalanche tout ce à quoi je tenais. Il ne me restait plus beaucoup de temps, nous allions être définitivement séparés. Marc se rapprocha du mur de sacs à dos qui nous divisait. Je m'approchai à mon tour et passai une main par-dessus dans l'espoir de trouver la sienne. Zamaidy me regarda :

— Vous avez quelques heures, me dit-elle en se plaçant en écran.

C'était la première et la dernière fois que nous nous prenions ainsi par la main. Les autres dormaient déjà et nos paroles étaient couvertes par le bruit du moteur.

— Raconte-moi ta maison de rêve, lui demandai-je.

— Ma maison est une vieille maison, de celles que l'on trouve en Nouvelle-Angleterre. Elle a deux grandes cheminées à chaque bout et un escalier en bois qui craque lorsqu'on monte. Elle est entourée d'arbres et de jardins. Il y a deux vaches dans mon jardin. L'une s'appelle Ciclo, l'autre Tímica.

Je souriais. Il jouait avec les syllabes du premier mot en espagnol que j'avais apporté à son vocabulaire : *ciclotímica*.

— Mais cette maison ne sera pas chez moi tant que je ne la partagerai pas avec la personne que j'aime.

— Je n'ai jamais vu une nuit aussi belle et aussi triste, dis-je.

— Ils peuvent nous séparer, mais ils ne peuvent pas nous empêcher de penser l'un à l'autre, me répondit-il. Un jour nous serons libres et nous aurons une autre nuit comme celle-ci, sous cette même lune fantastique, ce sera une belle nuit et elle ne sera plus triste.

Le *bongo* accosta lourdement. L'air était devenu lourd tout à coup. L'ordre de débarquer leur fut donné. Lucho s'approcha :

— Ne t'inquiète pas, je vais m'occuper de lui et il s'occupera de moi, dit-il en regardant Marc. Mais, toi, promets-moi que tu tiendras !

On s'embrassa. J'étais déchirée. Marc me prit le visage entre ses mains :

— À bientôt, me dit-il en déposant un baiser sur ma joue.

## 76

## *Caressant la mort*

31 août 2007. Je restai pantelante, figée dans le néant, absente du vacarme autour de moi. Les guérilleros montaient et descendaient des *equipos* et des sacs à provisions. J'attendais, debout, que le *bongo* s'éloigne. J'avais besoin de voir la distance prendre forme. Mais l'activité fit place à un calme plus désespérant encore et je compris tardivement que notre groupe devrait passer la nuit dans la cale. Il pleuvrait sûrement. Je regardai les visages fermés de mes compagnons. Chacun posait ses objets pour marquer son espace. L'homme qui m'avait agressée s'agita dans son coin. « Enrique a bien choisi », pensai-je. En diagonale, le plus loin possible, restait une bande de territoire libre. William me regardait. Il tenta un sourire et me fit signe. Je m'accroupis dans l'espace vide, rétrécissant.

« Il faut dormir. Il faut dormir, me répétais-je, heure après heure, jusqu'à l'aube. Je ne pourrai pas vivre une autre nuit comme celle-ci. »

— *Doctora*, appela quelqu'un près de moi.

*Doctora* ? Qui m'appelait ainsi ? Plus personne, depuis des années, car Enrique l'avait interdit. J'étais Ingrid, la vieille, la *cucha*, le héron. Mais pas *Doctora*.

— *Doctora*, psst !

Je me retournai. C'était Massimo.

— *Doctora*, va lui dire, il est là, va le chercher ! Il peut te mettre dans l'autre groupe !

Effectivement, Enrique se tenait à la proue. J'avançai le long de la rambarde, malgré moi. Il m'avait déjà vue. Tout son corps s'était raidi, comme une araignée qui sent sa proie se démener au bout de la toile. « Seigneur, je vais me mettre à genoux devant ce monstre », pensai-je avec horreur. Il le savait. Il fit semblant de parler avec une guérillera, dur, coupant, humiliant avec la gamine. Il me fit attendre volontairement et refusa de me regarder pendant de longues minutes. De si longues minutes que, sur le *bongo*, tout s'immobilisa, comme si chacun retenait son souffle pour ne pas perdre un mot de ce qui allait se dire.

— Enrique ?

Il refusa de se retourner.

— Enrique ?

— Que voulez-vous ?

— J'ai une demande à vous faire.

— Je ne peux rien pour vous.

— Si, vous pouvez. Je vous demande de me changer de groupe.

— Impossible.

— Pour vous, tout est possible. Vous êtes le chef ici, c'est vous qui décidez.

— Je ne peux pas.

— Ici, vous êtes un dieu. Vous avez tous les pouvoirs.

Enrique se gonfla et son regard plana sur le monde des humains. De là-haut, satisfait de son génie, il laissa choir :

— C'est le « Secretariado » qui décide. J'ai reçu

une liste précise, votre nom est dans le groupe du commandant Chíqui.

Il désigna un petit homme rondouillet, la peau porcine et la barbe hérissée.

— Je vous demande humblement d'avoir un peu de compassion envers nous.

Il respirait avec amplitude, certain que le monde lui appartenait.

— Je vous en supplie, Enrique, répétai-je. C'est ma famille, celle qui s'est construite dans cette jungle, dans cette captivité, dans cet enfer. Rappelez-vous que la roue tourne. Traitez-nous comme vous désireriez être traité s'il vous arrivait un jour d'être prisonnier.

— Je ne serai jamais prisonnier, rétorqua-t-il durement. Je me tuerai avant de me laisser prendre. Et jamais je ne m'abaisserai à demander quoi que ce soit à mon ennemi.

— Moi, je le fais. Ma dignité ne tient pas à cela. Je n'ai pas de honte à vous supplier, même si ça me coûte énormément. Mais, voyez-vous, la force de l'amour est toujours supérieure.

Enrique me regarda méchamment, les yeux plissés, scrutant en moi les abîmes de sa propre noirceur. Il eut conscience alors qu'il était écouté et, comme qui jette ses gants sur un meuble quelconque, il déclara avec dédain :

— Je porterai votre requête aux chefs. C'est tout ce que je peux faire pour vous.

Il me tourna le dos et caressa la tête de la guérillera qui assurait la garde. Il sauta à terre dans un bruit sec, comme celui d'une guillotine s'abattant sur une nuque.

Le *bongo* s'ébranla, et le bruit du moteur secoua la coque vide de mon corps. Les canaux devinrent de plus en plus étroits. Oswald et Pipiolo, armés d'une tronçonneuse, s'attaquaient aux arbres immenses qui avaient grandi à l'horizontale, bloquant le chemin. Tout était à l'envers.

Deux heures après, El Chíqui, debout en équilibre sur la proue, fit signe d'accoster.

Consolación, une Indienne à la longue natte noire, venait de frôler mon épaule de la main. Je tressaillis en ouvrant les yeux. Je la suivis, mon sac à dos lourd sur l'échine. Devant moi, une montée raide, que j'entrepris d'escalader comme les mules, les yeux accrochés au sol. Je m'écrasai contre un de mes compagnons en arrêt, avant de comprendre qu'il fallait décharger sur place.

Je m'effondrai contre un jeune arbre, en retrait de tout le monde, et sombrai dans les limbes. Quelqu'un me remua. La collation venait d'arriver. L'idée de la nourriture me rebuta. Je sentis qu'il serait difficile de bouger.

Il n'y avait plus d'arbre où accrocher ma chaîne. Ils durent installer un gros pieu. « Maintenant, c'est le pieu qui est attaché à moi », pensai-je. Pipiolo, ravi, vint avec le trousseau de clefs. Il me parla en collant son visage au mien et m'envoya des postillons. Son odeur était répugnante, je fis un geste. Pipiolo se vengea. Il ouvrit mon cadenas et resserra de plusieurs anneaux la chaîne autour de mon cou. J'avais du mal à déglutir.

« Il veut que je le supplie », pensai-je en évitant son regard. Il partit. « Ne rien demander, ne rien désirer. » Les journées s'additionnaient au rythme des repas. Je me forçais à me lever et à tendre mon écuelle, surtout pour éviter les commentaires. Mais la marmite remplie de riz et de pâtes molles, gonflées d'eau, réveillait en moi une nausée chronique qui m'arrivait par vagues, toujours avec l'odeur de la nourriture, mais aussi avec le bruit du changement de gardes ou celui du cadenas qui se refermait trop serré après une navette aux *chontos*.

Quelqu'un m'avait offert un cahier d'écolier tout neuf avec un dessin piraté de *Blanche-Neige*. J'écrivais toujours à Marc mais ce n'était plus drôle. C'était même pénible, car il n'y avait jamais de réponse. Je relisais les siennes, le paquet de lettres qui ne quittait jamais ma poche, pour entendre sa voix. Ces moments-là étaient les seuls que j'anticipais avec soulagement et je les repoussais le plus loin possible, juste avant la tombée de la nuit, car, après, il n'y avait qu'un vide infini d'heures noires.

« J'hiberne », m'étais-je expliqué à moi-même devant mon inappétence.

Je commençais à flotter dans mes pantalons. Avant, je cousais les pantalons à la taille. Maintenant j'utilisais les ceintures que j'avais tissées pour les enfants. « Elles vont pourrir, sinon », m'étais-je dit.

Un matin, l'air horrifié d'un compagnon qui faisait la queue pour tendre son écuelle m'inquiéta. Je me retournai, prête à voir un monstre derrière moi. Mais c'était moi qu'il regardait fixement.

Je n'avais qu'un bout de miroir cassé que je n'utilisais plus. Je ne pouvais m'y voir que par morceaux : un œil, le nez, un quart de joue et le cou. J'étais verte, j'avais des cernes mauves, comme des lunettes, la peau sèche.

J'avais fait un trou au pied du pieu avec un petit bâton pour y enterrer les mèches de cheveux que je ramassais tous les jours. Mon peigne revenait immanquablement chargé d'une tignasse poussiéreuse que je cachais pour éviter que le vent ne l'envoie chez les voisins. « Ils se plaindront. Ils diront que je suis sale. » Je ne l'étais pas. J'avais besoin de toute la force de ma volonté pour enfiler les shorts humides et puants qu'on appelait « tenue de bain » et qui restaient en état de décomposition puisqu'ils ne pouvaient jamais véritablement sécher. Une bave transparente les recouvrait en permanence. Il fallait en plus descendre une pente raide — et surtout la remonter — pour aller au lavoir, porter le bidon pour rapporter de l'eau et les vêtements qu'infatigablement je lavais.

« Je suis devenue chat », constatai-je avec stupeur, en souvenir de l'heureuse phrase de ma grand-mère me racontant que personne ne l'avait prévenue des transformations de la puberté et que, effrayée par les changements de son corps, elle en avait conclu qu'elle était la victime d'un sortilège et qu'elle était en train de se métamorphoser en félin.

Ma mutation à moi était moins spectaculaire. J'en étais venue à détester le contact avec l'eau. Je m'y glissais à la dernière minute, crispée, et en sortais chevrotante, bleue, les cheveux endoloris comme si une main invisible s'amusait à me les tirer. Les bottes remplies d'eau, jambes et bras hérissés, je remontais à bout de souffle, en espérant qu'au prochain pas je tomberais raide.

Pendant des mois, je me réfugiai dans mon hamac. Le campement du Chíqui était achevé la première semaine d'août 2007. « Mélanie aura vingt-deux ans. » Cette phrase renfermait toute l'horreur du monde. J'étais partie aux *chontos* et j'avais vomi du sang.

Je buvais peu et ne mangeais rien. Je me soulageais continuellement d'une eau verdâtre et baveuse qui me déchirait le corps, je vomissais du sang plus par fatigue que par violence et ma peau se couvrait de pustules qui me grattaient et que j'arrachais.

Je me levais tous les matins pour me laver les dents.

C'était tout ce que je faisais de la journée. Je retournais dans mon hamac et installais la radio contre mon oreille mais j'écoutais sans entendre, perdue dans un labyrinthe de pensées illogiques, faites de souvenirs, d'images, de réflexions en patchwork, avec lesquels je remplissais mon éternité d'ennui. Rien ne m'arracha de mon introspection, sauf la voix de Maman et la musique de l'artiste colombien Juanes qui chantait *Sueños* — « *Rêves* » — car je les partageais tant.

Pipiolo vint un soir, les yeux fixes et la voix mielleuse. Il m'ouvrit le cadenas et relâcha de quelques anneaux la chaîne autour de mon cou. Il voulait que je le remercie :

— Vous allez être mieux comme cela, vous retrouverez votre appétit.

L'idiot, cela faisait longtemps que sa chaîne ne me gênait plus.

J'avais de plus en plus de mal à faire les gestes simples de la vie. Un jour, la volonté de me laver me fit défaut et je restai prostrée dans mon lit. « Je vais mourir, comme le capitaine Guevara[1]. Tout le monde meurt pour le Nouvel An, ce sera le cycle parfait », pensais-je, sans émoi.

Massimo venait de temps en temps me voir.

— Rien, me disait-il, sachant que j'attendais toujours une réponse des chefs.

Chaque fois, cela me produisait la même crampe. « Je vais écrire une lettre à Marulanda », décidai-je. La

---

1. Le capitaine Julián Guevara tomba malade en décembre 2006. Les FARC refusant de le soigner, il mourut peu de temps après. Il était dans un camp pas loin du nôtre, qui était aussi sous le commandement d'Enrique.

perspective d'entamer une action pour retourner auprès de mes amis me redonna pendant quelques jours un entrain proche du délire.

— Si vous remettez une lettre à l'intention du « Secretariado », Gafas devra la faire suivre sous peine de sanction, m'avait expliqué Massimo. Donnez-la à Asprilla, ou au Chíqui, pour qu'il y ait des témoins. Ils devront la faire passer à Enrique et elle finira par parvenir à Marulanda.

Asprilla, qui était chargé de l'autre groupe, vint nous dire bonjour. Il ne cacha pas sa surprise en me voyant.

— Vos amis se portent à merveille, m'affirma-t-il. Ils mangent bien, font de l'exercice tous les jours.

Je leur en voulais presque. Je lui tendis la lettre que je gardais à l'intérieur de ma poche, et la lui remis. Il ouvrit la feuille pliée en quatre, y jeta un coup d'œil et la referma. J'eus alors l'impression qu'il ne savait pas la déchiffrer.

— Je peux vous la lire, proposai-je pour écarter toute suspicion.

Il haussa les épaules en disant :

— Si vous demandez à être changée de groupe, n'y comptez pas. Enrique est inflexible là-dessus.

Je n'écoutai rien d'autre. J'eus l'impression que ma vie s'arrêtait là. Une nouvelle éruption de pustules fit son apparition, les vomissements reprirent et je sentis que je perdais le contact avec la réalité. Je ne voulais plus quitter mon hamac.

On me força à aller au bain. Au retour, je découvris que toutes mes affaires avaient été fouillées. Ils avaient pris mon cahier avec les messages que je continuais à écrire en anglais pour un Marc qui n'était plus qu'un nom, un écho, une idée, peut-être même une lubie — existait-il vraiment dans la réalité ? J'avais peur que ce doute ne finisse par contaminer mon univers secret. Je sombrai encore plus profondément dans ma prostration.

Je mettais la radio tous les matins, dans un geste mécanique qui me vidait, à l'aube, de toute mon énergie. Ma radio me jouait sans cesse des tours, s'arrêtant de fonctionner au moment précis où Maman commençait son message. Je me préparais depuis 4 heures du matin pour le message de 5 heures et lorsque, par miracle, la radio fonctionnait je restais immobile, retenant mon souffle, hypnotisée par les intonations tendres et caressantes de la voix de Maman. Lorsque sa voix disparaissait, je me rendais compte que je ne savais plus ce qu'elle m'avait dit.

Un après-midi, William vint me voir. Il avait demandé la permission et avait été détaché de sa chaîne pour quelques minutes. C'était un traitement de faveur que la guérilla ne concédait qu'à lui car il faisait office de médecin dans le campement.

— Comment ça va ? me dit-il d'un air anodin.

J'allais répondre avec une formule de politesse, lorsque je me sentis submergée par une avalanche de larmes. J'essayai de placer un mot entre deux hoquets pour lui expliquer que tout allait bien. Cela dura plus d'un quart d'heure.

Lorsque enfin je réussis à me maîtriser, William poussa l'audace jusqu'à me demander si j'avais entendu le message de Maman. Le fleuve de larmes devint alors intarissable et je ne réussis qu'à lui faire non de la tête, sur quoi il partit impuissant.

Le lendemain à l'aube, deux guérilleros vinrent chercher toutes mes affaires pour m'emmener ailleurs. Chíqui avait donné l'ordre de me faire une *caleta* isolée, loin du reste des prisonniers. Comme marque de déférence, on m'indiqua qu'il n'y aurait que des filles pour me surveiller. Consolación, l'Indienne à la natte noire, était de garde.

— On va s'occuper de vous, m'expliqua-t-elle comme si elle m'annonçait une bonne nouvelle.

On déposa une boîte en carton remplie de kits de perfusion intraveineuse. Peluche, qui venait d'être nommée infirmière, s'approcha tremblante avec l'ordre de faire son initiation en s'exerçant sur mon bras. Une fois, deux fois, trois fois, au pli du coude, l'aiguille traversa la veine, refusant de s'y placer correctement.

— Il faut essayer avec l'autre bras.

Une fois, deux, trois. À la quatrième, elle décida d'aller chercher une veine au poignet. Monster passa pour constater les dégâts et repartit ravi.

— Cela vous apprendra, persifla-t-il en tournant les talons.

— Appelez Willie, finis-je par supplier.

Consolación partit en courant, me demandant de patienter. Elle dut être rudement convaincante, car elle revint une demi-heure après, William et Monster marchant sur ses talons. William examina mes bras avec un froncement de sourcils qui mit mal à l'aise la totalité du groupe.

— Je refuse de la piquer à nouveau. Elle fait une phlébite. Il faut attendre demain.

Puis, se tournant vers moi, il me dit avec douceur :

— Courage. Je vais m'occuper de vous.

Je perdis connaissance. Lorsque je rouvris les yeux, il faisait déjà sombre. Consolación n'était plus là. À sa place, Katerina, son fusil AK 47 en bandoulière, m'observait avec curiosité.

— Vous en avez de la chance ! dit-elle avec admiration. William a dit qu'il ne soignerait plus personne si vous n'étiez pas traitée convenablement.

À l'aube, l'Indienne était de retour. Elle se mit à l'œuvre, coupant et pelant du bois. L'idée de lui demander ce qu'elle faisait ne me traversa pas l'esprit.

— Je vais vous construire une table et un banc. Vous pourrez vous y asseoir pour écrire.

Je la détestai. Ils n'avaient pas rendu mon cahier et voici qu'elle me narguait avec un privilège dont je ne voulais plus. Consolación dut voir le voile sombre qui avait recouvert mon regard car elle me dit :

— Ne vous inquiétez plus, vous allez être mieux, on va vous préparer une bonne soupe de poisson.

Sa gentillesse était un fardeau pour moi. Je voulais simplement que l'on me laisse en paix. La table était construite lorsque la marmite arriva. Un gros piranha y flottait. La fille posa la marmite avec respect devant moi, comme s'il s'agissait d'un rituel sacré. J'entendais du cantonnement voisin les hurlements du garde appelant les prisonniers à la soupe. Je soupirai, absorbée par la contemplation de l'animal. « Je n'ai jamais réussi à convaincre Lucho de manger les yeux », pensai-je.

Je me souvenais d'un dîner de diplomates lorsque le père de mes enfants était en poste à Quito. L'épouse de l'officier qui recevait avait préparé un superbe poisson qui trônait au milieu de la table. Elle était née à Vientiane. Je ne l'avais jamais oubliée, avec ses cheveux noirs parfaitement tirés en un chignon luisant et son sarong en soie bariolée. Elle nous avait expliqué avec grâce que le mets le plus prisé au Laos était les yeux de poisson. Elle avait accompagné son discours d'un geste raffiné pour extirper l'œil visqueux de l'animal et l'avait porté à la bouche. « Je devrais essayer », m'étais-je dit, déjà captive, un jour de grande faim. « C'est comme du caviar ! » avais-je pensé. Lucho me regardait faire et riait, absolument dégoûté. Il n'y avait eu que Tom pour me suivre. Il s'était mis à en raffoler autant que moi.

La voix de Willie me sortit de ma torpeur, alors qu'il manipulait déjà mon bras à la recherche de la veine.

— Vous avez entendu le message de votre fille et celui de votre mère ce matin ?

— Oui, je crois que je les ai entendus.

— Qu'est-ce qu'elles ont dit ? continua-t-il comme s'il me faisait réciter ma leçon.

— Je crois qu'elles parlaient d'un voyage ?

— Absolument pas. Elles vous ont annoncé la mort de Pom, votre chienne. Mélanie était très triste.

Oui, cela me revenait maintenant. « La carrilera » avait commencé par une chanson magnifique de Yuri Buenaventura, dédiée aux otages. J'avais l'impression qu'il chantait mon histoire et j'en étais profondément bouleversée. Ensuite j'avais entendu Maman. Elle avait dit que Pom reniflait partout à la recherche de mon odeur. Qu'elle mettait le museau dans mes vêtements et partait de chambre en chambre inspecter le moindre recoin. « Ma Pom est partie devant moi pour préparer mon arrivée », me dis-je. J'étais prête à partir moi aussi. Il y avait un certain ordre dans tout cela, et cela me plaisait. Je m'écartai ensuite du monde, avec mon bras connecté à la sonde dont le goutte-à-goutte me remplissait d'un froid mortel.

Je revins à moi sous l'effet de grandes convulsions. Je voulais débrancher la perfusion, sentant par instinct qu'elle me tuait. Le garde affolé me l'interdit et se mit à hurler pour demander de l'aide. Monster vint d'abord en courant. Il essaya de me plaquer contre mon hamac, puis, sentant que mon corps fuyait au galop, il disparut, paniqué, par le sentier qu'il avait pris pour venir.

William revint et me débrancha sur-le-champ. Je les avais entendus discuter âprement. Les convulsions cessèrent. Il m'enveloppa dans une couverture et je m'endormis en rêvant que j'étais un vieux gant.

La perfusion avait fini par stabiliser mon état. William venait me voir très souvent. Il me faisait des massages dans le dos, me parlait des enfants — « Ils vous attendent, ils ont besoin de vous » — et me donnait du bouillon de poisson à la cuillère : « Une pour votre mère, une pour votre fille, une pour Lorenzo, une pour Pom... » Il s'arrêtait là, sachant que je refuserais tout le reste, et revenait plus tard retenter sa chance. Je l'avais remercié. Il s'était fâché :

— Vous n'avez pas à me remercier. Ces monstres ont accepté que je m'occupe de vous parce qu'ils ont besoin d'une preuve de survie.

## 77

## Troisième preuve de survie

Octobre 2007. La nouvelle m'avait ébranlée. Dans une spirale dépressive, je relisais les lettres de Marc. Le reste du temps je me récitais à moi-même les poèmes que j'avais toujours gardés en mémoire : « Je suis le Ténébreux, le veuf, l'inconsolé… » Je mâchais les mots comme la meilleure des nourritures. *Porque después de todo he comprendido / que lo que el árbol tiene de florido / vive de lo que tiene sepultado*[1].

Je voyais Papa, debout, le doigt levé, récitant les vers avec lesquels il m'habillait pour la vie. C'était sa voix que j'entendais dans mes mots. Je partis encore plus loin dans mes souvenirs. Je le vis près de moi, me murmurant à l'oreille : « Même le silence a une fin. » Je le répétais après lui, balayant mes peurs avec l'incantation victorieuse de Pablo Neruda sur la mort.

Cette plongée dans le passé me donna une robustesse inespérée. Ce n'était pas les perfusions qui m'avaient récupérée. C'était les mots ! Je me retrouvais, dans mon jardin secret, et le monde que j'aper-

---

1. Poème du poète argentin Francisco Luis Bernárdez : « Car pour finir j'ai compris / que ce qui dans l'arbre est fleuri / tire sa vie de ce qu'il garde enterré. »

cevais par le hublot de mon indifférence me semblait moins fou.

Lorsque Enrique se pointa un matin de fin octobre, j'étais déjà assise sur mon banc. En le voyant, la nausée s'accrocha à nouveau à ma gorge comme un chat.

— J'ai une bonne nouvelle ! cria-t-il de loin.

Je me voulais aveugle et sourde. Il s'avança, jouant les polissons, et se cacha derrière un arbre pour me faire des coucous. Consolación le regardait amusée, gloussant devant les clowneries de son chef. « Mon Dieu, pardonnez-moi, mais je le hais », dis-je en regardant le bout de mes bottes impeccablement propres.

Il continua à faire le drôle, se sentant à chaque seconde plus ridicule. Il dut se rendre à l'évidence qu'il ne tirerait rien de moi, et finit par se planter en face de moi, désarçonné.

— J'ai une bonne nouvelle, répéta-t-il sans vouloir se dédire, vous allez pouvoir envoyer un message à votre famille, continua-t-il en scrutant ma réaction.

— Je n'ai pas de message à envoyer, répondis-je fermement.

J'avais eu le temps de bien réfléchir. La seule chose qui m'intéressait était d'écrire une lettre à ma mère, une lettre rien que pour elle, une sorte de testament. Je ne voulais pas entrer dans le cirque des FARC.

J'avais eu vent, certes, des efforts du président Hugo Chávez pour nous libérer. Il essayait de vendre aux FARC l'idée que notre libération pouvait leur rapporter gros politiquement parlant. Uribe l'avait compris : Chávez était le seul à pouvoir dialoguer avec les FARC, sans doute parce que Marulanda voyait en lui un possible allié, depuis qu'il s'était proclamé révolutionnaire, lui aussi. Chávez avait cet autre avantage qu'il était l'ami d'Uribe.

Uribe avait misé au début sur l'échec de Chávez, lui lâchant la bride pour qu'il traite avec les FARC. Je pensais qu'il était convaincu, comme moi, que les FARC ne céderaient jamais. Elles voulaient tout à la fois nous mettre en vitrine et garder la marchandise. Uribe avait probablement pour but de montrer au monde que les FARC ne souhaitaient pas la paix et n'avaient donc aucun intérêt à nous laisser partir.

Mais Chávez allait vite. Il avait déjà rencontré les délégués des FARC, il avait reçu une lettre de Marulanda et il avait même annoncé que le « Secretariado » allait lui confier des preuves de survie qu'il comptait remettre au président Sarkozy lors de son voyage en France, prévu pour la fin du mois de novembre.

Je ne croyais pourtant pas en la possibilité d'une issue heureuse pour nous. Tout cela n'était qu'une mise en scène destinée à placer les FARC sous les feux de l'actualité. Je refusais de participer à cette sinistre machination. Ma famille souffrait trop. Mes enfants avaient grandi dans l'angoisse, et ils étaient arrivés à l'âge adulte enchaînés, comme moi, à l'incertitude. J'avais fait la paix avec Dieu. Je sentais qu'il y avait une sorte d'accalmie dans ma souffrance si j'acceptais ce qui m'arrivait. Je haïssais Enrique mais, d'une certaine manière, je savais que je pouvais ne plus le haïr. Lorsque Enrique m'avait regardée pour me dire : « Vous savez que je pourrai de toute façon obtenir cette preuve de survie », j'avais eu la sensation immédiate qu'il avait déjà perdu la partie. J'avais eu pitié de lui. Bien sûr, il l'obtiendrait, mais cela m'était indifférent. Voilà où résidait ma force. Il n'avait plus d'emprise sur moi parce que j'avais déjà accepté la possibilité de mourir. J'avais cru, ma vie durant, que j'étais éternelle. Mon éternité s'arrêtait là, dans ce trou pourri, et la présence de cette mort toute proche me remplissait d'une quiétude que je savourais. Je n'avais plus besoin de rien, je ne désirais rien. Mon âme était mise à nu : je n'avais plus peur d'Enrique.

Ayant perdu toute ma liberté et, avec elle, tout ce qui comptait pour moi ; éloignée par la force de mes enfants, de ma mère, de ma vie et de mes rêves ; le cou enchaîné à un arbre, sans pouvoir bouger, ni me lever, ni m'asseoir, sans avoir le droit de parler ou de me taire, de boire ou de manger, ni même d'assouvir librement les nécessités les plus élémentaires de mon corps ; dans la condition de la plus infamante humiliation, je conservais quand même la plus précieuse des libertés, que personne ne pourrait jamais m'ôter : celle de décider *qui je voulais être*.

Là, tout de suite, comme ce qui coule de source, je décidai que je ne serais plus une victime. J'avais la liberté de choisir si je haïssais Enrique ou si je dissolvais cette haine dans la force d'être qui je voulais. Je risquais de mourir, certes, mais j'étais déjà ailleurs. J'étais une survivante.

Lorsque Enrique partit, il était satisfait et moi aussi. J'allais écrire une lettre pour Maman. J'avais fait le vide autour de moi. Je savais que je n'aurais que cette journée pour écrire. J'avais posé les feuilles de papier que Consolación m'avait apportées à la hâte devant moi, sur la tablette qui allait me servir de bureau. Je voulais que mes mots fassent voyager Maman là où j'étais, qu'elle me sente et me respire. Je voulais lui dire que je l'écoutais, car elle ne le savait pas. Et je voulais que mes enfants me parlent. Je voulais enfin les préparer, comme je l'étais moi. Je voulais leur rendre leur liberté et leur donner des ailes pour la vie.

J'avais peu de temps pour me rebrancher dans une communication coupée depuis six ans. Je n'avais droit qu'à l'essentiel. Mais je savais qu'ils me retrouveraient à chaque mot, dans tous nos codes d'amour, et qu'ils pourraient sentir l'odeur de ma peau dans le tracé de mon écriture et le son de ma voix dans le rythme de mes phrases.

Ce fut un monologue de huit heures, sans interruption. Les gardes n'osèrent pas me déranger, et l'écuelle reposa vide à côté de moi durant toute la journée. Ma main m'avait portée sur des milliers de mots avec une vitesse fulgurante, suivant ma pensée partie à des milliers de kilomètres.

Quand Enrique réapparut pour ramasser la lettre, je n'avais pas fini la longue liste de mes messages d'affection. Il repartit, maugréant d'exaspération, mais j'avais obtenu une heure supplémentaire pour faire mes adieux. Ce fut une déchirure. Je venais de passer une journée avec les miens et ne voulais plus les quitter.

Il revint alors que je signais et il prit la lettre avec une convoitise impatiente qui me gêna. Je me sentais nue dans ces feuilles qu'il glissait dans sa poche. Je regrettai de n'avoir pas fabriqué une enveloppe.

— Vous êtes en pleine forme, me dit-il.

Il se moquait de moi. Je ne l'écoutais plus, j'étais fatiguée, je voulais rentrer sous ma moustiquaire.

— Attendez, nous n'avons pas fini. Je dois vous filmer.

— Je ne veux pas que vous filmiez, dis-je, surprise et lasse. Nous étions convenus que j'écrivais une lettre et c'était tout.

— Les commandants acceptent la lettre mais ils veulent aussi les images.

Il sortit sa caméra numérique et la pointa sur moi. Le bouton rouge s'alluma puis s'éteignit à nouveau.

— Allez, dites quelque chose. Un petit bonjour à votre Maman.

Le bouton rouge se ralluma pour de bon. Sa preuve de survie était un viol de plus. La lettre ne parviendrait jamais dans les mains de Maman. Je me raidis sur mon banc : « Seigneur, tu sais que cette preuve de vie existera contre ma volonté. Que ce soit Ta volonté qui se fasse », suppliai-je en silence, en avalant mes larmes. Non, je ne voulais pas que mes enfants me voient ainsi.

Avant son départ, Enrique laissa sur la table mon cahier — celui qu'ils m'avaient pris pendant la dernière fouille. Je n'eus même pas la force de m'en réjouir.

Je fus surprise lorsque, trois semaines plus tard, la radio annonça que Chávez n'avait pas remis les preuves de survie à Sarkozy. Était-ce le Mono Jojoy qui jouait son propre jeu ? Voulait-il faire échouer une médiation à laquelle je m'étais mise à croire malgré moi ? Sarkozy avait fait de l'affaire des otages colombiens un enjeu mondial. Inlassablement depuis son élection, il avait travaillé pour faire avancer des pourparlers avec les FARC. Si Marulanda avait annoncé des preuves de survie, si celles-ci avaient été collectées à temps, pourquoi Chávez ne les avait-il pas obtenues ? Pouvait-il y avoir une guerre larvée à l'intérieur des FARC, entre une aile militariste et une faction plus politique ? Nous en discutâmes avec Willie. Je savais que c'était sa tactique pour m'obliger à me replonger dans les affaires du monde. Il avait fait preuve d'une constance sans faille, suivant ma récupération heure par heure. Il avait obtenu de la guérilla que l'on m'envoie des cachets reconstituants et s'était installé près de moi pour être sûr que je les avale lors des repas.

Mais c'était surtout de mes enfants et de Maman que nous parlions. Tous les jours il s'inquiétait de savoir si j'avais bien écouté les messages et je le remerciais de me les répéter car j'avais du plaisir à parler d'eux.

— Et toi, pourquoi ne reçois-tu pas de messages ?

— C'est difficile pour ma mère, elle travaille tout le temps.

Il se refermait comme une huître, évitant tout sujet le concernant. Pourtant, un jour, il s'assit près de moi avec l'intention de parler, lui aussi, de son monde perdu.

J'avais voulu en savoir plus sur son père. Il n'accepta pas de m'en parler. Comme pour s'excuser, il finit par me dire :

— Cela me fait trop mal. Je pense que je lui en veux encore d'être parti, mais c'est de moins en moins vrai. J'aimerais tellement le prendre dans mes bras et lui dire que je l'aime.

Le lendemain, dans le programme de radio, sa mère lui envoya un message. J'avais sursauté quand elle avait été annoncée, sachant la joie qu'il aurait à l'entendre, et j'avais prêté attention. C'était la voix d'une femme très triste, portant un fardeau trop lourd sur ses épaules :

— Fils, lui avait-elle dit, ton père est mort, prie pour lui.

Willie vint comme tous les jours. Nous restâmes côte à côte en silence pendant longtemps. Il n'y avait rien à dire. Je n'osais même pas le regarder pour qu'il n'ait pas honte de ses larmes. Finalement, tout doucement, je lui dis :

— Parle-moi de lui.

Nous quittâmes le campement peu après. J'étais incapable de porter mon sac à dos. Ils répartirent mes affaires entre les guérilleros. Je savais que je n'en retrouverais pas la moitié. Cela m'importait peu. Je portais ma Bible et les lettres sur moi.

C'est alors que la radio annonça que l'armée avait saisi des vidéos que des miliciens cachaient dans un quartier sud de Bogotá. Il s'agissait des preuves de survie que Chávez n'avait jamais reçues. Sa médiation venait d'être suspendue après une confrontation virulente avec Uribe. Maman pleurait à la radio. Elle savait qu'il y avait une lettre que je lui avais adressée et dont des extraits avaient été publiés par la presse, mais que les autorités refusaient de lui remettre. Les images enregistrées par Enrique avaient, elles aussi, été saisies.

J'appris que Lucho et Marc avaient eu le même comportement que moi, refusant de parler devant la caméra d'Enrique. Marc avait aussi écrit une lettre à Marulanda qui avait été trouvée avec la preuve de survie. Il avait demandé qu'on soit réunis tous les deux. Sans le savoir, nous nous étions battus de la même manière. Je sentis un grand apaisement. Nous étions reliés par ce geste de protestation, unis contre toutes les forces qui avaient voulu anéantir notre amitié.

Quelque chose s'était produit avec la découverte de ces preuves de survie qui révélaient notre état mental et physique. Pour la première fois depuis tant d'années, les cœurs avaient changé. Les témoignages de compassion et de solidarité se multipliaient partout.

Le président Sarkozy envoya un dur message télévisé à Manuel Marulanda : « Une femme en danger de mort doit être sauvée [...] Vous avez une lourde responsabilité, je vous demande de l'assumer. »

« C'est la fin du cauchemar », pensai-je. Je m'endormis heureuse, comme si le malheur ne pouvait plus me toucher. Les mots, ceux des autres, m'avaient guérie. Le lendemain, pour la première fois depuis six mois, j'eus faim.

C'était le 8 décembre, la fête de la Vierge. J'avais senti le besoin pressant d'écouter la musique du dehors. J'avais soif à nouveau de vivre. Par hasard, j'avais eu le plaisir d'écouter une reprise des meilleures chansons de Led Zeppelin et j'avais pleuré de gratitude. *Stairway to Heaven* était mon hymne à la vie. L'écouter me rappela que j'étais faite pour le bonheur. Dans mon entourage, celui qui voulait me faire plaisir m'offrait un de leurs disques. Je les avais tous eus. Cela avait été mon trésor du temps où la musique s'écoutait sur du vinyle.

Je savais qu'entre fans il était mal vu de chérir *Stairway to Heaven*. C'était devenu trop populaire. Les connaisseurs ne pouvaient pas partager les goûts de la masse. Mais je n'avais jamais désavoué mes premières amours. Depuis l'âge de quatorze ans j'étais convaincue que cette chanson avait été écrite pour moi. Lorsque je l'écoutai à nouveau dans cette jungle impénétrable, je pleurai en y découvrant la promesse qui m'y était faite depuis longtemps : *And a new day will dawn / for those who stand long / And the forests will echo with laughter*[1].

---

1. « Un nouveau jour se lèvera / pour ceux qui attendent depuis longtemps / Et les forêts retentiront de rires. »

## 78

## *La libération de Lucho*

Notre nouveau campement était provisoire. Chíqui nous avait prévenus qu'il faudrait marcher pour le Nouvel An. Il y eut un remue-ménage dans le campement depuis le matin, mais, visiblement, il ne s'agissait pas du nouveau départ : les tentes des guérilleros n'avaient pas été démontées.

Vers 11 heures, les filles firent leur apparition. Elles portaient des assiettes en carton pleines de riz au poulet joliment décoré avec de la mayonnaise et de la sauce tomate. Depuis le début de ma captivité, je n'avais jamais rien vu de semblable. Elles déposèrent ensuite, en plein centre d'une table qui avait été construite la veille, un énorme poisson cuit dans des feuilles de bananier. Je regardais ce déploiement de victuailles, totalement déconcertée.

Les guérilleras m'appelaient et s'approchaient de moi avec des sacs remplis de cadeaux. Mes compagnons poussaient des cris de joie devant ce Noël inattendu. Je fus envahie par une immense inquiétude. Je balayai des yeux les alentours instinctivement, sachant que les guérilleras s'apprêtaient à m'embrasser et que cela ne devait pas être gratuit. Je le vis alors camouflé derrière la broussaille. De nouveau, ce fut le bouton rouge qui trahit. Enrique se tenait debout, filmant à notre insu, muni de sa petite caméra numérique. Je fis demi-tour et allai me réfugier sous ma moustiquaire, refusant d'ouvrir le paquet que les filles s'étaient résignées à poser sur un coin de ma *caleta*.

J'allumai ma radio, furieuse, pour me soustraire à la honteuse mise en scène qu'Enrique avait préparée. J'étais certaine que les nouvelles séquences filmées n'avaient pour but que d'améliorer l'image des FARC, fortement détériorée par la découverte de nos preuves de survie. Les images de nous, squelettiques et en haillons, leur avaient donné une mauvaise presse. J'en étais là de mes réflexions lorsque la voix du journaliste me ramena d'un seul coup à l'instant présent : les FARC annonçaient la libération de trois otages. Consuelo, Clara et Emmanuel allaient être libérés. Je sautai de mon hamac et courus vers mes compagnons. La nouvelle fut reçue avec des embrassades et des sourires. Armando s'approcha, crâneur :

— Les prochains, c'est nous !

Une vague de bien-être m'inonda. « C'est le début de la fin », me dis-je en imaginant le bonheur de Clara et de Consuelo. Nous avions toujours partagé une thèse entre prisonniers : si l'un de nous sortait, les autres suivraient.

Pinchao avait ouvert la voie. Sa réussite avait retenti en chacun de nous comme un signal. Notre tour ne devait pas être loin. Le lendemain, on redescendit le fleuve. Un campement de fortune fut dressé, les tentes installées en grappes de raisin annonçant le début de la marche. Des guérilleros que je n'avais pas vus depuis longtemps traversèrent notre cantonnement portant du gros bois à l'épaule.

— Regarde, me dit William, ce sont les gardes de l'autre groupe. Ils doivent être tout près de nous.

Noël arriva dans l'espoir de les croiser. La journée avait été chaude. Alors que nous revenions du bain en remontant une berge en pente raide et en nous accrochant aux racines des arbres, un orage diluvien secoua la forêt et nous assaillit avant que nous ayons atteint nos *caletas*. Le vent furieux avait tout arraché et la pluie, fouettant de biais, avait tout trempé. Je faillis en oublier mon anniversaire. Je passai la nuit à imaginer ce que mes enfants pouvaient être en train de faire. J'écoutai leur appel, aux côtés de leur père, pour me souhaiter bon anniversaire.

J'étais en paix de les savoir tous ensemble. Je savais qu'ils avaient lu ma lettre et je sentais que quelque chose de fondamental avait été accompli. Ils avaient entendu ma voix intérieure. Il y avait de la légèreté et de l'espoir dans leurs mots. Les plaies commençaient à se refermer.

Je sentais aussi que les ailes de Sébastien, de Mélanie et de Lorenzo poussaient dans l'assurance de mon amour. Maman et Astrid étaient toutes les deux solides comme le roc, me donnant du courage à travers la ténacité de leur foi. Astrid me répétait : « comme disait Papa, "Armes à discrétion, au pas des vainqueurs" » et avec cette parole elle savait qu'elle me faisait du bien. Et je m'étais plu à penser que, si Fabrice avait été là avec moi, il aurait pris sur lui mon sac à dos et m'aurait donné la main sans me lâcher.

Le lendemain de ce Noël 2007, nous recommençâmes à marcher. Je ne portais pratiquement rien dans mon sac à dos et je fus surprise par la faiblesse de mes jambes. Mes muscles avaient fondu et je tremblotais à chaque pas.

Willie avait été depuis le début très attentif à moi. Il m'aida à plier la tente, à fermer mon *equipo*. Il me boutonna la veste jusqu'au cou, m'enfonça le chapeau jusqu'aux oreilles, m'enfila les gants et me mit une bouteille d'eau dans la main.

— Bois autant que tu pourras, m'ordonna-t-il en médecin.

Il partit avec le groupe, après moi, mais arriva le premier au site du nouveau campement.

Lorsque j'y parvins à mon tour, tout était prêt pour moi. Il avait récupéré les affaires que les uns et les autres transportaient pour moi, avait monté ma tente et installé mon hamac. J'arrivai à la nuit tombante, très fatiguée.

Je dormis d'un œil, nerveuse à l'idée de la marche du lendemain, et me mis à ranger les affaires avant l'appel des gardes pour que, lorsque Maman serait sur les ondes, je n'aie rien à faire d'autre que de l'écouter. Ma sœur était au rendez-vous. J'aimais les messages d'Astrid. Comme celui de Papa, son jugement était toujours perspicace. « Cela fait des années qu'elle n'a pas de Noël, pas de Nouvel An, pas d'anniversaire », pensai-je, le cœur serré. Avec Maman, elles avaient demandé au président Uribe d'accepter que Chávez redevienne le médiateur avec les FARC.

Armando avait lui aussi écouté leur message, ainsi que celui de sa mère qui l'appelait tous les jours.

— Elles sont optimistes, vous allez voir, les prochains c'est nous !

Je l'avais embrassé avec nostalgie. Je n'en étais pas si sûre.

On suspendit la marche le 31 décembre. Le réveillon était la seule fête que les FARC s'autorisaient. Nous arrivâmes sur un site merveilleux, avec un torrent d'eau cristalline qui serpentait paisiblement entre des arbres immenses. Nous étions à une journée de l'autre groupe. Mes compagnons avaient trouvé des affaires de Lucho, de Marc et de Bermeo dans les espaces que nous allions réutiliser pour monter nos tentes et nos hamacs. William était content, Monster lui avait donné un bon emplacement pour sa *caleta*, au bord du cours d'eau. Je vins le voir en hésitant. Je savais qu'il n'aimait pas trop les rituels qui nous rattachaient au monde extérieur.

— William, je voudrais te demander un service.

Il leva les yeux, amusé.

— Je n'ai pas le temps, répondit-il en plaisantant.

— Voilà, c'est l'anniversaire de Maman. Je voudrais le fêter d'une manière ou d'une autre. J'ai pensé à lui chanter son « Joyeux anniversaire » mais je crois que les ondes lui arriveront plus puissantes si on le fait à plusieurs. En fait, je n'ai pas envie de chanter seule.

— Tu veux que je fasse le clown pour te faire plaisir ? lança-t-il, pas du tout chaud. Allez, commence !

Nous chantâmes, tout bas, et cela nous fit beaucoup rire, comme deux enfants qui font une bêtise. Il sortit ensuite un petit paquet de biscuits qu'il avait gardé du faux Noël d'Enrique, et nous jouâmes à la dînette, comme s'il s'agissait de partager un gâteau.

— C'est le dernier jour de l'année, lui dis-je, faisons la liste de toutes les belles choses qui nous sont arrivées cette année pour remercier le ciel.

Je souris. Dans la jungle, je ne priais plus pour ce que j'espérais de l'année suivante, mais pour ce que j'avais déjà reçu.

— Non, non. Moi, je ne parle plus avec Dieu, dit Willie. Je suis fâché contre lui, tout autant que Lui l'est contre moi. Tu comprends, moi, je suis chrétien. J'ai été élevé dans une grande discipline et une grande exigence morale. Je ne peux pas parler avec Lui sans être en règle.

— Regarde-le comme une question de politesse. Si quelqu'un fait quelque chose pour toi, tu dis merci.

Willie se renfrogna. Je venais de franchir une zone interdite. Je fis marche arrière.

— Bon, faisons une liste tout court. Regarde, nous avons la liberté de Pinchao, nous avons la libération de Consuelo, de Clara et d'Emmanuel.

— Et nous avons la libération des députés de la vallée du Cauca, me répondit-il avec amertume.

Je savais qu'il parlait de leur malheur pour ne pas parler du sien. Puis, comme revenant de loin, il dit :

— C'est un très bel endroit. Nous avons de la chance d'attendre le Nouvel An ici. On va appeler cet endroit Caño bonito.

La marche qui reprit fut un calvaire. On dut escalader les flancs d'une grande montagne en dormant plusieurs nuits sur une de ses pentes, accrochés à la terre comme des poux. Nous fîmes notre toilette dans un torrent qui dévalait les hauteurs, rebondissant sur d'énormes pierres polies par le courant. L'eau était gelée et le ciel constamment gris. J'eus le vertige en regardant vers le bas. « Je glisse, je meurs. »

Nous franchîmes ensuite un plateau que je reconnus : ses roches en granite, son sol d'ardoise, son bosquet d'arbustes secs épineux et ses pyramides de pierre noire. Mes compagnons venaient de passer par là, foulant le même sol, aux mêmes endroits, et je regardais par terre espérant qu'ils auraient laissé un signe à mon intention.

Armando, qui marchait devant nous, trouva, lui, une petite chose en peluche rose enroulée à la branche d'un arbre. C'était un curieux animal, avec, en guise de mains, deux grands doigts, terminés chacun d'une unique griffe longue et courbée. Le garde dit qu'il s'agissait de la « Gran Bestia », et je crus qu'ils se moquaient tous de nous. J'avais entendu parler de la Gran Bestia à maintes reprises, et j'avais imaginé un monstre. Tout sauf cette mignonne et inoffensive mascotte. La légende attribuait à la Gran Bestia des pouvoirs extraordinaires, dont un qui m'obséda : celui de s'échapper d'où qu'elle se trouvât sans laisser de traces. Lorsque le campement fut monté pour la nuit, la Gran Bestia fut solidement attachée à un pieu et enfermée dans une boîte. Je m'assis pour ne pas la quitter des yeux jusqu'à ce que l'on nous donnât l'ordre d'aller au bain. J'avais tourné la tête une demi-seconde quand l'un de mes camarades poussa un cri : la Gran Bestia avait bel et bien disparu. La déception de la troupe contrasta avec mon ravissement. Je sentis que justice venait d'être faite.

Arrivée en bas de la montagne, près d'un grand fleuve, la caravane que nous formions s'arrêta net. Un des guérilleros avait trébuché sur un instrument bizarre, planté dans le sol, au milieu du tracé que nous suivions.

Cette tige métallique était la partie émergée d'un système sophistiqué qui avait été enfoui à un mètre de profondeur. Il y avait vraisemblablement une pile reliée à un panneau solaire installé quelque part entre les arbres, une caméra et une antenne. Le tout était enfermé dans une boîte métallique que la guérilla avait prise au départ pour une bombe.

Enrique fit déterrer l'ensemble avec grande précaution et aligner le matériel, consciencieusement, sur un immense plastique. Les éléments portaient des inscriptions gravées en anglais. Il jugea utile de faire venir un traducteur pour les déchiffrer.

Peut-être serait-ce Marc ! En allant à la rivière chercher de l'eau, il me serait possible de le voir. Mais ce fut Keith qui fut chargé de la mission. Il passa des heures avec Enrique, révisant tous les appareils. L'information nous parvint presque en simultané : il s'agissait d'un matériel américain utilisé par l'armée colombienne. La caméra était censée convoyer des images par satellite. Le système se déclenchait dès que le capteur détectait des vibrations au sol. Si un animal ou une personne marchait sur le sentier, la prise des images démarrait. Quelqu'un aux États-Unis, ou en Colombie, avait donc vu que nous étions passés par là, en temps réel.

Ma joie était grande. Non pas à l'idée que l'armée colombienne puisse nous avoir localisés, mais de savoir que mes amis n'étaient qu'à quelques mètres de nous et que, peut-être, nous serions à nouveau réunis.

Mes camarades, les soldats colombiens, eux, étaient furieux. Je les voyais en conciliabule, chuchotant dos aux gardes, visiblement exaspérés.

— Qu'y a-t-il ? demandai-je à Armando.

— C'est de la trahison. C'est une information qui ne devrait pas être passée à l'ennemi, me dit-il sur un ton militaire, les sourcils froncés.

On nous fit descendre à la rivière tard dans l'après-midi. Sur l'autre rive, à deux cents mètres, nous vîmes nos compagnons de l'autre groupe qui prenaient leur bain au même moment. Je fis des signes avec les bras. Ils ne répondirent pas. Peut-être ne m'avaient-ils pas vue. La berge de leur côté était dégagée, pas du nôtre. Peut-être aussi avaient-ils un garde peu accommodant.

On arriva à un ancien bivouac des FARC au début d'un après-midi sous un orage démentiel, comme des naufragés. Enrique, magnanime, fit ouvrir des caisses de bière qui dormaient dans le campement abandonné. En attendant que l'ordre fût donné de monter les tentes, j'allumai ma radio. La réception était terrible, mais je m'accrochai à l'appareil dans l'espoir de suivre les détails de la libération de Clara. Mes camarades firent de même. La transmission fut longue et, bien après que nous eûmes fini d'installer le campement, nous pûmes encore écouter les déclarations d'un Chávez satisfait. « De nouvelles libérations vont venir », annonçait-il.

« Ce ne sera pas encore pour moi », soupirai-je en écoutant un communiqué de presse dans lequel Sarkozy applaudissait les grandes mobilisations en France et en Amérique du Sud et appelait à persévérer.

Où allions-nous ? Probablement nulle part. J'avais l'impression que nous avions tourné en rond pendant des semaines. Nous marchions comme des âmes en peine dans cette jungle indomptable, toujours à deux doigts de mourir de faim.

Au bout d'un mois, nous fîmes étape dans un lieu déjà aménagé. Je ne le reconnus pas tout de suite car nous l'avions abordé par l'arrière. Ce n'est que lorsque je vis le terrain de volley-ball que je compris que nous étions revenus au campement où nous avions passé Noël un an auparavant, et où Katerina s'exerçait à danser la *cumbia*.

Tout était pourri. Ma *caleta* était envahie de fourmis et de termites. Je retrouvai un flacon que j'avais abandonné et une épingle à cheveux que j'avais perdue. On nous donna l'ordre d'installer nos tentes en rang d'oignons sur le terrain de volley-ball.

Armando m'appela en poussant des cris.

— Regarde, tes potes sont là.

Effectivement, le groupe de Lucho et de Marc avait fait halte derrière des arbustes, à cinquante mètres de nous. Lucho était debout et il nous faisait des signes. Je ne voyais pas Marc.

Lorsqu'on nous enjoignit de nous préparer pour le bain, je fus tout de suite prête. Pour aller à la rivière, nous passerions tout près de leurs tentes. J'étais très émue à la seule idée de pouvoir leur dire bonjour. Marc et Lucho nous attendaient postés à l'orée du sentier, les bras croisés, les lèvres serrées. Je passai devant eux avec ma tenue de bain plus rapiécée qu'auparavant. Ma joie avait fait place à la confusion. Je vis dans leurs yeux l'horreur de me découvrir dans l'état où j'étais, état dont je n'avais pas vraiment pris conscience dans la mesure où je ne possédais plus de miroir. Je sentis très vite de la gêne à être ainsi observée, d'autant plus qu'eux semblaient en meilleure forme, plus musclés, et curieusement ça me fit du mal.

Je revins sans hâte du bain. Ils n'étaient plus là. Je vis leur garde occupé à distribuer la collation du soir. C'était samedi, je regagnai ma *caleta* en m'organisant mentalement pour écouter les messages à partir de minuit. Je vérifiai que l'alarme de la montre que Cesar m'avait donnée lorsqu'on s'était rencontrés pour la première fois était bien programmée et m'installai pour la nuit.

J'avais déjà écouté les messages de ma famille, lorsque à minuit la radio interrompit sa programmation habituelle pour annoncer une très importante nouvelle de dernière minute : « Les FARC annoncent la libération prochaine de trois otages. »

Je fis un bond, accrochée à ma radio, le souffle coupé, le nom de Lucho venait d'être prononcé.

Je réussis à bloquer un cri qui me resta au travers de la gorge. Je me mis à genoux, ma chaîne au cou, remerciant le ciel entre deux hoquets. Ma tête tournait sous le choc de l'émotion. « Mon Dieu, ai-je bien entendu ? » Le silence autour de moi me déconcerta : « Et si j'avais mal entendu ? » Tous mes compagnons devaient avoir écouté la même chose. Pourtant, il n'y eut aucun mouvement, aucun bruit, aucune voix, aucune émotion. J'attendis que le message repasse en trépignant d'impatience. Lucho, Gloria et Orlando allaient effectivement être libérés.

Je bondis hors de ma tente avec les premières lueurs de l'aube. Toujours attachée à ma chaîne, je cherchai des yeux l'endroit où j'avais vu Lucho la veille. Il était là, il m'attendait.

— Lucho, tu es libre, hurlai-je en le voyant.

Je sautai au risque de m'arracher le cou pour mieux le voir :

— Lucho, tu es libre, criais-je en pleurant, indifférente aux admonestations des gardes et aux murmures de mes compagnons, irrités par un bonheur qu'ils ne pouvaient partager.

Lucho me fit « non » du doigt, la main devant la bouche, en pleurant.

— Si, si ! répondis-je, têtue, avec de grands signes de tête.

Quoi ! Se pouvait-il qu'il ne soit pas au courant ! Je repris de plus belle :

— Mais tu n'as pas écouté la radio hier soir ? hurlai-je en accompagnant mes paroles de gestes qui pouvaient illustrer ma question.

Il fit « oui » de la tête, en riant et en pleurant en même temps.

Les gardes étaient hors d'eux. Pipiolo m'insulta et Oswald partit à toute vitesse vers la hutte des commandants. Asprilla arriva en courant, dit quelque chose à Lucho en lui tapotant l'épaule et revint sur moi :

— Calmez-vous, Ingrid. Ne vous inquiétez pas, on lui donnera le temps de vous dire au revoir.

Je compris qu'ils sépareraient Lucho du groupe dans les prochaines heures. « Ils m'empêcheront de lui parler. »

On nous ordonna de déménager nos tentes sur l'emplacement de notre ancien cantonnement. De là, il m'était impossible de voir Lucho. Pourtant, dans la hâte de nous interdire toute communication, ils avaient oublié que les *chontos* que l'autre groupe utilisait étaient à deux pas de nous. C'était gênant pour eux, mais personne ne s'était plaint. Marc fut le premier à comprendre et à s'approcher. On se parla par signes et il me promit d'aller chercher Lucho.

Lucho arriva très tendu. Nous nous parlâmes sans franchir la distance de dix mètres qui nous séparait, comme si une muraille s'était dressée entre nous. Sur un coup de cœur, je me tournai vers le garde, celui-là même que j'avais attrapé par le cou pour le punir de sa grossièreté.

— Allez-y, me dit-il. Vous avez cinq minutes.

Je courus vers Lucho et nous nous embrassâmes avec force.

— Je ne pars pas sans toi !

— Si, il faut que tu partes. Il faut que tu racontes au monde ce que nous vivons.

— Je ne pourrai pas.

— Si, tu pourras. Il le faut.

Et, retirant la ceinture que je portais sur moi, j'ajoutai :

— Je veux que tu la remettes à Mélanie.

On se prit les mains en silence, comme le seul luxe que nous pouvions nous offrir. J'avais tellement de choses à lui dire ! En sentant que la fin approchait, je voulus lui soutirer une dernière promesse.

— Demande-moi ce que tu voudras.

— Promets-moi… que tu seras heureux, Lucho. Je ne veux pas que tu abîmes le bonheur de ta libération en ayant de la peine pour moi. Je veux que tu me jures que tu vas mordre dans ta vie à pleines dents.

— Je te jure que je ne cesserai pas, une seconde de ma nouvelle vie, de travailler pour ton retour, voilà ce que je te jure !

La voix du garde nous fit revenir sur terre. On se jeta dans les bras l'un de l'autre, à nouveau, et je sentis des larmes couler sur mon visage, sans trop savoir si c'était les siennes ou les miennes. Je le vis s'éloigner le dos courbé, le pas lourd. Dans son cantonnement, les tentes commençaient déjà à être démantelées. Ils furent évacués le jour même. Nous ne les voyions plus. J'imaginais pourtant que nous ne devions pas être loin les uns des autres.


Le 27 février 2008, trois semaines après nos adieux, Luis Eladio atterrissait à l'aéroport de Maiquetía en terre vénézuélienne en compagnie de Gloria, Jorge et Orlando. Leur libération était un incontestable succès diplomatique pour le président Chávez.

Nous écoutions la retransmission, enchaînés, recroquevillés sous nos moustiquaires, essayant d'imaginer ce que nous ne pouvions pas voir. Il devait être 6 heures du soir, le ciel du crépuscule devait rafraîchir l'air poisseux de Caracas. Le chant des cigales réussissait à transpercer le bruit des turbines de l'avion que j'imaginais grand. Ou était-ce autour de ma *caleta* que les cigales chantaient ?

La voix de Lucho était pleine de lumière. Il s'était reconstitué pendant les semaines qui avaient précédé sa libération. Ses paroles étaient claires, ses idées justes. Quels pouvaient être les sentiments qui l'habitaient ? Il était rentré dans le monde. Maintenant, tout ce que je vivais faisait partie de son passé, comme par magie, en un claquement de doigts. Il aurait à éteindre la lumière avec un bouton ce soir, des draps propres sur un vrai lit, de l'eau chaude en tournant le robinet. Se laisserait-il happer dans ce nouveau monde en retrouvant les réflexes de toute une vie ? Ou ferait-il une pause pour allumer en y pensant, s'allonger en y pensant, choisir son dîner en se rappelant ? « Oui, avec le dîner, il reviendra ici pour quelques instants. »

Armando cria de son *cambuche* :

— C'est nous les prochains !

Sa voix me fit mal. Non, pas moi. Je ne serais pas sur la liste des libérations des FARC. J'en avais la certitude.

## 79

## La discorde

Mars, avril 2008. La marche se prolongea sans but. Nous passâmes quelques jours à dormir sur un lit de granite au bord d'un fleuve paresseux, poursuivis par les mouches qui dépeçaient les restes puants de poissons coincés entre les rochers au moment de la descente des eaux. On nous transporta ensuite sur l'autre rive.

— Ils vont rapporter des provisions, expliqua Chíqui en pointant son menton vers Monster et deux autres garçons qui partaient avec des *equipos* vides.

Nous patientâmes. On nous avait autorisés à pêcher avec des hameçons qu'ils récupéraient à la tombée du jour. Cela améliora nos rations. Je mangeais les arêtes et les nageoires des poissons pour me donner du calcium.

Un soir, Chíqui vint nous avertir qu'il fallait tout ranger car nous partirions dès que le *bongo* accosterait. Nous fîmes une traversée très courte, un saut de puce, pour passer le reste de la nuit sur une berge boueuse. Au matin, nous reçûmes l'ordre de nous cacher dans les bois : interdiction de parler, d'utiliser les radios, ou de dresser les tentes. À midi, nous vîmes passer nos compagnons de l'autre groupe, en file indienne à la suite d'Enrique. Ils étaient tenus en laisse comme des chiens par un garde qui marchait derrière en pointant son fusil sur eux.

Je ne m'habituais pas à voir une chaîne autour du cou d'un homme. Nos compagnons nous dépassèrent en nous frôlant, au risque de trébucher sur nous. Ils ne voulurent pas nous adresser la parole, pas même nous regarder. Marc passa, je me levai pour le regarder dans l'espoir qu'il tournerait la tête. Il ne le fit pas.

Nous dûmes les suivre. Nous aussi en silence, nous aussi tenus en laisse. Monster venait de se faire abattre par une patrouille de l'armée. Un des jeunes avait réussi à fuir et à donner l'alerte. Nous étions encerclés par les militaires.

La fuite fut harassante. Pour les semer, Enrique nous avait ordonné de marcher *en cortina*[1], ce qui voulait dire qu'au lieu de progresser les uns derrière les autres, en file indienne, nous avancions tous au coude à coude, en ligne de front, sur un seul rang. Chacun devait donc s'ouvrir son propre passage dans la végétation, en ayant soin de ne pas casser de branches ou de ne pas écraser les fougères. C'était une lutte au corps à corps avec la nature où l'on était tenu en laisse par son garde. Le mien s'énervait contre moi : j'avais tendance à passer par où mon voisin était déjà passé, je prenais donc du retard et cassais la continuité de la ligne de front.

Il est vrai que je ralentissais le mouvement, peut-être parce que j'espérais inconsciemment que l'armée nous rejoigne. Tout en traversant les murs d'épines, en enjambant les cadavres blancs des arbres calcinés qui, par dizaines, nous barraient la route, en cher-

---

1. *En cortina* : en rideau.

chant un passage entre les lianes et les racines d'une végétation hostile, j'imaginais l'apparition d'un commando, surgissant devant moi, les visages bariolés de peintures vertes. Ils nous auraient attaqués, mon garde blessé aurait lâché ma chaîne et j'aurais couru me blottir derrière eux. Je rêvais de liberté. Du coup je trébuchais, partais dans le mauvais sens, m'emmêlais bras et jambes dans les lianes, et le garde menaçait de m'envoyer une balle dans la tête parce que je le faisais exprès et qu'on avait tous peur.

Tous les jours, je priais pour qu'une opération militaire de sauvetage ait lieu, bien que le risque de mourir fût grand. Il n'y avait pas seulement l'idée que les balles m'épargneraient quoi qu'il arrive (« si je n'étais pas morte avant, je n'allais pas mourir maintenant »). C'était plus fort que cela. Dans le fond, c'était avant tout le besoin de justice. Le droit à être défendu. L'aspiration essentielle à la reconquête de sa propre dignité. Mais je ne pouvais pas faire grand-chose.

Car cette avancée ne se limitait pas à une lutte coriace contre les éléments, la chaîne au cou, elle était d'autant plus pénible et humiliante qu'elle me forçait à mettre de la volonté et de l'ingéniosité pour fuir ce que je désirais le plus : retrouver ma liberté. Je m'en voulais pour chaque pas que je faisais.

Une fois de plus, nous franchîmes les lisières de la forêt pour déambuler sur les terrains d'immenses *fincas* fraîchement brûlées par les troupes antidrogues. Quelques têtes de bétail nous regardaient passer effarouchées, tandis que nous remplissions nos poches de goyaves et de mandarines cueillies sur des arbres touffus que le feu avait épargnés. Puis nous disparaissions à nouveau sous le couvert épais de la jungle.

Un après-midi du mois d'avril, alors que nous nous approchions d'un grand fleuve aux eaux paisibles et que je n'espérais rien d'autre de la vie qu'un bain et un peu de repos, Chíqui s'approcha de moi et me fit sortir du rang dans lequel on nous faisait attendre.

— Nous avons reçu une communication du « Secretariado ». Vous devez changer de groupe.

Je haussai les épaules, croyant à moitié ce qu'il me disait.

— Préparez vos affaires, nous allons procéder à l'échange immédiatement.

Quelques minutes plus tard, j'étais par terre, prise d'angoisse, à enfoncer tant bien que mal dans mon sac à dos mes quelques affaires.

— Ne t'inquiète pas, m'avait dit William, debout derrière moi, je t'aiderai.

Nous suivîmes El Chíqui pour traverser un petit cours d'eau au lit de cailloux roses et remontâmes une berge en pente raide. Camouflé entre les arbres, à cent mètres de nous, l'autre campement, déjà dressé pour la nuit, bouillonnait d'activité. Enrique se tenait debout, les bras croisés, le regard assassin.

— Là-bas ! marmonna-t-il en montrant une direction du menton.

Je suivis son indication des yeux et vis les tentes de mes compagnons entassées les unes sur les autres. Je tremblais d'impatience à l'idée de revoir Marc.

Sa tente était la première du cantonnement. Il m'avait déjà vue et se tenait droit devant sa *caleta*. Il ne bougeait pas. Il avait une grosse chaîne autour du cou. Je m'avançai. La joie que j'avais de le revoir n'était pas celle que j'avais anticipée. C'était une joie triste, un bonheur fatigué par trop d'épreuves. « Il est en forme », me dis-je encore, en l'observant de plus près, comme pour justifier mon ressentiment.

On s'embrassa avec retenue et nos mains s'accrochèrent un instant pour se lâcher, intimidées de trouver une proximité que nous n'avions jamais vraiment eue.

— J'ai beaucoup pensé à toi.

— Moi aussi.

— J'ai eu peur.

— Moi aussi.

— On va pouvoir se parler, maintenant.

— Oui, je crois, lui répondis-je sans en être sûre.

Le garde derrière moi s'impatienta.

— Je voudrais récupérer mes lettres.

— Oui, si tu veux… Et tu me rendras les miennes ?

— Non.

— Pourquoi ?

— Parce que je veux aussi les conserver.

Sa démarche me surprit. J'avais les lettres dans ma poche. Je n'avais qu'à les lui tendre. Mais je ne le fis pas. « On verra demain », pensai-je, sentant qu'il faudrait beaucoup travailler pour reconstruire les ponts.

Mes compagnons continuèrent leurs activités sans façons. Chacun était occupé dans son coin, veillant à ne pas importuner le voisin et à ne pas froisser les susceptibilités.

Les jours suivants, je repris prudemment mes conversations avec Marc. Je sentais une grande joie à partager à nouveau des moments avec lui, mais j'avais discipliné mes émotions et m'obligeais à user avec parcimonie de la liberté de lui parler.

— Sais-tu que Monster est mort ? lui demandai-je un jour, en pensant qu'il n'était plus là pour nous nuire.

— Oui, je l'ai appris.

— Et alors ?

— Rien. Et toi ?

— Cela m'a fait quelque chose. Je l'ai vu partir du campement avec son *equipo* vide. Il allait au-devant de la mort. Personne ne sait ni le lieu ni l'heure. Tous ceux qui se sont acharnés contre nous ont mal fini. Sais-tu que Sombra a été capturé ?

— Oui, je l'ai entendu à la radio. Rogelio aussi est mort, à La Macarena.

— Rogelio ? Notre réceptionniste dans la prison de Sombra ?

— Oui. Il a été tué dans une embuscade. Il était devenu particulièrement méchant avec nous. Et Shirley, la jolie guérillera qui tenait le poste d'infirmière et de dentiste chez Sombra, qu'est-ce qu'elle est devenue ?

— Je l'ai vue il n'y a pas longtemps. Elle est dans le groupe des militaires avec Romero et Rodríguez. Ils font partie de la caravane qui nous devance. Elle est maintenant avec Arnoldo, celui qui a pris la relève de Rogelio dans la prison de Sombra.

Notre monde était devenu celui-là. Notre société, nos références, nos connaissances communes étaient ces hommes et ces femmes qui nous retenaient prisonniers.

Marc et moi, nous prîmes la décision de nous remettre à faire ensemble de la gymnastique. Nous changions sans cesse de campement, mais ce n'était plus une marche continue. Nous passions deux semaines près d'un cours d'eau, trois semaines au bord de la rivière, une semaine derrière un champ de coca. Partout où nous allions, nous nous organisions pour monter des barres parallèles et pour nous fabriquer des poids qui nous servaient d'haltères. Cet entraînement avait un but précis : préparer notre évasion.

— Il faut fuir en direction de la rivière, puis aller là où sont les hélicoptères, me disait Marc avec obstination.

— Les hélicoptères changent tout le temps de direction. On ne peut pas prévoir où ils seront. Il faut faire comme Pinchao : aller vers le nord.

— Mais, le nord, c'est totalement fou ! Nous n'aurons jamais assez de provisions pour arriver jusqu'à Bogotá !

— C'est encore plus fou de croire que nous pourrons atteindre la base des hélicoptères. Elle n'est jamais fixe, un jour ils sont ici, un autre ils sont ailleurs.

— Bien, finissait par accorder Marc, nous irons jusqu'à la rivière du côté des hélicoptères et ensuite nous prendrons vers le nord.

Mais notre projet d'évasion rencontrait de plus en plus de difficultés.


L'histoire des lettres qu'il réclamait devenait un motif sérieux de tensions entre nous. J'essayais d'éviter le sujet, mais il y revenait sans cesse. J'avais pris peu à peu des distances, limitant les moments où nous étions ensemble aux entraînements physiques. Cela me faisait de la peine, mais je ne voyais pas comment sortir de cette absurde confrontation.

Un soir, après une discussion plus chaude que d'habitude, un des gardes vint me voir :

— Quel est votre problème avec Marc ? avait-il demandé.

Je répondis d'une manière évasive. William me sermonna.

— L'autorité ici, c'est eux, me prévint-il. À n'importe quel moment, il peut y avoir une fouille.

Je savais qu'il avait raison. Les lettres pouvaient tomber à tout instant entre les mains de la guérilla. Je décidai de brûler celles que je possédais, certaine que Marc ne me rendrait pas les miennes.

Pendant l'une des courtes marches que nous avions l'habitude d'entreprendre, je réussis à en brûler une partie sans être vue. C'est ce que j'avais cru du moins, car une guérillera avait suivi mes mouvements et en avait averti Enrique. Je fus convoquée. William me prit à part :

— Dis ce qu'il en est. Ils ont déjà appris l'histoire des lettres.

Enrique fut sec :

— Je ne veux pas de problèmes entre prisonniers. Rendez à votre camarade ce qui lui appartient, je ferai en sorte qu'il vous rende ce qui est à vous, dit-il d'emblée.

La situation avait beau être humiliante, l'attitude d'Enrique me tranquillisa. Il n'avait pas l'air de s'intéresser aux lettres en particulier. Je sentais qu'il était ravi de jouer les arbitres entre Marc et moi. C'était sa revanche personnelle puisque j'étais de retour.

Marc aussi fut convoqué. Nous campions en plein sur une plantation de coca qui bourgeonnait, avec des arbres fruitiers au milieu et, en bordure et dans les coins, de hauts papayers solitaires. Deux maisons contiguës en bois et un fourneau en argile complétaient le tableau. On nous avait installés à la lisière de la plantation, dans un bosquet. Enrique avait monté sa tente juste derrière les maisons en bois, dans les jardins, avant la ligne de forêt.

Marc resta un moment à discuter avec Enrique. Quand il revint, je m'approchai. Il avait son visage des mauvais jours et m'obligea à attendre qu'il ait fini de ranger ses affaires dans son *equipo* avant de me parler. Cette histoire était vraiment bête. Il aurait suffi d'un mot pour que les remparts qui se construisaient entre nous s'effondrent. Son regard noir me bloqua. Je lui tendis le rouleau de lettres, qu'il prit sans regarder. J'hésitai à lui révéler qu'elles n'y étaient pas toutes, et restai plantée là, ne sachant comment lui présenter la chose. Il leva un œil dur et me dit, se méprenant sur la raison de mon attente :

— Je suis désolé, je garde les tiennes aussi.

Pourquoi voulait-il à tout prix les conserver ? Nourrissait-il le projet de s'en servir par la suite ? La suspicion m'avait gagnée.

Le jour suivant, après la collation du matin, Enrique envoya El Abuelo en estafette avec la consigne de prendre nos *equipos* et de nous installer dans une des maisonnettes en bois.

— On va vous passer des films, annonça-t-il.

Cela ne convainquit personne, l'ordre de transporter nos sacs à dos ne cadrait pas avec une séance de cinéma.

Le groupe fut divisé en deux. Marc, Tom et Keith allèrent dans la seconde maisonnette et nous restâmes dans celle qui était contiguë au fourneau. El Abuelo ordonna à Marc d'ouvrir son sac et d'en sortir toutes ses affaires. Il inspecta avec précaution chaque objet et s'intéressa au cahier de Marc, celui sur lequel il tenait son journal. Il m'appela.

— Est-ce que ceci vous appartient ? fit-il en me tendant le cahier.

Je restai debout dans la première maisonnette, me refusant à franchir l'espace entre eux et moi. Un garde s'approcha.

— Mais bougez donc ! Vous voyez bien que le camarade vous appelle, dit-il, exaspéré.

Les maisonnettes étaient bâties sur pilotis, à un mètre du sol. Je sautai à terre et m'avançai.

— Ce n'est pas à moi, répondis-je.

Marc eut l'air troublé pendant une seconde, puis, pour reprendre contenance, il dit :

— Je peux ranger mes affaires, maintenant ?

Mes deux autres compagnons vociféraient et faisaient de grands signes d'exaspération, outrés d'avoir été obligés d'attendre là avec leurs *equipos*. El Abuelo, lui, était irrité par la réplique de Marc. Il allait partir, sa mission finie, quand il se ravisa :

— Vous ! Ouvrez votre *equipo* ! lança-t-il, rageur, à l'intention de Keith.

Un silence mortel s'ensuivit.

J'entendis le garde, toujours acide, s'écrier :

— Ça lui apprendra à se prendre pour Rambo !

Les autres guérilleros qui se trouvaient près du fourneau, occupés à faire la cuisine, éclatèrent de rire. Massimo était là, parmi eux. Il s'approcha de moi tout en observant la scène.

— Ouah ! fit-il en secouant la main comme s'il avait mal. Il parle trop, celui-là !

Cette péripétie me laissa un goût amer. « Quel gâchis », pensai-je en regardant Marc remballer ses affaires. Les lettres ne comptaient plus. Son amitié était la seule chose qu'il fallait garder.

## 80

## Le Sacré-Cœur

Juin 2008. Je sombrai dans une grande mélancolie. Ne pas pouvoir parler à Marc, à cause non plus de la guérilla mais de notre propre obstination, me dégoûtait de tout.

Avant d'arriver au campement des deux maisonnettes, alors que nous étions encore en marche, Asprilla m'avait apporté un gros dictionnaire Larousse, celui que j'avais demandé au Mono Jojoy des années auparavant. Je savais qu'il était dans le campement depuis longtemps. Consolación et Katerina m'en avaient informée, à l'époque où j'étais isolée et convalescente dans le groupe du Chíqui. C'était Monster qui le transportait. Il m'avait laissée le feuilleter quelques jours. En échange il voulait que je lui explique comment s'était déroulée la Seconde Guerre mondiale. Les filles étaient ravies d'en profiter elles aussi, et nous avions regardé le dictionnaire pendant qu'elles me faisaient des tresses.

« Monster est mort, personne ne veut le porter », me dis-je. J'attendais que Marc ait envie de l'utiliser, mais il refusa de s'y intéresser. Keith le demandait très souvent, et nous étions convenus que je le laisserais en dehors de mon *equipo* pendant que je faisais de la gymnastique pour qu'il puisse s'en servir à sa guise. Mais, sa curiosité s'estompa vite et finalement il n'y eut que William pour passer des heures à le consulter.

Un après-midi, tandis que j'attendais que William finisse de l'utiliser et que je tuais le temps à passer en revue les émissions radio sur ondes courtes, mon attention fut attirée par la voix d'un homme qui parlait des « promesses du Sacré-Cœur ». Peut-être parce que j'allais souvent, étant enfant, à la basilique du Sacré-Cœur, à Paris, ou peut-être parce que le mot « promesses » m'interpella, toujours est-il que j'arrêtai de tourner le bouton des fréquences pour l'écouter.

L'homme expliquait que le mois de juin était celui du « Sacré-Cœur » de Jésus et faisait la liste des grâces qui seraient concédées à ceux qui l'invoqueraient. J'allai chercher en vitesse un crayon et notai sur un bout de paquet de cigarettes les promesses que j'avais pu retenir. Deux en particulier m'avaient semblé exprimer mes aspirations les plus profondes : « Je répandrai des bénédictions sur tous leurs projets », « Je toucherai les cœurs les plus endurcis. » Mon projet n'était autre évidemment que notre liberté, celle de chacun de mes compagnons et la mienne. C'était devenu un réflexe que d'y penser. De même, la transformation des cœurs endurcis était une promesse taillée sur mesure. Souvent, quand nous discutions ensemble, Pinchao et moi, nous avions utilisé la même expression. Il y avait autour de nous trop de cœurs durs, les cœurs durs de nos geôliers, les cœurs durs de ceux qui soutenaient que nous devions être sacrifiés à la raison d'État, et les cœurs durs des indifférents.

Sans réfléchir, je m'adressai à Jésus : « Je ne vais pas te demander de me libérer. Mais, si tes promesses sont vraies, je veux te demander une seule chose : pendant ce mois de juin qui est le tien, fais-moi comprendre combien de temps il nous reste à vivre en captivité. Tu vois, si je le savais, je pourrais tenir. Car je verrais la fin. Si tu me le fais savoir, je te promets que je te prierai tous les vendredis du restant de ma vie. Ce sera la preuve de ma dévotion pour toi car je saurais que tu ne m'as pas lâchée. »

Mais le mois de juin fut pauvre en espoir. J'avais écouté, certes, l'appel des partis verts et des membres du Parlement européen, qui continuaient de réclamer la libération de tous ceux qui restaient dans la jungle. Il y avait eu des marches de foules en début d'année, non seulement en France et dans le reste de l'Europe, mais aussi, et pour la première fois, en Colombie. Les comités en faveur des otages s'étaient multipliés et leurs militants se comptaient maintenant par milliers. Tous les présidents d'Amérique latine avaient exprimé leur soutien à une négociation avec les FARC, lors de l'investiture de Cristina Kirchner à la présidence de l'Argentine, celle-ci ayant donné la possibilité à nos familles de faire appel à l'aide de ses pairs.

Mais, au mois de juin, notre situation semblait plus compromise que jamais. L'opération Fenix, menée par l'armée colombienne le 2 mars 2008 en territoire équatorien, pour abattre Raúl Reyes, le second commandant dans la hiérarchie des FARC, avait fait éclater une crise diplomatique entre la Colombie, l'Équateur et le Venezuela, dont la gravité n'échappait à personne. Les contacts pour la libération de nouveaux otages avaient été totalement suspendus.

La mort de Manuel Marulanda, chef suprême des FARC, vingt-six jours après celle de Raúl Reyes, son successeur en ligne, semblait avoir décapité l'organisation et renvoyé aux calendes grecques l'« accord humanitaire » et les possibilités de notre libération.

« Il n'y aura rien pour toi », me disais-je pour ne pas me bercer d'illusions. Pourtant ce 28 juin, je reçus une visite étonnante. Enrique s'approcha à pas feutrés, cherchant comment entrer dans ma *caleta*, visiblement avec l'intention de s'asseoir pour me parler. Je me dis qu'un nouveau malheur allait s'abattre sur moi. Je n'aimais pas voir Enrique. Je me figeai, les muscles contractés.

— Il y a une commission d'Européens qui vient vous voir. Ils veulent dialoguer avec vous tous, s'assurer de l'état de santé des otages. Il faudra être prête. Nous devons nous déplacer. Il est possible qu'un ou plusieurs d'entre vous soient libérés.

J'avais appris à ne pas rendre mes émotions visibles. Mon cœur avait bondi dans ma poitrine comme un poisson hors d'un bocal. Mais je ne voulais pas qu'Enrique croie qu'il pouvait à nouveau me berner. Il aurait trop savouré ma déception. Je feignis l'indifférence.

— J'ai donné l'ordre qu'on vous achète des vêtements et des sacs à dos plus petits. Prenez juste l'essentiel, pas de tente, pas de moustiquaire : le hamac, des vêtements de rechange et c'est tout. Vous laisserez vos *equipos* ici avec le reste.

Il fit le tour des *caletas*, parlant à chacun avec le même ton fatigué et consciencieux, obéissant sans doute à des ordres. L'initiative personnelle était une valeur peu stimulée au sein des FARC.

Lorsque Enrique sortit du cantonnement, chacun eut sa propre version de ce qu'il avait dit. Les conciliabules allaient bon train. Dans ma tête, il n'y avait plus qu'une seule pensée : je venais d'obtenir la réponse que j'attendais avant que ne s'achève le mois de juin.

Peu m'importait l'exactitude des informations qu'Enrique avait fait circuler. S'il y avait une commission internationale, il y aurait la possibilité de parler avec des gens du dehors et d'évaluer nos chances de sortie. La radio en parlait depuis quelques jours.

Après l'opération Fenix, les FARC avaient accusé les commissaires européens d'avoir divulgué les coordonnées de Raúl Reyes en Équateur. Maintenant le gouvernement colombien autorisait des délégués européens à voyager au cœur de l'Amazonie pour s'entretenir avec Alfonso Cano, le nouveau chef des FARC. Il s'agissait de Noël Saez et de Jean-Pierre Gontard. Ces deux hommes avaient voué leur vie à la cause de notre libération. S'ils avaient réussi à renouer des liens avec les FARC, on pouvait raisonnablement penser que des négociations étaient en vue.

Le lendemain, Lili arriva au cantonnement les bras chargés. Il y avait des pantalons neufs, des chemises à carreaux pour les hommes, et un jean avec un tee-shirt à grand décolleté bleu turquoise pour moi. Marc refusa les nouveaux vêtements et les rendit à Lili. Tom mit sa chemise à carreaux neuve sur-le-champ. Il était clair qu'ils voulaient nous mettre en scène. « Je porterai mes vieux habits », décidai-je en réfléchissant au geste que venait d'avoir Marc.

## 81

## *La supercherie*

Juillet 2008. Lorsque tout fut ramassé, ils nous firent avancer jusqu'aux maisonnettes en bois. Notre surprise fut grande d'apercevoir les otages des autres groupes déjà installés dans l'une d'elles. Nos compagnons, Armando et Arteaga en tête, parlaient avec le caporal Jairo Durán, le lieutenant de la police Javier Rodríguez, le caporal Buitrago, qu'on appelait « Buitraguito », aimé de tous, et le sergent Romero qui était toujours courtois. Nous étions devenus amis. Pendant les marches, il nous était arrivé d'attendre ensemble le *bongo* pendant des heures. Nous passions de l'un à l'autre, voulant tout savoir en une minute et échangeant nos réactions et nos sentiments sur ce qui nous attendait. Personne ne savait rien. Personne n'osait demander à l'autre s'il croyait qu'il y aurait des libérations, car personne n'aurait osé se l'avouer.

Je m'approchai d'Armando, j'aimais sa compagnie et son irréductible optimisme. Il m'embrassa, ravi :

— La prochaine, c'est toi !

Je ris avec lui, il n'y croyait pas plus que moi.

— Regarde, Arteaga a trouvé une petite amie, me dit-il, changeant de sujet.

Je me retournai pour voir. C'était mignon : Miguel avait un petit *cosumbo* apprivoisé sur son épaule et il l'embrassait sur le museau.

— Qui lui a donné le *cosumbo* ?

— Ce n'est pas un *cosumbo*, c'est un coati ! fit Armando en connaisseur.

— Attends, c'est quoi un coati ?

— C'est comme un *cosumbo*.

On riait, l'idée d'un changement dans la routine nous donnait des ailes.

— Alors on va où ?

— Nulle part, on reste au Cambodge, lança-t-il, ironique.

C'était sa maxime préférée, pour dire que tout pouvait arriver et que nous étions dans le plus terrible des pétrins, aux mains de Pol Pot. Elle me faisait toujours rire. À première vue, peut-être semblait-elle incongrue, mais elle était si juste : c'était la même jungle, le même extrémisme et le même fanatisme, masqués par la rhétorique communiste et toujours le même sang-froid cruel.

— Il mange plus qu'une leishmaniose ! dit-il en désignant quelqu'un derrière lui.

Je riais déjà sans savoir de qui il parlait. Dans un coin, à l'écart de tout le monde, accroupi sur son écuelle, Enrique s'empiffrait des restes du riz du matin.

Tous nos *equipos* furent empilés dans une chambre de la maisonnette dont la porte fermait avec un gros cadenas. « On ne les verra plus », me dis-je, contente d'avoir pris au dernier moment les ceintures que j'avais tissées pour Méla et Lorenzo des années auparavant, les seules qui avaient survécu aux multiples fouilles. La clef du cadenas atterrit enfin dans la poche d'Enrique. Il nettoyait avec assiduité son nouvel AR-15 Bushmaster, qui avait remplacé son AK-47, indifférent au temps. Lili vint le prévenir. Le *bongo* nous attendait.

La traversée fut étonnamment courte. Ils avaient recouvert nos têtes avec une grosse bâche, mais je réussis à voir la berge d'en face, parsemée de petites bâtisses coquettes, peintes de couleurs brillantes. « Où sommes-nous ? » pensai-je, surprise de voir tant de civils.

On accosta en face d'une demeure imposante. Un beau jardin, planté de palmes en éventail au milieu d'un gazon impeccable, faisait antichambre à une maison sur pilotis qui s'allongeait en trois corps de bâtiment parfaitement équilibrés. La partie centrale m'avait tout l'air d'être l'espace social. Une immense table, avec une multitude de chaises en plastique, semblait perdue dans une vaste pièce qui n'arrivait pas à se remplir malgré la présence d'une grande table de billard, à l'angle opposé.

On nous dévia immédiatement vers l'aile gauche de la bâtisse. En général, on nous installait dans les poulaillers ou les laboratoires, pas dans les maisons. L'ordre fut donné de déposer nos sacs à dos par terre, à l'arrière de la maison, et de sortir nos affaires de bain. En deux temps trois mouvements, nous étions tous dans la rivière.

— Vous êtes un vrai soldat, maintenant, me dit Rodríguez en plaisantant.

Quelqu'un sortit un flacon de shampoing à demi plein.

— Hou ! fit tout le monde en chœur.

C'était un trésor que généralement personne ne partageait. Mais il y avait de la légèreté dans l'air et le flacon circula. Le parfum qui s'en dégageait me donna envie d'une autre vie, je m'engloutis dans l'eau pour me rincer les cheveux en jouant les sirènes.

— Betancourt, dehors ! fit Oswald, vicieux.

Je ramassai mon morceau de savon et sortis avant les autres. Je souris en pensant qu'un jour tout cela finirait et marchai vers mon sac à dos pour me changer vite, avant que les moustiques ne s'acharnent trop contre moi.

Un des gardes ouvrit la porte latérale de l'aile gauche de la bâtisse.

— Rentrez vos sacs à dos et sortez vos chaînes, dit-il avec un air suffisant.

Je vis mes compagnons se bousculer pour entrer les premiers. Je regardai une dernière fois vers le ciel. La nuit était claire. Pas un nuage. Au-dessus de moi, la première étoile venait de scintiller.

Ils s'affairèrent autour d'une pile de matelas éventrés dont, à l'évidence, il n'y avait pas assez pour tout le monde. William réussit à en prendre deux et m'indiqua l'espace qu'il m'avait réservé.

Le garde fit tinter son trousseau de clefs. Chacun s'installa dans son coin, et il passa pour fermer les cadenas et attacher les chaînes aux poutres qui soutenaient les lits. Lorsqu'il s'en alla, je sortis ma petite radio et, comme tous les soirs, je me mis à écouter les programmes colombiens. J'étais bien, sous ce toit, sur ce lit, sur ce matelas.

Je me réveillai à 3 heures du matin, et pris mon chapelet. On était mercredi.

Ce jour-là, je priai avec d'autant plus de joie que j'étais convaincue que mon pacte avec Jésus avait été scellé. « Il a tenu parole », me répétais-je, même si je ne savais absolument pas ce qui m'attendait.

La voix de Maman m'arriva à l'aube. « Je dois

prendre l'avion cet après-midi, me disait-elle, mais je ne veux pas te laisser. »

Je souris en pensant à Lucho. « Demain, elle m'appelle de Rome », pensai-je. Mélanie aussi passa à la radio. Elle m'appelait de Londres. Je souris à la pensée que, si j'étais libérée, il n'y aurait personne pour m'accueillir.

Fabrice parla tout de suite après. Grâce à ma lettre à Maman, il avait appris que je pouvais entendre les messages à la radio. Il appelait donc de partout, et finissait toujours par raccrocher, car sa voix trahissait trop son émotion. Là, il réussit à me dire qu'il était avec Jo, la maman de Marc, et que celle-ci se battait pour lui comme une lionne. Il m'avait parlé en français et personne d'autre que moi ne pouvait prévenir Marc.

Le garde passait déjà pour ouvrir les cadenas. À ma grande surprise, il enleva les chaînes de mes compagnons et les rangea. « Ne te fais pas d'illusions, toi, il va te la laisser », me dis-je en voyant que c'était Oswald qui officiait. Il me l'ôta pourtant.

Un bruit de vaisselle attira mon attention. Un guérillero s'avança, une assiette en porcelaine dans chaque main, remplie de soupe, puis renouvela l'opération à raison d'un aller-retour toutes les deux minutes. Bientôt nous étions tous courbés sur nos assiettes, en silence, attentifs à pêcher les dés de pommes de terre dans le bouillon.

Un remous de salutations me fit tourner la tête. Le commandant Cesar faisait son entrée, s'adressant à chacun de mes compagnons avec courtoisie, un par un, jusqu'à moi.

Tout le monde décampa, me laissant seule avec le chef du front, autant par courtoisie que par envie de profiter d'une matinée ensoleillée, sans chaînes, et d'un bon petit déjeuner.

— Nous sommes l'armée du peuple, dit Cesar d'un ton d'orateur.

« Ils sont identiques à la vieille classe politique colombienne », pensai-je. Il fit une déclaration en bonne et due forme, m'expliquant pourquoi ils gardaient des « retenues » (euphémisme pour « otages ») et pourquoi, s'ils usaient pour se financer de l'argent de la drogue, c'était pour éviter de recourir aux enlèvements économiques.

Je le regardais, impassible, sachant que tout ce qu'il me disait avait un but. Quelle était sa crainte ? Voulait-il que je lui serve de témoin ? Voulait-il faire passer un message ? Assurer ses arrières ? Qui allions-nous rencontrer ? Les étrangers ? Les chefs des FARC ? Je soupirai. Des années auparavant, j'aurais tenu tête, j'aurais cherché à démonter ses arguments. Je me sentais comme un vieux chien. Je n'aboyais plus, ni assise, ni debout. J'observais.

Une heure plus tard, Cesar continuait de débiter son discours. Je regardai ma soupe froide, l'assiette posée à même le matelas grouillant de puces sur lequel j'avais dormi. Quand il eut l'air d'avoir fini, je m'aventurai à lui demander ce que nous devions attendre de cette journée.

— Des hélicoptères viendront vous prendre. On ira parler avec Alfonso Cano probablement. Après, je ne sais pas, avoua-t-il, peut-être que vous serez transférés vers un autre campement.

Marc se tenait debout devant son lit superposé. Il rangeait son écuelle dans son sac à dos. Il n'y avait que lui dans la chambre. J'hésitai, puis je m'approchai :

— Marc, je voulais que tu saches qu'à la radio, ce matin, j'ai appris que ta mère est à Londres. Elle y est avec ma famille pour un forum sur la paix ou les droits de l'homme, je crois. Fabrice a dit qu'elle se battait comme une lionne pour toi.

Marc continua à fermer son sac pendant que je lui parlais. Il leva enfin les yeux et j'y vis tellement de douceur que j'eus honte du ton sévère que j'avais employé pour m'adresser à lui. Il me remercia sur un ton formel, et je m'éloignai pour ne pas prolonger un tête-à-tête qui pouvait devenir inconfortable.

J'entendis le ronronnement des hélicoptères qui approchaient. Tous mes compagnons étaient déjà le nez dans les nuages, à scruter le ciel. Je me mis à transpirer de façon instantanée, le ventre soumis à des crampes douloureuses. Mon corps réagissait comme s'il s'agissait d'un raid militaire. « Je suis idiote... Je sais que ce n'est pas ça, mais je ne peux pas m'en empêcher », murmurai-je. J'avais la bouche pâteuse et je tremblais encore, lorsque le vieil Erminson hurla de rentrer dans le baraquement avec les sacs à dos. Il nous fit avancer en file indienne jusqu'au salon de billard. C'était une fouille. Encore une.

Elle se fit très vite. Ils confisquèrent tout ce qu'il y avait de tranchant, même les coupe-ongles. Le mien était dans ma poche, il avait survécu à la rafle. En file indienne toujours, on nous emmena jusqu'au *bongo*. Chacun de nous avait un garde assigné qui le suivait de près. Le mien était une fille que je voyais pour la première fois. Elle était très nerveuse et hurlait à mon intention, en m'enfonçant la pointe de son fusil dans les côtes.

— Doucement, doucement, lui dis-je pour la calmer.

Le *bongo* nous fit traverser le fleuve et nous accostâmes en face, dans un champ de coca qui s'ouvrait derrière une maisonnette en bois. Au centre du champ de coca, un pré délimité par une clôture semblait être l'endroit choisi par la guérilla pour faire atterrir les hélicoptères. Il y en avait deux qui tournoyaient dans les airs, très haut, disparaissant dans les nuages et réapparaissant tout de suite après. L'un d'eux commença sa descente. Il était tout blanc, avec une frange rouge sous l'hélice. Le bruit du rotor devenait assourdissant et semblait prendre le rythme de mes palpitations. Plus il descendait, plus les vibrations se propageaient à l'intérieur de mon corps. Il se posa, la portière s'ouvrit. Enrique avait disposé le gros de sa troupe en rideau tout autour de la clôture. Les gardes avaient le regard mauvais et leur nervosité était aussi visible que l'air chaud qui tremblait au ras du sol. Nous, les prisonniers, nous étions instinctivement regroupés, collés contre le fil de fer barbelé, pour être au plus près de l'hélicoptère, et pour éviter d'être entendus des gardes. J'étais restée un peu en arrière, méfiante.

Un groupe d'hommes bondit hors de l'appareil. Il y en avait un très grand, avec un bob blanc sur la tête, qui marchait plié de côté, comme s'il craignait que l'air brassé par les pales ne le déséquilibre. Un autre, maigre, à la barbe blonde, courait derrière lui, ainsi qu'une petite femme en tablier blanc avec des formulaires dans une main et un stylo dans l'autre. Un grand gars, les yeux très noirs et le regard perçant, marchait de côté. Il me fit penser à un Arabe. Derrière, en retrait et vers la gauche du groupe, un petit homme noir, caméra au poing, gilet blanc et tee-shirt du Che Guevara, semblait attentif à tout filmer. Enfin, un jeune journaliste avec un foulard rouge brandissant un micro cherchait visiblement à parler aux commandants.

— Ce sont les Européens ? me pressaient de répondre mes compagnons en me poussant du coude.

Je m'efforçais de bien observer, gênée par la réverbération de la lumière. Il faisait une chaleur de bête.

— Non, ce ne sont pas les Européens.

Le grand homme au bonnet blanc se colla de l'autre côté des barbelés, en nous bombardant de questions stupides, avec son acolyte décidé à prendre des notes.

— Vous êtes en bonne santé ?

— Vous avez une maladie contagieuse ?

— Vous avez le vertige en avion ?

— Vous souffrez de claustrophobie ?

Il ne s'intéressait à personne en particulier et passait de l'un à l'autre sans attendre les réponses de personne.

Je m'approchai pour examiner le document d'identité plastifié qui pendait à son cou : MISSION HUMANITAIRE INTERNATIONALE, lus-je sur un logo au fond bleu pâle où trônait une colombe aux ailes déployées comme celle du savon Dove. « C'est une supercherie », pensai-je, horrifiée. Ces hommes étaient visiblement étrangers, peut-être vénézuéliens ou cubains. Leur accent, en tout cas, provenait des Caraïbes. « Ce n'est pas une commission internationale, il n'y aura aucune libération, nous allons être transférés Dieu sait où. Nous serons encore prisonniers dans dix ans », conclus-je.

L'homme au bob blanc donna l'ordre de décharger de l'hélicoptère des caisses de boissons gazeuses qu'il remit à Cesar en grand seigneur.

— C'est pour la troupe, *compañero*, réussis-je à deviner au mouvement de ses lèvres, avant qu'ils ne se donnent l'accolade réglementaire.

Les gardes étaient postés tous les deux mètres en anneaux autour de nous. Il devait y en avoir une soixantaine. Ils étaient fiers, au garde-à-vous, buvant des yeux tout ce qui se passait. Enrique n'était pas bavard, en retrait par rapport à un Cesar ravi et imbu de lui-même.

L'homme au bonnet blanc revint vers nous. D'une voix qui se voulait autoritaire, il déclara :

— ¡ *Muchachos* ! Il faut faire vite, nous ne pouvons pas rester au sol plus longtemps. Nous avons un engagement avec les FARC et nous allons le respecter. Tout le monde doit monter dans l'hélicoptère les mains liées. Mettez-vous en rang, les gardes ont les menottes que nous avons apportées. Je vous prie de collaborer pour garantir le succès de la mission.

De façon inattendue, et pour la première fois, il y eut un mouvement de révolte parmi les otages. Personne ne voulait monter dans les hélicoptères. Tous les prisonniers protestaient. Nous ne pouvions accepter de ces inconnus ce que nous acceptions depuis des années de la guérilla.

Les gardes braquèrent leurs armes pour nous rafraîchir la mémoire. Certains de mes compagnons s'étaient allongés par terre, donnant des coups de pied à quiconque approchait. Ils furent méchamment ligotés par les gardes et sommés de monter dans l'appareil, fusil à l'appui. D'autres voulaient témoigner de leurs protestations devant la caméra, ils furent repoussés, ligotés et forcés de monter à leur tour. Le garde qui posait les menottes était un jeune gars d'humeur violente. Il me ligota en serrant tellement fort qu'il en perdit l'équilibre. Je ne dis rien, j'étais anéantie à l'idée de ce qui pouvait survenir.

L'infirmière voulut m'aider à porter mon sac à dos. Je refusai net. Ces images qu'ils enregistraient sans relâche devaient montrer l'image d'une guérilla humaine aux yeux du monde. Je ne voulais pas me prêter à leur jeu. Je n'ouvris pas la bouche et montai dans l'hélicoptère comme qui va à l'abattoir. À l'intérieur, sur chaque place, il y avait un anorak blanc. « Nous allons dans les Páramos, pensai-je en me mordant les lèvres, chez Alfonso Cano », conclus-je.

J'étais assise entre Armando et William, à côté de la portière, car nous avions été les derniers à monter. J'avais pris mon sac à dos entre mes jambes et je m'efforçais de retirer mes menottes en cachette pour rétablir mon flux sanguin. Cela fut facile, le système ressemblait à celui des sangles pour valises utilisées dans les aéroports.

— Remets-les, tu n'as pas le droit, m'avertit Armando, scandalisé.

— Je m'en fous, lui répondis-je, broyant du noir.

La portière se ferma. Enrique s'installa à sa place. L'hélicoptère prit de la hauteur. Par le hublot derrière moi, je vis les guérilleros, tous au garde-à-vous, qui nous regardaient partir. Ils diminuaient très vite, jusqu'à n'être plus qu'un alignement de points noirs dans la verdure. « On pourrait les neutraliser et prendre le contrôle de l'appareil », pensai-je en regardant vers le cockpit.

L'infirmière s'approcha de nouveau et m'offrit quelque chose à boire. Je ne voulus rien accepter, lui en voulant de se prêter à un jeu qui prolongerait notre captivité. Je la repoussai froidement, irritée par son regard aimable.

Puis, je le vis : dans un basculement rapide, Enrique était tombé de son siège. L'Arabe était sur lui. Mes compagnons lui donnaient des coups de pied. Je ne comprenais pas ce qui se passait. Je n'osais même pas y croire. Mes pensées se bloquèrent. Rien ne semblait cohérent.

L'homme au bonnet blanc se mit debout, l'Arabe toujours sur le corps d'Enrique. Je ne voyais rien, sauf la lutte gagnée d'avance de ces géants contre cet homme que je haïssais tant. Je vis le colosse jeter son bonnet blanc en l'air, criant de toutes ses forces :

— ¡ *Somos el Ejército de Columbia ! ¡ Están libres*[1] *!*

Le bruit du moteur remplissait ma tête de vibrations et m'empêchait de comprendre. Les mots mirent du temps à traverser les épaisseurs d'incrédulité qui s'étaient tissées durant tant d'années comme une carapace autour de mon cerveau. Je sentis qu'ils me pénétraient comme les premières pluies, traversant les couches de douleur et de désespoir solidifiées en moi, et me remplissant au fur et à mesure d'une puissance qui me remontait comme de la lave à l'intérieur d'un volcan en éruption.

Un long, très long et très douloureux hurlement jaillit du plus profond de moi et me remplit la gorge comme si je vomissais du feu jusqu'au ciel, m'obligeant à m'ouvrir tout entière comme pour un accouchement. Lorsque j'eus fini de vider mes poumons, mes yeux s'ouvrirent dans un autre monde, et je compris que je venais d'être catapultée dans la vie. Une sérénité dense et intense s'installa en moi, comme un lac aux eaux profondes dont la surface renvoie l'image des pics enneigés qui l'entourent.

Je pris mon chapelet que je portais en bracelet, et le pressai contre mes lèvres dans un élan d'indicible gratitude. William s'accrochait à moi, et moi à lui, effrayés que nous étions par l'immensité du temps de liberté qui s'ouvrait devant nous, comme si nous

1. « Nous sommes l'armée colombienne ! Vous êtes libres ! »

allions prendre notre envol, nos pieds sur le rebord d'une falaise.

Je tournai la tête. Mon regard croisa celui de Marc pour la première fois de l'autre côté de la vie, dans le monde des vivants, et je retrouvai, à cet instant précis, la même fraternité d'âme que nous nous étions découverte lorsque, enchaînés, nous nous étions écrit. Marc me sourit. « Ce que nous sommes devenus là-bas, c'est ce que nous sommes ici aujourd'hui », pensai-je, lourde de paix, avec le repos de l'âme dont parlent les textes des sages.

À mes pieds, recroquevillé comme un fœtus, pieds et poings liés, gisait Enrique. Non. Je n'avais pas aimé notre violence et les coups de pied que nous avions portés contre lui. Ce n'était pas nous. Je pris la main de William qui pleurait à côté de moi.

— C'est fini, lui dis-je en lui caressant la tête. On rentre à la maison.

## 82

## *La fin du silence*

William me passa le bras autour des épaules. Seulement alors je réalisai que je pleurais moi aussi. Ce n'était pas moi qui pleurais en réalité. C'était mon corps qui avait explosé et qui se rééquilibrait avec les larmes, submergé par une multitude de sensations éparses et déconnectées qui entraient en collision. Je marchais quelques instants de plus pieds nus sur les planches d'un bois précieux qu'ils avaient coupé à la tronçonneuse dans le campement de l'horreur et qui pourrissaient désormais dans le passé avec les milliers d'arbres abattus durant ces six ans et demi de gaspillage. Je pensais à mon corps qui n'avait plus repris ses fonctions de femme depuis mon approche de la mort et qui semblait cesser d'hiberner au moment le plus inopportun. Pour la première fois de ma vie, cette idée me fit sourire.

Mes compagnons sautaient autour des corps au sol de Cesar et d'Enrique, entraînés dans une danse guerrière qui réclamait notre victoire à grands cris. Armando était en train de chanter dans l'oreille d'Enrique : *La vida es una tómbola, tómbola, tómbola...*

— L'hélicoptère va tomber, dis-je dans une montée brutale d'angoisse, craignant que les secousses de notre euphorie ne dérèglent le vol de l'appareil.

Je me rassis, crispée. Et si la malédiction continuait de nous poursuivre ? J'imaginais l'accident malgré moi.

— Combien de temps avant l'atterrissage ? hurlai-je dans l'espoir de me faire entendre.

Dans le cockpit, quelqu'un se retourna avec un énorme sourire, me montrant les cinq doigts de la main.

« Mon Dieu, pensai-je, cinq minutes ! C'est une éternité ! »

Le grand homme au chapeau blanc se planta devant moi et me souleva de mon siège d'une accolade d'ours qui me vida de mon souffle. Il se présenta :

— Major de l'armée colombienne, dit-il en me révélant son nom.

« Il a la carrure d'un gladiateur de Thrace », pensai-je dans la seconde.

Il colla la bouche à mon oreille avec les mains en porte-voix :

— Cela fait plus d'un mois que j'ai quitté ma famille pour commander cette mission. Je ne pouvais rien dire à personne, nous étions tenus au plus grand secret. Ma femme m'a embrassé avant que je ne parte et elle m'a dit : « Ce que tu vas faire est trop important. Je sais que tu vas chercher Ingrid. Mes prières t'accompagnent, tu vas réussir et tu reviendras. Sache que, quoi qu'il advienne, je considère que j'ai partagé ma vie avec un héros. » Je voulais que tu comprennes, Ingrid, que nous avons tous été avec toi, chaque jour, à porter ta douleur comme notre propre croix, tous les Colombiens.

Je pleurais, suspendue à ses mots, agrippée à lui

comme si, dans ses bras, toutes les condamnations au malheur étaient à jamais révolues.

C'est alors que je rendis grâce à Dieu, non pas pour ma libération, mais pour *cette* libération, car j'étais comblée par l'amour désintéressé de ces hommes et de ces femmes que je ne connaissais pas et qui, par leurs sacrifices, avaient transcendé tout ce que j'avais vécu.

Une immense sérénité m'envahit. Tout était en ordre. Je regardai à nouveau par le hublot derrière mon siège. La ville de San José del Guaviare, dans un jardin de verdure, grandissait sous mes pieds. « Voici l'oasis, la terre promise », me dis-je. Était-ce possible ?

La portière s'ouvrit. Mes compagnons bondirent hors de l'hélicoptère en sautant par-dessus les corps des deux hommes vaincus. Enrique paraissait inconscient, étendu par terre en sous-vêtements. Je sentis une profonde compassion. Il n'y avait rien pour le couvrir. Il aurait froid. La femme qui avait joué le rôle d'infirmière pendant l'opération me prit par le bras :

— C'est fini, me dit-elle doucement.

Je me levai et l'embrassai avec force. Elle me poussa jusqu'à la portière et je sautai avec mon sac à dos sur le tarmac.

Au bout de la piste, l'avion présidentiel attendait pour nous ramener à Bogotá. Un individu en uniforme m'ouvrit les bras. C'était le général Mario Montoya, l'homme qui avait eu la responsabilité de l'opération Jaque. L'exubérance de sa joie était contagieuse. Mes compagnons dansaient en faisant virevolter leurs mouchoirs autour de lui.

Dans l'avion, il me mit au courant des détails de ce qui avait été sa mission et des préparatifs pour assurer son succès. Les hélicoptères avaient été peints en blanc en plein milieu de la jungle, dans un campement secret où, pendant un mois, l'équipe s'était entraînée à répéter dans la plus sévère des disciplines toutes les étapes de l'opération. Ils avaient réussi à intercepter les communications de Cesar et Enrique avec leur chef, le Mono Jojoy. Celui-ci croyait qu'il parlait avec ses subordonnés, alors qu'il le faisait avec l'armée colombienne. Cesar et Enrique, eux aussi, pensaient qu'ils recevaient les ordres de Jojoy, alors que c'était les hommes de Montoya qui les instruisaient. On leur avait d'abord demandé de rapprocher les groupes, ensuite de nous réunir en un seul. Voyant que ces ordres étaient exécutés, les militaires avaient poussé l'audace jusqu'à exiger que les guérilleros nous mettent dans l'hélicoptère de la fausse commission internationale. Ils avaient calqué la procédure sur celle mise en place pour les libérations unilatérales du début de l'année, et cela avait marché, l'opération semblant s'inscrire dans la logique des actions précédentes. La mort de Marulanda et celle de Raúl Reyes rendaient crédible l'organisation d'un entretien avec le nouveau chef, Alfonso Cano. Flattés, ni Cesar ni Enrique n'avaient montré de réticence à monter à bord de l'hélicoptère. Comme dans un grand puzzle, toutes les pièces étaient venues s'emboîter avec précision au bon endroit, au bon moment.

J'écoutais le général. Il parlait de mes enfants et me donnait des nouvelles de Maman et de ma sœur.

— Ma famille est-elle déjà au courant ? lui demandai-je.

— À une heure de l'après-midi pile, nous en avons fait l'annonce au monde entier.

Puis, sans réfléchir, je lui demandai la permission

d'aller aux toilettes. Il se tut, me regardant avec tendresse.

— Vous n'avez plus besoin de demander la permission, me chuchota-t-il.

Il se leva courtoisement en me priant de le laisser m'y conduire.

Je me changeai et refis la natte qui tenait mes cheveux en me disant que j'avais un vrai miroir en face de moi, une véritable porte fermée, et ris à l'idée que, plus jamais, je ne devrais demander l'autorisation à qui que ce soit pour aller aux toilettes.

Nous allions atterrir bientôt. Je cherchai parmi mes camarades et trouvai Marc, à l'avant de l'appareil, plongé dans son silence. Je lui fis signe et on alla s'asseoir dans un coin où les places étaient vides.

— Marc, je voulais te dire… Je voudrais que tu saches que ces lettres que je ne t'ai pas rendues, je les avais brûlées…

— Cela n'a aucune importance, me dit-il doucement pour me faire taire.

Nos mains se rejoignirent et il ferma les yeux pour murmurer :

— Nous sommes libres.

Lorsqu'il rouvrit les yeux, je me surpris à lui dire :

— Promets-moi que, lorsque tu seras dans ta vie, tu ne m'oublieras pas.

Il me regarda comme s'il venait de prendre des repères dans le ciel, et me confia en hochant la tête :

— Je saurai où te trouver.

L'avion s'était posé et le général Montoya accueillait le ministre de la Défense qui se tenait encore à l'entrée de l'appareil. Cela faisait beaucoup d'années que je n'avais pas vu Juan Manuel Santos. Il m'embrassa affectueusement et me dit :

— La Colombie est en fête et la France aussi. Le

président Sarkozy a envoyé un avion. Vos enfants arrivent demain.

Puis, sans me laisser le temps de réagir, il me prit par la main et m'entraîna hors de l'avion. Sur le tarmac, une centaine de soldats criaient des vivats à notre intention. Je descendis l'escalier dans un rêve, me laissant embrasser par ces hommes et ces femmes en uniforme, comme si j'avais besoin de leurs gestes, de leurs voix, de leurs odeurs pour y croire.

Le ministre me passa un téléphone portable :

— C'est votre mère, me dit-il avec fierté.

« Si l'on y croit, les mots deviennent réalité », m'étais-je dit. J'avais imaginé cette scène tellement de fois. Je l'avais tellement désirée et tellement attendue.

— Allô, Maman ?

— Astrid, c'est toi ?

— Non, Maman, c'est moi, c'est Ingrid.

Le bonheur de Maman fut ce que j'avais imaginé. Sa voix était remplie de lumière et ses mots étaient un prolongement direct de ceux que j'avais entendus à l'aube de ce même jour à la radio. Nous ne nous étions jamais quittées. J'avais vécu ces six années et demie de captivité retenue à la vie par le fil de sa voix.

Nous quittâmes Tolemaida, une base militaire à quelques minutes de la capitale où nous avions fait escale. Pendant le trajet jusqu'à Bogotá, je fermai les yeux dans un exercice de méditation qui me fit revoir tout ce que j'avais vécu depuis ma capture, comme dans une projection à grande vitesse. J'avais passé en revue ma famille en entier, telle que je l'avais imaginée durant toutes ces années de séparation. J'avais une crainte inexprimable, comme s'il se pouvait que je ne les reconnaisse plus ou qu'ils me frôlent en passant sans me voir. Papa, lui, était presque plus vivant qu'eux pour moi, ou, mieux, ils étaient tous aussi loin de moi que lui. Je devrais me résoudre à l'enterrer pour de bon, et cela me faisait toujours mal. J'aurais besoin de la main de ma sœur pour faire mon deuil, je le savais, mais comment me résoudre à le donner pour mort alors que je revenais à la vie ! Ce qui m'attendait était une entreprise titanesque. Il faudrait que je me retrouve chez moi entre les miens, en me sachant une autre, presque déjà une étrangère pour eux. Mon plus grand défi était alors de ne pas manquer la connexion avec mes enfants, de reprendre contact avec eux, de recréer de la confiance, notre complicité, de repartir de zéro tout en puisant dans notre passé pour rétablir les codes de notre amour. Mon fils était un enfant quand on m'avait capturée. Quels souvenirs pouvait-il avoir gardés de la mère de son enfance ? Y avait-il de la place pour moi dans sa vie d'homme ? Et Mélanie, qui était Mélanie ? Qui était cette jeune femme volontaire et réfléchie, qui exigeait que je tienne bon ? Serait-elle déçue par la femme que j'étais devenue ? Pourrait-elle, pourrais-je, rétablir l'intimité qui nous unissait si profondément avant ma disparition ? Papa avait raison. Le plus important dans la vie était la famille.

Ce monde nouveau, qui ne me disait plus rien, n'avait de sens pour moi qu'en eux et par eux. Durant les années d'agonie que je venais de quitter, ils avaient été, sans relâche, mon soleil, ma lune et mes étoiles. Je m'étais enfuie de cet enfer vert tous les jours, emportée par le souvenir brûlant de leurs baisers d'enfants et, pour que l'on ne me confisque pas la mémoire de notre bonheur passé, je l'avais enfoui dans les étoiles, près de la constellation du Cygne que j'avais offerte pour rire à ma fille lors de sa naissance. Dépouillée de tout, j'avais accroché mon énergie au bonheur d'entendre la voix de mon fils muée en voix d'homme, et comme Pénélope j'avais fait et défait mon ouvrage dans l'attente de ce grand jour.

Quelques heures encore, et je les verrais tous, Maman, mes enfants, ma sœur. Seraient-ils attristés de me voir usée par la captivité ? Je respirais les yeux fermés. Je savais que nous étions transformés. Je l'avais remarqué en regardant Willie, Armando, Arteaga. Ils étaient tous différents, comme rayonnant de l'intérieur. Je devais l'être aussi. Je gardai les yeux fermés pendant longtemps. Lorsque je les ouvris à nouveau, je savais parfaitement ce que je ferais et dirais à la descente de l'avion. Il n'y avait pas d'impatience en moi, pas de peur, pas d'exaltation non plus. Tout ce que j'avais pensé pendant les cycles interminables de campements et de marches, saison après saison, était mûr dans mon cœur pour être exposé. La porte s'ouvrit.

Sur le tarmac, Maman était là, intimidée par tant de bonheur, portant sur son visage, comme si elle avait voulu me les cacher, les marques de ses années de souffrance. Sa nouvelle fragilité me plut car elle m'était familière. Je descendis lentement les marches de l'avion pour avoir le temps de l'admirer, et de mieux l'aimer. Nous nous embrassâmes avec l'énergie de la victoire. Une victoire que nous étions seules à comprendre, puisque c'était la victoire sur le désespoir, sur l'oubli, sur la résignation, une victoire uniquement sur nous-mêmes.

Mes compagnons étaient eux aussi descendus de l'avion. Armando me prit par la main et m'entraîna. Nous marchions en nous tenant par les épaules, heureux comme des enfants, avançant dans les nuages. C'est alors que je sentis en tressaillant que tout était nouveau, tout était dense et léger à la fois, et, dans la lumière qui jaillissait, tout avait disparu, tout avait été emporté, vidé, nettoyé. Je venais de naître. Il n'y avait en moi plus rien d'autre que de l'amour.

Je tombai à genoux devant le monde, et remerciai le ciel à l'avance pour tout ce qui devait venir.

# Note de l'auteur

Lorsque je me suis installée pour écrire, je ne savais pas si je le ferais en espagnol ou en français. En évoquant la question avec mon éditeur, j'avais prévu que la plupart du temps les souvenirs prendraient forme spontanément en espagnol, mais qu'à certains moments je pourrais me sentir plus à l'aise en français.

Or, dès la première phrase, le français s'imposa. Je crus tout d'abord que le fait d'avoir suivi toutes mes études dans cette langue en faisait pour moi un instrument d'expression plus précis.

Aujourd'hui je comprends que la véritable raison était tout autre. Ce livre m'obligeait à plonger profondément et de façon intense en moi-même et dans mon passé, pour faire remonter du fond abyssal de mes souvenirs un flot d'émotions incontrôlables. Le français me donna la distance et la maîtrise nécessaires pour communiquer ce que je sentais et ce que j'avais vécu.

Quant au titre du livre, il vint naturellement. Les vers de Neruda que mon père me récitait m'avaient accompagnée, ainsi que sa voix, tout au long de ma captivité. Au plus près de la mort, ce furent ces vers qui m'aidèrent à rétablir le dialogue intérieur sans lequel j'aurais perdu la conscience d'être encore vivante. « Même le silence a une fin » est un des derniers vers du poème Pour tous de Pablo Neruda..

## REMERCIEMENTS

À Susanna Lea, qui a soutenu inlassablement ma plume et mon esprit.

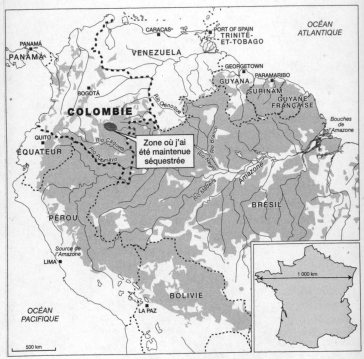

Dimensions de la forêt amazonienne

Les campements

## DU MÊME AUTEUR

*Aux Éditions Gallimard*

MÊME LE SILENCE A UNE FIN, 2010 (Folio n° 5359).

*Chez d'autres éditeurs*

SI SABÍA, Editorial Planeta, 1996.

LA RAGE AU CŒUR, Éditions XO, 2001.

LETTRES À MAMAN PAR-DELÀ L'ENFER, avec Mélanie et Lorenzo Delloye-Betancourt, préface d'Elie Wiesel, Éditions du Seuil, 2008.

# COLLECTION FOLIO

*Dernières parutions*